Jeremy Dronfield · Die Heuschreckenfarm

Jeremy Dronfield

Die Heuschreckenfarm

Roman

Aus dem Englischen
von Berthold Radke

Piper
München Zürich

Die englische Originalausgabe erschien 1998
unter dem Titel »The Locust Farm«
bei Headline Book Publishing, London

ISBN 3-492-04078-0

Gesetzt aus der Sabon
Satz: Uhl+Massopust, Aalen
Druck und Bindung: Ebner Ulm
Printed in Germany

Für Kate

REGEN...

Stell dir vor: tiefe Dunkelheit um dich herum, du siehst nichts als Regen; eine Welt aus tosenden, tobenden Wassertropfen, die dir ins Gesicht peitschen, in die Augen stechen und dir kalt den Nacken runterrinnen, während sich der Schweiß in deinen Mundwinkeln sammelt. Vor dir: eine Straße voller Pfützen, die sich durch das schwarze Moorland schlängelt.

Vergiß die kalte Nässe und den Schmerz, was zählt, ist nur die Angst, hör nicht auf zu rennen, stolpere weiter. Du schleppst dich humpelnd voran, ein Fuß schmatzt im Schlamm, der andere zittert auf Asphalt, deine Füße irren umher, ändern die Richtung, schleppen sich voran – deine Lungen schmerzen – atme tief ein, und die Wassertropfen rasen dir auf dem Wind entgegen, rinnen über deine Lippen und landen als kalte Nadelstiche auf deiner Zunge. Nimm all deine Kraft und deinen Willen zusammen und zwinge dich weiter, versuche, den Klauen der leeren Dunkelheit hinter dir zu entkommen, dem weiten, schwarzen Raum mit seinem unsichtbaren Bewohner. Durch die nasse Kälte und das Rauschen, durch die schmerzende Erschöpfung hindurch kannst du ihn dort draußen spüren, wie er dich verfolgt.

Die Beine schleppen sich mühsam weiter – das verzehrende Verlangen nach Ruhe breitet sich in deinen ausgelaugten Muskeln aus. Streng dich an, links-rechts, anwinkeln, ausstrecken, auf und ab und vorwärts – Nein... ich kann nicht mehr – *Gib nicht auf! Bewege deine Beine!* – Ja, beweg sie, auf-ab-vorwärts... Zu ausgebrannt, nur noch Schmerzen, keine Reserven mehr, alles verbraucht, verausgabt – *Er ist hinter dir! – Ganz nah, in deinem Kopf; er lebt in deinem Kopf. Du kannst ihm nicht entkommen; du kannst flüchten, aber –*

Dort! Da links. Ein Weg, eine Farm. Ein kleiner Hoffnungsschimmer, eine vage Erleichterung entzündet deinen letzten Funken Energie und gibt deinen Beinen die Kraft, um dich den schmalen Weg entlang zum Hof zu tragen. Alles ist leer und ausgestorben, nur ein Licht, ein einsames Licht hinter Vorhängen in einem Fenster im oberen Stock gibt einen Hinweis auf Leben. Du drückst auf die Türklingel; ein langes, lautes Klingeln ertönt. Eine gedehnte Pause entsteht, bevor ein Lichtstrahl durch den Spalt unter der Tür hindurchflackert. Du hörst das Geräusch eines Riegels, der zurückgeschoben wird, und Kettengerassel.

Du siehst das Gesicht einer Frau, einen dunklen Vorhang aus Haaren auf ihrer Stirn; ein ängstliches Gesicht, das durch die Türkette in zwei Hälften geteilt scheint. Du wischst dir den Regen aus dem Gesicht und lächelst. Du hast dich verlaufen, du brauchst ein Bett für die Nacht, ob sie wohl so freundlich wäre und – Ihre weiten Augen taxierten dich von oben bis unten und verengen sich. *Wer sind Sie?* – Du hast dich verlaufen, du brauchst irgendwo einen Unterschlupf. Jetzt, wo du aufgehört hast, dich zu bewegen, spürst du die intensive, feuchte Kälte, die das Vakuum ausfüllt, das die entweichende Körperwärme hinterlassen hat, Schauer laufen deinen Körper herunter und erreichen deine Gliedmaßen und Lippen – Sie versteht nicht, wie sehr du frierst, wie existentiell dein Bedürfnis ist. *Ich vermiete keine Fremdenzimmer* – Das weißt du, aber du brauchst einen Unterschlupf. Du kannst bezahlen; sehen Sie doch – sie sieht die Scheine an, die du aus deinen Taschen kramst und die bereits ganz feucht und schlaff sind, und schüttelt den Kopf. *Es tut mir leid, Sie können nicht reinkommen* – Aber du kannst doch bezahlen! Hier müssen – wieviel, etwa fünfzig, sechzig Pfund sein, bloß für ein Bett für diese Nacht – Die Tür beginnt sich zu schließen, die Kette lockert sich, der Lichtkegel wird schmaler, das Gesicht zieht sich zurück. *Es tut mir leid* – Du fängst an zu betteln, doch es ist zu spät; das Schloß schnappt ein, und das Licht ist aus. Du drückst erneut auf die Klingel ... Bitte, um Himmels Willen ...

Es hat keinen Zweck; sie ist allein im Haus, allein im Dunkeln, meilenweit entfernt vom nächsten Nachbarn, und du hast sie zu Tode erschreckt. Du versuchst, durch die Tür zu rufen. Du hast dich verlaufen, du weißt nicht, wohin du gehen sollst. Bitte helfen Sie ...

Die Tür öffnet sich erneut einen Spaltbreit, und dein Mund weitet sich zu einem erleichterten Lächeln.

Gehen Sie weg.

Der Riegel wird vorgelegt, und du stehst tropfend da, allein auf dem Hof.

TEIL I

Mutatis Mutandis

I

DAS STETIGE KLINGELN des Weckers riß Carole aus dem Schlaf, während der Traum weiterhin ihre Gedanken bewegte.

Sie lag auf dem Bauch, ihr Gesicht ins Kissen gedrückt, ihr linker Arm war angewinkelt unter ihrem Körper verborgen, wo er eingeschlafen war. Gelegentlich bewegte sie ihren Kiefer auf und ab, stöhnte verloren und rieb ihre geöffneten Lippen über den glitschigen Speichelfleck auf ihrem Kissenbezug. Sie keuchte heiser, während das staccatoartige Klingeln durch die Schichten ihres Unterbewußtseins drang und sie aufgeschreckt an den Rand des Betts rutschte. Sie versuchte sich aufzurichten, doch ihr Arm war wie abgestorben und ließ sich nicht bewegen. Sie wand sich wie eine Schlange auf den Rücken und setzte sich auf. Schließlich gelang es ihr, ihren noch durchbluteten rechten Arm auszustrecken, und sie schlug mit der Handfläche kräftig auf den Wecker.

Stille.

Sie setzte sich im Dunkeln auf die Bettkante und konnte gelegentlich die leuchtend grünen Ziffern des Weckers durch ihre blinzelnden, verklebten Augenlider erkennen.

Licht an; klick.

Im gelben Schein der Nachttischlampe untersuchte sie ihren linken Arm und hielt das schlaffe, gefühllose Etwas mit ihrer rechten Hand fest. Es war interessant, wie schwer doch so ein kleiner Arm werden konnte, wenn die Muskeln darin nicht mehr funktionierten. Sie schob den Ärmel ihres Nachthemds hoch und besah sich ihren nackten Arm. Die wirren Falten ihres Ärmels hatten auf der weißen Haut tiefe Abdrücke hinterlassen, die wie eine rote Landkarte aussahen; Verzierungen aus Furchen und rosigen Runzeln, beinah wie Tätowierungen in Blindenschrift.

Sie ließ den Arm los, der in ihren Schoß fiel, und sah auf die Uhr. Halb sechs, und draußen war es noch dunkel. Nach ihren ersten Tagen hier hatte sie sich angewöhnt, den Wecker außerhalb ihrer Reichweite abzustellen, damit sie gezwungen war, das Bett zu verlassen, um ihn auszumachen. Sonst würde sie es nie schaffen, sich in der tiefen Stille der ländlichen Dämmerung aufzuraffen.

Als sie sich anzog und ihr Arm unter dem zurückkehrenden Leben zu kribbeln begann, mischten sich Bruchstücke des unterbrochenen Traums in ihre Gedanken.

Sie schlüpfte aus dem Nachthemd und warf es aufs Bett, dann glättete sie die Daunendecke darüber. *Regen.* Ein frisches Höschen und einen BH; sie hakte ihn vorne unter dem Busen zu und schob den Verschluß anschließend auf den Rücken, zog die elastischen Träger über die Schultern und stülpte die Körbchen über ihre schweren Brüste. *Rennen, keuchen, durch den Regen fliehen vor… irgend etwas… jemand hinter ihr…* Als ihr Deodorant getrocknet war, zog sie ein T-Shirt, einen dicken, hellbeigefarbenen Pulli und eine Arbeitsjeans an. Im Badezimmer setzte sie sich aufs Klo, lauschte dem Widerhall des Rinnens unter ihr und ließ die Bilder vorbeiflackern. *Rennen – Regen – weiterrennen, im erschöpften Körper eines anderen…*

Mit einer Tasse Instantkaffee und einer Zigarette saß sie fröstelnd am Küchentisch; ein anständiges Frühstück würde es später geben, nach der Arbeitsschicht in der Morgendämmerung. Sie zog langsam und bedächtig an der Zigarette, starrte auf ihren Kaffeebecher und versuchte, die abgehackten, ausgefransten Bruchstücke ihres Traums zu ordnen. Sie kannte den Traum, so daß sie die fehlenden Stücke aus der Erinnerung zurückholen konnte. *Rennen*... Sie rannte ständig in diesem Traum. Rannte, stolperte, taumelte in einem blind machenden Sturm durch die Nacht, im Körper eines anderen... Doch da war noch etwas anderes gewesen, etwas, das nicht dem gewöhnlichen Muster entsprach. Sie suchte nach dieser Besonderheit, und fand sie: Ein Gesicht.

Noch nie zuvor war ein Gesicht dagewesen. Das war es, was den Traum normalerweise so angsteinflößend machte; das Gefühl von trostloser Isolation. Sie konnte stets die geheimnisvolle Anwesenheit von Leuten spüren, die wie Zuschauer auf der anderen Seite eines venezianischen Spiegels standen, und besonders diese eine Person hinter ihr, von der sie gnadenlos und unsichtbar verfolgt wurde. Ständig fliehen; die gesichtslose Bedrohung, die von hinten näher kam, während sie ihre geliehenen Beine schwankend vorwärts bewegte. Aber jetzt war da ein Gesicht... und nicht bloß *irgendein* Gesicht; *ihr eigenes* Gesicht. Das war es ... sie hatte vor sich selbst die Tür verschlossen, weil sie in einem anderen Körper steckte und ihre eigene Erscheinung auf ihrer Türschwelle nicht erkennen konnte.

Ein bekannter Traum. Er hatte sie immer wieder heimgesucht, seit sie ihr altes Leben hinter sich gelassen hatte, doch daß sie sich selbst in dem Traum sah, war etwas Neues. Darüber müßte sie wohl eine Weile nachdenken, um herauszufinden, was es zu bedeuten hatte. Der Rest war klar: ihre unterbewußte Zwangsvorstellung davonzulaufen, ohne jedoch wirklich zu entkommen. Sogar hier, selbst an diesem entlegenen Ort, konnte sie sich nicht vor ihrem eigenen Verstand verstecken.

Der Kaffee in ihrem Becher wurde lau. Sie schlürfte daran, während sie ihre zweite Zigarette rauchte. Draußen brach der Tag an, und das blaugraue Licht begann, die Spiegelung der hell erleuchteten Küche in den verwitterten Fensterscheiben abzuschwächen. Sie drückte ihre Zigarette aus, kippte den restlichen kalten Kaffee in den Ausguß und stand auf.

Sie zog ihre Gummistiefel an und trat auf den schlammigen

Hof hinaus. Es gab eine Menge Arbeit an diesem Morgen: Im Küchengarten mußte die Erde für die Pflanzkartoffeln umgegraben werden, der Zaun in Randalls Feld war auszubessern, die Tiere mußten versorgt werden, und alles mußte rechtzeitig fertig werden, damit sie am späten Nachmittag nach Haworth fahren konnte.

Die erste Aufgabe wurde gleich wieder von der Liste gestrichen, nachdem sie über das Feld gegangen war und den Boden begutachtet hatte. Der heftige Regen der letzten Nacht hatte das ohnehin schon feuchte Erdreich völlig aufgeweicht und stand nun in flachen Pfützen in den Furchen. Jetzt mit der Fräse darüberzufahren, würde den Boden in Morast verwandeln, und selbst wenn sie die Pflanzkartoffeln einsetzte, würden diese bloß verfaulen, bevor sie austreiben konnten. Sie machte sich eine Notiz, daß sie etwas wegen der Drainage unternehmen mußte, dann seufzte sie und ging zum Hof zurück. Immerhin war der Zaun noch auszubessern.

Sie holte Draht und eine Rolle Schnur aus dem Schuppen, dann ging sie zum alten Kuhstall. Die einzelnen Boxen im Inneren waren vor langer Zeit entfernt worden, und nun diente das Stallgebäude als Garage und Werkstatt; an den getünchten Wänden hingen Spinnweben, Regale und Werkzeuge in ihren Halterungen. Auf dem Kopfsteinpflaster, genau über dem Gully, parkte der einzige Gegenstand, der aus ihrem alten Leben übriggeblieben war (abgesehen von ihrem Alfred Wallis und dem Zigarettenetui ihres Großvaters): der rote Morris Minor Pick-Up, den sie von ihrem Vater zum einundzwanzigsten Geburtstag bekommen hatte. Eigentlich hatte sie vorgehabt, ihn mit all dem anderen Kram, der sie an ihr altes Ich erinnerte, loszuwerden, sobald er seine letzte Aufgabe erfüllt hätte, sie hierher zu bringen, aber irgendwie hatte sie es nie fertiggebracht. Egal, das war nun schon so lange her, daß sie alle Erinnerungen daran durch eine Menge anderer verdrängt hatte. Sie verband den alten Morris nicht mehr mit jener Zeit; er gehörte nun genauso zu dieser

Farm wie die alten Steingebäude, die Maschinen, die fruchtbare, grobe, nasse Erde und der sanfte Wind, der über die Moore wehte.

Neben dem Pick-Up stand, aufgebockt auf ihrem Ständer, ihr zweites Fahrzeug; die leuchtend grüne Suzuki 125. Genau wie beim Morris hatte das Land seine Spuren auf dem Lack des Motorrads hinterlassen, die Erde hatte sich in den tiefen Zick-Zack-Tälern des Reifenprofils festgesetzt und war unter dem grauen Motor verkrustet.

Carole hängte den Draht über die Schulter und stopfte sich die Schnur unter den Gürtel, trat den Ständer des Motorrads hoch und schob es hinaus auf den Hof. Der Motor sprang beim zweiten Treten des Kickstarters an und spuckte eine blaue Rauchwolke aus dem Auspuff. Sie legte den Gang ein, drehte voll auf und jagte über den Hof zu den dahinterliegenden, offenen Feldern.

Während Carole arbeitete, ging langsam die Sonne auf und vertrieb den Hochnebel, den der nächtliche Sturm hinterlassen hatte, und als sie um acht Uhr auf den Hof zurückkam, glitzerten die regennassen Gebäude hell und warfen scharfe Schlagschatten. Sie fuhr mit dem Motorrad direkt durch die offene Stalltür, stellte es ab und ging dann zum Haus zurück, um zu frühstücken.

Da geschah etwas Seltsames. Als sie gerade das Scheunentor passierte, überkam sie vom Nacken her ein prickelndes Gefühl, das sich über ihrer Brust ausbreitete. Sie verharrte und blieb regungslos stehen, hielt den Kopf wie ein Vogel leicht geneigt und lauschte den Geräuschen, die um sie herum und in ihrem Inneren zu hören waren; Krähen krächzten, als sie von den nackten Ästen der Esche neben dem Haus aufflogen, in der Ferne brummte ein Dieselmotor, sie atmete ein und aus, ihr Herz schlug klopfend, schneller als es sollte ... und da war noch etwas ... ein weiteres, unterschwelliges Geräusch, das das Kribbeln hervorgerufen hatte; ein Geräusch, das nicht hätte da sein sollen und auch nicht zu der üblichen Geräuschkulisse des Hofs paßte. Sie drehte den Kopf erst zur einen, dann zur anderen Seite und strich sich die Haare hinter die Ohren, aber das Geräusch war verschwunden. Sie stellte es sich nochmals vor und versuchte, seine Art und Herkunft zu bestimmen ...

Die Scheune. Das Geräusch – etwas zwischen einem Grunzen und einem Keuchen – war aus dem Scheuneneingang gekommen.

Diese Erkenntnis ließ in ihr eine Assoziationskette ablaufen, die sie zurück zu dem Traum der vergangenen Nacht führte ... *Regen – rennen – Ihr eigenes Gesicht sperrte sie aus und sah ängstlich über ihre Schulter zurück, als das Licht an der Tür ausging ...*

Ja, die Scheune: *Gehen Sie weg*, hatte sie zu sich selbst gesagt, und sie hatte sich zu der Scheune geschleppt.

Sie lächelte und schüttelte den Kopf; sie hatte sich das Geräusch doch bloß eingebildet, eine kleine akustische Halluzination, die aus ihrem Unterbewußtsein hochgeschwappt war, als es still und leise den Traum verarbeitete. Sie drehte wohl durch, ließ sich von Träumen vereinnahmen, dachte sie. Vielleicht wäre es das beste, ein paar Tage zu verreisen. Sie könnte eine Weile zu Rosalind nach Haworth fahren, falls diese einverstanden wäre. Und jetzt, da das Pflügen aufgeschoben werden mußte, konnte sie sich ebensogut ein wenig freinehmen. Sie nahm sich vor, Ros nach dem Frühstück anzurufen, um zu hören, was sie von der Idee hielt. Beruhigt ging sie wieder auf das Haus zu.

Dann hielt sie inne.

Sie hatte es schon wieder gehört; diesmal war es ein klares Grunzen und ein Seufzen, das aus dem Inneren der Scheune kam. Ihre Augen weiteten sich, als sie über die Schulter zurückblickte. Das Geräusch kam erneut, und sie trat vorsichtig an das offene Tor und blinzelte in die Dunkelheit; *wahrscheinlich ist bloß wieder eines der Schweine vom alten Willi abgehauen*, sagte sie zu sich. Die rechte Seite der Scheune war durch eine große, grüne

Plane abgetrennt, die von den Dachbalken herunterhing. Dahinter bewahrte sie ihre Futter- und Düngersäcke auf. Sie schlich weiter, hielt sich dicht an der Wand, ging mit leisen Schritten auf dem strohbedeckten Erdboden und hob die Plane an einer Ecke an.

Die übereinander gestapelten Plastiksäcke lagen verlassen und unberührt da; von Schweinen keine Spur. Sie ließ die Plane zurückfallen und drehte sich um. Da sah sie es. An der gegenüberliegenden Seite der Scheune lugten hinter einer Reihe alter Milchkannen einige Strohballen hervor, und auf dem vordersten Ballen ragte ein Schuh in die Höhe; ein abgetragener, ausgelatschter schwarzer Turnschuh, mit einem Knöchel in grauen Socken und dem Aufschlag einer Jeans.

Carole blieb nicht länger, um es sich genauer anzusehen. Sie wich zurück zum Tor, rannte dann über den Hof ins Haus und verriegelte die Tür hinter sich. Sie hatte diese Füße schon einmal gesehen; letzte Nacht, in dem Traum hatten diese Füße sie über das regennasse Moor getragen … und vorher … ja, vorher hatten sie auf ihrer Türschwelle gestanden und um Schutz gebeten. Das Durcheinander in ihrem Kopf löste sich, und sie erinnerte sich an sein Gesicht und an seine Stimme, die sie in der Verwirrung der nächtlichen Übermüdung nur ganz undeutlich wahrgenommen hatte; das hartnäckige Klopfen und die schrille Klingel hatten sie aus dem Schlaf und aus ihrem Bett gerissen …

Im Wohnzimmer schloß sie den schweren Holzschrank auf, der neben der Kommode an der Wand stand, und nahm die Schrotflinte und eine Schachtel Patronen heraus. Sie knickte den Doppellauf ab, schob zwei Patronen hinein und ließ das Gewehr wieder zuschnappen, dann eilte sie durch die Küche zur Hintertür. Als sie den Hof zur Hälfte überquert hatte, zögerte sie und sah auf die Gewehrläufe hinunter. *Ruhig Blut*, flüsterte sie. *Keine Panik; sei ganz cool.* Sie öffnete den Verschluß erneut und legte sich die Flinte lässig in die Armbeuge, wobei die Läufe nach unten zeigten und die schimmernden Patronenhülsen in den Himmel starrten. Schließlich war die Flinte nur eine Vorsichtsmaßnahme; sie wollte gar keine Konfrontation, sondern nur eine psychologische Stütze. Wenn sich ihre Träume schon mit der Realität vermischten und vor ihren Augen zu Fleisch und Blut wurden, wollte sie ihnen nicht ohne die Macht einer Schußwaffe entgegentreten.

Sie schritt selbstsicher in die Scheune, ging nach links, wo sich die Strohballen und die Kannen befanden. Sie öffnete den Mund, um etwas zu sagen, aber dann blieb sie wie angewurzelt stehen, und ihr Unterkiefer sackte herunter ... Es war niemand da.

2

ALS ER AUFWACHTE, regnete es nicht mehr, und er war wieder auf der Straße; auf einem engen, von Bäumen überwachsenen Hohlweg, der am Rand des Tals verlief. Dichte Wolken verdunkelten die Sterne, und undurchdringliche Dunkelheit umgab ihn.

Er war bloß einige Minuten gelaufen – behutsam mit ausgestreckten Armen ins Dunkel hineingegangen – als er das Geräusch vernahm; ein schwaches, metallenes Brummen in der Ferne. Ein Motorrad. Ihm fiel ein, daß er es schon früher einmal gehört hatte – dasselbe Geräusch, das immer leiser wurde – aber da hatte er bloß geträumt.

Schon bald gesellte sich ein Licht zu dem Geräusch, ein winziges, diamantförmiges Blitzen zwischen den Bäumen. Das Licht wurde heller, kam näher und verwandelte sich schließlich in einen blendenden Lichtkegel, der sich gegen das nächtliche Blau absetzte. Er spürte keine Aufregung, als das Motorrad um die Kurve bog und auf ihn zuraste. Er trat zur Seite und drückte seinen Rücken gegen den dicken Baumstamm am Straßenrand.

Und er blieb so stehen, genau in der Schußlinie des herannahenden Motorrads.

Er starrte in sein eigenes Angesicht; er konnte die grobe, zerfurchte Baumrinde an seinem Rücken spüren, doch seine Vision vermittelte ihm zwei übereinanderliegende Bilder. Er konnte sich selbst im Profil sehen, hell erleuchtet im wachsenden Licht des Scheinwerfers, wie er teilnahmslos mit ruhigen Gesichtszügen dastand, während die donnernde Maschine blitzschnell den Abstand zu ihm verringerte. Und hinter diesem grellen Bild konnte er das runde Licht inmitten eines herumwirbelnden, blauweißen Rings erkennen, der sich ausdehnte, ihn umschloß und ihn in einen Strudel aus Geräusch und Licht hineinsog.

Dann war es über ihm.

Der Motor kreischte, das Licht flackerte, dann schnitt das Motorrad mitten durch seinen Körper, verglühte wie eine verbrauchte Leuchtrakete und verschwand, wobei es ein sterbendes Echo im Tal hinterließ, das an den unsichtbaren Baumstämmen abprallte, als die Dunkelheit in den leeren Raum zurückkehrte ...

– und er erwachte.

Das Bett kam ihm vertraut vor, doch es dauerte eine Weile, bis er wußte, wo er war. Dann dämmerte es ihm: trotz des heißen Gewichts seiner Decken und Dads altem Armeemantel saß er zitternd im Bett, das er sich mit seinem großen Bruder Tim teilte. Auch Tim saß aufrecht da; seine ängstlichen, riesigen Augen glänzten im fahlen Licht der Straßenbeleuchtung, das durch den Spalt zwischen den Vorhängen hereinfiel. Als sie sich in die Augen sahen, wußten sie, daß sie beide durch dieselbe Sache geweckt worden waren; etwas war im Zimmer gewesen, ein dichter, schwarzer Schatten, der sich über das Fußende des Betts gebeugt und sie in stiller Verwünschung betrachtet hatte.

Sie konnten es immer noch spüren, selbst nachdem sie aufgewacht waren; eine düstere Kraft, die wuchs und mit der formlosen Umgebung verschmolz.

Tim bewegte sich als erster, sprang aus dem Bett und raste durchs Zimmer. Er selbst hörte wie gelähmt, wie Tim keuchte und nach dem Lichtschalter tastete, wartete sehnsüchtig auf das Klicken und das schwache, gelbe Licht der Glühbirne, das diese feindselige Erscheinung vernichten würde ...

– und er wachte erneut keuchend auf.

Jene Erscheinung war verschwunden, aber er lag noch da und irgend etwas kitzelte ihn im Nacken ... Stroh; er lag auf einem Strohballen neben ein paar Milchkannen, starrte zu den dikken, verstaubten, gitterförmig angeordneten Dachbalken einer Scheune hinauf und hörte ein Geräusch; ein entferntes, raschelndes Summen, das er im ersten Moment für eine Maschine hielt – einen Generator oder so was. Aber dazu klang es zu unregelmäßig. Er setzte sich auf, bewegte vorsichtig seine schmerzenden Gelenke und legte frierend seine Arme um sich. Die leeren Säcke, die er um seinen Körper gewickelt hatte und die sich in der Kälte der verregneten Nacht als so angenehm erwiesen hatten, waren nun feucht von seinen nassen Kleidern, und ihr schwerer Düngergeruch schlug ihm auf den leeren Magen.

Er stand langsam auf, ließ die Säcke zu Boden fallen und ging auf das offene Tor zu. Auf dem Hof waren keinerlei Lebenszeichen zu entdecken, und er hörte auch keine Arbeitsgeräusche aus den anderen Gebäuden. Außer diesem Summen. Am Ende der alten Steinscheune befand sich ein großer, fensterloser Anbau, der den Wind abfing, und von dorther kam das Geräusch. Die Tür war durch ein schweres Vorhängeschloß verriegelt. Er legte sein Ohr an die Tür. Das Geräusch wurde deutlicher – tief und pulsierend –, doch er konnte es immer noch nicht identifizieren.

Seine Übelkeit verstärkte sich, also ging er zur Vordertür des Hauses. Vielleicht konnte er sich ein Frühstück erbetteln und seine Kleider trocknen, bevor er weiterzog. Er wollte gerade klingeln, als er hörte, wie die Hintertür zugeknallt wurde. *Wenn eine Tür zufällt,* dachte er ...

Als er um die Ecke bog, sah er, wie eine Frau mit dunklen, glänzenden Haaren – dieselbe Frau, die ihm in der Nacht zuvor die Unterkunft verweigert hatte – durch das Scheunentor trat und dabei lässig eine Schrotflinte im Arm hielt. Er zögerte einen Moment, dann folgte er ihr.

Klopfenden Herzens packte Carole den Doppellauf und ließ den Verschluß zuschnappen, dann entsicherte sie das Gewehr.

Sie hatte sich vor wenigen Minuten diesen Schuh nicht bloß eingebildet, und hier war der Beweis. Auf dem Strohballen vor ihr lagen einige zerknüllte Säcke, die sie vor ein paar Tagen zusammengefaltet in die Ecke gelegt hatte. Sie stieß mit der Gewehrmündung dagegen; die Säcke schienen ein wenig feucht zu sein, obwohl alles übrige in der Scheune staubtrocken war.

Ein gutturales, heiseres Geräusch hinter ihr ließ sie nach Luft schnappen und zusammenzucken; sie drehte sich mit angespannten Muskeln herum, ihre Lippen öffneten sich, und ihre Augen wurden weit. Ihre Fäuste umklammerten unwillkürlich den hölzernen Kolben und die beiden Stahlläufe, dann erhaschte sie einen kurzen Blick auf eine männliche Gestalt in dem hellen Rechteck des Scheunentors, bevor beide Läufe losgingen, gleichzeitig weißen Rauch spuckten und Funken sprühten und eine Erschütterung auslösten. Sofort hallte das Echo von den Steinwänden wider. Sie hatte das Gewehr noch gar nicht richtig angelegt, und der doppelte Rückschlag stieß den schweren Kolben hart gegen ihre Schulter, brachte sie aus dem Gleichgewicht und ließ sie rückwärts gegen den Ballen taumeln, wo sie krachend auf die leeren Kannen fiel.

Sie wußte, daß sie ihn getroffen hatte, denn sie hatte gesehen, wie er den Arm hochgeworfen und sein Körper sich unter dem Einschlag gedreht hatte, bevor er gestürzt war – und sofort spürte sie, wie ihr Panik vom Magen in den Hals hinaufstieg. Als sie sich später die Szene erneut in Erinnerung rief, stellte sie überrascht fest, daß sich in den wenigen Sekunden, die sie gebraucht hatte, um wieder auf die Füße zu kommen und zum Tor zu rennen, in ihrem Kopf der Gewissenskonflikt abgespielt hatte, ob sie die Polizei einschalten solle, doch dann hatte sie entschieden, daß Geheimhaltung das Sicherste sei, und sich mehrere Möglichkeiten überlegt, den Körper verschwinden zu lassen.

Sie beugte sich über ihn, während sie die Schrotflinte noch in ihren Armen hielt, und untersuchte ihn rasch. Er lebte; seine Augen waren geschlossen, und er war ganz schlaff, aber sie konnte sehen, daß seine Augenlider zuckten und seine Brust sich unregelmäßig hob und senkte. Sie lockerte seine feuchte, schmierige blaue Steppjacke. An der Schulter war sie von Schrotkugeln durchsiebt, einige von den schwarzen Löchern kräuselten sich an den Rändern, wo das dünne Nylon geschmolzen war. Unter der Jacke trug er ein dickes, graumeliertes Sweatshirt, das auf seiner Brust ganz verknittert und unter den Armen vergilbt war. Es bot ein entsprechendes Muster aus Löchern, auf denen sich ein roter Fleck ausbreitete.

... Als er zum vierten Mal erwachte, war er ganz sicher, daß er in eine weitere Schicht aus Träumen hineintauchte, eine Schicht, in der alles eine dichte, wirbelnde rote Masse war. Er spürte die grobe Berührung unsichtbarer Hände und hörte eine Stimme. Er lag eine Weile ganz ruhig da und glaubte, daß er blind einen Teil einer Unterhaltung belauschte, bevor ihm bewußt wurde, daß die Stimme ihn ansprach.

Kommen Sie, sagte sie. *Machen Sie Ihre Augen auf.*

Er öffnete gehorsam seine Augen und der bläulichrote Lavafluß verwandelte sich in verschwommenes, blendendes Weiß. Seine rechte Schulter schmerzte und sein Arm war taub.

Können Sie mich hören?

Er konnte gut hören. Es war eine Frauenstimme, und hinter der Panik konnte er ihren tiefen, sanften Klang wahrnehmen. Er mochte diese Stimme; er könnte dieser Stimme wohl lange zuhören, wenn sie sich nur beruhigen würde. Es wäre schön, wenn sie ihm Geschichten erzählen oder Gedichte vorlesen oder für ihn singen würde... Er spürte ein Klatschen auf seinen Wangen, und ein Schatten schob sich in das verschwommene Weiß.

Können Sie mich hören? Nicken Sie einfach.

Er nickte.

Hören Sie, sagte der Schatten mit dieser reizenden Stimme, die nun ein bißchen ruhiger klang, seit er sich auf den Traum eingelassen hatte, *ich werde Sie ins Krankenhaus bringen. Ich muß Sie kurz hier alleine lassen, während ich den Wagen hole, okay?*

Er nickte erneut, aber der Schatten war verschwunden; rasche Schritte entfernten sich. Krankenhaus? Wieso ins Krankenhaus? Das war doch für kranke Leute. Es stimmte schon, sein Arm war taub und reagierte nicht, aber das war auch alles. In einer Minute würde er richtig aufwachen, sich anschließend im Bett umdrehen und das Blut wieder hineinfließen lassen. Dann würde alles wieder in Ordnung sein.

Das verschwommene Weiß füllte sich wieder mit zähem Rot.

Carole war bereits durch die Stalltür getreten, als ihr einfiel, daß der Wagenschlüssel noch am Haken in der Küche hing. Sie rannte erneut um das Haus herum und hielt dabei das Gewehr wie einen Knüppel in ihrer Hand. Sie warf die Flinte auf den Küchentisch und schnappte sich den Schlüssel. Zurück in der Scheune keuchte sie wild und schwitzte, dann drehte sie den Schlüssel im Zündschloß des Morris herum.

Drrrrrrr–

Sie versuchte es erneut.

Drerrerrerreerr–

Sie starrte auf das Armaturenbrett. Die Benzinuhr im Tachometer stand auf Dreiviertel voll.

Drehreehhrreeehhrreeehhrrrrr–

Der Motor wurde unter der Anstrengung des absterbenden Anlassers immer schwächer, bis er schließlich völlig aufgab und bei jedem aussichtslosen Drehen des Schlüssels nur noch ein hohles *Tschnk* von sich gab.

»Scheiße!« schrie sie und schlug mit den Handballen auf das Lenkrad. »Verdammt noch mal! Ausgerechnet jetzt…«

Sie ließ den Schlüssel im Schloß stecken, verließ den Stall und eilte zu dem verwundeten Mann zurück. Er lag jetzt völlig regungslos da und zuckte nicht einmal. Sie kauerte sich über ihn und lauschte auf seinen Atem – rasselnd und kraftlos –, dann auf seinen Herzschlag, der ganz schwach und unregelmäßig war.

»Na schön«, flüsterte sie, »dann eben doch.«

Sie legte sich seinen intakten Arm um den Hals und schaffte es unter größten Anstrengungen, seinen Körper mit einem Rettungsgriff aufzurichten. Als sie ihn schwankend zum Haus schleppte, spürte sie, wie sein Kopf heftig gegen ihre Schulterblätter stieß, während sein schlaffer Arm hin und her baumelte und seine Hand über ihren Hintern strich. Bei jedem Stoß stöhnte und grunzte er in seiner Ohnmacht.

In der Küche nahm sie die Schrotflinte vom Holztisch und legte ihn darauf, dann suchte sie die Dinge zusammen, die sie brauchte. Im Badezimmerschränkchen fand sie eine Flasche Alkohol und eine lange, schmale Pinzette. Zurück in der Küche durchstöberte sie die Schränke und Schubladen nach Bandagen, Wundauflagen, einer Schüssel und einer großen Schere. Sie arbeitete flink und geschickt, zog ihm die Jacke aus und zerschnitt das Sweatshirt mit langen, beherzten Schnitten vom Saum bis zum Kragen und vom Kragen bis zum Ärmel, dann zog sie es von seinem nackten Körper. Auf seiner Schulter lag glänzendes, klebriges Rot, das dort, wo die Kugeln eingedrungen waren, schon fast schwarz aussah. Das Blut rann immer noch aus den Wunden und tropfte auf den zerkratzten Eichentisch.

Sie goß die Hälfte des Alkohols in die Schüssel und befeuchtete damit ein Bündel Papiertücher, mit dem sie das Blut von seiner Schulter, dem Arm, der Brust und dem Rücken abwusch. Nun konnte sie das Ausmaß ihrer Aufgabe abschätzen. Er hatte noch mal Glück gehabt, und sie wohl auch, mutmaßte sie. Er hatte nur den Rand der Kugelstreuung abbekommen. Wären die Läufe nur ein paar Millimeter weiter herumgefahren, bevor sie losgingen, hätten sie mit doppelter Kraft seinen Körper aus der kurzen Distanz zerrissen. Sie wischte das frische Blut ab und zählte; eins, zwei, drei…, zwölf Einschüsse verteilten sich über seiner harten Schulter und den schlaffen Muskeln seines Oberarms. Sie hob den Körper leicht an und erkannte auf der Rückseite vier Löcher, wo die Kugeln durch Haut, Fett, Muskeln und eine weitere Hautschicht gedrungen waren, von vorne durch das nachgiebige Fleisch einen Tunnel gegraben hatten und hinten wieder herausgetreten waren. Also steckten noch acht in seinem Körper; acht kleine Bleikugeln, die im harten Knochen eingeschlossen waren.

Sie sterilisierte die Pinzette in der Schüssel mit Alkohol und führte sie in das flachste Loch ein, bis sie mit der Pinzettenspitze gegen Metall stieß. Sie griff zu, zog das Instrument zurück, und die erste verformte, flache Kugel fiel auf den Tisch. Die zweite lag schon viel tiefer, und die Pinzette drang beinah drei Zentimeter ins Fleisch, wobei ihr breiterer Griff den Rand der Wunde weit auseinanderdehnte, bevor sie die Kugel mit den Spitzen erwischte. Carole arbeitete fast eine Stunde lang, führte das Instrument ein, stocherte damit herum und zog es wieder heraus, bis alle acht dunkelrot verschmierten Kugeln neben seinem Kopf auf dem Tisch lagen. Dann reinigte sie die Wunden erneut, deckte sie ab und verband seinen Oberarm und die Schulter mit groben, cremefarbenen Bandagen.

Während der improvisierten Operation hatte sie seine Atmung und seinen Bewußtseinszustand beobachtet. Obwohl er schneller geatmet hatte, als ihm die scharfen Dämpfe des Alkohols in die Nase gezogen waren, blieb er ohnmächtig und zuckte nicht einmal, als sie mit der Pinzette eine Sehne erwischte und daran zog. Sie hatte gespürt, wie sie wieder zurücksprang, dabei war ihr vor Mitleid Schweiß auf die Stirn getreten, der herabperlte und in ihren Augen brannte, doch er hatte sich nicht einmal bewegt.

Sie beschloß, ihn fürs erste dort zu lassen, wo er war, zumindest bis sie sich stark genug fühlte, ihn wieder anzuheben. Sie nahm ein Kissen und einige Decken, zog ihm die restlichen feuchten, dreckigen Sachen aus und machte es ihm auf dem harten Holz so bequem wie möglich. Dann setzte sie sich mit aufkommender Müdigkeit auf die Eckbank und beobachtete ihn.

Von ihrem Platz aus konnte sie sein Gesicht und seine Brust im Profil gegen das Fenster und den grauen Himmel erkennen. Die Decken hoben und senkten sich gleichmäßig, und sein blasses, wachsfarbenes Gesicht zuckte von Zeit zu Zeit, während er schlief. Nachdem ihre Panik nun verflogen war, fragte sie sich, wer er war und wo er herkam. Soweit sie sich an seinen Akzent aus der letzten Nacht erinnerte (wobei sie versuchte, die echten Erinnerungen von dem Traum zu trennen), kam er offensichtlich, wie sie selbst, aus dem Süden; aus London vielleicht. Offenbar war er obdachlos, wenn man seinen Zustand und die Umstände seiner Ankunft betrachtete; aber was tat ein Landstreicher aus London im tiefsten Yorkshire?

Ihr Magen knurrte, und ihre Kehle zog sich vor Hunger zusammen; es war jetzt nach zehn Uhr, und sie hatte noch nicht gefrühstückt. Sie stand wieder auf und schnitt ein Stück Brot ab, das sie mit Butter und Honig bestrich. Als sie kauend dastand, sah sie sich ihren Patienten zum erstenmal richtig an. Er war groß, hatte lange Glieder und war schlank, doch es war keine natürliche Schlankheit, er war eher hager und durch den Streß, seine Not und die Unterernährung reichlich ausgemergelt. Unter seinem ungekämmten, struppigen Bart waren seine Gesichtszüge fest und symmetrisch, aber die Wangen und Augenhöhlen waren hohl, eingefallen und dunkel. Sein Alter lag irgendwo zwischen Ende Zwanzig und Anfang Vierzig.

Während sie mit ihrem Honigbrot in der Hand zurücktrat, bemerkte Carole, daß seine kaputte Jacke unordentlich neben dem Tischbein lag, wo sie sie hatte fallen lassen, und daß sie wie ein halb gehäutetes Tier aussah. Sie guckte sich die Jacke einen Moment lang an, hob sie dann auf und durchsuchte die Taschen. Sie fand ein Bündel durchnäßter Zehn- und Zwanzig-Pfund-Noten, dazu etwas loses Kleingeld in seinen Hosentaschen, doch es gab nichts, was auf seine Identität oder Herkunft hingewiesen hätte. Im Kragen der Jacke fand sie jedoch ein Schildchen, auf dem etwas geschrieben stand. Sie hielt es zum Fenster ins Licht. Die blaue Tinte war durch die Feuchtigkeit ganz verschwommen und verblichen, aber sie konnte so etwas wie einen Namen erkennen; ›S‹ irgendwas – wahrscheinlich Steven oder Simon – und ›Gold‹ irgendwas. Sie veränderte den Blickwinkel. Gold*cliff*? Steven war am wahrscheinlichsten, entschied sie, Steven Goldcliff.

Sie legte die Jacke weg und sah ihn erneut an. »Tja, Steven«, sagte sie leise zu seinem schlafenden Gesicht, »ich weiß nicht, wo du hergekommen bist, aber du hast Glück, daß du noch lebst.«

Der Gossenstreuner

NIGEL SASS AUF der Mauer eines der erhöhten Blumenbeete auf dem John Frost Square und wartete darauf, daß die Uhr die volle Stunde anzeigte. Während die Zeiger auf elf Uhr zugingen, versammelte sich eine kleine Gruppe – überwiegend Mütter mit Kinderwagen und tapsigen Kleinkindern –, um mit ihm zu warten. Das eigentliche Zifferblatt der Uhr war relativ klein und unbedeutend im Vergleich zu seiner Einfassung, der Nachbildung eines etwa sechs Meter hohen klassischen Säulenportals, das Nigel vorkam wie aus verzinktem Stahl oder Aluminium. Noch zwei Minuten, und der Zeiger würde ganz nach oben wandern und den Mechanismus der Uhr zum Leben erwecken. Dann taten sich Risse in den Säulen und im Giebel auf und wurden immer breiter, bis die ganze Konstruktion anfing, nach innen zusammenzufallen, während aus den Öffnungen Dampf zischte. Quadratische Pforten öffneten sich in den Säulen und gehörnte Teufel kamen heraus, schielten umher und drehten ihre Köpfe. Unter dem Dach des brüchigen Giebels bewegten sich nach allen Seiten Kreaturen und strampelnde Puppen an Drähten, flatterten herum und zogen Dampf hinter sich her, während es tönte, surrte und knirschte. Die Kinder lachten und klatschten, und die Erwachsenen grinsten unter zahlreichen *Oohs* und *Aahs*. Die Vorstellung dauerte ein paar Minuten, dann verschwanden die Teufel wieder und das Säulenportal richtete sich mit knirschenden Zahnrädern langsam wieder auf, wobei ein paar letzte Dampfwölkchen aus den Rissen entwichen, bevor diese sich vollständig schlossen.

Nigel lächelte zaghaft, stand auf und machte sich auf den Weg. Er wollte sich auf dem Heimweg die Haare schneiden lassen, und Fred machte samstags um halb eins zu.

Fred Wrights Friseursalon befand sich in der Bacon Road, in jenem gitterartigen Straßengeflecht, das sich wie ein Netz über den Stow Hill legte, ringförmig um die St.-Woolos-Kathedrale verlief, und in schiefergrauen Windungen bis ans Ende der Commercial Street führte. Die Bacon Road lag etwa auf halber Höhe des steilen Hügels, und Freds Salon befand sich ungefähr in der Mitte, zwischen einem Pub, dem Carpenter's Arms, und dem United News Shop.

Trotz des kühlen Oktoberwetters begann Nigel leicht zu schwitzen, als er zur Bacon Road hinaufstieg. Er kaufte sich am Kiosk ein paar Zigaretten, dann öffnete er die Tür zu einer anderen Zeit, einer verschwundenen Welt. In Freds Salon hatte sich seit fast fünfzig Jahren wenig gewandelt; Fred mochte keine Veränderungen. Nigel war erst kürzlich nach Newport gezogen, und als er zum erstenmal in Freds Laden gekommen war, wollte er bloß einen billigen Haarschnitt, doch er war (viel öfter, als es wirklich nötig gewesen wäre) wiedergekommen, aus Freude an dem Erlebnis, diesen kleinen Raum zu betreten, der so unzeitgemäß und hoffnungslos vergessen war. Jedesmal, wenn er aufstand, um zu bezahlen, und sich die abgeschnittenen Haarspitzen aus dem Kragen wischte, war er darauf gefaßt, beim Durchschreiten der Tür regelrecht einen Zeitsprung zu machen und auf eine Straße zu treten, auf der schwarze, qualmende Morris Eights und Ford Populars herumfuhren und Jungen in kurzen Hosen mit aufgeschürften Knien und schweren Lederfußbällen herumtobten; eine Welt, die im rasanten Wandel der Zeit verwelkt war, noch bevor Nigel überhaupt geboren wurde.

Als er den Laden betrat, nahm Fred soeben dem alten Dai

Davies den weißen Umhang von den Schultern und schlug das dünne Leinentuch über dem Boden aus, wobei eine Wolke aus abgeschnittenen Haaren herumwirbelte. Als die Türglocke erklang, sah er hoch und blinzelte ein wenig durch seinen beginnenden grauen Star.

»Morgen, Nigel«, sagte er, und seine Stimme klang sicherer als bei den meisten anderen seiner Begrüßungen; Nigel war einer der wenigen Kunden, die Fred stets auf den ersten Blick erkannte, vermutlich weil er als einziger jung genug war, um einen vollen, dunklen Haarschopf zu besitzen. »Und, wie geht's dir heute?«

»Gut, danke«, sagte Nigel. »Aber eine Rasur und ein Haarschnitt könnten nicht schaden.«

Er sah sich um. Außer Dai Davies waren noch zwei Kunden im Laden, alte Männer, die auf ehemaligen Kaffeehausstühlen an einem Beistelltisch voller Zeitungen der letzten Woche und uralter Ausgaben von *Reader's Digest* saßen. Sie blickten beide auf und nickten, als er sich näherte. Die Kasse klingelte, als sie zugeknallt wurde. »Der Nächste, bitte«, rief Fred. Nigel sah die beiden Männer an, doch sie schüttelten den Kopf. »Wir sind schon geschoren worden«, sagte einer von ihnen, Bill Morgan, ein pensionierter Ausbilder für Metallverarbeitung aus Croesyceiliog. Er war ein großer, plumper Mann mit einem fast würfelförmigen Hinterkopf, auf dem kurzgeschorenes, dünnes graues Haar wuchs. Es hieß, daß Bill in seiner Jugend ein grandioser Boxer gewesen sei und einst einen Gegner in der ersten Runde tot zu Boden geschlagen hatte. Dies sei ihm angeblich so unglaublich nahe gegangen, daß er seine Handschuhe an den Nagel gehängt hatte und sich seitdem eher zu bitteren Tränen hätte hinreißen lassen als zu Gewaltausbrüchen.

»Sieht so aus, als wärst du dran, Nigel«, sagte Fred, schlug erneut das Tuch aus und stand erwartungsvoll an seinem einzigen Friseurstuhl.

Nigel machte es sich auf dem durchgesessenen, rissigen Ledersitz bequem, der so glatt war wie Eis, da ihn jahrzehntelang Tausende von Hosenboden poliert hatten.

»Was darf's denn heute sein?« fragte Fred, als er den Umhang über Nigels Knie und Oberkörper warf und das grobe Leinen ordentlich in seinen Kragen steckte.

»Nachschneiden und rasieren, bitte.«

Als Fred seine Arbeit mit der Haarschneidemaschine begann, ließ Nigel seine Augen über sämtliche Gegenstände streifen, die sich vor ihm ausbreiteten: die ordentlich aufgereihten Scheren und Rasiermesser (seit er seine Bartstoppeln ihrer behutsamen Zuwendung anvertraut hatte , bemühte er sich, sie nicht mehr für Halsabschneider zu halten), der dicke Streichriemen aus Leder, der an seinem Messinghaken hing, die Kämme aus imitiertem Schildpatt und die verblichenen Emailschilder, die für *Brylcreem* und *Vitalis* warben, daneben der große Spiegel, dessen Versilberung schon reichlich Patina angesetzt hatte und mit zunehmendem Alter immer trüber wurde.

Über die Jahrzehnte, die Fred den Laden führte, hatte er nur eine einzige größere Veränderung zugelassen, das war gleich zu Beginn, als er noch um die Gunst seiner Kunden warb; diese Veränderung hatte seinen eigenen Namen betroffen. Als er 1946 als Gefreiter der Luftwaffe John Williams aus Burma heimkehrte, nahm er eine Arbeit bei der Bahn an. 1948 heiratete er nach kurzem Werben Gwyneth Rhys, deren Vater Bahnhofsvorsteher in Cwmbran war. Sie zogen nach Newport, wo John seine Ersparnisse sowie ein Darlehen seines Schwiegervaters dazu benutzte, das Geschäft des alten Fred Wright zu übernehmen. John hatte bei der Royal Air Force die Grundlagen des Friseurhandwerks erlernt und konnte jedem Mann einen ordentlichen hinten-und-an-den-Seiten-kurz-Haarschnitt sowie eine Freitagabend-Rasur verpassen. Aus gutem Willen und der Beständigkeit halber beschloß er, das schwarz-goldene Schild mit der Aufschrift F. WRIGHT, FRISEUR über dem Fenster zu behalten. Die Kunden nannten ihn deshalb alle den jungen Fred, und dieser

Name war ihm geblieben. (Heute hieß er bei den Älteren immer noch der junge Fred, obwohl er auf die Fünfundsiebzig zuging.) In den ersten zwanzig Jahren ihrer Ehe lebten die Williams' in bescheidenen Verhältnissen in der kleinen Wohnung über dem Laden. Sie hatten keine Kinder. Gwyneth beschwerte sich oft darüber, daß er sich weigerte, mit der Zeit zu gehen und seine Preise zu erhöhen; sie hätten mit dem Geld ihre jetzige Wohnung hübscher einrichten oder in eine größere Wohnung umziehen und eine Familie gründen können; aber ihm gefiel es, wo er war, und er haßte Veränderungen. 1968 hatte Gwyneth genug. Sie verließ ihn und kehrte nach Cwmbran zurück. (Besser gesagt nach *Old* Cwmbran, wie man inzwischen sagen mußte, seit sich die neue Stadt des Namens bemächtigt und angefangen hatte, die Dörfer und Farmen im Tal zu schlucken.) Der junge Fred führte sein Leben nach der Trennung ganz ungerührt weiter; er schnitt Haare und rasierte Gesichter, so wie er es in Indien gelernt und in Burma perfektioniert hatte. Als die sechziger Jahre ins Land gingen, wollten immer weniger Leute seinen Haarschnitt haben, aber Fred wollte oder konnte sich mittlerweile nicht mehr dazu durchringen, sein Repertoire zu erweitern. Daher wurden seine Kunden immer älter und ihre wöchentlichen Besuche in seinem Laden immer mehr zu einem Ritual. Als Harold Macmillan ihm versicherte, daß seine Kunden es noch nie so gut gehabt hätten, wagte er schließlich den kühnen Schritt, den Preis für einen Haarschnitt von zwei Shilling und sechs Pence auf drei Shilling zu erhöhen. Dieser Preis veränderte sich weitere zehn Jahre lang nicht, nur einmal, als er sich über Nacht auf wundersame Weise von drei alten Shilling in fünfzehn neue Pence verwandelte (obwohl die Münzen immer noch gleich aussahen). Dann brachten die siebziger Jahre eine Ölkrise und galoppierende Inflation. Aufgeschreckt durch steigende Kosten für das Scherenschleifen, den Strom, Rasierschaum und Brylcreem, paßte Fred zähneknirschend seine Preise an und führte eine jährliche Verteuerung um zwei neue Pence ein. Seine treuen Kunden hatten sich möglicherweise zaghaft über diese Erhöhung beschwert, aber er und sie wußten, daß Freds Preise immer noch unter der Hälfte dessen lagen, was der billigste Friseur in Newport verlangte. Als 1979 die Konservativen gewählt wurden, kostete ein Haarschnitt des jungen Fred fünfundzwanzig Pence. Am Freitag nach der Wahl kamen die Stammgäste zum Rasieren und Nachschneiden in den Laden – und um die Lage zu besprechen. Seit 1945 waren sie alle treue *Labour*-Wähler, und obwohl sie Wilson mißtraut und Callaghan verachtet hatten, schüttelten sie an diesem Nachmittag sorgenvoll ihre Köpfe, wobei die kümmerlichen Haarschnipsel, die Fred mit seiner flinken Bürste übersehen hatte, auf ihre hängenden Schultern rutschten. Nicht bloß eine *Tory*-Regierung, sondern auch noch eine *Tory*-Regierung, die von einer *Frau* geführt wurde! Fred behielt seine Gedanken für sich, während er an ihren zorngeröteten Nacken herumschor und -schnippelte. Er erinnerte sich daran, wie gut Gwyneth mit ihrem mageren Budget den Haushalt geführt hatte. Vielleicht war es das, was das Land brauchte; ein bißchen ernsthafte weibliche Haushaltsführung. Zum Zeichen seines Vertrauens hatte er den Preis für einen Haarschnitt bei fünfundzwanzig Pence eingefroren, und dort lag er seit siebzehn Jahren.

Nigel vermutete, daß die Päckchen mit den Durex-Kondomen, die in dem Pappkarton im Glasschränkchen auf der Theke ausgestellt waren, ebenfalls seit mindestens siebzehn Jahren unbeachtet dort herumlagen. Soweit er wußte, war er Freds einziger Kunde unter sechzig, und die anderen benutzten derlei Artikel nicht allzu häufig. Auf der anderen Seite galt das gleiche wohl auch für die Pyramide aus Brylcreem-Dosen und die schwarzen Plastikkämme, die mit Gummibändern an einer rechteckigen Pappe befestigt waren. Seit er vor sechs Monaten erstmals hierher gekommen war, hatten sich dort sieben Kämme befunden. Als er eines Tages in einer Apothekenfiliale von *Boots* in der Schlange stand, war ihm außerdem aufgefallen, daß deren Brylcreem-Dosen völlig anders aussahen als Freds; sie waren vor

Jahren neu gestaltet worden, um auf dem modernen Markt mit Haargel konkurrieren zu können.

Fred hatte Nigels Haare fertig geschoren und bereitete sich auf die Rasur vor. Er wählte ein Rasiermesser aus, klappte es auf und prüfte die Klinge unter dem schmutziggelben Schein der alten Glühbirne, bevor er den Lederriemen ergriff und die Klinge entlang der polierten Oberfläche abzog.

Dai Davies räusperte sich hörbar. Nachdem sein Haarschnitt fertig war, hatte er sich zu den beiden anderen Männern gesetzt, um Neuigkeiten auszutauschen. »Ich hab' gesehen, daß Dr. Thomas sich einen von diesen Ponchos besorgt hat«, sagte er laut. »Ich war heute morgen unten in der Chirurgie und hab' ihn gesehen.«

Fred hielt einen Moment inne und blickte auf Dai, dann fuhr er mit dem Schleifen fort. »Sieh mal an«, murmelte er.

Die anderen Männer ließen ihre Zeitungen sinken und starrten Dai ungläubig an. »Einen Poncho?« wiederholte Bill Morgan. »Dr. Thomas?«

»Hm«, sagte Dai, und sein runzeliges, kleines Gesicht strahlte vor Freude darüber, daß er so rasch die Aufmerksamkeit aller gewonnen hatte.

»Was will er denn damit?«

»Weiß ich nicht«, sagte Dai. »Seinen Wohnwagen damit ziehen, nehme ich an.«

Die anderen sahen zuerst einander und dann wieder Dai an. »Was redest du denn da, Mann?«

Nun sah Dai etwas verwirrt aus. »Ihr kennt doch den Poncho – diese Kiste mit Vierradantrieb.«

Nigel grinste durch die dicke Seifenschicht, die ihm Fred um den Mund herum aufgetragen hatte. »Sie meinen *Pajero*«, sagte er.

»Oohh«, riefen alle im Chor und machten enttäuschte Gesichter, weil sich die reizvolle Vorstellung in Luft aufgelöst hatte, daß der ortsansässige Arzt in einem mexikanischen Umhang zur täglichen Operation erscheinen würde.

»Pajero, du blöder alter Trottel«, sagte Billy irritiert. »Nicht Poncho... Schwachkopf«, murmelte er.

»Das hab' ich doch gesagt«, protestierte Dai.

»Oh, sei bloß still.« Bill schüttelte den Kopf und widmete sich wieder seiner Zeitung.

Nigel lächelte noch, als er den sanften Druck von Freds Fingern gegen seine Stirn spürte und den Kopf gefügig nach hinten auf die Stütze legte. Das Lächeln verschwand und sein Gesicht verkrampfte sich unfreiwillig, als die Klinge durch die Seifenschicht hindurch über seine Haut glitt.

»Hast du das hier gesehen?« fragte Bill.

Von seiner Position aus konnte Nigel im Spiegel sehen, wie Bill die Titelseite des *South Wales Argus* hochhielt, doch er konnte die Überschrift nicht lesen.

Ohne von seiner Arbeit aufzublicken, nickte Fred. »Aye«, murmelte er. »Schrecklich, was... Halt still, Nigel, so ist es gut, mein Junge.«

Nigel verkrampfte sich erneut; Fred hatte ihm die Wangen und das Kinn fertig rasiert und führte nun die Klinge mit seinen knochigen Fingern über seinen Hals.

Bill und sein Freund brummten gleichzeitig »Aye, schrecklich.«

»Was?« fragte Dai.

»Das«, sagte Bill.

Die Zeitung raschelte. »Oh, aye«, stimmte Dai zu. »Schrecklich... War ein hübsches Mädchen, oder? Ich mochte Krankenschwestern schon immer.«

Bill schnalzte mißbilligend mit seiner Zunge. »So was solltest du nicht sagen, Mann. Er hat furchtbare Dinge mit ihr gemacht. Hier steht –«

Ein lautes Keuchen aus dem Stuhl unterbrach ihn. Der Umhang wölbte sich, und Nigel setzte sich abrupt auf und hielt sich den Hals. Blut lief über seine Finger und vermischte sich mit der milchigen Seife. »Scheiße«, keuchte er. »Scheiße! Du ungeschickter alter Tolpatsch!«

Fred war entsetzt und hielt erschrocken das Rasiermesser hoch, an dessen Spitze ein blutgetränktes Schaumbällchen zitterte. »Das war nicht meine Schuld! Was zappelst du denn auch so rum?«

Nigel schaute ihn an. »Steh nicht bloß so da, du alter Trottel – ich verblute hier!«

»Na, na«, sagte Bill ruhig. Er kam herüber, beugte sich vor und besah sich Nigels Hals. Er nahm seine Hand weg und begutachtete die Wunde. »Du wirst es überleben, Junge ... Hier, wisch es damit ab.« Er nahm einen Stapel Papiertücher aus einem Karton im Regal und reichte sie Nigel. »Sei vorsichtig.«

Fred hielt noch immer wie versteinert das Rasiermesser hoch, seine alten Augen blickten geschockt und wie geistesabwesend. »Das ist mir noch nie passiert«, flüsterte er, »noch nie in fünfzig Jahren.«

»Mach dir nichts draus, Fred, alter Junge«, sagte Bill. »Ist nicht so schlimm. Oder, Kumpel?«

Nigel stand auf, zog den Umhang hinter sich her und untersuchte seinen Hals im Spiegel. Er nickte widerwillig. Der Schnitt war knapp drei Zentimeter lang; die Klinge hatte einen Hautfetzen weggeschabt, unter dessen eingeseiftem Rand noch das Blut hervorquoll. »Hast du ein Pflaster?« fragte er.

Fred antwortete nicht; er war vor Schock und Scham wie erstarrt. »Noch nie«, murmelte er wieder vor sich hin, »das ist mir noch nie passiert.«

»Komm schon«, sagte Bill, »oben hast du doch bestimmt Pflaster, nicht wahr? Laß uns mal nachsehen.« Als er Fred zur Wohnungstür begleitete, nickte er Dai zu. »Mach dich mal nützlich, und gieß uns 'ne Kanne Tee auf, Kumpel.« Er blickte zu Nigel. »Warte hier. Es dauert keine Minute.«

Nigel setzte sich neben den Tresen, sein Herz schlug wie wild. Er versuchte sich zu beruhigen, indem er wie üblich die unverkauften Artikel in der verstaubten Vitrine zählte. Durex: neun verblichene Dreierpacks ›Federleicht‹, vier ›Hauchdünn‹. Brillantine: eine Pyramide aus sechs runden Dosen. Schwarze Plastikkämme an ihrer Pappwand: von oben, eins, zwei, drei, vier, fünf, sechs... Er hörte auf zu zählen. Das stimmte nicht; es sollten sieben Kämme sein. Fred hatte am Ende doch nicht etwa einen verkauft? Er sah genauer hin; der siebte war entfernt und durch etwas anderes ersetzt worden. Er beugte sich vor, hielt sein Gesicht ganz nah an die Scheibe und erkannte, daß es eine längliche, schmale, bedruckte Karte war. Er blickte über seine Schulter, um zu prüfen, ob Bills stiller Freund noch hinter seiner Zeitung steckte, dann beugte er sich vor und nahm die Pappe mit den Kämmen von hinten aus der Vitrine heraus. Als er die Karte untersuchte, begann sein Herz, das sich inzwischen etwas beruhigt hatte, heftiger zu schlagen als je zuvor.

»Da wären wir«, sagte Bill, als er den Laden durch die Hintertür betrat. In seiner dicken Faust hielt er einen dampfenden Becher Tee, in der anderen eine Schachtel Elastoplast. »Das haben wir gleich.« Er stutzte. »Wo ist er denn hin?«

Sein Freund zuckte mit den Schultern. »Keine Ahnung. Ist einfach abgehauen.«

Bill stellte den Becher und die Schachtel auf den Tresen und stapfte zur Tür. Er sah hinaus, aber Nigel war nirgendwo auf der Bacon Road zu sehen. »Ist ja merkwürdig«, sagte er und ging in Freds Wohnung zurück.

Als Bill den Tee zubereitet und das Pflaster gefunden hatte, war Nigel bereits am Ende der Bacon Road angelangt. An seinem Hals geronn das Blut und bildete einen dunkelroten Fleck auf seinem Hemdkragen. Er achtete nicht darauf und auch nicht auf die Leute, die ihn anstarrten, als er den Hügel hinauflief und rechts in die Garw Row einbog. Bei Nummer 87 blieb er stehen und kramte in seiner Tasche nach dem Schlüssel. Seine Finger zitterten, und er hatte Schwierigkeiten, den Schlüssel ins Schloß zu bekommen. Nach einigen Versuchen klappte es endlich, und das Schloß öffnete sich mit einem hohlen *donk*.

Im Halbdunkel des Flurs lehnte er sich einen Moment an die Wand, um Luft zu schnappen, und inhalierte den strengen Geruch von Ammoniak und Katzensand, der stets im Flur und im Treppenhaus hing. Durch die Tür von Mrs. Zymelas Wohnung drang der gedämpfte Rhythmus der Titelmusik der Sportsendung *Grandstand*. Plötzlich ertönte ein lautes Miauen hinter ihm, und er zuckte erschrocken zusammen, als eine hagere Siamkatze vom Schrank über seine Schulter sprang und über den Linoleumfußboden zur Küche im hinteren Teil des Hauses huschte. Als er sie verschwinden sah, schien sich seine Anspannung zu lösen und er spürte nur noch einen dumpfen Schmerz, während eine dunkle Ahnung in ihm aufstieg. Erschöpft ließ er seine Schultern sinken und schleppte sich die Stufen zu seinem Zimmer hinauf.

Sobald er sich eingeschlossen und geprüft hatte, daß die Tür auch versperrt war, ging er, ohne zu zögern, zur Garderobe. Er stellte sich auf die Zehenspitzen, griff hinauf und ertastete oben, im trockenen Staub, die beiden Gegenstände, die dort unberührt gelegen hatten, seit er vor sechs Monaten in die Garw Row eingezogen war: einen Schuhkarton mit Eselsohren im Deckel, um den ein Gummiband gespannt war, und eine verbeulte grüne Golden-Virginia-Tabakdose. Er trug beides zum Tisch und setzte sich. Er sah die Gegenstände eine Weile an, dann fischte er die Karte aus seiner Jackentasche, die er aus dem Kammhalter in Freds Laden genommen hatte. Im linken Feld stand *Brittany Ferries*, gegenüber der Stelle, wo Platz für Namen und Adresse des jeweiligen Passagiers gelassen war. Die Karte war ausgefüllt worden, und obwohl ihm die Handschrift (ein zögerliches, dünnes Gekrakel) unbekannt war und es schon Jahre her war, daß er die Worte gesehen oder gehört hatte, erkannte er den Namen und die Adresse sofort wieder, als ob es seine eigenen wären.

Er begann wieder zu zittern, zog das Gummiband ab, ließ es

quer durch den Raum schnalzen und öffnete den Schuhkarton. Er stellte den Karton auf den Tisch und begann, den Inhalt zu durchsuchen; Farb- und Schwarz-Weiß-Fotos, Ausschnitte, Schnipsel, Notizen, zusammengerollte oder gefaltete Seiten; nacheinander stapelte er die Dinge neben dem Karton auf den Tisch. Er fand einige Briefe und mehrere Ausschnitte aus Hochglanzmagazinen sowie ein kleines Poster, das eng aufgerollt war. Darunter lag ein großes, mehrfach gefaltetes Blatt dickes Aquarellpapier. Er hielt inne und faltete es auseinander. Es war eine Pastellzeichnung, die zwei Menschen vor einer breiten Tür in einer Steinwand zeigte. Eine Frau mit einem langen weißen Kleid und breitkrempigem Strohhut sowie ein Mann in einem blauen Hemd. Die Pastellfarben waren nicht fixiert worden und daher verwischt, entlang der Falten bröckelten sie ab. Nigel berührte das Gesicht der Frau mit seiner Fingerspitze, ganz vorsichtig, damit es nicht verschmierte. Er sah das Bild lange an, dann legte er es zur Seite und setzte seine Suche fort.

Schließlich fand er die andere Karte, unter einer leeren, zerdrückten Guinness-Dose, am Boden des Kartons, dort, wo er sie vermutet hatte. Er legte sie neben die neue auf den Tisch; sie waren identisch, bis auf den Namen, die Adresse und die Handschrift (diese bestand aus breiten, geschwungenen Linien). Er legte das Gesicht in die Hände und schloß die Augen.

Eine Zeitlang hatte er so dagesessen und in seine innere Dunkelheit gestarrt, wobei er versuchte, die Bilder zu bekämpfen, die sich in sein Hirn drängten, als es leise an der Tür klopfte. »Mr. Inkpen?« sagte eine Stimme. »Sind Sie zu Hause?«

Nigel beschloß, die Frage zu ignorieren und so zu tun, als wäre er ausgegangen, aber Mrs. Zymela schien trotz des permanenten Lärms ihres voll aufgedrehten Fernsehers einen sechsten Sinn zu besitzen, der ihr verriet, welcher ihrer Mieter zu Hause war oder nicht. Er erhob sich und schloß auf.

»Was gibt's denn?« fragte er und öffnete die Tür einen Spaltbreit. Mrs. Zymela stand auf dem Treppenabsatz. Eine winzige

Frau in einem rosafarbenen Nylon-Overall, der mit ihrem dürren Körper verwachsen zu sein schien. Nigel hatte sie noch nie ohne ihn gesehen, auch nicht wenn sie das Haus verließ. »Guten Abend, Mr. Inkpen«, sagte sie mit dem affektierten Akzent, der ihre polnische Abstammung verriet. »Hatten Sie einen guten Morgen?«

»Eigentlich nicht. Was ist los?«

»Also wirklich, es gibt keinen Grund, so schroff zu sein.« Sie lächelte. »Kann sich eine Mutter nicht auch mal ohne guten Grund um ihre Kinder kümmern?«

»Tut mir leid.«

»Na ja, schon gut. Können Sie die Tür nicht ein bißchen weiter aufmachen? Sie versuchen doch nicht, etwas vor mir zu verbergen, oder, Nigel?«

»Verbergen?« Nigel blickte sie argwöhnisch an.

»Eine junge Dame vielleicht?« Sie neigte ihren Kopf und sah ihn fragend aus den Augenwinkeln an.

»Nein, es ist niemand hier.«

»Meine Güte ... du lieber Gott, was ist denn mit Ihrem Hals passiert? Ist das etwa Blut?«

Nigel befühlte seinen Hals. »Das ist nichts«, sagte er. »War nur ein kleiner Unfall beim Rasieren. Machen Sie sich keine Sorgen. Hören Sie, wollten Sie was Bestimmtes? Ich bin ziemlich beschäftigt.«

»Sind Sie sicher, daß Sie keinen Verband haben wollen? Ich werde gehen und einen holen ...«

»Nein! Entschuldigung, nein, wirklich, es ist nicht so schlimm. Hören Sie, ich muß weitermachen.«

Er schloß die Tür vor ihrem neugierigen Blick. Eine Weile war Ruhe, und er stellte sich vor, wie sie auf dem Treppenabsatz stand und mit schiefgelegtem Kopf auf interessante Geräusche hinter seiner Tür lauerte. Dann hörte er, wie ihre Hausschuhe auf dem Absatz kehrtmachten und sie die Treppe hinunterging.

Er setzte sich wieder an den Tisch und starrte verzweifelt auf die beiden Karten … Es hatte wieder angefangen, und das schon nach so kurzer Zeit. Er öffnete den Deckel der Tabakdose, prüfte ihren Inhalt und drückte den Deckel wieder herunter.

Tock-Tock. »Nigel?«

Er seufzte und stand auf. »Was ist denn nun schon wieder los?« fragte er ungeduldig und öffnete erneut die Tür.

Mrs. Zymela legte eine Hand an ihren faltigen Rosenmund. »Es tut mir so leid, Sie noch mal zu stören, Mr. Inkpen. Sie werden mich für eine Närrin halten. Ich war so besorgt um Ihren Hals, daß ich völlig vergaß, warum ich eigentlich raufgekommen bin. Das ist für Sie angekommen.« Sie nahm einen kleinen, weißen Umschlag aus der Tasche ihres Overalls und reichte ihn Nigel durch den Spalt.

»Danke«, sagte er und schob die Tür zu. »Wiedersehen.«

»Nigel?« rief sie. »Möchten Sie nicht doch einen Verband für Ihre Wunde haben?«

»Nein!« brüllte er.

Bevor er den Umschlag öffnete, musterte er ihn von außen. Er war klein und dick, seine Lasche hatte sich über dem prallen Inhalt gerade noch zukleben lassen. Die Adresse war mit blauem Kugelschreiber in kleinen, ordentlichen Großbuchstaben geschrieben worden:

NIGEL INKPEN ESQ.
87 GARW ROW
NEWPORT,
GWENT.

Eine orangefarbene, aufwendig gestaltete Briefmarke und ein verwischter Poststempel aus Cardiff-Newport. Nicht, daß er glaubte, etwas Wichtiges zu erfahren, wenn er solche Details untersuchte; er wußte bereits, wer den Umschlag geschickt hatte. Schließlich holte er tief Luft, schob seinen Daumen unter die Lasche und riß sie auf. Es befanden sich zwei Dinge darin: ein eng zusammengefaltetes Stück Zeitung und ein gelbes Blatt Schreibpapier. Mit Daumen und Zeigefinger nahm er das gelbe Papier heraus und faltete es auseinander. Diese Handschrift kam ihm, im Gegensatz zu der auf der Bordkarte, niederschmetternd bekannt vor. Während er dastand und den Brief las, begannen seine Hände zu zittern und sein Gesicht wurde aschfahl. Der Umschlag rutschte ihm aus den Fingern und fiel auf den Boden.

Mein liebster Nigel,
verzeih mir, wenn ich Dich so offenherzig anspreche, aber ich fühle, daß wir über die Jahre durch unsere gelegentliche Korrespondenz (auch wenn sie ein wenig einseitig gewesen sein mag) zu guten Freunden geworden sind. Ich wage zu hoffen, daß Du dasselbe verspürst, obwohl mir mein Gefühl das Gegenteil sagt. Warum mußt Du immer vor mir davonlaufen, Nigel? Früher oder später spüre ich Dich doch auf; es wird jedesmal einfacher, nicht schwieriger. Laß daraus kein Naserümpfen werden, wenn Du verstehst, was ich meine.

Ich hoffe, daß Du mein kleines Geschenk erhalten hast, wenn Du das hier liest. Solche kleinen Dinge können recht außergewöhnliche Erinnerungen wecken, nicht wahr? Ich hoffe (ich hoffe eine ganze Menge, was? Aber was ist das Leben ohne Hoffnung?) … Laß es mich ein wenig anders ausdrücken … J'espère (ja, das wird gehen, falls Dein Französisch noch immer so gewandt ist, wie es einst war, und Du meine unbeholfene Grammatik nicht auf die Probe stellst) … J'espère que tu as aimé mon petit cadeau et les souvenirs qu'il a relevé. Na, wie war das? Müßte da irgendwo ein Konjunktiv rein?

Aber genug von der Vergangenheit. Laß uns über die Gegenwart reden; Deine gegenwärtigen Umstände, um genau zu sein. Ich habe erschütternde Informationen darüber er-

halten, wie Du jetzt Deinen Lebensunterhalt verdienst. Du kannst es vielleicht vor denen verbergen, die in Deiner Nähe sind (besonders vor dieser charmanten Mrs. Zymela, die ziemlich schockiert sein dürfte), aber wie konntest Du annehmen, es vor meinen Augen verbergen zu können? Ich hatte zu hoffen gewagt, daß Du nach meinem letzten Brief eine Pause zum Nachdenken eingelegt hättest. Aber nein – Deine moralischen Werte sind, wenn überhaupt, gesunken. Schäme Dich, Nigel. Wenn Du so weitermachst, bist Du vielleicht bald wieder da, wo Du angefangen hast, und ich bin sicher, daß keiner von uns beiden das möchte. Vielleicht unterstreicht der beiliegende Artikel meine Aussage.

Gute Gesundheit und die allerbesten Wünsche,
Der Gossenstreuner

Nigel kauerte sich auf das Bett und starrte in die aufkommende Dämmerung. Draußen verdichteten sich schiefergraue Wolken am Himmel und ließen frühe Dunkelheit über die Straßen hereinbrechen. Er blickte auf das gefaltete Zeitungspapier in dem gewölbten Umschlag, der immer noch dort am Boden lag, wo er ihn hatte fallen lassen. Er wußte, was darauf stehen würde, auch ohne es auseinanderzufalten; in letzter Zeit war nur ein einziges nennenswertes Ereignis eingetreten, das den Verfasser dieses Briefes interessieren dürfte. Er wußte, auch ohne hinzusehen, daß der Ausschnitt von der gestrigen Titelseite des *Argus* stammte; dieselbe Geschichte, über die Bill Morgan vor ein paar Stunden gesprochen hatte, woraufhin Nigel so jäh hochgeschreckt war, daß die scharfe Rasierklinge seine Haut verletzt hatte.

Er zerknüllte den Brief in seiner Faust und drückte ihn an seine Brust, legte sich hin und drehte sein Gesicht der dunkel werdenden Wand zu.

3

ALS ER DIESMAL aufwachte, lag er im Bett. Er hatte geträumt, daß sie neben ihm lag; er konnte noch den Duft ihres Körpers riechen, der seinem Kopfkissen entströmte. Doch als er aufwachte und nach ihr tastete, war sie fort, und der Hauch ihrer Gegenwart löste sich in der schwülwarmen Luft auf.

Schon seit vielen Jahren war Schlaf – solange er ungestört blieb – eine Möglichkeit der Flucht für ihn gewesen, und das Aufwachen eine Last, eine schmerzvolle Enttäuschung, die wie körperliche Erschöpfung in seinen Knochen schmerzte. Aber jetzt war irgend etwas anders; zum erstenmal seit ... er wußte nicht mehr seit wie vielen Wochen, aber zum erstenmal seit geraumer Zeit lag er in einem richtigen Bett. Ein eher hartes Bett, dachte er benommen, aber immerhin ein Bett; sein Kopf lag auf einem dicken, weichen Kissen, sein Körper geborgen unter dem sanften Gewicht der Decken.

Und er spürte Wärme, warme Luft, und – wie seltsam, dachte er – es roch schwach nach Essen. Neugierig öffnete er seine zitternden Augenlider, doch es blieb weiterhin dunkel. Als er nach oben starrte, konnte er eine fahle Zimmerdecke erkennen, an den Wänden erahnte er die schwarzen Umrisse klobiger Möbel. Irgendwie spürte er, daß es abendliche Dunkelheit war und nicht etwa früher Morgen, und Panik überfiel ihn; er hatte einen ganzen Reisetag versäumt. Er versuchte, sich auf seine rechte Seite zu rollen, aber sein Arm weigerte sich zu gehorchen, also rollte er nach links, strampelte mit den Beinen und versuchte, sich von den Decken zu befreien. Plötzlich fand seine tastende Hand leeren Raum, und er schob sich vorwärts, rutschte hinab auf den harten Boden und schleifte die Decken mit seinen Beinen hinter sich her. Ein stechender Schmerz schoß ihm vom Handgelenk bis zur Schulter in seinen unbeweglichen rechten Arm und explodierte in seiner Brust, so daß er japsend nach Luft rang.

Als der Schmerz nur noch pochte, richtete er sich vorsichtig auf und blickte vorwurfsvoll auf das seltsam hohe Bett. Erst da erkannte er, daß er auf einem Tisch geschlafen hatte. Mit wachsender Verwirrung versuchte er, seine Lage zu erfassen; immerhin wußte er nun, warum sich die Matratze so hart angefühlt hatte. Es erklärte auch die Essensgerüche; bei mittlerweile verhältnismäßig klarem Bewußtsein konnte er die Umrisse von Pfannen erkennen, die an einer Halterung an der Wand hingen, und den schimmernden Korpus eines Kohlenherds. Dennoch konnte er sich das größte Rätsel nicht erklären: Wie war er hierher gekommen, und warum war sein Arm verletzt und verbunden?

»Hallo?« rief er. »Ist hier jemand?«

Es kam keine Antwort, was ihn nicht weiter überraschte; er hatte gespürt, daß das Haus leer war. Er sammelte sich, unterdrückte die wieder aufkeimende Panik und begann, einen einfachen Plan zu schmieden. Das Wichtigste zuerst: den Lichtschalter finden. Er stand auf und kämpfte einen Schwindelanfall nieder, der ihm die Sinne zu vernebeln drohte. Nachdem er eine Weile die Wände abgetastet hatte, fand er den Schalter und knipste ihn an, dann suchte er nach seinen Kleidern. Seine Jeans und die Socken hingen in Reichweite über einem Kleiderständer. Die Jeans war an den Knöcheln und im Schritt noch leicht feucht, aber er zog sie trotzdem an. Es verwunderte ihn noch mehr, seine Jacke und sein Sweatshirt aufgehäuft neben dem Tischbein zu finden. Das Sweatshirt war in Streifen geschnitten worden, aber die Jacke war soweit in Ordnung, daß er sie tragen konnte. Also schlüpfte er in den linken Ärmel, hängte sie lose über seine verletzte Schulter und machte den Reißverschluß unten zu, damit sie nicht herunterrutschte. Schließlich entdeckte er seine Turnschuhe. Es hatte eine Weile gedauert, bis er sie gefunden hatte, denn jemand hatte sie in das Backrohr gestellt, vermutlich um sie zu trocknen. Sie waren glühend heiß, und er zuckte und schnaufte, als er seine Füße hineinsteckte. Dann war er bereit, seine Lage genau zu erkunden. Er schüttelte seinen Kopf, rieb sich die Augen und versuchte, die Schwäche und das Schwindelgefühl zu vertreiben; dann begab er sich vorsichtig auf die Suche nach demjenigen, der ihn hierher gebracht hatte.

Carole öffnete die Stalltür und machte das Licht an. »Na«, sagte sie, »hoffentlich bist du mit dir zufrieden. Der arme Kerl – was wäre, wenn er nun ernsthaft verletzt gewesen wäre? Was hast du dazu zu sagen, hm?« Sie blickte vorwurfsvoll drein, doch der rote Morris stierte bloß gütig zurück, während seine Scheinwerfer im grellen Licht blitzten. »Dann wollen wir dich mal ansehen, du alter Mistkerl«, murmelte sie zärtlich.

Der Schlüssel steckte noch im Zündschloß, wo sie ihn zurückgelassen hatte, und sie konnte nicht widerstehen, es noch einmal zu versuchen. Die Batterie hatte sich so weit erholt, daß sie den Anlasser in Gang setzen konnte, aber der Motor stotterte nach wie vor und wollte nicht anspringen. Sie verstand das nicht; erst am Vortag hatte sie die Zündung komplett überholt, neue Zündkerzen, einen Verteilerfinger, eine Verteilerkappe, einen Kondensator und einen Kontaktunterbrecher eingebaut. Sie hatte die Zündung eingestellt und, da sie schon dabei war, sogar die Kipphebelabdeckung abgenommen und die Ventile eingestellt.

Sie öffnete die Kühlerhaube und starrte auf die kleine Maschine, die in dem übergroßen Motorraum eingebettet lag. Sie ging in Gedanken alle Fehler durch, die sie vielleicht gemacht haben konnte, aber dieses totale Versagen konnte eigentlich nur darauf zurückzuführen sein, daß sie vergessen hatte, die Zündkappen aufzusetzen, oder eines der Hochspannungszündkabel nicht angeschlossen hatte. Sie überprüfte, ob die dicken, blauen Kabel korrekt um den Verteiler liefen und die Stecker mit den Gummikappen festsaßen. Alles war in Ordnung. Sie war sicher, daß die Zündkappen festsaßen, doch sie beschloß nochmals nachzusehen, nahm jeden einzelnen Stecker herunter und prüfte die Freigängigkeit der Kontakte mit einem Meßgerät. Sie waren alle richtig eingestellt, sämtliche Isolatoren waren in einwandfreiem Zustand. Jetzt blieb nur noch, daß die Benzinleitung verstopft war. Sie wollte sie jedoch nicht sofort auseinandernehmen; das würde bis zum Morgen warten müssen.

Sie war so in ihre Überlegungen über die mögliche Ursache vertieft, daß sie nicht hörte, wie er zaghaft hinter ihr durch die Tür trat. »Hallo?« sagte er.

Sie fuhr hoch und schlug mit dem Kopf hart gegen die Kante der geöffneten Haube. »Au! Mist!« fluchte sie und hielt sich den Kopf.

Er ging auf sie zu und streckte eine Hand nach ihr aus, aber sie trat zurück und wich ihm aus. »Alles in Ordnung?« fragte er.

Leicht verunsichert rieb sich Carole sanft den Hinterkopf und nickte. »Ja, ich glaube schon, bloß eine Beule... Na, immerhin sind Sie wach. Sie haben mich zu Tode erschreckt, Steven.«

»Das tut mir leid.«

»Das war das zweite Mal an einem Tag... Wie geht's Ihrer Schulter?«

Steven warf einen Blick auf die Bandagen unter seiner kaputten Jacke. »Weiß nicht«, sagte er, »fühlt sich irgendwie taub an. Tut ein bißchen weh.«

Sie lächelte verlegen. »Das nehme ich doch an.« Ja, der Akzent deutete definitiv auf London; er hob die hellen Vokale ein bißchen an, sie ließen eine Herkunft aus der Arbeiterklasse vermuten, die mit ein wenig höherer Bildung aufgebessert worden war. Sie bemerkte, daß sie sich langsam wieder entspannte. Obwohl er so zerzaust war und trotz seines schrecklichen Barts (ganz zu schweigen von seinem säuerlichen *Geruch*), strahlte er eine harmlose, verletzliche Sanftmut aus. »Haben Sie was zu Essen gefunden?« fragte sie. Er schüttelte den Kopf. »Dann kommen Sie mal mit. Ich werde Ihnen Abendbrot machen... Und Sie sollten besser ein Bad nehmen, okay? Ich werde ein paar saubere Sachen für Sie suchen; Sie sind nicht viel größer als ich.« Sie ging um ihn herum in Richtung Tür, er blieb indes, wo er war, und sah in den Motorraum des Morris.

»Was hat er denn?« fragte er, während er mit dem Kopf zum Auto deutete.

Sie kam zurück und stellte sich neben ihn. »Ich bin nicht sicher. Die Benzinleitung könnte verstopft sein. Ich werd's mir morgen früh ansehen... Kommen Sie, wir gehen was essen.«

»Springt er nicht an?«

»Nein«, seufzte sie. »Sonst hätte ich Sie schon ins Krankenhaus gebracht.«

Er inspizierte den Motor, dann erhellte sich plötzlich sein Gesicht. »Sehen Sie«, sagte er und deutete auf die Zündspule, die oben auf der dicken Trommel der Lichtmaschine saß. »Das Kabel für die Niedrigspannung hat sich gelöst.« Er langte hinein und schob den winzigen Kabelstecker auf das Ende der Spule. »Versuchen Sie's jetzt mal.«

Zögernd stieg sie ein und drehte den Zündschlüssel. Der Anlasser drehte sich einmal, und der Motor sprang an, dröhnte, brummte dann vor sich hin und warf das Geräusch gegen die nackten Steinwände, von wo es widerhallte. Sie saß da, starrte aufs Armaturenbrett und fühlte sich erniedrigt; sie war wütend auf sich selbst, weil sie einen so kleinen, offensichtlichen Fehler übersehen hatte, wütend auf ihn, weil er sie darauf hingewiesen hatte, und am meisten darauf, daß sie ihn gelassen hatte.

»Na also«, rief er von der anderen Seite der offenen Haube. »Hören Sie sich das an; klingt doch erste Sahne. Hier hat jemand eine gute Inspektion gemacht, glaube ich.«

Es ist nicht seine Schuld, sagte sie zu sich, als sie den Motor wieder abstellte und versuchte, ein dankbares Lächeln aufzusetzen, bevor sie aus dem Wagen stieg. »Wo haben Sie das gelernt?« fragte sie.

Er schien mit sich zufrieden. Den Ausdruck von verwirrtem Selbstmitleid, den er beim Betreten des Stalls ausgestrahlt hatte, hatte ein schwaches, geradezu selbstgefälliges Lächeln abgelöst. Doch nur so lange, bis er begann, über ihre Frage nachzudenken – wobei es so aussah, als würde er sie in seinem Kopf hin- und her schieben wie ein beliebiges Stückchen Himmel aus einem Puzzle und dabei versuchen, es mit etwas Festem und Erkennbarem zu verbinden. Er besah sich den dünnen Ölfilm auf seinen Fingerspitzen, runzelte die Stirn, dann schaute er in Caroles Gesicht. »Ich weiß es nicht«, sagte er kraftlos.

Sie runzelte ebenfalls ihre Stirn und erwiderte seinen Blick. »Also, Sie müssen schon mal mit Autos gearbeitet haben«, beharrte sie.

Er schüttelte den Kopf. »Ich weiß es nicht«, wiederholte er unglücklich. »Ich kann mich nicht erinnern.«

4

ROSALIND SCHOB SICH die Schutzbrille auf die Stirn und stellte das Schweißgerät ab. Das fauchende Zischen erstarb, und es kehrte Ruhe im Atelier ein. »*Was* hat er gesagt?« fragte sie ungläubig.

»Er hat gesagt, er will in der Scheune schlafen.«

Carole lächelte unsicher. Rosalinds offenkundiges Mißfallen verursachte bei ihr das Gefühl, als ob *sie* es sei, die sich seltsam verhielt. Sie war sich nicht sicher, ob sie es mittlerweile bereute, Steven erlaubt zu haben, bei ihr zu wohnen (er war nun seit fast einer Woche bei ihr), oder ob sie einfach bereute, Rosalind von ihm erzählt zu haben; ihre Freundin besaß jedenfalls eine beschämende Ausdrucksweise, so daß sich Carole immer dämlich vorkam. Sie ärgerte sich darüber, doch das hielt sie nicht davon ab, Rosalind alles zu erzählen, vielleicht wegen der Wärme, die sie ergriff, wenn ihre Verhaltensweisen einmal auf Zustimmung stießen.

Rosalind legte das Schweißgerät auf die Bank, neben den Wald aus geschwärzten Drähten und Stahlplatten, der ihre jüngste Skulptur darstellte, und begann, sich die schweren Schutzhandschuhe auszuziehen. »Hat er gesagt, warum?« fragte sie.

Carole zuckte mit den Schultern. »Eigentlich nicht.«

Sie war ausgesprochen enttäuscht über Rosalinds mißbilligende Haltung und ihr verärgertes Kopfschütteln, weil sie fand, daß sie in diesem Fall besonders einfallsreich gewesen war. Die

Frage, wo man Steven unterbringen konnte, hatte sich ihr bereits gestellt, als er noch bewußtlos auf ihrem Küchentisch gelegen hatte. Ihr erster Gedanke war gewesen, ob sie vielleicht einen ihrer männlichen Nachbarn überreden konnte, ihn eine Nacht lang aufzunehmen. Sie hatte diese Idee jedoch gleich wieder verworfen; ihn einer dritten Person vorzustellen hätte zu allerlei unangenehmen Fragen über seine Verwundung führen können. Was wäre, wenn er sie verklagen wollte? Sie brauchte zuerst eine Gelegenheit, mit ihm zu sprechen, also gab es gar keine Alternative, als ihn in ihrem Haus wohnen zu lassen. Die Vorstellung, diesen Fremden unter ihrem Dach schlafen zu lassen, erfüllte sie mit Schrecken und sogar mit ein wenig Abscheu, daher mußte sie zu ihrer eigenen Sicherheit alles genau vorbereiten. Sie legte sich rasch einen Plan zurecht. Ihr eigenes Schlafzimmer besaß kein Türschloß, aber das größere der beiden Gästezimmer hatte eins. Nachdem sie geprüft hatte, ob das Schloß auch stark genug war, brachte sie alles, was sie für die Nacht benötigen würde – Bettzeug, Nachthemd, frische Kleider für den Morgen –, dorthin. Sie holte das Schrotgewehr und eine Schachtel Patronen aus dem Wohnzimmer und legte alles neben ihr Bett, dann ging sie zurück in die Küche. Er schlief noch, daher nahm sie leise alle scharfen Messer aus den Schubladen und brachte sie nach oben, wo sie sie im Schrank ihres übergangsweise neuen Zimmers versteckte. Ihr wurde klar, daß nicht nur sie selbst, sondern auch ihr Besitz diesem Fremden ausgeliefert sein würde. Sie besaß kaum etwas Wertvolles, das man so einfach mitnehmen konnte, aber die wenigen Dinge – ihre Stereoanlage, ein paar CDs, ein Gemälde sowie ein kleines silbernes Zigarettenetui – brachte sie ebenfalls nach oben und verstaute alles bei den Messern im Schrank. Zuletzt machte sie das Bett in dem kleineren Gästezimmer und ging wieder nach unten, um ihre Wache fortzusetzen.

Später an diesem Abend, nachdem sie gegessen hatten und Carole sich sicherer fühlte, sagte sie ihm, er könne bis zum Morgen bleiben. Dann würde sie ihn, falls es ihm besser ginge, nach

Bradford oder Keighley fahren, oder wohin er auch wollte; vorzugsweise in ein Krankenhaus.

Er lehnte das Angebot ab. »Ich sollte mich jetzt auf den Weg machen«, sagte er.

»Aber es ist mitten in der Nacht!« protestierte sie. Ihr graute vor der Vorstellung, ihn wieder alleine loswandern zu lassen. Während er seine Hühnerpastete und den Kartoffelbrei verschlang, als hätte er seit Tagen nichts gegessen, hatte sie ihn behutsam auf die Probe gestellt und versucht, die Tiefe seines Gedächtnisverlusts auszuloten. Er war total; außer an ein paar Bruchstücke der letzten vierundzwanzig Stunden konnte er sich an nichts, was ihn betraf, erinnern. Sie prüfte sein Allgemeinwissen; kannte er den Namen des derzeitigen Premierministers? Oder irgendeines Premierministers? Er starrte sie bloß mit leerem Blick an. Wußte er, wer die Beatles waren? Oder Marilyn Monroe? Der *Krieg der Sterne?* Nichts von alldem entlockte ihm die geringste Reaktion. Es stand lediglich fest, daß er mit Autos zu tun gehabt haben mußte. »Kommt nicht in Frage«, sagte sie, »nicht, bis es Ihnen besser geht. Sehen Sie, ich habe bereits ein Gästezimmer für Sie hergerichtet. Sie müssen hierbleiben.«

Als sie das sagte, weiteten sich seine Augen leicht, ein ängstlicher Ausdruck überschattete sein Gesicht, und er betrachtete besorgt die vorhanglosen Küchenfenster. Die Art, wie er sie ansah, erinnerte Carole an jemanden, jemanden aus einem Film, der mit genau diesem Gesichtsausdruck sagt: »Das sind genau die Art von Fenstern, durch die *Gesichter* hineinsehen.« Der Gedanke ließ sie erschauern.

»Ich kann nicht«, sagte er und starrte sie verzweifelt an. »Ich kann nicht bleiben.«

»Wieso?«

Er zuckte mit den Schultern. »Ich weiß nicht. Ich kann einfach nicht.«

Er machte sie zunehmend nervös, aber sie bestand auf ihrer

Forderung. »Sie müssen hierbleiben«, sagte sie mit weniger Überzeugung in ihrer Stimme als zuvor.

Er kaute einen Moment lang nachdenklich auf seiner Unterlippe herum, dann schien er eine Entscheidung getroffen zu haben. »Ich werde in der Scheune schlafen«, sagte er.

»Und was hast du da gesagt?« fragte Rosalind.

»Was hätte ich sagen *können*? Ich habe natürlich protestiert, aber mir war auf einmal ganz komisch zumute. Ich hab' ihm ein paar Decken und Bettbezüge gegeben und ihn einfach machen lassen. Was hätte ich denn sonst tun können?«

Rosalind ging in eine Ecke ihres Ateliers und steckte den Stecker des kleinen elektrischen Kessels ein, der auf dem Boden stand. »Du hättest ihn einfach rausschmeißen können«, schlug sie vor.

»Himmel, Ros, ich hab' ihn *angeschossen*! Ich glaube, ich war ihm etwas schuldig! Und überhaupt, du hast ja nicht mal gesehen, in welchem Zustand er war. Was wäre denn, wenn er in einen Graben gefallen wäre oder so was?«

»Schon gut, schon gut. Kaffee?«

Sie setzten sich beide auf hölzerne Lattenstühle, die mit Farbspritzern übersät waren, und schlürften aus ihren Bechern. Carole ließ ihren Blick geistesabwesend über die herumstehenden Skulpturen schweifen und seufzte. »Was hätte ich denn tun können?« fragte sie erneut.

Rosalind schürzte streng ihre Lippen. »Frag mich das nicht dauernd, wenn du keine ehrliche Antwort haben willst.«

»Entschuldigung.«

»Hör mal, Carole, wie lange kenn' ich dich schon? Vier Jahre? Du bist intelligent, praktisch veranlagt, siehst gut aus, aber du läßt die Männer auf dir rumtrampeln. Wenn es nicht Väter oder deine Freunde sind, sind es Fürsorgefälle. Du kannst ihnen einfach nicht widerstehen. Ich wette, deine beste Freundin in der Schule war das dicke Mädchen mit den fettigen Haaren und dem Hundeblick, das sonst niemand mochte. Und ich wette, du hast als kleines Mädchen ständig Vögel mit gebrochenen Flügeln nach Hause gebracht, die dein Vater dann klammheimlich umbringen mußte, wenn du nicht aufgepaßt hast.«

Carole lächelte vage. »Nur einmal«, sagte sie. »Und es war meine Mutter. Sie hat mir gesagt, er hätte sich wieder erholt und wäre davongeflogen. Ich hatte ihm aus einem Lutscherstiel eine kleine Schiene gebaut. Michael hat mir Jahre später erzählt, er hätte gesehen, wie sie ihn mit einem Stein im Garten getötet hat.«

»Solche Sachen hat Elaine auch gemacht«, sagte Rosalind. Carole hatte schon früher Geschichten von Rosalinds Schwester Elaine gehört; ihr Name fiel oft, da in Rosalinds persönlicher Rangordnung für Weltgewandtheit und gesunden Menschenverstand im Vergleich zu Carole nur Elaine als hoffnungsloser und sentimentaler eingestuft war. »Mein Vater nahm uns mal in eine Tierhandlung mit«, erinnerte sich Ros. »Wir hatten ihm monatelang wegen Kaninchen in den Ohren gelegen und schließlich gab er nach. Wir durften uns jeder eins aussuchen. Ich nahm mir ein hübsches mit schwarz-weißen Schlappohren. Elaine mußte sich natürlich das Häschen aussuchen, das sonst niemand haben wollte – so ein großes, braunes Monster, das so aussah, als ob es nicht domestizierbar wäre und eine beginnende Hautkrankheit hätte. Es war ganz allein in seinem Käfig, ganz hinten im Laden, und sie konnte es nicht ertragen, es dort zu lassen. Das Schlappohr fürchtete sich vor dem anderen. Als wir die beiden nach Hause brachten, lebten sie in so einer Art Apartheid, was ganz gut war, weil das Monster innerhalb weniger Monate an dieser furchtbaren Krankheit starb. Natürlich war Elaines Herz gebrochen. Es gab tagelang theatralisches Geheule und Zähneknirschen, bis Dad einen Ersatz mit nach Hause brachte. Elaine beachtete das neue Kaninchen erst gar nicht, weil sie sich viel zu verloren vorkam; und so mußte ich mich um beide Kaninchen kümmern, und Elaine schenkte ihre Aufmerksamkeit einer räudigen Straßenkatze, die immer in unseren Garten kam und auf die frische Wäsche pinkelte.«

Carole schaute sie gereizt an. »Willst du damit sagen, daß ich genauso bin? Daß Steven so etwas ist wie ein räudiges Tier?«

Rosalind seufzte. »Er wird Schwierigkeiten machen, Mädchen, einen Alptraum lostreten.« Sie beugte sich vor und sah Carole ernsthaft in die Augen. »Gott, Mädchen, in deinem Leben hast du nichts als Kummer mit Männern gehabt, und jetzt läßt du wieder einen damit anfangen. Was ist los mit dir? Menschenskind, du weißt nicht mal, wer der Kerl ist, woher er kommt und so weiter. Verdammt, er weiß es ja *selbst* nicht einmal, oder zumindest behauptet er das. Er könnte genausogut ein Mörder sein.«

»Du übertreibst...«

»Nein, ich mein's ernst. Okay, vielleicht ist er kein Mörder, aber es klingt nicht gerade so, als ob er mit sich im reinen wäre. Was ist, wenn er geisteskrank ist? Du hast gerade selbst gesagt, dir wäre ganz komisch zumute geworden.«

»Nur einen Moment lang. Am nächsten Tag war es besser. Er ist nicht krank, Ros. Jedenfalls nicht so, wie du meinst.«

»Wirklich nicht? Woher willst du das wissen? Für mich klingt das merkwürdig, was du von ihm erzählst. Er ist offenbar paranoid. Was ist, wenn er schizophren ist?«

Carole schüttelte den Kopf. »Nein. Ich habe genug Schizophrene in meinem Leben gesehen. Die kamen ständig in die Unfallstation, und er ist nicht ... also, er ist nicht geisteskrank. Ich glaube, er hat einfach Angst. Wer hätte das nicht, wenn er sein Gedächtnis verloren hat?«

Rosalind sah sie skeptisch an. »Wenn du es sagst«, meinte sie widerwillig. Sie schlürfte ihren Kaffee. »Wo ist er denn heute?«

»Draußen, spazieren im Moor. Es geht ihm seit ein paar Tagen schon viel besser als zu Anfang.«

»Aber er lebt noch in der Scheune?«

Carole nickte. »Er will nicht ins Haus kommen. Ich muß ihm sein Essen rausbringen... Guck mich nicht so an! Ich kann ihm helfen, ich weiß, daß ich es kann.«

»Nun, du mußt ja wissen, was du tust«, sagte Rosalind in

einem Ton, der genau das Gegenteil ausdrückte. Sie stand auf und begann, mit einer Drahtbürste den Ruß von einer neuen Skulptur zu entfernen. »Ich finde nur, daß du dich daran erinnern solltest, was mit Ian und Beverley passiert ist.«

Carole sträubte sich. »Das ist nicht fair. Zieh' Ian da nicht mit rein. Du hast ihn doch gar nicht gekannt.«

»Nein, hab' ich nicht«, sagte Rosalind und zeigte mit der Bürste auf Carole. »Ich weiß nur, was *du* mir über ihn erzählt hast, also kannst du mir wohl kaum vorwerfen, ihn falsch einzuschätzen.«

»Es war nicht seine Schuld.«

»Nein«, sagte Rosalind in einem freundlicheren Ton, »wenn du es sagst. Aber es war auch nicht deine Schuld, daß er gegangen ist, oder ... na ja, das andere. Ich wünschte, du würdest das akzeptieren. Ich meine, du solltest gelernt haben, Männer nicht zum Mittelpunkt deines Lebens zu machen. Sie bereiten mehr Schwierigkeiten als sie wert sind, Mädchen.«

»Was ist mit dir und Richard?«

Rosalind ging geflissentlich wieder an ihre Arbeit. »Richard und ich sind anders.«

»Inwiefern?«

»Wir sind es einfach. Ich bin keine Männerhasserin, Carole, ich stelle sie bloß nicht in den Mittelpunkt. Richard ist zum Beispiel rücksichtsvoll. Er weiß, daß er mich mein eigenes Leben führen lassen muß. Das mag ich an ihm.«

»Daß er die größte kommerzielle Galerie in Leeds besitzt, spielt vermutlich keine Rolle?«

Rosalind blieb ungerührt. »Es hilft. Ich kriege eine gute, verläßliche Ausstellungsmöglichkeit für meine Arbeiten, und er kriegt regelmäßig 'nen guten, harten Fick. Ein fairer Tausch, kein emotionaler Diebstahl.«

»Findest du nicht, daß das ein kleines bißchen nach Prostitution klingt?«

»Überhaupt nicht. Es macht uns beiden Spaß, und wir schätzen beide die Lage richtig ein. Er verdient viel Geld durch mich; er würde meine Werke auch haben wollen, wenn ich nicht mit ihm schliefe. Ich mache es weiterhin, weil ich es mag. Der Punkt ist, daß wir nicht zusammen leben und keine unvernünftigen Forderungen aneinander stellen.«

»Hör mal«, sagte Carole müde, »du redest so, als ob ich mit Steven was anfangen wollte. Darum geht es doch gar nicht; es ist bloß eine Beziehung von Krankenschwester zu Patient.«

»Es gibt verschiedene Arten, dein Leben von Männern beherrschen zu lassen, nicht nur Sex«, sagte Rosalind düster.

»Ich werde ihn *nicht* mein Leben beherrschen lassen. Ich will ihm bloß helfen, sein Gedächtnis wiederzuerlangen.«

Rosalind hatte die Skulptur ganz abgebürstet und trat ein Stück zurück. »Weißt du«, sagte sie nachdenklich, »ich habe mich immer gefragt, warum Leute mit Gedächtnisschwund alles vergessen, aber noch wissen, wie man spricht. Wieso erinnern sie sich daran?«

»Die Sprache entsteht in einem anderen Teil des Gehirns. Es funktioniert anders als die Erinnerung.«

»Ich verstehe... Du hast dich darüber schlau gemacht, oder?«

Carole seufzte leise. »Na ja, ich habe ein wenig darüber gelesen. Ich muß wissen, wie so etwas vor sich geht, wenn ich helfen will.«

»Findest du nicht, er sollte lieber zu einem anständigen Psychiater gehen?«

»Das hab' ich auch gesagt, aber er will nichts davon hören. Er fürchtet sich davor, irgend jemanden zu sehen.«

Rosalind schaute sie wissend an. »Ich frage mich, warum.«

»Oh, Herrgott noch mal, Ros! Hör auf, so verdammt mißtrauisch zu sein. Er ist harmlos. Du kennst ihn nicht so wie ich.«

Rosalind hob die Hände, als würde sie aufgeben. »Okay, okay. Aber sag mir eins: Wie kommt es, daß er dein Auto reparieren konnte? Ich meine, das ist etwas anderes als Sprache. Oder sagst du mir jetzt, daß es im Gehirn einen abgeschlossenen Bereich für die Kenntnis von Automotoren gibt?«

Dieselbe Frage hatte Carole von Anfang an beschäftigt; wie konnte jemand nicht wissen, wer er war oder woher er kam, aber wissen, daß ein loses Niedrigspannungskabel verhinderte, daß ein Motor ansprang? Vielleicht täuschte er die Amnesie nur vor. Es hatte sie den ganzen ersten Abend lang beschäftigt; nachdem er in die Scheune gegangen war, hatte sie sich vor unterdrückter Angst fast die Nägel abgebissen. Sobald er durch die Tür gegangen war, war sie zu ihren Bücherregalen gerannt und hatte ihr einziges Lehrbuch über Psychologie herausgesucht. Im Index suchte sie nach Amnesie, schlug nach und erfuhr, daß manche Menschen, die unter Gedächtnisschwund litten, etwas verloren, das in dem Buch autobiographische Erinnerung genannt wurde, aber trotzdem Zugang zu anderen Bereichen hatten, wie etwa technischen Kenntnissen und Fähigkeiten.

Das erklärte sie Rosalind, aber die zweifelte immer noch. »Woher kommt es, glaubst du?« fragte sie. »Hat er einen Schlag auf den Kopf gekriegt?«

»Nein«, sagte Carole. »Nicht, daß ich wüßte.« Frustriert über ihr Unwissen und besorgt darüber, daß er ein neurologisches Problem haben könnte, war sie bei der erstbesten Gelegenheit nach Bradford gefahren und hatte sich ein brauchbares Lehrbuch über Neuropsychologie und Amnesie besorgt. Während der Lektüre stieß sie auf eine verwirrende Vielfalt von Amnesien, von denen Stevens nur eine besondere Ausprägung darstellte. Es gab retrograde und anterograde, post-enzephalitische, post-traumatische, organische und psychogene Formen der Amnesie, von denen jede eine Reihe untergeordneter Ausprägungen aufweisen konnte. Erleichtert fand sie heraus, daß Stevens Symptome – völliger Verlust der retrograden Erinnerung ohne ein Defizit bei den Kurzzeitfunktionen – auf eine psychogene Amnesie hinwiesen und daher kaum von einer Hirnkrankheit oder Verletzung herrühren konnten.

»Du *hast* dich schlau gemacht«, sagte Rosalind, als Carole die Liste der Störungen aufgezählt hatte.

»Ich weiß, daß ich ihm helfen kann, Ros.«

Rosalind kam heran, setzte sich vor sie hin und berührte ihre Hand. »Du willst es wirklich wissen, oder?«

»Ja.«

»Nun ja, sei aber bloß vorsichtig. Mehr wollte ich nicht sagen.«

Carole nahm ihre Hand weg. »Ehrlich, Ros, ich bin kein Kind mehr. Ich finde, es wird Zeit für dich einzusehen, daß ich mir mein eigenes Urteil bilden kann und auch auf mich selbst aufpassen kann.« Sie hatte genug, nahm ihre Tasche und stand auf. »Ich glaube, ich geh' jetzt lieber. Steven wird sich fragen, wo ich bin.« Das stimmte nur zum Teil; richtig, sie mußte losfahren, aber der wahre Grund aufzubrechen war, daß sie in Keighley noch einkaufen wollte. Steven hatte ein paar T-Shirts, einen Pulli und eine Jacke von ihr geliehen, doch was er dringend brauchte, waren eine neue Hose und Unterwäsche. Sie wagte es nicht, Rosalind davon zu erzählen, schon gar nicht, daß sie selbst die Sachen bezahlen würde. Steven hatte ihr sein letztes Bargeld gegeben, aber sie hatte es für den Fall beiseite gelegt, daß er seine Drohung, zu verschwinden, wiederholen könnte.

An der Eingangstür drehte sie sich um. »Hör mal, Ros«, sagte sie, »ich bin klüger als du denkst. Vertrau mir einfach, okay? Ich werd's schon schaffen.« Plötzlich ergriff sie ein wildes Glücksgefühl, sie drehte sich um, stieg leichtfüßig die Treppe hinunter auf den Bürgersteig und lächelte fröhlich in sich hinein, als sie den Wagen startete und den Hügel hinunterfuhr.

Cold Harbour Pill

DIE LODGE WAR eine ganz gewöhnliche Wohnsiedlung am Rande der alten Hügelfestung Iron Age, nach der sie auch benannt war. Sie befand sich eine Viertelmeile jenseits des verfallenen römischen Stadtzentrums von Caerleon. Nichts weiter als vier quadratische, gutbürgerliche Doppelhaushälften, die sich über den satten grünen Auen des braunen, gewundenen Flusses Usk erhoben. In einer der kunstvoll gewundenen, aber dennoch ganz gewöhnlichen Straßen der *Lodge* stand ein ganz gewöhnliches Haus; freistehend, mit vier Schlafzimmern und einer geräumigen Garage, vor der ein Ford Scorpio hinter einem Rover Metro in der geteerten Auffahrt parkte. Ein ganz gewöhnliches Haus, doch in seinen Zimmern geschahen Dinge, die alles andere als ganz gewöhnlich waren, zumindest für diesen Teil der Welt – Dinge, von denen neugierige Nachbarn vermuteten, daß sie dort regelmäßig stattfanden …

»Was glauben Sie, woran es liegt?« fragte Cindy den Klempner, der hinter ihrer Waschmaschine auftauchte. Sie schaute auf das Namensschild aus Plastik, das an der Brust seines blauen Overalls steckte. »… Peter? Ich hab' sie doch erst seit zwei Monaten.«

Peter zuckte mit den Schultern. »Weiß nicht«, sagte er. »Die Rückseite sieht ganz gut aus«, fügte er hinzu und zwinkerte ihr unvermittelt zu.

In offensichtlich gespieltem Schreck riß sie ihre Augen weit auf, dann lächelte sie schüchtern. »Und wie steht's mit der Vorderseite?«

Er sah ihr genüßlich dabei zu, wie sie ihren engen Satinbademantel über den Brüsten glattstrich. »Seh' ich mir gleich mal an.« Er kniete sich hin und öffnete die Tür, krempelte seine Ärmel hoch und griff hinein. »Schön weit aufmachen, und dann erstmal richtig drin rumfummeln«, sagte er grinsend. »Man weiß ja nie, was man so findet.«

Cindy kicherte, kniete sich neben ihn und sah zu, wie sein muskulöser Arm in der Trommel herumfuhrwerkte. Als sie aus der Nähe die Gerüche einatmete, die aus seinem dünnen Polyester-Overall zu ihr drangen, glaubte sie, den Hauch von etwas Weiblichem zu erkennen; ein blumiges Parfum, das nicht zu seinem schweren, muskulösen Körper paßte.

»Ah«, murmelte er, »was ist denn das?« Man hörte ein kurzes Ratschen, dann brachte seine Hand etwas Rotes zum Vorschein. Der Gegenstand war bestimmt früher einmal transparent und mit Spitze besetzt gewesen, aber jetzt war er nur noch löchrig und verschlissen. Er ließ ihn an dem intakten Träger von seinem ausgestreckten Zeigefinger baumeln, während sich beide erhoben.

Cindy kicherte erneut. »Ich hab' mich schon gefragt, wo der wohl geblieben ist!« rief sie. »Das ist außerdem mein Lieblingsstück!«

»Ich würde Sie gern darin sehen«, sagte er und befühlte den dünnen Stoff. Plötzlich schaute er ihr in die Augen. »Zieh das an.«

Sie sah ängstlich zum Fenster. »Was ist, wenn mein Mann zurückkommt?«

Peter grinste wölfisch. »Der kann zugucken, wenn er will.« Er öffnete ihren Morgenrock und legte seine Hand auf eine der schweren Brüste mit den großen Nippeln. Während er das weiße Fleisch massierte und mit dem Daumen über die braune Spitze strich, schloß sie die Augen und öffnete ihre Lippen. »Mach schon«, drängte er und hielt ihr den zerrissenen BH hin.

»Magst du meine Titten?« fragte sie, nahm den BH von seinem Finger und ließ den Morgenrock zu Boden gleiten.

»Klasse«, sagte er mit belegter Stimme und betrachtete entzückt ihre feuerroten Strapse und das ordentlich gestutzte Dreieck ihrer blonden Schamhaare.

»Nun, wie findest du's?«

Das rechte Körbchen des BHs war noch ganz und formte seinen Inhalt zu einer gewölbten Halbkugel, während ihre linke Brust über dem anderen Körbchen, das bereits in Fetzen am Steg hing, hervorquoll. Ohne zu antworten, faßte Peter um ihre Hüfte, packte ihren Hintern und hob sie auf die Waschmaschine. Als er nach vorne stolperte, schlug er mit seinem Knie die Tür zu, die Maschine schaltete sich ein und begann zu surren.

»Ooh«, schnurrte Cindy, »wie schön.« Sie wollte sich mit der Hand abstützen und ertastete dabei seinen großen Schraubenzieher. Mit geschlossenen Augen nahm sie das schwere Werkzeug und schob den dicken Plastikgriff erregt zwischen ihre gespreizten Schenkel. Mit einem lauten, ratschenden Geräusch drehte Peter den Programmknopf, und die Maschine sprang heulend, quietschend und vibrierend in den Schleudergang um. »Aah!« keuchte Cindy, »aaaahh!« Sie warf ihren Kopf zurück, schob ihre Hüften vor und rutschte über den dicken Plastikgriff des Schraubenziehers. »Oh, ah, *oooohh*!« Peter sah ihr begeistert zu, wie sie erschauerte, stöhnend zum Orgasmus kam und dabei ihre Haare hin und her warf. Mit einem letzten spitzen Schrei versteifte sich ihr Körper, zitterte und erschlaffte, während die Maschine zu Ende schleuderte, bis das rasch schwächer werdende Geräusch gänzlich verstummte.

Cindy wischte sich ein paar Haarsträhnen aus dem Gesicht und schaute Peter gierig an. »So«, keuchte sie, zog den Schraubenzieher heraus und tippte mit der Spitze auf seine Brust, »jetzt will ich einen richtigen Schwanz haben.« In ihrer Eile bemerkte sie Peters erschrockenen Gesichtsausdruck nicht, als sie den Reißverschluß seines Overalls bis zum Schritt öffnete. Sie schob ihre Hand hinein und fummelte herum, dann trafen sich ihre Blicke und Cindys erwartungsvoller Gesichtsausdruck wurde ärgerlich. »Oh, Scheiße!« murmelte sie, »Bananenmus.«

Donnerndes Gelächter kam von der anderen Seite der Küche, als sie Peter zur Seite schob und von der Waschmaschine herunterrutschte. Sie ging an dem feixenden Kameramann vorbei und schnappte sich den langen, schwarzen Mantel, der hinten an der Tür hing, schlüpfte hinein und wickelte ihn fest um sich.

»Schnitt!« rief der Regisseur. »Was ist los, Liebes? Es war doch schon ganz toll.«

»Frag ihn«, erwiderte sie, steckte sich eine Zigarette an und nuschelte wütend um den Filter herum: »Das ist das dritte Mal diese Woche, Derek.«

Derek seufzte und legte eine Hand auf ihre Schulter. »Das passiert selbst den Besten von uns, Liebes.«

»Manchen vielleicht, aber Simon passiert es ständig. Simon, der Softy.«

Derek tätschelte ihr den Arm und ging zu Simon hinüber, der versuchte, seinen Overall zuzumachen. Sein Reißverschluß hatte sich auf Hüfthöhe verklemmt, und er zerrte wild daran herum.

»Was ist denn los, Si?«

Simon murmelte etwas Unverständliches und nestelte weiter an seinem Reißverschluß herum.

»Was sagst du da?«

»Ich sagte, es ist das beschissene Drehbuch«, keifte Simon. »Warum steht da soviel blöder Text drin? Ich bin doch nicht Al Pacino.«

»Du sagst es, Kumpel«, meinte jemand leise.

»Komm schon«, sagte Derek, »soviel Text ist das doch gar nicht. Tessa hat keine Schwierigkeiten damit.«

Simon wurde rot. »Ich hab' nicht gesagt, daß ich Schwierigkeiten damit habe, ich hab' bloß gesagt, es ist zuviel Text. Das hier ist Porno – weißt du, *Action.* Kein blödes Gequatsche.«

Tessa schritt wütend durch die Küche und schob den Kameramann zur Seite. »Keine Schwierigkeiten?« sagte sie ungläubig. »Du hast die Hälfte deiner Stichworte verpaßt. Wenn ich den BH anziehe und sage ›Wie findest du's?‹, sollst du sagen...« Sie schnappte sich das dünne Drehbuch von Dereks Manuskripthalter und las vor: »›Hinreißend. Der hält die Dinger an Ort und Stelle, während ich mich um das hier kümmere.‹ Dann erst machen wir mit der Waschmaschine weiter.« Sie gab Derek das Skript zurück. »Du sollst da nicht bloß rumstehen und aus der Wäsche glotzen, als ob dir jemand 'nen Stock in den Arsch gerammt hätte.«

Simon wurde dunkelrot und deutete mit zitterndem Zeigefinger auf sie, aber Derek stellte sich behutsam zwischen die beiden und hob seine Hände in einer routinierten, versöhnlichen Geste. »Schon gut, schon gut, wir wollen uns alle ein bißchen beruhigen«, sagte er. »Also, ihr macht das ganz prima. Wir sollten bloß –«

»Und da ist noch etwas«, unterbrach Simon und richtete seinen Ärger gegen Derek. »Was soll dieser Scheiß mit dem BH? Ich meine, sie zieht ihn an, *nachdem* wir ihre Möpse gesehen haben. Was soll denn *der* Mist überhaupt?«

»Es ist mal was anderes«, sagte Derek verteidigend. »Das macht es interessanter.«

»Interessanter? Einfach bescheuert nenn' ich das.« Der Reißverschluß löste sich endlich vom Stoff und ging zu. Mit einem letzten finsteren Blick auf Tessa durchschritt Simon die Küche, ging in den Flur hinaus und knallte die Tür hinter sich zu.

Derek wandte sich an sein kleines Team. »Okay«, sagte er, »wir machen eine Pause.« Mit gequälter Miene folgte er Simon aus dem Zimmer.

Nigel beobachtete das Ganze leicht amüsiert und war dankbar für die Unterbrechung. Er hatte sich während der Dreharbeiten unbehaglich gefühlt; es hatte ihn leicht irritiert, wie sehr ihn die Szene, die sie gespielt hatten, erregte. Tessa war ein gutaussehendes Mädchen, mit einem tollen Körper; sie hatte viel zuviel Klasse für diesen billigen Schund. Er schaltete seinen Scheinwerfer aus und ging auf sie zu.

»Hast du 'ne Zigarette?«

Ohne ihn weiter anzusehen, reichte sie ihm ihr Päckchen und das Feuerzeug.

»Anstrengende Arbeit?«

Sie grunzte. »Wenn's mal so wäre.«

Nigel lachte. »Ich vermute, er steht unter gewaltigem Druck«, gab er zu bedenken.

»Pa! Wohl eher unter dem Einfluß von Heroin. Warte nur, bis du ihn ohne seine Klamotten siehst; der hat mehr Löcher als ein Sieb. Er hat bloß Glück, daß das auf VHS nicht zu sehen ist, sonst wäre er arbeitslos.«

Nigel steckte sich seine Zigarette an und gab ihr die Schachtel zurück. Sie schob sie in ihre Tasche und zog den Mantel fester um sich.

»Verdammt kalt hier drin«, beschwerte sie sich. »Ich wußte, daß das passieren würde. Ich habe Derek gesagt: ›Dreh die Fick-Szenen, solange Ray noch hier ist‹, aber er hat nicht auf mich gehört.«

»Wer ist Ray?«

Sie sah ihn an. »Komm schon, du kennst doch Ray, oder nicht?« Sie strich den dicken Mantel über ihren Hüften glatt und setzte sich auf einen Stuhl. »Er spielt meinen Ehemann – du kennst doch den Plot; er kommt nach Hause, während ich es mit Peter Pimmel auf der Waschmaschine treibe, und holt sich einen runter, während er durchs Schlüsselloch guckt. Wie diese armseligen Wichser, die diese Videos kaufen, vermutlich. Na ja, er hat jedenfalls gestern seine Szenen abgedreht und ist nach London zurück. Hatte ein besseres Angebot.« Sie schnippte ihre Zigarettenasche auf den Boden. »Ein guter Stunt-Schwanz, dieser Ray.«

»Ein guter was?« sagte Nigel.

»Stunt-Schwanz«, wiederholte sie.

Sie schaute ihn von oben bis unten an, und er spürte, wie er rot wurde. »Bist du schon lange in diesem Geschäft?« fragte sie. Ihr Ton war spöttisch, aber ihr Gesicht sah freundlich aus.

Nigel schüttelte den Kopf. »Mein erster Tag«, sagte er.

Tessa nickte. »Dachte mir schon, daß ich dich noch nie gesehen habe.«

»Wie steht's mit dir? Machst du das schon lange?«

»Ein paar Jahre«, sagte sie. »Und langsam kann man es sehen.«

»Nee«, lächelte Nigel. »Du siehst toll aus.«

Sie schnaubte höhnisch, aber ihre Augen blitzten geschmeichelt. »Tja«, sagte sie, »du hast alles gesehen, was ich habe. Hat's dich angemacht?«

»Klar... Also, was ist ein Stunt-Schwanz?«

Tessa drückte ihre Zigarette auf einer Untertasse aus. »Na ja, wenn der Star ihn mal nicht hochkriegt,« – sie grinste zu der geschlossenen Tür hinter sich – »bringen sie jemanden rein, der die Nahaufnahmen und den *come-shot* macht. Ray macht das. Total häßlich, der Typ – deswegen spielt er auch meistens den miesen Spanner –, aber er hat 'nen Monsterriemen und dauernd 'nen Ständer.«

»Ich verstehe.« Nigel spürte, daß er wieder rot wurde neben dieser Frau mit den schläfrig-erotischen Augen und dem pneumatischen Körper, der unter dem dicken Wollmantel so ergreifend nackt war, und die so gleichgültig und schamlos über Schwänze und *come-shots* redete. Er räusperte sich. »Was, glaubst du, werden sie jetzt tun?«

Sie lächelte zu ihm auf. Dann faßte sie ihm ohne Vorwarnung in den Schritt und drückte ihn fest. Er zuckte zusammen, doch er widerstand dem spontanen Impuls, einen Schritt zurückzuweichen. »Gibt's denn das?« sagte sie grinsend und ließ ihn los. »Es *hat* dich angemacht, oder?« Sie lachte, steckte sich noch eine

Zigarette an und betrachtete ihn abschätzend. »*Du* könntest es machen.«

Einen Moment lang sah er sie bloß verständnislos an, dann riß er die Augen auf. »Auf gar keinen Fall!«

»Wieso nicht? Sie werden doch nicht dein Gesicht filmen, bloß dein Gerät.«

»Ach, und deshalb ist es in Ordnung, ja? Wieso ich?«

»Weil sonst keiner da ist. Terry ist zu alt, und Wayne hat die falsche Hautfarbe.« Sie deutete auf den Kameramann und seinen Assistenten, die in der gegenüberliegenden Zimmerecke ihre dicken Pakete mit belegten Broten auspackten. »Komm schon«, sagte sie, und ihre Stimme nahm einen verschwörerischen Klang an. »Wenn wir das heute hier nicht schaffen, muß ich morgen nochmal herkommen, und übermorgen vielleicht auch. Ray hat gesagt, daß er mir Arbeit in London besorgen kann. Die wird besser bezahlt, aber ich müßte am Freitag zum Casting dort sein.«

»Tjaa ...«, grübelte er.

»Na komm schon. Tu es für mich.« Sie lächelte durchtrieben und öffnete ihren Mantel. »Stell dir vor«, flüsterte sie, »du wirst dafür bezahlt. Die meisten Typen würden ...«

Er zögerte. »Bist du sicher, daß man mein Gesicht nicht sieht?«

Sie stand auf. »Ganz bestimmt nicht. Die Stars werden dafür bezahlt, daß sie ihre Eier *und* ihre Gesichter hinhalten.« Sie machte die Tür auf und rief: »*Derek!* Komm rein – ich hab' einen neuen Stuntman für dich!« Sie grinste Nigel über die Schulter an. »Hab keine Angst«, versicherte sie ihm, »es ist ganz einfach.«

Nigel rief sich diesen ersten Tag in Erinnerung, während er den verschnürten Schuhkarton fest an seine Brust drückte und die Stiege an der hohen, steilen Grasböschung des Deichs hinaufkletterte.

Es *war* einfach gewesen, überlegte er; eben war er noch ein angelernter Beleuchter gewesen, in der nächsten Minute schon ein professioneller Penis-Ersatzmann, eine berufliche Erektion. Und die Bezahlung war nicht zu verachten gewesen; zusätzlich zehn Pfund pro Stunde, plus einen Bonus von fünfzig Pfund für eine gute Ejakulation vor der Kamera. Und das Wichtigste war, daß sie sein Gesicht nicht gefilmt hatten. Seit diesem ersten Tag in Dereks Küche hatte er an wechselnden Orten ein halbes Dutzend Frauen penetriert und war von ihnen in den verschiedensten Stellungen und knappsten Kostümen befummelt und geblasen worden. Die Handlung änderte sich selten, genausowenig wie die Frauen. Die meisten kreischten, bumsten und keuchten sich mechanisch durch die Szenen. Hinter den Kulissen hatten sie tote Augen und waren wegen des immer wiederkehrenden pantomimischen Vortäuschens von animalischer Lust unfreundlich, gefühllos und kalt, als ob das gespielte Vergnügen die einzige Freude wäre, die ihnen noch blieb. Das mochte erklären, warum so viele von ihnen randvoll mit Heroin waren, obwohl Nigel vermutete, daß es eher andersherum war; sie betrieben dieses Geschäft, weil es ein bißchen besser war als Prostitution, um an Geld für Stoff zu kommen. Bei Tessa war das jedoch nicht der Fall. Tessa war anders, im wirklichen Leben ebenso lebhaft und munter wie vor der Kamera, Nigel hatte sie regelrecht liebgewonnen. Außer Nikotin und Adrenalin gab es keine weiteren chemischen Substanzen in ihrem Blut, und die Obszönitäten in ihrer Schauspielerei schienen sie regelrecht zu begeistern. Nigel bedauerte, daß er erst in zwei Videos mit ihr zusammengearbeitet hatte – und im zweiten war er eher Statist als Akteur –, bevor sie den überfälligen Anruf von Ray erhielt und nach London abreiste. Er hatte ihr geholfen, ihre Taschen zum Bahnhof zu tragen, und dann hatte er sich von einem Impuls hinreißen lassen und sie auf dem Bahnsteig beim Einfahren des Zuges heftig und unbeholfen geküßt. Ihr war das natürlich egal gewesen, und ihre Zunge war wild über sein Zahnfleisch gefahren, bevor sie gelacht und ihn weggeschubst hatte. Sie versprach zu schreiben, aber das tat sie nie.

Nach Tessas Abfahrt war seine Arbeit irgendwie fade geworden und – obwohl er trotzdem auf Touren kam, wenn sein Einsatz gefordert wurde – hatte sich mit dieser Fadheit ein Hauch von Scham in die Arbeit gemischt, die er nun verrichtete. Und nun war er entdeckt worden. Als er auf der Betonmauer am Deich stand, zog er den zerknüllten Brief aus seiner Tasche und las ihn erneut.

... Ich habe erschütternde Informationen darüber erhalten, wie Du jetzt Deinen Lebensunterhalt verdienst... Schäme dich, Nigel...

Wie hatte er es herausgefunden? Eine blöde Frage; der Unsichtbare fand immer alles heraus (egal, welch seltsamen Namen er auch für sich wählte, Nigel würde ihn immer den Unsichtbaren nennen, wenn er an ihn dachte). Er hatte vermutlich sogar einige der Videos gesehen; wahrscheinlich hatte er sogar – was ihn nicht überraschen würde – Nigels gesichtslosen, brutal hineingeschnittenen Körper erkannt. Er schämte sich, aber daß das von dieser bestimmten Person ausgelöst wurde und beschämende Erinnerungen an andere, verschüttet geglaubte Situationen mit sich brachte, machte ihn wütend.

Er steckte den Brief wieder in seine Tasche und schaute sich um. Hier oben war er der höchste Punkt in der Landschaft. Hinter ihm lagen die schachbrettartig angelegten, flachen Felder von Caldicot Level, zwischen denen tiefe Gräben in alle Richtungen verliefen. Vor ihm füllte die graubraune Schlammebene der Flußmündung von Severn Estuary sein Gesichtsfeld aus, verschwamm in der Ferne zu einem perlweißen Nebel, der stromaufwärts die Pfeiler der Severn-Brücken und die Schornsteine des Kraftwerks von Portishead an der entfernten Küste verschleierte.

Er war schon viele Male hier gewesen, weil ihn die völlige Kargheit dieses Ortes und seine stille, unterschwellige Gefährlichkeit anzogen. Es war Terry, der Kameramann, gewesen, der ihn zum erstenmal mit hierher gebracht hatte, um Lachse zu angeln, und er war immer wieder zurückgekommen. Anfangs war er immer mit Terry hiergewesen, der ihm beibrachte, wie man über den tiefen, weichen, rutschigen Schlamm laufen mußte, um nicht steckenzubleiben; der ihn belehrte, wie man die heimtückischen und gefährlichen Stellen mied, ihn vor den Gezeiten warnte und davor, daß das Wasser im Watt so rasch ansteigen konnte wie ein Mensch im Laufschritt. Schließlich kam er immer öfter alleine her. Er fuhr mit dem Bus von Newport nach Magor, ging anschließend über die zerfurchten Wege bis zum Deich des Cold Harbour Pill und verbrachte oft ganze Tage damit, im Küstenvorland zu wandern und die kleinen Kliffe und Höhlen zu erforschen, die die Gezeiten über Jahrhunderte hinweg in die Torfbetten und den blauen Ton gewaschen hatten. Inzwischen kannte er den Ort besser als Terry, wagte sich jedesmal weiter hinaus und folgte der Ebbe, bis er sich auf den entfernten Sandbänken wiederfand, auf denen die Fischerboote manchmal strandeten und wo deren Besatzung dann darauf wartete, daß die Flut wieder einsetzte. Von hier war der sichere, trockene Boden meilenweit entfernt und der mächtige Deich ein fast unsichtbarer Faden am entfernten nördlichen Horizont. Nigel hatte schon viele Orte in seinem Leben gesehen, aber dieser hier zog ihn – aus unerklärlichen Gründen – viel stärker an als alle anderen. Hier in der völligen Einsamkeit fühlte er sich sicher mit dem Wissen, daß das nächste menschliche Wesen meilenweit von ihm entfernt war, daß kein Fremder sich unentdeckt an ihn heranschleichen konnte und daß seine Feinde hier zwar hinterhältig und gnadenlos, aber immerhin natürlich und unpersönlich waren.

Für ihn war dies der Ort, an dem er seine Vergangenheit ein für allemal begraben wollte.

Er nahm den Brief wieder aus seiner Tasche und schob ihn unter den Deckel des Schuhkartons zu den Artikeln aus dem *Argus* und den übrigen Gegenständen. Er überprüfte, ob das Gummiband festsaß, dann schob er den Karton unter seine Jacke und zog den Reißverschluß fest zu. Er setzte sich auf die Kante, schwang seine Beine zur Seeseite hinüber und ließ sich auf die großen Granitfelsen fallen, die an der Betonwand des Deichkerns aufgetürmt waren. Er suchte sich vorsichtig einen Weg den steilen, zerklüfteten Abhang hinunter, sprang von Fels zu Fels, bis er auf dem schmalen Sandstreifen am Fuß des Deichs stand. Cold Harbour war eine der ödesten Stellen des Küstenvorlandes; nicht einmal das struppige Schilfgras hatte es geschafft, sich an diesem Abschnitt anzusiedeln.

Er wartete einen Moment, dann wagte er sich hinaus. Die meisten Leute, die zum erstenmal hierher kamen, versuchten auf dem Schlamm wie auf festem Untergrund zu gehen und sanken bei jedem Schritt knöcheltief ein, der dicke Schlick klebte und zog, saugte an ihren Stiefeln und versuchte, sie von ihren Füßen zu ziehen. Nigel hatte von Terry gelernt, die rutschige Oberfläche zu nutzen, um darauf zu gleiten, indem er die Füße auswärts drehte, sie seitlich kippte und sich mit den Innenkanten abstieß. Seit er dies beherrschte, konnte Nigel sich beinah mühelos über das Watt fortbewegen, wie eine Wasserwanze hinter einer Bugwelle aus sprühendem Schlamm, und er perfektionierte seinen Stil so lange, bis er schneller vorwärts kam, als er auf trockenem Boden rennen konnte. Die nasse Oberfläche spritzte und schmatzte unter seinen Füßen, und er sah lächelnd in den saugenden Schlamm, als sich der endlos leere Raum um ihn herum auftat.

Nach einer Viertelmeile erreichte er die erste Stelle, an der die Torf- und Tonschichten abbröckelten. Das beständig schwappende Wasser höhlte die Schichten immer weiter aus und formte ein etwa mannshohes Miniaturkliff, zu dessen Füßen die Klumpen herumlagen, die durch ihr Eigengewicht vom oberen Rand abgebrochen waren. Nigel hielt inne, um sich zu orientieren; er erkannte die Stelle wieder. Neben ihm befand sich ein tiefer Aushub, etwa in der Größe eines Grabes, der in der Nähe des Vorsprungs in den Torf gegraben worden war. Im letzten Frühling hatten er und Terry bei einem ihrer Angelausflüge die Männer, die ihn gegraben hatten, hier getroffen; ein kleines Team von vier Leuten, die in wasserdichter, gelber Kleidung im Matsch herumgekrochen waren. Die Leitung hatte ein Archäologe von der Universität Cardiff gehabt. Er war freundlich gewesen und schien für die ungewohnte Aufmerksamkeit dankbar zu sein, denn er erklärte seinen Besuchern seine kleine Ausgrabung ausführlich. Seine Arbeiter hatten auf einer Fläche von anderthalb Quadratmetern mit ihren Händen den Schlamm entfernt, bis die darunterliegende feste Oberfläche aus blauem Ton freigelegt war. Unter dieser Schicht lag Torf, der dort stellenweise herausguckte, wo der Ton besonders dünn war. Der Mann hatte ihnen erzählt, daß der Ton aus demselben Material wie der braune Schlamm bestehe, sich aber durch die Ablagerungen und den Druck blau verfärbt habe. Zur Bronzezeit habe die Erdoberfläche aus diesem Torf bestanden. Damals sei das Küstenvorland noch ein dicht bewachsenes Sumpfland gewesen. Die Männer hatten hier einen Pfad freigelegt, der vor über dreitausend Jahren durch das Moor angelegt worden war. Die Menschen hatten Haselgeflechte und Reisigbündel auf den schlammigen Boden gelegt und diese mit langen Stangen befestigt. Es hatte Nigel fasziniert, wie gut das vollgesogene Holz noch erhalten war; die Stöcke, Äste und Stangenspitzen – an denen teilweise noch Rinde hing – waren in dem Ton, den die Arbeiter mit zermürbender Langsamkeit entfernten, zum Vorschein gekommen und sahen so aus, als wären sie vor kaum einem Monat vergraben worden. Der Archäologe demonstrierte damals, wie trügerisch diese Erscheinung war, indem er eine der robuster aussehenden Stangen nahm und sie wie eine geschälte Banane in seiner Faust zerdrückte. Die Männer hatten neben dem Pfad eine schmalere Rinne gegraben, um zu untersuchen, wie tief die Stangen im Untergrund steckten, und eine von ihnen war entlang ihrer Seite freigelegt worden. Sie war ganz zusammengepreßt und verbogen, da der dichter werdende Torf sie über die Jahrhunderte beharrlich gequetscht und an ihr gezerrt hatte. Am Boden der Rinne, erzählte ihnen der Archäologe, stünden sie auf den sterbenden Überresten des Paläolithikums, der Zeit also, bevor der steigende Meeresspiegel das Land überflutet hatte, als das zehntausend Jahre alte Sumpfland noch ein dichter Wald gewesen war, dessen Baumstümpfe kleine Dellen und Höcker in der Rinne bildeten.

Nun schien die Ausgrabung verlassen, und die Rinne hatte sich wieder halbwegs mit Schlamm gefüllt. Nigel ging um sie herum und fand eine Stelle im Kliff, wo die ausgewaschenen Schichten sanfter abfielen; er rutschte den Abhang von der Bronzezeit in die letzte Zwischeneiszeit hinab, unterhalb der Ebene des Moorlandes, unterhalb des Waldes, der gewachsen war, als der junge Severn nur wenig breiter war als ein rauschender Bach, vorbei an zehntausend Jahre altem Ton, der sich gebildet hatte, als in dieser Gegend der Welt noch keine Menschen existierten, und landete mit einem heftigen Platscher auf dem Boden, wobei seine Stiefel tief im Schlamm versanken. Hier fühlte er sich wirklich zu Hause; hier, fernab der Wiege Afrikas, gab es keine menschliche Gegenwart. Hier konnte seine eigene Vergangenheit liegen, unbedeutend und für immer vergessen.

Er drehte seine Füße hin und her, um sich zu befreien. Der Schlamm gab ihn mit einem zögerlichen Schmatzen frei, und er machte sich wieder auf den Weg, glitt und rutschte immer weiter über das braune Watt hinaus. Mit seinem raschen, geübten Blick suchte er die in feinen Nuancen schimmernden Farbtöne ab, die einen Hinweis auf die Dicke des Schlamms gaben, und glitt geschickt um die Stellen herum, die ihm gefährlich tief erschienen.

Es war fast Mittag. Er war jetzt weiter als zwei Meilen vom trockenen Land entfernt, als ihn sein Zickzackkurs zur ersten Sandbank der Welsh Grounds brachte. Er hatte das Ufer des zurückgehenden Wassers erreicht, das im Moment etwa hundert Meter vor ihm stromabwärts floß. Schwer atmend blieb er auf dem festen Sand stehen und sah sich um. Nebel war aufgekommen, hatte sich verdichtet und umgab ihn in einer hellen Wolke, die sich über eine Meile ausdehnte. Weder das Ufer noch irgendein Wahrzeichen konnte man sehen, und zu hören war nur das entfernte Schwappen des zurückweichenden Wassers.

»Hier«, murmelte er. »Hier ist die Stelle.«

Er öffnete seine Jacke und nahm den Schuhkarton heraus, dann fiel er auf seine schlammigen Knie. Der grauschwarze Sand war hart und vollgesogen, aber er grub wild mit seinen Fingern darin, bis sie schmerzten und aufgeschürft waren. Er hob ein Loch von einem halben Meter Tiefe aus, und es spritzte, als es sich zur Hälfte mit schaumigem Wasser füllte. Er öffnete den Karton und warf einen letzten Blick auf den Inhalt: *In nomine Paul, Michael et Alan sancti.* Er füllte den Karton bis oben mit losem Sand, machte den Deckel wieder zu und versenkte ihn in sein wäßriges Grab, wo er langsam unterging, während sich der übrige Sand schmatzend darüberschob.

Ein paar Minuten stand er bei dem Grab und blickte auf seine innere Landschaft, die nun beinahe so öde und leer war wie das Watt und die Sandbank vor ihm, ausgelöscht und gesäubert. Zufrieden drehte er sich in Richtung Küste.

Der Nebel hatte sich verdichtet und war näher gekommen, so daß er sich auf seine eigenen Spuren verlassen mußte, um zurückzufinden. Er folgte den schrägen Gleitspuren, verlor sie in ruhig stehenden Wasserflächen, nahm die Spur wieder auf und glitt weiter. Der dritte Priel, auf den er stieß, war viel breiter als die anderen; er suchte auf der anderen Seite vergebens den Schlamm nach Gleitspuren ab. Er glaubte sich erinnern zu können, daß er ihn schräg durchkreuzt hatte, doch er wußte nicht mehr, in welchem Winkel. Er glitt am Rand auf und ab und wurde zunehmend nervös, doch er fand weiterhin keine Anzeichen irgendwelcher Spuren jenseits des Wassers. Schließlich beschloß er, den Priel trotzdem zu durchqueren, um zu versuchen, die Spur auf der anderen Seite wieder aufzunehmen. Als er hindurchgewatet war, blieb er ruhig stehen und studierte das im sich verdichtenden Nebel verschwindende Watt. Immer noch ohne Erfolg. Ihm wurde plötzlich übel, ahnungsvolle Panik stieg in ihm auf, und er konzentrierte sich darauf, gleichmäßig zu atmen und seine Angst zu unterdrücken …

Etwas hatte sich verändert. Irgendwo in der drückenden, toten Luft hatte sich etwas verändert, ein Geräusch war verschwunden … Es war das Wasser; das leise Plätschern des ins Meer mündenden Flusses war verschwunden. Es hatte den Stillstand erreicht, und die Gezeiten wechselten. Wahrscheinlich hatte das Wasser bereits das Grab im Sand überspült und würde jeden Moment ins Watt laufen. Er spitzte angestrengt die Ohren und prüfte eindringlich alle Geräusche … da war es: entfernt, fast unhörbar, das gluckernde, plätschernde Geräusch von Wasser, das sich über feuchten Schlamm ergießt.

Er suchte nicht länger nach der verlorenen Spur, drehte dem Priel seinen Rücken zu, sprang nach vorne und eilte, so schnell er nur konnte, durch den Schlamm, wobei er hohe, dunkle, klebrige Fontänen spritzte, die ihn von Kopf bis Fuß mit Schlick überzogen.

Er war nicht mehr als eine Viertelmeile vorangekommen, als plötzlich vor ihm im Nebel ein unerklärlicher Pfosten auftauchte; dick wie ein Telegrafenmast, anderthalb Meter hoch und nach rechts geneigt. Nigel stutzte kurz und glitt dann geschickt um ihn herum. Auf all seinen Entdeckungstouren war ihm noch nie so ein Pfosten in den Weg gekommen, und er fragte sich, wie weit er wohl von seinem ursprünglichen Kurs abgekommen war. Er wollte sich gerade von diesem Gedanken lösen, als etwas ihn abrupt innehalten ließ. Erstaunt sah er sich um. Um ihn herum war Holz – zwei breite geschwungene, rauhe Stümpfe ragten aus dem Schlamm und neigten sich ebenso wie der Pfosten, den er soeben passiert hatte. Plötzlich begriff er: er stand mitten auf dem Rumpf eines Schiffes, das in der Flußmündung gesunken und vergessen worden war und nun langsam, im Lauf der Jahrzehnte, in der weichen Oberfläche versank, während sich der Schlick drumherum auftürmte und die endlose Bewegung des Wassers den hohlen Rumpf mit Schlamm füllte. Nigel sah auf seine Füße; sie waren kaum drei Zentimeter tief versunken, und unter ihnen spürte er etwas Festes. Er scharrte mit seiner Stiefelspitze und legte massives, schwarz verfärbtes Holz frei. Der Rumpf neigte sich zum Heck hin steil nach unten, und er stand auf der unsicheren Spitze. Die Übelkeit kehrte zurück, er blickte verzweifelt um sich, doch die Oberfläche des schimmernden Schlamms war unergründlich und gab keinen Hinweis auf dessen Tiefe. Der einzige Ausweg erschien ihm, umzukehren und seine Schritte zurückzuverfolgen, bis er das Wrack weit hinter sich gelassen hatte, um dann seinen Weg fortzusetzen und das gesunkene Schiff weitläufig zu umgehen.

Jetzt, wo ihm seine prekäre Lage bewußt wurde, begann er die Fassung zu verlieren und zitterte, als er sich vorsichtig umdrehte und behutsam versuchte, sein Gleichgewicht mit den Zehen zu halten. Dabei spürte er, wie das alte, morsche Holz unter ihm knirschte. Es war nur ein kurzer Sprung zu dem am nächsten liegenden seiner Fußabdrücke. Darunter mußte sich festeres Holz befinden. Er spannte seine Muskeln an, doch in dem Moment, als er mit einem Bein zum Sprung ansetzte, gab das Holz unter seinem anderen Fuß nach. Er spürte mehr, daß es zerbrach, als daß er es hörte, und fiel zur Seite. Sein angehobener Fuß verlor jegliche Orientierung, platschte ungeschickt herunter und versank bis zum Knie, während sich das stehende Bein unter dem ganzen Gewicht bis zum Oberschenkel eingrub.

Schließlich überlagerte die Panik jeden vernünftigen Gedanken, und er begann, gegen den Schlamm anzukämpfen, drehte sich und spannte seine Muskeln bei dem Versuch an, der kalten, saugenden Umklammerung zu entkommen. Aber jede Bewegung drückte ihn nur noch tiefer hinein, bis der dicke braune Matsch ihn von den Füßen bis zur Leiste fest im Griff hielt. Er war gefangen. Plötzlich durchschoß ein klarer Gedanke blitzartig die Angst, die sich stürmisch in ihm ausgebreitet hatte: dieser

Schlamm war nicht wie Treibsand; wenn er also nicht dagegen ankämpfte, würde er auch nicht weiter versinken. Andererseits ging es gar nicht darum, im Schlamm zu versinken, das Problem war, daß er feststeckte, und irgendwo da draußen, hinter dem Nebel, kam unaufhaltsam und leise die Flut über das Watt auf ihn zu.

Er schloß seine Augen und wartete auf eine Eingebung, doch es kam keine. Er würde hier sterben. Er war hergekommen, um seine Vergangenheit zu begraben; nun würde er ertrinken und mit ihr begraben werden. Er fühlte sich seltsam ruhig bei dem Gedanken. Vielleicht war es das, was er sich insgeheim gewünscht hatte; der kleine Karton in seinem kleinen Grab in der Sandbank war nur ein Symbol für das ewige Vergessen, das er in Wirklichkeit herbeisehnte. Er legte seine Arme müde auf die feuchte Oberfläche, schloß seine Augen wieder und wartete darauf, daß das Wasser ihn begrub.

Als es kam, kam es schnell; zuerst ein dünner, spärlicher Film, der sich dann rasch ausbreitete, vorstieß und schäumend das zerbrochene Holz des Schiffsrumpfes umspülte. Es wirbelte um seine Hüften, saugte sich in seine Jeans und kühlte seine Haut, stieg weiter bis zu seinem Bauch, strömte an ihm vorbei und verschluckte das Watt, bis er nur noch steigendes Wasser um sich herum sah. Er spürte, wie es an seine unteren Rippen stieß und seine Brust hinaufkroch und fragte sich, wie lange es wohl dauern würde, bis es sein Kinn, seinen Mund, seine Nasenlöcher erreicht hatte. Er stellte sich den ersten Schwall kalter Flüssigkeit in seinem Hals und seinen Lungen vor, und das Entsetzen kehrte zurück.

»*Nein!*« brüllte er. »*NEIN!*«

Er unternahm einen letzten verzweifelten Versuch, sich zu befreien, drehte seinen Körper mit aller Kraft, schlug mit den Armen und peitschte das Wasser, doch der Schlamm hielt ihn hartnäckig fest. Dann, als er sich entspannte, um es ein letztes Mal zu versuchen, spürte er an seinen Hüften etwas Kaltes rinnen. Er drehte sich nochmals, und es rann tiefer hinunter. Das Wasser drängte sich zwischen seinen Körper und den Schlamm und begann die Saugwirkung zu durchbrechen. Er schöpfte neue Willenskraft, hatte wieder Gewalt über sich. Er drehte sich immer wieder hin und her, während das Brackwasser an sein Kinn stieß und an seinen Lippen leckte. Bei jeder Drehung sickerte das Wasser – sein Erlöser und sein Vollstrecker – tiefer hinein, bis bei seiner letzten Drehung laut schmatzend und gurgelnd eine braune Schlickwolke und Blasen aufstiegen. Seine Füße rutschten aus den Stiefeln und er konnte sich in dem Moment befreien, als das Wasser an seine schnaufenden Nasenlöcher reichte.

Als er zu Ende gewürgt und das schlickhaltige Wasser aus seiner Kehle und den Nebenhöhlen gehustet hatte, legte er sich erschöpft zurück und ließ sich bewegungslos auf der schwappenden Oberfläche treiben, das Gesicht in den perlfarbenen Himmel gerichtet. Als sein Herz wieder ruhiger schlug und er gleichmäßiger atmete, drehte er sich auf die Brust und schwamm auf das Ufer zu.

Er stand auf dem Deich und blickte auf die Flußmündung. Der Nebel löste sich auf, der weite Himmel zog sich mit schweren schwarzen Wolken zu, und dann fiel der Regen prasselnd auf die Oberfläche des aufgewühlten Wassers, das unter ihm gegen die Felsen schlug. Er blieb stehen, wurde vom aufkommenden Wind herumgestoßen, bis er die Regentropfen in seinem Gesicht spürte. Dann drehte er sich um und rutschte die grasbewachsene Böschung hinunter. Er ging über den Weg mit den Schlaglöchern, in denen das Wasser stand, bis er zu dem unterirdischen Kanal kam, durch den der angeschwollene Cold Harbour Pill unter dem Deich hindurch in das Küstenvorland floß. Am Ufer war zwischen Schilf und Gestrüpp eine ausgebeulte Plastiktasche versteckt. Er öffnete sie und nahm eine Jeans, einen Pulli, eine Jacke und ein Paar Schuhe heraus. Er zog rasch seine nassen Sachen aus, schlüpfte in die trockenen Kleider und stellte sich in den Windschatten der Betonwand des Kanals, bis der Regen nachließ. Am Boden der Tasche lag ein Bündel mit Zehn- und Zwanzig-Pfund-Noten, das so dick war wie sein Handgelenk und von einem Gummiband zusammengehalten wurde. Er rollte es auseinander, verteilte die Scheine auf drei kleinere Rollen und verstaute sie in seinen Hosen- und Jackentaschen.

Nachdem die letzten Regentropfen gefallen waren und sich die Wolken vom Himmel verzogen hatten, machte er sich auf den Weg zurück nach Magor. Dort nahm er einen Bus nach Chepstow, dann einen anderen nach Bristol. Am Bahnhof von Temple Meads kaufte er sich eine einfache Fahrkarte für den ersten Zug in Richtung Norden.

5

KEUCHEND STIEG STEVEN die letzten paar Meter zur Anhöhe hinauf, während seine geliehene Jacke vom Wind, der kalt von den Nordmooren herüberblies, gezaust wurde. Oben auf der Anhöhe befand sich ein Steinhügel, auf dem man eine Vermessungssäule errichtet hatte. Er kletterte auf die Spitze des Hügels, stützte seine Ellbogen auf die flache Betonsäule und blickte zurück auf den Weg, den er gekommen war.

Während der letzten drei Stunden war er rastlos umhergewandert und war die vier unterschiedlich langen Seiten des Rombalds Moors entlanggegangen. Nun stand er auf dem höchsten Punkt und überblickte von West nach Ost die Landschaft, bevor er seine Augen nach Süden richtete. In dieser Richtung fiel das Moor ab und teilte sich bei der breiten Vertiefung von Airedale. Etwa in der Mitte seines Gesichtsfelds sah er, wie sich am Boden der Mulde Keighley ausbreitete. Aus dieser Entfernung wirkten die Gebäude der Stadt wie ein graubrauner Ausschlag am Hals des Worth Valley, dort, wo es sich zu einem weiten Tal öffnete.

Dort war Carole wohl gerade – nicht direkt in Keighley, sondern weiter hinten im Tal, in Haworth. Sie war losgefahren, um eine Freundin zu besuchen, wie sie gesagt hatte; Rosalind oder so. Sie hatte Steven gefragt, ob er mitkommen wolle, doch ihre Stimme hatte nicht so begeistert geklungen, und als er ablehnte, versuchte sie ihn nicht umzustimmen. Er sagte ihr, daß er lieber spazierengehen wolle. Bevor sie losfuhr, hatte sie ihm eine topographische Karte der Gegend, einen Taschenkompaß und die Warnung mit auf den Weg gegeben, nicht zu lange herumzustreunen. »Das Wetter sieht nicht so vielversprechend aus, um in den Hügeln rumzulaufen«, hatte sie gesagt und zum Himmel hinaufgeblickt, über den der Wind Wolken hinwegtrug. »Ich werd's schon schaffen«, versicherte er ihr.

Abgesehen von dem Wind hatte das schlechte Wetter, vor dem sie gewarnt hatte, bisher noch nicht eingesetzt. Aber was war das für ein Wind; stundenlang hatte er dagegen angekämpft oder sich von ihm vorantreiben lassen, wenn er die Richtung wechselte und durch das Moor wanderte. Jetzt verstand er, was das Wort *sturmumtost* bedeutete; es beschwor geradezu die Wirkung des peitschenden Nordwinds auf Körper und Geist. Er vermutete, daß sich die Einheimischen daran gewöhnt hatten. Er hatte Carole dabei beobachtet, wie sie ihrer Arbeit auf dem Hof und auf den kleinen Feldern nachging. Sie schien ihn kaum zu bemerken, außer wenn er aufhörte.

Carole ... Der Gedanke an sie deprimierte ihn. Eine ganze Woche lang hatte er seinen sofortigen Aufbruch angekündigt, aber jedesmal, wenn er das Thema zur Sprache brachte, hatte sie protestiert. Nein, sagte sie, davon wolle sie nichts hören, bis er vollständig genesen sei. Seine Schulter sei gar nicht die Hauptsache – er solle bleiben, bis er sein Gedächtnis wiedergefunden habe. Ihr schauderte bei der Vorstellung, was ihm alles passieren könne, wenn er allein durch die Straßen zog und nicht wußte, wer er war, oder wohin er wollte. Er konnte die neugierigen Fragen, die sie ihm stellen wollte, spüren, doch sie scheute jedesmal davor zurück, sie auszusprechen. Nur einmal hatte sie geradeheraus vorgeschlagen, daß er vielleicht einen Hinweis auf das Trauma finden könne, welches seinen Gedächtnisverlust bewirkt hatte, wenn er herausfinden würde, warum er fortgehen wolle. In ihrem Vorschlag schwang ein gewisses Maß an Besorgnis mit. Er hatte ihr kleines Buch über Amnesie entdeckt; darin gab es einen Abschnitt über psychogene Amnesie und Verbrechen, und obwohl keiner von beiden darüber gesprochen hatte, befürchtete er, daß sie dieses Kapitel gelesen haben könnte und dadurch aufgeschreckt worden war.

Für ihn war die Situation im ganzen viel zu kompliziert und heikel. Ein Motiv, warum Carole ihn unbedingt dabehalten wollte, war zweifellos ihre Neugier – sie hatte schließlich das Recht auf eine Erklärung, wie und warum er in ihr Leben gestolpert war –, doch er glaubte andererseits auch, daß sie ihm wirklich helfen wollte. Und das war es, was ihn deprimierte: das erste Aufkommen von Schuld. Er hatte sich schon vor diesem Zeitpunkt in so viele Lügen verstrickt und sich so fest darin verfangen, daß ihm jede alte Lüge, die er abschüttelte, und jede neue, die hinzukam, so real erschien wie eine subjektiv erinnerte Wahrheit. Aber jetzt, als er diese neue Lüge verbreitete, spürte er zum erstenmal die Hitze der Schamröte in seinem Gesicht. Er hatte sein Gedächtnis nicht verloren, so sehr er sich das auch wünschte. Er wäre nur allzu glücklich gewesen, wenn die Erinnerung unwiderruflich in der Dunkelheit des Todes versunken wäre und er die Vergangenheit vergessen hätte, aber sie war noch da, in all ihrer starren, deutlichen Häßlichkeit. Es war nicht der vor ihm liegende Weg, der ihn beunruhigte; es war eher das, was hinter ihm lag, was ständig in seinem Hinterkopf rumorte und ihn vorwärts trieb.

Immer wieder nahm er sich vor, am nächsten Morgen aufzubrechen; sich notfalls vor Tagesanbruch davonzustehlen. *Und wo wirst du dann hinlaufen?* fragte ihn eine innere Stimme. Auf dem Steinhügel drehte er sich langsam um sich selbst und durchdachte alle Himmelsrichtungen: nach Süden, vielleicht; als Ablenkungsmanöver? Hmm, möglicherweise; sich im Gedränge der Zivilisation verlieren, bis er wieder die Kraft hatte, sein Leben selbst in die Hand zu nehmen... Der Osten wurde rasch verworfen; er wagte es nicht, noch einmal das Meer zu überqueren, zumindest nicht in dieser Richtung... Der Norden war eine vielversprechende Möglichkeit; vorwärts in Richtung Schottland...

Dann gab es noch den Westen und Irland. Während er über seine verschiedenen Zukunftsperspektiven nachdachte, trieb ihm der scharfe Wind Tränen in die Augen. Sie liefen ihm über die Wangen, sammelten sich in Tropfen an seinem Kinn, und er wischte sie ungeduldig weg. Warum die Entscheidung aufschieben, oder gar den Aufbruch? Warum nicht einfach jetzt verschwinden, wo sich die Gelegenheit bot? Wenn er sich beeilte, konnte er zur Farm zurückgehen, seine wenigen Habseligkeiten einsammeln und weg sein, bevor Carole zurückkam.

Er kletterte von dem Steinhügel herunter, orientierte sich anhand der Karte und des Kompasses und trat seinen Rückweg durchs Moor an.

Die ersten dicken Regentropfen klatschten auf ihre Windschutzscheibe, als Carole von der Hauptstraße nach Riddlesden abbog. Als das Dorf hinter ihr lag und sich der Morris im zweiten Gang die steile Straße nach Holden Gate hinaufquälte, verdrängten schwarze Wolken das restliche Tageslicht und es goß in Strömen. Sie schaltete die Scheinwerfer ein und blinzelte durch den verschwommenen Halbkreis, den die sich gemächlich hin und her bewegenden Scheibenwischer hinterließen. Schließlich erreichte sie den Gipfel, und der kleine Motor des Morris dröhnte und jaulte auf, während die Reifen durch die Pfützen rauschten, die sich am Straßenrand gebildet hatten. Ihr Blick streifte grimmig die Bruchsteinmauern und das tropfnasse Heidekraut zu beiden Seiten der Straße, und sie hoffte, daß Steven nicht mehr draußen im Moor unterwegs war. Bald würde die Dämmerung einsetzen, und er würde stundenlang ohne Hoffnung auf Unterschlupf herumwandern. In seiner derzeitigen Verfassung war eine weitere kalte, durchnäßte Nacht das letzte, was er brauchte.

Rosalinds barsche Kommentare wurmten Carole noch immer, aber dieser Unmut führte lediglich dazu, daß sich ihre Sorge um Stevens Wohlergehen noch vergrößerte. Ros hatte gar nicht erst den Versuch unternommen, ihre Zweifel an seinem Gedächtnisschwund zu verbergen, geschweige denn ihre herablassende Verachtung für Caroles angeblich naiven Glauben daran. Doch im Gegensatz zu Rosalind hatte Carole schon mehr von der Welt gesehen als die grünen Felder und die schmucken Sandsteinhäuser der Täler; sie wußte, welche Kapriolen das menschliche Gehirn schlagen konnte, und sie wußte, wem sie trauen oder mißtrauen mußte. Da sie in London aufgewachsen war und fünf Jahre lang in einem turbulenten Krankenhaus in der Innenstadt gearbeitet hatte, hatte sie das eine oder andere gelernt. Steven machte sie immer noch ein wenig nervös – schließlich war sie allein und sein Verhalten *war* etwas seltsam und beunruhigend –, aber sie hatte keine Angst mehr vor ihm (sie hatte das Kapitel ›Psychogene Amnesie und Verbrechen‹ gelesen und es nicht weiter beachtet; nach ihrer Einschätzung seiner Symptome sowie seiner Persönlichkeit hielt sie es für wahrscheinlich, daß seinem Problem ein emotionales Trauma, eine persönliche Tragödie, zugrunde lag). Jetzt, wo sie den Schreck über sein plötzliches Auftauchen überwunden hatte, gefiel ihr seine Anwesenheit regelrecht; es schien so, als ob ihn das Schicksal als Medium der Buße herbeigeführt hatte. Indem sie ihm half, sein Gedächtnis wiederzufinden – und damit seine Identität und sein Leben –, konnte sie vielleicht die brüchige, zerschlissene Stelle in ihrem eigenen Bewußtsein stopfen und die Schuld wiedergutmachen, die dort herumgeisterte.

Als der Wagen langsam durch die Schlaglöcher über den matschigen Weg auf den Innenhof zufuhr, beschloß sie, ihr Angebot zu erneuern und Steven an diesem Abend wenigstens zum Essen ins Haus zu bitten. Seine spürbare Angst vor dem Haus machte sie mittlerweile etwas betroffen, und zum erstenmal wurde ihr bewußt, daß ihre Einsamkeit, die zwischen all den Wänden und in jeder Ritze hauste, mindestens ebenso belastend wie befreiend war. Nur allzugerne wollte sie die Kälte des Hauses durch die Anwesenheit einer anderen Person vertreiben.

Während sie das Steuer herumriß und den Wagen durch die

Pfützen über den Hof lenkte, bot sich ihr ein Anblick, der ihren Gedankengang gleichzeitig unterbrach und bestätigte, als die Scheinwerfer über den Stall und die Hauswand blitzten. Sie trat auf die Bremse und brachte den Wagen schlingernd mitten auf dem Hof zum stehen; ihr Herz begann heftig zu schlagen. Die Vordertür des Hauses stand offen; dabei war sie nicht angelehnt, sondern der heulende Wind zerrte an ihren Scharnieren und stieß sie mit lautem Knallen immer wieder auf und zu. Zitternd machte sie das Licht aus und stellte den Motor ab, saß einen Moment da und starrte ungläubig vor sich hin. Dann entschied sie, daß sie gar keine andere Wahl hatte als nachzusehen, griff unter den Beifahrersitz und zog die Startkurbel des Wagens hervor. Sie trat in den strömenden Regen, legte die schwere, gebogene Stahlkurbel wie eine Keule über ihre Schulter und ging langsam und vorsichtig auf die offene Tür zu.

Steven befand sich näher an der Farm, als er gedacht hatte, und als er durch das Moor zurückgegangen war, blieb ihm noch mindestens eine Stunde Tageslicht. Der Morris war nicht auf dem Hof zu sehen, und die Stalltür war mit einem Vorhängeschloß versperrt. Er ging direkt zur Scheune und riß das Tor auf.

Drinnen hatte er sich am hinteren Ende ein Behelfsbett aus Strohballen gebaut. Drei Ballen bildeten die Liegefläche, weitere Ballen waren am Kopfende sowie an beiden Seiten aufgeschichtet und bildeten einen kleinen, windgeschützten Raum. Auf der Liegefläche war das Bettzeug ausgebreitet, das Carole ihm geliehen hatte; eine Schicht Decken, ein Schlafsack und noch eine Schicht Decken. Eine Holzkiste am Fußende des Betts diente ihm als Tisch, an dem er die Mahlzeiten einnahm, die sie ihm brachte. Eine gasbetriebene Sturmlaterne stand auf einer Ecke des Tischs, neben den Wollhandschuhen, die sie ihm gegeben und die er an diesem Morgen vergessen hatte. Jetzt zog er sie an, dann rollte er das Bettzeug von seinem Lager. In der Mitte der Liegefläche war etwas loses Stroh. Er griff mit seiner Hand hinein und suchte zwischen den pieksenden Halmen herum, bis er seinen einzigen Besitz fand, den er zur Farm mitgebracht hatte: eine zerkratzte und verbeulte Golden-Virginia-Tabakdose.

Die ganze Zeit lauschte er, ob sich ein Wagen näherte. Er würde über das Feld und direkt auf das Moor zugehen müssen, um ihr nicht auf der Straße zu begegnen. Er schob die Dose in die Innentasche seiner Jacke und stand auf. Er schloß das Scheunentor hinter sich und ging über den Hof auf den Küchengarten und das dahinterliegende Feld zu. Dann blieb er stehen. Die Vordertür des Hauses war angelehnt. Er blickte wieder zum Stall, aber der war noch verschlossen. Seltsam, gewöhnlich verschloß sie ihn nur nachts oder wenn sie die Farm verließ... Er wollte gerade weitergehen, als er hörte, wie im Haus das Telefon klingelte. Falls sie da war und abnahm, hätte sie ihn durch das Fenster sehen können, wenn er weiterginge, daher blieb er wie angewurzelt stehen, wartete und lauschte gespannt. Es klingelte weiter und weiter, dann hörte es auf. Er ging leise zur Vordertür und legte ein Ohr an den Spalt, doch es war ganz still. Die erste Möglichkeit, die ihm einfiel, war ein Einbruch, doch es gab keine Anzeichen von Beschädigung, weder an der Tür noch am Rahmen. Natürlich konnten die Einbrecher durch ein Fenster auf der Rückseite eingestiegen und durch die Vordertür verschwunden sein. Er unterdrückte die andere, weitaus beängstigendere Erklärung, die in seinem Kopf herumspukte, und stieß die Tür mit einem Zeigefinger in den dunklen Flur hinein. Er trat über die Schwelle und tastete sich vorsichtig den Flur entlang. Mit gespitzten Ohren lauschte er in die bedeutungsvolle Stille, doch das einzig vernehmbare Geräusch war das dumpfe Ticken der Kaminuhr im Wohnzimmer. Er spürte das dringende Bedürfnis, sich zu bewaffnen. Der Schrank mit dem Schrotgewehr war fest verschlossen, also ging er statt dessen in die Küche. Nachdem er leise einige Schubladen auf- und zugemacht hatte, fand er das Besteck; Eßbesteck, ein paar Küchengeräte, aber keine scharfen Messer. Es waren auch keine im Abwaschständer oder im

Waschbecken. Er runzelte verwundert die Stirn; das Ganze kam ihm zunehmend seltsam vor. Zuletzt schaute er in den kleinen Arbeitsraum, der an die Küche grenzte. Dort fand er, zwischen Staub und Spinnweben, einen alten Kricketschläger unter der Arbeitsbank, dessen Griff schon ganz abgenutzt war und dessen dunkel gewordene Schlagfläche zahlreiche Dellen hatte.

Er hielt den Schläger wie ein unhandliches Breitschwert vor sich und ging vorsichtig von Zimmer zu Zimmer, wobei er behutsam über den unebenen Holzboden schlich. Als er die oberen Zimmer kontrolliert hatte, war es draußen fast dunkel geworden, und er beendete seinen Rundgang im düsteren Wohnzimmer. Es war niemand hier. Er war erst zweimal zuvor im Haus und beide Male nicht so ganz Herr seiner Sinne gewesen, daher konnte er gar nicht sagen, ob etwas verschwunden oder verstellt worden war; doch es gab ganz gewiß keine Zeichen von Unordnung oder Beschädigung. Dann bemerkte er das Regal neben dem großen Steinofen; an einem Ende lag ein Stapel Kassetten, und im unteren Fach standen einige LPs, doch in der Mitte des verstaubten Regals, wo die Stereoanlage hätte stehen sollen, war bloß eine große, freie Fläche, ein schimmerndes Viereck aus nacktem Holz. Er stützte sich auf den Kricketschläger und seufzte erleichtert: also doch bloß Diebstahl. Er hatte keine Hinweise auf einen Einbruch finden können, daher schien es ein Gelegenheitsdieb gewesen zu sein; Carole mußte die Tür offen gelassen haben, die duslige Kuh.

Er hatte jedoch keine Zeit, zufrieden hier herumzustehen; es wurde rasch dunkel, und der Regen, der eingesetzt hatte, als er seine Suche begonnen hatte, nahm stetig zu. Er fragte sich, ob er ihr eine Nachricht hinterlassen sollte; sie könnte ja denken, er hätte ihre Anlage gestohlen, und das letzte, was er gebrauchen konnte, war, daß jemand seine Beschreibung an die Polizei weitergab. Doch er beschloß, das Risiko einzugehen; sie hatte selbst genügend Gründe, die Polizei nicht einzuschalten angesichts der Tatsache eines nicht gemeldeten Unfalls mit Feuerwaffen (oder tätlichen Angriffs, je nachdem, ob sie seiner oder ihrer Version glaubten). Er legte den Kricketschläger über die Armlehnen eines tiefen Ledersessels, prüfte rasch seine Taschen und eilte zur Vordertür.

Der Wind war stärker geworden, die Tür schwang hin und her und es regnete in den Flur. Als er zur Tür trat, klingelte plötzlich im Wohnzimmer hinter ihm wieder das Telefon. Erschrocken zuckte er zusammen und drehte sich um. In diesem Moment traf ihn etwas Schweres hart am Hinterkopf. Mit einem Gefühl, als bröckelte seine Schädeldecke in sein Gehirn hinein, stolperte er vorwärts, und als er hinfiel, schlug seine Schläfe gegen die Ecke des Flurtischs. Sein Körper sackte zu Boden, und alles wurde schwarz.

Graue Schattierungen

WEIBER, MURRTE PAUL leise vor sich hin in die kühle Brise, die das Nadelkissen aus Schiffsmasten im Hafen von Ocean Village tanzen ließ. Er verzog seinen Mund zu einem wütenden Knurren. »Verdammte Miststücke«, fluchte er laut. Er hätte nicht übel Lust, hochzufahren und ihr ein paar ... was? Der Gedanke überraschte ihn und lenkte ihn von seiner Wut ab. Wenn er die Sache mit mehr Hingabe betrieben hätte, ohne zu sehr auf sie einzugehen, wäre es gar nicht erst soweit gekommen. Er lächelte unwillkürlich, ließ dann aber seine Gedanken nicht weiter abschweifen, sondern überdachte die ganze Situation noch einmal und runzelte erneut die Stirn. Er konnte unmöglich bei Verstand gewesen sein, weil er sich derart von ihr übers Ohr hatte hauen lassen – von einer verdammten Frau. O ja, sie waren ziemlich gewieft, das mußte er ihnen lassen; ihre Tricks, Männern den Kopf zu verdrehen, um anschließend ihre Schwäche auszunutzen. Aber er würde sowieso nicht zu ihr hinfahren können, stellte er fest, jetzt, da er kein Auto mehr hatte.

Zwei frühreife Mädchen gingen in schwarzen Strumpfhosen und mit bleich geschminkten Gesichtern unter ihren langen, glänzenden Haaren hinter ihm am Kai entlang. Als sie in sein Gesichtsfeld traten, sah er, wie sie sich etwas zuflüsterten und hinter vorgehaltener Hand loskicherten. Paul drehte sich abrupt um. »Was gibt's denn da zu lachen?« fragte er wütend. Sie fuhren gleichzeitig erschreckt mit den Köpfen herum, und er sah kurz ihre rot angemalten Lippen und den Lidstrich entlang ihrer Augen, bevor sie vorauseilten und nervös zurückblickten, bis sie um die Ecke bogen und durch die Schiebetür eines Einkaufszentrums verschwanden.

Paul schaute an sich herunter; er trug immer noch den dunkelblauen Overall, den er heute morgen angezogen hatte. Er nannte ihn seinen sauberen Overall, was bedeutete, daß er gewaschen worden war und lediglich getrocknete Farbspritzer und vereinzelte, tiefgraue Schmutzflecken aufwies und keine frischen Ölspuren, vermengt mit Fußbodenschmutz und silbernen, klebrigen Farbsprenkeln. Er hatte gar nicht die Möglichkeit gehabt, ihn dreckig zu machen; nachdem er heute morgen zur Arbeit gekommen war, hatte es beinahe umgehend geheißen: *Der alte Bailey will Sie sprechen,* und noch bevor er wußte, wie ihm geschah, hieß es: *Hier ist dein Lohn bis zum Ende der Woche, es ist mehr als dir zusteht, aber ich bin ein großzügiger Mann, und jetzt geh mir aus den Augen.* Bis jetzt war er noch nicht mal zu Hause gewesen, und bald schon würde es später Nachmittag sein.

In der Rauchglasscheibe der Cafeteria erblickte er sein Spiegelbild. Kein Wunder, daß man ihn ausgelacht hatte; da stand er nun in seinem ausgebeulten, unförmigen Overall, seinen riesigen Stiefeln, die lächerlich unter den Hosenbeinen herausragten, und mit seinen ungekämmten Haaren, die an einer Seite hochstanden. Es hatte eine Zeit gegeben, in der er sein Erscheinungsbild gepflegt hatte, aber dann hatte er sich neu erschaffen, und dieser schlampige Aufzug war die äußere, öffentliche Fassade seiner Umgestaltung. Das Ablegen grundlegender Verhaltensweisen hatte dazu geführt, daß seine Gedanken in seltsam trügerischen Bahnen verliefen, so daß er nicht länger wußte, ob sie seine eigenen waren.

Er wandte sich von der Scheibe ab und ging rasch am Kaiufer entlang. Er mußte nach Hause und überlegen, was als nächstes zu tun war.

Das Auto, das er sich ansehen sollte, stand in der leicht ansteigenden Auffahrt, neben dem buschig bewachsenen Vorgarten; ein cremeweißes Morris Minor Cabrio – Altenglischweiß stand im BMC-Katalog – mit einem kirschroten Verdeck und passenden Polstern. Die gewölbten Kotflügel funkelten, das Verdeck glänzte frisch geputzt, und der Lack war ohne stumpfe Alterserscheinungen. Paul parkte den Lieferwagen am Bordstein und sah auf den Zettel, den man ihm gegeben hatte: 1965 CABRIO; WEISS, MRS AGNEW; 12 NEWBURY GARDENS; WINCHESTER; außerdem eine Telefonnummer. In der Brusttasche seines Overalls steckte ein unterschriebener Blankoscheck; er war befugt, bis eintausend Pfund zu gehen, nicht einen Penny höher.

Eine Frau in mittleren Jahren öffnete ihm die Vordertür. Genau wie ihr Auto war auch sie für ihr Alter noch gut erhalten, akzeptierte die Einflüsse der Reife und versuchte, Verschleiß zu verhindern. Unter der kupferroten Lockenpracht hatte ihr markantes Gesicht nur wenige Falten um Mund und Augen herum. »Mrs. Agnew?« fragte er. Sie sah ihn verdutzt an. »Paul Chapel«, erklärte er. »Morris Minor Restaurierungen.«

»Ja, natürlich«, sagte sie, »keine Ahnung, woran ich gerade gedacht habe. Warten Sie hier – ich bin gleich bei Ihnen.« Sie schloß die Tür gerade so weit, daß ihm der Blick in den Flur diskret verwehrt wurde. Paul drückte mit der Hand neben die Scharniere und ließ die Tür langsam etwas aufgehen, als hätte sie ein Windstoß bewegt. Die Frau zog sich gerade ein Paar Halbschuhe an und sprach mit jemandem durch eine offene Tür auf der linken Seite des Flurs. »Also dann«, sagte sie strahlend und trat zu ihm in die Einfahrt. »Das ist der Wagen, wie Sie sich wohl schon gedacht haben. Er ist in einem ausgezeichneten Zustand, nicht wahr?« sagte sie eher feststellend. »Mein Sohn hat ihn sehr gut gepflegt. Im Grunde hat er ihn, mehr oder weniger, völlig restaurieren lassen, kurz bevor … nun ja, vor gar nicht langer Zeit.«

»Wer hat die Arbeit gemacht?«

»Ein Freund meines Mannes. Sehr ordentlich. Wissen Sie, er besitzt eine Werkstatt. Der Wagen sieht gut aus, oder?«

Diesmal war es eine Frage. Paul nickte; er sah gut aus und hatte keinerlei Rostbläschen auf der polierten Lackierung der Kotflügel. An den Trittbrettern befanden sich sogar rostfreie Stahlleisten. Er zog einen langen, schmalen Gummihammer aus der Tasche seines Overalls.

»Mein Mann und ich«, sprach sie währenddessen weiter, – »oh, das klingt ja fürchterlich, oder? Wie die Queen. Wir haben den Wagen für Simon gekauft, nachdem er seinen Abschluß gemacht hatte – mit vier Einsern. Er war begeistert und fuhr den ganzen Weg über New Forest nach Dorset hinunter, über Brighton, bis nach... Lieber Gott, was wollen Sie denn damit?« Sie starrte mit aufgerissenen Augen auf den Hammer.

»Die Unterseite prüfen«, erklärte er, kniete sich auf alle Viere und verrenkte seinen Hals, um unter den Kofferraum zu sehen. In dem engen Raum unterhalb des Autos wechselte er den Griff um den Hammer und schwang ihn nach oben, klopfte immer wieder gegen die Verkleidung, wobei die Hohlräume des Metalls widerhallten. Er spürte förmlich, wie Mrs. Agnew bei jedem Schlag zusammenzuckte.

»Was *tun* Sie denn da?« wollte sie wissen. »Sie werden ihn noch kaputtmachen.«

Er ignorierte sie und hämmerte weiter. Als die raschen Schläge vom Schutzblech abprallten und weiter in Richtung der Blattfedern gingen, wurde der Klang tiefer, dumpfer und dröhnender. Plötzlich knirschte es gewaltig, und eine Rostwolke rauschte zu Boden.

»Jetzt *sehen* Sie nur, was Sie angerichtet haben. Ich hab' Ihnen *gesagt*, daß Sie ihn kaputtmachen werden.«

Paul schlängelte sich unter dem Auto hervor. »Sie haben ein Loch in der Nähe der rechten vorderen Federaufhängung«, sagte er.

»Das Sie da hingemacht haben«, grollte sie. »Ich werde –«

Er unterbrach sie kopfschüttelnd. »Soviel Rost ist gleichbedeutend mit einem Loch. Jetzt wissen wir, womit wir es zu tun haben.«

»Ich hab' Ihnen doch gesagt, daß Simon ihn restaurieren ließ.«

»Diesen Teil scheint man übersehen zu haben.« Er ging zu einer Flanke des Autos, kniete sich wieder hin und setzte seine Hammerschläge an der Unterseite der Trittbretter und des Querträgers fort.

Mrs. Agnew folgte ihm und stand händeringend über ihm. »*Müssen* Sie denn so fest zuschlagen?« sagte sie in flehendem Ton.

Er stand wieder auf und ging nach vorne. »Warum will er ihn verkaufen?«

»Was?«

»Ihr Sohn. Warum verkauft er ihn? Wenn ich fragen darf.« Er kniete sich hin und untersuchte das vordere Chassis.

»Er ist gestorben.«

»Wie bitte?«

»Simon ist tot. Er hatte Leukämie. Er ist letzten November gestorben.«

Paul setzte sich hin. »Das tut mir leid«, sagte er und fühlte, wie seine Wangen rot wurden. »Ich wußte nicht –«

»Er hätte das Auto niemals verkauft. Es war sein ganzer Stolz.«

»Das wußte ich nicht. Es tut mir leid.«

»Es ist jetzt sechs Monate her, und wir haben keine Verwendung für ihn. Zu viele schmerzhafte Erinnerungen.« Sie ging langsam um den Wagen, legte eine Hand auf sein breites Heck und lächelte traurig. »Er war jeden Samstag morgen hier draußen und polierte die ganze Zeit. Sogar noch, als er schon krank war. Manchmal fing er damit an, aber dann war er zu müde, um es fertigzumachen. Es hat ihn wirklich aufgeregt, daß er sich nicht vernünftig um seinen Wagen kümmern konnte. Er hatte keine Angst zu sterben, aber seine Schwäche machte ihn rasend...« Sie stellte sich aufrecht hin und schaute Paul in die Augen. »Also, wieviel ist er wert?«

Paul starrte sie über die Hügel und Täler der Motorhaube an und war von dem plötzlichen Themenwechsel irritiert. »Was?«

»Mr. Bailey sagt, zweitausend Pfund, vielleicht mehr.«

»Mr. Bailey –?«

»Ich habe mit ihm telefoniert.«

»Hat er ihn gesehen?«

Sie zögerte. »Also, nein, nicht persönlich, aber ich habe ihm den Wagen beschrieben. Er hat gesagt, soviel wäre er wert.«

»Das hat er Ihnen gesagt? Zweitausend?«

»Vielleicht noch mehr. Simon hat gemeint, daß der Wagen nach seiner Restaurierung über zweitausend Pfund wert sei. Das sagte ich Mr. Bailey, und er hat mir zugestimmt. Ich kann es nicht ertragen, ihn hier noch länger stehen zu sehen. Ich will, daß er bald wegkommt. Werden Sie ihn nehmen?«

»Sind Sie sicher, daß Mr. Bailey zweitausend gesagt hat? Normalerweise nennt er keine Preise am Telefon, ohne den Wagen vorher gründlich untersucht zu haben.«

Mrs. Agnew wurde ein wenig bleich. »Nun ja, Sie haben ihn untersucht. Ist er nun zweitausend Pfund wert oder nicht?«

Paul stand auf und rieb sich das Kinn. »Ich bin noch nicht ganz fertig, aber soweit ich gesehen habe, hm, müßte ich sagen: nein.«

»*Nein*?«

»Also, da unten muß was dran gemacht werden – diese Federaufhängung. Selbst wenn der Wagen theoretisch zweitausend wert wäre, dann würden wir ihn für diesen Preis verkaufen, verstehen Sie? Nun, ein Teil davon wäre die Mehrwertsteuer, ein Teil ginge für Arbeitskosten drauf, um ihn wieder flottzumachen, und dann müssen wir auch noch was dran verdienen. Daher können wir ihn nicht für zweitausend *kaufen*.«

Während er sprach, zog Mrs. Agnew ihre Mundwinkel immer

weiter runter und sah dabei auf das Vinyl-Verdeck des Wagens. »Wieviel *würden* Sie denn zahlen?«

Er seufzte. »Lassen Sie ihn mich zu Ende prüfen, dann sage ich's Ihnen. Ich muß eine Probefahrt damit machen. Ist er zugelassen?« Sie schüttelte den Kopf. »Macht nichts«, sagte er, »ich fahre nicht weit.«

Nachdem der Motor warmgelaufen war, rollte er vorsichtig aus der Einfahrt und tuckerte um die Kurve. Er fuhr ein paar Meilen durch die Straßen von Winchester. Die Bremsen funktionierten gut, ohne zu blockieren oder nachzulassen, und der Motor lief gleichmäßig und ließ sich sauber durch die Gänge schalten. Er kam zu einem steilen Hügel und fuhr schnell hinauf, neigte seinen Kopf zur Seite und lauschte auf Geräusche von abgenutzten tragenden Teilen, aber das Fahrgestell blieb ruhig und leise. Als er zurückkam und wieder in der Einfahrt geparkt hatte, beendete er seine Untersuchung, indem er unter den Teppichen nach Rost suchte und die Stoßdämpfer testete.

»Nun?« sagte Mrs. Agnew, die ihm mit ängstlich gefalteten Händen zugesehen hatte. »Wieviel werden Sie mir dafür geben?«

Paul starrte auf den Wagen und wich ihrem Blick aus. »Ich bin nur befugt, bis eintausend zu gehen«, sagte er. »Ich *könnte* fragen, ob wir ein bißchen was drauflegen können ...«

»*Eintausend Pfund*?« wiederholte sie ungläubig.

»Wenn Sie mich telefonieren lassen, frage ich nach zwölfhundert.«

»Das sind aber keine zweitausend, oder?«

»Sie könnten ihn ja privat verkaufen«, schlug Paul vor.

Sie saugte an ihrer Unterlippe, seufzte und schaute den Wagen lange an. »Also gut«, lenkte sie ziemlich gereizt ein. »Ich kann es nicht ertragen, ihn hier noch länger rumstehen zu sehen. Eintausendzweihundert Pfund.«

»Ich brauche erst die Genehmigung.«

»Sie können das Telefon im Flur benutzen. Treten Sie sich zuerst die Füße ab.«

Er erreichte Dave Ingrams, den stellvertretenden Geschäftsführer der Firma, der den Handel im Namen des alten Bailey genehmigte. Nachdem sie die Papiere und den Scheck ausgetauscht hatten, rangierte Paul den Morris auf den Anhänger des Lieferwagens, befestigte ihn und fuhr nach Southampton. Es war sein freier Nachmittag, daher parkte er den Wagen auf dem Hof, gab die Papiere im Büro ab und ging nach Hause.

Am nächsten Morgen erschien Paul früh zur Arbeit. Er zog seinen Overall an und ging gleich in den Lackierraum, um mit der Arbeit fortzufahren, die er durch seinen Besuch in Winchester unterbrochen hatte. Ein Kunde hatte in der letzten Woche einen *Series II Saloon* vorbeigebracht, der völlig restauriert werden sollte. Paul hatte den Auftrag erhalten, die Karosserie vorzubereiten. In den letzten Tagen hatte er den Motor und das Getriebe ausgebaut, die Bremsen, die Aufhängung und die Lenkung auseinandergenommen, die Hinterachse sowie die Federung abmontiert, die Elektrik und die Scheiben ausgebaut, sämtliche Sitze und die Innenausstattung herausgenommen und anschließend alle Teile im Nebenraum gelagert. Er hatte außerdem Motorhaube, Heckklappe, Türen und Kotflügel abgenommen und das Armaturenbrett gegen die Wand des Lackierraums gelehnt, bis zuletzt die nackte Karosserie mitten im Raum auf vier pyramidenförmigen Achsstützen aufgebockt war. Der Wagen war komplett mit einem Dampfstrahler gereinigt worden und sollte nun, als Vorbereitung für die Schweißer, die das verrostete Metall herausschneiden und neue Teile einsetzen würden, mit einem Sandstrahlgebläse bearbeitet werden.

Er setzte sich eine Maske und eine Schutzbrille auf und stellte die Heckklappe in die Sandstrahlkabine. Dann schaltete er den Kompressor ein und sein vibrierendes Summen durchbrach die Morgenstille. Ein schrilles Zischen kam dazu, als die Druckluft durch das Sicherheitsventil entwich. Er zog und zerrte so lange an dem steifen Gummischlauch, bis er genügend Spiel hatte, um damit arbeiten zu können; dann richtete er die Düse auf die obere Ecke der Heckklappe und drückte den Abzug. In das Geräusch des Kompressors mischte sich ein lautes, zischendes Knirschen, als der Sandstrahl das Stahlblech zu reinigen begann und an die Plexiglaswände der Kabine spritzte. Der blaßgrüne Lack begann rasch abzublättern, legte erst eine weiße Grundierung und anschließend graues Metall frei, als der Strahl in langsamen Wellen über die sanft gewölbte Oberfläche fuhr.

Paul arbeitete gerne mit dem Sandstrahler; wegen der visuellen und akustischen Stimulation fand er die Aufgabe ästhetisch reizvoll, wobei es gleichzeitig möglich war, seine Gedanken schweifen zu lassen. Er lenkte die Düse langsam gleichmäßig hin und her und sah zu, wie das glänzende Grün erst dem matten Weiß und anschließend dem schimmernden Grau Platz machte. Dabei dachte er über Farben nach.

Er hatte sich nie besonders für Farben interessiert, bis er Cressida Allan kennenlernte, die ihm beigebracht hatte, die chromatische Welt wahrzunehmen. Sie hatte ihm erzählt, daß die Netzhaut aus zwei verschiedenen Zellarten besteht: den Stäbchen, die auf unterschiedliche Lichtstärken ansprechen und das Gehirn über Licht und Schatten informieren, sowie den Zapfen, in denen sich photosensitive Pigmente befinden, die auf verschiedene Wellenlängen des Lichts reagieren und so das Farbsehen ermöglichen. Es gibt nur wenige dieser Pigmente, sagte sie, aber zusammen können sie dem Gehirn genügend Informationen vermitteln, um dort die unendliche Vielfalt von Farbtönen und Schattierungen zu reproduzieren, die auf der Welt existieren. Cressida war ihm sympathisch gewesen, trotz ihrer verzogenen Zwillinge, und er hatte die Gespräche mit ihr genossen. Nun vermißte er sie immer dann, wenn er sich mit der Welt der Farben auseinandersetzte. Er wußte noch, daß sie gesagt hatte, es sei völlig unnatürlich, das Farbspektrum einzuteilen, und daß verschiedene Kulturen unterschiedliche Einteilungen träfen. Das hatte ihn überrascht; er hatte immer gedacht, Rot sei Rot und Blau sei Blau. Sie sagte, daß in manchen Kulturen Blau und Grün als unterschiedliche Schattierungen derselben Farbe angesehen werden. Also hatten der Himmel, das Gras, die Blätter an den Bäumen und das Meer dieselbe Farbe: Variationen der einen, wahren Farbe der Natur. Er fragte sich, ob jemand, der mit dem Bewußtsein aufgewachsen war, daß Blau und Grün dieselbe Farbe waren, diese Farben wirklich anders wahrnahm als jemand, der sie unterschied.

Cressida hatte ihren Blick stets auf die Natur gerichtet; auf die Bäume, die Gräser und die Wildblumen in den Wäldern oder an den Rändern der bestellten Felder. Während Paul mit dem Sandstrahler den Lack vom Blech entfernte, dachte er darüber nach, daß er ihr gerne die Farben von Autoteilen gezeigt hätte. Er hätte ihr sicher beweisen können, daß es bei den verschiedenen Metallen, mit denen er arbeitete, eine ebensogroße farbliche Vielfalt gab wie in der Natur. Grau, zum Beispiel. Es war ihm nie klar gewesen, daß es so viele unterschiedliche Grauschattierungen geben könnte. Das Grau, das er jetzt vor sich hatte, nachdem der Lack herunter war – das glänzende Taubengrau eines sauberen, frischen Stahlblechs –, war sein liebstes. Und in diesem Farbton gab es hundert verschiedene Abstufungen, die durch unterschiedlichen Lichteinfall oder die Oberflächenkrümmung in den Windungen der Millionen von mikroskopisch kleinen Kratzern hervorgerufen wurden. Es gab außerdem die verschiedenen Graus von Staub auf Metall, die, je nach Qualität des Metalls und der Zusammensetzung des Staubs, variierten. Ein tiefes, knochengelbliches Aschgrau auf dem Gußstahl der Achsschenkelbolzen und deren Lagern – etwas weniger gelblich als eben jener Straßenstaub, der auf den kupfernen Bremsleitungen lag, die sich aus dem Chassis hinter die Radnaben schlängelten. Derselbe graue Staub sammelte sich wellenförmig im Reifenprofil, aber dort war er brauner als an den gealterten, dünnen, beweglichen

Teilen. Es gab auch noch andere Graus; das Kohlengrau von verwitterten Gummidichtungen, die schon ganz rissig waren; das schimmernde, grünlich gesprenkelte Grau von Schmieröl, das in dicken Fäden aus den Radaufhängungsgelenken quoll, während neues gelbes Fett in die Schmiernippel gepumpt wurde. Dann gab es noch andere Farben; am häufigsten die verschiedenen Rostbrauns. Auf einem Blech zeigte sich Rost in tiefem Rotbraun, dessen Oberfläche knubbelig war und Blasen warf und leichte Farbabstufungen zeigte, gelegentlich matt war vom Staub und manchmal dunklere Flecken aufwies, die von Schmiere oder Ölflecken, Benzin oder Bremsflüssigkeit herrührten, was jeweils eine andere Tönung zur rötlichen Grundfarbe hinzufügte. Der Rost auf den gebundenen Stahlfederblättern der Hinterradaufhängung hatte ein völlig anderes Braun als der Rost auf Karosserieteilen; wenn die dicken Blattfedern trocken waren, nahmen sie ein sattes, helles Terracotta an, das dem Federstahl ein sprödes, zerbrechliches Aussehen verlieh. Dies waren die natürlichen Farben des Autos. Dann gab es da noch die Grundierungen und die Lacke mit ihren schicken Katalognamen; Mandelgrün, Rauchgrau (das Paul wie ein blasses Blau vorkam), Altenglischweiß, Trafalgarblau, Erdrot. Von diesen Farben hatte jede wiederum ihre eigenen Abstufungen, je nach Verwitterung Oxydation oder unterschiedlich dicken Farbschichten.

Paul hatte beide Seiten der Heckklappe abgestrahlt und wollte soeben mit den Türen beginnen, als ihm jemand auf die Schulter tippte. Völlig gedankenverloren hatte er durch das Brummen des Kompressors niemanden hereinkommen hören, sprang überrascht auf und ließ beinah den Schlauch fallen. Es war Dorothy vom Empfang. Als sie sein erschrockenes Gesicht sah, lächelte sie entschuldigend und zeigte dann auf ihr Ohr und auf den Kompressor. Paul schaltete ihn ab und spürte, wie sich durch das Vakuum der plötzlich eintretenden Stille seine Trommelfelle nach außen stülpten.

»Mr. Bailey will Sie sprechen«, sagte Dorothy.

»Weswegen?« fragte er und bemerkte, daß er immer noch gegen den nicht mehr vorhandenen Krach anbrüllte, der wie ein Echo in seinem Kopf nachhallte.

»Er ist in seinem Büro«, sagte sie und drehte sich bereits wieder um. »Ich glaube, es geht um den Wagen, den Sie gestern abgeholt haben.«

Er legte den Schlauch hin und folgte ihr aus dem Lackierraum über den Hof, durch den engen, schäbigen Gang, bis zum vorderen Bereich des Gebäudes.

Morris Minor Restaurierungen befand sich in einer heruntergekommenen viktorianischen Villa, am unteren Ende der Portswood Road. Im Haus befanden sich der Empfang und das Büro des alten Bailey. Die übrigen Räume wurden als Lager für Ersatzteile benutzt. Der große Garten vor dem Haus war zubetoniert worden und diente als Vorhof zur Ausstellung der Saloons, Cabrios, Lieferwagen und Travellers, die zum Verkauf standen. Auf dem breiten Hinterhof – der aus dem Garten des Hauses sowie etwa tausend Quadratmetern Brachland bestand – waren Arbeitsräume, Lager und der Lackierraum errichtet worden, in dem Paul gearbeitet hatte. Was von dem unkrautbewachsenen Schotterboden noch unbebaut war, lag voller Fahrzeugteile, die das gesamte Spektrum der Verfallsstadien und Rostzustände aufwiesen. Hier gab es alles, von beinahe intakten Minors, die auf ihre Restaurierung warteten, bis zu hohlen Karosserieskeletten, deren brauchbare Teile man ausgeschlachtet hatte und die darauf warteten, sich ihrem Schicksal zu ergeben und völlig zu verrosten, bis die Struktur endgültig zu Staub zerfallen war.

Der Empfang war das öffentliche Erscheinungsbild des Geschäfts und daher etwas weniger staubig und schmierig als das übrige Haus. Dorothys riesiger Schreibtisch nahm mit seinen Plastikfächern, Stifthaltern und der klobigen, elektrischen Schreibmaschine das eine Ende des Raumes ein und stand neben dem verzierten, ummauerten Ofen. Vor dem Schreibtisch befand sich der Wartebereich; wie bei einem Friseur standen dort an den

Wänden ein halbes Dutzend Plastikstühle um einen langen, niedrigen Kaffeetisch herum, auf dem außer einem Stapel Oldtimer-Magazine auch Ersatzteilpreislisten, Versicherungsbroschüren und Informationsblätter herumlagen, die detaillierte Beschreibungen der Umbau- und Restaurierungsmaßnahmen der Firma enthielten. Die Wände unterhalb des gelb verputzten Simses hingen voller Bilder. Die Wand hinter dem Schreibtisch bestand aus einem großen Mosaik aus Fotos; Morrisse, die in den Werkräumen restauriert wurden; ungewöhnliche Entdeckungen wie der 1953 Series II Traveller, den man, eingehüllt in eine Plane, mit nur sechsundneunzig Kilometern auf dem Tacho, in einer Scheune in der Nähe von Wareham gefunden hatte; seltsame Originale wie das Morris-Minor-Feuerwehrfahrzeug und das spezialangefertigte Wohnmobil, das auf einem Pick-Up-Chassis konstruiert worden war; dazu überwiegend Fotos von glänzenden, makellosen Kundenautos, die nach ihrer Restaurierung auf dem Vorhof der Firma standen. An den übrigen drei Wänden hingen diverse verblichene Zeitungsartikel über die Firma, die zumeist aus dem *Southern Evening Echo* stammten, sowie Nachbildungen von Reklameschildern aus den späten vierziger Jahren, in den abgetönten Grundfarben des verblassenden Art Deco (MORRIS MINOR: BRITAIN'S TOP CAR), oder in den surrealen Aquarellfarben der sechziger Jahre gehalten.

Als Paul das Büro betrat, war Dorothy bereits wieder auf ihrem Posten hinter dem Schreibtisch und hämmerte auf die Tasten der Schreibmaschine. Bailey saß auf einem der Plastikstühle und telefonierte. »Sie müssen etwas wegen der Spurstangenhalterung unternehmen«, sagte er gerade. »Der letzte Satz hatte den falschen Winkel... Ja, wir haben eins von den Mistdingern angeschweißt und konnten die Stange nicht anbringen, ohne dabei die Gummis zu verdrehen...« Als Paul hereinkam, sah er kurz auf und blickte ihm einen Moment lang ungeduldig ins Gesicht, dann drehte er sich mit seinem Stuhl herum und schaute in die Ecke. Die geringelte Schnur des Hörers dehnte sich über seiner

Schulter, als er sich umdrehte und das Telefon hinter sich her zog. Dorothy schnalzte leise mit der Zunge, rückte es näher an ihn heran und schob ihren Block zurecht.

Paul versuchte, den Blick des alten Bailey einzuschätzen, doch er konnte nichts darin lesen. Er hatte herausgefunden, daß Bailey in Wirklichkeit viel weniger angsteinflößend war, als er aussah. Sein aggressives, fast brutales Gesicht – dessen schmale, dunkle Augen sich unter buschigen Brauen dicht an der fleischigen, aufwärts gerichteten Nase befanden, von der sich tiefe Falten nach unten zogen und die trotzigen, weichen Lippen seines Mundes voller schlechter Zähne einrahmten – paßte nicht zu seiner Stimme; statt mit jener gutturalen Aggression, die die Leute instinktiv von ihm erwarteten, sprach er sanft und freundlich. Er konnte aber schroff und sogar beleidigend sein, wenn er wollte.

Paul stand untätig vor dem Schreibtisch herum und wartete darauf, daß er zu Ende telefonierte. Sein Blick schweifte über die Poster und Zeitungsausschnitte an der Wand. An einer der wenigen freien Stellen, an der die verblichene Blumentapete zu sehen war, entdeckte er einen neuen Ausschnitt: frisches, jungfräuliches Weiß zwischen dem eingerollten, vergilbten Papier. Es war ein halbseitiger Artikel, der offenbar aus der *Sunday Times* stammte, mit einem großen Foto von Bailey, der über die geteilte Windschutzscheibe eines schwarzen Cabrios, welches die Firma für ein entferntes Mitglied der Königlichen Familie zusammengebaut hatte, abweisend hinweglächelte (»Minor Majestät« verkündete die Schlagzeile). Neben diesem Ausschnitt hing ein Poster aus der Mitte der sechziger Jahre, das für den neuen Minor 1000 warb. Das abgebildete Auto – ein cremefarbener Saloon, in dem eine grinsende, idealisierte Kleinfamilie saß – fuhr fröhlich aus dem geöffneten Bug einer Fähre heraus, die sich rechts im Hintergrund weiß gegen den kobaltblauen Himmel absetzte. Unter dem Bild stand in fetter, optimistischer Handschrift die Zeile: »*Besser als je zuvor!*« Mit plötzlichem Entsetzen entdeckte er, daß jemand das Bild verunziert hatte; jemand hatte mit einem schwarzen Kugelschreiber ein Strichmännchen gezeichnet, das mit seinem runden Kopf voran ins Wasser fiel und Bewegungslinien hinter sich her zog, die zum Oberdeck der Fähre hinaufreichten, wo ein zweites Strichmännchen an der Reling stand und erschreckt die Arme hochriß.

Paul trat unwillkürlich mit geöffnetem Mund und aufgerissenen Augen von dem Poster zurück. Sein Mund wurde trocken... Nein, sagte er sich, das ist bloß ein Zufall, doch im Geiste hörte er das tosende, schäumende Wasser und den Platscher, der vom Kielwasser und den Wellen verschlungen wurde. *Bloß ein Zufall.* Es mußte so sein. Vermutlich einer der Lehrlinge, der sich gelangweilt und ein wenig Unfug getrieben hatte...

»Wann können Sie die Dinger liefern?« fragte der alte Bailey. Pauls Ohren erkannten, daß sich das Gespräch dem Ende näherte, und er wartete gespannt. »Okay. Danke erstmal.« Bailey knallte den Hörer auf die Gabel und stand auf. Er beugte sich über den Schreibtisch und durchsuchte ein paar Schriftstücke in einem der Fächer, hielt wegen einiger davon kurz Rücksprache mit Dorothy, drehte sich dann um und sah Paul in die Augen. Ein weiterer langer, ausdrucksloser Blick. Paul wollte gerade etwas sagen, als der alte Bailey einen Finger krümmte. »Komm mal mit«, sagte er sanft.

Paul folgte ihm durch die Tür und den Gang entlang bis zum Hinterhof. Sie durchquerten die Ecke des Hofs, gingen an einem soeben gelieferten Stapel zellophanverpackter Kühler, Heizungsteile und Gummischläuche vorbei, bis sie zur weit geöffneten Tür des größten Arbeitsraums kamen. Der alte Bailey schlenderte die flache Betonrampe hinauf, blieb dann abrupt auf der Schwelle stehen und drehte sich um. »1965er Cabrio«, sagte er. »Weiß.«

Paul nickte. »Was ist damit?«

»Du hast ihn hergebracht, stimmt's? Ich war nicht hier. Ich habe mit Dave gesprochen.«

Paul nickte erneut. »Mmm.«

»Wieviel hast du dafür bezahlt? Wieviel Geld der Firma?«

»Hat es Ihnen Dave Ingrams nicht gesagt? Er hat es genehmigt.«

»Ja, er hat es mir gesagt. Jetzt will ich, daß du es mir sagst.«

»Zwölfhundert. Es war ein ganz gutes Geschäft.«

»Eine ganze Menge Geld. Ja, das stimmt.«

»Nein, ich meine –«

Bailey unterbrach ihn. »Wir sehen uns deine Anschaffung mal an, ja?« Er drehte sich um und ging in die Werkstatt.

Darin war genügend Platz, um an drei Autos gleichzeitig zu arbeiten. Der erste Stellplatz, gleich neben der Tür, hatte einen hydraulischen Lift. Ein Lieferwagen mit kastanienbrauner, rostiger Lackierung stand auf der angehobenen Plattform, und einer der Mechaniker schweißte an dessen Unterseite. Während der Mann arbeitete, klickte und summte der Kasten mit der blauen Gasflasche gelegentlich, die unruhigen Schatten unter dem Fahrgestell wurden sporadisch durch elektrisches Blau erleuchtet, wobei der gelbweiße Funkenregen an seinem geschützten Gesicht vorbei auf den öligen Boden fiel, wo die Funken kurz herumsprangen und tanzten, bevor sie erloschen. Auf dem nächsten Stellplatz stand ein aufgebockter Traveller in Trafalgarblau, der, nachdem sämtliche Holzverkleidungen entfernt worden waren, zur Restaurierung bereit war. Am hinteren Ende, auf dem letzten Stellplatz, stand der Autowender; ein Wagen war auf die Seite gelegt worden und gab den Blick auf den Stahlrahmen sowie auf die schwarzbraune Unterseite frei: Simon Agnews Cabrio.

»Ich bin gestern zurückgekommen«, sagte Bailey. »Ich sah das Auto im Hof stehen und hab' es mir mal angeschaut. Robbie war noch hier, und ich bat ihn, mir mit dem Autowender zu helfen, weil ich *einfach nicht glauben konnte,* was ich da sah.«

Als sie näherkamen, konnte Paul sehen, daß der Chassisträger auf der Beifahrerseite, der ebenmäßig in den Kastenrahmen integriert sein sollte, verbeult und uneben war. Bailey nahm einen schweren Schraubenzieher aus seiner Tasche und begann, an der dicken schwarzen Bodenversiegelung herumzukratzen und zustochern. An manchen Stellen legte er auf diese Weise schimmernden Stahl frei, aber als er sich den tragenden Teilen in Richtung Vorderradaufhängung näherte, tauchten unter der meißelnden Spitze des Schraubenziehers Roststückchen und sandige Klümpchen aus weißem Pulver auf sowie Stücke von glänzender Aluminiumfolie. Als er die Aufhängung erreicht hatte, hörte er auf und sah Paul an. Der Rahmenträger war eine durchlöcherte, verkommene, rostige Katastrophe.

»Das hast du dir nicht mal angesehen, oder?« sagte er. »Schau dir das an! Das ganze verdammte Ding ist vollgestopft mit Spachtelmasse, Schönheitspflastern und Gott weiß was. Beschissene Aluverpackung von chinesischem *Fastfood*! Sowas hab' ich ja noch nie gesehen.«

»Aber ich –«

»Dasselbe gilt für die Trittbretter, die Federaufhängung, den Rahmenquerträger und die halbe Bodenplatte.«

Paul starrte das Auto wie gelähmt an. »Sie hat mir gesagt, er wäre restauriert worden!«

»Restauriert? *Restauriert*? Ja, klar; ein neuer Teppich, ein bißchen Spachtelmasse, und eine fette Schicht Bodenversiegelung draufgehauen. Das ist alles, was an diesem Scheißteil restauriert wurde.«

»Es tut mir leid.«

»Leid?« Bailey hielt inne und lächelte vielsagend. »Laß uns mal rechnen, ja? Selbst ein Trottel wie du kann sich das ausrechnen. Du hast zwölfhundert dafür bezahlt. Wir stecken ungefähr fünfzehnhundert an Arbeit rein, und können ihn vielleicht für zweitausend inklusive Mehrwertsteuer verkaufen. Was kommt dabei raus?

»Tja –«

»Ich sag' dir, was dabei raus kommt: du bist gefeuert, Mann.«

6

ER WAR DURCH einen Tunnel geschwebt, dessen Wände aus leuchtend grünen Nadelspitzen bestanden, die um ihn herumwirbelten. Aus dem dunklen, entfernten Ende flogen kunterbunte Pfeile auf sein Gesicht zu. Dann begann eine Stimme in einer fremden Sprache zu ihm zu sprechen, aus der er einzelne bekannte Worte heraushörte, die aber keinen Sinn oder Zusammenhang ergaben …

Mwah murbel aber fwah mich hören?

… Er konzentrierte sich auf die Stimme. Sie war angenehm, besänftigend, vertraut …

Briebel …

… Während er versuchte die Worte zu verstehen, hörte der Tunnel auf, sich zu drehen, und blieb stehen; die Lichter wurden schwächer …

Ssss duu wach?

… Er öffnete seine Augen und sah vor sich einen gelben Nebel voll unbestimmter Formen …

Sag uwah …

Carole lächelte ein schwaches, geduldiges Lächeln, das nicht ganz die beabsichtigte, entspannte Zuversicht ausstrahlte. »Wenigstens ist das Krankenbett diesmal ein bißchen bequemer«, sagte sie, als er mit glasigem Blick zu ihr aufsah.

Sie hatte ihn aufs Sofa gelegt und ihm ein Kissen unter den verletzten Kopf geschoben. Er hatte zwei Wunden; die schlimmere befand sich auf der Rückseite seines Schädels, hinter dem linken Ohr. Die Kopfhaut war abgeschürft und ein Bluterguß hatte sich gebildet, dazu hatte dunkles Blut seine Haare verklebt. Sie hatte die Wunde gereinigt und bandagiert und dabei den letzten Streifen des Mulls verbraucht, den sie erst vorige Woche benutzt hatte, um seine Schulter zu verbinden. Die zweite Verletzung war kleiner, bloß eine Beule an der Stirn in der Nähe der Schläfe, eine leicht geschwollene Wölbung, die nun in zarten dunkelroten und gelblichen Farben blühte.

Sie kniete sich neben das Sofa und streichelte seine Hand, die ermattet auf seiner Brust lag. Seine Haut fühlte sich heiß an, seine Finger streckten und krümmten sich unter ihren wie ein kleines erwachendes Tier. Er bewegte sich auf dem Sofa. »Nein, versuch nicht aufzustehen«, sagte sie und legte ihm sanft eine Hand auf die Schulter, um ihn zurückzuhalten.

Als ob er sie gar nicht gehört oder gespürt hätte, richtete er sich langsam und ungeschickt auf, bis er saß, wobei er zusammenzuckte und flach durch die zusammengebissenen Zähne keuchte. Als er das langsame, schmerzvolle Manöver beendet hatte, blickte er sich benommen im Zimmer um.

»Weißt du, wo du bist?« fragte sie forschend.

Er untersuchte weiterhin seine Umgebung, dann sah er ihr ins Gesicht. Seine Augen waren blutunterlaufen und leicht gelblich, die Pupillen hatten sich zu kaum sichtbaren schwarzen Nadelköpfen zusammengezogen. Er blickte sie diffus an und blinzelte mehrmals träge. Schließlich schien sein Gehirn zu registrieren, daß sie gesprochen hatte. »Hm?« brummte er.

»Weißt du, wo du bist?« wiederholte sie.

Es dauerte wieder eine quälend lange Zeit, bis die Frage sein Gehirn erreichte. Es war, als würde man dabei zusehen, wie dickes Öl in den Sand tropft. Schließlich nickte er; ein winziges, kaum wahrnehmbares Neigen des Kopfes. »Ja«, sagte er mit einer Stimme, die kaum mehr als ein heiseres Flüstern war. »Ich glaube schon«, fügte er vorsichtig hinzu.

Sie hielt ihm einen Finger vors Gesicht. »Wie viele Finger kannst du sehen?« fragte sie.

Er runzelte verwirrt die Stirn. »Einen«, sagte er.

Sie entspannte sich. Es gab wohl keine Anzeichen für eine Gehirnerschütterung. »Und wie ist dein Name?«

Erneut ein langes Warten, während die Frage den Nebel durchdrang, den sie beinah selbst um seine Sinne herum wahrnahm. »Steven«, murmelte er. »Steven Goldcliff.«

Sie beugte sich näher zu ihm. »Wo bist du geboren?« fragte sie ein wenig aufgeregt.

Pause. Tiefes Stirnrunzeln. »Weiß nicht«, sagte er.

Enttäuscht sackte sie wieder auf ihre Absätze. Sie hatte gehofft (reichlich einfältig, wie sie erkannte), daß die Schläge vielleicht seine ruhenden Erinnerungen wachgerüttelt hätten, doch offenbar war dem nicht so. Aber wenigstens schien er nicht auch noch das Kurzzeitgedächtnis verloren zu haben.

Er blickte wieder durch den Raum. Plötzlich wurden seine Augen weit. Sie folgte seinem Blick; er starrte auf die Startkurbel, die sie auf dem Teppich vor dem Kamin liegengelassen hatte. Sie konnte sich sofort vorstellen, was er wohl dachte und lachte. »Nein, diesmal war ich es nicht«, sagte sie. »Ich kann aber nicht dafür garantieren, daß ich nicht zugeschlagen *hätte*, wenn du nicht ohnehin schon flach auf dem Boden im Flur gelegen hättest. Ich sage dir, es hat mich zu Tode erschreckt.«

»Aber wer ...«

»Niemand«, sagte sie grinsend. Sie genoß dieses Ratespiel und war froh darüber, daß er offensichtlich zu seiner normalen Wachsamkeit zurückkehrte. »Ich hab' eine blutverschmierte Stelle an der Türkante gefunden. Der Wind muß sie erwischt haben, als du nicht aufgepaßt hast.« Sie zeigte auf seine Stirn. »Dann bist du an den Tisch geknallt, als du hingefallen bist. Du hast Glück gehabt; du scheinst einen Schädel wie eine Panzerplatte zu haben.« Sie wartete und das Lächeln verschwand aus ihrem Gesicht. »Was hast du denn genau gemacht? Ich meine, wie bist du reingekommen?« Er sah ihr in die Augen, und sie wurde plötzlich nervös. »Ich beschuldige dich hier nicht«, platzte sie hastig heraus. »Ich meine, ich hätte dir doch einen Schlüssel gegeben, wenn du –«

»Einbrecher«, unterbrach er sie. Er nahm seinen Nasenrücken zwischen Daumen und Zeigefinger und schloß seine Augen. Er schien sich ernsthaft zu konzentrieren. »Die Tür stand offen«, sagte er. »Ich weiß noch, daß die Tür offen war. Ich dachte, es sind vielleicht Einbrecher ...« Er sah plötzlich hoch. »Da *waren* Einbrecher.«

Sie starrte ihn erschrocken an. »Hast du sie gesehen?«

»Nein, hab' ich nicht... Sie haben deine Stereoanlage mitgenommen.« Er zeigte auf den leeren Platz im Regal. »Komisch«, fügte er hinzu, »sie haben auch deine Messer mitgenommen.«

»Oh«, murmelte sie und sah auf den Teppich. »Ja ...«, sie räusperte sich. »Also, Steven, das hört sich jetzt etwas blöd an, aber ich glaube, da waren keine Einbrecher.« Mit hochroten Wangen erklärte sie ihm ihre Vorsichtsmaßnahmen, die sie am Nachmittag seiner Ankunft getroffen hatte. »Ich weiß gar nicht, warum ich sie noch nicht wieder zurückgeräumt habe«, fügte sie hinzu. »Bin wohl einfach noch nicht dazu gekommen, vermute ich.«

Er nickte und ihr Mißtrauen schien ihn nicht im geringsten zu stören. »Bist du sicher, daß sonst nichts fehlt?«

Sie erhob sich aus der Hocke und setzte sich neben ihn aufs Sofa. »Nein. Ich meine, ich hab' noch nicht richtig nachgesehen, aber mir ist nichts aufgefallen.« Im Gegenlicht des flackernden Feuers besah sie sich sein Profil voller Bartstoppeln und Bandagen. »Wie fühlst du dich?« fragte sie. »Schon besser?«

»Bißchen besser«, sagte er. »Mein Kopf tut ziemlich weh. Hast du Aspirin?«

Sie schüttelte zweifelnd den Kopf. »Ich weiß nicht, ob du im

Moment irgendwas nehmen solltest. Kannst du's noch eine Weile aushalten?« Er zog eine Grimasse, doch dann nickte er widerwillig. »Gott«, seufzte sie, »du hast ja regelrechte Kriege durchlebt, seit du hier bist, nicht wahr ...?«

Dann drehte er sich, um sie anzusehen und zuckte, als er seinen Kopf bewegte. Unvermittelt lächelte er. Es war das erstemal, seit sie ihn kennengelernt hatte, daß sie ein Lächeln auf seinem Gesicht sah; es war ein breites Lächeln, das sein Gesicht ganz ausfüllte, seine Augen glänzten und strahlten Wärme aus. Sie lächelte zurück, und als sie sah, wie sein Grinsen breiter wurde und sich um seine Augen Lachfalten bildeten, lachte sie, während plötzlich Freude in ihr aufstieg.

»Sieht so aus, als ob ich nie von hier ausreißen könnte«, sagte er mit angenehm warmer Stimme unter dem Deckmantel spöttischer Bitterkeit.

Durch diese unerwartete Öffnung in der abweisenden Wand, die er ihr bisher geboten hatte, war sie völlig überrascht und sagte, ohne groß nachzudenken: »Ich hoffe nicht.«

Sein Lächeln veränderte sich, bis es langsam verschwand. »Irgendwann muß ich gehen«, sagte er leise.

»Ich weiß«, sagte sie und errötete. »Aber jetzt noch nicht ...« Er murmelte zustimmend. »So, wie wär's denn mit etwas zu trinken? Eine heiße Schokolade vielleicht?«

»Perfekt«, sagte er.

Sie klopfte ihm aufs Knie und stand auf. In der Tür verharrte sie und schaute zu ihm zurück. »Steven«, sagte sie, »du bist nicht in der Verfassung, in diese gräßliche, dreckige Scheune zurückzukehren. Da ist immer noch ein frisches Bett für dich im Gästezimmer. Sag mir, daß du es benutzen wirst.« Er erwiderte nachdenklich ihren Blick. »Einfach mir zuliebe?« fügte sie hinzu.

»Okay«, willigte er ein, »dir zuliebe.«

Während sie in der Küche herumklapperte, den Topf mit der Milch aufsetzte und die Becher nebeneinanderstellte, summte sie glücklich vor sich hin. Sie hatte keine Ahnung, weshalb er plötzlich so gelächelt hatte, und hatte auch nicht das Bedürfnis gehabt, in ihrem Gespräch eine Erklärung dafür zu suchen. Sie war bloß froh darüber, daß er sich in ihrer Gegenwart endlich glücklich und geborgen fühlte. Und ihr ging es genauso mit ihm. Die letzten Anzeichen von Zweifel und Unsicherheit waren in der Wärme seines Lächelns dahingeschmolzen. Bis zu diesem Moment war ihr noch gar nicht richtig aufgefallen, daß unter diesen wilden Haaren, dem struppigen Bart und dem gequälten Gesicht ein aufregend attraktiver Mann steckte, der darum bat, befreit zu werden... Sie riß sich von diesem Gedanken los, als sie bemerkte, daß sie geistesabwesend die Pfannen betrachtete, die an dem Wandregal hingen, und daß sie eine Gänsehaut bekam, als sie sich dabei vorstellte, wie es sich wohl anfühlen würde, wenn er seine Arme um sie legte. *Hör auf*, sagte sie gegen ihren Willen zu sich selbst. *So verzweifelt bist du nicht*, fügte sie hinzu, obwohl sie wußte, daß es nicht stimmte; vier Jahre Einsamkeit hatten ihren Preis gefordert.

Die Milch kochte über und zischte brodelnd auf der Herdplatte. Sie riß den Topf hoch und wischte unter heftigem Fluchen den Herd mit einem feuchten Tuch ab.

Als sie mit zwei dampfenden Bechern in den Händen ins Wohnzimmer zurückkehrte, fand sie Steven am Ofen. Sein Gesicht war kreidebleich, und er hielt sich am Rand des Kaminsimses fest. Sie stellte hastig die Becher ab und packte ihn bei den Schultern. »Alles in Ordnung?« fragte sie ängstlich.

»Mir ist bloß etwas schwindelig geworden«, antwortete er und lächelte matt, als sie ihn zum Sofa zurückführte. Er ließ sich in die Kissen fallen, blinzelte ein paarmal und riß dann seine Augen auf, als ob er versuchte, seinen Blick scharfzustellen. »Es ist wieder in Ordnung«, sagte er schließlich, »es ist vorbei.«

»Bist du sicher?«

»Mmm... Ich glaube, ich würde jetzt gerne ins Bett gehen.«

Sie seufzte, weil sich die gemütliche Atmosphäre in Luft auflöste. »Okay. Ich helfe dir rauf.«

Sie stützte ihn leicht am Ellbogen, als er aufstand. Einen Moment lang stand er still, konzentrierte sich und wartete auf einen Schwindelanfall. Er lächelte. »Jetzt geht es mir gut.«

»Wahrscheinlich zu niedriger Blutzuckerspiegel. Es wird dir gutgehen, solange du nicht zu plötzlich aufstehst.«

Er sah auf sie herunter. »Tut mir leid, daß ich soviel Ärger mache.«

»Machst du nicht«, sagte sie bestimmt.

»Nein, ich meine es ernst. Du warst brillant. Danke.«

Sie lachte unbeholfen und streichelte seinen Arm auf eine brüske, kumpelhafte Art. »Sei doch nicht blöd. Es war mir ein Vergnügen. Und es ist noch nicht vorbei – du hast noch einen weiten Weg vor dir, weißt du ... Laß uns jetzt nach oben gehen.«

Er machte keine Anstalten, sich zu bewegen. Er schaute ihr immer noch in die Augen. Sie erwiderte seinen Blick und hob zögernd ihren Arm und berührte mit ihren Fingerspitzen zart seinen Haaransatz über der dunklen Beule. Mit einer unglaublich sanften Bewegung schob sie ihm das Haar aus der Stirn, dann fuhr sie mit ihren Fingern über seine Schläfe, seine Koteletten und seine Wange. Er schloß die Augen, stieß einen langen, leisen Seufzer aus, der in ein ausgedehntes Schnurren überging. Plötzlich packte er ihr Handgelenk, und sie spürte eine wilde Erregung. Sein Griff war fest, unbeweglich; kurz vor dem Schmerz.

»Nein«, sagte er immer noch mit geschlossenen Augen.

»Nein?« wiederholte sie verwirrt.

»Nicht.«

Die Erregung, die plötzlich in ihr aufgekommen war, stolperte über sich selbst und fiel mit dem Gesicht in den Staub. Sein Griff wurde fester, und sie stöhnte. »Du tust mir weh«, japste sie.

Er öffnete seine Augen, starrte auf seine Hand um ihr Handgelenk und ließ es genauso schnell los, wie er es gepackt hatte. »Entschuldigung«, sagte er und wich ihrem Blick aus. »Es tut mir wirklich leid. Ich, ich glaube, ich gehe jetzt lieber.«

Sie rieb sich ihr Handgelenk und versuchte, die deutlichen

Abdrücke zu verwischen, die er hinterlassen hatte. Sie trat zurück und schaute auf den Boden. »Ja, ich glaube, du gehst jetzt lieber.«

Er sah sie mit einer letzten Entschuldigung im Blick an und ging zur Eingangstür.

»Wohin gehst du?« fragte sie und folgte ihm in den Flur.

Er verharrte, doch dann schüttelte er bloß den Kopf und ging weiter.

»O nein«, sagte sie, »nein, du kannst nicht wieder da rausgehen! Du bist nicht gesund. Dein Bett ist gemacht!«

Er antwortete nicht. Ein kurzer Windstoß, als er die Tür öffnete, dann war er verschwunden.

Carole sackte am Fuß der Treppe in sich zusammen, hielt ihren Kopf in den Händen und fluchte leise über sich.

Steven lag zitternd auf seinem Strohballenlager und fühlte sich trotz des eng um sich gewickelten Kokons aus Schlafsack und Decken feucht und kalt. Seine Augen waren geöffnet, er starrte in die völlige Dunkelheit und lauschte unglücklich dem prasselnden Regen auf dem Scheunendach, dem Wind, der um die Dachrinnen pfiff, und dem gelegentlichen Knirschen und Krachen der Dachpfannen, die kurz angehoben wurden und wieder zurückfielen.

Ein Teil seines Verstandes ahnte, daß der Schlag auf den Kopf wohl schlimmer gewesen sein mußte, als er gedacht hatte. Die ganze letzte Woche war ihm diese Frau mehr oder weniger gleichgültig gewesen; abgesehen von den ungewohnten Schuldgefühlen wegen der Lügen, die er ihr aufgetischt hatte, hatte er kaum an sie gedacht. Er hatte sich mehr damit beschäftigt, wie er von hier verschwinden konnte. Natürlich war da ihre Stimme gewesen; diese ausgeprägte, leicht tragende Stimme war honigsüß in seinen Verstand eingedrungen und hatte ihn beruhigt, als er bei ihrer ersten Begegnung noch ohnmächtig dagelegen hatte. Doch es war ihm zuvor gar nicht aufgefallen, wie hübsch sie war;

sie hatte die Blüte der Jugend schon weit überschritten, aber selbst in dieser schlechtsitzenden Jeans, diesem weiten, formlosen Pullover und ohne jede Spur von Make-up im Gesicht war sie erregend attraktiv. Er hatte schon öfter den starken Drang zu körperlicher Hingabe verspürt und hatte – viel seltener, und nur für wenige Frauen – eine Zärtlichkeit, eine sentimentale Zuneigung gehegt, doch er hatte noch nie beides gleichzeitig so stark für eine Frau empfunden. Und all das war in diesem kurzen, plötzlichen Moment über ihn gekommen, als er ihre kühlen Finger auf seinem schmerzenden Gesicht gespürt, ihren Duft in seiner Nähe gerochen und ihre warmen Augen, in denen sich der Feuerschein widerspiegelte, gesehen hatte.

Er drehte sich nervös auf die Seite und schloß fest seine Augen, um gegen den Schmerz in seinem geschundenen Kopf anzukämpfen. Was war bloß los mit den Frauen? Gerade als er Carole als vollkommen mütterlich empfand, mußte sie einen ernsthaften Annäherungsversuch wagen. Und was war eigentlich mit *ihm* los? Es hatte eine Zeit gegeben – die noch gar nicht so lange her war –, wo er begierig eine derartige Gelegenheit ergriffen und einfach alle Konsequenzen außer acht gelassen hätte, die sich anschließend für ihn einstellen mochten. *Schuld.* Himmel, er hatte sich noch nie wegen etwas schuldig gefühlt... Er ging einen Schritt zurück und korrigierte sich; er hatte sich noch nie *so* schuldig gefühlt wegen etwas *derartig Trivialem.*

Er drehte sich auf die andere Seite und versuchte, sich von seinen Gedanken zu lösen und einzuschlafen, doch es war aussichtslos; als wolle er sich aus einem Leimfaß befreien. Je eher er von hier und von ihr verschwinden konnte, desto besser.

Papierspiegel

GEFEUERT. EINFACH GEFEUERT! Das war's dann; keine Einwände oder Entschuldigungen akzeptiert, sieh zu, daß du abhaust, und komm ja nicht wieder. Er war noch nie in seinem Leben gefeuert worden, und das Gefühl von gänzlich hilfloser Erniedrigung war neu für ihn. Er war nach Ocean Village gegangen, um einen klaren Kopf zu bekommen, in der Hoffnung, daß ihn der Anblick der Boote auf dem Wasser beruhigen würde und er seine Lage überdenken könnte, aber sein Gehirn war in Aufruhr und produzierte nur eine üble Mischung aus Verzweiflung, Haß, Gekränktsein, schlechter Laune, Selbstmitleid, Angst und Wut.

Als er langsam durch die Stadt nach St. Mary's zurückging, machte er sich klar, daß er nur eines gegen seine Entlassung tun konnte: er würde am Morgen zu Bailey gehen und notfalls vor ihm kriechen müssen, um ihm anzubieten, die Arbeit an dem Cabrio selbst, ohne Bezahlung, zu erledigen. Dieser Gedanke erfüllte ihn mit Abscheu; es war nicht so sehr der Gedanke daran, Bailey um seinen Job anzubetteln; noch schlimmer als das war der Anblick der großen Yachten im Hafen, die ihn an das bekritzelte Poster mit der Fähre im Empfang erinnerten. Je mehr er darüber nachdachte, desto überzeugter wurde er, daß es kein Zufall sein konnte; es war ganz klar und direkt an ihn gerichtet, ein geschmackloser Hinweis, den nur er verstand.

Mit gesenktem Blick ging er auf dem Bürgersteig und starrte auf seine innere Leere; er verbarg seine Hände tief in den Overalltaschen, bog um die Ecke in die St. Mary Street ein und ignorierte die Autos, die quietschend bremsten und ihn anhupten. Ein paar Sekunden später wurde er jedoch ruckartig aus seiner hermetischen Welt herausgerissen, als er die Kreuzung zur Cook Street betrat. Drei Jungen rasten auf Mountainbikes aus einer Seitenstraße heraus und sausten so dicht an ihm vorbei, daß ihm der Lenker des zweiten Rads einen Stoß in den Magen versetzte und ihn zu Boden schickte. Sie hielten nicht einmal an; als er wieder aufgestanden war, hatten sie bereits die Straße überquert und strampelten eilig die Chapel Road hinunter. Er verschwendete gar nicht erst seinen Atem damit, ihnen ein paar Flüche hinterherzurufen, sondern drehte sich um und blickte zurück in die Richtung, aus der sie gekommen waren. Dort parkte ein blauer Peugeot in der Cook Street, dessen Alarmanlage schrill durch die gesichtslose, menschenleere Straße tönte. Die einzige Person weit und breit, ein Mann mit schwarzen Jeans und Schlapphut, der auf der anderen Straßenseite ein Poster an die Wand kleisterte, schenkte dem Alarm keine Beachtung.

Paul ging zu dem Wagen und untersuchte ihn; das Fenster auf der Beifahrerseite war eingeschlagen worden, und auf dem Vordersitz lag zwischen Glasscherben ein großer, gelber Ziegel. Zum erstenmal an diesem Tag lächelte Paul von Herzen vergnügt, als die Schadenfreude kurzzeitig sein eigenes Elend übertraf. Er wollte etwas zu dem Mann sagen, der das Poster anbrachte, doch als er zu ihm hochschaute, war der Mann verschwunden.

Die Wand schien ein beliebter Platz für Plakate zu sein, denn dort klebten mehrere Schichten von Postern in den unterschiedlichsten Farben, deren Überreste teilweise zerrissen und verwittert waren. Das soeben hinzugefügte war jedoch kleiner und schlichter als der Rest; ein weißes Blatt in A4-Größe hing allein in der Mitte der Wand. Aus reiner Neugier überquerte Paul die Straße, um es sich anzusehen. Als er es aus der Nähe betrachtete, mußte er sich beinahe übergeben. Aus der Mitte des Posters, unterhalb der fetten Schrift, die in einfachen Grautönen gehalten war, starrte ihm streng und teilnahmslos und geradezu überheblich sein eigenes Gesicht entgegen. Besser gesagt eine Version seines Gesichts; eine Version, die er seit Jahren nicht mehr gesehen hatte.

Er glotzte es eine Weile sprachlos an, dann warf er wilde Blicke in beide Richtungen der Straße und suchte nach dem Mann, der es hier angeklebt hatte. Am Ende der Straße, zwischen einem geparkten Lieferwagen und der Straßenecke, entdeckte er gerade eben noch den weißen Schlapphut. Er rannte hinterher, aber sein Vorwärtskommen wurde durch seine schweren, klobigen Arbeitsstiefel und seinen übergroßen Overall erschwert, und als er das Ende der Straße erreicht hatte, war der Mann verschwunden. Er stützte sich an das Geländer, das den Bürgersteig von der Fahrbahn trennte und überblickte den vor ihm liegenden Platz: den weiten Bereich des St. Mary Place, die Gebäude auf der anderen Seite, die Bäume des Hogland Parks... Dann sah er ihn; eine entfernte Gestalt, die auf die *Hanover Buildings* zuging. Paul stieg über das Geländer und rannte über die Straße, wich dem Verkehr aus, kletterte über das Geländer auf der anderen Seite und setzte seine Verfolgung fort.

Langsam näherte er sich dem Einkaufszentrum der Stadt. Die Menschenmengen wurden dichter, und er mußte an jeder Kreuzung stehenbleiben, sich auf die Zehenspitzen stellen und über die wogende Masse aus Köpfen blicken. Immer wieder gelang es ihm, den auffälligen weißen Hut zu entdecken, und jedesmal verfolgte er ihn atemlos, mit klopfendem Herzen, bis er zur nächsten Ecke kam. Dann sah er plötzlich, wie der Hut, viel näher als erwartet, beim HMV-Geschäft nach links abbog und eine Gasse entlangging, die zum Gebäude des *Bargate Centre* führte. Mit einem Anflug neuer Energie drängelte sich Paul durch die dichte Menschenmenge, ignorierte ihre Protestrufe und trat durch die Schwingtüren, hinter denen er auf dem polierten Boden der Galerie unsicher zum Stehen kam.

Er sah sich um: Kunden – Aufzüge – Läden – Kunden – jede

Menge Türen – die dahinterliegende Straße – Kunden – Lifte – hell erleuchtete Schaufenster – Aufzüge nach oben, Aufzüge nach unten – noch mehr drängende Kunden um ihn herum. Er suchte verzweifelt jede Richtung ab – Ladeneingänge, Aufzüge, immer wieder durchwanderten seine Augen den Rundbau, suchten auf den darunterliegenden Ebenen mit dem offenen Springbrunnen und den Café-Terrassen –, aber der weiße Hut war nicht zu sehen. Er hatte ihn verloren; er hatte ihn beinah eingeholt, und dann war er verschwunden.

Keuchend lehnte er sich mit schmerzender Brust an die Scheibe einer Buchhandlung und schloß seine Augen. Sein Wille und all seine Lebensgeister flossen aus ihm heraus, und er rutschte langsam am Glas herunter, bis er niedergeschlagen und stöhnend am Boden kauerte.

Als er später in die Cook Street zurückkehrte, war das Poster noch da. Er hatte inständig gehofft, sich alles bloß eingebildet zu haben; aber da hing es und war noch feucht vom Kleister. Er vergewisserte sich, daß ihm niemand zusah, löste es vorsichtig von der Wand ab und rollte es zusammen. Dann setzte er seinen Heimweg fort.

Christine stellte eine der prall gefüllten Einkaufstüten auf den Treppenabsatz, hielt ihre geöffnete Geldbörse zwischen den Zähnen und schaffte es mit Mühe, den Schlüssel ins Schloß zu stecken. Sie öffnete die Tür, und der vertraute, muffig-feuchte Geruch des Flurs schlug ihr entgegen. Mit der Geldbörse zwischen ihren Zähnen, die einen unangenehmen Plastikgeschmack in ihrem Mund verbreitete, nahm sie die Tüte, trat stolpernd durch den Eingang und stupste die Tür mit ihrem Hintern zu.

Sie hatte gerade das Portemonnaie eingesteckt und war fast an der untersten Stufe der Treppe angelangt, als sich die Tür der

Erdgeschoßwohnung öffnete und das große, glänzende Gesicht von Arthur, dem Vermieter, erschien. Christine tat so, als bemerkte sie ihn nicht und ging weiter.

»Tag, Zeta«, sagte er und schaute demonstrativ auf seine Uhr. »Drei Uhr, und du bist schon wach! Gerade aufgestanden, was, Zeta?«

Sie blieb stehen und wanderte mit ihrem Blick von seinem rosafarbenen runden Kopf mit den borstigen, zur Seite gekämmten, ergrauenden Haaren zu seinem dicken Bauch, über dem sich die Knöpfe seines fleckigen Nylonhemdes spannten, und bis hinunter zu den kurzen, dürren Beinen, die in löchrigen braunen Hausschuhen endeten.

»Für Sie bin ich Christine«, sagte sie würdevoll. »Oder Miss Harris, wenn Ihnen das lieber ist.«

Er lächelte höhnisch und lehnte sich an den Türpfosten. »Ach ja, hab' ich vergessen. Nur deine Kunden nennen dich Zeta, stimmt's?« Sein Gesichtsausdruck verdunkelte sich. »Brauchst hier gar nicht die Lady raushängen zu lassen, Missie. Ich weiß, was du für schmutzige Sachen abziehst. Ekelhaft ist das. Solche Schlampen wie dich sollte ich gar nicht in meinem Haus dulden.«

Sie seufzte. »Wollten Sie was Bestimmtes, oder machen Sie mich bloß an?«

»Anmachen? Ich hab' was Besseres zu tun, als hier rumzustehen und Flittchen anzumachen, Süße.« Er machte eine bedeutungsvolle Pause. »Nee, das hier ist für den da oben angekommen. Sei ein braves Mädchen, und bring's für mich hoch, ja?«

Er kramte einen Brief hervor und hielt ihn ihr entgegen.

»Na schön. Stecken Sie ihn da rein.« Sie hielt ihm eine der Einkaufstüten hin, und er legte den Brief hinein. Aus der Nähe fuhr ihr sein säuerlich-scharfer Körpergeruch in die bebenden Nasenlöcher, und sie verzog ihre Mundwinkel. »Ich sorge dafür, daß er ihn bekommt.«

Arthur blieb, wo er war, unangenehm nah. »Darauf möchte

ich wetten«, sagte er mit gehässigem Blick. »Freier Abend heute, was?« Er nickte zu ihren Tüten. »Bißchen amüsieren?«

»Was geht Sie das an?« Sie wich ihm aus, doch er folgte ihr mit feuchten, blitzenden Augen.

»Weißt du, ich hab' mich nur gefragt, ob du nicht runterkommen willst, falls du Zeit hast, damit ich dir zeigen kann, was ein *richtiger* Mann für dich tun kann ...«

Sie registrierte eine Bewegung und blickte unwillkürlich hinunter. Im Schritt seiner grauen Hose war ein dunkler schimmernder Fleck, und seine kurzen, nikotinbraunen Finger wischten vergeblich daran herum. »Was sagst du dazu?« flüsterte er. »Du stehst doch auf 'nen Mund voll Schweinefleisch, oder?«

Gegen ihren Willen mußte Christine lachen.

Ermutigt blickte Arthur verstohlen über seine Schulter. »Ich weiß doch, was Mädchen wie du wollen«, sagte er gierig und fummelte an seiner Hose herum. Plötzlich hörte man das ratschende Geräusch eines Reißverschlusses und vor Christines Augen präsentierte sich etwas, das aussah wie eine angebratene, schmierige, halbgegessene Wurst, die von fleckigen Fingern an ihrem faltigen Kopf gehalten und eifrig in ihre Richtung gezupft wurde. »Komm schon«, flüsterte er aufgeregt, »ich weiß doch, daß du's willst. Nimm ihn zwischen die Zähne – gleich hier und jetzt!«

Sie lächelte ihn süßlich an, stellte ihre Einkaufstüten ab und legte eine Hand auf seine Brust. Sie beugte sich vor und flüsterte zärtlich in sein Ohr. »Sind Sie ganz sicher? Möchten Sie wirklich diese sinnlichen Lippen um Ihren Schwanz spüren?«

Er wurde bis hinter die Ohren knallrot. »Ja«, winselte er.

»Wirklich? Und Sie möchten, daß ich Sie mit meiner Zunge lecke?«

Er nickte stumm, mit Augen so groß wie Billardkugeln.

Sie beugte sich noch weiter vor und flüsterte so satt und sämig wie Honig: »Da würde ich eher den Straßenkötern einen blasen, du dreckiger, alter Perversling.«

Er war so gefangen von der hypnotischen Wirkung ihrer lüsternen Stimme, daß Christine bereits ihre Tüten genommen hatte und die Treppe zur Hälfte hinaufgestiegen war, bevor er den Sinn ihrer Worte registrierte. Er stopfte alles wieder in seine Hose zurück und stampfte wütend zum Treppengeländer. »*Schlampe*!« brüllte er. »Eines Tages kommst du zurück und bettelst darum, du syphilitische, geile kleine *Hure*!«

Christine drehte sich auf dem Treppenabsatz um. »Waren Sie schon immer so ein schmieriger, alter Wichser oder mußten Sie das erst lernen?« Sie verstummte und schaute mit Schlafzimmerblick auf ihn herunter, öffnete ihren Mund und leckte sich langsam lasziv über die Lippen, dann kicherte sie und verschwand.

»*Miststück*!« schrie er, als ihre Wohnungstür zufiel. »Gräßliche *Schlampe*!«

Binnie war im Wohnzimmer, hockte auf der Armlehne des Sofas und schminkte ihr Gesicht vor einem Spiegel auf dem Fensterbrett. »Ich hab's mitgekriegt,« sagte sie, als Christine in die Küche ging, »der alte Arthur hat versucht, dich anzumachen, oder?«

Christine erschien wieder in der Tür. »O Gott«, stöhnte sie, zog ihren Mantel aus und sackte aufs Sofa. »Ich mußte fast kotzen. Ich meine, ich hatte schon ein paar ekelhafte Kerle, aber Allmächtiger ...«

Binnie zog ihr unteres Lid nach unten und trug schwarzen Kajal auf. »Wieviel hat er dir geboten?«

»Nichts ...«

»Nichts? Scheiße ...«

»Er glaubt offenbar, daß ich auf fette, alte Säcke stehe, die nach Pisse stinken.«

Binnie schnalzte mit der Zunge. »Er wird immer schlimmer. Früher hat er uns wenigstens Geld angeboten. Einmal hat er mir gesagt, er würde es von meiner Miete abziehen, wenn ich ihm einen blase.« Sie führte den Lidstrich zu Ende und nahm sich das andere Auge vor. »Es heißt – Linda hat mir das erzählt, ja? – daß mal ein Mädchen hier oben gewohnt hat, das nicht so wählerisch war. Du weißt schon, eine von der älteren Sorte, schon etwas über den Punkt, 'ne richtige alte Fregatte. Hat früher Freitag nachts in Pubs gearbeitet, unten bei den Docks. Egal, die hat's dem alten Arsch mit der Hand besorgt, für zwei Pfund pro Runde. Spezialpreis für den Vermieter, weißt du. Jetzt denkt er, daß jede von uns seinen schmierigen, alten Schwanz bedient, bloß weil wir in diesem Drecksloch wohnen dürfen.«

Christine grunzte. »Also, wenn er's noch mal versucht, hab' ich 'ne Schere parat.« Sie verstummte und sah Binnie an. »Was hast du eigentlich vor? Ist es nicht etwas zu früh für die Verkleidung?«

»Ein Rendezvous«, sagte Binnie, steckte ihren Kajalstift ein und suchte in ihrer Tasche nach dem passenden Lippenstift.

Christine setzte sich aufrecht hin. »Ach ja? Ist das freiberuflich, oder weiß Gary davon?«

»Er hat es arrangiert. Eine ganze Nacht, drüben im Mayflower. Irgendein Geschäftsfreund von ihm.«

Christine seufzte. »Ich wünschte, er würde mir mal so was besorgen. Wieviel?«

»Zweihundert, nachdem er seinen Teil abgezogen hat.«

»Glück gehabt, Miststück.«

Binnie lachte, stand auf und nahm ein kleines rotes Cocktailkleid vom Bügelbrett. »Was meinst du?« fragte sie und strich den seidigen Stoff über ihren Brüsten glatt. »Der alte Flammenwerfer. Bringt vielleicht noch fünfzig Mäuse Trinkgeld?«

»Hinreißend. Paßt aber nicht zu dem Lippenstift. Nimm 'nen helleren. Hör mal, ich geh 'ne Runde schlafen. Weck mich, wenn du rausgehst, ja?«

Binnie nickte geistesabwesend, während Christine sich zurückzog und sie vor dem Spiegel stehenließ, wo sie abwechselnd einen Schmollmund zog und sich kritisch mit ihrem Kleid betrachtete.

Christine wurde durch den lauten Knall der Eingangstür geweckt. Die Erschütterung zog sich durch die dünnen Wände des Hauses bis zu den Beinen ihres Betts und riß sie aus dem Schlaf. Dem Geräusch folgten schwere Schritte auf der Treppe und ein weiterer, leiserer Knall von der Tür gegenüber.

Das müßte Paul sein, dachte sie und erinnerte sich an den Brief.

Sie ging langsam ins Wohnzimmer. Binnie war fort, und das schwere, satte Aroma von Opium hing in der Luft. Diese blöde Kuh war wegen ihrer großen Verabredung so aufgedreht gewesen, daß sie vergessen hatte, sie aufzuwecken. Na ja, sie hatte noch viel Zeit. Sie nahm den Brief aus der Einkaufstüte und ging in den Flur. Sie klopfte an die Tür und rief Pauls Namen, aber er antwortete nicht, also steckte sie den Brief in den Türspalt und ging in ihre Wohnung zurück.

Zwei Stunden später war sie gebadet, angezogen und geschminkt und begab sich zur Arbeit. Als sie ihre Tür schloß, bemerkte sie den Brief, der noch unverändert im Türschlitz klemmte. Hier lebten Leute, die imstande waren, alles zu stehlen, daher überquerte sie den Flur und klopfte erneut. Nach einer langen Pause, hörte sie die Kette rasseln, die Tür öffnete sich einen Spaltbreit, und bange, mißtrauische Augen erschienen dahinter. »Hi, Paul«, sagte sie und grinste wegen seines ängstlichen Blicks.

»Oh«, sagte er und entspannte sich, »du bist es.«

»Willst du die Tür nicht aufmachen?«

»Was? Oh, ja, ’tschuldigung.« Die Kette rasselte erneut, und die Tür öffnete sich ganz.

»Geht’s dir gut, Kleiner?« fragte sie und ging an ihm vorbei in das winzige Wohnschlafzimmer. »Ich hab’ vorhin schon mal geklopft, aber du hast nicht aufgemacht.«

»War wohl draußen.«

»Nein, du warst hier. Ich habe gehört, wie du die Treppe raufgekommen bist.«

»Oh ... Äh, möchtest du ’ne Tasse Tee?«

Christine ließ ihren Blick im Zimmer wandern. Unter dem Fenster stand ein wackeliger Tisch mit einer blassen, orangefarbenen Resopalplatte. Darauf stand ein Schuhkarton voller Papier, das so aussah, als hätte jemand gerade darin herumgewühlt. Neben dem Karton lag eine Papierrolle. Paul bemerkte, daß sie den Karton ansah und schloß den Deckel.

»Entschuldigung«, sagte sie. »Ich wollte nicht neugierig sein. Ich bin heute nicht ganz bei der Sache. Was hast du gesagt?«

»Möchtest du eine Tasse Tee?«

»Nein, danke – bin auf dem Weg zur Arbeit... Bist du sicher, daß es dir gutgeht? Du siehst etwas blaß aus.«

Er seufzte und setzte sich aufs Bett. »Ach, es ist nicht so schlimm. Ich habe heute bloß meinen blöden Job verloren.«

»*Nein.*«

»Doch. Ich schätze, ich muß weiterziehen, Chrissie.«

Sie setzte sich auf den Stuhl am Tisch und zündete sich eine Zigarette an. »Mensch, Paul. Das ist ja echt beschissen.«

Er sah sie eine Weile ruhig, mit einem seltsam abwesenden Blick an. »Ja«, sagte er, seinen Blick weiterhin auf sie geheftet.

Sie schwankte und suchte gekünstelt nach einem Aschenbecher. Als sie keinen fand, klopfte sie ihre Asche auf dem Deckel einer Tabakdose ab, die neben dem Schuhkarton auf dem Tisch stand. »Wußte gar nicht, daß du Selbstgedrehte rauchst«, sagte sie.

»Tu ich auch nicht.«

»Oh.«

»Du sagtest, du seist auf dem Weg zur Arbeit.«

»Ja, ja, stimmt.« Sie beugte sich vor und berührte sein Knie. »Paul, du weißt, daß du immer mit mir reden kannst.«

»Und?«

»Na ja, also, wenn dich da was bedrückt...?«

»Oh, ja, ja.«

»Okay«, seufzte sie, »ich merke schon, wenn ich unerwünscht

bin.« Sie stand auf, und er folgte ihr zur Tür. Bevor sie sie öffnete, drehte sie sich zu ihm. »Ich seh' dich dann später, oder?«

»Häh?«

Sie stupste ihn am Arm. »Es ist Freitag. Du willst doch, daß ich noch vorbeikomme, oder?«

Er seufzte. »Ich hab' dir doch gesagt, daß ich meinen Job verloren hab'. Ich kann's mir nicht leisten.«

»Oh. Du bist der beste meiner Stammkunden.« Sie schaute ihn kokett an. »Weißt du, ich könnte trotzdem kommen...«

»Ich habe kein Ge-«

Sie legte ihm einen manikürten Finger auf die Lippen. »Ich sagte«, wiederholte sie langsam, »ich könnte trotzdem kommen.«

Schließlich kehrte Leben in seine Augen zurück, und er grinste. »Ja? Was würde Gary dazu sagen, wenn er wüßte, daß du's umsonst machst?«

»Er braucht es ja nicht zu wissen. Und überhaupt, er weiß gar nicht, daß du auf meiner Kundenliste stehst, Bezahlung hin oder her. Er mag es nicht, wenn seine Mädchen zu Hause spielen... Also, soll ich noch vorbeikommen oder nicht?«

Er nickte. »Okay.«

Sie zupfte an seinem Kragen. »Okay, aber mach dich ein bißchen zurecht, ja?« Sie öffnete die Tür und wollte gerade hinausgehen, als ihr der Brief einfiel. »O Mist. Ich hab' dir ja gesagt, daß ich heute nicht so ganz bei mir bin. Ich soll dir das geben. Also bis dann. Ich seh' dich dann gegen halb zwölf.«

Schon war sie verschwunden, trippelte die Stufen hinunter und ließ ihn mit einem Hauch von Parfum in der Nase und dem Umschlag in seiner Hand zurück.

Als Christine um Mitternacht heimkam, ging sie ins Badezimmer und machte sich frisch. Nach einem Abend, den sie eingezwängt mit fremden Männern in der Dunkelheit irgendwelcher Autos verbracht hatte, war sie nicht mehr in Stimmung für einen kleinen Spaß mit Paul und bereute, daß sie die Verabredung getroffen hatte. Sie konnte sich gar nicht erklären, wieso sie sich auf diese Weise angeboten hatte. Okay, er war pleite, sah unter dem Bart ganz gut aus, er war nicht so grob im Bett wie die meisten ihrer Kunden, und irgendwie stand sie auf ihn, aber nichts davon war Grund genug, um ihr kostbares Gut umsonst zu verteilen. Dennoch war sie kein Mädchen, das so leicht ein Versprechen brach. Sie mußte nur klarstellen, daß dies eine einmalige Sache war, ein Trostpflaster, das es niemals wieder ohne volle Bezahlung geben würde.

Sie hatte sich fertig gewaschen, ihr Make-up aufgefrischt und ging über den Flur zu Pauls Wohnschlafzimmer. Er antwortete wieder nicht auf ihr Klopfen, daher probierte sie die Klinke. Die Tür öffnete sich in die Dunkelheit. Sie machte das Licht an und trat ein. Er war nicht da, also setzte sie sich aufs Bett und wartete. Zwanzig Minuten vergingen, und er war immer noch nicht aufgetaucht. Nach einer halben Stunde war ihre Geduld am Ende. Sie nahm einen Stift und einen alten Beleg aus ihrer Umhängetasche und schrieb eine wütende Nachricht. Die ließ sie auf dem Tisch liegen, ging hinaus und knallte die Tür hinter sich zu.

Eine Woche später, als Arthur heraufkam, um die überfällige Miete von Paul einzufordern, lag die Nachricht immer noch dort und verstaubte. Er entdeckte den Zettel und hob ihn auf.

Du mieser Dreckskerl – das nächste Mal bezahlst du.

Er las die Worte mehrmals, formte sie mit seinen feuchten Lippen, während seine Augen triumphierend aufloderten, dann faltete er den Zettel zusammen und schob ihn in seine Hosentasche. Er grinste in sich hinein, ging über den Flur und klopfte an Zetas Tür.

Paul beugte sich über das Waschbecken und wusch sein Gesicht. Das Blut war geronnen, und er mußte mit seinen Fingern fest daran reiben, um es zu entfernen. Er zuckte vor Schmerzen, als er sich seine Nase säuberte. Nachdem er fertig war, betrachtete er sich in dem kaputten, dreckigen Spiegel. Na ja, gerade noch erkennbar; wenn die Schwellung erst abgeklungen sein würde, sähe er wieder normal aus, was immer das heißen sollte. »Du Schwachkopf«, sagte er zu seinem Spiegelbild. »Du blöder Idiot. Das wär' beinahe schiefgegangen.«

Es war ungefähr zwei Stunden her. Er hatte an der Bar des *Firkin* im Zentrum von Newbury gesessen, ein halbleeres Glas Whisky zwischen den Handflächen gehalten und auf die Gläser, Flaschen und kleinen Schneidebretter voller Zitronenscheiben gestarrt. Einer plötzlichen Eingebung folgend stürzte er den Whisky mit einem Schluck runter und knallte das Glas auf die Bar. Der Barmann, der gerade ein helles Bier zapfte, blickte zu ihm auf. »Noch mal dasselbe, Kumpel«, sagte Paul und schob ihm das leere Glas hin.

»Einen Augenblick, Sir«, sagte der Barmann mit professioneller Gelassenheit.

Paul nickte lakonisch und wandte sich den beiden Männern zu, die etwas weiter entfernt an der Bar standen. Beide waren groß und trugen enge Jeansjacken und rote Baseball-Kappen. Er beugte sich hinüber und zupfte seinen Nebenmann am Ärmel. »Hey«, sagte er. »Was hältst du von der Bedienung hier?«

Die Männer verstummten und starrten ihn an. »Was?« sagte sein Nachbar.

»Die Bedienung«, wiederholte Paul, und deutete mit dem Kopf auf den Barmann.

»Ist in Ordnung.« Die Männer wandten sich von ihm ab und nahmen ihr Gespräch wieder auf.

»Hey, ihr komischen Zwillinge, ich rede mit euch.« Er sah den Barmann an. »Sag mal, Kumpel, sind die zu zweit, oder hab' ich schon mehr gehabt, als ich dachte? Hey, ihr Pärchen! Hört mal, ich habe gefragt –« Er beugte sich vor, um den einen der beiden erneut anzustupsen, verlor dabei jedoch den Halt, rutschte nach vorne und warf das Bierglas des Mannes zu Boden.

»Himmel! Du Volltrottel!« rief dieser und packte Pauls Jacke.

Sein Freund trat rasch zwischen die beiden. »Okay, okay, ganz ruhig, Dave«, sagte er. Er schaute Paul an. »Ich glaube, du solltest meinem Kumpel einen neuen Drink kaufen und dich entschuldigen.«

Paul nickte heftig und sah Dave an. »Okay«, sagte er. »Sehr gut. Also, was darf's denn sein?«

Dave ließ sich erweichen. »Budweiser«, sagte er »ein Pint.«

»Budweiser«, wiederholte Paul. Er beugte sich zu dem Mann und legte einen Finger auf seine Brust. »Nur Schwuchteln«, sagte er gebieterisch, »trinken Budweiser. *Du* mußt eine miese Schwu-«

Er sah die Faust, die aus dem Nichts erschien und ihm mitten ins Gesicht prallte, nicht einmal kommen. Der Raum verschwamm und neigte sich, und bevor er Schmerzen spürte, lag er auch schon auf dem Boden.

»Warum hast du das gemacht?« fragte er sein Spiegelbild. »Was wolltest du denn damit erreichen, hm?«

Sein Gesicht sah nun wieder einigermaßen passabel aus; seine Nase war immer noch leicht geschwollen und die Haut unter seinen Augen ein wenig lila, aber da er nie sehr anfällig für blaue Flecken gewesen war, konnte er sicher sein, daß sich die Auswirkungen nicht weiter verschlimmern würden.

Er schulterte seinen Rucksack, verließ die öffentliche Toilette und trat hinaus auf die Straße. Ein feiner Nieselregen verwischte das Licht der Laternen und ließ den Bürgersteig glänzen. Er schlug seinen Kragen hoch und ging in Richtung Stadtgrenze, blieb ab und zu stehen und hielt jedem Lastwagen, der donnernd an ihm vorbeifuhr, seinen Daumen entgegen. Die Autos beachtete er gar nicht. Nach etwa einer halben Stunde und vier Tramp-Versuchen kam ein großer Laster vorbei. Seine Bremsen quietschten und zischten und der LKW hielt an, wobei seine Bremslichter blinkten wie eine Lichterorgel. Als Paul hinterherrannte, sah er sich den Namen auf der Seite des Containers an. Es handelte sich um eine gewöhnliche Frachtfirma, die drei Bestimmungsorte anzubieten schien, die alle in South Wales lagen: Cwmbran, Newport und Bridgend. Die Kabinentür wurde geöffnet, und er kletterte die Stufe hoch.

»Wohin?« fragte der Fahrer, ein kleiner, drahtiger Mann mit tiefen Falten im Gesicht, das im Licht des Armaturenbretts erschreckend grün aussah.

»Newport?« schlug Paul vor.

»Ich fahre nach Bridgend, Mann. Ich kann dich am Kreisverkehr in Malpas rauslassen, wenn du willst.«

»Okay.« Er hatte keine Ahnung, wo der Kreisverkehr von Malpas war, aber das würde sich später zeigen.

»Dann steig mal ein.«

»Danke, Kumpel.« Er kletterte auf den Sitz und zog die Tür zu. Der Motor dröhnte und rumpelte unter ihm, während sie langsam in die Nacht fuhren.

Der Fahrer, der offenbar Les hieß, wenn man dem Sonnenschutz auf seiner Windschutzscheibe glauben konnte, war erfreulich unkommunikativ. So rollten sie gemeinsam schweigend dahin, während die Dire Straits und Celine Dion aus Les' Kassetten-Sammlung sie begleiteten. Les sprach während der gesamten Fahrt nur einmal, als sie losfuhren: »Haste 'nen Namen, Mann?« fragte er.

»Nigel.«

Les nickte und war offenbar froh darüber, daß er seinen Beitrag zur Geselligkeit geleistet hatte.

Nigel. Er hatte keine Ahnung, wieso; der Name war ihm einfach auf der Zunge gelegen. Irgend etwas gefiel ihm an dessen Beigeschmack, daher beschloß er ihn zu behalten. Jetzt brauchte er nur noch einen Nachnamen, und er nahm sich vor, sich vom nächsten Straßenschild, an dem sie vorbeifuhren, einen auszusuchen. Als es auftauchte, bot es ihm drei Alternativen an: Avington, Kintbury und Inkpen. Der Klang von Inkpen gefiel ihm am besten; Nigel Inkpen war durchaus jemand, dessen Identität er annehmen wollte. Er war nicht so gerne Paul Chapel gewesen. Er fühlte gewissermaßen, daß Paul es verdient hatte, einen Schlag ins Gesicht zu bekommen, auch wenn das bedeutete, daß Nigel die noch andauernden, pochenden Schmerzen ertragen mußte. Fairerweise mußte er zugeben, daß Paul seinerzeit übereilt und als Mittel zum Zweck aus den begrenzten Möglichkeiten geschaffen worden war, die ihm damals zur Verfügung gestanden hatten; Nigel, so beschloß er, würde sorgfältiger konstruiert werden.

Erst eine halbe Stunde später, als der Laster über die M4 dahinfuhr, erinnerte er sich an den Brief. Er hatte ihn gar nicht erst geöffnet; in dem Moment, als er die Schrift auf dem Umschlag erkannt hatte, hatte er ohne Zögern beschlossen aufzubrechen. Vierzig Minuten nachdem Christine ihm den Brief überreicht hatte, hatte er gepackt und war verschwunden. Jetzt, wo ihn nichts mehr bedrückte, kramte er den Umschlag aus seinem Rucksack und öffnete ihn. Er drehte den Brief zur Scheibe und las ihn in dem orangefarbenen Licht, das ihn ab und zu streifte.

Lieber Paul,

Ha, dachte er. Du hinkst schon hinterher, Freundchen. Ich habe dich abgehängt.

Na, na, na. Das war ja eine ziemlich überstürzte Abreise. Sie kam recht überraschend für mich. Es scheint, als hätte ich meinen Namen treffend gewählt, jetzt wo Du Dich als richtiger Rumtreiber entpuppst. Dennoch frage ich mich leicht verwirrt, wovor Du eigentlich davonläufst? Ich dachte, Du führst ein ganz zufriedenes Leben. Der Grund für Deine Abreise bin doch nicht etwa ich gewesen? … Dem war so? Aber Paul, Du solltest doch, selbst nach so kurzer Zeit des Umworbenwerdens, wissen, daß Du mich durch Untreue und

Abtrünnigkeit nicht einfach abschütteln kannst. Du hast mich offensichtlich falsch eingeschätzt. Ich wünschte, Du würdest mir vertrauen, aber ich gebe zu, daß ich unter den gegebenen Umständen möglicherweise zuviel erwarte. Dann bekenne Dich zu Deiner Unwissenheit; Unwissenheit ist schließlich das Zweitbeste nach Vertrauen. Frag jeden Politiker.

Ich habe erfreut zur Kenntnis genommen, daß Du eine ehrliche Beschäftigung gefunden hast. Ich bin jedoch zutiefst beschämt über die Kontakte, die Du pflegst; der Umgang mit Dirnen, Paul, ist nichts für unsereinen. Sie ist nicht gut für Dich, mein Freund; verlasse sie, sonst sehe ich mich gezwungen, sie auf meine eigene sanfte Art zu beseitigen.

Ist die Sache mit dem Plakat nicht ganz erstaunlich? (Ich bin sicher, daß Du es mittlerweile gesehen hast; ich habe dafür gesorgt, daß Du es entdeckst.) Natürlich haben sie die Plakate nie eingesetzt, oder? Als die armseligen Dinger endlich gedruckt waren, waren sie bereits ziemlich überflüssig. Es hat wenig Sinn, einen toten Mann zu verfolgen, nicht wahr? Außer natürlich, wenn es sich dabei um mich handelt. Das bringt mich zu dem zurück, was ich in meinem letzten Brief geschrieben habe; ihre Augen sind, im Gegensatz zu meinen, nach oben statt nach unten gerichtet. Sie halten sich vielleicht für weise Männer, die die Schattenseiten des menschlichen Herzens kennen, doch ihnen fehlt meine Bereitschaft, mit ihren Händen im tiefsten Dreck zu wühlen. Nur wenn man uneingeschränktes Vergnügen an solchen Orten empfindet, kann man wirklich das absolute Wissen erlangen; und Wissen ist bekanntlich Macht, wie wir beide wissen. Darin liegt mein Genie und ihre Dummheit.

Ich hoffe, Paul, daß Du nicht mehr versuchen wirst, Dich mir zu entziehen. Du hast sicher bemerkt, daß ich diesmal nicht lange gebraucht habe, um Dich zu finden. Das nächste Mal – falls Du so dumm sein solltest, Dich auf ein näch-

stes Mal einzulassen – werde ich Dich noch schneller aufspüren. Möglicherweise werde ich auch bei jedem Deiner Schritte hinter Dir sein. Du hast die Wahl; fliehe und werde gejagt oder bleibe und erfreue Dich an meinen kleinen Umtrieben. Ein Mann sollte niemals seine Vergangenheit vergessen, Paul. Ich bin hier, um sicherzustellen, daß Dir das nicht passiert.

Mit den herzlichsten und aufrichtigsten guten Wünschen
bin ich immer noch hier,
Der Gossenstreuner.

Diesmal nicht, dachte Nigel, faltete den Brief zusammen und steckte ihn ein. Diesmal wirst du mich nicht aufspüren. Er lehnte sich gegen die Scheibe, starrte über das glitzernde Regenwasser auf den ockerfarbenen Fahrbahnen hinweg in die tiefe Dunkelheit und gab seine müden Knochen den wohltuenden Vibrationen des Lasters hin.

TEIL II

Mutandum

7

»WIE IST DER Speck?« fragte Carole, die ihren Kaffee schlürfte und dabei zusah, wie Steven das dicke rosafarbene Fleisch mit der Gabel aufspießte und mit dem Messer ein Stück abschnitt, etwas Eigelb daraufstrich und es gierig in seinen Mund schob.

»Mm-hmm«, sagte er und kaute angestrengt. »Mmmmm.« Er schluckte und leckte sich die Lippen. »Phantastisch. Woher *hast* du ihn?«

»Von der alten Mrs. Willis. Ihr Mann züchtet die Schweine, und sie schlachtet sie. Die beiden sind wohl die letzten in dieser Gegend, die noch alles selber machen; von der Aufzucht bis zur Verarbeitung. Außerdem halten Sie ihre Tiere biodynamisch. Aber ich nehme an, daß die Willis' es gar nicht anders kennen.«

Steven blickte von seinem Teller auf und lächelte, während er sich eine weitere Ladung Speck, Ei und Pilze auf den Teller lud.

Drei Wochen waren seit dem Einbruch, der keiner gewesen war, vergangen. Keiner von beiden hatte ihn je wieder erwähnt, und es hatte sich eine improvisierte Routine eingespielt. Steven lebte weiterhin in der Scheune und betrat das Haus zwar zu den Mahlzeiten, ging aber selten weiter als bis in die Küche. Er half, wenn nötig, etwas bei der Arbeit auf der Farm, aber die meisten Tage verbrachte er entweder mit Spaziergängen durchs Moor oder auf seinem Lager in der Scheune sitzend, wo er Bücher las, die er von Carole geliehen hatte. Seine erklärte Absicht, bei der erstbesten Gelegenheit zu verschwinden, schien nicht mehr so dringlich zu sein. Jedesmal, wenn er darüber nachdachte, schob er den Gedanken beiseite und erfand Ausreden (er war noch nicht gesund genug; er brauchte einen hieb- und stichfesten Plan; er sollte es vorher Carole erzählen, war aber noch nicht dazu gekommen), von denen er wußte, daß sie fadenscheinig waren oder einfach unwahr. Die schlichte Wahrheit war, daß die Gründe, derentwegen er fortgehen wollte – ja eigentlich fortgehen *mußte* –, nicht mehr so viel Gewicht hatten wie sein Wunsch zu bleiben. Daher versuchte er, einfach nicht daran zu denken, und Carole half ihm dadurch, daß sie ebenfalls nicht darüber sprach.

Er schluckte den letzten Bissen hinunter und schob seinen Teller weg.

»Noch Kaffee?« fragte sie, holte die Kanne vom Herd und brachte sie zum Tisch.

Während er sich mit der Zunge über die Zähne fuhr, hob er eine Hand und schüttelte den Kopf.

Sie setzte sich hin und schenkte sich eine zweite Tasse ein. »Ich weiß nicht, wie du schon so früh morgens essen kannst«, sagte sie, nahm eine Zigarette aus ihrer Schachtel und zündete sie an. »Wenn ich um diese Uhrzeit was Festeres als Kaffee zu mir nehme, wird mir übel.«

»Du bist eben eine Frau«, sagte er, lehnte sich in seinem Stuhl zurück und lächelte zufrieden.

Sie schnaubte. »Und du bist ein gieriger Mistkerl. Ich hoffe, du spülst den Teller.«

Er nickte. »Ich mache den Abwasch, wenn du willst.«

»Okay«, sagte sie. »Du hast wohl gedacht, ich würde sagen: ›Nein, laß nur, ich mach das schon‹, oder etwa nicht?« fragte sie grinsend und warf einen Blick auf den Berg dreckigen Geschirrs, der sich seit dem Vorabend im und um das Spülbecken herum auftürmte.

Er hob seine Hände mit einer ergebenen Geste und schüttelte den Kopf. »Nein, ehrlich. Ich mach's.«

Ein paar Minuten lang saßen sie schweigend und zufrieden in der entspannten Nach-dem-Frühstück-Stimmung eines frühen Morgens. Carole rauchte langsam ihre Zigarette. Zwischen den Zügen zerkleinerte sie mit der glimmenden Spitze die Asche im Aschenbecher zu Pulver. Plötzlich durchbrach sie, ohne aufzusehen, das Schweigen. »Hast du dich an sonst irgendwas erinnert?« fragte sie. »Irgendwelche kleinen Bruchstücke, die sich bemerkbar machen und von denen du mir erzählen willst?«

Er blickte von seinem Teller auf und schaute zur Decke hoch. Sein Gesicht war unergründlich und ausdruckslos, doch sein Verstand arbeitete fieberhaft.

Das Ganze hatte letzte Woche aufgrund eines Fehlers seinen Lauf genommen. Er versuchte sich einzureden, daß es nur passiert war, weil er nach den Schlägen auf seinen Kopf noch nicht wieder klar hatte denken können, doch im Grunde wußte er genau, daß er lediglich schlampig und sorglos gewesen war. Seine Gefühle hatten die kalte Berechnung, die nötig war, um eine glaubwürdige Figur mit einem glaubwürdigen Leiden zu kreieren, gestört. Carole hatte viel Zeit damit verbracht, sich aussichtslose Therapien für ihn auszudenken; sie bedrängte ihn mit Fragen über sein Allgemeinwissen, ließ ihn Kassetten mit alten Liedern hören und so weiter. Sie verbrachten mehrere Abende damit, den Morris zu überholen; sie bauten den Motor und das Getriebe aus, nahmen sie beide auseinander und setzten sie mit neuen Lagern, Dichtungen, Manschetten und Ventilen wieder zusammen. Seine ölverschmierten Hände gingen fachmännisch mit dem Werkzeug und den Einzelteilen um, aber es kamen keine persönlichen Erinnerungen hoch. Carole hätte wohl allmählich aufgegeben, wenn nicht ein unerwarteter, winziger Fortschritt eingetreten wäre: Es war an einem Sonntag, auf der Farm gab es wenig zu tun, daher hatte sie ihn bei seinem Spaziergang begleitet. Zusammen gingen sie meilenweit, suchten nach kleinen Höhlen, stapften durch Bäche und untersuchten die alten, mit Flechten bewachsenen Steine. Die ganze Zeit erzählte sie ihm Geschichten über das Moor; schilderte die Vergangenheit des Ortes und Legenden, die sie mit Anekdoten aus ihrer Kindheit vermischte.

»Dann bist du hier aufgewachsen?« hatte Steven gefragt, als sie über das weite Gras schlenderten, in dem an manchen Stellen das Heidekraut durchblitzte.

»Lieber Gott, nein«, lachte sie, »geboren und aufgewachsen in London, fürchte ich.«

»Ich dachte mir schon, daß du nicht wie die hiesigen Bewohner sprichst. Also wie ...?«

»Oh, das ist eine lange Geschichte.«

»Erzähl sie mir trotzdem.«

»Na ja«, fing sie an. Während sie sprach, hakte sie ihren Arm bei ihm unter; diese Geste wirkte so selbstverständlich, daß er sich erst viel später darüber wunderte, wie rasch sie ihm nahegekommen war. »Die Farm gehörte ursprünglich mal einem entfernten Verwandten meines Vaters; aus dem Fitchett-Zweig der Familie. Die Percevals hatten seit – oh, seit Generationen, glaube ich – nichts mit ihnen zu tun. Dann starb der letzte der Fitchetts – ein alter Kerl namens George – unverheiratet und kinderlos. Er war wohl ein bißchen exzentrisch; er lebte bis weit in die Neunziger allein auf der Farm. Jedenfalls stellte sich raus, daß mein Vater der nächste lebende Verwandte war, und so erbte er am Ende alles. Dad war Anwalt – er ist jetzt im Ruhestand –, und *er* hatte nicht die Absicht, Bauer zu werden.« Sie lachte und sah zu Steven hinauf. »Ich vermute, du müßtest ihn kennen, um den Witz zu verstehen ... Daher verkaufte er das meiste Land an die Nachbarn und richtete sich ein Ferienhaus ein. Mein jüngerer Bruder Michael und ich verbrachten hier mit meiner Mutter immer die Sommerferien. Dad kam fast nie her. War zu beschäftigt, glaube ich.«

»Hat er sich denn keine Sorgen um deine Mutter gemacht?« fragte Steven. »So ganz allein hier oben mit zwei Kindern?«

»Nicht, daß ich wüßte. Wir waren ja auch nicht immer allein.

Dads Bruder kam manchmal mit seiner Familie vorbei. Onkel Tony und Tante Gemma. Sie hatten einen Sohn in meinem Alter – Kieran. Wir spielten zusammen und machten ausgedehnte Erkundungsgänge ins Moor... Gott, zu zweit marschierten wir meilenweit. Wir hatten so ein Lieblingsspiel, das wir ›Sturmhöhe‹ nannten. Es war ziemlich blöd. Es ging so: Wenn wir auf ein erhöhtes Stück Moor kamen, so wie das hier, wo wir jetzt stehen, das ewig weit zu reichen schien, flüsterte einer von uns *Sturmhöhe*. Das war alles – bloß *›Sturmhöhe‹* – und schon wußten wir beide, was zu tun war. Ich ging in die eine Richtung, und Steven... ich meine, Kieran; Kieran ging in die andere Richtung, wie bei einem Duell. Wenn wir dann etwa hundert Meter auseinander waren – irgendwie wußten wir immer den richtigen Augenblick –, drehten wir uns beide gleichzeitig um und rannten wie verrückt mit ausgestreckten Armen aufeinander zu und riefen ›Cathy!‹, ›Heathcliff!‹, ›Cathy!‹« Carole konnte vor Lachen nicht weitersprechen. »›*Cathy*!‹, ›*Heathcliff*!‹«, fuhr sie fort und rief die Namen mit melodramatischer Leidenschaft. »Weiß Gott, wo wir das herhatten. Aus dem Fernsehen wahrscheinlich. Egal, wenn wir dann wieder beieinander ankamen, waren wir völlig außer Atem vom Rennen und Schreien, fielen uns einfach in die Arme, rollten im Gras herum und lachten uns kaputt dabei. Du kennst diese Lachanfälle, die man als Kind kriegt – lachen, bis du nicht mehr atmen kannst und dir die Brust wehtut... Ich frage mich, wohin das verschwindet, wenn man erwachsen wird...«

»Was geschah dann?«

»Eigentlich gar nichts. Wir rollten bloß etwas herum, bis wir wieder Luft bekamen. Ich meine, wir waren erst etwa zehn Jahre alt. Da konnte noch gar nicht viel mehr passieren... Kieran. Gott, ich stand *so* auf ihn. Ich frage mich, ob er es wußte.«

Steven sah sie mit erhobenen Augenbrauen an. »Also, das war alles...?«

»Hmmm? Na ja, natürlich. Was sonst? Kinder haben eine komische Art, so was auszudrücken. Ich weiß noch, daß ich mich hinterher immer ein wenig seltsam gefühlt habe; ein bißchen erregt, ein bißchen ängstlich, ein bißchen verrucht; sogar ein bißchen unbefriedigt, als ob ich gespürt hätte, daß zu diesem Spiel noch mehr gehörte. Als ob ich ein entscheidendes, geheimnisvolles Element verpassen würde, aber mich gleichzeitig davor fürchtete, herauszufinden, was es war... Gott, wer will schon ein Kind sein? Na ja, nachdem wir wieder Luft bekamen, standen wir auf und gingen nach Hause. Es war uns plötzlich peinlich, wir waren verschüchtert und redeten nicht miteinander. Natürlich nur, bis wir einen anderen passenden Hügel fanden. Dann hieß es wieder ›*Sturmhöhe?*‹, und schon fingen wir wieder an.« Sie lachte.

Plötzlich blieb Steven stehen. »Was ist das für ein Ort?« fragte er und deutete mit dem Zeigefinger in eine bestimmte Richtung. Sie waren an einer Stelle angelangt, wo das Moor nicht weiter anstieg, sondern sanft in ein Tal abfiel, und wo in der Ferne Häuser standen, die wie Kieselsteine in einer Deckenfalte aussahen.

»Das ist Ilkley«, sagte sie. »Das hier ist das Ilkley Moor aus dem berühmten Lied. Das kennst du doch.«

Er blickte verständnislos, also summte sie die Melodie. Nach ein paar Takten bewegte er seine Lippen und formte die Wörter. »Das kenne ich!« sagte er lachend. »Mein Großvater hat dieses Lied für mich gesungen, als ich ein Kind war. Ich hab's gehaßt, es war gräßlich!«

»Kam er aus Yorkshire?« fragte Carole überrascht.

»Yorkshire? Nein, er war aus Ostengland. Ich weiß noch, daß er mit diesem breiten Norfolk-Akzent sang. Das amüsierte mich...« Er hielt inne. »Was ist?« Carole, die immer noch an seinem Arm hing, schaute mit einem verwunderten Blick und Triumph in den Augen zu ihm hinauf. »Was ist?« wiederholte er und lächelte nervös. »Warum guckst du denn so?«

»Du«, sagte sie, und drückte aufgeregt seinen Arm. »Du hast dich an etwas erinnert!«

Er starrte sie an. *Scheiße, Scheiße, und noch mal Scheiße!* Was hatte er sich bloß dabei gedacht? Er hatte seine Gedanken treiben lassen und sich Caroles Erinnerungen hingegeben; einen Moment lang war er unkonzentriert gewesen, und das hatte er nun davon! Nun mußte er darauf achten, sich seine Selbstverachtung und Angst nicht anmerken zu lassen und setzte statt dessen behutsam einen verblüfften Gesichtsausdruck auf. »Was ist?« fragte er erneut.

»Dein Gedächtnis kommt zurück!«

»Ach ja?« *Tss, einfach ungeschickt; konzentrier dich.*

Sie legte ungestüm ihren anderen Arm um ihn, drehte ihn zu sich und juchzte. »Ja, ja, ja!« rief sie. »Ich wußte, es würde zurückkommen, ich *wußte* es!« Sie küßte ihn auf seine bärtige Wange und umarmte ihn.

Und das war's gewesen; das sorgsam gewobene Netz war zerrissen, und kein Faden dieser Welt konnte es wieder flicken. In den darauffolgenden Tagen konnte Steven lediglich diesen häßlichen Riß, der so plötzlich aufgetreten war, überdecken, während Carole – deren Ungeduld nun vor Hoffnung überschäumte – versuchte, an den Rändern herumzupulen, um das Loch noch größer zu machen. Am Ende bekam er die Sache dann aber doch in den Griff. Mit vorsichtigen Ausflüchten hatte er es sogar geschafft, die Situation zu seinem Vorteil zu wenden; da Carole davon überzeugt war, ihm helfen zu können, sein Gedächtnis zurückzugewinnen, wuchsen ihr Wohlwollen und ihre Toleranz gegenüber seiner Exzentrik und sie wurde zuversichtlicher. Gleichzeitig bemerkte er, daß er sich zunehmend wohler bei ihr fühlte, weil er nicht länger jedes Wort auf die Goldwaage legen mußte, um etwaige Erinnerungen zu verheimlichen. Gelegentlich warf er ihr absichtlich ein frisches Häppchen hin – stets aus der sicheren Speisekammer seiner Kindheit –, um ihren Appetit auf weiteren Fortschritt aufrechtzuerhalten. Die Bruchstücke paßten immer, weil es einfacher war, bei der Wahrheit zu bleiben. Jeder Ausrutscher konnte ganz leicht überspielt werden.

Dieser Morgen, an dem sie über den Resten ihres Frühstücks saßen, verlief wie immer. Sie wollte stets wissen, ob über Nacht irgend etwas Neues aufgetaucht war; sie hatte die Theorie, daß Träume ihm helfen konnten, sein Erinnerungsvermögen zurückzugewinnen. Während sie wartete, starrte er weiterhin nachdenklich zur Decke. Äußerlich schien es, als würde er über ihre Frage nachdenken. Innerlich feilte er an dem Köder, den er für sie vorbereitet hatte.

Carole zog an ihrer Zigarette und beobachtete ihn besorgt. »Irgend etwas?« half sie nach, und es klang leicht enttäuscht.

»Ja, da war was«, murmelte er. »*Do-it-yourself*-Sonderangebote«, sagte er und lachte ihr entgegen.

»*Do-it-yourself*-was?«

»Sonderangebote«, wiederholte er. »Frag mich nicht, wie ich darauf gekommen bin. Es kam mir einfach in den Sinn, als ich aufwachte.«

»Was bedeutet das?«

»Ich bin mir nicht ganz sicher, aber ich glaube, ich hab' es herausgefunden. Ich mußte dadurch an einen Riesenärger mit meinen Eltern denken... Ich erzähle dir die Bruchstücke, die ich zusammengekriegt habe. Aus irgendeinem Grund, der mir noch nicht ganz klar ist, scheint es wirklich wichtig zu sein – weißt du, viel wichtiger, als es sich anhört.« Die lückenhafte Geschichte, die er erzählte, war wie alle seine Erinnerungen wahren Ursprungs, und er kannte ihre Bedeutung sehr wohl; wie sehr seine Taten ihn später verfolgt hatten, darüber wollte er jetzt noch nicht nachdenken, geschweige denn Carole davon erzählen. »Ich bin also ein Kind«, sagte er, »ungefähr dreizehn, vierzehn, und ich ging immer mit meinen Kumpeln klauen. Die üblichen Sachen: Süßigkeiten und Chips, kurz vor Ladenschluß im Spar-Markt. Nun gut, wir klauten auch anderes Zeug. Ich habe wohl damals Modelle gebaut – Flugzeuge und Autos aus Plastik –, weil ich mich daran erinnere, daß wir auch so etwas klauten. Wir schoben uns kleine Dinge wie Farbtöpfchen oder Leimtuben in die Taschen, manchmal auch die Bausätze selbst, wenn sie klein genug waren... ich glaube, das machten wir meistens bei Woolworth...« Er verstummte und grinste. »Jetzt fällt mir noch was ein. Ich weiß noch, daß ich einen von diesen Parkas mit den riesigen Kapuzen hatte – kannst du dich an die erinnern? Die waren echt scheußlich, und meiner war blau und hatte lauter Brandlöcher in den Ärmeln, weil wir auf dem Schulhof unsere Zigaretten darin versteckten, wenn mal ein Lehrer guckte... Jedenfalls weiß ich noch, daß er im Futter lauter so ausgeschnittene Löcher hatte; um beim Klauen die Sachen zu verstauen .«

Carole lächelte. »Und was war das mit den Sonderangeboten?«

»Ah, das war raffiniert«, sagte er grinsend, beugte sich vor und stützte sich mit den Ellbogen auf den Tisch. »Ich hatte diesen Kumpel, mein bester Freund, vermutlich. Ich kann ihn ganz deutlich vor mir sehen, so wie ich dich sehe. Aber ich weiß nicht mehr, wie er hieß. Komisch, oder? Ich weiß all diese Sachen über ihn, aber seinen Namen hab' ich völlig vergessen. Er war jedenfalls ein genialer Ladendieb, ein Meister. Er hatte so einen Parka wie ich, und du würdest nicht glauben, wieviel Kram er auf einen Schlag da hineinbekam. Ich glaube, er stand auch aufs Modellbauen, aber er wurde ehrgeizig. Manche dieser Bausätze gab es in riesigen Packungen, die viel zu groß waren, um sie einfach klauen zu können, das schaffte nicht mal er. Also erfand er die *Do-it-yourself*-Sonderangebote, und schon bald machte ich dasselbe. Man tat so, als würde man sich für etwas interessieren – etwas, das man sich leisten konnte –, und unterdessen pulte man von dieser Ware das Preisschild runter. Ganz vorsichtig, damit man die Ecken nicht einriß. Dann klebte man es auf die große, teure Packung, die man eigentlich haben wollte. Natürlich ging das nur in den größeren Geschäften, wo die alten Kühe an der Kasse nicht mal wußten, welcher Wochentag gerade war, geschweige denn, wieviel ein Airfix-Panzerkampfwagen wirklich kostete.«

»Also vor dem Zeitalter des *elektronischen Warencodes*«, sagte Carole.

»Was? Oh, ja. Obwohl ich glaube, daß dieser Typ – ich wünschte, mir würde sein Name einfallen –, daß er auch das am Ende noch geschafft hätte.«

»Und wie lange ging das so? Weißt du das noch?«

Er schüttelte den Kopf. »Weiß ich nicht. Am Schluß hab' ich einen Riesenkrach zu Hause im Kopf. Mein Alter lief *lila* an. Vielleicht waren wir erwischt worden, oder *ich*, oder jemand hat uns verpfiffen. Ich weiß es nicht... Aber ich weiß noch was anderes; dieser Freund hat mal eine Stereoanlage geklaut.«

»Eine *Stereoanlage*?« wiederholte Carole, und ihr Kiefer klappte nach unten.

Steven lachte und schlug mit der Hand auf den Tisch. »Ein echtes Genie. Ich meine, das macht ein Genie aus, oder? Voll zur Sache gehen; Sachen machen, die sonst keiner für möglich hält. Reines Draufgängertum... Also, hier ist das Problem: wie kriegt man eine Stereoanlage – so einen großen, verdammten Ghettoblaster, beziehungsweise was man in jenen Tagen dafür hielt –, wie kriegt man etwas von dieser Größe, in seiner Verpackung, aus Woolworth heraus, ohne dabei erwischt zu werden?«

Carole zuckte mit den Schultern. »Keine Ahnung.«

»Also, er kommt mit einer großen Tragetasche unterm Mantel rein und schleicht sich ganz unauffällig in die Hi-Fi-Abteilung. Als niemand zusieht, nimmt er die Anlage aus dem Regal und steckt sie in seine Tasche. Jetzt muß er nur noch aus dem Laden rauskommen. Ein Schüler, der mit so einer großen Tasche an der Kasse vorbeigeht? Vergiß es; viel zu verdächtig; da schnappen sie ihn gleich. Jetzt kommt der clevere Teil, das Werk eines Genies. In diesem *Woolies* hatten sie eine Theke in der Nähe des Ausgangs, wo man sein Zeug deponieren konnte – schwere Taschen und so was –, während man einkaufen ging. Und kühn wie nur was geht er geradewegs zu der Theke, gibt seine Tasche ab, kriegt seinen Zettel und schlendert hinaus. Es ist Mittagszeit. Er geht für den Nachmittagsunterricht zur Schule und hinterher zurück zu *Woolies*, gibt seinen Zettel ab und Bingo! ist er wieder draußen mit einer neuen Anlage.«

»Das glaube ich nicht«, sagte Carole. »Wieso haben sie ihn nicht kontrolliert?«

»Wieso? Die haben an diesem Tresen wahrscheinlich alle Hände voll damit zu tun, nach Taschen und Regenschirmen von alten Damen zu suchen. Und wieso sollten sie mißtrauisch sein? Daß ein Kind so einfach mit einer Anlage in seiner Tasche an den Kassen vorbei da rausmarschiert, ist eine Sache – auf so was passen sie immer auf. Aber ein Kind, das seine mitgebrachte Tasche abholt – wer weiß, wahrscheinlich mit den Einkäufen seiner Mutter –, was ist daran verdächtig? Also hat er nicht bloß *Woolies* beklaut, er hat sogar die *Mitarbeiter* zu Komplizen gemacht.«

»Ich habe mal eine Geschichte gelesen«, sagte Carole, »eine wahre Geschichte über eine Frau, die während des Krieges als Geheimagentin in Frankreich lebte. Sie kam möglichen Verdächtigungen immer zuvor, indem sie mit den deutschen Soldaten flirtete, wenn sie von ihnen angesprochen wurde. Manchmal ließ sie sich sogar ihre Taschen von ihnen tragen, selbst wenn sie Sachen darin hatte – sagen wir mal, Funkgeräte und dergleichen –, für die man sie gefoltert und erschossen hätte, wenn sie entdeckt worden wären.«

Steven nickte. »Ist dasselbe. Okay, es spielt in einer anderen Liga, aber es ist dasselbe Prinzip.«

Carole rutschte nach vorne und lächelte. »Das ist wundervoll, Steven. Ich habe nachgedacht; vielleicht ist es eine gute Idee, wenn du anfangen würdest, das Ganze aufzuschreiben. Wenn wir alles chronologisch ordnen, kannst du vielleicht Verbindungen herstellen, die dir helfen, dich an noch mehr zu erinnern.«

Er zuckte mit den Schultern. »Ich weiß nicht. Vielleicht ...« Er verstummte, und dann hörten sie das Geräusch eines vorfahrenden Wagens im Hof. »Wer ist das?«

Carole riß erschrocken die Augen auf und sprang von ihrem Stuhl auf. »O Scheiße!« sagte sie und schaute auf ihre Uhr. »Das ist Ros. Ich soll heute für sie kochen. Ich habe total vergessen, daß sie heute kommen wollte... Wohin gehst du?«

Steven war vom Tisch aufgestanden und ging mit ängstlichem Blick zur Hintertür. »Na ja, weißt du, ich hab' was zu tun.«

»Nein, nicht. Bleib hier und lern sie kennen... Bitte. Iß mit uns zu Mittag. Ros wird dir bestimmt gefallen.« Es klopfte laut an der Vordertür. »Bitte!« beharrte sie.

Mit zweifelndem Blick kehrte er zögernd zurück an den Tisch und setzte sich wieder. Carole lächelte erfreut und ging zur Tür.

8

STEVEN STÖBERTE MÜSSIG in Caroles Bücherregal. Es war in Augenhöhe vollgepackt mit Romanen, deren Titel er von links beginnend las. Es war eine stattliche Sammlung schillernd eingebundener Science-fiction-Bücher bis hin zu den orange-weißen Buchrücken der Penguin Modern Classics: *Einsatz der Waffen, Verschworen, Das Schloß, Familienalbum, Porträt des Künstlers als junger Hund, Der Herr der Ringe, Der Lügner, Sonnenfinsternis*... Ein paar davon hatte er in seinen langen Nächten in der Scheune gelesen, aber hier standen einige, von denen er noch nie gehört hatte. Er zog *Das Schloß* heraus und blätterte durch die vergilbten Seiten, aber der Anblick des enggedruckten Textes stieß ihn ab, daher stellte er es wieder zurück. Er fühlte sich unbehaglich; gleichzeitig gelangweilt und ängstlich. Er konnte Ros' laute Stimme aus der Küche hören, die Caroles ruhigeren, melodischeren Klang übertönte. Er blickte weiterhin systematisch über die Titel und betete, daß der Nachmittag vorrüberginge.

Rosalind stand in der Küchentür, nippte an einem Glas Weißwein und sah Carole zu, die am Tisch Gemüse kleinschnitt. »Jetzt laß mich dir doch helfen«, sagte sie bestimmt.

Carole schob einen Berg Karottenscheiben in den Dampfkochtopf und schüttelte den Kopf. »Kommt gar nicht in Frage. Ich habe so schon ein schlechtes Gewissen, auch ohne daß du mir dabei hilfst, dein Mittagessen zu kochen.«

Rosalind lachte. »Du gehörst in Behandlung, mein Mädchen. Du hast eine überaktive Schuld-Drüse. Laß dich in eine Klinik einweisen und eine Schuld-Amputation vornehmen.«

Sie drehte sich um und schlenderte durch das Wohnzimmer. Hier war auch Steven, der wie bestellt und nicht abgeholt dastand. Sein Anblick erinnerte Rosalind an einen Mann, der in einem Unterwäschegeschäft herumsteht, während seine Freundin in der Umkleidekabine verschwindet; völlig unbeholfen und nervös bei dem Versuch, lässig zu wirken, und gleichzeitig auf der Suche nach einem neutralen Blickfang, um nicht in den Verdacht zu geraten, sich allzusehr für die Dessous oder die Kundinnen zu interessieren, die an ihnen herumfummeln. Er hatte sich alle Buchrücken in den Regalen angesehen und betrachtete nun einen Bilderrahmen, der neben dem Fenster an der Wand hing.

»Alfred Wallis» sagte sie, als sie hinter ihn trat.

»Was?« Er sah sie verwundert an.

»Das Gemälde; es ist ein Original von Alfred Wallis.«

»Ach ja? Oh.« Der Name sagte ihm gar nichts, doch das Gemälde fand er interessant. Es zeigte irgendein Boot mit zwei Masten – vielleicht einen Fischdampfer – vor dem Hintergrund einer Hafenstraße. Das Bild entbehrte jeglicher Perspektive oder Tiefe; das Boot schien leicht über der Oberfläche des gräulichen Wassers zu schweben, und obwohl sein Umriß eine Seitenansicht andeutete, sah man das ovale Deck. Die Häuser im Hintergrund waren mit schiefen Linien gemalt und hatten in jeder Ecke kleine Fenster, die wie Frühstücksbrötchen aussahen, und die dahinter verlaufende Straßen waren in derselben Technik gezeichnet wie mittelalterliche Stadtpläne, auf denen die Fassaden der Gebäude neben den Straßen zu liegen schienen.

Rosalind lächelte. »Wie ich sehe, sind Sie mit Wallis' Arbeiten nicht vertraut.«

Steven schüttelte den Kopf. »Ich hielt es für eine Kinderzeichnung.«

»Ah-ah«, sagte Rosalind. »Wenn Sie in Künstlerkreisen bestehen wollen, sollten Sie es ›naiv‹ oder ›primitiv‹ nennen. Finden Sie nicht, daß es einen gewissen Charme hat?«

Steven betrachtete das Bild. »Na ja, irgendwie schon. Hatte er einen Sehfehler, oder war es ein Spleen?«

»Weder noch. Es war einfach sein Stil.« Sie senkte ihre Stimme ein wenig. »Sagen Sie das nicht Carole, aber ich würde Wallis keinen echten Künstler nennen.«

»Warum nicht?«

Sie nippte an ihrem Wein und deutete mit dem Glas auf das Bild. »Wallis war ein Fischer aus Cornish, geboren um 1850. Er lebte in St. Ives. Irgendwann hörte er auf, zur See zu fahren, und wurde Lumpensammler. Er verkaufte eine Zeitlang sogar Eiscreme. Er heiratete eine über zwanzig Jahre ältere Frau namens Susan. Nachdem sie gestorben war, fing er zu malen an, um sich von der Trauer abzulenken. Ohne Ausbildung oder so was; er malte einfach mit und auf allem, was ihm in die Finger kam; Bootsfarbe, Holzstücke und Pappe. In den zwanziger Jahren entdeckte ihn dann diese Londoner Intellektuellen- und Künstlergruppe. Sie rissen sich um seine Arbeiten wegen ihrer Naivität und Einfachheit.«

»Und, ist er reich geworden?«

»Nein, ist er nicht. Er starb 1942 alles andere als malerisch in einem Armenhaus, ohne einen Penny. Seine Gemälde sind heute Tausende wert. Die meisten von ihnen wurden in den dreißiger Jahren von dem Künstler Ben Nicholson im Auftrag seiner intellektuellen Freunde gekauft, für ein paar Shilling das Stück.«

»Und die haben ihn nicht aus diesem Armenhaus herausgeholt?«

»Nö.«

»Was für ein Haufen Scheißkerle.«

Sie nippte wieder an ihrem Wein und zuckte mit den Schultern. »Immerhin haben sie sein Begräbnis organisiert, also waren sie wohl nicht ganz so schlecht, oder?«

»Aber warum war er für Sie kein richtiger Künstler?«

»Wegen dieser enormen Naivität, die seine Arbeit für Nicholson so verführerisch machte. Meiner Meinung nach ist der Begriff ›naive Kunst‹ ein Oxymoron.« Sie blickte auf Steven. »Das ist die Zusammenstellung zweier sich widersprechender Begriffe«, fügte sie hinzu.

»Ich weiß, was ein Oxymoron ist.«

»Entschuldigung. Ich bin wohl etwas herablassend, oder?«

»Macht nichts. Ich wüßte aber gerne noch, was Ihrer Meinung nach ein echter Künstler ist.«

»Tja, wie kann etwas naiv *und* gleichzeitig Kunst sein? Ich meine, wir apostrophieren alle möglichen Dinge als *Kunst*; vom Kochen über Fußball bis hin zu Gesprächen bezeichnen wir alles als ›Kunst‹, womit wir sagen wollen, daß manche Leute wirklich Talent dafür haben. Nach diesem Kriterium fliegt Wallis sofort raus, weil er im Grunde überhaupt nicht malen konnte. Aber wir reden hier über die schönen Künste, daher geht es hier mehr um tiefere Bedeutung und Originalität. Tja, und Wallis' Gemälde bedeuteten gar nichts, außer daß ihm die Boote an der Küste von Cornish gefielen. Er malte nur, um sich zu beschäftigen. Was die Originalität betrifft, sagten Sie ja selbst, daß Sie es für eine Kinderzeichnung gehalten haben. Und das stimmt; Kinder malen mehr oder weniger so. Wenn also Wallis in diesem Stil gemalt hätte, weil er ausprobieren wollte, wie es ist, die Welt absichtlich auf eine bestimmte Art darzustellen, so wie Nicholson, als er Wallis' Stil kopierte, dann könnte man es Kunst nennen. Ansonsten ist es bloß eine Zeichnung.«

»Also können schlechte Zeichnungen echte Kunst sein, wenn sie vorsätzlich schlecht sind?«

Rosalind lächelte. »Sauber erfaßt. Sie haben das Zeug zum Kritiker.«

»Der arme, alte Alfred«, seufzte Steven und schaute wieder auf das Gemälde. »Tut mir leid, Kumpel, du bist kein Künstler.«

»Haben Sie je einen Künstler gekannt?« fragte Rosalind.

»Ja«, sagte er abwesend.

Sie sah ihn scharf an. »Wirklich. Woher wissen Sie das?«

Er wurde ein wenig rot, schien aber nicht sonderlich nervös. »Sie sind eine Künstlerin«, sagte er. »Ich kenne Sie.«

»Ah, ich verstehe... Übrigens, Carole hat mir erzählt, daß Ihnen die Mnemonik seit kurzem wieder ins Ohr flüstert.«

»Wie bitte?«

»Ihr Gedächtnis kommt zurück.«

»Stück für Stück. Es kommt mir vor, als hätte man Sequenzen aus einem Film herausgeschnitten. Und es ist überwiegend alter Kram aus meiner Kindheit.« Er verstummte und lauschte auf das klappernde Geschirr und Besteck aus der Küche. »Klingt so, als ob es bald fertig ist. Sollten wir lieber...?«

Gerade wollte er sich umdrehen, als Rosalind ihn beim Arm nahm und ihn mit scharfen, durchdringenden Augen ansah. »Wissen Sie«, sagte sie, »als Carole mir das erstemal von Ihnen erzählt hat, was meine erste Reaktion darauf war?«

»Nein...«

»Ich hielt Sie für einen miesen Schleicher und Betrüger. Carole sah das natürlich ganz anders; sie sieht so was nie, oder sie weigert sich einfach, es wahrzunehmen. Sie werden es sicherlich gerne zur Kenntnis nehmen, daß ich meine Meinung geändert habe. Sie sind gar kein Schleicher; ich halte Sie für einen netten, intelligenten Kerl.«

»Also, ich –«

»Aber ich halte Sie immer noch für einen Betrüger.«

Er schaute sie ausdruckslos und fragend an. »Einen *Betrüger*?«

Sie lächelte. »Das ist sehr gut, Steven. Schüchterne Unschuld; das gefällt mir, beinah überzeugend, dieser großäugige *Was, ich?*-Ausdruck. Was kommt als nächstes? Aufkommende Empörung, gefolgt von bestürzter Wut? Ich hab' Sie durchschaut, Mister. Also, ich weiß nicht, was hier vor sich geht, aber aus irgendeinem Grund ist es praktisch für Sie, Ihr Gedächtnis verloren zu haben. Vielleicht haben Sie etwas angestellt oder laufen vor etwas davon – egal, was es ist, ich glaube Ihnen nicht, Steven.«

Sie schwieg, um die Wirkung ihrer Anschuldigungen abzuschätzen, aber er sah sie immer noch ausdruckslos an. »Das ist auch alles nicht so wichtig. Ich bin schon ganz zufrieden damit, daß Sie kein Irrer sind, und zumindest scheint Ihre Anwesenheit Carole aus irgendeinem Grund glücklich zu machen.« Sie senkte ihre Stimme zu einem bedrohlichen Knurren. »Aber das eine sage ich Ihnen, sollte ihr wegen all Ihrer Verwicklungen auch nur das kleinste Haar gekrümmt werden ... nun, dann mach' ich Sie fertig. Carole hat wirklich schlimme Zeiten hinter sich, und ich werde nicht daneben stehen und dabei zusehen, wie es wieder passiert. Ist das klar?«

Steven zuckte verwirrt mit den Schultern. »Ich weiß gar nicht, wovon Sie reden.«

Sie schenkte ihm ein sarkastisches Lächeln. »Na, dann sind wir uns ja einig, oder?«

»Das Essen steht auf dem Tisch«, rief Carole und erschien in der Tür.

Rosalind drehte sich zu ihr um und lächelte sie mit freundschaftlicher Wärme an. »Steven und ich bewundern gerade deinen Alfred Wallis.«

Carole lächelte zurück und gesellte sich zu ihnen vor das Bild. »Es ist wunderschön, oder? Mein Großvater war ein Freund von Christopher Wood. Der hat es mir hinterlassen, als er starb, weil ich es immer so geliebt hatte. Manchmal sitze ich bloß in dem Sessel und kann meinen Blick nicht abwenden. Es ist wie eine Hypnosetherapie.« Sie beugte sich zu Steven. »Ros mag es nicht, weißt du«, sagte sie in verschwörerischem Ton. »Sie hält es nicht für wahre Kunst.«

»Das ist nicht fair!« protestierte Ros. »Ich habe nie gesagt, daß ich es nicht *mag*. Ich finde es süß. Ich halte es bloß nicht für, na ja ...«

»Wahre Kunst«, sagte Carole. »Ist schon gut. Ich bin nicht gekränkt; ich meine, *ich* hab's ja nicht gemalt, ich schau' es bloß an ... Egal, laßt uns essen.«

Steven schwieg die meiste Zeit während des Essens und sprach nur, wenn er gebeten wurde, seine Meinung zum jeweiligen Thema abzugeben. Aber er hörte aufmerksam zu. Es interessierte ihn, wie Rosalind und Carole im Gespräch miteinander umgingen; obwohl sie beide entspannt und ungezwungen waren und ihr Gespräch mit all den kleinen Anspielungen und harmlosen Beleidigungen würzten, wie nur enge Freundinnen sie austauschen können, gab es eine kleine und doch spürbare Barriere zwischen ihnen. Es erstaunte ihn, wie unterwürfig Carole jedes Recht auf eine eigene Meinung zu allem abtrat, was nicht wenigstens zum Teil medizinischer oder psychologischer Natur war. Bei jedem neuen Thema, von den Lokalnachrichten bis hin zur Kunst, Literatur und internationalen Politik, schien sie eine Art schwache Nachhut zu bilden, die man hören konnte, ohne sie fürchten zu müssen. Sie nahm unklare, wenig untermauerte Standpunkte ein, die sie rasch anpaßte oder aufgab, während Rosalind selbstbewußt vorwärts marschierte und wie eine sprechende Panzerdivision hochexplosive Meinungen verbreitete und hochgehen ließ.

Nach dem Mittagessen blieb sie noch zum Kaffee, dann zum Nachmittagstee, und erst nach sechs Uhr abends stieg sie in ihren kleinen blauen Renault und fuhr schlingernd den Weg bis zur Hauptstraße hinauf. Carole stand auf dem Hof, winkte und schaute ihr so lange nach, bis der Wagen außer Sichtweite war. »Na, das war doch ganz in Ordnung, oder?« sagte sie, als sie und Steven zwischen den kulinarischen Resten des Tages wieder allein in der Küche saßen.

Er nickte leicht und unverbindlich und blickte auf den Stapel dreckigen Geschirrs. »Hmm. Das Essen war gut.«

»Ich rede nicht vom Mittagessen, ich meine Ros. Ich bin froh, daß sie dich endlich kennengelernt hat.«

»Sie mag mich nicht.«

Carole sah ihn erstaunt an. »*Mag* dich nicht? Wie kommst du denn darauf?«

»Sie hält mich für einen Betrüger.«

»Einen Betrüger?« wiederholte Carole verdutzt.

»Sie denkt, ich täusche die Amnesie vor, um dich irgendwie auszunutzen... Denkst du das auch?«

Sie griff über den Tisch nach seiner Hand. »Natürlich nicht. Das weißt du doch. Wieso glaubst du, daß Ros so was denkt? Nein, ich bin sicher, das tut sie nicht, jetzt, nachdem sie dich kennengelernt hat. Es sah so aus, als würdet ihr euch gut verstehen – ihr hingt so eng im Wohnzimmer zusammen...« Sie blickte fragend. »Warte mal, hat sie was in der Richtung zu dir gesagt?«

»Nein ... so war es nicht. Es war nur die Art, *wie* sie gesprochen hat. Bloß so ein Gefühl.«

»Bist du sicher? Ich kenne Ros. Wenn sie was gesagt hat, das dich aufgebracht hat...«

Er lächelte und drückte ihre Hand. »Hat sie nicht. Ich hatte lediglich das Gefühl, daß sie mir irgendwie nicht geglaubt hat. Vergessen wir das, ja? Sollen wir den Wein austrinken?«

Carole nahm die Flasche und hielt sie schräg gegen das Licht. »Nicht mehr viel übrig. Da ist noch eine im Kühlschrank. Sollen wir damit den weiteren Abend gestalten?«

Er lächelte. »Wieso nicht?«

9

CAROLE SUMMTE VOR sich hin, stellte den Wecker auf halb acht vor und prüfte, ob der Knopf draußen war. Dann zog sie sich ihre dicken Wollsocken aus und sank dankbar in ihr Bett. Ihr Kopf fühlte sich angenehm schläfrig vom Wein, aber nicht benebelt oder aufgekratzt, und ihr Körper genoß die sanfte Umarmung der Daunendecke. Das Bett fühlte sich so gut an, daß sie, nachdem sie das Licht gelöscht hatte, den Schlaf noch ein paar Minuten lang abwehrte, damit sie das Gefühl auskosten konnte. Stück für Stück floß ihr Bewußtsein aus ihren gefalteten Händen heraus, und statt dessen ereilte sie das Vakuum des Schlafs...

Bäng!

– Ihr Kopf fuhr vom Kissen hoch, keuchend starrte sie in die Dunkelheit. Das Geräusch war wie ein Gewehrschuß gewesen, der direkt hinter ihrem linken Ohr abgefeuert worden war, und sein Echo hallte noch in ihrem Schädel nach, als sie den Arm ausstreckte und das Licht wieder anmachte. Sie setzte sich hin und wartete, bis ihre Atmung und ihr Herzschlag sich wieder beruhigt hatten. Sie verfluchte sich dafür, den Wein getrunken zu haben. Hypnagogische Halluzinationen nannte man dies – Sinneswahrnehmungen, die beim Übergang in den Schlaf auftraten –, und seit ihrer Kindheit hatte sie die Veranlagung dazu. Es war stets eine akustische Wahrnehmung, immer plötzlich, kurz und schnell, und immer laut; wie ein Trommelschlag, das Zuschlagen einer Tür oder ein Gewehrschuß, und es passierte ihr fast immer, wenn sie am Abend getrunken hatte.

Nachdem sie sich beruhigt hatte, machte sie das Licht aus und legte sich wieder hin, zog sich die Decke fest unters Kinn und wartete erneut auf den Schlaf. Und wartete. Es war sinnlos; dieser kurze Moment des Halbschlafs und der Schock, den der Knall hinterließ, hatten ihre aufgekommene Müdigkeit vertrieben, und sie war wieder hellwach. Bei jedem Versuch, sich umzudrehen und abzuschalten, sprangen Gedanken wie Kobolde aus dem Schatten und rasten durch ihren Kopf, riefen durcheinander und sangen für sie: Sie dachte an Steven, sie dachte an Ros, an Ros und Steven, an sich und Steven. Was, wenn Ros *doch* etwas zu ihm gesagt hatte; was, wenn es ihn aus dem Gleichgewicht gebracht hatte und seine Heilung erschwerte; was, wenn Ros recht hatte und Steven ihr *tatsächlich* etwas vorspielte; aber was war mit all den kleinen Erinnerungsfetzen, wie konnte man so etwas vortäuschen, warum konnte sich Ros nicht um ihren eigenen Kram kümmern; durften die beiden sich überhaupt jemals wiedertreffen? Was, wenn Ros ihn bekämpfte oder er sie? Aber wie könnte sie Ros aus ihrem Leben verbannen, und was war mit der Farm, und sollte sie Steven so viel Zeit widmen, litt die Farm eventuell darunter, was empfand Steven für sie, wie gefiel ihm seine Anwesenheit hier? Er schien in ihrer Gegenwart irgendwie glücklich zu sein, aber wie konnte sie sich da sicher sein, und warum machte sie sich all die Gedanken; waren ihre Gefühle für ihn völlig harmlos, oder spürte sie etwas Tieferes? Die Art, wie er sie manchmal ansah, wie sie mit untergehaktem Arm gemeinsam durchs Moor liefen, wie sie über den Tisch Händchen hielten, wie es war, sein Knie zu berühren, seine geschlossenen Augen, als er ihr Handgelenk gepackt hatte; wie würde es sich anfühlen, wenn er seine Arme um –

Sie setzte sich auf und öffnete ihre Augen, und ihre Gedanken wurden zu einem leisen Gemurmel. Ihr war heiß; ein dünner Schweißfilm stand ihr auf der Stirn, und die Bettlaken, die so gemütlich gewesen waren, fühlten sich nun klamm und unangenehm an, wie heißer Schlamm. Sie schlug die Decke zurück und setzte sich hellwach auf die Bettkante. Instinktiv stand sie auf und ging zum Fenster hinüber, zog die Vorhänge auseinander und blinzelte in die Dunkelheit hinaus. Der Mond und die Sterne waren von einer dicken Wolkenschicht verhangen, und der Hof lag völlig im Dunkeln, bis auf den fahlen Lichtschimmer, der unter dem Scheunentor hervorkam. Er schlief also auch nicht; vielleicht hatte er dieselben Gedanken wie sie ... Nein, sicher nicht.

Vielleicht doch.

Das bezweifle ich.

Tja, du könntest es rausfinden ...

Das kann ich nicht.

Wieso nicht?

Ich kann nicht einfach so bei ihm reinplatzen.

Vielleicht will er das ja.

Nein.

Was ist, wenn irgendwas nicht stimmt?

... Was denn?

Er könnte krank sein oder so was.

Na ja ...

Du solltest mal nachsehen ...

... Ich weiß nicht ... Nein, das kann ich nicht ... Ich geh' einfach wieder ins Bett und versuch's noch mal.

Mit einem schweren Mantel über dem Nachthemd und Gummistiefeln, deren Stulpen an ihre nackten Beine klatschten, eilte Carole über den dunklen Hof auf den dünnen Lichtspalt zu, der zwischen den Scheunentoren hindurchfiel. Am frühen Abend hatte es etwas geregnet, das hatte den Boden aufgeweicht, und Carole rutschte zweimal beinah aus.

Das Tor war nicht verriegelt und nur leicht angelehnt. Sie blinzelte durch den Spalt. Steven saß am Ende seines Strohballenbetts über die Kiste gebeugt, die ihm als Tisch diente, und schrieb in ein kleines blaues Notizbuch, das sie ihm zur Aufzeichnung seiner wiedergewonnenen Erinnerungen gegeben hatte. Er schien völlig versunken, während sein Stift unermüdlich über die Seiten flog. Neben dem Sturmlicht auf dem Tisch stand die Flasche Wein, die sie zur Hälfte leergetrunken hatten, als Carole beschlossen hatte, schlafen zu gehen. Während sie zusah, legte er den Stift weg und nahm einen großen Schluck aus der Flasche.

Nach kurzem Zögern öffnete sie die Tür und trat über die Schwelle. Steven schreckte auf, als er die Scharniere quietschen hörte, dann entspannte er sich wieder. Sie freute sich über das warme, begrüßende Lächeln auf seinem Gesicht, doch sie bemerkte auch, wie er verstohlen das Notizbuch zuklappte und es hinter die Weinflasche und die Laterne schob.

»Konnte nicht schlafen«, sagte sie und blieb unsicher am Tor stehen.

»Ich auch nicht.«

»Ich habe dein Licht gesehen. Ich dachte, ich seh' mal nach, ob alles in Ordnung ist.«

»Ja, es geht mir gut. Bin bloß hellwach.«

»Ich auch.«

Er nickte verständnisvoll. Sie nickte verständnisvoll.

»Na gut«, sagte sie fröhlich. »Ich denke, ich geh' dann mal lieber und laß dich in Frieden.«

»Nein, nicht... Hör mal, warum kommst du nicht her und hilfst mir, die Flasche leerzutrinken?«

»Nein, nein danke. Ich glaube, ich sollte lieber nichts mehr trinken.«

»Na ja, komm trotzdem rein. Nimm dir 'nen Strohballen und setz dich.«

Sie schloß das Tor hinter sich und ging langsam auf ihn zu. Er erhob sich, nahm einen Strohballen vom Haufen und zog ihn neben den Tisch. Carole sah ihm zu, setzte sich aber nicht, sondern schlenderte durch die Scheune und untersuchte mit verträumter Neugier die Wände, das Dach und die Milchkannen, wie ein Besucher in einem Museum. »Ist gar nicht so übel«, sagte sie. »Du hast gute Arbeit geleistet. Bei diesem Licht ist es hier eigentlich ganz gemütlich.«

»Also mir gefällt's«, sagte er und setzte sich wieder ans Fußende des Betts.

»Wenn du willst, kannst du hier eine Wand einziehen. Du kannst die Plane da drüben benutzen.« Sie nickte zum anderen Ende der Scheune. »Ein richtiges Zimmer daraus machen ohne ständigen Durchzug.«

Er schüttelte den Kopf und klopfte gegen die Wände seines Strohbetts. »Das hier ist gut genug. Außerdem gefällt mir der offene Raum um mich herum.«

Sie schaute sich die Strohballenkonstruktion an und lächelte. »Darauf schläft es sich wohl wie in einem Himmelbett.«

Er lachte. »Ja, so in etwa.«

»Als ich ein kleines Mädchen war, hab' ich von einem Himmelbett geträumt. Ich malte mir aus, wenn ich größer wäre, mein eigenes zu bekommen, in das ich nachts hineinkriechen könnte und die Vorhänge zuziehen, und dann wäre es ganz gemütlich und sicher darin.« Sie lachte. »Als ich etwa acht war, fuhr Dad mit uns in den Ferien nach Schottland, in so ein großes, altes Hotel – das war, bevor wir die Farm hatten. Es war ein riesiges gotisches Gebäude und hatte überall diese dunklen Holzvertäfelungen. Es lag mitten im Wald an einem See. Das war in der Nebensaison, und das Haus stand praktisch leer, deshalb hatten Michael und ich unsere eigenen Zimmer. Meins war riesig, mit all diesen düsteren, sperrigen Möbeln und Gemälden an den Wänden und einem Blick über den See; und – wer hätte das gedacht – mit einem *enormen* Himmelbett! Ich seh' es noch vor mir; mit dicken, gedrechselten Pfosten und dunkelroten Vorhängen und einem Berg aus weißen Kissen, so wie Betten in hochherrschaftlichen Villen. In der ersten Nacht fühlte ich mich wie eine Prinzessin. Ich hatte meinen weiten Pyjama an, kletterte in das Bett und zog die Vorhänge zu. Und dann – welch Wunder – konnte ich kein Auge zutun. Im Hotel zog es fürchterlich, und die Vorhänge um das Bett flatterten ständig. Ich lag bloß da, starrte sie an und wartete darauf, daß sie sich bewegten. Ich war überzeugt, daß sich Geister im Zimmer befanden, die um die Vorhänge herumschlichen und sie jeden Moment zur Seite schieben könnten, um mich zu holen. Vermutlich bin ich dann doch eingeschlafen, aber in der darauffolgenden Nacht habe ich keinen Fuß mehr in das Zimmer gesetzt. Ich wollte mit Michael tauschen, aber *er* wollte es auch nicht haben, nachdem ich so blöd gewesen war und ihm gesagt hatte, warum. Ich bekam schließlich sein Zimmer, und er schlief bei Mum und Dad.«

Sie erzählte noch mehr von ihren Ferien: Von Spaziergängen im Wald, wie sie mit ihrem Vater auf dem See angelte. Steven hörte ihr aufmerksam zu, während sie in dem fahlen, funzeligen Licht der Laterne an der Wand stand und ihr Fuß beim Reden mit einem losen Stein herumspielte. Sie schien sich unwohl zu fühlen, wich seinem Blick aus und erzählte Geschichten, um ihre Verlegenheit zu überspielen. Schließlich brach sie den Monolog ab und sah ihn an. »Ich langweile dich, stimmt's?« fragte sie.

»Überhaupt nicht.«

»Doch, das sehe ich, ich sehe es deinem Gesicht an. Ich geh' wohl besser und laß dich schlafen.«

»Carole«, sagte er, »ich höre das alles sehr gerne. Ich will mehr über dich erfahren; wie du aufgewachsen bist, und wo du herstammst, wie du hierher gekommen bist. Alles.«

»Ehrlich?«

»Ehrlich.«

Sie lächelte unsicher. »Warum willst du das über mich wissen?«

Er zuckte mit den Schultern. »Ich will's einfach. Es interessiert mich. Außerdem hilft es mir dabei, meine Erinnerung wiederzufinden.«

Sie strahlte. »Wirklich? Ist dir wieder was eingefallen?«

»Ein paar Dinge.«

Zögernd näherte sie sich dem Tisch und setzte sich schließlich auf den Ballen. »Erzähl's mir«, bat sie ihn aufgeregt.

»Das willst du doch jetzt nicht hören.«

»Doch, will ich. Du hast dir meine Geschichte angehört, jetzt laß mich deine hören.«

»Ich will es noch nicht erzählen. Ein andermal.«

Sie blickte auf die Weinflasche. »Hast du es aufgeschrieben?« Er sah zu ihr hoch, während sie sich rechtfertigte: »Ich habe gesehen, daß du geschrieben hast, als ich reinkam ... darf ich es sehen?«

Er betrachtete sie einen Moment lang und holte dann zögernd sein Notizbuch hervor. »Es ist alles ziemlich unzusammenhängend«, warnte er sie, blätterte durch die Seiten und hielt es ihr anschließend hin. »Und die Handschrift ist furchtbar.«

Sie nahm das Notizbuch und schlug die erste Seite auf, die mit LADENDIEBSTAHL überschrieben war, blätterte dann immer weiter und las auf jeder Seite ein paar Zeilen. Das Buch war etwa zu einem Viertel vollgeschrieben mit unterschiedlich langen Passagen, die teils aus mehreren Seiten, teils einem einzelnen Absatz oder auch nur einem einzigen Satz bestanden, zumeist betitelt mit Überschriften wie FAHRRAD FAHREN, CAMPING, RAUCHEN, ERSTER(?) SCHULTAG. Schließlich blätterte sie zum letzten Eintrag; dem Teil, den er beendet hatte, als sie hereingekommen war. Er umfaßte fünf Seiten und war mit VERLUST DER UNSCHULD überschrieben.

Unwillkürlich blickte sie vom Buch auf und grinste. »Wann ist dir das denn eingefallen?«

Er errötete leicht – bloß ein Hauch zarten Rosas oberhalb der Linie seiner Bartstoppeln – und rutschte nervös auf seiner Bettkante herum. »Vor ein paar Tagen«, murmelte er.

»Du hast mir nichts davon erzählt.«

Er errötete noch mehr. »Nein, ich, äh ... weißt du, es war etwas zu ... persönlich.«

Sie lächelte und klappte das Buch zu. »Ich werde es nicht lesen, wenn du es nicht willst«, sagte sie gelassen.

»Du kannst, wenn du willst, wenn du denkst, daß es helfen könnte. Es macht mir nichts aus, ich bin nicht schüchtern.« Er sah aber trotzdem erleichtert aus, als sie das Buch auf den Tisch legte.

»Vielleicht ein andermal«, sagte sie.

»Okay.«

Sie fragte sich, was eine solche Erinnerung hervorgerufen haben konnte; ob es sich lediglich um irgendein wichtiges Ereignis gehandelt oder ob etwas Bestimmtes diese Erinnerung wachgekitzelt hatte. Sie spürte, wie ihr Blick gegen ihren Willen von dem kleinen blauen Notizbuch angezogen wurde.

Er folgte ihrem Blick. Seufzend nahm er das Buch und hielt es ihr erneut entgegen. »Na mach schon«, beharrte er. »Lies es.« Sie streckte die Hand aus, um es zu nehmen, aber plötzlich riß er es zurück. »Augenblick«, sagte er und blätterte zur letzten beschriebenen Seite vor. Zu Caroles Erstaunen riß er sie heraus und zerknüllte sie. »Jetzt«, sagte er und gab ihr das Buch.

»Warum hast du das getan?«

»Ich war nicht zufrieden mit diesem Teil. Ich dachte dabei an ... na ja, ich ließ mich ein wenig hinreißen.«

»Steven, alles ist wichtig.«

Er warf einen Blick auf die Papierkugel in seiner Hand und schüttelte den Kopf. »Das nicht. Es hat nichts damit zu tun... Also, wirst du es lesen oder nicht?«

Sie zögerte und sah auf ihre Hände, die nervös an dem Einband herumfingerten. Es sind schöne Hände, dachte Steven; lang, schlank und blaß, sehr gepflegt, die rauhen Nägel und etwas Hornhaut in ihren Handflächen bildeten die einzigen Spuren ihrer schweren Arbeit auf der Farm. Als er sie beobachtete und auf die weißen Wölbungen ihrer Knie sah, die unter ihrem Mantel hervorlugten, und auf ihre Waden, die in den weiten Schäften ihrer schwarzen Gummistiefel steckten, fühlte er, wie sich seine Brust verengte und sein Magen verkrampfte.

»Darf ich es mitnehmen?« fragte sie, »oder wirst du es brauchen?«

»Nein«, sagte er. »Nein, nimm es mit. Nimm dir soviel Zeit wie du brauchst. Es steht alles drin; alles, was mir bisher eingefallen ist.«

Sie drückte das Buch an ihren Busen, stand auf und küßte ihn auf die Stirn. »Gute Nacht«, flüsterte sie. »Versuch ein bißchen zu schlafen.« Dann fuhr sie ihm durchs Haar und ging.

»Gute Nacht«, flüsterte er, als sich die Tür hinter ihr schloß.

Sie redete sich ein, daß es wohl eher die Aufregung über seine rasche Genesung und weniger lüsterne Neugier war, die sie so ungeduldig lesen lassen wollte, was Steven auf diesen letzten fünf Seiten geschrieben hatte. Aus welchem Grund auch immer, sie wußte, daß sie nicht einschlafen würde, bevor sie nicht alles gelesen hatte. Als sie zurück in ihrem Zimmer war, legte sie sich aufs Bett und schlug das Buch auf.

Sie zwang sich, systematisch vorzugehen, schlug die erste Seite auf und begann ganz vorne. Er hatte sie zu Recht gewarnt, seine Handschrift war furchtbar, und sie mußte immer wieder ganze Sätze zweimal lesen, konnte einige besonders unleserliche Worte gar nicht entziffern und versuchte, deren Bedeutung dem Zusammenhang zu entnehmen. Langsam und behutsam arbeitete sie sich durch die episodenhaften Passagen. Sie waren alle mehr oder weniger so niedergeschrieben, wie er es erzählt hatte; manche lasen sich flüssig und sehr detailliert, andere bruchstückhaft und unzusammenhängend. Alle, außer der letzten. Mit wachsender Erregung blätterte sie die letzte Seite von RAUCHEN um und kam zu VERLUST DER UNSCHULD. Im Gegensatz zu den anderen Kapiteln war es hastig geschrieben worden, als ob er die Erinnerung genau so festgehalten hätte, wie sie ihm in den Sinn gekommen war. Falls er sich wirklich schon ein paar Tage zuvor daran erinnert hatte, erschien ihr das merkwürdig.

Erregt renne ich die Stufen hinauf Nein nicht erregt – irgendwie eher ~~umm~~ nein so nicht. Wo bin ich? Ja ich renne »erregt« die Stufen hoch erregter als Und da ist sie sie sitzt auf der Bettkante und wartet auf mich ein kleines Bett in meinem Schlafzimmer. Ich renne die Stufen hinauf und renne ins Zimmer und sehe sie Sind sie weg? Komisch diesmal kann ich kein Gesicht erkennen aber es gibt einen Namen KERRY Ich muß an ihn denken vielleicht ist sie seine Schwester Sie ist älter als ich sie hat es schon mal gemacht sie ist nicht so ängstlich wie ich Dann ist sie weg und ich liege auf dem Bett und starre auf die Fußleiste die weiß ist und gelblich und auf einen blauen Teppich und ich bin ~~zum Platz~~ voll als wäre ich voll mit heißem Honig und voller Glück und Erregung Die Toilettenspülung rauscht und sie kommt zurück Bist du bereit? Sie legt sich aufs Bett und ich kann den Aufkleber von Dark side of the moon am Kopfende des Betts über ihrem Kopf sehen Und und und das ist der beste Teil sie schiebt ihren Rock hoch und sie hat kein Höschen an bloß weiße Schenkel und krauses Schamhaar durch das die Haut schimmert Dann zieht sie ihr Oberteil aus und den ~~BH~~ weißen BH mit den kleinen lila Blumen drauf die ersten die ich zu sehen kriege sie sind klein wie ~~Äpfel~~ wie kleine Marshmallows mit Himbeerbonbons drauf Darren sagt er mag rote Himbeerbonbons am liebsten weil sie wie die Nippel einer Frau aussehen Sie will daß ich sie küsse aber ich will sie erst ansehen Meine Arme umfassen ihre Schenkel ich drücke mein Gesicht auf ihren Bauch in ihre Muschi sie sagt laß das aber ich möchte dies köstliche frische und weiche Fleisch lecken Sie küßt mich richtig bevor wir es tun dann macht sie meinen Reißverschluß auf Seltsam wie sich die Finger von jemand anderem anfühlen

Und dann passiert es Ich blicke in ihr Gesicht aber ich kann sie nicht sehen meine Augen sind geschlossen und ihre Finger spielen an meinem Schwanz bis er glitschig ist dann ist es soweit sie macht ein quiekendes Geräusch und es fühlt sich so an als ob mein Schwanz umklammert wird eine sanfte Umklammerung überall ich liebe dich ich liebe dich ich liebe dich Halt's Maul und beeil dich Das Bett wackelt und quietscht und wir auch ich glaube ich tue ihr weh aber sie sagt ich soll nicht aufhören rote Wangen geschlossene Augen und dann bin ich blind und es gibt ~~Lich~~ bunte Lichter in meinen Augen und mein Magen dreht sich Es fühlt sich so an als würde es niemals aufhören herauszufließen und meine Zähne mahlen und knirschen

Dann schubst sie mich runter und liegt da Hält meine Hand und legt sie zwischen ihre Beine es ist alles naß und tropft auf das Laken Das kommt alles von dir und ich sage bah aber in Wirklichkeit finde ich es toll Sie geht auf die Toilette dann zieht sie sich wieder an Ich möchte nicht daß du gehst können wir es noch mal machen? Vielleicht Ich treffe mich mit Gary Weiß Gary von mir? Nein und du erzählst ihm auch besser nichts sonst gibt's gar nichts mehr Aber können wir's nicht noch mal machen? Ich liebe dich nein tust du nicht Sie hat etwas in mir zerbrochen, hat etwas weggenommen und etwas anderes Wertvolleres dagelassen und sie weiß es nicht einmal Sie ist noch

Die Schrift endete abrupt am Ende der vierten Seite. Carole starrte verzweifelt auf die Papierfetzen, dort wo Steven die letzte Seite herausgerissen hatte, ihr war schwindelig vom rasenden Rhythmus seiner Worte, die sie über den Rand eines Kliffs katapultiert hatten und jetzt im leeren Raum hängen ließen.

Sie versuchte, ihre verwirrten Gefühle zu sammeln und las die Passage noch einmal langsamer; diesmal studierte sie bestimmte Sätze genauer, interpunktierte im Geiste den rasanten Fluß der

Worte. Während sie sich durch den Text arbeitete, entwickelte sie eine immer detailliertere Vorstellung von der Szene, und selbst die nebulösen Satzfetzen ergaben nun mehr Sinn. Kein Wunder, daß er ihr die Notizen nicht hatte geben wollen; nicht nur der Sex darin machte sie zu etwas Persönlichem; Steven war in dieses Mädchen Kerry verliebt gewesen, aber sie hatte ihn nur benutzt. Der arme Kerl, wie alt er wohl gewesen war? Es gab zwar keinen direkten Hinweis darauf, aber Kerry war offensichtlich älter und erfahrener als er gewesen und ging bereits mit einem anderen. Und nun schien es, als habe er die ganze schmerzliche Erinnerung noch einmal durchlebt.

Plötzlich schrillte der Wecker. Während sie gelesen und die Worte gedeutet hatte, waren die letzten Stunden der Nacht vergangen, und vor ihrem Fenster dämmerte es langsam. Sie stand auf, ihr Kopf schmerzte, und ihr war schwindelig, als sie den Wecker ausschaltete. Sie öffnete die Vorhänge, sah zur Scheune hinunter und fragte sich, ob er wohl geschlafen hatte. An diesem Tag war strahlendes Wetter, lediglich ein paar Wolken zogen über den morgendlichen Himmel. Es lag eine Menge Arbeit vor ihr. Diesmal müßte sie wohl warten. Sie stellte den Wecker auf halb elf – zögerte schuldbewußt und korrigierte ihn dann auf elf Uhr –, legte sich wieder ins Bett und war innerhalb von fünf Minuten eingeschlafen.

Als sie um elf Uhr erwachte, ging es ihr nicht besser als vorher. Ihr Kopf war immer noch wie benebelt, hinter ihren Augen pochte ein dumpfer Schmerz, jeder Knochen tat ihr weh, und sie fühlte sich müde und schlapp.

Als sie sich in der Küche ein Frühstück zubereitete – eine extragroße Kanne mit ultrastarkem Kaffee –, brauchte sie dreimal so lange dazu wie sonst. Sie widerstand dem Drang, rauszugehen und Steven zu rufen. Er schien einen untrüglichen Instinkt dafür zu haben, wann das Frühstück fertig war, und wenn er jetzt noch nicht aufgetaucht war, schlief er vermutlich noch. Wenn er nur halb so müde war wie sie, würde er nicht gerne geweckt werden.

Sie setzte sich mit ihrem Kaffee an den Tisch und schlürfte ihn. Sie hatte das Notizbuch mit nach unten genommen und konnte nicht widerstehen, noch einmal die letzte Passage durchzulesen. Jetzt hatte der Text nicht mehr die Kraft, um ihren erschöpften Körper zu erregen. Statt dessen machte sie sich zu ganz anderen Worten und Sätzen Gedanken, lächelte über den Vergleich von Nippeln mit Himbeerbonbons (*wie* alt mochte er gewesen sein?) und die stolze Betrachtung seines Samens nach seiner Heldentat: *ich sage bah aber in Wirklichkeit finde ich es toll.*

Sie beguckte sich die Stelle, an der die letzte Seite fehlte, und bemerkte, daß sich die Schrift auf der darunterliegenden, leeren Seite durchgedrückt hatte. Im Licht der Nachttischlampe war ihr das nicht aufgefallen, doch bei Tageslicht konnte man die Abdrücke recht deutlich erkennen; ein wirres Gekritzel aus Wellen und Kringeln. Sie schob das Büchlein hin und her, untersuchte die Abdrücke im wechselnden Lichteinfall und versuchte, die Worte zu entziffern. Die meisten von ihnen waren zu undeutlich, doch es gelang ihr, ein paar Buchstaben zu erkennen und gelegentlich auch ganze Wörter. Plötzlich kam ihr eine Idee, und sie eilte ins Wohnzimmer und kam mit einem Stift und einem Blatt Papier zurück. Während der restliche Kaffee vor ihr kalt wurde, begann sie, die Abdrücke abzuschreiben und begutachtete zwischendurch immer wieder ihre Fortschritte. Nach einer halben Stunde war ihr Papier voller Zeichen, Buchstaben, durchgestrichenen und zaghaft gesetzten Worten. Der einzige Teil, der irgendwie einen Sinn ergab, stand am unteren Rand der Seite, wo die Abdrücke tiefer waren, vielleicht weil er sie langsamer geschrieben hatte als den Rest.

Ich hatte ver(?gessen) wie es… … (?so) zu…. …. Ich hatte es…. ….. (?Jetzt) hat sie ..es wieder…(?gebracht)… ….. Ich schaffe es nicht…. Ich liebe ihre (?Stimme) und ihr…., ich

liebe.... ihre bl.... Ge... Ich ....um zurückhalten....
sie.... meiner. ... Pas(?siert)(?das)... mir. Ich liebe sie.

Wie sie es vermutet hatte: Er schien sich auf dieser Seite über die Gefühle auszulassen, die er für das erste Mädchen, mit dem er geschlafen hatte, empfunden hatte; wie sehr er in sie verliebt gewesen war, und wie sehr es ihn verletzt hatte, daß sie ihr gemeinsames Erlebnis bloß als kleinen Spaß abgetan hatte. Natürlich wußte Carole aus eigener Erfahrung, wie vernarrt manche Menschen in ihren ersten Sexualpartner waren, egal unter welch zufälligen Umständen man sich getroffen hatte. Steven schien all den Schmerz noch einmal durchlebt zu haben; die Art seiner Schilderung ließ vermuten, daß diese alte, längst vernarbte Wunde plötzlich in seinem Kopf wieder aufgebrochen und so schmerzhaft spürbar war wie beim erstenmal.

Als sie noch einmal die abgeschriebenen Wortfetzen las, verspürte sie eine fürsorgliche Liebe für ihn. Es würde viel schwieriger sein, ihn innerlich umzukrempeln und die Blockaden seines Gedächtnisses aufzulösen, als sie angenommen hatte, doch sie schwor sich, ihre Anstrengungen zu verdoppeln, um aus ihm wieder einen vollständig geheilten Menschen zu machen.

Kommune

ONE MAN WENT *to mow, went to mow a meadow...*

Cressida summte das Lied vor sich hin, während sie über den kleinen Hof ging und das Gefühl genoß, welches das Kopfsteinpflaster durch die dünnen Strohsohlen ihrer Espadrilles verursachte. Alles hier – selbst das Gefühl des Gehens – begeisterte sie. Sie konnte gar nicht verstehen, warum sie diesen Schritt nicht schon vor Jahren gewagt hatte. Als sie die hohen gußeisernen Tore öffnete, blickte sie zum Farmhaus zurück. Die Fensterläden bei den Zwillingen waren noch fest gegen die heiße Morgensonne verschlossen. Sie lächelte; obwohl sie manchmal echte Faulpelze waren, liebte sie die beiden unendlich. Sie summte weiter, während sie den Weg entlangschlenderte.

Hm-hm-hmm-h-hmmm, da-da-daaa-dadum-dumm...

»Guten Morgen«, begrüßte sie zwei Pferde, die dicht beieinander auf dem Feld neben dem Weg im spärlichen Schatten eines Weißdorns standen. Eins der beiden, eine ältere kastanienbraune Stute, sah sie kurz an und schnaubte, dann blickte sie wieder traurig auf das farblose Gras zwischen den Hufen ihres Kameraden. Cressida machte ein paar schnalzende Geräusche mit der Zunge und hielt eine Hand über den Zaun, aber beide Pferde ignorierten sie. »Ihr Armen«, sagte sie. »Ich weiß, wie ihr euch fühlt. Mir geht es morgens manchmal genauso.«

Am Ende des Wegs ging die steinige, ausgedörrte Erde in den Asphalt einer einspurigen Straße über, die von der Stadt Camus in das entfernte Tal hinunterführte und sich durch die Wälder und Felder bis zur Ortschaft Chevalette schlängelte. An der Kreuzung mit dem Weg, der zum Hof führte, war ein nagelneues Schild an einen alten Holzpfosten genagelt worden. Auf dem kleinen weiß gestrichenen Brett stand in ordentlichen, runenähnlichen roten Buchstaben »Le Temple«. Cressida blieb stehen und bewunderte es, bevor sie die Straße in Richtung Dorf hinaufging.

Nach etwa einem Kilometer erreichte sie den Gipfel des Hügels, wo sich die Straße in eine etwas breitere, gewundene Dorfstraße verwandelte. Chevalette war ein großes Bauerndorf; im Grunde war es ein Zusammenschluß mehrerer großer Höfe und zahlreicher Kleinbetriebe, daher lagen die meisten der Häuser und Höfe weit über das ganze Plateau verstreut. An diesem Morgen wirkte der Ort tot und verlassen; während Cressida weiterschlenderte und mit ihren Espadrilles durch den weichen Straßenstaub schlurfte, waren die einzigen Lebenszeichen ein rumpelnder Traktor, der langsam auf einem weit entfernten Feld dahinfuhr, und ein kleiner brauner Dachshund, der von der anderen Straßenseite her auf sie zutrottete. Als er näherkam, blieb sie stehen und lächelte, bückte sich und streckte eine Hand aus. Der kleine Hund sah sie an, legte seine Ohren zurück, strengte sich mit seinen kurzen Stummelbeinen mächtig an und blickte sich nervös nach ihr um, bis er hinter der Kurve verschwunden war.

»Heute will wohl keiner was von mir wissen«, murmelte sie.

Sie nahm ihren breitkrempigen Strohhut ab, wischte sich mit einem Taschentuch den Schweiß von der Stirn und blinzelte gegen das gleißende Sonnenlicht, das ihr genau in die Augen traf. Nach ein paar Metern erreichte sie den Dorfbrunnen. Er wurde schon lange nicht mehr benutzt. Seine Steinwände bröckelten ab, und Kurbel, Kette und Eimer waren tiefbraun von jahrzehntealtem Rost, der stellenweise abblätterte. Daneben stand ein kleines Steinhaus, das sich nur in unwesentlich besserem Zustand befand. Es handelte sich wohl um ein altes Nebengebäude, das wahrscheinlich früher zu dem dahinterliegenden großen, inzwischen modernisierten Farmkomplex gehört hatte und zu einem Wohnhaus umgebaut worden war, indem die Tore auf menschliche Größe reduziert und einige kleine Fenster eingesetzt worden waren. Die hölzernen Dachrinnen und Balken waren ausgetrocknet, blaßgrau und nach all den Jahren schon ganz rissig, die Dachziegel aus Terracotta ausgeblichen und stellenweise von Flechten überzogen.

Von diesem Haus hatte man ihr erzählt. »Reizend«, flüsterte sie entzückt, »absolut reizend.« Sie trat an die Tür und klopfte heftig. Als mehrere Stückchen der abblätternden graublauen Farbe zu Boden flatterten, verzog sie das Gesicht. Sie wartete eine Weile. Keine Antwort. Als sie der Meinung war, daß Höflichkeit und Geduld einen weiteren Versuch zuließen, klopfte sie erneut. Ein weiterer Schwall kleiner Stückchen, wiederum lange Stille. Sie wollte gerade aufgeben, als sie ein unangenehmes Knirschen hörte: Der Riegel wurde zurückgeschoben, und die Tür öffnete sich. Sie setzte rasch ein höfliches Lächeln auf und lugte in die staubige Dunkelheit.

Der Mann, der ihr die Tür geöffnet hatte, stand von dem dunklen Rechteck eingerahmt, blinzelte ins Tageslicht und starrte sie schweigend und mit unverhohlener Feindseligkeit an. Er war groß und schlank, hatte gebräunte, verwitterte Haut und trug eine fleckige, ehemals weiße Weste. Sein Gesicht war lang, sein Blick streng, und er trug einen dicken, schwarzen Schnurrbart, der um die Mundwinkel herumreichte.

»*Bonjour Monsieur*«, sagte Cressida fröhlich. »*Vous êtes Monsieur Viveau?*« Er blickte sie weiterhin finster an, also fuhr sie hastig fort: »*Je suis votre voisin depuis quelques jours. J'habite Le Temple.*« Er legte seine Stirn in tiefe Falten. Sie wünschte sich, er würde antworten oder zumindest zu erkennen geben, daß er ihre Worte verstand. Sie war mit ihrem Französisch immer ganz zufrieden gewesen, aber es hatte sich um Schriftfranzösisch aus der Schule gehandelt; das hier war eine echte Herausforderung. »*Je m'apelle Mademoiselle Allan*«, fuhr sie mühsam fort. »*On m'a dit que vous êtes,* ...oh, *bricoleur, oui, vous êtes bricoleur. N'est-ce pas?*« Er nickte; eine kleine, kaum wahrnehmbare Regung im Dunkeln. »*Ah, bon* ... äh.« Sie zögerte. »*Aussi, on m'a dit que vous parlez anglais. C'est vrai?*«

Die Feindseligkeit in seinem Blick wurde zu feindseligem Mißtrauen. »Hm?« grunzte er.

»*Pardon, Monsieur. Moi, je parle français comme une vache allemande. On m'a dit que vous parlez anglais.*«

Er nickte langsam. »Ja«, murmelte er. »Ja, stimmt.«

»Oh, dem Himmel sei Dank«, sagte sie. Sie sprach langsam und laut weiter. »Mein Name ist Cressida; Cressida Allan. Ich bin gerade in *Le Temple* eingezogen, unten am Hügel«, – sie zeigte mit dem Finger in die Richtung – »und da gibt es noch einiges zu tun. Man hat mir gesagt, Sie wären ein, ein *bricoleur*. Stimmt das?«

»Was?«

»Ich sagte«, wiederholte sie noch lauter, »ich brauche Hil-«

Er schüttelte ungeduldig den Kopf und unterbrach sie. »Was gibt's zu tun?« fragte er.

»Oh, ich möchte Sie bitten, sich das Dach vom Stall anzusehen und, na ja, ein oder zwei andere Kleinigkeiten.«

Er schwieg eine Weile, dann sagte er: »Bin beschäftigt«, und ohne ein weiteres Wort schloß er ihr die Tür vor der Nase.

Einen Moment lang starrte sie sie verdutzt an, dann klopfte sie erneut. »*Monsieur!*« rief sie. »*Es sind nur,* oh, scheiß drauf ... *je ne veux que deux ou trois petits,* äh, *petits,* ein paar kleine Arbeiten!« ... Stille... »Ich bezahle Sie gut!« fügte sie hinzu. Noch immer kam keine Antwort, also klopfte sie noch einmal und murmelte dabei vor sich hin. »*Monsieur?*« rief sie wieder.

Es gab eine weitere lange Pause, dann eine nuschelige Stimme. »Morgen. Und jetzt gehen Sie.«

Sie lächelte zufrieden. »*Merci, Monsieur!*« rief sie, dann drehte sie sich um und ging die Straße wieder hinunter.

Monsieur Viveau kam nicht am nächsten Tag, auch nicht am übernächsten. Am Ende des dritten Tages mußten die Zwillinge sie davon abhalten, den Hügel hinaufzustürmen, um ihm einen weniger höflichen Besuch abzustatten. Als am späten Nachmittag des vierten Tages Cressida schließlich auf dem Weg stand und versuchte, die Pferde dazu zu bewegen, ein Büschel Gras aus ihrer Hand zu fressen, tauchte er auf der Straße auf. Er trug einen alten Leinensack über seiner Schulter und ein verwaschenes blaues Batisthemd, das bis zur Brust geöffnet war. Darüber trug er, so schien es, dieselbe Weste wie bei ihrer ersten Begegnung.

Sie lief ihm auf dem Weg entgegen, um ihn zu begrüßen. »*Bonjour, Monsieur*«, sagte sie, »wollten Sie zu mir?«

Er nickte. »Ich wollte zu Ihnen.« Er deutete auf das Schild, das an den Pfosten genagelt war. »Hübsches Schild«, sagte er; er schien bessere Laune zu haben als bei ihrer letzten Zusammenkunft. »Haben Sie es gemacht?« Er sprach leicht verhalten, wie jemand, der selten Gelegenheit hatte, die Sprache zu üben, aber seine Aussprache war beinahe fehlerlos und annähernd akzentfrei.

»Nein«, antwortete sie hörbar. »Meine Zwillinge haben es gemacht, Gott segne sie. Als wir das Anwesen gekauft haben ...«

»Entschuldigen Sie«, unterbrach er sie und errötete. »Sie brauchen mit mir nicht in diesem Touristenton zu sprechen. Ich bin kein, äh, Trottel.«

Sie schlug sich mit der Hand auf den Mund. »Du meine Güte, es tut mir so leid. Man gewöhnt sich so daran ... wissen Sie ...«

»Sie sprachen gerade von dem Schild«, lenkte er das Gespräch zurück.

»Ja. Der Makler, der den Verkauf abwickelte, hat uns erzählt, daß die Farm früher ein Tempel des Templerordens war.«

»Das klingt einleuchtend«, sagte er.

»Kennen Sie die Geschichte?«

»Nein. In diesem Dorf leben so manche Geschichtenerzähler. Hier gibt es viele historische Plätze.«

»Da bin ich sicher… Kommen Sie doch bitte hier lang. Ich zeige Ihnen, was gemacht werden muß.«

Sie führte ihn um das Haus, den Stall und den Hof herum und zeigte ihm die Arbeiten, die es zu erledigen gab. Als sie den Rundgang beendet hatten, hielt er eine lange Liste mit Aufgaben in den Händen, die das Auswechseln kaputter Scharniere an einer Seite des Hoftors, das Einsetzen von Ziegeln auf dem Stalldach und die Renovierung des Heubodens umfaßte.

»Diese Arbeiten werden eine Zeitlang dauern«, sagte er, während er im kühlen Schatten des Stalls stand und die verrotteten, zerbrochenen Holzplanken über seinem Kopf untersuchte. »Das wird sehr teuer«, fügte er hinzu.

»Aber Sie machen die Arbeit?« fragte sie.

Er überlegte. »Vielleicht«, sagte er zögernd. »Okay, ich mach's.«

Sie lächelte breit. »Ausgezeichnet. Jetzt müssen Sie mitkommen und einen Aperitif trinken.«

»Nein, danke. Ich habe noch andere Arbeiten zu erledigen. Bitte entschuldigen Sie mich…«

»Oh, kommen Sie. Nur ein Gläschen Pineau. Kommen Sie, und lernen Sie meine Zwillinge kennen. Die beiden würden Sie furchtbar gern kennenlernen.«

»Okay«, brummelte er widerstrebend.

»Ich hoffe, es stört Sie nicht, wenn ich das sage«, erlaubte sie sich anzumerken, als sie über den Hof zum Haus gingen, »aber Sie sprechen so gut Englisch für einen… ähm, na ja, einen…«

Er hob seine Augenbrauen. »Für einen *paysan*, meinen Sie?«

»Äh…, ja.«

»Das ist gar nicht so geheimnisvoll. Ich bin in England aufgewachsen. Ich bin dort geboren.«

Cressida blieb wie angewurzelt stehen. »Wirklich? Wie außergewöhnlich! Wo denn?«

»In Croydon«, sagte er düster.

Sie mußte schmunzeln. »*Croydon*?« wiederholte sie ungläubig.

»Was ist daran so komisch? Kennen Sie es?«

Sie schüttelte den Kopf, klopfte ihm auf die Schulter und grinste immer noch. »Tut mir leid«, sagte sie, »es tut mir so leid ... äh, Himmel, ich kenne nicht mal Ihren Vornamen.«

»Michel«, sagte er förmlich.

»Sehen Sie, Michel, es tut mir leid, aber es ist ... ach, ich weiß nicht, es ist irgendwie dieser Ort hier. Wir sind hierher gekommen, weil wir eine echt französische Erfahrung machen wollten; Sie wissen schon, mitten in der ländlichen gallischen Idylle. Und so ist dieser Ort ja auch, die Dachrinnen genauso wie das Kopfsteinpflaster, so französisch wie ... na ja, so französisch wie möglich eben; und dann stellt sich heraus, daß der ortsansässige Handwerker – der zufällig so aussieht, als wäre er soeben einem Roman von Marcel Pagnol entstiegen – aus Croydon stammt. Ich finde das köstlich, einfach köstlich.«

Sie lachte, und Michel lächelte zurück; ein kleines, leicht verwirrtes Lächeln. »Wir geh'n jetz' ünd treffön Ihre Kindörr?« äffte er einen breiten gallischen Akzent nach. »Was 'alten Sie davon? Ist es so bessör?«

»Das ist es«, grinste sie. »Freuen Sie sich, Monsieur Michel le Bricoleur ... Ja, jetzt treffen wir meine Jungs.«

Sie öffnete die Küchentür und führte ihn hinein. »*Timothy!*« rief sie. »*Jeremy! Wir haben Besuch*! Legen Sie Ihr Werkzeug hin und setzen Sie sich. *Jungs! Kommt runter!*« Von oben hörte man Geräusche, danach folgte eine Kakophonie schwerer Schritte auf nackten Holzstufen und schließlich erschienen die Zwillinge in der Tür. »Michel Viveau«, sagte Cressida, »das sind meine Jungs; Jeremy und Timothy.«

Michel starrte sie an; ihre ›Jungs‹ waren kaum jünger als Cressida selbst, eher sogar ein bißchen älter; Mitte dreißig, schätzte er. Sie sahen auch nicht wie Zwillinge aus. Zwar hatten sie ungefähr dieselbe Größe und trugen identische Kleidung – glänzend polierte zweifarbige Schuhe, edel zerknitterte Leinenhosen, gestärkte kragenlose Hemden, zugeknöpfte Westen vom gleichen Schnitt (grünes Krähenfuß-Muster bei Jeremy, rotes Paisley bei Timothy) und identische Bürstenhaarschnitte – aber da hörte die Ähnlichkeit auch schon auf. Jeremy hatte dunkle Haare, seine Gesichtszüge waren markant und sein Teint dunkel, wogegen Timothy hellblondes Haar und eine rosa Haut hatte und feine aristokratische Gesichtszüge.

»Guten Morgen«, sagte Jeremy und lächelte Michel zaghaft an.

»Guten Morgen«, sagte auch Timothy und grinste unbeholfen von Michel zu Cressida und wieder zurück.

»Jungs«, sagte Cressida. »Das ist Monsieur Viveau. Er wird ein paar Arbeiten für uns erledigen. Steh nicht so krumm, Jeremy.«

Jeremy zuckte zusammen, nahm seine Hab-acht-Stellung ein und verschränkte die Hände auf dem Rücken. »*Enchanté de faire votre connaissance*«, sagten er und Timothy wie aus einem Munde in fließendem Französisch.

Michel nickte völlig verstört zurück.

»Monsieur Viveau spricht Englisch, Jungs, wie findet ihr das?« sagte sie und flüsterte dann Michel zu: »Ihr Französisch ist so viel besser als meins.«

Timothy räusperte sich und stupste Jeremy in die Seite. »Ach ja«, sagte Jeremy und zauberte ein großes Blatt Papier hinter seinem Rücken hervor, »wir müssen dir was zeigen.«

»Noch ein Bild?« fragte Cressida entzückt. »Für mich? Oh, das ist so süß!« Sie nahm es entgegen und hielt es Michel hin. »Ist das nicht goldig? Oh, meine Jungs sind so talentiert!«

Das waren sie in der Tat. Bewundernd betrachtete Michel das Bild. Es war etwa einen Quadratmeter groß, in Pastellfarben gemalt und zeigte eine Ecke des Hofs vor dem Haus. Die Farben strahlten sehr hell; das Bild war in intensives goldenes Licht getaucht, so daß die ganze Szene leicht verschwommen wirkte und genau die Stimmung der Spätnachmittagssonne an einem Tag wie diesem widerspiegelte. In dem dreieckigen Schatten vor der Stalltür stand zur Hälfte erkennbar eine Person, die er sofort als Cressida identifizierte; nicht bloß wegen ihres riesigen, albernen Strohhuts, sondern weil ihre vogelähnliche Haltung perfekt getroffen war, in der sie – mit eng beieinander stehenden Füßen und leicht geneigtem Kopf – einem Mann neben sich zuhörte. Mit Schrecken erkannte er sich selbst in diesem Mann.

Er deutete auf das Bild. »Das«, sagte er ungläubig, »das war vor weniger als zwanzig Minuten!«

Timothy trat vor und nahm das Bild mit einem schüchternen Grinsen wieder an sich. »Ja«, bestätigte er. »Wir hoffen, es stört Sie nicht, daß wir Sie reingemalt haben.«

»Das war meine Idee«, sagte Jeremy.

»Das war Jeremys Idee«, sagte Timothy, »aber *ich* habe Sie gezeichnet.«

»Und *ich* habe Mutter gezeichnet«, fügte Jeremy hinzu.

»Sehr gut«, sagte Cressida liebevoll. »Es ist wunderschön. So, wollt ihr Jungs rausgehen und spielen, während ich mit Monsieur Viveau übers Geschäft rede?«

»Sollen wir zur Bäckerei gehen?« schlug Jeremy vor und schaute Timothy an.

Timothy nickte und stupste Jeremy in die Rippen. »*Pain au chocolat*!« rief er begeistert. Beim Rausgehen warf Timothy mit gleichgültiger Geste das Bild auf den Tisch. »Sie können es behalten, wenn Sie wollen«, sagte er zu Michel. »*Au revoir.*«

»*Au revoir*«, erwiderte Michel mechanisch. »Danke«, fügte er hinzu und sah sich das bemerkenswerte Bild nochmals an.

Cressida öffnete einen Schrank, nahm eine Flasche Pineau und zwei Gläser heraus und schenkte beide großzügig ein. »Tja, das sind meine Jungs«, sagte sie stolz, als sie sich an den Tisch setzten. »Die beiden scheinen Sie zu mögen, weil sie Sie einfach so in eins ihrer Bilder gemalt haben.«

»Wo haben sie das gelernt?«

»Sie sind beide eidetisch.«

»Identisch?«

»Ei*de*tisch. Sie haben ein eidetisches Sehvermögen, was manche Leute fotografisches Gedächtnis nennen. Eidetiker haben die Fähigkeit, Personen oder Szenen oder Objekte oder sonst irgendwas, das sie nur ein einziges Mal gesehen haben, aus dem Gedächtnis abzubilden. Warten Sie, was wäre ein gutes Beispiel? ... ich weiß; der Eiffelturm. Sie haben ihn wahrscheinlich unzählige Male gesehen, so wie er ist, *aber* könnten Sie mir aus dem Gedächtnis sagen, wie viele Verstrebungen er an jedem Bein hat? Oder gar im ganzen? Oder können Sie mir sagen, wie viele Fenster die Vorderfront des Buckingham Palace hat? Nein, sicher nicht. Sie können die Augen schließen und sich das Gebäude ziemlich gut vorstellen, weil Sie es schon so oft gesehen haben. Aber eine eidetische Person kann es – selbst wenn sie es nur einmal gesehen hat – in einem Bild wiedergeben, das so akkurat ist wie ein Foto. *Die beiden* können Ihnen sagen, wie viele Fenster oder Verstrebungen es tatsächlich sind.«

Sie deutete auf das Bild. »Natürlich kann niemand so was in zwanzig Minuten produzieren; wahrscheinlich hatten sie den Hof gemalt, bevor wir ankamen, und haben uns dann nur noch eingefügt. Das Besondere daran ist bloß, daß kaum ein anderer Künstler uns so schnell hineinmalen könnte, weil er ständig hinschauen müßte; Jeremy und Timothy brauchen nur einmal hinzusehen und können dann zeichnen, was sie in ihren Köpfen sehen. Und es ist stets perfekt; wirklich perfekt.«

Michel nickte. »Ich habe noch nie von dieser – wie heißt das noch? – Eidetik-Sache gehört.«

Cressida nippte an ihrem Pineau. »Es ist sehr selten. Eigentlich tritt es am häufigsten bei Autisten auf. Bei Kindern kommt manchmal noch dieser Showeffekt dazu, den ich so hasse: *Treten Sie ein, und erleben Sie den unglaublichen autistischen fünfjährigen Jungen. Er kann die St. Paul's Cathedral in wenigen Minu-*

ten zeichnen! Sie werden im Fernsehen vorgeführt. Es macht einen krank.«

»Also sind sie autistisch?«

»Wer, die Zwillinge? Du meine Güte, nein. Die Leute, die kleine autistische Wundertaten begaffen, verstehen entweder Eidetiker grundsätzlich nicht oder können nicht zwischen ihnen und künstlerischem Talent unterscheiden. Wenn Sie sich ihre Zeichnungen ansehen, werden Sie feststellen, daß sämtliche Proportionen und viele der Linien leicht verwackelt sind, so als hätte jemand mit normalem Sehvermögen ein Foto abgezeichnet, das gelegentlich um ein Stückchen verschoben wurde. Das ist genau das, was ein eidetischer Mensch macht; er zeichnet einfach ein leicht verwackeltes Foto nach. Der einzige Unterschied besteht darin, daß das Foto in seinem Kopf ist. Er stellt es sich vor und *projiziert* das Bild aufs Papier, wo er es dann nur noch nachzeichnen muß.« Sie schwieg und nahm einen weiteren Schluck Pineau. »Nein, Jeremy und Timothy sind anders, viel differenzierter als das. Sie besitzen eine Gabe; sie sind *Künstler*. Mehr noch, sie sind *ausgebildete* Künstler.« Sie sah ihn herausfordernd an, als ob sie Widerspruch erwartete.

»Das kann ich sehen«, sagte er.

»Können Sie das?« fragte Cressida herausfordernd und erhob sich von ihrem Stuhl. »Sind Sie ganz sicher?«

»Ja, natürlich.«

»Viele Leute denken, daß sie so etwas sehen können, Monsieur Viveau; sie glauben, Talent erkennen zu können, aber sie können es nicht, sie *werden es nicht* sehen… Ich zeige Ihnen mal was.«

Sie führte ihn in den angrenzenden Raum. Es war ein großes, fast leeres Zimmer mit Fliesenboden und zwei hohen, schmalen Fenstern, die auf den Hof zeigten. Außer einem kleinen Ofen, der in der mit schweren Quadern ummauerten Feuerstelle stand, und den drei großen Korbstühlen, die darum herumstanden, gab es keine anderen Möbel. Die rauhen, unverputzten Steinwände hingen jedoch voller Bilder. In der Mitte von jeder Wand befand sich eine große Leinwand, und jedes Ölgemälde war von kleineren Gemälden und Zeichnungen umgeben, alle gerahmt und in wohldurchdachtem unregelmäßigem Abstand zueinander, so daß sie mit den Proportionen des Raumes und seiner Einrichtung harmonierten. Weitere Bilder quollen zwischen zerknüllten Fetzen von Zeitungspapier aus einer Teekiste, die mitten im Zimmer auf dem Boden stand.

Viele der Bilder an den Wänden waren Porträts, und die meisten davon zeigten Cressida und die Zwillinge. Eins der Gemälde fiel Michel besonders auf; eine große Leinwand von etwa 3 x 1,5 Metern, die die breiteste Wand und somit den ganzen Raum dominierte. Auf dem Gemälde saßen die drei Seite an Seite auf einer kunstvoll geschmiedeten Gartenbank; Cressida in der Mitte, zu beiden Seiten von ihr die Zwillinge. Sie waren beinah genauso gekleidet wie heute; Cressida trug ein langes, transparentes Sommerkleid, die beiden Männer ähnliche Schuhe, Hosen und Westen. Der einzige Unterschied war, daß Cressidas Hut fehlte und die Zwillinge Krawatten anhatten. Alle drei saßen aufrecht da, Füße und Knie eng zusammen, und hatten die Hände in den Schoß gelegt, dennoch hatte die Szene keinen Anflug von Steifheit; unter den gemalten Kleidern konnte man ohne weiteres lebendiges, rosiges menschliches Fleisch erahnen. Obwohl die Gesichter dem Betrachter zugewandt waren, blickten einen die Personen auf dem Bild nicht wirklich an. Timothy, der rechts von Cressida saß, beugte sich zu ihr hinüber und flüsterte ihr etwas offensichtlich Amüsantes ins Ohr, denn ein Lächeln zierte ihr Gesicht. Michel schaute sich das Gesicht lange an und versuchte herauszufinden, warum das Farbenspiel so real und überzeugend erschien, als ihm plötzlich klar wurde, daß der Künstler (oder *die* Künstler, wie zu vermuten war, da alle Arbeiten offenbar von beiden signiert waren) nicht den Fehler begangen hatte, ein vollendetes Lächeln zu malen. Ein weniger guter Maler wäre leicht in Versuchung geraten, das Lachen, das ein Witz hervorruft, zu malen, obwohl die Pointe noch nicht erzählt worden war. Statt dessen sah man auf Cressidas Gesicht nur die Andeutung eines Lächelns – sie blickte leicht nach unten, auf ihren Schoß, und ihre Wangenmuskeln waren ein wenig angespannt – was, in Erwartung der Pointe, ihre Erheiterung erahnen ließ. Jeremy, der links von ihr saß, grinste breit, aber offensichtlich nicht über Timothys Witz. Sein Blick war nach links gerichtet, aus dem Rahmen hinaus, und schien eher von Schalkhaftigkeit erfüllt zu sein als von Amüsement.

»Darf ich Sie etwas fragen, Monsieur Viveau?« platzte Cressida in die Stille.

»Hm?«

»Was ist Kunst?« fragte sie leicht aggressiv.

»Was Kunst ist?« wiederholte er. »Ich weiß nicht ... Dinge zu zeichnen, nehme ich an.«

»Nein, Monsieur Viveau, es ist nicht, Dinge zu zeichnen.«

Er runzelte seine Stirn. Der belehrende Ton in ihrer Stimme, der im Verlauf ihres Gesprächs stärker geworden war und nun einschüchternde Ausmaße erreichte, wurde ihm langsam unbehaglich. »Nun, ebenso Dinge zu erschaffen.«

Sie lächelte bedauernd. »Nein. Wenn man diese Frage stellt, sagen die meisten Leuten so etwas Ähnliches. Die Wahrheit ist, sie wissen es einfach nicht. Selbst Kritiker wissen es nicht; sie hauen einem dieses unsägliche Geschwätz um die Ohren, sind aber im Prinzip genauso ignorant wie alle anderen – was ziemlich schlimm ist, denn sie *sollten* es eigentlich wissen. Hier, sehen Sie sich das an –« Sie langte auf den hohen Kaminsims und holte einen vergilbten Zeitungsausschnitt herunter. »Den hab' ich aufgehoben, weil er all die elenden Schwachköpfe repräsentiert... Hören Sie sich das an. Das stammt aus einer *überregionalen* Zeitung: ›Wenn wir uns die Arbeiten der sogenannten ›Zwillinge‹ betrachten, stellen wir eine weitere Qualitätsminderung bei dieser Ausstellung fest. Im Gegensatz zu Gilbert und George, an denen Jeremy und Timothy ihr Image offensichtlich ausrichten, sind die Zwillinge kein schwules Pärchen; im Gegensatz zu Gilbert und George haben ihre Arbeiten keine Viscera, keine Energie und keine geistige Originalität. Ihre Gemälde entbehren ganz sicher nicht eines gewissen naiven Charmes, vermitteln aber gleichzeitig auch eine oberflächliche Sentimentalität, wie man sie seit der Auflösung der präraffaelitischen Bruderschaft in keinem bedeutenden Werk dieses Landes mehr gefunden hat. Wie einst die Präraffaeliten, versuchen die Zwillinge, eine Art Fotorealismus zu verwirklichen, aber dieser (für das unkritische Auge zweifellos gefällige) Stil ist von zweifelhaftem künstlerischen Wert, wenn er ohne die symbolische Dichte der PRB und deren sozioreligiösen Kontext bleibt…‹« Cressida hörte mit dem Vorlesen auf und grunzte. »Verstehen Sie? Bagatellen, sexueller Kram und ständig darüber debattieren, wer was zuerst gemacht hat! Und was, zum Teufel, ist ›Viscera‹? … Ich frage Sie nochmals: Was ist Kunst?«

Michel zuckte hilflos mit den Schultern und schüttelte den Kopf.

»Kunst, Monsieur Viveau, ist *Darstellung*. So einfach ist das; *Dar*-Stellung. Die Welt in sich aufnehmen und sie für andere darstellen. Wenn die Welt erst einmal die Mühlen Ihrer Seele passiert hat und Sie sie dann auf die Leinwand geworfen haben, dann wird es *Kunst*. Was ist Originalität oder – was sagt dieser Mongoloide da? Energie? – Was ist ›Energie‹? Oder *Viscera*? Es geht um *Liebe*. Wie kann jemand darauf hoffen, die Welt voranzutreiben und zu verändern und sie darzustellen, wenn er sie nicht liebt; wenn er sich mit der Meinung der Kritiker auseinandersetzt oder damit, ob jemand schon vorher auf dieselbe Idee gekommen ist? Große Malerei kann nur aus *Liebe* geboren werden. Und das ist es, was meine Zwillinge haben: leidenschaftliche Herzen voller Liebe.« Sie schlug die geballte Faust gegen ihre Brust. »Wen kümmert's denn, ob jemand den gleichen Stil schon benutzt hat? Das ist *irrelevant*.«

Cressidas aufgebrachte Wut hatte jetzt den Höhepunkt erreicht. Ihre Wangen waren rot angelaufen und auf ihrer Stirn stand Schweiß. Als sie den bestürzten Gesichtsausdruck ihres Besuchers bemerkte, lachte sie plötzlich. »Tut mir leid, Michel«, sagte sie ganz außer Atem. »Ich wollte hier keine Moralpredigt halten. Es ist eine blöde Angewohnheit.«

»Das macht nichts«, sagte er steif. »Es ist sehr interessant für mich.«

»Das ist sehr nett von Ihnen ...« Sie blickte kurz in seine Augen, dann senkte sie verschwörerisch ihre Stimme: »Ich erzähle Ihnen von meinem Plan, Michel. *Unserem* Plan, sollte ich sagen.« Sie legte eine wirkungsvolle Pause ein. »Eine *Kommune*, Michel, eine Kommune für Künstler. Was halten Sie davon? Ein Zufluchtsort, für all die großen Maler, die von diesem häßlichen, kleinen Kreis von *Schreiberlingen* verschmäht und bespuckt worden sind, wie zum Beispiel meine Zwillinge – um ihre Kunst an einem Ort praktizieren zu können, wo ihre Talente geschätzt werden. Hier kommen Sie mit ins Spiel; ich will, daß Sie mehr als nur ein paar kleine Arbeiten erledigen, Michel; ich möchte, daß Sie mir dabei helfen, dieses Anwesen in einen Ort zu verwandeln, an dem *großartige Kunst* geschaffen werden kann. Was halten Sie davon?«

Er zögerte. Sie legte ihm einen Finger auf die Lippen. »Nein, sagen Sie noch nichts; kommen Sie mit, und trinken Sie noch ein Glas.«

Michel erwachte stöhnend und schweißgebadet mit einem stechenden Schmerz hinter seinen Augäpfeln. In der letzten Nacht hatte er die Vorhänge nicht zugezogen, und jetzt schien die Morgensonne unerbittlich durchs Fenster, mitten in sein Gesicht. Er drehte sich im Bett um und ließ seine nackten Füße auf die rauhen Steinfliesen sinken. Ihre Kühle saugte etwas von der überschüssigen Hitze aus seinem Körper, während er seinen Kopf in die Hände stützte.

»Merde«, stöhnte er, »*Merde.*«

Er erhob sich unter Schmerzen und ging zum Spülbecken, füllte den Kessel und stellte ihn auf die Gasflamme. Er legte einen frischen Filter ein und begann, Kaffee hineinzulöffeln; eins, zwei ... er zögerte, dann fügte er noch zwei Löffel hinzu. Während er darauf wartete, daß das Wasser anfing zu kochen, blickte er sich lethargisch im Zimmer um. Irgend etwas kam ihm merkwürdig vor, doch er kam nicht darauf, was es war. Er mußte es erst eine Weile betrachten, bevor es ihm klar wurde: Es war das Bild.

Er erinnerte sich noch deutlich daran, daß er letzte Nacht die zusammengerollte Pastellzeichnung unterm Arm mit nach Hause gebracht hatte, während er betrunken von Le Temple aus den Hügel hinaufgetorkelt war. Er wußte auch noch, daß er sie auf den Boden hatte fallen lassen, bevor er selbst ins Bett gefallen war. Er konnte sich ganz sicher nicht erinnern, sie aufgehängt zu haben, und doch hing sie jetzt an einem Nagel neben der Eingangstür, und die oberen Ecken des weichen Papiers wurden von ihrem eigenen Gewicht nach unten gebogen.

Er zuckte mit den Schultern und bereitete seinen Kaffee zu. Ihm blieb keine Zeit für Ratespiele. Er hatte der Engländerin versprochen, an diesem Morgen mit der Arbeit an ihrem Stalldach zu beginnen, und es war bereits nach zehn Uhr.

Cressida schob ein Backblech mit Croissants in den Ofen und knallte die Tür möglichst laut zu. Sie füllte den Kessel und stellte ihn krachend auf das Eisengitter über der Gasflamme, dann durchsuchte sie die Schränke, knallte die Türen und klapperte mit Tassen und Tellern herum.

»*Jungs*!« rief sie, kniete sich hin und durchwühlte Tüten und Kisten, die unter dem Tisch standen. »KOMMT endlich! Wie oft muß ich euch rufen? *Es gibt* FRÜHSTÜCK!«

»Kein Grund rumzubrüllen«, sagte Jeremy leise direkt hinter ihr.

»O Gott!« japste sie und griff sich ans Herz, »hast du mich erschreckt, du böser Junge. Wo kommst du denn jetzt her?«

»Ah«, sagte er und blickte geheimnisvoll über seine Schulter hinweg zu Timothy, der genau hinter ihm stand. »Woher wohl?«

»Aus unseren Betten, natürlich«, sagte Timothy. »Bis deine süße Stimme uns sanft aus den Träumen geholt hat.«

Die beiden waren angezogen, hatten rosige, frisch rasierte Gesichter und ordentlich gekämmte Haare.

Cressida richtete sich auf und hielt ein Glas *Bonne-Maman*-Blaubeermarmelade in der einen Hand, ein Päckchen *Maison du Café* in der anderen. »Gut«, lächelte sie. »Jetzt seid brave Jungs, und setzt euch an den Tisch. Euer Frühstück kommt gleich.«

Sie setzten sich hin und schnupperten. »Riecht das etwa nach Croissants?« fragte Timothy.

»Erraten. Mögt ihr Blaubeer?« fragte sie, stellte das Glas auf den Tisch und drehte es vor ihnen hin und her.

Sie nickten gleichzeitig. »*Liebe Mami*-Konfitüre«, sagte Timothy. Er sah Jeremy an und gemeinsam rezitierten sie: »Mami, Mami, lecker, lecker, essen will ich ohne Kleckern!« Sie hielten sich vor Lachen die Bäuche.

Cressida lächelte, goß Kaffee auf und holte die Croissants aus dem Ofen. Die Zwillinge beobachteten sie und nahmen mit erhobenen Nasen Witterung auf, als der satte Butterduft den Raum erfüllte.

»Können wir die großen Tassen haben?« fragte Jeremy. »Wir wollen tunken.«

»Schon da«, sagte Cressida und stellte Tassen, Teller und die Kaffeekanne auf den Tisch.

Sie klatschten aufgeregt die Hände zusammen. »Ich glaube, unsere Mami kann hellsehen«, mutmaßte Timothy.

Cressida lächelte erneut, blieb einen Moment lang stehen und sah ihnen entzückt beim Frühstücken zu. Dann widmete sie sich wieder ihrer Arbeit und begann aufzuräumen.

Jeremy beugte sich mit Krümeln auf den Lippen vor und flüsterte Timothy hörbar zu: »Sie ist glücklich, heute morgen, oder?«

»O ja, sehr glücklich«, antwortete Timothy. »Sie ist sehr zufrieden mit sich.«

»Was glaubst du, warum sie so erfreut ist?« Jeremy wandte sich an Cressida. »Was ist los, Mutter? Was amüsiert dich so?«

»Was glaubst du denn?« erwiderte sie neckisch.

Jeremy blickte Timothy an, dann wieder Cressida. »Es ist dein Franzose, oder? Ist er mit unserem Plan einverstanden?«

Timothy legte sein angebissenes Croissant hin. »Das ist er, oder?« sagte er. »Du warst die *ganze Nacht* mit ihm auf. Worüber habt ihr bloß geredet?«

»Es war *nicht* die ganze Nacht«, beteuerte Cressida.

»Na ja, ihr wart noch zugange, als wir uns hingelegt haben«, sagte Jeremy und machte Timothy gegenüber eine *bla-bla-bla*-Geste mit seinen Fingern. »Wir haben nicht mal unseren Gute-Nacht-Kuß bekommen. Also, ist er einverstanden oder nicht?«

»Ja«, sagte Cressida und ließ heißes Wasser für den Abwasch einlaufen. »Er ist einverstanden.«

Die Zwillinge johlten und applaudierten. »Wie hast du das nur geschafft?« fragte Jeremy. »Er wirkte so steif und förmlich.«

»Und haarig«, fügte Timothy hinzu, wobei er Michels Schnurrbart imitierte, indem er sich ein Croissant unter die Nase hielt.

Jeremy lachte schallend: »Mutter mag sie haarig«, sagte er wissend. Er wischte sich seinen Mund und die Finger mit einer Serviette ab, stand auf und trug seinen Teller zum Spülbecken, wo Cressida gerade das Backblech abwusch. »Hat Mutter ihre weiblichen Tricks eingesetzt, um ihren Franzosen in die Falle zu locken?« fragte er und hob ihren Pferdeschwanz an, um sie auf den Nacken zu küssen.

Sie erschauerte. »Natürlich nicht«, kicherte sie. »Spinn doch nicht rum. Außerdem ist er nicht *mein* Franzose.«

»Ich wette, sie hat«, sagte Timothy, der noch am Tisch saß und zusah, wie Jeremy ihr zärtlich Hals und Schultern streichelte. »Und du?«

Jeremy nickte. »Er hatte keine Chance mehr, nachdem Mutter das Spiel eröffnet hatte.« Plötzlich schlang er beide Arme um ihren Körper und legte seine Hände auf ihre Brüste. Als er so dastand und sie berührte, sang er ihr sanft ins Ohr: »Jungs und Mädchen spielen froh, und die Mutter liegt im Stroh.«

»Hör auf«, schimpfte sie und gab ihm mit Schaum an den Fingern einen sanften Klaps auf die Hände. »Ich will nicht spielen. Ich muß abwaschen, ganz zu schweigen von dem ganzen Rest.«

Jeremy ignorierte ihren Einwand und fing an, ihr Kleid vorne aufzuknöpfen. »Aber Mami will doch immer mit ihren Jungs spielen«, beharrte er, schob eine Hand unter das Kleid und streichelte ihre Haut.

»Nicht jetzt!« sagte sie mit plötzlicher Schärfe und schlug fest nach seiner Hand.

Wie von der Tarantel gestochen machte Jeremy einen Satz und starrte entsetzt abwechselnd auf Cressida und dann auf seinen Handrücken, auf dem sich ein rosa Fleck bildete.

»Oje«, sagte Timothy. »Das ging daneben.«

Jeremys Wangen waren tiefrot vor Wut. »Es ist ihr beschissener Franzose!« fauchte er sie mißmutig an. »Er und sein häßlicher, langer Schnurrbart!«

»Stell dich nicht so an«, sagte sie verärgert, drehte sich zu ihm um und warf ihm einen finsteren Blick zu, während sie ihr Kleid wieder zuknöpfte. »Wie kannst du so etwas sagen, Jeremy?«

»Wie kannst *du*, meinst du wohl«, antwortete er spöttisch. »Ich hasse dich! Du läßt dich von ihm mit seinen schmierigen Knoblauchfingern überall befummeln!«

»*Jeremy*! Das ist unver-«

»*Hure*!« schrie Jeremy in Rage. »Ich hoffe, daß er dir Syphilis anhängt und deine Möse davon anschwillt wie ein Ballon.« Mit einem letzten wütenden Blick stürmte er auf den Hof hinaus und knallte die Tür hinter sich zu.

»Oje«, sagte Timothy wieder, stand langsam auf und folgte Jeremy hinaus. Bevor er die Tür schloß, drehte er sich noch einmal nervös zu Cressida um.

Sie lauschte der Unterhaltung der beiden draußen und hörte ihre Stimmen schwächer werden, als sie sich langsam entfernten. Als sie ganz verklungen waren, sackte sie auf einen Stuhl und seufzte das lange, tiefe Seufzen der ewigen Märtyrerin.

10

STEVEN ERWACHTE ERST am frühen Nachmittag. Er überquerte den Hof, kam zum Haus und fand die Hintertür unverschlossen vor. Auf dem Küchentisch lag sein Notizbuch, zusammen mit einem Blatt Papier.

Steven,
ich bin auf dem hintersten Feld. Bin hoffentlich um sieben zurück. Es ist Kaffee da und was zu essen – nun, mittlerweile weißt du ja wohl, wo alles ist. Muß mich beeilen, hab' schon den ganzen Morgen vertrödelt.
Alles Liebe,
C
PS: Danke, daß ich das lesen durfte.

Er faltete die Nachricht zusammen, legte sie zwischen die Seiten des Notizbüchleins, steckte es in seine Hosentasche und ging wieder zurück nach draußen. Zu Fuß war das hinterste Feld etwa zwanzig Minuten vom Haus entfernt, und zwischen ihm und der Farm lagen einige der Felder, die Caroles Vater an die Nachbarbauern verkauft hatte. Steven ging am Küchengarten vorbei und schritt über die weiten, abschüssigen Felder.

Der Traum wurde Wirklichkeit. Phantasie, Fassade, Scharade, wie immer man es nennen wollte, das Netz zog sich zusammen. Es war ihm erst in der letzten Nacht klar geworden, als er angefangen hatte, die bruchstückhaften Erinnerungen niederzuschreiben. Die Willenskraft, die er aufgebracht hatte, um all diese realen Ereignisse seiner Vergangenheit heraufzubeschwören, sie zu durchleuchten und als überraschende Offenbarungen zu präsentieren, diese Willenskraft hatte jedes noch so verschwommene, halb vergessene Detail in ein deutliches, loderndes Licht gestellt; es überstrahlte so hell seine jüngeren Erlebnisse, daß es sich wirklich so anfühlte, als seien diese Erinnerungen alles, woran er sich klammern konnte; jetzt glaubte er beinah selbst an seinen Gedächtnisschwund. Rosalind hatte behauptet, ihn durchschaut zu haben, doch er war überzeugt davon, daß ihr angeborener Zynismus und ihre extreme Eifersucht auf seine Beziehung mit Carole eine viel größere Rolle spielten als wirklicher Scharfblick; sie hatte eher gut geraten als wirklich verstanden, dachte er. Nein, die wahre Gefahr, entlarvt zu werden, kam aus einer viel bedrohlicheren Richtung.

Er entdeckte Carole sofort; als er über das Tor zum hintersten Feld kletterte, konnte er ihre giftgrüne Suzuki sehen, die am anderen Ende parkte, wo ein Teil des aufgeschichteten Steinwalls eingestürzt war und die verstreuten Steine übers Gras verteilt lagen. Während er hinübersah, tauchte ihr Kopf hinter dem Wall auf, als sie einen großen, kantigen Stein hinaufwuchtete. Er winkte ihr zu. Es entstand eine Pause, und dann winkte sie zurück; eine kleine Hand in einem gelben Handschuh, die für einen Augenblick im grauen Himmel erschien.

»Hi«, grüßte sie, als er näherkam. »Wie geht es dir?«

»Ich fühl' mich wie gerädert.« Er setzte sich auf einen Haufen Geröll und atmete schwer. »Hab' nicht viel geschlafen.«

»Hast du was gefrühstückt?«

»Nein, noch nicht.«

»Oh. Das hättest du tun sollen; ich hab' die Tür offen gelassen.«

»Ich weiß. Ich hab' deine Nachricht gefunden.«

»Steven, du solltest wirklich nicht ohne ein anständiges Frühstück hier rauskommen.«

Er grinste sie spöttisch an. »Und was hast du gefrühstückt?«

»Touché«, sagte sie lächelnd. »Bloß etwas Kaffee. Einen sehr, *sehr* starken Kaffee.«

Er lehnte sich an den unzerstörten Teil des Walls und sah ihr dabei zu, wie sie weiterarbeitete, wobei ihre Finger zwischen den aufgehäuften Steinen herumtanzten und -suchten, einen auswählten, ihn begutachteten und sorgfältig auf den Wall legten; dann bückte sie sich wieder und wählte einen anderen aus. »Du hast offenbar schon eine Menge Übung darin«, merkte er an.

»Mmm«, antwortete sie und drehte einen besonders schweren Brocken um. »Das hab' ich gelernt, als ich damals mit dem College diesen Ausflug gemacht habe. Hätte mir nie träumen lassen, daß es mir mal was nützen würde.«

»Und was hast du am College studiert?«

»Medizin.«

»Ah«, sagte er, »das paßt. Aber wie kommt es, daß aus der Ärztin eine Bäuerin wurde?«

Sie sah ihn kurz an. »Ich bin nie Ärztin gewesen. Ich hab' das Studium geschmissen.«

»Oh. Wieso?«

Sie hob eine schwere, dreieckige Steinplatte auf, setzte sie exakt ein und machte dann eine Pause, lehnte sich an den Wall und wischte sich die Stirn mit ihrem dicken Handschuh ab. »Das ist eine lange Geschichte. Die erzähle ich dir ein andermal... Hast du dein Buch mitgenommen? Ich hab's auf dem Tisch liegenlassen.«

Er klopfte gegen seine Tasche. »Gut verstaut. Äm, was hältst du davon?«

»Von dem Buch? Ich fand's wirklich gut.«

Er glaubte, eine gewisse Unsicherheit in ihrer Stimme zu spüren. »Ich fänd's besser, wenn du ehrlich wärst«, sagte er. »Es hat dir nicht gefallen, oder? Der letzte Teil hat dir nicht gefallen.«

»Es geht nicht darum, ob es mir gefällt, Steven. Sieh es als

Therapie; es ist eine Möglichkeit, dir zu helfen, dich an mehr zu erinnern.«

Er blickte auf seine Finger. »Ist schon klar, aber ... ich weiß nicht, ich möchte irgendwie trotzdem auch, daß es dir gefällt.«

Sie setzte sich auf die Steine zu seinen Füßen. »Du meinst, du möchtest, daß mir die Person gefällt, die sich da offenbart, stimmt's? Ich verstehe schon. Das ist ein Teil dessen, was uns zu dem macht, was wir sind, meinst du das? Wo wir gewesen sind, was wir gemacht haben, wen wir gekannt haben. Ich verstehe; ich kann mir vorstellen, wie es sein muß, ganz von vorne anfangen zu müssen, weil man sich selbst wie ein Fremder vorkommt.«

Er nickte. »Und, gefiel dir die Person, die du darin entdeckt hast?«

»Ich mag dich, wie du bist, Steven.« Sie zögerte und erblickte schmerzliche Besorgnis in seinen Augen. Sie zog ihre Handschuhe aus und legte ihre Hände in seine. »Ja«, sagte sie ruhig. »Es hat mir wirklich gefallen.«

»Sogar der letzte Teil?«

»Besonders der letzte Teil. Es war sehr bewegend... Schau mal, ich habe nachgedacht. Weißt du noch, daß du gesagt hast, es würde dir helfen, wenn ich dir meine Erinnerungen erzähle? Ich dachte, wir könnten uns mal einen Tag richtig frei nehmen. Ich zeige dir was von der Gegend, die Orte, an denen ich so gewesen bin.«

»Okay. Wohin gehen wir genau?«

»Ich dachte, wir könnten in Haworth anfangen.«

Er machte ein langes Gesicht. »Haworth?«

»Keine Sorge, wir müssen Ros nicht besuchen. Dein Notizbuch hat mich auf die Idee gebracht. Weißt du, als die Brontë-Schwestern noch Kinder waren, haben sie Geschichten in kleine Notizbücher geschrieben. Du hast noch nie so eine winzige, perfekte Handschrift gesehen. In dem Pfarrhaus, in dem sie gelebt haben, gibt es ein Museum. Da kannst du eins von Charlottes

Kleidern begutachten – es ist so *klein* – und das Sofa, auf dem Emily gestorben ist; und wir könnten nach Top Withins hinaufgehen, wo *Sturm-*«

»Warte mal«, unterbrach er sie und hob eine Hand.

»Was?«

»Werden da viele Leute sein?«

»Na ja, es ist noch keine Ferienzeit, aber ich vermute, daß ein paar da sein werden.«

»Dann will ich nicht hin.«

»Oh«, murmelte sie enttäuscht. »Oh ... Okay.«

»Es tut mir leid.«

»Macht ja nichts.«

»Ich will bloß nirgendwohin, wo viele Leute sind. Das macht mich nervös.«

»Ist schon in Ordnung, Steven, ich verstehe das. Ehrlich, das tu ich.«

Er stand auf und ließ seinen Blick übers Moor schweifen. »Das ist der Grund, warum es mir hier oben so gut gefällt. Ich liebe die Gegend; diese Leere, keine Leute. Es ist eine Landschaft, die zu jedem Menschen sagt ›Ich scheiß auf dich‹. Ich meine, na ja, sie ist einfach *da* ... ich weiß nicht, ich kann es nicht erklären ...« Er setzte sich wieder hin und zuckte hilflos mit den Schultern. »Ich bin *gerne* allein«, fügte er matt hinzu.

Sie starrte ihn eindringlich an. »Ich glaube, ich verstehe dich sehr gut. Du brauchst es nicht näher zu erklären.« Dann blitzten ihre Augen plötzlich auf, und sie schlug ihm aufs Bein, so fest, daß er aufsprang. »Ich *hab's*!« rief sie aus. »O Mann, hab' ich einen Ort für dich! Der sollte um diese Jahreszeit geradezu ausgestorben sein.«

»Wo?«

»Wieso ist mir das nicht schon früher eingefallen? Brimham Rocks!«

Er lächelte. »Hört sich nach einem Vulkan an.«

»Nicht ganz. Wir könnten morgen hinfahren.«

Er warf ihr einen zweifelnden Blick zu. »Carole, es ist mitten in der Woche. Was ist mit der Arbeit?«

»Ach, vergiß es. Es gibt nichts zu tun, was nicht warten könnte.«

»Was ist damit?« fragte er und deutete auf den kaputten Steinwall.

»Nun«, überlegte sie kurz und stand auf. »Wenn du mithilfst, könnten wir bis zum Abendessen fertig sein. Hast du irgendwelche Erfahrung im Mauerbau?«

»Nicht, daß ich wüßte.«

»Nun, wir werden es bald herausfinden. Du stellst dich da hin und reichst mir die Steine an. Guck mal, ob du einen großen, flachen für diese Lücke hier finden kannst...«

Carole hatte belegte Brote gemacht, stapelte sie übereinander und schnitt sie mit einem langen Messer in der Mitte durch. Dann verstaute sie sie in zwei Plastiktüten und füllte die Thermoskanne mit Kaffee. Nachdem das Picknick in einer Tasche verstaut war, warf sie einen Blick aus dem Fenster. Immer noch keine Spur von Steven. Aber weil es noch ziemlich früh war, beschloß sie, ihn noch eine Weile schlafen zu lassen, bevor sie ihn zum Frühstück holte. Außerdem mußte sie sich noch umziehen.

Sie ging die Treppe hinauf und hüpfte dabei beinah von Stufe zu Stufe. Sie öffnete ihren Kleiderschrank im Schlafzimmer und inspizierte die Kleidungsstücke, die sie nicht so oft trug. Keine große Auswahl; sie hatte in letzter Zeit wenig Muße gehabt, sich eine große Kollektion zuzulegen oder gar zu tragen. Trotzdem zog sie jedes Stück sorgfältig in Betracht; sie wollte unbedingt etwas Besonderes anziehen, nicht ihre ständige Uniform aus Jeans und Pullover.

Warum tust du das?

Sie ging die Kleiderbügel durch und zog sie auseinander; Jacke, Rock, Hose, Rock, Wollweste...

Du bist doch sonst nicht so wählerisch.

Zu kurz... zu dünn... darin friere ich... nein, das wird bloß schmutzig... zu *altmodisch*... zu schlabberig... die Farbe, na ja, ich weiß nicht so recht... definitiv unpassend...

Entschuldigung, wir fahren lediglich nach Brimham Rocks...

Zu dick ... warte mal ... nein, vielleicht nicht ... lieber Gott, wann wollte ich *das* denn jemals anziehen? Keine Ahnung, vielleicht irgendwann mal ... weiß nicht ... nein, ich will mal keine Hose anziehen... ah, ich hab's!

Sie nahm einen langen, geknöpften Jeansrock heraus, drehte sich zum Spiegel und hielt ihn sich an.

Ist es nicht etwas kühl dafür?

Sie zog eine Schublade heraus und wühlte darin, bis sie eine dicke Wollstrumpfhose fand, die sie gegen das Licht hielt, um nach Löchern zu suchen. Sie zog ihre Jeans aus, setzte sich auf einen Hocker neben den Ankleidetisch und streifte die Strumpfhose über, stand auf, wickelte sich den Rock um die Hüften und knöpfte ihn vorne zu. Sie genoß das luftig-freie Gefühl um ihre Beine.

Und überhaupt, was sollte das eigentlich, von wegen nichts Dringendes zu tun haben? Hast du vergessen, was gestern in der Post war? Du weißt schon, die Stromrechnung, die Rechnung des Futterlieferanten, dieser gräßliche Brief von der Bank...

Laß mich in Ruhe. Sie zögerte einen Moment, dann setzte sie sich wieder auf den Hocker und betrachtete ihr Gesicht im Spiegel, zeichnete mit den Fingerspitzen die dünnen Fältchen und Fettpölsterchen nach und berührte die wettergegerbte Haut ihrer Wangen.

Warte mal...

Sie zog eine andere Schublade heraus und durchwühlte deren Inhalt mit der Hand. Unter einer Ansammlung von Gürteln, Haarbändern, Schals und einigem Modeschmuck fand sie eine kleine schwarze Tasche, von der sie nicht mehr wußte, wann sie sie zum letztenmal geöffnet hatte. Sie öffnete den Reißverschluß, nahm nacheinander alles heraus und arrangierte die Teile in einem Bogen auf dem Ankleidetisch: drei zur Hälfte aufgebrauchte Lippenstifte (einer mit zerbrochener Hülle); ein Augenbrauenstift; ein Kajalstift; ein Röhrchen Mascara (kaputt und klebrig); drei verstaubte Plastikdosen (die eine hatte einen Riß, bei der anderen hielt der Deckel nicht mehr), in denen sich jeweils drei kleine Fächer mit Lidschatten befanden; zwei Pinselchen; eine kleine Dose Make-up und eine Puderdose.

Schminke? Das wird doch nicht etwa das, was ich vermute, oder?

Nicht zuviel; nicht zu offensichtlich. Er wird es wahrscheinlich gar nicht bemerken – Männer bemerken es nie, es sei denn, man hat es sich fingerdick aufgetragen –, aber sie würde sich besser fühlen. Sie hatte sich so sehr daran gewöhnt, Arbeitskleidung zu tragen und sich um das Aussehen ihres Gesichts nicht sonderlich zu kümmern, daß sie eine durchtriebene Freude empfand, als sie die Möglichkeiten durchspielte, die ihr die kleine, halb ausgetrocknete Kosmetikkollektion bot. Schließlich entschied sie sich für Kajalstift, unauffälligen Lidschatten und einen Lippenstift, der nur eine halbe Nuance dunkler war als die natürliche Farbe ihrer Lippen.

Na ja, gar nicht so übel. Ich hoffe, du weißt, was du tust…

Trotz der Protestreaktion ihrer Haut auf den Kontakt mit den ungewohnten Chemikalien (der Kajal reizte ihre Augen, und der Lippenstift schmeckte bitter) war sie völlig entzückt von der erstaunlichen Veränderung, die so wenig Make-up bewirken konnte… Dann waren da noch ihre Haare. Sie war immer stolz auf ihr Haar gewesen; es war voll und dunkel und schwer, und das Alter hatte ihr lediglich ein paar Silberfäden beschert. Trotzdem war der kurze, strenge Bobhaarschnitt, der sich für die Arbeit auf der Farm so einfach und praktisch erwiesen hatte, schlichtweg … *langweilig*. Sie fuhr mit den Fingern hindurch, legte ihre Strähnen hin und her, packte sie und zog sie nach oben, nach unten, zu den Seiten, aber nichts schien irgendwie zu helfen. Sie gab schließlich auf und bürstete das Haar einfach glatt herunter. Es wäre ohnehin vergeblich gewesen; der Wind in den Mooren hätte die Frisur innerhalb von zehn Sekunden zerstört.

Ich muß mich fragen, was eigentlich aus der Beziehung zwischen Krankenschwester und Patient geworden ist?

Es ist immer noch eine Krankenschwester-Patient-Beziehung, nur daß er jetzt eine etwas hübschere Krankenschwester hat.

Also ist es zu seinem Vorteil.

Sei doch nicht albern. Halt den Mund.

Sie warf einen letzten Blick in den Spiegel, strich sich die Strumpfhose glatt und zog ihren Rock gerade, dann ging sie nach unten, um Stevens Frühstück vorzubereiten.

Wie sie vorhergesagt hatte, war die Gegend verlassen. Es stand nur ein einziges Auto auf dem Parkplatz, das orange-schwarze, ausgebrannte Wrack eines Nissan Sunny. Der rote Morris Pick-Up rollte langsam über den Schotter und hielt am Rand einer Böschung.

»Was hältst du davon?« fragte Carole, zog die Handbremse an und stellte den Motor ab.

»Ich finde, du hast eine gute Wahl getroffen«, sagte Steven. »Mir gefällt's.« Er löste seinen Sicherheitsgurt, beugte sich vor und begutachtete die Landschaft, die eine gewisse Ähnlichkeit mit dem Moorland besaß, welches ihm inzwischen so vertraut war; trostlos und feindlich, von kräftigem, rauhem Gras bedeckt und übersät mit Heidekraut und gelegentlichen verkrüppelten, windschiefen Bäumen, doch es hatte eine andere Ausprägung; anstelle der sanften Neigungen und schroffen Abhänge war das Land hier von Höhlen, Hügeln und winzigen Tälern durchsetzt. Über die Landschaft waren unheimliche, kugelförmige Formationen aus braunem, grobem Sandstein verstreut, von denen einige hoch aufgetürmt und tief zerklüftet waren, andere wiederum kleiner und sanfter in ihren Umrissen.

Carole beobachtete sein Gesicht, während er verzückt in die Aussicht vertieft war. »Los, komm«, sagte sie. »Wir steigen aus und sehen uns richtig um.«

Sie gingen vom Parkplatz aus langsam die Grasböschung hinunter. An seinem tiefsten Punkt wurde der Weg von einer Erhebung abgeschnitten. Sie mutete wie eine brechende Welle aus Erde und Steinen an, von der zu beiden Seiten hin kleine Täler abfielen. Steven wählte den rechten Weg, der sanft nach oben anstieg und dann nach links abbog.

»Hier sind wir immer mit den Hunden hergekommen«, sagte Carole. »Mir kam es so vor, als hätte es jedesmal ein Gewitter gegeben. Wahrscheinlich war das in Wahrheit bloß ein oder zweimal der Fall gewesen, aber ich habe es einfach so in Erinnerung. Dann rannten wir alle zurück zu unseren Autos und sahen dem Spektakel zu. Es machte mir Angst, wenn die Blitze über den Hügeln in die Felsen einschlugen. Und der *Krach* hörte sich an, als würde ein Vorschlaghammer auf das Autodach donnern. Ich saß da und wartete darauf, daß uns ein Blitz treffen würde. Dad erzählte uns zwar, daß wir sicher wären, wegen der Gummireifen, aber das half nicht viel.«

Steven erklomm einen Felsen und blickte den Weg, den sie gekommen waren, zurück. »Was für Hunde hattet ihr?« fragte er.

»Es waren nicht unsere, sie gehörten Onkel Tony. Golden Retriever.«

»Wie hießen sie?«

Sie lächelte. »Eric und Ernie. Damit weißt du auch schon alles Wissenswerte über meinen Onkel Tony.«

»Wie bitte?«

»Vergiß es.«

»Wie alt warst du, als du das letztemal hier warst?«

»Pfff! Gott, mal überlegen... Das war wooooohl ... 1973, also war ich zwölf. Da hast du's, jetzt weißt du, wie alt ich bin.«

»Jetzt haben wir 1997, stimmt's? Das ergibt also insgesamt ...«

»Vergiß es! Bloß nicht nachrechnen, bitte.«

Er sprang vom Felsen runter und landete mit einem dumpfen Geräusch auf dem weichen Torf. »Zwölf«, sagte er nachdenklich, »erzähl mir, was du hier so getrieben hast.«

»Na ja, die meiste Zeit sind wir spazieren gegangen, zumindest die Erwachsenen. Wir sind dann immer wie verrückt herumgerannt. Diese Felsen sind echt klasse zum Versteckspielen.«

Er schüttelte den Kopf. »Erzähl mir von einem besonderen Erlebnis. Ich will ein Detail, eine Idee davon, wie du damals warst.«

»Hmm ... Ja, ich weiß was. Es geschah bei unserem letzten Besuch. Vielleicht war es der Grund dafür, daß ich nie wieder hergekommen bin. Und jetzt werde ich auch noch rot.«

»Erzähl's mir«, drängte er.

»Also, da gab es diesen riesigen Felsbrocken, in dessen Mitte sich ein großer Spalt befand. Ich hatte mich dahinter versteckt und wartete darauf, daß Michael und Kieran auf der Vorderseite vorbeikämen. Ich hatte vor, sie zu erschrecken, indem ich meinen Kopf herausstreckte.«

»Und, sind sie erschrocken?«

»Weiß ich nicht mehr. Ich weiß nur, daß ich meinen Kopf durch die Lücke steckte und nicht wieder rauskam. Die Jungs lachten sich kaputt, bis ihnen die Tränen kamen, und ich steckte da drin, lief immer mehr rot an und meine Ohren schabten sich am Fels. Ich weiß wirklich nicht mehr, wie ich da rausgekommen bin, aber ich erinnere mich noch, daß sich all diese blöden *Zuschauer* versammelt hatten. Mein Gott, was für eine *Blamage*! Stell dir vor; ich war zwölf; das Alter, in dem dein Zeiger fürs Selbstbewußtsein voll im roten Bereich steht und kurz davor ist, aus der Anzeigeskala rauszufliegen. Ich habe *Monate* gebraucht, um darüber hinwegzukommen.« Sie sah, daß Stevens Lippen fest zusammengepreßt waren und leicht zitterten. »Ist schon gut, kein Grund, deine Blutgefäße platzen zu lassen. Lach ruhig. Inzwischen bin ich drüber weg.«

Wie ein gebrochener Damm prustete er los. »Es tut mir leid«, keuchte er, als er wieder Luft bekam. »Es war bloß dein Gesichtsausdruck, als ob du deswegen immer noch *böse* wärst.«

Sie lächelte und nahm seinen Arm. »Komm, laß uns gehen. Es gibt noch viel zu sehen.«

»Zeig's mir«, sagte er plötzlich.

»Was?«

»Zeig mir, wo es passiert ist. Ich möchte es sehen. Weißt du noch, wo es war?«

»Weiß der Himmel. Es könnte überall gewesen sein.« Sie blickte sich um. »Ich glaube, es war in ... hmm ... dieser Richtung.«

»Okay, dann laß uns da lang gehen. Es ist eine Suche, die Suche nach dem peinlichsten Moment in Caroles Leben.«

Über eine Stunde liefen sie an Rinnen vorbei und durch Hohlwege, kletterten auf Hügel und suchten den Horizont ab. Carole ging um jeden Felsen herum, der dem in ihrer Erinnerung ähnelte, schürzte die Lippen und untersuchte die Ritzen, dann schüttelte sie jedesmal den Kopf. »Ich hab' dir gesagt, daß es schwierig sein würde«, sagte sie nach dem fünften Versuch. »Es ist über zwanzig Jahre her. Der Felsen sieht vielleicht gar nicht mehr so aus, wegen der Erosion.«

»Unsinn. Wir müssen bloß einen finden, der Ohrenabdrücke hat. Das sollte doch nicht so schwer sein.«

»Du unverschämter Kerl, willst du damit sagen, daß ich große Ohren habe?«

Er antwortete nicht, sondern blickte zum Horizont, wo etwas Rotes aus der Mitte einer Vertiefung in der Landschaft herausragte. »Ich kann das Auto von hier aus sehen«, sagte er, »wir sind meilenweit weg.«

»Mist!« rief sie. »Das Auto! Ich habe das blöde Picknick unterm Sitz vergessen.«

»Oje«, murmelte er. »Glaubst du, wir sollten zurückgehen?«

Sie sah zum Himmel und nickte. »Ich denke schon. Es sieht jedenfalls so aus, als würde sich das Wetter ändern.«

Während sie darin vertieft gewesen waren, die Hügel und Steine zu durchstöbern, hatten pechschwarze Wolken heimlich den Himmel bevölkert, und als sie ihre Spuren zurückverfolgten, war kein blaues Fleckchen mehr übrig. Sie hatten noch keine hundert Meter zurückgelegt, als der Regen einsetzte; zuerst das Klatschen schwerer Tropfen, die sich rasch zu einem heftigen Regenschauer verdichteten. »Scheiße!« schrie Carole und rannte los. »Scheißeeeee!«

Steven rannte vor ihr her. Plötzlich blieb er stehen und sie rannte ihm ins Kreuz, so daß er strauchelte. »Hier runter!« rief er. »Komm schon!« Bevor sie es verstand oder gar antworten konnte, hatte er sie bereits am Handgelenk gepackt und zog sie stolpernd einen steilen Abhang hinunter, bis sie am Fuß einer tiefen Schlucht zum Stehen kamen. »Hier rein«, sagte er und schob sie vorwärts.

An einer Seite der Schlucht befand sich eine massive Steinformation, groß wie ein Haus. Sie war von der Erosion durch einen kleineren Wasserlauf ausgehöhlt worden, ein Teil der darunterliegenden Erdschicht hatte sich gesenkt und so einen kleinen Unterschlupf entstehen lassen, der etwa anderthalb Meter breit und einen Meter zwanzig hoch war. Carole bückte sich und huschte hinein, dicht gefolgt von Steven.

»Hier«, sagte er, zog seine Jacke aus und breitete sie auf dem staubigen Boden aus. »Hier können wir uns draufsetzen. Rutsch mal ein Stück.«

Die Höhle war knapp einen Meter tief, und es gab Platz genug für beide, um aneinandergekauert auf der Jacke zu sitzen und dem strömenden Regen draußen zuzusehen.

»So ein Mist«, murmelte Carole und steckte sich eine Zigarette an. Sie inhalierte tief und blies eine lange Rauchwolke in den Regen. »Ich bin klatschnaß. Schau dir das an.« Sie hielt ihre Zigarette hoch, die von ihren nassen Fingern ganz durchweicht war.

»Es hätte schlimmer kommen können«, sagte Steven. »Der

Regen ist noch nicht durch deine Sachen gedrungen. Zieh deine Jacke aus und breite sie aus, damit die Feuchtigkeit nicht durchgeht.«

Sie tat es und benutzte die Jacke als Decke, dann kuschelte sie sich zitternd an ihn und sog seine Wärme auf. »Und wir haben nicht mal unser Picknick dabei«, seufzte sie und blies eine weitere lange Rauchwolke aus.

»Bist du hungrig?« fragte er und strich ihr dabei vorsichtig die Wasserperlen aus den Haarspitzen.

»Eigentlich nicht.«

»Glaubst du, es wird lange dauern?«

»Zehn Minuten«, antwortete sie. »Vielleicht eine Stunde, vielleicht den ganzen Tag. Wer weiß?«

Sie schwiegen, beobachteten dabei den wabernden Regendunst und lauschten dem Prasseln und Klopfen auf dem Felsen über ihren Köpfen. Ihre kürzer werdende Zigarette glimmte regelmäßig auf, begleitet vom Knistern des brennenden Tabaks und gefolgt von einer weiteren Rauchwolke. Carole schnippte den Stummel aufs nasse Gras hinaus und lehnte sich an Stevens Schulter. »Steven«, murmelte sie.

»Hm?«

Plötzlich hob sie ihren Kopf. »Oh, mache ich dich naß?«

»Nein«, log er und ignorierte den feuchten Fleck, den ihre Haare auf seinem Pullover hinterlassen hatte. »Alles in Ordnung. Was wolltest du sagen?«

Sie kuschelte sich wieder an seine Brust. »Es ist seltsam. Ich wollte dich fragen, ob du an Gott glaubst.«

»Wieso?«

»Tust du's?«

Er schüttelte den Kopf. »Nein, eigentlich nicht... Nein, eigentlich überhaupt nicht.«

Sie kicherte. »Wäre doch komisch, wenn wir rausfinden würden, daß du im wirklichen Leben ein Priester bist. Ich könnte dich erpressen.«

»Warum willst du das wissen?«

»Ich weiß nicht. Ich hab' es mich bloß gefragt.«

»Glaubst *du* an Gott?«

»Ich weiß nicht... Nein, eigentlich nicht, nicht direkt an Gott. Aber ich denke, es gibt *etwas* da draußen, eine Kraft, die die Dinge ermöglicht und lenkt. Weißt du, die für alles eine *Ordnung* schafft.«

»So wie Astrologie, zum Beispiel?«

»Nicht unbedingt, aber ich vermute, so etwas könnte es sein. Eher wie Schicksal oder Karma oder sowas. Ich glaube, daß alles, was passiert, einen Grund hat – jede Entscheidung, die wir fällen, jede Person, die wir treffen, alles, was uns widerfährt; all das muß doch irgendeine Bedeutung haben.«

»Wieso? Ich meine, wieso *muß* es das?«

Sie machte eine Pause. »Weil alles in der Natur eine natürliche Ordnung hat; sie folgt einer perfekten Logik; alles, von den Genen bis hin zu Sternen und Planeten. Und warum sollten spirituelle Dinge nicht genauso funktionieren?« Sie zögerte. »Ich rede Blödsinn, oder?«

Er küßte sie auf den Kopf. »Nein. Ich mag es gern, wenn du redest.«

»Du bist ein guter Zuhörer. Ich bin sicher, daß Ros mich manchmal für einen Dummkopf hält.«

»Ha. Ros ist ein *Dick*kopf, wenn du mich fragst. Ich weiß nicht, warum du dich mit ihr abgibst.«

»Sag so was nicht. Sie ist mir immer eine gute Freundin gewesen.«

»Sie hat einen Kontrolltick. Ich habe gehört, wie sie mit dir spricht. Sie sollte dir etwas mehr Respekt entgegenbringen.«

»Vielleicht.«

»Ist ja auch egal, was wolltest du gerade über die Ordnung sagen?«

»Was? O ja. Ich glaube, alles hat einen Grund. Wenn wir jemanden kennenlernen, geschieht das aus einem bestimmten

Grund ...« Sie verstummte und wühlte in ihrer Tasche nach einer neuen Zigarette. »Wie du und ich«, fügte sie hinzu und versuchte, es ganz beiläufig klingen zu lassen, eher wie einen Nachgedanken als den eigentlichen Kern ihrer langen Vorrede.

»Du und ich?«

Sie zündete ihre Zigarette an. »Nun, du hast dein Gedächtnis verloren, stimmt's? Und dann war da ich, mit mehr Erinnerungen, als mir lieb sind ... Weißt du, ich bin hierher gekommen, um einigen Dingen zu entfliehen, mich in der Vergangenheit zu verstecken und vor der Gegenwart davonzulaufen, aber natürlich habe ich alles mit hierhergebracht.«

»Du kannst weglaufen, aber du kannst dich nicht verstecken?«

»Genau. Und je mehr ich versuchte, mich in alten Erinnerungen zu vergraben, desto nutzloser fühlte ich mich und desto unglücklicher wurde ich. Ich sage dir was: Bevor du aufgetaucht bist, hab' ich ernsthaft überlegt, die Farm aufzugeben – einfach meine Sachen zu packen und weiterzuziehen. Aber dann bist du aufgetaucht; jemand, der mich brauchte. Das hab' ich sofort gespürt. Und es paßt, verstehst du? Da war ich, mit zu vielen Erinnerungen, überladen mit Erinnerungen, und da warst du, ganz ohne Erinnerungen. Siehst du, es hat in beiden Richtungen funktioniert; auf der einen Seite brauchtest du mich und auf der anderen Seite brauchte ich es, daß du mich brauchtest; und dann noch die *Art*, wie wir uns gegenseitig gebraucht haben, was irgendwie poetisch ist. Das meine ich mit Ordnung. Verstehst du jetzt?«

»Ja«, sagte er und klang überrascht, »ja, ich verstehe.«

Sie seufzte tief und zufrieden. »Es ist alles *zu* perfekt. Weißt du, seit vier Jahren bist du der erste Mann, mit dem ich so reden kann ... Eigentlich bist du der erste Mann überhaupt, mit dem ich so reden kann – verstehst du, so innig und ohne daß es mir peinlich ist. Es ist vier Jahre her, seit ich mich ernsthaft mit einem Mann unterhalten habe.« Sie zog ein letztes Mal an ihrer Zigarette und schnippte sie zu der anderen hinaus. »Ich wünschte, du würdest für immer hier bei mir bleiben«, murmelte sie.

Ohne etwas zu sagen und mit dem Gefühl, daß er einen großen Fehler begehen könnte, griff Steven in seine Jeanstasche und holte ein zerknittertes Stück Papier heraus. Er zog es auseinander und strich es auf seinem Oberschenkel glatt.

»Was ist das?« fragte sie.

Er bot es ihr an. »Mach schon, lies es.«

Überrascht erkannte sie darin die aus dem Notizbuch herausgerissene Seite. Sie nahm sie, setzte sich aufrecht hin und entzifferte die unebenen Bleistiftlinien. Die ersten Zeilen waren ganz eindeutig eine Fortsetzung der Passage, die sie gelesen hatte. Der letzte Abschnitt jedoch – der, den sie mit Hilfe der Abdrücke abzuschreiben versucht hatte – wirkte jetzt, da sie ihn lesen konnte, ganz anders. Im Gegensatz zu den vorherigen Zeilen war er völlig klar und zusammenhängend. Sie starrte einen Moment lang ungläubig darauf, dann las sie ihn erneut.

Ich hatte vergessen, wie es war, sich so zu fühlen. Ich hatte meine Gefühle unter Kontrolle. Jetzt hat sie alles wieder zurückgebracht. Ich schaffe es nicht zu gehen. Ich liebe ihre Stimme und ihr Gesicht, ich liebe sogar ihre blöden Geschichten. Ich kann mich kaum zurückhalten, sie zu berühren, wenn sie in meiner Nähe ist. Passiert das wirklich mir? Ich liebe sie.

Er beobachtete gespannt, wie ihre Augen aufmerksam hin und her wanderten. »Tut mir leid wegen der Bemerkung über deine Geschichten«, sagte er, als sie ihren Kopf hob und ihn mit großen Augen ansah. »Das hab' ich nicht so gemeint – ich war bloß sauer auf mich.«

»Ist der Rest denn ernst gemeint?« fragte sie mit tonloser Stimme.

»Na klar. Natürlich. Ich hab' das nicht bloß aus Spaß geschrieben.« Sie starrte ihn immer noch ungläubig an. »Jetzt sei bitte nicht beleidigt. Ich wollte nur –«

Er dachte, sie würde ihn angreifen und hob schützend seine Arme. Sie packte seine Haare, und sein Hinterkopf stieß gegen die Steinwand des Unterschlupfes. Er öffnete seinen Mund, um sich zu verteidigen, doch er brachte nichts als ein gedämpftes Keuchen hervor, als sie ihren Mund auf seinen drückte.

All die Einsamkeit und der Kummer, die sich im Verlauf von vier Jahren der Abgeschiedenheit aufgestaut hatten, bündelten sich in ihrem Kuß; alle Sehnsucht und Verzweiflung führten zu ihrer Wildheit. Sie zog an seinen Haaren, drehte sie um ihre Finger, setzte sich rittlings auf ihn und drückte mit ihren Schenkeln seinen Körper, bis ihre Muskeln schmerzten. Als sie endlich keuchend von ihm abließ, waren ihre Lippen wund, der Lippenstift von Spucke verschmiert und ihre Wangen rot und feucht von Tränen. Einen kurzen Moment starrte sie wild in seine verblüfften Augen, dann küßte sie ihn erneut. Diesmal packte sie seinen Pullover bei den Schultern und zog ihn zu sich hin, ließ sich selbst dabei zurückgleiten, bis sie im Staub auf dem Rücken lag und sich sein Körper über ihrem befand. Sie fummelte ungeschickt an seiner Jeans, stieß kleine, frustrierte Laute aus und stöhnte vor Erregung, bis die Hose endlich aufging und sich herunterstreifen ließ. Sein Schwanz sprang heraus und schwebte zuckend über ihr. Sie knöpfte ihren Rock auf und krallte ihre Fingernägel in den Schritt ihrer Strumpfhose, bis die Naht nachgab und zerriß, schob ihr Höschen mit einer Hand zur Seite und führte ihn mit der anderen hinein. Ekstatische Wolken türmten sich auf und entluden sich mit schmerzhaften Blitzen in ihrem Kopf und ihrem Schoß, und sie schrie, als der Strom ihr durch die Glieder fuhr und in ihren Zehen und Fingerspitzen Funken sprühten. Sie schlang ihre Beine um ihn, aber auch das war noch nicht genug; sie schob ihre beiden Pullover hoch und zog ihn auf sich, um sein Gewicht und die Hitze seiner nackten Haut zu spüren. Auch das reichte nicht. Ihre Lippen glitten ab von seinem Mund und knabberten an seinem Hals. »Fick mich«, stöhnte sie, »*bitte* tu's einfach.« Sie wollte diese lustvolle Gewalt, die sie in ihrem ganzen Körper spürte, auf seinen übertragen, so daß er sie verstärken und sie in ihnen zusammenschießen konnte. »Schneller!« drängte sie, umklammerte seinen Hintern und zog ihn mit aller Kraft an sich. Als es ihm kam und sie seine Flüssigkeit in sich spürte, öffnete sie ihre Augen und starrte in wilder Verzückung in sein Gesicht; er hatte die Augen fest geschlossen, seine gerötete Haut straffte sich über den angespannten Muskeln und schimmerte vor Schweiß. Als er zuckend und stöhnend zum Stillstand kam, verharrte er einen Moment auf seinen aufgestützten, zitternden Armen über ihr und ließ dann sein Gewicht wieder auf sie fallen. Sie schlang ihre Arme und Beine um ihn, schloß ihre Augen und seufzte tief.

II

ER ÖFFNETE SEINE Augen.

Das pochende, pulsierende, dröhnende Brummen wurde zu einem leisen, kaum hörbaren Summen. Die verschwommenen, phosphoreszierenden Farben beruhigten sich und wurden klarer, Formen fügten sich langsam und unvollständig zusammen. Er kniff in seinen Nasenrücken und rieb sich mit Zeigefinger und Daumen die verklebten Augen.

– Erneut öffnete er seine Augen. Das war schon besser… ein bißchen. Er entspannte sich und konzentrierte sich auf das Summen. Als die Dachbalken eine erkennbare geometrische Form angenommen hatten, seufzte er lächelnd, drehte sich dann auf die Seite und stützte sich auf einen Ellbogen. Carole lag neben ihm, den Rücken ihm zugewandt, und hatte eine Hand locker über ihrer Schulter liegen. Er blies sanft auf ihre Finger; sie zuckten kurz. Ein paar Strohhalme waren von oben heruntergefallen und hingen in ihren dunklen Haaren. Er zupfte sie vorsichtig heraus und warf sie fort; einer hatte sich verhakt und zog an ihrem Haar, aber sie wachte nicht auf.

Dies gehörte zu den vielen erstaunlichen Dingen, die er in letzter Zeit über sie gelernt hatte; in den Wochen, die seit jenem feuchten Nachmittag in Brimham Rocks vergangen waren: Für eine notorische Frühaufsteherin schlief sie unglaublich fest. Sie konnte so tief versinken, daß er aufstehen, ihr Gesicht küssen und sich anziehen, sodann das Haus verlassen und mitten in der Nacht über den stockdunklen Hof zu seinem Bett in die Scheune gehen konnte, ohne sie zu wecken. Sie bemerkte seine Abwesenheit erst, wenn der Wecker sie am nächsten Morgen weckte. Zuerst hatte es sie verletzt; sie hatte noch einmal versucht, ihn zu überreden, endgültig ins Haus zu ziehen, aber er konnte sich einfach nicht dazu durchringen; er fühle sich dort nicht sicher, sagte er ihr. Er könne sich nicht halb so unsicher gefühlt haben, sagte sie ihm, wie sie, als sie neben einem kalten, leeren Platz im Bett aufgewacht war, an dem sein warmer Körper hätte liegen sollen. Dann hatte sie ihn zum zweitenmal mitten in der Nacht in der Scheune besucht, um zu reden. Schließlich war sie bis zum Morgen geblieben und hatte sein Behelfsbett mit ihm geteilt. Während die Wochen vergingen und die Tage wärmer wurden, besuchte sie ihn immer regelmäßiger und schlief nun öfter bei ihm in der Scheune als in ihrem bequemen Bett. Zwar war es hier kühler und weniger gemütlich, aber sie war bereit gewesen, das alles in Kauf zu nehmen, da sie keine andere Möglichkeit sah, neben ihm aufzuwachen.

Während die Wochen verstrichen, füllte sich auch das kleine Notizbuch. Die tiefsten Lücken in seiner Erinnerung wurden erforscht und durchgekämmt, und eine reiche Ernte füllte die Seiten. Schließlich hatte er in dem Buch annähernd alle bedeutenden Ereignisse und Eindrücke seiner Kindheit festgehalten, und allmählich begann er zu glauben, daß sich seine Existenz nur auf zwei Orte beschränkte; in der zurückliegenden, niedergeschriebenen Vergangenheit sowie in der unmittelbar wahrgenommenen Gegenwart. Als Folge davon war er zu dem Mann geworden, den er erfunden hatte.

Carole grunzte leise im Schlaf und zupfte an ihrem Ohrläppchen. Steven lächelte; vorsichtig hob er die Decken an und schlug sie zurück, um einen langen, ausgiebigen Blick auf ihren Körper zu werfen; die schweren Haarsträhnen über ihrem Hals (sie hatte ihr Haar in letzter Zeit wachsen lassen), die lange, weiche Rundung ihres Rückens, die sich an den Hüften wölbte und überging in einen blassen –

»*Hey*! Mir ist kalt!« Sie hob den Kopf vom Kissen, drehte ihn und sah Steven.

»Entschuldigung, ich dachte, du schläfst.«

»Das hab' ich auch, bis eine arktische Brise an meinen Rücken wehte.«

Er lächelte sie an. »Ich wollte dich ansehen. Normalerweise hast du nichts dagegen.«

Sie drehte sich um und sah ihm in die Augen. »Heißt das, du glotzt dir ständig meinen Körper an, wenn ich schlafe?«

»Ich kann nichts dafür«, sagte er und küßte ihre Lippen. »Du bist so schön.«

Sie zog sich die Decke bis über die Nase. »Nein, bin ich nicht«, sagte sie. »Ich werde alt.«

»*Du*«, sagte er nachdrücklich, »*bist wunderschön*.«

Ihre großen, runden Augen blickten ihn über den Deckenrand an. »Bin ich das wirklich?«

»Das kannst du mir glauben«, sagte er, wühlte, bahnte sich mit der Hand einen Weg durch die zerwühlten Decken und streichelte mit der Handfläche sanft über ihre Brüste.

Sie schmiegte sich enger an ihn, schlang einen Arm um seine Hüfte und legte ihren Kopf auf seine Brust. »Ich liebe dich«, flüsterte sie.

»Ich weiß.«

Sie küßte seine Brust, setzte sich zögernd hin und rieb sich die Augen. »Ich glaube, ich steh' besser auf und geh' baden. Hab' 'ne Menge zu tun heute.«

Er lag da und sah zu, wie sie in der feuchten Kühle zitternd ihre Sachen vom gestrigen Abend anzog.

»Es ist eisig hier drin«, beschwerte sie sich zum wiederholten Male. »Weißt du, wenn du wirklich weiter so stur sein willst, sollten wir hier einen Heizofen reinstellen.« Als sie ihr Hemd zugeknöpft hatte, kroch sie zurück aufs Bett und kniete sich neben ihn. »Ich wünschte, du würdest im Haus schlafen«, murmelte sie.

Er seufzte. »Das hab' ich doch alles schon erklärt.«

»Ich weiß. Ich wünsch' es mir bloß, das ist alles.«

Er schob eine Hand unter ihr Hemd. »Ich glaube, wir beide können zusammen genug Wärme erzeugen.«

»Hör auf!« sagte sie lächelnd. Sie nahm seine Hand, hielt sie zwischen ihren Händen fest, spreizte seine Finger und betrachtete sie einzeln nacheinander genau.

»Hast du was Interessantes gefunden?« fragte er.

Sie lächelte geistesabwesend und küßte seine Handinnenfläche. »Das hier«, sagte sie und hielt seinen Ringfinger hoch.

»Was ist damit?«

»Ich weiß nicht. Bin bloß albern.«

»Sag's mir.«

Sie zögerte und senkte den Blick auf ihren Schoß. Die Frage, die sie ihm stellen wollte, ging ihr schon länger im Kopf herum, seit ihre Liebe so plötzlich aufgeblüht war. Sie hatte nie zu fragen gewagt, weil sie Angst vor den Konsequenzen hatte; Angst davor, daß seine Reaktion die Beziehung ins Wanken bringen oder durch die ausgelöste, eher ungewollte Erinnerung sogar zerstören könne.

»Was ist denn?« beharrte er, setzte sich hin und strich ihr die Haare aus dem Gesicht.

»Ich frage mich bloß. Was ist, wenn du verheiratet bist?« Sie sah ihm mit unvorhergesehener Offenheit in die Augen; jetzt, wo das Problem auf dem Tisch lag, wollte sie jede Nuance seiner Reaktion mitbekommen.

»Was?« fragte er tonlos.

»Das wissen wir nicht, oder? Vielleicht hast du irgendwo eine Ehefrau, Steven.«

»Eine *Ehefrau*?«

»Wäre doch möglich, oder? Du könntest vielleicht sogar Kinder haben.«

Er starrte ausdruckslos in den Raum. »Eine Frau?« wiederholte er, »*Kinder*?«

»Denk drüber nach. Du mußt ... was meinst du, Ende Dreißig

sein? Wie groß ist die Chance, daß du in dem Alter noch Single und kinderlos bist?«

»Ich weiß nicht ... ich *könnte* Single sein.«

»Du *könntest*, aber wir wissen es nicht mit Bestimmtheit.« Sie sah wieder auf ihre Hände, und ihr Ton wurde zu einem heiseren Flüstern. »Ich kann es nicht aus dem Kopf kriegen. Jedesmal ... jedesmal, wenn wir uns geliebt haben oder wenn wir zusammen im Bett liegen, muß ich daran denken, wie sie in ihrem Bett liegt, ganz alleine, und nicht weiß, wo du bist oder was dir passiert ist, oder ob du am Le-«

»Sie existiert wahrscheinlich gar nicht, Carole.«

»Wahrscheinlich *doch*.«

Er schüttelte den Kopf. »Nein, ich habe nicht das Gefühl.«

»Woher willst du das wissen?« beharrte sie. »Ich war so selbstsüchtig; ich wollte dich um meinetwillen hierbehalten; nicht auszudenken, daß sie da sitzt und sich deinetwegen halb zu Tode ängstigt, und du bist hier, und ich halte dich bloß aus egoistischen Gründen fest. Wieso hab' ich jemals –«

»Sch«, sagte er und legte seine Hand auf ihren Mund. »Du wirst hysterisch. Beruhige dich.«

»Wie *kann* ich das? Steven, wir hätten schon *lange* etwas unternehmen müssen. Gott, ich bin so *blöd* gewesen! Wir hätten dich zur Polizei bringen sollen. Die hätten dein Bild ins Fernseh-«

»*Nein*!« schrie er. »Nein, Carole, das geht nicht.«

»Wieso *nicht*?« kreischte sie.

»Weil ... weil ich es nicht *will*. Ich werde es nicht tun. Dräng mich nicht so, Carole.«

In ihren Augen stiegen Tränen auf. »Es tut mir leid«, sagte sie und weinte.

»Komm her«, beruhigte er sie sanft und nahm sie in die Arme. »Sch... es wird alles wieder gut. Es gibt keine andere, das weiß ich. Vertrau mir einfach.«

»Ich vertraue dir ja«, schluchzte sie. »Aber ich fühle mich so-*schuldig*.«

»Laß es einfach. Ich bin sicher, es gibt da niemanden. Selbst wenn es so wäre, wie könnte ich jetzt noch zurückgehen? Ich bin mit *dir* zusammen; ich könnte dich auf keinen Fall verlassen.«

»Auf keinen Fall?«

»Auf keinen Fall. Wir sind zusammen.«

Mit nassen roten Augen sah sie zu ihm auf, dann warf sie ihre Arme um seinen Hals. »Ich liebe dich so sehr«, flüsterte sie.

»Komm wieder ins Bett«, sagte er, »leg dich hin.«

Sie lagen Arm in Arm nebeneinander, und Carole beruhigte sich allmählich wieder. Steven konnte fühlen, wie ihr Herzschlag unter seiner Hand langsam gleichmäßiger wurde.

»Was ist, wenn du dich wieder an sie erinnerst?« konnte sie sich nicht beherrschen, zu fragen. »Wirst du dann wieder zu ihr zurückwollen?«

»Ich werde mich nicht an sie erinnern, weil es niemanden gibt, an den ich mich erinnern könnte. Und ich könnte keine jemals so lieben, wie ich dich liebe. Und jetzt sei still.«

Sie verstummte und konzentrierte sich auf seine Körperwärme. Sie hatte sich auf keinen Fall aufregen wollen, doch der Gedanke an eine andere Frau, die wie ein Geist über ihnen schwebte und ihren Mann verloren hatte, den Mann, den sie beide liebten, schmerzte sie tief. Sein Gedächtnis hatte schon soviel preisgegeben, daß es ihr unausweichlich erschien, daß schon bald jüngere Erinnerungen aus seiner Erwachsenenzeit zurückkommen würden. Doch er hatte recht; sie mußte ihm vertrauen, daß er sie auch dann noch lieben würde, wenn sich eine Ehefrau oder Geliebte in seinem Leben zu erkennen gäbe. Und sie vertraute ihm, sie glaubte ihm.

Carole lag so lange bewegungslos und ruhig, daß Steven dachte, sie sei wieder eingeschlafen. Er entspannte sich und lauschte dem entfernten Summen, das in den letzten Minuten etwas stärker geworden war.

»Carole«, sagte er.

»Hm?« Ihre Stimme war schläfrig. »Ich war beinahe eingeschlafen... Ich sollte mich jetzt aufmachen.«

Sie wollte sich gerade erheben, als Steven sie zurückhielt. »Was ist das für ein Geräusch?« fragte er.

Sie sah ihn mit verschleiertem Blick an. »Welches Geräusch?«

»Das hier. Hör doch.«

»Ich kann nichts hören ... Was für ein Geräusch?«

»Ein Summen.«

Einen Moment lang lauschte sie angestrengt, dann erschien ein breites Grinsen auf ihrem Gesicht. »Oh, *das*. Hat es dich gestört?«

»Nein. Na ja, eigentlich doch. Seit ich hier bin, hab' ich versucht herauszufinden, was es ist.«

»Warum hast du nicht einfach gefragt?«

Er zuckte mit den Schultern. »Ich weiß nicht. Hab's wohl immer wieder vergessen.«

»Komm mit«, sagte sie und setzte sich hin. »Zieh dich an, dann zeige ich's dir.«

Carole steckte den Schlüssel in das Vorhängeschloß und ließ es aufschnappen. Steven stand hinter ihr auf dem Hof, als sie die Tür zum Anbau öffnete. Das Summen wurde tiefer und lauter und ein Schwall heißer Luft kam durch die Tür, doch er konnte nichts erkennen.

»Mist«, sagte Carole und warf einen Blick auf die Uhr. »Es hätte schon angesprungen sein sollen.« Sie trat ein und fingerte an etwas herum, das an der Wand hing. Es gab ein knirschendes Geräusch, als ob ein alter Drehschalter betätigt wurde, und helles Neonlicht flackerte auf. »Ich glaube, die Zeitschaltuhr gibt langsam den Geist auf. Na, dann komm mal rein. Jetzt kannst du meine Tiere kennenlernen.«

Steven folgte ihr und fand sich unmittelbar hinter der Tür in einem kleinen, separaten Raum mit Glaswänden wieder, der etwa einen Quadratmeter groß war. Jenseits des Glases befand sich ein Raum, der den gesamten Anbau ausfüllte. Darin konnte er ein paar Pflanzen entdecken – mehrere kleine Strukturen aus Zweigen – und einige Metallrahmen an den Wänden. Aber was er so entgeistert anstarrte, war das Zeug, das Wände und Boden bedeckte; ein dicker, grünbrauner Teppich; ein Teppich, der sich *bewegte.* Er waberte, zitterte und wogte und löste sich in eine dichte, wirbelnde Wolke auf, als das Licht aufflackerte, während das Summen zu einem lauten, tiefen Dröhnen anschwoll, zu dem sich ein dünnes, zischendes Rasseln gesellte.

»O mein Gott«, würgte er hervor und spürte, wie sich seine Kehle zuschnürte.

»Beeindruckt?« sagte Carole und lächelte amüsiert über sein Unbehagen.

»Was zum *Teufel...?*«

»Das sind Heuschrecken«, sagte sie grinsend.

»*Heuschrecken*?« Er glotzte ungläubig auf die wabernde, schimmernde Masse, und sein Gesicht wurde aschfahl.

»Mm-hmm. *Locusta migratoria.* Du kommst gerade rechtzeitig zur Fütterung.«

In der Tür stand ein Eimer, der mit einem Pulvergemisch gefüllt war. Sie nahm eine Plastikschippe vom Wandhaken und begann, das Gemisch in eine durchsichtige Rinne zu schaufeln, die durch das Glas in den Raum führte und zu beiden Seiten mit Klappen verschlossen war. Die Nahrung verteilte sich auf dem Käfigboden, und das dröhnende Schwirren schwoll zu einem Hurrikan an, als sich Tausende von Insekten darauf stürzten.

»O Gott«, stöhnte Steven. Sein Gesicht war weiß wie die Wand. Er drehte sich jäh um und flüchtete aus dem Gebäude.

»Steven?« rief sie, »alles in Ordnung?« Verdutzt legte sie die Schippe hin und folgte ihm nach draußen. Sie fand ihn im Hof, wo er an der Scheunenwand lehnte und nach Luft schnappte. »Was ist los?« fragte sie. »Ist dir schlecht?«

Langsam kehrte wieder etwas Farbe in sein Gesicht zurück, aber er bekam immer noch kaum Luft. »Insekten«, keuchte er, »ich – hasse – *Insekten.*«

Carole legte erschrocken eine Hand auf ihren Mund. »O nein.

Nein! O Gott, es tut mir so leid; ich hätte dich warnen sollen. Ich habe einfach nicht daran gedacht.«

Er blickte sie finster an. »Das ist nicht komisch«, sagte er.

»'tschuldigung«, sagte sie und unterdrückte ein Feixen.

»Warum hast du mir nicht gesagt, daß ich neben einem ekelhaften *Heuschrecken*-Haus wohne?«

Sie zuckte mit den Schultern. »Du hast mich nicht gefragt.«

»Nicht *gefragt*? Also, das ist nicht gerade naheliegend, an Heuschrecken zu denken, oder? Da sind doch nicht etwa auch noch Horden von Großinsekten drin? Ich meine... Scheiße!«

»Was hast du denn gedacht, wie ich es schaffe, von so einer kleinen Farm zu leben?«

»Na ja, du könntest ... ich weiß es nicht. Ich habe nie so richtig drüber nachgedacht.«

»Du hast doch bestimmt gesehen, wie ich da rein und raus gegangen bin?«

Er fühlte sich in die Enge getrieben. »Na ja, manchmal. Ich dachte, du hast da einen Generator oder so was drin.«

Sie lachte. »Nun, jetzt weißt du's.«

Er starrte sie an. »Aber *wieso*?« fragte er kopfschüttelnd.

»Wieso was?«

»Aber wieso Heuschrecken? Was, zum Teufel, *machst* du damit?«

»Verkaufen. Ich hab' einen Händler in Bradford. Die gehen an Zoos, Tierhandlungen, und so weiter. Reptiliennahrung. Manche verkaufe ich an Schulen, für den Biologieunterricht – du weißt schon, Sezierungen und –«

»Hör auf«, sagte er. »Ich will keine Einzelheiten hören. Mir wird sonst schlecht.«

Sie nahm ihn in die Arme. »Es tut mir so leid«, sagte sie schelmisch. »Und ich habe dich für so einen starken Kerl gehalten.«

»Carole...« Er zögerte und knabberte an seiner Lippe.

»Mm?«

»Kann ich jetzt doch ins Haus ziehen?«

12

STEVEN TRAT AUS dem Pfarrhaus auf die Straße. Er hatte zwar Eintritt bezahlt, sich aber nur zwei Zimmer ansehen können, bevor ihm die nachrückende Menschenmenge zuviel wurde und er zum Ausgang und an die frische Luft hastete.

Die Hauptstraße war ebenfalls belebt; Familien und Gruppen von Touristen bummelten über das Kopfsteinpflaster der steilen Straße oder blieben vor den Schaufenstern stehen. Steven hielt inne, blickte nervös zu beiden Seiten und ging dann zurück auf den Friedhof. Auch hier konnte man den Lärm und das Geschnatter von der Straße her hören, aber zwischen den dicht gedrängten, graugrünen Grabsteinen und Monumenten neben den schmalen Wegen fühlte er sich sicherer. Außer einem älteren Paar, das einen Grabstein in einem naheliegenden Winkel betrachtete, schien sonst niemand da zu sein. Er ging langsam weiter, bis er zur Mitte des Friedhofs gelangte, wo er sich auf die Kante eines erhöhten Grabsteins setzte und die Anspannung, die die vielen Menschen im Pfarrhaus in ihm erzeugt hatten, allmählich nachließ.

In diesem Moment bemerkte er den Mann; genau wie Steven saß er auf einem erhöhten Stein in der hinteren Ecke des Friedhofs. Er hatte seine Beine übereinandergeschlagen und seine Hände lagen auf einem zusammengefalteten beigefarbenen Regenmantel in seinem Schoß. Er betrachtete aufmerksam die großen georgianischen Fenster des Pfarrhauses, wobei sein Gesicht im Schatten seiner Hutkrempe lag. Er hatte etwas Vertrautes an sich …

»Du hättest sein Gesicht sehen sollen«, sagte Carole, »ich dachte echt, er kotzt gleich.«

Rosalind kam aus der Küche und trug ein Tablett mit zwei Bechern Kaffee und Schokoladenkeksen. Sie stellte es auf den Tisch und ließ sich Carole gegenüber im Armsessel nieder. »Dann ist es ja nur gut, daß du ihm nicht erzählt hast, wie du die armen Dinger ›erntest‹«, sagte sie, »denn davon wird selbst *mir* ganz schlecht.« Sie schlürfte ihren Kaffee. »Ich meine, Heuschrecken sind schon schlimm genug, wenn sie tot sind. Ich weiß noch, wie wir sie im Biologieunterricht seziert haben – sie waren braun und feucht und matschig. Außerdem haben sie gestunken. Ich hab' den Geruch noch in der Nase – wie saure Milch in kaltem Kaffee.« Sie warf einen kurzen Blick in ihren Becher und verzog das Gesicht.

»Es war unglaublich«, sagte Carole. Sie mußte immer noch über Stevens seltsame Reaktion grinsen. »Ich meine, es ist nicht gerade ungewöhnlich, daß sich mal 'ne fette Ratte in die Scheune verirrt, aber das scheint ihn nicht im geringsten zu stören. Doch die Heuschrecken nebenan, die durch eine dicke, undurchlässige Steinwand von ihm getrennt sind, die haben ihn zu Tode erschreckt.«

»Phobien sind etwas Merkwürdiges«, sagte Rosalind, öffnete die Keksdose und bot Carole einen an. »Elaine ist früher mal mit einem Typen ausgegangen, der Löwenwärter in Knaresborough war. Dem machte es nichts aus, zu diesen riesigen Ungetümen in den Käfig zu steigen, aber wenn er eine Spinne in seinem Badezimmer entdeckte, führte er sich auf wie ein Verrückter.« Sie lehnte sich zurück und schlug die Beine übereinander. »Und du hast gesagt, er ist jetzt ins Haus gezogen?«

»Ja. Es schien ihm zwar immer noch nicht ganz zu behagen, aber die Heuschrecken beunruhigen ihn offenbar mehr als alles, was er am Haus auszusetzen gehabt hatte.«

»Und bist du froh, daß er jetzt da wohnt?«

»Natürlich. Das macht alles viel einfacher.«

Rosalind nickte. »Na, dann war die Mühe also nicht umsonst.«

»Was war nicht umsonst?«

»Das Gästezimmer herzurichten.«

»Oh, verstehe«, sagte Carole und errötete leicht. »Nein. So hab' ich das noch gar nicht gesehen.«

»Du hast Glück, daß es so ein großes Haus ist. Viele Zimmer.«

»Hmm.«

Rosalind beugte sich vor. »Ich durchschaue dich völlig, Carole. Du schläfst mit ihm, oder?«

Caroles Wangen liefen dunkelrot an. »Nein! ... Na, ja. Doch, das tue ich.«

Rosalind seufzte. »Oh, Herrgott noch mal. Wie lange schon?«

»Einen Monat oder so ...«

»Und wie oft?«

Carole sank in ihrem Sessel zusammen und starrte in ihren Becher. »Eigentlich ziemlich oft«, murmelte sie.

»Ich habe mich schon gefragt, wie lange es wohl dauern würde, bis er dich voll ausnutzt.«

»Ros!« rief Carole. »Das ist gemein, was du da sagst!«

»Na ja, es stimmt doch, oder? Wie hat er dich rumgekriegt? Nein, sag's mir nicht – er hat behauptet, daß er dich liebt und so dankb-«

»Er liebt mich *wirklich*! Außerdem war es nicht so. Ich habe den ersten Schritt getan.«

Rosalind machte große Augen. »*Du*?«

»Ja.«

»*Du* hast *ihn* verführt? Die sanfte kleine Carole?«

»Mach dich nicht über mich lustig, Ros. Du tust so, als wär' ich ein Trottel. Außerdem würde ich es auch nicht gerade verführen nennen.« Sie verstummte, beugte sich vor und lächelte lasziv. »Ros, es war unglaublich; ich habe ihn geradezu *vergewaltigt*.«

»Was?«

»Na ja, fast.«

Plötzlich lachte Rosalind schallend. »So gehört sich das, Mädchen«, sagte sie.

Carole sah verwundert hoch. »Es ist wunderschön, Ros«, sagte sie ermutigt. »Gott, ich kann dir gar nicht sagen, wie gut es ist. So was hab' ich noch nie erlebt. Wir haben es überall getrieben; in der Scheune, im Haus, in der Küche, draußen...«

»Wo draußen?«

»Bei Brimham Rocks. Das war das erste Mal. Wir sind vor dem Regen in eine kleine Höhle geflüchtet.«

Rosalind hörte sich die Geschichte an, während ihr Gesicht vor Verwunderung – oder eher Bewunderung – strahlte. »So so so«, sagte sie, als Carole zu Ende erzählt hatte. »Brimham Rocks... Weißt du, ich fand schon immer, daß dieser Ort etwas Ursprüngliches hat. Lieber Gott.«

»Ich fühle mich so sündig und schlimm und erfüllt und völlig befriedigt. Zum erstenmal seit Jahren fühle ich mich wirklich *wie ein Mensch*, Ros. Ich liebe ihn so sehr. Ich bin sicher, daß ich das Richtige tue; das müßtest sogar du verstehen.«

»Irgendwie schon. Es ist mir schon mehr als einmal durch den Sinn gegangen, daß du einfach mal so richtig durchgebumst werden müßtest.« Sie machte eine Pause. »Es ist bloß schade, daß *er* es sein mußte.«

Caroles Kiefer sackte herunter. »Wieso?«

»Du weißt ganz genau, wieso.«

»Ros, ich schwöre dir, du schätzt ihn völlig falsch ein.«

»Ach ja? Warum fühlst du dich dann so schuldig?«

»Das tu ich doch gar nicht!«

»O doch. Du bist eine wandelnde Schuld-Fabrik, Mädchen; das bist du schon immer gewesen. Ich kann es überall von dir ablesen; es steckt in allem, was du sagst. Es geht nicht darum, daß du dich *sündig* oder *schlimm* oder sonstwie fühlst. Irgendwo in dir steckt die gute, alte, ehrliche Schuld. Sag mir, woher das kommt.«

Der Mann hatte sich nicht gerührt; mehrere Minuten lang hatte er völlig regungslos auf das Pfarrhaus gestarrt. Es lag etwas vage Vertrautes in seiner Haltung. Steven überlegte eine Weile, dann erkannte er, daß es genau die gleiche Haltung war, in der er selbst gewöhnlich zu sitzen pflegte. Als er an sich hinunterblickte, stellte er fest, daß er genauso dasaß: Beine übereinandergeschlagen, Hände im Schoß. Steven konnte das Gesicht des Mannes immer noch nicht erkennen, und er wollte es unbedingt aus der Nähe sehen. Er stand auf und ging los. Um in die hintere Ecke zu gelangen, mußte er bis ans Ende des von Gräbern gesäumten Pfades laufen und um ein paar große Gedenksteine herumgehen. Unterwegs hielt er den Mann fest im Blick, der noch immer keine Anstalten machte, sich zu bewegen. Der Sichtkontakt wurde nur einmal für einen kurzen Moment unterbrochen, als Steven um die Gedenksteine herumging, doch als er auf der anderen Seite wieder hervorkam, war der Mann fort. Nicht einfach weggegangen, sondern verschwunden.

Auf dem Stein lagen zwei kleine Blumen. Sie hatten kleine, dichte tiefschwarze Blätter, und ihre Stiele waren frisch geschnitten. Steven hielt die dunklen Blüten unter seine Nase und atmete ihren Duft tief ein. Schwarze Blumen? Das hatte er nicht erwartet vorzufinden; schwarze Blumen bedeuteten für ihn gar nichts. Wahrscheinlich hatte er sich mit dem Gefühl, daß ihm der Mann bekannt vorkam, geirrt.

Er legte die Blumen auf den Stein zurück und ging.

»Nein, Ros, er ist *nicht* verheiratet«, beteuerte Carole. Sie bereute, erzählt zu haben, wie weit sich ihre Beziehung mit Steven bereits entwickelt hatte, und kam sich ausgesprochen töricht vor, weil sie ihre tiefsten Ängste eingestanden hatte.

Rosalinds Blick blieb skeptisch. »Und woher willst du das so genau wissen?«

»Erstens trägt er keinen Ring, zweitens gibt es auch keinen Abdruck oder so was an seinem Finger.«

Rosalind grunzte. »Das heißt gar nichts.«

»Schau mal, er schwört, er ist sicher, daß es sonst niemanden gibt.«

»Ich verstehe. Und du glaubst ihm?«

»Natürlich.«

»Na, ich vermute, er muß es ja wissen, oder?«

Carole runzelte die Stirn. »Was soll das heißen? Oh, ich verstehe; er ist ja ein Betrüger, natürlich. Das willst du doch damit sagen, oder?«

»Carole, er läuft und redet und sieht aus wie ein Betrüger, also nenne ich ihn einen Betrüger. Ich frage mich nur, was er zu verbergen hat.«

»Oh, Herrgott noch mal! Wann hörst du endlich mal auf, so verdammt mißtrauisch zu sein? Du hast sowas in der Richtung zu ihm gesagt, an dem Tag, als du zum Mittagessen da warst, oder? – Ja, ja, das hab' ich mir schon gedacht. Ich hab' ihn gefragt, und er hat es natürlich abgestritten, aber ich habe gemerkt, wie aufgebracht er war.«

»Ich habe bloß –«

Carole sprang vom Sessel hoch. »Du hast dich bloß eingemischt! Himmel, Ros, ich habe es satt. Warum mußt du immer so ... so verdammt *zynisch* zu allen sein? Bei dir tut niemand irgendwas ohne Eigennutz, oder? Nun, da irrst du dich aber; nicht jeder handelt nach deinen Maßstäben.«

»Was meinst du mit ›meinen Maßstäben‹?« Rosalind war verwirrt. Der für Carole untypische Angriff hatte sie sowohl beleidigt als auch beeindruckt.

»Ich meine dich und Richard. Bloß weil *du* Leute ausbeutest, heißt das noch nicht, daß alle das tun. Du bumst mit diesem Typen, um deine Skulpturen besser zu verkaufen, und – *Scheiße*! – dann hast du den Nerv, *mir* einen Vortrag über meine Beziehungen zu halten. Und erzähl mir nichts von wegen ›sein Leben unter Kontrolle zu haben‹, weil es darum nicht geht. Ich sage dir, was dein Problem ist, du hast Angst, zu jemandem zu stehen. Ich wette, du hast noch nie in deinem ganzen Leben einen Mann wirklich geliebt. Und du erzählst mir… und, und, ich bin auch noch *blöd* genug und hör' mir das alles an!«

»Bist du jetzt fertig?« fragte Rosalind ruhig.

»Ich habe noch gar nicht angefangen. Erinnerst du dich an Peter aus Harrogate? Ich fand ihn wirklich klasse, aber, o nein, *dir* gefiel sein Aussehen nicht, und ich habe mich von dir dazu überreden lassen, nicht mit ihm auszugehen.«

»Er war *verheiratet*, Carole!«

»Das war er nicht! Er lebte getrennt!«

»Blödsinn! Er war auf 'ne schnelle Nummer aus, und du hättest ihn gelassen, wenn ich nichts gesagt hätte. Ist auch egal, das ist Jahre her.«

»Genau, du siehst, wie lange ich das jetzt schon mitmache!«

»Also, *ich* habe dich nie darum gebeten, bei mir vorbeizukommen und mir deine blöden Probleme vorzuheulen.«

»Nein, aber mit all deinen herablassenden Ratschlägen hast du so richtig deine Macht ausgekostet. Steven hat recht; du hast einen Kontrolltick. Du behandelst deine Freunde wie ein Stück Scheiße!«

Rosalind stand auf, sie kochte vor Wut. »Ach ja? Na, immerhin habe ich keine meiner Freundinnen *getötet*! Weiß *er* was davon? Na, weiß er das, hm?«

An diesem Punkt hielt der heftige Streit abrupt inne und schwankte bedrohlich am Rand eines Abgrunds. Die beiden Frauen starrten einander an. Caroles Augen waren vor Entsetzen weit aufgerissen, als wäre sie körperlich verletzt worden, während sich Rosalinds selbstgerechter, wild triumphierender Gesichtsausdruck langsam in verzweifeltes Mitgefühl wandelte. Es dauerte ein paar Augenblicke, bevor Carole wieder die ersten, noch unzusammenhängenden Laute hervorbringen konnte und Rosalind zu ihr eilte und sie an den Armen packte.

»O Gott, es tut mir leid«, flüsterte sie. »Das wollte ich nicht sagen, ich schwöre es.«

Carole erwiderte gefühllos ihren Blick. »Das denkst du also«, sagte sie ruhig. »Wenigstens weiß ich es jetzt.«

»Nein!« rief Rosalind verzweifelt. »So hab' ich es nicht gemeint; mir war nicht klar, was ich da gesagt habe.«

Carole warf ihr einen weiteren kühlen Blick zu. »Ich glaube, ich gehe jetzt lieber.«

In diesem Moment klopfte es laut an der Vordertür, aber keine der beiden bewegte sich. Nach einem Moment klopfte es erneut, noch etwas lauter.

»Solltest du nicht lieber hingehen?« sagte Carole.

Rosalind nickte stumm und bewegte sich hinaus in den Flur. Das Geräusch der sich öffnenden Tür erklang, gefolgt von gedämpften Stimmen, dann kehrte sie mit Steven im Schlepptau zurück. »Es ist Steven«, murmelte sie. Carole lächelte herzlich und ging zu ihm, nahm seinen Kopf zwischen ihre Hände und küßte sein Gesicht.

»Komm mit«, sagte sie. »Laß uns heimfahren.«

»Carole, bitte«, sagte Rosalind.

Carole beachtete sie nicht. Ohne sich umzudrehen, nahm sie Steven an der Hand und zog ihn zur Tür hinaus.

»Was war das denn gerade?« fragte er, als sie losfuhren.

»Gar nichts«, sagte Carole, »ich hab' bloß genug davon, ständig mein Gehirn überwachen zu lassen.«

»Habt ihr euch gestritten?«

Sie sah ihn an. »Natürlich haben wir uns gestritten... Steven, was hältst du von einem gemütlichen Abend zu Hause, mit einer Flasche Wein, bei der wir uns ausgiebig unterhalten? Weißt du noch, daß du gesagt hast, du möchtest alles über mich wissen, zum Beispiel wie ich nach Yorkshire gekommen bin? Nun, ich glaube, es ist an der Zeit, daß ich es dir erzähle.«

Die schwarzen Ringelblumen auf dem Friedhof verwelkten bereits, ihre kleinen Blätter waren verschrumpelt und fielen nach und nach ab. Eine sanfte Brise verteilte sie über dem Grabstein, wo einige in den flachen Rillen der ausgewaschenen Inschrift hängenblieben. Der Stein war durch Regen und Staub, den der Wind jahrhundertelang darübergeweht hatte, ganz verwittert und stellenweise mit gelben und grünen Flechten bewachsen, die beinahe alle eingemeißelten Worte überwucherten. Das einzige, was man noch lesen konnte, waren zwei Vornamen; ein männlicher, ein weiblicher. Der Mann, der hier gesessen hatte, hatte ihre Bedeutung gespürt, auch wenn Steven das nicht gelungen war, und er hatte die Blumen zurückgelassen, um auf ihren vergessenen Tod hinzuweisen.

Die Buche

AM FUSS DES Hügels, wo der steile Abhang in eine breite, flache Niederung überging, befand sich ein kleines Waldstück, und fast in der Mitte des Hains gab es eine kleine, grasbewachsene Lichtung, durch die sich ein schmaler, langsam fließender Bach schlängelte; nachdem er den Wald verlassen hatte, floß er unter der Brücke hindurch, über die die Hauptstraße von Sainte-Claudine-Camus führte, bevor er sich in die Savonne ergoß. Unter den hängenden Zweigen einer großen Trauerweide, am Ufer des Bachs, hockten zwei adrett gekleidete junge Männer und unterhielten sich mit leiser Stimme, während sie gelegentlich nach oben griffen und Zweige abbrachen, die sie ins Wasser warfen.

»Du hast gut reden«, sagte Jeremy düster. »Du hast sie ja nicht gerochen.«

»Nein«, gab Timothy zu. »Nein, das hab' ich nicht…, wonach hat sie denn genau gerochen?«

Jeremy hatte gerade einen dicken Zweig abgebrochen und schälte nun mit seinen langen Fingernägeln die gelbliche Rinde ab. »Nach ihm«, sagte er finster. »Ich konnte seinen Atem auf ihrer Haut riechen. Ich konnte sogar seinen Samen in ihrem Bauch riechen.«

Timothy hob die Augenbrauen und wechselte die Stellung. »In ihrem Bauch? Bist du sicher?«

»Ja, ich bin sicher. Sein Samen riecht nach Knoblauch und Schnecken.«

»Wirklich? Wie konntest du das rie-«

»Ich dachte mir schon, daß ich euch hier finden würde!« sagte Cressida fröhlich, als sie die Lichtung betrat.

Timothy sprang bestürzt und schuldbewußt auf seine Füße, aber Jeremy blieb, wo er war, und schälte den Zweig mit konzentrierter, kaltblütiger Grausamkeit.

»Spielt ihr ›Pustöckchen‹?« fragte sie.

»Sei doch nicht albern«, sagte Timothy, »dafür braucht man eine Brücke. Wir haben uns unterhalten.«

»Unterhalten? Worüber?« Sie blickte fragend von einem zum anderen.

Jeremy rührte sich nicht und kehrte ihr weiterhin stur den Rücken zu. Timothy zögerte und räusperte sich. »Über alles mögliche«, sagte er abwehrend, und dann mit mehr Selbstvertrauen: »Männersachen.«

Cressida setzte eine ironisch-beeindruckte Miene auf. »Männersachen? Seid ihr sicher, daß einer von euch nicht bloß ein dummer, verwöhnter kleiner Junge ist?« Es kehrte eine bedrückende Stille ein. Timothy blickte peinlich berührt auf seine Schuhe. Cressida trat vor und hockte sich neben Jeremy, raffte vorsichtig ihr langes weißes Kleid zusammen und schob es sich über die Knie, damit sie es nicht mit dem schwarzen Schlamm des Bachufers beschmutzte. Ihr Blick verlor sich in der gleichmäßigen, hypnotischen Bewegung des Wassers. »Es ist wunderschön hier, nicht wahr?« sagte sie ruhig. »Ich finde, ihr solltet schon bald ein Bild davon malen.«

Aus dem Augenwinkel sah sie, wie Jeremys Finger aufhörten, an dem Zweig rumzuzupfen. Als sie sich umdrehte, um sein Gesicht zu sehen, waren seine Augen voller Wut, Schmerz und Ablehnung. »Was kümmert es dich?« stieß er verächtlich hervor. »Warum läßt du dir nicht von *ihm* ein Bild malen?« Er schnaubte. »Ha! Ich würde gern sehen, ob *er* so malen kann wie wir.«

Cressida legte ihm einen Arm um die Schultern. Er schüttelte sich; gerade genug, um Abscheu zu vermitteln, aber nicht stark genug, um ihre Berührung loszuwerden. Er schwieg eine Weile, dann flüsterte er: »Werde ihn los.«

Sie runzelte die Stirn. »Wen? Monsieur Viveau? Das kann ich nicht, Jeremy... Hör mal, Liebling, du bist ein sehr dummer Junge. Dumm und gehässig.«

»Dann werden *wir* gehen.«

Cressida sah zu Timothy auf, der trotzig zustimmend nickte. »Jeremy, hör doch«, sagte sie geduldig. »Es ist nichts zwischen mir und Monsieur Viveau. Wie konntest du so was überhaupt denken? Wie konntest du denken, daß ich meinen Jungs *jemals* untreu würde? Ihr seid meine Lieblinge, niemand sonst.«

Jeremy hob seinen Kopf, schaute ihr in die Augen und suchte darin nach einem Anzeichen der Lüge. Er blickte über seine Schulter zu Timothy, dann lehnte er sich zu ihr, schloß seine Augen und schnupperte geziert an ihrer Haut; an ihrem ausgestreckten Arm, an ihrer Schulter und an ihrer Achselhöhle, an ihrer Brust, an ihrem Hals und an ihren Ohren. Seine Nasenlöcher weiteten sich, um jede Geruchsnuance aufzunehmen, während er stoßweise ein- und ausatmete. Als er fertig war, öffnete er die Augen und sah sie erneut an.

»Was meinst du?« fragte Timothy.

»Jetzt bin ich mir nicht so sicher.«

»Vielleicht hat sie gebadet.«

Jeremy schüttelte den Kopf. »Nein, sie hat nicht gebadet.« Er guckte ihr noch immer in die Augen, und sie erwiderte ruhig seinen Blick. Ein paar Minuten lang herrschte Schweigen, und sie musterten sich gegenseitig. Dann flüsterte Jeremy in die Stille: »Beweise es, Mutter.«

»Was?« fragte sie, und dann: »Oh...« Sie verstummte, dann stand sie auf und ging zu Timothy. »Wirst du ein guter Junge sein und Mami ein wenig mit Jeremy allein lassen? Er ist sehr durcheinander.«

Timothy nickte zögernd und schaute Jeremy an. »Wirst du ihn trösten?«

Sie nickte. »Ja, ich werde ihn trösten.«

Timothys blasses Gesicht nahm ein wenig Farbe an. »Ich bin auch durcheinander. Wird Mutter mich auch trösten?«

Sie lächelte und berührte seine Hand. »Später, mein Liebling, später. Ich weiß, es erscheint jetzt nicht fair, aber laß' uns dieses eine Mal allein, ja?«

»Na schön.« Timothy wandte sich zum Gehen, dann zögerte er. »Du wirst uns nicht verlassen, oder? Nicht wegen deines Franzosen?«

Sie seufzte. »Wie oft denn noch, du Dummkopf? Er ist nicht *mein* Franzose. Jetzt lauf.«

Sie beobachtete ihn, wie er durch die Bäume ging, dann wandte sie sich wieder Jeremy zu. Er hatte sich erhoben und lächelte ihr verschmitzt zu. Sie lächelte zurück, ging auf ihn zu und knöpfte dabei ihr Kleid auf.

Michel löste den letzten kaputten Ziegel und warf ihn vom Dach seiner Nachbarin herunter. Er landete krachend auf dem Haufen, der sich in der Hofecke angesammelt hatte, und eine kleine orangefarbene Staubwolke stieg auf. Er richtete sich auf, streckte seinen Körper, schob seine Hände ins Kreuz und stöhnte. Die Sonne hatte den Zenit überschritten, und die Luft war so heiß wie in einem Backofen. Er wischte sich den Schweiß ab und setzte sich auf die verbliebenen Ziegel, um sich auszuruhen.

»Hallo?« rief eine Stimme von unten. Das obere Ende der Leiter wackelte, zwischen den beiden Stangen erschien ein weißblonder Haarschopf, dann Cressidas Gesicht. »Hier sind Sie«, sagte sie, blinzelte ihn aus dem Schatten ihrer vorgehaltenen Hand heraus an und hielt ihm einen Strohkorb entgegen. »*Déjeuner*. Tut mir leid, daß es so spät kommt.«

»Danke«, sagte er, als sie behutsam das leicht ansteigende Dach hinaufkletterte und dabei den Lücken zwischen den Ziegeln auswich. »Sie hätten nicht hier raufzukommen brauchen. Es ist gefährlich. Sie hätten mich runterrufen sollen.«

»Unsinn. Ich wollte doch die Aussicht genießen.« Sie setzte sich neben ihn auf den First und öffnete den Korb. »Hier ist ein Baguette für Sie. Käse und Schinken, etwas Obst und ein halber Liter Bordeaux. Viel ist es nicht, aber ich bin heute morgen leider noch nicht zum Einkaufen gekommen.« Sie blickte über das Tal, während er einen Schluck aus der Flasche nahm und dann in das belegte Weißbrot biß. »Es ist herrlich hier«, seufzte sie. »Ich könnte hundert Jahre hierbleiben und diese Aussicht genießen, ohne daß mir dabei langweilig würde. Wie ist das bei Ihnen?«

Er sah auf und ließ seinen Blick über die sonnenbestrahlten Baumwipfel und die leuchtend gelben Sonnenblumenfelder am Ende des Tals schweifen, verfolgte das silbrig-blaue Band der Savonne, die stellenweise zwischen den Wäldern und den Bauernhöfen aufblitzte, betrachtete die blaß-orangefarbenen Dächer von Camus in der Ferne. »Hm«, brummte er. »Sehr schön. Wo sind denn Ihre Männerfreunde heute?«

Sie überlegte einen Moment. »Zuletzt hab' ich sie beim Malen gesehen. Da unten.« Sie deutete auf den Wald unten im Tal.

Er biß erneut in sein Baguette. »Ich glaube, sie mögen mich nicht besonders«, sagte er mit Brot und Schinken im Mund.

»Meine Zwillinge? Wie kommen Sie denn darauf?«

Er schluckte. »Ich bin ihnen heute morgen begegnet, und der Dunkle – wie heißt er?«

»Jeremy.«

»Jeremy, ja. Er warf mir einen bösen Blick zu, als ob er mir ins Gesicht spucken wollte.«

Sie nickte. Sie konnte sich diesen Blick genau vorstellen. »Sie sollten sich das nicht zu sehr zu Herzen nehmen, Michel.«

Er aß weiter sein Baguette. »Tu ich auch nicht.«

»Meine Jungs sind manchmal etwas zu temperamentvoll. So sind Künstler eben. Gewöhnliche Leute wie Sie und ich müssen diese, na ja, kleinen Schwächen einfach tolerieren, wenn wir die Früchte ihres Genies genießen wollen. Finden Sie nicht auch?«

»In meinem kleinen Haus lebte auch mal ein Künstler.«

»Wirklich? Wie faszinierend. Was für ein Künstler war er?«

»Eine sie. Ich weiß es nicht, aber es heißt, sie sei temperamentvoll gewesen. Sie hat sich an dem Dachbalken über meinem Bett erhängt.«

Cressida erbleichte und legte sich die Hand auf den Mund. »Wie furchtbar! Haben Sie davon keine Alpträume?«

Er zuckte mit den Schultern. »Das Ganze ist schon lange her. Vor dem Krieg ist es passiert. Sie ist tot; jetzt ist alles nur noch eine Geschichte. Den Dorfbewohnern macht es immer noch angst, glaube ich. Abgesehen von den deutschen Soldaten bin ich der erste, der seither dort lebt.«

»Hier waren *deutsche Soldaten*?«

»Natürlich. Eine Zeitlang verlief die Grenze zwischen Vichy-Frankreich und den besetzten Gebieten genau da unten bei diesen Bäumen entlang. Dieser Bauernhof hier war das letzte Gebäude vor der Grenze. Da drüben war ein – wie nennt man das? – ein Kontrollpunkt auf der Straße, mit Wachmännern und Stacheldraht und Soldaten, die in den Wäldern patrouillierten. Viele der Dorfbewohner hatten Verwandte in Camus, und wenn sie einander besuchen wollten, mußten sie ihre Papiere vorzeigen und sich von den Wachmännern durchsuchen lassen. Es waren Hunderte von Soldaten. Mein Haus war eins der Gebäude, das sie als Quartier nutzten.«

Cressida nahm die Idylle in sich auf und versuchte sich vorzustellen, wie Soldaten darin herumschlichen, die Haß und Angst verbreiteten. »Es muß schrecklich gewesen sein«, sagte sie leise.

Er sah sie von der Seite an und nahm einen Schluck Wein. »Sie sollten sich mit dem alten Monsieur Lacroix unterhalten«, schlug er vor. »Der könnte Ihnen Geschichten erzählen. Damals, als die Deutschen kamen, war er ein junger Mann. Er hat ihnen so einige Schwierigkeiten bereitet, glaube ich, zusammen mit seinen Freunden. Am Ende haben sie ihn eingesperrt und als Zwangsarbeiter in eine Fabrik nach Deutschland gebracht. Als er nach dem Krieg zurückkam, hat seine Mutter ihn fast nicht mehr wiedererkannt.«

Cressida seufzte. »Wie können so furchtbare Dinge an einem so schönen Ort geschehen?«

Er zuckte mit den Schultern. »Die Menschen sind grausam. Alle, in ihren Herzen. Grausam und selbstsüchtig. Warum darüber nachdenken? Jetzt ist das Leben schön, also vergessen Sie es einfach; es sind alles bloß Geschichten.« Er trank den Wein aus und stand auf. »Ich muß zurück an die Arbeit. Ich habe heute morgen spät angefangen. Danke für das Essen.«

Sie blickte betreten auf ihre Füße und machte keine Anstalten zu gehen. »Michel, ich hoffe, Sie halten mich nicht für unverschämt. Aber, es geht um Ihre Arbeit hier.«

»Was ist damit?«

»Würde es Ihnen was ausmachen, wenn ich Sie bitten würde, morgen nicht herzukommen?«

Er starrte sie an. »Sie sind mit meiner Arbeit nicht zufrieden? Aber ich habe doch gerade erst angefangen!«

»Nein, nein, das ist es nicht! Du meine Güte, nein. Ich möchte nur, daß Sie sich ein paar Tage nicht blicken lassen. Machen Sie sich keine Sorgen, ich werde Sie für die Zeit trotzdem bezahlen.«

Er sah sie finster an. »Geld ist nicht wichtig. Ich werde keine Arbeit haben. Ich habe andere Aufträge abgelehnt, um Ihren ausführen zu können.«

»Bitte, Michel. Ich muß bloß einiges klären.«

Er nickte. »Es geht um Ihre ›Jungs‹, stimmt's? Ich hatte recht; die mögen mich nicht.«

»Es ist nicht ihre Schuld«, sagte sie flehend. »Verstehen Sie doch, sie haben sich im Lauf der Zeit so an meine ungeteilte Aufmerksamkeit gewöhnt. Geben Sie mir nur etwas Zeit, um die beiden davon zu überzeugen, daß Sie keine Bedrohung für sie darstellen ... Bitte.«

»Okay«, seufzte er. »Lassen Sie es mich wissen, wenn ich weitermachen soll. Falls Sie nichts dagegen haben, werde ich diese Ziegel noch fertig auswechseln, bevor ich gehe.«

Die Sonne sank am Horizont, als Michel um sechs Uhr die Straße hinaufstapfte. Das Licht war immer noch grell, doch ging die intensive Hitze langsam in schwüle Wärme über. Seine Muskeln schmerzten angenehm von der Anstrengung des Tages, aber die entspannte Fröhlichkeit, die er normalerweise nach getaner Arbeit verspürte, war an diesem Tag gedämpft; selbst der Vorschuß von eintausend Francs, den Cressida ihm aufgedrängt hatte und der nun seine Hosentasche gehörig ausbeulte, konnte seine Laune nicht bessern. Hier war er nun und versuchte, sein Leben zu organisieren – es hatte fast ein Jahr gedauert, bis ihn die Dorfbewohner als einen der ihren akzeptiert hatten –, und nun mußte diese exzentrische Engländerin mit ihren seltsamen Ideen und ihren gräßlichen Schützlingen auftauchen, um ihn daran zu erinnern, warum er hier niemals wirklich zu Hause sein würde. Dennoch, so tröstete er sich, es war gutes Geld, und er würde monatelang Arbeit haben.

Er trat an seine Haustür, ließ die schwere Werkzeugtasche auf den Boden fallen und suchte in seinen Taschen nach dem Schlüssel. Schließlich fand er ihn unter den Banknoten in seiner Hosentasche. Doch er hätte ihn gar nicht gebraucht; als er ihn ins Schlüsselloch stecken wollte, sprang die Tür aus dem Schloß und ging auf. Er ließ die Werkzeugtasche, wo sie war, und trat vorsichtig über die Schwelle. Nach dem hellen Sonnenlicht draußen wirkte der Hausflur dunkler als bei Abenddämmerung. Er verharrte ruhig in der Tür, bis sich seine Augen an die Dunkelheit gewöhnt hatten, dann blinzelte er in Richtung Herd, Sessel, Tisch, sein Bett…

Er erschrak; auf der Bettkante saß ganz ruhig die Gestalt eines Mannes, dessen Gesicht im Schatten lag. »Bonsoir, Michel«, sagte der Mann und lachte dann; ein harsches, verächtliches Lachen, das Michel die Nackenhaare aufstellte. »Haben Sie gar nichts zu sagen, Monsieur Viveau?« Der Mann sprach den Namen voller Abscheu aus. »Sie haben nicht erwartet, *mich* hier zu sehen, oder?«

Cressida holte die große Auflaufform aus dem Ofen und trug sie zum Tisch, während sie das satte Fleisch-, Gemüse- und Kräuteraroma einatmete. Es sollte ein besonderes Abendessen werden; sie hatte den beiden ihr Lieblingsessen gekocht, Boeuf Bourguignon mit Pommes de terre Dauphinoises, Gemüsestreifen und frischen Waldpilzen. Sie hatte ein gestärktes weißes Leinentischtuch und ihr bestes Silber hervorgeholt, und eine soeben geöffnete Flasche Château Latour verströmte ihr Aroma in der Küche.

Sie legte das Besteck zurecht und blickte auf ihre Uhr. Es war bereits nach sieben. Sie hatte die Zwillinge gebeten, um Viertel vor gewaschen und frisiert zu Hause zu sein. Sie ging zum Fuß der Treppe und rief ihre Namen, aber es kam keine Antwort; bis auf das Knacken des abkühlenden Ofens war das Haus so still und tot wie ein Grab. Wo konnten sie nur hingegangen sein? Kopfschüttelnd schnalzte sie mit der Zunge (sie kannte die Angewohnheit der Zwillinge, sich beim Malen völlig in einem einzigen Detail zu verlieren und so die Zeit zu vergessen). Sie schob die Kasserolle in den Ofen zurück und ging nach draußen, um sie zu suchen.

»Wie, zum Teufel, sind Sie hier reingekommen?« fragte Michel wütend.

»Na na«, sagte Jeremy ruhig. »Es gibt keinen Grund, so aggressiv zu sein.«

»Wie sind Sie reingekommen?« wiederholte Michel.

»Die Tür war offen«, sagte Timothy, der hinter ihm stand.

Michel drehte sich blitzschnell um. »Sie auch!« rief er. »Hätte ich mir denken können! Was haben Sie sich dabei gedacht, hier in mein Haus einzudringen?«

»Er hat Ihnen doch gesagt, die Tür war offen.« Jeremy begutachtete angewidert die schäbige Einrichtung und die zerwühlte, ausgeblichene Decke, auf der er saß. »Freiwillig sind wir bestimmt nicht hier, das kann ich Ihnen garantieren.«

»Nein«, sagte Timothy, »wir mögen es sauber.«

»Sauber und ordentlich«, fügte Jeremy hinzu.

»Was wollen Sie?«

»Die Dinge sauber und ordentlich belassen«, antwortete Jeremy schlicht, »besonders unsere Mutter.«

Michel schnauzte sie an: »Was soll bloß dieses blöde Gequatsche von der ›Mutter‹? Sie ist nicht Ihre Mutter.«

»Das ist sie!« schrie Timothy. »Wagen Sie es nicht, das Gegenteil zu behaupten! Sie gehört uns, und Sie können sie nicht haben!«

»Wie bitte?«

Jeremy erhob sich. »Sie ist *unsere* Mutter, und wir werden sie behalten.«

»Ja«, sagte Timothy, »also lassen Sie ihre dreckigen Franzmannhände von ihrer schönen, sauberen Haut, okay?«

Michel starrte ihn an, dann lachte er unvermittelt. »Das denken Sie also?« Er tippte sich mit dem Finger an die Stirn. »*Vous êtes fous*! Ihr beide seid ja irre!«

»Dann erklären Sie uns das hier«, sagte Jeremy und hielt ihm ein großes Blatt Papier vor die Nase.

Es war das Bild von Michel und Cressida, dessen Oberkante an der Stelle einen Riß hatte, wo es vom Nagel gerissen worden war. Michel schaute es fragend an. Als er es näher betrachtete, sah er, daß es verändert worden war; jemand hatte mit einem Stift unbeholfen ein Paar Hörner auf seinen Kopf gezeichnet.

»Wie können Sie es wagen, unserem schönen Bild so was anzutun?« Jeremy schäumte vor Wut.

»Das verrät Ihre teuflischen Absichten«, sagte Timothy.

»Das war ich nicht!« beteuerte Michel, aber sie hörten nicht auf ihn.

»Teufel!« schrie Jeremy, »Zuhälter!«

Michel hob seine Hände. »Ich versichere Ihnen, ich habe *keine* Absichten bei Ihrer Mu-, bei Madame Allan.«

Jeremy sah ihm spöttisch ins Gesicht. »*Mademoiselle*, Sie großer haariger Ignorant!«

Das reichte; Michel hatte genug. Er trat näher und blickte Jeremy herausfordernd an. »Na und?« sagte er ruhig. »Was ist, wenn ich mit Ihrer lieben Mutter ficken will? Was werden Sie dagegen tun, hm?«

Jeremy wurde weiß. »Sie dreckiger *Zuhälter*!« schrie er hysterisch. Schneller als Michel es erwartet hatte, machte er einen Satz auf ihn zu, doch seine kleinen, wild herumfuchtelnden Fäuste trafen nicht. Michel duckte sich vor der linken und packte die rechte am Handgelenk, wirbelte Jeremy herum und drückte sein Gesicht gegen die Wand, wo er ihm nicht mehr auskam, und drehte seinen Arm auf den Rücken. Jeremy stieß mit zusammengebissenen Zähnen einen Schwall kaum verständlicher Obszönitäten aus, während die frustierte Wut ihm Tränen in die Augen trieb.

»Lassen Sie ihn los!« schrie Timothy. »Lassen Sie los – Sie tun ihm ja weh!«

»Gut so«, sagte Michel ruhig. Er bog Jeremys Arm so lange weiter nach oben, bis dieser zu fluchen aufhörte und vor Schmerzen wimmerte. »Jetzt hör mir zu, du verrückter Scheißkerl«, knurrte er und beugte sich vor, bis sein Gesicht ganz nah an Jeremys war. »Eure sogenannte Mutter hält euch beide für Genies. Ich dagegen halte euch für kleine Scheißer, aber ich bin ja auch nur ein ignoranter Bauer. Wenn du aber jemals wieder mit deiner Hand malen willst, wirst du mir jetzt aufmerksam und gut zuhören. Ich hab' überhaupt keine *Absichten* bei ihr, außer meinen Broterwerb zu sichern, dadurch, daß ich ihr helfe, eure kleine Kommune hochzuziehen. Wenn du dich so aufführst, ist das der Sache nicht gerade dienlich. Ich hoffe, meine Warnung ist deutlich genug, also paß auf: ich bin keine Bedrohung für euch, es sei denn, ihr wollt es so. Verstehst du mich?«

»Ich verstehe«, japste Jeremy mit vor Schmerz geschlossenen Augen.

»Jetzt sage ich euch, was ihr tun werdet. Ihr werdet wie liebe kleine Jungs den Hügel hinuntergehen, zurück zu eurer Mutter, und ihr werdet ihr sagen, daß ihr euch darüber freuen würdet, wenn Monsieur Viveau seine Arbeit fortsetzt. Danach werdet ihr beide ihr den Respekt zollen, den sie verdient. Glaubt mir, ich werde es merken, wenn dem nicht so ist.« Er ließ Jeremys Arm los und trat zurück. »Und mach dich zurecht, bevor du sie triffst. Jetzt verschwindet.«

Timothy ging zu Jeremy hinüber, legte ihm einen Arm um die Schultern, blickte Michel mit einer Mischung aus Furcht und Abscheu an und führte Jeremy zur Tür hinaus. Michel knallte sie hinter den beiden zu, ging dann zum Bett und legte sich schwer atmend hin, zitternd vor langsam nachlassender Wut.

»Erstaunlich«, sagte Cressida und stieg über einen abgebrochenen Ast. »Ganz erstaunlich. Die Zwillinge kommen inzwischen ziemlich gut mit Ihnen zurecht.«

Sie sah zu Michel hinauf und lächelte. Im gefilterten Sonnenlicht unter dem lückenhaften Blätterbaldachin schimmerte ihr Haar von Weißblond bis hin zu einem sanften Grüngold und spiegelte die Farben ihrer Augen wider, die vor Freude glitzerten.

Michel zuckte mit den Schultern. »Vielleicht finden sie mich ganz in Ordnung.«

In den letzten Wochen waren Jeremy und Timothy – besonders der schüchterne Timothy – tatsächlich dazu übergegangen, seine Anwesenheit in Le Temple auf überschwengliche, beinahe übertrieben in die Länge gezogene Art und Weise zu akzeptieren, und sie versuchten sogar, ihm – auf eine eher linkische und zimperliche Art – bei seiner Arbeit zu helfen, wenn sie gerade nicht mit ihrer Kunst beschäftigt waren. Michel vermutete, daß letzteres eher dem Zweck diente, ihn zu überwachen, als ihm Freundlichkeit entgegenzubringen.

Für heute hatten sie sich etwas Besonderes ausgedacht. Es war Sonntag, sie waren ungewöhnlich früh aufgestanden und hatten Cressida damit in den Ohren gelegen, Michel zu ihrem üblichen Spaziergang einzuladen. Die beiden bedrängten sie in der Küche und gaben ihr Anweisungen für die Zusammenstellung eines Picknicks, dann schickten sie sie die Straße hinauf, um ihm Bescheid zu sagen. Ihre Einladung hatte ihn überrascht, aber er war froh gewesen, der Langeweile seines freien Tages zu entkommen. Er bot sich an, ihnen seinen Lieblingsweg zu zeigen. Dabei handelte es sich um einen langen, gewundenen Pfad quer durch die Wälder nördlich von Chevalette, der in langen Zickzack-Kurven zu einer Stelle hinunterführte, an der die Savonne in einen breiten, stillen, schilfumwachsenen See floß.

Sie waren, die Zwillingen voran, den Hügel zur Hälfte hinuntergelaufen. Es dauerte nicht lange, bis sie hinter den Bäumen außer Sichtweite geraten waren, während Cressida und Michel langsam weiterwanderten.

»Nein!« sagte sie. »Die beiden mögen Sie wirklich. Ich weiß es.«

Michel bezweifelte es; wenn er von Zeit zu Zeit Jeremy einen spontanen Blick zuwarf, war ihm aus dessen Augen stets eine so abgrundtief bittere Abscheu begegnet, daß es ihm kalt den Rükken runterlief. Aber diese Beobachtung behielt er für sich. Stattdessen stellte er eine Frage, die ihn schon eine ganze Zeit lang bewegte: »Wie haben Sie die beiden kennengelernt?«

»Die Zwillinge? Oh, das ist eine lange Geschichte. Ich gebe Ihnen die Kurzfassung: ich war gerade aus Oxford gekommen und arbeitete für meinen Onkel Toby, der damals eine Galerie in der Cork Street hatte. Ich lernte die Zwillinge während der Ausstellung anläßlich ihres Studienabschlusses bei Goldsmith's kennen. Natürlich habe ich mich sofort in ihre Arbeiten verliebt und ihnen angeboten, einige ihrer Gemälde über die Galerie zu verkaufen. Seitdem sind wir ständig zusammen.«

»Und wie lange ist das her?«

»Hm, mal überlegen ...«, murmelte sie vor sich hin und zählte mit ihren Fingern. »Lieber Gott, es ist fünfzehn Jahre her! Es kommt mir eher vor wie fünf.«

»Sie sind nicht wirklich Zwillinge, nicht wahr?«

»Das könnten sie aber abgesehen von ihrer Haarfarbe gut sein, und Sie werden wohl keine echten Zwillinge finden, die sich ähnlicher sind als meine. Und trotzdem haben sie sich erst auf dem Kunst-College kennengelernt. Ist das nicht erstaunlich?« Sie legte eine Pause ein. »So, nun haben Sie unsere kleine Geschichte gehört; jetzt erzählen Sie mir, wie es dazu kam, daß Monsieur Viveau le Bricoleur in Croydon geboren wurde.«

»Das ist schnell erzählt. Mein Vater meldete sich 1939 freiwillig für den Kriegsdienst. Er war damals fast noch ein Kind. Als die Deutschen kamen, kämpfte sein Regiment an der Seite der Briten. Er wurde mit ihnen zusammen aus Dünkirchen evakuiert und landete schließlich in der französischen Armee unter de Gaulle. Eines Tages lief ihm in London ein hübsches junges Mädchen über den Weg, und sie verliebten sich ineinander. Als der Krieg vorbei war, kehrte er zu ihr nach England zurück, wo sie zu bleiben beschlossen und heirateten.« Er zählte an seinen Fingern ab: »Zuerst bekamen sie meinen Bruder Jean-Marie, dann meine Schwestern Yvette und Arlette, dann kam eine ziemlich lange Zeit, in der sie dachten, sie würden keine Kinder mehr haben, dann kam plötzlich ich.«

»Wieso sind Sie nach Frankreich zurückgegangen?«

»Mein Vater starb, als ich acht Jahre alt war. Als ich zwölf war, heiratete meine Mutter zum zweiten Mal, einen Engländer. Ich hab' ihn gehaßt; er hat sie oft geschlagen und mich auch. Mit achtzehn zog ich von zu Hause aus und ging nach Frankreich, um die Familie meines Vaters zu suchen. Ich machte meinen Militärdienst und bekam einen Paß.«

»Und wie lange ist das her?« Sie lächelte, als sie seine Frage von zuvor wiederholte.

»Sechzehn Jahre. Aber in dieses Dorf bin ich erst vor einem Jahr gekommen.«

»Wieso?«

»Oh, weil ich allein sein wollte. Mir gefiel es in der Stadt nicht mehr.«

Cressida wollte gerade fragen in welcher Stadt, als sie ein Schrei von unten unterbrach. Sie hörte die Zwillinge ihren Namen rufen, dann sahen sie, wie Timothy um die Kurve zu ihnen gelaufen kam. Seine blassen Wangen waren vor Aufregung gerötet. »Komm und sieh dir an, was wir gefunden haben«, sagte er atemlos und nahm Cressida an der Hand.

»Was ist es, Timothy, mein Lieber?« fragte sie.

Er zog an ihrer Hand. »Komm mit und schau es dir an!«

»Timothy, nicht; es ist zu heiß, um zu rennen. Deine arme Mutter wird ja gleich ohnmächtig.«

Während er noch ihre Hand hielt, paßte Timothy sein Tempo ihrem Schritt an, wobei er immer wieder versuchte, sie anzuspornen.

»Was habt ihr denn gefunden?« fragte sie. »Wo ist Jeremy?«

»Du wirst es sehen«, sagte Timothy geheimnisvoll lächelnd. Aber schließlich konnte er vor Aufregung seine Überraschung nicht mehr geheimhalten und platzte heraus: »Es ist eine *Skulptur*!«

»Eine Skulptur?« Cressida blickte Michel an, aber der zuckte bloß mit den Achseln. »Was für eine Skulptur, Timothy?«

»Du wirst schon sehen«, erwiderte er.

Nach weiteren fünfzig Metern wurde der schmale Waldweg plötzlich breiter und führte geradewegs auf eine kleine Lichtung von etwa zehn Metern Durchmesser. In deren Mitte stand eine große Buche mit schweren Ästen, die beinah bis auf den nackten Waldboden reichten und eine schattige Kuppel bildeten. Am Ende ihrer zahlreichen Zweige baumelten kleine, glänzende, schwarze Objekte, die wie Weihnachtskugeln an Schnüren hingen. Jeremy stand hinter dem Stamm unter den ausladenden Zweigen und betrachtete eins dieser seltsamen Objekte. Er stupste es an, und es schwang sacht hin und her. Als er die beiden näherkommen hörte, blickte er auf.

»Es sind *Guinness*-Dosen«, sagte er ungläubig.

»Siehst du?« sagte Timothy und drückte Cressidas Hand. »Ich hab's dir ja gesagt; es ist eine Skulptur.«

»Der Guinness-Baum!« sagte Jeremy.

Timothy rannte zu ihm, und zu zweit begannen sie, die Äste zu schütteln, wodurch die Dosen hin- und herbaumelten und gegen die Äste und Zweige schlugen, daß es nur so schepperte.

Cressida warf Michel einen fragenden Blick zu. »Ist das ein seltsamer lokaler Brauch, oder hat hier eine ›Party al fresco‹ stattgefunden, oder was glauben Sie?«

Er schüttelte den Kopf. »Ich weiß es nicht.«

»Wie außergewöhnlich ... Oh, *Jeremy*, sei vorsichtig; du hast es kaputtgemacht!« Eine der baumelnden Dosen hatte sich vom Zweig gelöst und war mit einem hohlen, blechernen Klappern zu Boden gefallen.

»Fallobst!« rief Jeremy und eilte hin, um sie aufzuheben.

Michel beobachtete gespannt, wie Jeremy die Dose untersuchte, sie in seinen Händen hin- und herdrehte und an den Resten der Schlinge um ihren Rand zog. Er war so sehr in seine Betrachtung vertieft, daß er kaum bemerkte, wie Cressida ihn ansprach.

»Hm?« brummte er.

»Ich sagte, ich hatte keine Ahnung, daß sogar in Frankreich Stout getrunken wird.«

»Nein«, sagte er geistesabwesend. »Nein, es ist kein besonders verbreitetes Getränk hier.«

»*Irgend jemand* scheint es offenbar zu mögen«, sagte sie.

Er hörte nicht zu. Jeremy hatte aufgehört, an der Schnur zu ziehen, und schüttelte nun die Dose, drehte sie immer wieder auf den Kopf und blinzelte zwischendurch in die Öffnung an der Oberseite. »Da ist etwas drin«, sagte er, »ein Stück Papier.«

Timothy ging zu ihm und spähte ihm über die Schulter. »Vielleicht ist es eine Mitteilung«, mutmaßte er.

»Die uns verrät, wo wir einen Schatz finden!« rief Jeremy und versuchte, einen Finger in das Loch zu stecken.

»Laß mich das machen, Liebling«, sagte Cressida und nahm ihm die Dose aus der Hand. »Wir wollen doch nicht, daß du dir in den Finger schneidest, oder?« Sie drehte die Dose auf den Kopf und schaute hinein, dann faßte sie mit zwei Fingern hinein und zog den seltsamen Inhalt heraus. Es war ein dünner Papierstreifen, der längsseits gefaltet war.

»Meins!« rief Jeremy, riß ihn ihr aus den Fingern und faltete ihn auf.

»Es ist keine Schatzkarte«, sagte Timothy, während er darauf starrte.

»Was ist es denn?« fragte Cressida.

Jeremy sah sie irritiert an. »Eine Bordkarte«, sagte er.

»Eine Bordkarte von einer Fähre. Sieh doch; hier steht ›Brittany Ferries‹.«

»Oh«, sagte Cressida. »Dann sind hier wohl ein paar britische Touristen vorbeigekommen, stimmt's?«

»Aber wieso sollten sie so eine Karte dabeihaben?« fragte Timothy. »Wir mußten unsere immer abgeben, weißt du nicht mehr?«

»Da steht ein Name drauf«, sagte Jeremy. »Michael Spring, glaube ich. Die Handschrift ist furchtbar – ganz groß und geschwungen, wie von einem Mädchen.«

»Das wird ja immer merkwürdiger«, sagte Cressida verwundert. »Ich frage mich, wer Michael Spring ist?«

Jeremy sah die Karte einen Moment lang an, dann tippte er triumphierend mit seinem Finger darauf. »Michael Spring!« sagte er. »Michel Viveau! Es ist derselbe Name!«

»Lieber Gott«, sagte Cressida und drehte sich um, um Michels Gesicht zu sehen. »Oh… Lieblinge, habt ihr –«

»Nein, das stimmt nicht«, wandte Timothy ein. »Spring heißt auf französisch *la source*, nicht *viveau*. So ein Wort gibt es gar nicht.«

»Könnte es aber geben«, beharrte Jeremy. »*Vive eau*; lebendiges Wasser, Quelle, *Spring*; es klingt poetischer als *la source.*«

»Seid mal einen Moment lang still, Kinder«, bat Cressida. »Hat einer von euch gesehen, wo Michel hingegangen ist?«

Sie schauten auf und schüttelten den Kopf. Plötzlich deutete Timothy mit seinem Zeigefinger hinter den Baum. »*Da* ist er! Michel! Sehen Sie sich das an!«

Er war auf die andere Seite des Baumes gegangen, um sich die aufgehängten Dosen anzuschauen, und man sah nur einen Teil seines Körpers. Auf Timothys Rufen hin kehrte er zu ihnen zurück. »Was ist?« fragte er.

Nur Cressida bemerkte den Ausdruck in Michels Gesicht, als er sich die Bordkarte ansah. Die Zwillinge waren viel zu aufgeregt über ihre Entdeckung. Unter der sonnengebräunten Haut wich ihm die Farbe aus den Wangen, die Augen weiteten sich, und der Kiefer sackte herunter. Er erholte sich jedoch rasch von dem Schreck, hustete und wedelte mit der Karte hin und her, als ob nichts gewesen wäre. »Jetzt verstehe ich«, sagte er. »Ich glaube, ich weiß, wer das getan hat. Ein paar meiner Freunde im Dorf machen gern Witze über meine englische Abstammung. Sie nennen mich manchmal *l'Immigrant*. Ich glaube, das hier ist einer ihrer kleinen Späße. Sie wissen, daß ich sonntags oft hier spazierengehe.«

Cressida entspannte sich. »Oh, ich verstehe. Diese ungehobelten Kerle können auf recht eigenartige Ideen kommen, finden Sie nicht auch?«

»Ja ... Ich hoffe, Sie haben nichts dagegen, wenn ich mich jetzt entschuldige. Es tut mir sehr leid, aber ich denke, ich sollte jetzt lieber nach Hause gehen. Ich bin sicher, Sie werden den Weg zurück von hier aus auch ohne mich finden.«

Cressida machte ein langes Gesicht. »Aber was wird aus unserem Picknick?«

»Es tut mir leid. Bitte seien Sie nicht beleidigt. Ich habe eine Verabredung. Guten Tag.« Ohne ein weiteres Wort drehte er sich um und verschwand.

»Michel!« rief sie ihm noch nach. »*Michel*!«

Doch es war sinnlos; er war bereits in den Bäumen verschwunden. Die Zwillinge traten rechts und links zu ihr.

»Was für ein seltsamer Mann«, grübelte Timothy.

»Komm weiter, Mutter«, sagte Jeremy und hakte seinen Arm unter. »Sieh es doch mal so: jetzt bleiben für uns mehr Brote und Getränke!«

Widerwillig ließ sie sich von den beiden zum Schilfsee führen, während sie besorgte Blicke über ihre Schulter zurückwarf.

Völlig außer sich stapfte er keuchend durch den Wald den steilen Hügel hinauf und fühlte sich, als umhülle die Verwirrung seinen Geist wie aufziehende Nebelschleier und drohe ihn zu ersticken. Er stolperte über Wurzeln und durch Unterholz, herunterhängende Zweige schlugen ihm ins Gesicht. Bei jedem Richtungswechsel kam er beinah vom ausgetretenen Weg ab, er war in Panik, und sein Verstand taumelte hilflos durch ein Dickicht aus unauflösbaren Widersprüchen und halb begrabenen, vom Unkraut der Zeit überwucherten Erinnerungen.

Er stolperte weiter und fiel ein paarmal fast hin, mindestens zweimal rutschten ihm die leere Dose und die Karte aus der Hand, und er mußte sie zwischen fauligen Blättern auf dem moosigen Waldboden suchen. Als er sich beim zweitenmal wieder aufrichtete, nachdem er die Karte aus einem Gestrüpp besonders aggressiver Brennesseln herausgeholt hatte und er fluchend an seinen anschwellenden Fingern lutschte, traf ihn ein zweiter, gräßlicher Schlag.

Nur wenige Meter vor ihm flatterte etwas Kleines an einem Baumstamm. Er trat die Brennesseln beiseite und ging näher heran. Es handelte sich um einen schmalen Streifen Hochglanzpapier, der mit Hilfe einer Stecknadel an der Rinde befestigt worden war. So wie er aussah und sich anfühlte, war klar, daß es sich um einen Ausschnitt aus einem Magazin handelte, der aber nicht einfach nur ausgeschnitten, sondern ganz vorsichtig mit dem präzisen Schnitt einer Rasierklinge entlang den gewundenen Linien des Fotomotivs herausgetrennt worden war. Genaugenommen handelte es sich um einen Teil eines Fotos, ein Bein; ein Frauenbein, welches in einem weißen Strumpf steckte und einen weißen, hochhackigen Schuh trug. Oberhalb des Strumpfes war ein wenig nacktes Fleisch zu sehen und darüber endete der Zeitungsausschnitt mit einem gewellten Rand, als ob die Rasierklinge dem Saum eines Minirocks gefolgt wäre.

Michel nahm das Papier herunter und starrte es an, während seine Panik nachließ und in simple Bestürzung überging.

Ein paar Schritte weiter fand er an einem anderen Baum am Wegrand ein weiteres, sorgfältig ausgeschnittenes Stück Papier; diesmal handelte es sich um einen schlanken Arm, der genau über dem angewinkelten Ellbogen abgeschnitten worden war und so aussah, als wären die abgespreizten Finger der Hand in die Hüfte gestemmt. Wiederum etwas weiter fand er das andere Bein in dem weißen Strumpf, dann den zweiten Arm. Das fünfte Papier war das größte und zeigte einen Torso bis zu den Schultern. Der Torso war bekleidet mit einem sehr knappen weißen Kleid mit kurzen Ärmeln. Ein kleines dunkles Dreieck aus Schamhaaren lugte unter dem Saum hervor, das Kleid war auf der Vorderseite bis runter zu einem breiten Hüftgürtel aufgeknöpft und gab den Blick auf ein Paar großer Brüste mit rosa Warzen frei.

Während er so dastand und die Puzzleteile untersuchte, sie in seinen Fingern hin- und herdrehte, sie zusammenfügte und dabei versuchte, sich über ihre Bedeutung klar zu werden, kam ihm ein Gedanke. Er drehte sich um und blickte den Weg zurück auf die Bäume, die diese seltsamen Früchte getragen hatten. Es bestand kein Zweifel: Wären sie schon vorher da gewesen, hätte er sie sehen müssen. Jemand mußte sie also in den letzten dreißig Minuten an die Bäume gepinnt haben.

Seine Panik steigerte sich wieder, und er eilte davon. Im Weiterrennen suchte er die Baumstämme am Wegrand mit den Augen ab, doch der fehlende Kopf der Figur war nicht zu finden. Er hatte auch kein wirkliches Verlangen danach, ihn aufzuspüren; zumindest nicht, solange die Person, die dies getan hatte, sich immer noch hier draußen herumtreiben konnte und ihn eventuell mit der Absicht beobachtete, ihn zu packen und ihm das gleiche wie dem Foto anzutun.

Schließlich stürzte er am Ende des Wegs aus dem Wald und rannte weiter über die Straße. Er blieb nicht eher stehen und drehte sich auch nicht um, bis er keuchend und zitternd vor seiner Haustür angekommen war.

Mon cher Michel,
oh, was ist aus Dir geworden! Ich habe erfahren, daß Du Deinen Lebensunterhalt als bricoleur *verdienst. Wie reizend. Und was für eine malerische Umgebung. Als ich Deine kleine Hütte gesehen habe (dieser entzückende* Charente-*Stil), hätte ich fast wieder kehrtgemacht und Dir Dein neues Leben gegönnt. Stell Dir das mal vor! Aber nein, ich war gezwungen, meine Gefühle außer acht zu lassen und die volle Verantwortung zu übernehmen, so beschwerlich dies auch sein mag.*

Du fragst Dich bestimmt, wer ich bin. (Zumindest nehme ich an, daß Du es wissen möchtest, jetzt, da Du meine kleinen cadeaux *erhalten hast. Ich hoffe, sie gefallen Dir und wecken in Dir schöne Erinnerungen an vergangene Zeiten.) Ich finde wirklich, daß ich einen Namen haben sollte, oder? Du kennst bereits einen meiner Namen, aber der ist so unglaublich einfallslos, daß ich meinen Stift nicht dazu bringen kann, seine elende Form aufs Papier zu bringen. Daher nehme ich mir ein Beispiel an Deinem respektlosen Umgang mit Namen (also wirklich, Du behandelst Namen wie Huren, die man wegwirft, sobald sie einem nicht länger zu Diensten sind; wie viele hast Du auf diese Weise schon vergewaltigt, Michel? Drei? Namen verdienen etwas mehr Respekt, mein Freund)... Wo war ich stehengeblieben? Ach ja: ich nehme mir ein Beispiel an Dir und erfinde einfach einen Namen; einen zweckdienlichen, den ich mir selbst ausdenke. Laß mich überlegen ...*

Das erinnert mich an etwas ...

Als ich noch ein rotznasiger Bengel war, hatte ich ähnlich wie Sméagol eine Vorliebe für Gossen, Rinnsteine und andere schäbige, heruntergekommene Winkel. Ich entwickelte ein Geschick darin, diesen Plätzen all ihre kleinen, dunklen Geheimnisse zu entreißen, die die übrige Menschheit nicht wahrnimmt, wenn sie mit himmelwärts gerichteten Blicken vorbeigeht. Ich glaube tatsächlich, daß ich in einem früheren Leben meinen Unterhalt in den Abwasserkanälen des viktorianischen London verdient haben könnte. Ich schweife schon wieder ab ... Der springende Punkt ist, daß meine liebe alte Großmutter (die verbittertste Alte aus Aberdeen, die je ein unschuldiges Kind verflucht hat; möge der Teufel ihre jämmerliche Seele verbrennen) manchmal mitbekam, daß meine bösen Finger schwarz vom Rinnsteinschlamm waren, und sie mich dann immer anherrschte: »Du dreckiger kleiner Gossenstreuner!« Diese Bezeichnung klebte fortan wie der Schlamm aus dem Rinnstein an mir, und seitdem nannte sie mich so.

Irgendwie habe ich meine Begeisterung für die schmierigen, ausrangierten Geheimnisse der Welt nie verloren. Im Herzen bin ich noch immer ein Gossenstreuner, und deshalb darfst Du mich so nennen.

Betrachte mich als Dein Gewissen, Michel. Ich bin nämlich nicht sicher, ob Du ein eigenes hast. (Ich meine, das unglückliche Geschäft an Bord der Esprit de Cotentin; *wie konntest du nur, Michel? Und Guinness-Dosen? So schwer sind die doch gar nicht, oder? Der Kanal wird sein dunkles Geheimnis am Ende sicher freigeben.) Aber fürchte Dich nicht; ich bin hier, um Deinen Mangel an Schuldgefühlen auszugleichen. Du kannst Dich darauf verlassen, daß ich mich nicht davor drücken werde; ich werde stets in den Schatten um Dich herum existieren, niemals schlafen, und ich werde Dir helfen, Dich zu erinnern. Ich bin bei Dir, in Dir, ein Teil von Dir. Wir sind eine Seele.*

Also bitte sei versichert, Michel, daß ich nicht von Dir weichen werde.

Dein treuer und pflichtbewußter
Gossenstreuner

Michel legte den Brief neben die Guinness-Dose, die Bordkarte und das inzwischen vollständige Papierpuzzle auf den Tisch. Er hatte den Brief hinter der verriegelten Tür seines Hauses vorgefunden. Im Umschlag hatte sich auch der fehlende Kopf der Frau befunden; unter einem kleinen weißen Barett steckte ein dunkelhaariger Bubikopf, der ein Gesicht mit schläfrigen Augen und einem Schmollmund umgab. Das erklärte alles; was er für ein Kleid gehalten hatte, war in Wirklichkeit ein Sado-Maso-Kostüm.

Er schlug sich die Hände vors Gesicht und grub sich die Finger in die Augen. Daß es so enden würde, hätte er nicht erwartet. Diese kleine Gemeinde lag so abgeschieden, tief versteckt im Herzen eines fremden Landes, und er hatte seine Spuren derart gründlich verwischt und sich so trefflich getarnt, daß es selbst ihm manchmal schwerfiel, eine Verbindung zu seiner Vergangenheit herzustellen. Natürlich hatte er auch immer wieder an seiner Tarnung gezweifelt, so daß er sich gelegentlich, aus Angst davor, entdeckt zu werden, verunsichert umgedreht hatte; aber das hier hatte er nicht erwartet. Er hatte eher mit einem unerwarteten Klopfen an der Tür gerechnet; die *Gendarmen* mit gezückten

Pistolen, vielleicht in Begleitung von einem oder zwei bekannten Gesichtern; die lange Heimfahrt in Handschellen und die endlosen Fragen. Aber nicht diesen rätselhaften, gesichtslosen Spott.

Ihm blieb keine Wahl. Entschlossen stand er auf, ging quer durchs Zimmer und sammelte all seinen Besitz auf dem Tisch. Dazu brauchte er nicht lange. Außer seinem Werkzeug paßte alles, was er besaß, in einen Eimer. Da er auch keine Taschen hatte, packte er die Dinge, die er mitnehmen wollte, in den alten, robusten Schuhkarton seiner *bricoleur*-Stiefel. Nach getaner Tat war der Karton kaum Dreiviertel voll. Er zögerte, dann legte er die Guinness-Dose, das zerschnittene Foto, die Karte und den Brief mit hinein. Er faltete auch das Bild der Zwillinge zusammen und legte es dazu. (Jetzt wußte er auch, woher die Teufelshörner kamen.) Zuletzt legte er eine Tabakdose hinein, die er zwischen den Schichten seiner Strohmatratze versteckt hatte.

Als er fertig war und seine Ersparnisse gezählt hatte (neuntausendfünfhundertzwanzig Francs, plus fünfzig Pfund Sterling), setzte er sich aufs Bett und wartete.

»Ich finde, wir haben lange genug gewartet, was meint ihr?« fragte Cressida wehmütig.

Die Zwillinge sahen sich über den Rand ihrer Zeitungen hinweg an, sagten aber nichts. »Ich meine«, fuhr sie fort, »ich habe versucht, höflich auf Distanz zu bleiben, aber findet ihr nicht auch, daß vier Tage eine ziemlich lange Zeit sind, sich gar nicht zu melden?«

Jeremy legte seine Ausgabe von *Le Monde* beiseite. »Laß ihn in Ruhe, Mutter. Du hast an seine Tür geklopft. Was sollen wir denn noch tun? Wenn er schmollen will, ist das seine Sache.«

»Aber was ist, wenn er krank ist?« fragte Cressida besorgt.

»Dann sollte er zum Arzt gehen«, sagte Timothy. »Das geht uns nichts an.«

Cressida schüttelte den Kopf und stand auf. »Nein«, sagte sie und schaute die beiden streng an. »Ich glaube eher, daß ihr Jungs ganz zufrieden mit der Situation seid. Ich werde zu ihm gehen und nachsehen. Sollte er krank oder in Schwierigkeiten sein, würde ich es mir nie verzeihen, nichts unternommen zu haben.« Sie bemerkte den starren Blick der beiden und errötete leicht. Dann fügte sie hinzu: »Ich meine, ich bin sozusagen seine Arbeitgeberin, also trage ich eine gewisse Verantwortung.«

Cressida stand vor der Tür des schäbigen kleinen Hauses in der Nähe des ausgedienten Brunnens und klopfte. Dann klopfte sie erneut. Und klopfte noch einmal. Sie rief seinen Namen, doch es kam keine Antwort. Die Fensterläden standen offen, und sie versuchte, einen Blick hineinzuwerfen, aber drinnen war es dunkel, und die Scheiben waren blind vor Schmutz.

In den folgenden Tagen versuchte sie es noch einige Male, dann gab sie entmutigt auf. Keiner im Dorf hatte ihn gesehen; alle Äußerungen über ihn waren im Grunde recht vage, und sein Verschwinden schien niemanden sonderlich zu überraschen, aber Cressida war nicht sicher, ob dieser Eindruck täuschte, weil sie den Dialekt der Leute im Dorf nicht gut verstand.

Obwohl Cressida noch lange wartete, kehrte Monsieur Viveau nie nach Le Temple zurück, und seine Arbeit an ihrer Kommune für großartige Künstler sollte für immer unvollendet bleiben.

Im selben Moment, als Cressida vergeblich an der Tür des verlassenen Hauses klopfte, bahnte sich die *Duc de Normandie* ihren Weg um die Spitze der Isle of Wright und steuerte Portsmouth Harbour an. Douglas Bailey saß auf einem Barhocker und bestellte einen Drink für seinen neuen Freund.

»Dasselbe noch mal, Paul?« fragte er. »Schön – können wir noch mal zwei Halbe kriegen, bitte?«

Sie hatten eine Unterhaltung angefangen, während sie an der Reling des Hecks gestanden und zugesehen hatten, wie der Strand von Ouistreham am Horizont verschwand. Da er sich auf dem Heimweg von einem Urlaub mit seiner Familie befand, war

Bailey in einer entspannten, besinnlichen Stimmung. Er hatte den Fremden mit dem dichten Schnurrbart, der sich mittlerweile in einem nachwachsenden Bart verlor, mit den Worten angesprochen: »Sehen Sie das? Das war der Sword Beach.« Er zeigte auf den hinter ihnen liegenden Strand. »Da ist mein Vater am *D-Day* an Land gegangen.«

Der Fremde hatte mit Erinnerungen an die Kriegszeiten seines eigenen Vaters geantwortet; irgendeine Bombergeschichte. Ihre Unterhaltung plätscherte so dahin, bis sie auf Oldtimer zu sprechen kamen, für die beide eine Leidenschaft hegten. Als die Fähre die Hälfte des Kanals überquert hatte, war Bailey bereits mit fast der gesamten Lebensgeschichte von Paul vertraut.

»Na«, sagte er und nahm einen Schluck Bier, »wartet denn Arbeit auf Sie in England?«

Paul schüttelte den Kopf. »Da mach' ich mir wenig Hoffnungen.«

»Und Sie kriegen vermutlich keine Arbeitslosenunterstützung, weil Sie so lange außer Landes waren.«

»Nein, vermutlich nicht.«

Bailey trank noch einen kräftigen Schluck und sah ihn an. »Also, ich seh' es nicht gerne, wenn jemand, der freiwillig im Ausland gelebt hat, in sein eigenes Land zurückkehrt und man ihm dort die kalte Schulter zeigt. Warum arbeiten Sie nicht für mich?«

»Für Sie?«

»Ja, warum nicht? Ich kann immer einen hellen Kopf gebrauchen, der ein Gespür für alte Autos hat. Außerdem gefällt mir Ihre Nase. Ich hatte schon immer ein Gespür für ehrliche, gute Kerle. Das liegt mir einfach, glaub' ich; ich hab' eine gute Menschenkenntnis.«

»Also, das ist wirklich sehr nett von Ihnen …«

»Nett, nett, Blödsinn. Sie würden mir damit einen Gefallen tun.« Er leerte sein Glas. »Trinken wir noch eins, bevor wir anlegen?«

13

»SAG HALT…« CAROLE kippte die Flasche, und der Rotwein floß in Stevens Glas. Als es zu zwei Dritteln voll war, hob er die Hand. Ihr eigenes Glas ließ sie randvoll laufen, trank einen großen Schluck und füllte es wieder auf. Sie stellte die Flasche in den Kühler, lehnte sich im Armsessel zurück und zündete sich eine Zigarette an.

»Willst du dich nicht zu mir setzen?« fragte er und deutete auf den freien Platz neben sich auf dem Sofa.

Sie schüttelte den Kopf und nahm noch einen großen Schluck Wein. Sie bezweifelte ohnehin, daß sie in dieser Nacht viel schlafen würde, daher war es egal, wieviel sie trank und welche Geräusche sie sich später einbilden würde.

Steven beobachtete sie. Seit sie aus Haworth zurückgekehrt waren, war sie sehr schweigsam gewesen und hatte während des Abendessens kaum ein Wort gesprochen, auch hatte sie nicht verraten, warum sie sich mit Ros gestritten hatte. Und jetzt stürzte sie den Wein hinunter, als gäbe es kein Morgen. Irgend etwas Bedeutsames war zwischen ihr und Ros vorgefallen; mehr als bloß ein Zank; etwas, das den Wunsch in ihr hervorgerufen hatte, sich von dem bedrohlichen Geheimnis tief in ihrem Inneren zu befreien. Durch allerlei Hinweise, Anspielungen und Andeutungen war ihm wohl bewußt, daß ein dunkler Schatten auf den Jahren vor ihrer Zeit als zurückgezogene Heuschreckenfarmerin lag; etwas, das sie getan hatte oder das man ihr angetan hatte, etwas, das furchtbar für sie gewesen sein mußte und wofür sie sich schämte. Ihr großes Geheimnis. Er fragte sich, wie es wohl zu seinem passen würde.

»Zeit für Geständnisse, was?« fragte er und versuchte die Unterhaltung in Gang zu bringen.

»Das kann man wohl sagen ... Steven, liebst du mich?«

»Das weißt du doch. Hör mal, ich fänd's wirklich besser, wenn du neben mir sitzen würdest.«

»Nein ... ich will dir ins Gesicht sehen können. Ich hoffe, du wirst mich immer noch lieben, wenn ich dir erzählt habe, was es zu erzählen gibt.«

»Versuch's mal. Ich bin sicher, daß ich das tun werde. Ich kann mir nicht vorstellen, was so Fürchterliches du getan haben könntest.«

»Nun, das kannst du selber beurteilen.« Wieder füllte sie ihr Glas auf. »Ich frage mich, ob ich nicht besser noch eine Flasche hole. Ich glaube, es könnte eine Geschichte für zwei Flaschen werden.«

Sie tat sich schwer, einen Anfang zu finden. »Laß mich dir helfen«, sagte er. »Warum beginnst du nicht damit, wieso du keine Ärztin geworden bist? Das hängt doch vermutlich alles zusammen?«

»Irgendwie schon. Ich bin keine Ärztin geworden, weil ich es nicht genug wollte. Oder weil ich nicht gut genug war. Oder beides. Mein Vater wollte, daß ich Medizin studiere. Ich wollte Schauspielerin oder Sängerin werden. Ich habe bei allen Schulaufführungen und Konzerten mitgemacht.«

Er lächelte. »Ich wette, du warst gut. Du hast eine reizende Stimme.« Das stimmte; von Zeit zu Zeit hatte er sie kleine Liedchen singen hören, und sie sang garantiert besser als die meisten. Wenn sie sang, hatte ihre Stimme, ebenso wie beim Sprechen, eine wunderbare, volle Süße. In der Tat erinnerte er sich daran, daß er sich zuallererst in den Klang ihrer Stimme verliebt hatte, die sein schwankendes Unterbewußtsein erobert hatte.

Sie lächelte. »Vielleicht. Aber für meinen Vater war das keine anständige Karriere. Plan A für mich sah vor, Anwältin zu werden, so wie er. Dann erkannte er, daß ich mich mit Naturwissenschaften leichter tat, also trat Plan B in Kraft – Medizin. Er hatte mich schon für eine Fachpraxis in London vorgemerkt, als ich noch mitten in meinen Eignungsprüfungen steckte. Jedenfalls ging ich nach Nottingham, um dort mein Medizinstudium aufzunehmen. Nicht, daß ich es gehaßt hätte, aber ich war nie mit dem Herzen dabei. Am Ende des dritten Jahres waren meine Noten so schlecht, daß die medizinische Fakultät und ich übereinkamen, es sei wohl für beide Seiten das Beste, wenn wir uns trennten. Danach hing ich ein paar Jahre lang rum, ohne etwas Besonderes zu tun. Dann kam Dad mit Plan C an – ich sollte die Ausbildung, die ich bereits absolviert hatte, nutzen und Krankenschwester werden. Zu dieser Zeit hatte Dad, was mich betraf, seine Ansprüche gesenkt. Michael war an der Universität und wurde Ingenieur. Er hatte die Rolle des Ehrgeizigen übernommen, deshalb hatte er mich vom Haken gelassen.

Ich hab' mir als Krankenschwester wirklich Mühe gegeben. Ich war selbst überrascht, daß es mir so gut gefiel; es schien so, als hätte ich tatsächlich eine Nische für mich gefunden. Trotzdem gab ich mein eigentliches Ziel nie ganz auf. Ich bewarb mich an der *Royal Academy of Dramatic Arts*, die mich tatsächlich aufnehmen wollte, aber mein Vater war dagegen; er versagte mir die finanzielle Unterstützung, da ich meine Chance an der Universität schon gehabt hätte; er weigerte sich schlichtweg, mir weiterhin zu helfen.«

»Hättest du nicht selbst für dich sorgen können?« fragte Steven. »Du scheinst mir sehr anstellig zu sein.«

»Vielleicht, aber bei der ganzen Geschichte ging es um viel mehr als Geld. Wenn ich zurückblicke, glaube ich, daß mir seine Anerkennung mindestens genauso wichtig war wie sein Geld. Das war schon immer so, glaube ich. Und er hielt nichts von der Schauspielerei. ›Weißt du, wie viele Schauspieler es auf der Welt gibt?‹ sagte er immer. ›Ist dir eigentlich klar, daß über neunzig Prozent von ihnen arbeitslos sind? Meine Tochter wird das nicht durchmachen…‹ und so weiter. Also blieb ich weiter Krankenschwester…« Sie verstummte und nippte an ihrem Wein.

»Und was ist schiefgegangen?« warf Steven ein.

Sie schüttelte den Kopf. »Nichts. Nach meinem Abschluß arbeitete ich ein paar Jahre auf der Unfallstation. Aber es war mir da zu heftig, also hängte ich noch ein paar Zusatzprüfungen dran und wechselte in die Pädiatrie. Von da an lief alles glatt. Ich zog aus dem Haus meiner Eltern aus und mietete mir eine eigene Wohnung mit Beverley.«

»Beverley?«

»'tschuldigung, ich greife vor. Beverley hab' ich kennengelernt, als ich auf der Unfallstation arbeitete. Ich habe dir ja erzählt, daß es mir zu anstrengend war; ich meine, die Unfallstation hinterläßt nach einer Weile bei allen Mitarbeitern ihre Spuren, aber Beverley war unglaublich stark. Sie ließ einfach nichts an sich ran. Ich will damit nicht sagen, sie sei kalt oder gefühllos gewesen, denn das war sie bestimmt nicht; sie war nett und geduldig, und sie war nie angespannt oder müde oder aufgewühlt, wie der Rest von uns. Sie machte einfach ihre Arbeit und war immer zur Stelle, wenn man sie brauchte. Sie war ein wahrer Engel.

Es geschah einmal während der Nachtschicht. Es war eine der schlimmsten Nächte, an die ich mich erinnere. Es hatte eine Schlägerei zwischen Fußballfans gegeben. Die ganze Station war voll von ihnen. Ein paar hatten schlimme Verletzungen. Dann wurden auch noch zahlreiche Verletzte von einem verheerenden Verkehrsunfall irgendwo bei Dartford eingeliefert. Ein Schwertransporter war über zwei Spuren hinweg in den Gegenverkehr gerast, glaube ich, und die Unfallopfer hatten Verbrennungen, Halswirbelverletzungen, Quetschungen, Knochenbrüche; zu Dutzenden wurden sie auf Tragen hereingebracht. Wir versuchten wie wild, uns um alle zu kümmern, und schließlich gingen uns die Narkosemittel und Blutreserven aus. Irgendwann rastete einer der Fußballfans aus. Er stürmte in einen Behandlungsraum, wo man sich gerade anschickte, jemandem, dem ein Messer in den Hals gerammt worden war, eine Bluttransfusion zu geben. Ich glaube, es war ein Fan der gegnerischen Mannschaft oder so was, weil dieser Trottel anfing, den Patienten und die Pfleger zu beschimpfen, und sich dann den Tropf griff und versuchte, die Nadel rauszureißen. Dazu kam ein junger Assistenzarzt, den man nach abgeleisteter Sechsundzwanzig-Stunden-Schicht wieder zurückbeordert hatte. Er war völlig erschöpft und kaum mehr bei Sinnen. Er verlor die Beherrschung und hätte den Hooligan niedergeschlagen, wenn Beverley nicht dazwischengegangen wäre und ihn zurückgehalten hätte. Ich werde das nie vergessen; der Besoffene fing an rumzuschreien und ihr alle möglichen Obszönitäten an den Kopf zu werfen – er bedrohte sie am Ende sogar, aber sie zuckte nicht mal mit der Wimper. Sie redete einfach ganz ruhig auf ihn ein und führte ihn dann wie ein Lamm ins Wartezimmer, setzte ihn hin und… also, es war einfach unglaublich. Dann kam sie zurück und kümmerte sich wieder um die Verletzten.

Aber es gab auch noch andere erstaunliche Sachen. Ich erinnere mich, wie einmal ein Typ eingeliefert wurde, der einen… also, weißt du, diesen … Vibrator in seinem Rektum hatte. Er wurde auf dem Bauch liegend und mit einer Decke zugedeckt reingeschoben, und dieses –« Carole schmunzelte und formte mit ihrer Hand ein kleines Zelt »– dieses *Ding* steckte da drin.«

»Das glaub' ich nicht«, sagte Steven grinsend.

»Doch, es stimmt. Und er war auch nicht gerade klein, sondern so ein großer, riesiger… Gott, er muß die Größe von einer Gurke gehabt haben. Der Himmel weiß, wie er den da reingekriegt hat. Es ist wirklich wahr. Wenn du mal sehen willst, was Perverse für einen Kick so alles tun, brauchst du bloß eine Weile in der nächsten Unfallstation rumzuhängen. Wir hatten Männer mit tiefen Wunden von Fesseln, zerfetzten Penissen, weil sie versucht hatten, mit Hilfe eines Staubsaugers zu masturbieren oder mit Mixgeräten oder Gott weiß was sonst noch. Du ahnst ja nicht, welche Experimente die mit Elektrizität angestellt haben. Manches, was wir gesehen haben, blieb uns einfach ein Rätsel.« Carole verstummte, starrte ausdruckslos in den Raum und ihr Lächeln war verschwunden. »Ich bin ganz schön abgeschweift, oder? Wo war ich? O ja, der Mann mit dem Vibrator. Beverley hat sich um ihn gekümmert. Er war *dunkelrot* vor Erniedrigung und Schmerz, aber Beverley nahm sich der Sache professionell an; da war nicht die Spur eines Lächelns oder eines Augenzwinkerns zu sehen. Sie behandelte ihn, als ob es nichts anderes wäre als ein Splitter im Finger. Also, was ich sagen will, ist, daß Beverley jeden genau gleich behandelt hat, egal wie pervers oder wütend oder gewalttätig er war – mit Freundlichkeit, Geduld und mit Respekt.

Jedenfalls mieteten wir, wie ich schon sagte, zusammen eine Wohnung. Sie war die beste Freundin, die ich jemals hatte, die einzige Frau, mit der ich je eng befreundet war und die nicht versucht hat, mich zu manipulieren oder sich in mein Leben einzumischen. Sie hörte mir einfach ruhig zu, wenn ich ihr von meinen Problemen erzählte, und gab mir Wärme und Unterstützung; keine Ablehnung oder Verurteilung, keinen Ratschlag, den ich nicht wollte...

Sechs Monate nachdem wir zusammengezogen waren, wechselte ich in die Pädiatrie. Danach sahen wir uns nicht mehr so oft; wir arbeiteten nicht mehr zusammen und waren oft in unterschiedlichen Schichten eingeteilt. Trotzdem hatten wir eine tolle Zeit zusammen. Mir machte die Arbeit in der Pädiatrie viel mehr Spaß, und es lief wirklich gut. Nach einem Jahr etwa lief dann alles aus der Bahn. Ich weiß noch genau, wann es angefangen hat: am 17. April. Ich kann mich deswegen so gut erinnern, weil es der Tag war, an dem der neue Kinderarzt eintraf. Sein Name war Ian Laithwaite und alle Krankenschwestern stürzten sich auf ihn. Er sah ein bißchen wie eine Mischung aus Ralph Fiennes und Alan Rickman aus, war sehr nachdenklich und gutaussehend.

Der einzige Mann in der Abteilung, der sonst noch unter vierzig war, war ein Assistenzarzt namens Sturdy, und der sah aus wie Marty Feldman und erschreckte immer die Kinder.

Ich fürchte, Ian hat mich ziemlich durcheinandergebracht. Ich war total verknallt in ihn, ich versuchte, meine Schichten zu tauschen, damit ich mit ihm zusammentraf. Ich dachte immer, er beachtet mich gar nicht, er weiß nicht einmal von meiner Existenz. Es gab so einige Kinderschwestern, die viel hübscher waren als ich, daher war ich völlig baff, als er mich einlud, mit ihm auszugehen. Ich stand auf dem Flur, und er trat wie ein Schuljunge an meine Seite, ganz rote Ohren hatte er, so als wäre *ich* es, die *seine* Träume wahr werden ließ. Es war so wunderbar, ich bin innerlich nur noch so dahingeschmolzen…«

»Du *hast* wahrscheinlich seine Träume wahr werden lassen«, sagte Steven.

Carole trank ihr Glas leer und füllte es wieder auf. »Sei doch nicht albern«, sagte sie ernst.

Er sah zu, wie sie das Glas in einem Zug halbleer trank. »Wäre es nicht besser, du trinkst etwas langsamer?« schlug er vor. Die Flasche war bereits zu zwei Dritteln geleert, und er hatte davon nur ein Glas getrunken.

»Nein«, sagte sie, »ich will dir diese Geschichte erzählen, und ich glaube nicht, daß ich es nüchtern kann.«

Er lehnte sich wieder zurück in die Sofakissen und seufzte: »Okay, also, was geschah mit dem wunderbaren Dr. Ian?«

»Es war phantastisch«, erinnerte sie sich verträumt, »zumindest am Anfang. An diesem Wochenende gingen wir aus, dann am nächsten noch mal. Danach, na ja… eskalierte die Sache irgendwie. Wir sahen uns so gut wie jede Nacht, wenn wir beide dienstfrei hatten. Ich war dermaßen verliebt in ihn, daß ich…« Sie zögerte und steckte sich noch eine Zigarette an, inhalierte tief und stieß dann eine große Rauchwolke aus. Dann rieb sie mit den Fingern fest die Augen, während sich die Glut der Zigarette gefährlich nah an ihren Haaren bewegte. »Ich war wie besessen«, sagte sie schließlich und nahm die Finger von ihren Augen, die nun rot unterlaufen waren. »Ich drehte völlig ab, bis Ian sich schließlich zurückzog. Aber ich konnte ihn einfach nicht in Ruhe lassen – ich rief ihn ständig an, tauchte mitten in der Nacht bei ihm zu Hause auf und schrie ihn an. Er wollte Schluß machen. Himmel, ich habe mich so zum Narren gemacht. Man kann ihm sicher keinen Vorwurf machen, oder? Wir konnten nicht mehr zusammen arbeiten. Dann bekam ich, an einem Wochenende, eine Grippe, eine fürchterliche gastrische Grippe. Ich konnte zwei Wochen lang nicht zur Arbeit gehen, und als ich wiederkam, war Ian weg. Der Chefarzt hatte gemerkt, was los war, und hatte seine Beziehungen spielen lassen, um Ian eine Stelle irgendwo im Westen des Landes zu beschaffen. Ich hab' ihn nie wiedergesehen.

Etwa eine Woche später wurde mir klar, daß ich schwanger war.« Sie sah zu Steven hoch und Tränen liefen aus ihren Augenwinkeln. »Das letzte Mal, als wir versucht hatten, unsere Beziehung zu retten. Wir hatten im ganzen letzten Monat nur dieses eine Mal miteinander geschlafen. Einmal! All die anderen Male ist nichts passiert, aber dieses eine Mal, als die Dinge nicht so gut liefen, Bingo!« Sie lachte; es klang wie ein bitteres, hohles Bellen.

»Wie ging es weiter?«

»Was glaubst du denn? Ich hatte eine Abtreibung. Danach hörte ich endgültig auf zu arbeiten. Ich schaffte es nicht mehr. Ich zog wieder bei meinen Eltern ein, aber das funktionierte auch nicht. Am Ende war es Michael, der vorschlug, ich solle hierher ziehen. Er arbeitete mittlerweile für eine Firma in Sheffield. Er sagte, er würde ein Auge auf mich haben. Dad spuckte schließlich etwas Geld aus, um mir für den Anfang zu helfen, und Michael kam an den Wochenenden vorbei, um nachzusehen, ob es mir gutging.«

Steven seufzte. »Arme Carole. Ich wünschte, du hättest mir das früher erzählt. Das hättest du nicht alles allein mit dir rumschleppen sollen.« Er beugte sich vor und streckte ihr die Hand entgegen. »Wie konntest du annehmen, daß ich dich deswegen weniger lieben würde?«

Carole lächelte und rieb sich ihre Augen. »Du liebst mich wirklich, oder?« fragte sie und berührte mit ihren Händen seine ausgestreckten Finger.

»Natürlich tu ich das.«

Ihr Lächeln verschwand. »Gut, weil ich dir das Ende von der Geschichte noch nicht erzählt habe.«

»Was? Ich dachte ...«

»Es ist meine Schuld«, sagte sie, zog ihre Hand zurück und goß sich noch mehr Wein ins Glas. »Mist. Die Flasche ist leer. Ich gehe und hol' die andere ...« Ein wenig schwankend stand sie auf und holte die zweite Flasche aus der Küche. Als sie den Korken herausgezogen hatte, setzte sie sich wieder hin, sackte schwer in den Sessel und seufzte müde. »Wo war ich?«

»Du hast gesagt, es sei deine Schuld.«

»Stimmt«, sagte sie resigniert. »Es ist immer meine Schuld. Alles ... Ich erzähle diese Geschichte nicht sehr gut. Ich habe alles verdreht. Ich hab' dir noch gar nicht erzählt, *warum* alles schiefging. Diesen Teil will mein Hirn immer vergessen. *Ich* will diesen Teil vergessen«, fügte sie hinzu, als ob sie und ihr Gehirn antagonistische Kräfte wären, die früher einmal in Einklang gestanden hatten.

»Welchen Teil?«

»Beverley ...« Sie verstummte. »Was hältst du von Verrat, Steven?«

Er zuckte mit den Schultern. »Ich weiß nicht, was du meinst.«

»Verrat. Die Treue eines Menschen zu verraten, seine Liebe zu verraten ...« Während sie sprach, zuckte ihr Gesicht, und sie brach schließlich in Tränen aus. Steven rückte zu ihr, aber sie schubste ihn weg. »Nicht«, schluchzte sie. »Bitte.« Sie putzte sich die Nase und schniefte. »Es ist gleich in Ordnung.« Nachdem sie noch etwas Wein getrunken und sich eine weitere Zigarette angezündet hatte, hatte sie sich wieder beruhigt und fuhr fort: »Nachdem ich angefangen hatte, mich mit Ian zu treffen, begann meine Freundschaft mit Beverley darunter zu leiden. Ich sagte ständig Verabredungen ab, die ich mit ihr getroffen hatte ... und ich wurde sogar eifersüchtig auf sie. Weißt du, Ian flirtete gern, und Beverley war sehr attraktiv. Ich sagte ihr, sie solle die Finger von ihm lassen. Ich habe ein paar furchtbare Dinge zu ihr gesagt. Ich fühlte mich hinterher immer ganz schrecklich, weil sie so verdammt geduldig und verständnisvoll war, aber dann fing ich doch wieder damit an. Eines Nachmittags kam ich von der Arbeit nach Hause und fand Ian in der Wohnung vor. Ich drehte völlig durch. Ich schrie die beiden an. Ich weiß noch, daß ich Beverley eine knallte und sie eine Schlampe und Gott weiß was nannte. Ian zog mich zurück und gab *mir* eine Ohrfeige. Er sagte, ich sei hysterisch. Ich schrie, von mir aus könnten sie weiter miteinander vögeln, bis ihnen der Verstand rausflöge, dann stürmte ich hinaus. Als sie mich schließlich einholten, schworen beide, daß überhaupt nichts gewesen war. Ich muß irre gewesen sein; ich meine, sie hatten gar nichts *getan*, als ich reinkam. Soweit ich weiß, hatte Beverley gerade in der Küche Tee gekocht, und Ian hatte im Wohnzimmer gesessen und Zeitung gelesen. Er war vorbeigekommen, weil er mich auf jeden Fall erwischen wollte, wenn ich nach Hause kam. Er hatte für diesen Abend Konzertkarten besorgt und mich damit überraschen wollen. Eine nette, freundliche Überraschung. Er war so rührend, und jetzt mach dir mal klar, wie ich es ihm gedankt habe.

Ich versuchte, es bei Beverley wiedergutzumachen. Wir verabredeten uns für einen Abend ganz allein. Wir wollten ins Kino gehen – ich glaube, es lief *Ghost* oder so was. Ich war nicht so wild darauf, aber Beverley war ›verrückt nach Swayze‹, wie sie immer sagte. Danach wollten wir in einen Club tanzen gehen. Sie tanzte so gerne. Ich sollte sie um acht Uhr im Foyer des Kinos treffen, weil sie direkt von der Arbeit kommen würde. Um sieben Uhr an diesem Abend rief mich Ian an. Er hatte von einem Freund zwei Flugtickets für ein Wochenende in Wien bekommen. Das Problem war nur, daß wir um halb neun in Gatwick sein mußten. Ich rief im Krankenhaus an, aber Beverley war nicht aufzutreiben, und es gab niemanden, der ihr Bescheid sagen konnte. Dann rief ich im Kino an und versuchte dort jemanden zu überreden, ihr auszurichten, daß sie nicht warten solle; dort sagte man mir, man würde sehen, was man tun könne …

Ich kann mich an Wien überhaupt nicht mehr erinnern. Das nächste, was ich weiß, ist, daß ich Sonntag nacht erst spät nach Hause kam. Beverley war nicht da. Ich dachte in diesem Moment nicht weiter darüber nach; ich nahm an, sie hätte Nachtschicht.«

Carole hatte sich nun völlig beruhigt, nur ihre Zunge lallte ein wenig vom Wein. Sie hatte aufgehört zu trinken, und ihr Glas ruhte vergessen auf ihrem Oberschenkel, während sie zur Decke hinauf und durch ihre Umgebung hindurch in eine Vergangenheit blickte, die sie jetzt in aller Deutlichkeit vor sich sah. Steven rührte sich vor lauter Anspannung nicht, und sein Blick wich nicht eine Sekunde lang von ihrem Gesicht.

»Erst am nächsten Tag fand ich heraus, was geschehen war«, fuhr sie fort. »Sie war wie vereinbart zum Kino gegangen. Die Frau an der Kasse erinnerte sich daran, sie gesehen zu haben, und eine der Platzanweiserinnen wußte noch, daß sie nach dem Film das Kino allein verlassen hatte. Um zehn Uhr dreißig hatte jemand sie angeblich in einem Bus in Richtung Oxford Street gesehen, und das ist das letzte, was man von ihr weiß … Am Samstag morgen wurde ihr Körper auf einer Müllhalde in Limestone gefunden. Man hat sie anhand des Inhalts ihrer Handtasche identifiziert. Sie war erstickt worden, aber es gab keinerlei Anzeichen eines Kampfes. Ihr Körper –« Ihre Stimme drohte zu brechen, doch sie riß sich zusammen, holte alle Details aus ihrem Gehirn und sprach sie deutlich aus, als ob deren grausame, scharfe Kanten das Entsetzen, das sie Beverley zugefügt hatten, bei ihr selbst wiederholen könnten. »Ihr Körper war nackt, und sämtliche Haare waren ihr abrasiert worden. Alle; ihr Kopfhaar, unter den Achseln, ihr

Schamhaar, alles war so gründlich abrasiert, als wäre es mit heißem Wachs entfernt worden. Ihre Kleider und die entfernten Haare waren alle verschwunden. Soweit ich weiß, wurden sie nie gefunden. Nur die Handtasche war noch da. Darin befand sich ein Stück Papier, das ihr Mörder hinterlassen haben mußte. Ich kann mich noch genau an die Worte darauf erinnern. Sie lauteten: ›Mein Name ist Beverley. Schon bald wird mein Gesicht berühmt sein‹... Das war alles: ›Schon bald wird mein Gesicht berühmt sein‹. Ihr Gesicht war...« Carole stockte erneut und verlor jetzt endgültig die Fassung. »Ihr Gesicht...«, wiederholte sie mit belegter Stimme. Das Weinglas rutschte ihr aus den Fingern, fiel von der Lehne und zerbrach auf dem Steinboden vor dem Kamin, aber sie schien es gar nicht zu bemerken. »Es wurde gefunden...« Sie schluckte erneut und gab schließlich den Versuch auf zu beschreiben, was mit Beverleys Gesicht geschehen war. »Die Nachricht auf dem Zettel stimmte«, fuhr sie fort, »ihr Gesicht wurde berühmt. Das gesichtslose Opfer, dessen Gesicht deshalb berühmt wurde, weil es kein Gesicht hatte. Lieber Gott. Das Foto, das in all den Fernseh- und Zeitungsnachrichten erschien, hatte ich gemacht. Ihre Eltern hatten gar keins aus jüngerer Zeit besessen. Ich hatte die Aufnahme eines Nachts gemacht, nachdem wir getrunken hatten. Ich war damals noch viel betrunkener als jetzt. Es war ganz verwackelt, und sie hatte es gehaßt, weil sie fand, daß sie fett darauf aussah. Es wurde verwendet, weil man fand, sie sähe darauf glücklich aus. Sie sagten, je hübscher sie aussähe, desto mehr öffentliches Mitleid würde sie erregen und desto größer wären die Chancen, den Täter zu erwischen.

Ich habe keine Ahnung, ob der Mörder jemals geschnappt wurde. Später sagte man mir, wer immer es getan hätte, er wäre verschwunden. Gestorben. Irgend so was. Ich habe gehört, daß es weitere derartige Morde gab, aber ich hab' aufgehört, mir die Nachrichten anzusehen oder Zeitung zu lesen, und ich habe mit niemandem je darüber gesprochen. Ich verlor den Verstand. Mit Ian ging danach alles den Bach runter...«

Carole wandte sich Steven zu und versuchte, in seinem Gesicht die unvermeidliche Wandlung von Liebe zu Ekel, Abscheu und Verdammung zu lesen. Er starrte auf den Boden zwischen seinen Füßen, sein Gesicht war angespannt und bleich. »So, da hast du's«, seufzte sie. »Jetzt weißt du es. Die beste Freundin, die ich je hatte, wurde meinetwegen getötet, weil ich sie verraten hatte, weil ich so egoistisch gewesen war. Ich hätte sie genausogut *selber* töten können.«

Steven schwieg lange, dann erhob er sich. Carole beobachtete ihn nervös. »Ich, äh«, sagte er heiser. »Hör mal, ich glaube, ich ...« Er gestikulierte hilflos, wich ihrem Blick dabei aus, drehte sich schließlich um und verließ den Raum.

Carole blickte ihm nach und verlor die Kontrolle über ihre Gesichtsmuskeln. Als sie hörte, wie sich die Hintertür schloß, ließ sie ihren Tränen endlich freien Lauf.

14

CAROLE ERWACHTE, KURZ bevor der Wecker losging. Als sie die Augen öffnete und auf die Uhr blickte, ahnte sie schon das schrille Klingeln; ein seltsamer Effekt, als ob man das Echo eines Geräuschs hören würde, bevor es selbst ertönt war. Sie rollte sich schnell aus dem Bett und drückte den Knopf herunter, um dem Lärm zuvorzukommen.

Sie setzte sich auf die Bettkante, rieb sich die Augen und gähnte, dann schlüpfte sie wieder unter die Decke. Es war Sonntag; die Welt konnte noch eine halbe Stunde warten. Nach den letzten paar Tagen war sie zu der Überzeugung gekommen, daß die Welt sich von ihr aus zum Teufel scheren konnte. Sie zog das schwere Federbett fest um ihren Körper und ließ sich in einen verschwommenen Halbschlaf zurückfallen. Zuvor war sie mit Beverleys sanfter Stimme im Kopf aufgewacht. Sie hatte geträumt, sie sei wieder im Krankenhaus und versuchte verzweifelt, sich daran zu erinnern, wie man einen Tropf legte. Eigentlich wußte sie genau, wie es ging, doch schien alles so lange her zu sein, und ihre Routine hatte sie verlassen. Wie sie es auch anstellte, sie bekam die Nadel nicht auf das Ende der Kanüle. Der Patient im Bett war Steven; sein Körper war von Einschüssen übersät und blutig – Wunden, die sie selbst verursacht hatte –, und sie wußte, daß er sterben würde, falls es ihr nicht gelänge, ihm den Tropf zu legen. Er hatte die Augen geöffnet und sah mit vorwurfsvollem Blick zu, wie sie ungeschickt mit der Nadel hantierte. »Laß mich das machen«, sagte eine vertraute, ruhige Stimme neben ihr, und eine Hand nahm ihr behutsam Nadel und Kanüle ab. Die Krankenschwester steckte sie behend zusammen und schob die Nadel unter Stevens Haut. Er schloß die Augen, und sein Körper schien von der wundersamen Flüssigkeit, die in seine Venen tropfte, zu leuchten. Carole war diese Stimme vertraut, diese zärtlichen, ruhigen Finger. Die Schwester drehte sich um und sah sie an. »Ich wußte, daß du zurückkommst«, sagte Beverley. Sie wich Caroles drängenden Fragen aus, nicht aber ihrer Umarmung. »Ich bin nirgendwo gewesen«, beteuerte Beverley und lachte, als Carole sie erneut umarmte, »ich war die ganze Zeit hier und habe auf dich gewartet.«

Dann war sie aufgewacht, Tränen hatten sich in ihren Augen gesammelt, und ihre Brust schmerzte vor Sehnsucht.

Jetzt durchlebte sie den Traum ein weiteres Mal, hörte erneut die Stimme und erforschte die deutlich erkennbaren Gesichtszüge. Es war schon so lange her, daß sie Beverley lebend gesehen hatte, weshalb es Carole fast unmöglich war, sich ein genaues Bild von ihrem Gesicht in Erinnerung zu rufen; in ihrem Bewußtsein war nur ein vager, verschwommener Eindruck von glänzendem, maisgoldenem Haar, das durch seine Fülle den Eindruck erweckte, als ob es von innen heraus strahlte, und das wie ein sanfter Heiligenschein ihre vernebelten Gesichtszüge umgab. Nur zu den seltenen Gelegenheiten, wenn Beverley aus ihrem unzerstörbaren Heiligenschein in Caroles Erinnerung auftauchte und durch ihre Träume geisterte, wurden ihre Gesichtszüge scharf. Alle paar Monate kehrte der Traum zurück, spielte an unterschiedlichen Orten mit unterschiedlichen Figuren in den Nebenrollen, aber stets mit denselben Gefühlen: Erleichterung, verzweifelte Sehnsucht, die gleichzeitig erfüllt und trostlos war, aber erstaunlich wenig Verwunderung auslöste. Es war so, als würde ein kleiner Teil ihres Verstandes immer noch nicht so recht glauben, daß Beverley tot war, und ihr ständig zuflüstern: *Siehst du, ich hab' es dir doch gesagt. Jetzt wird alles wieder gut.*

Dieser Teil ihres Verstandes schwand zusehends, bis er zu einer winzigen Vertiefung in einem weichen, nahtlosen Gewebe aus dumpfer Akzeptanz wurde. Am Tag der Beerdigung war ihr Zweifel am größten gewesen; als Carole auf den polierten Sarg mit den schimmernden Messinggriffen gestarrt hatte, der vorn in der Kirche auf einem samtverhangenen Gestell stand, konnte sie einfach nicht glauben, daß Beverleys Körper darin lag. (*Verleugnung* hatte ihr Therapeut das genannt, und sie hatte seine Diagnose akzeptiert, obwohl es sie derart gequält hatte, daß sie ihn anschließend nie wieder konsultierte.) Sie war an diesem Tag ruhiggestellt worden, und ihre bewußte Erinnerung daran war unwiderruflich verschwommen, unklar und bruchstückhaft, noch diffuser als die Erinnerung an Beverleys Gesicht. Als sie nun jedoch im Bett lag und den Traum noch frisch im Kopf, weil die Tür zwischen dem geschäftigen Lesezimmer ihres Bewußtseins und der entfernten, dunklen Bibliothek ihrer visuellen Erinnerung noch weit offen stand, breiteten sich ganze Teile der Zeremonie mit all ihren belanglosen Details vor ihr aus; sogar Dinge, an die sie sich noch nie zuvor hatte erinnern können: Beverleys Bruder, der auf der Bank vor ihr gesessen hatte und dessen Goldband am Ärmel seiner Marineuniform das Licht aus dem Fenster reflektiert hatte, als er in seinem Gesangbuch blätterte, bis Psalm 23 aufgeschlagen war; wie sie nervös den Sargträgern des Totengräbers zugesehen hatte, die den Sarg vom Gestell auf ihre Schultern hoben, und sich dabei fragte, ob ihnen wohl jemals eine der schweren Holzkisten aus den Händen gerutscht und lautstark auf den Fliesenboden gekracht war; dann hatte sie sich an Ians Arm festgehalten, als sie in der Prozession hinter der Familie den Gang entlang geschritten waren; der verächtliche, haßerfüllte Ausdruck, den sie im Gesicht von Beverleys Mutter erkennen zu können glaubte, als sich ihre Blicke draußen in der Menge trafen; das bloße Unverständnis auf dem starren Gesicht des Vaters, der in seinem schlechtsitzenden Anzug dastand; und zu guter Letzt die Versammlung um das Grab. Sie hatte noch nie zuvor an einer Erdbestattung teilgenommen (all ihre toten Verwandten waren eingeäschert worden), und sie war davon ausgegangen, daß die Nähe zu dem offenen, leeren Grab sie abstoßen würde. Statt dessen war es auf grausame Weise fast schon komisch gewesen: das leuchtendgrüne Kunstgras auf den Rändern der Grube, die wie ein leeres Schaufenster neben einem Erdhügel aussah; der gebrechliche, betagte Pfarrer, der unter seiner Robe eine kleine Plastikflasche hervorholte, aus der er Weihwasser ins Grab spritzte; einige der Trauernden, die auf dem überfüllten Friedhof über die herumstehenden Gedenksteine stolperten und beinah hinfielen. Sie besah sich die Trauergemeinde, ließ ihren Blick von Gesicht zu Gesicht schweifen, erkannte kaum jemanden, sah von den Gesichtern am Grab zu ein paar Männern in Anzügen hinüber, die in einiger Entfernung unter einer Eibe standen, dann wieder zurück zum Grab, dann wieder zu den Fremden hinüber. Sie starrte sie an und versuchte den Valiumschleier, der ihr Bewußtsein benebelte, zu durchdringen. Sie trugen verknitterte Anzüge – Arbeitsanzüge, nicht gerade ihre besten – und schwarze Krawatten. Die beiden äußeren beobachteten die Zeremonie, doch der Mann in der Mitte starrte ihr direkt in die Augen. Er hielt ihrem Blick einen Moment lang stand, dann drehte er sich um und ging fort. Sie hielt das Gesicht eine Zeitlang vor ihrem geistigen Auge fest, bevor sie begriff, daß sie dieses Gesicht genausogut wie ihr eigenes kannte…

– Sie erschrak. Sie riß ihre Augen weit auf, starrte an die graue, schwach erleuchtete Schlafzimmerdecke, während ihr Herz raste, sie keuchend atmete und hinter ihren Augen Stevens Bild aufblitzte, wie er unter dem Baum auf dem Friedhof stand.

Das Telefon tutete bereits eine ganze Weile unbarmherzig in ihr Ohr. Carole seufzte und trommelte nervös mit den Fingerspitzen auf die Tischplatte. Nach dem fünfzehnten Läuten nahm endlich jemand den Hörer ab. »Hallo?« sagte eine aufgeregte, gereizte Stimme.

»Oh, hi, Ros«, sagte Carole und versuchte versöhnlich zu klingen, da sie sich bereits aufdringlich und schuldig fühlte, bevor sie überhaupt etwas gesagt hatte. »Ich bin's.«

»Carole! Ich hatte schon Angst, nie wieder was von dir zu hören.«

»Ja. Also, es tut mir wirklich leid wegen gestern, Ros.«

»Nein, es war meine Schuld. Ich habe nichts von dem ernst gemeint, was ich gesagt habe. Besonders... Kannst du mir jemals verzeihen, Liebling?«

»Sei doch nicht albern. Natürlich kann ich das. Ist schon geschehen. Hör mal, ich...« Carole verstummte. Sie konnte aus dem Hintergrund Geräusche hören. »Bist du beschäftigt?«

»Ja, ein bißchen«, sagte Rosalind, die rasch selbstbewußter wurde, nachdem Carole ihr vergeben hatte. »Bis heute nachmittag muß ich die *G-Fühle*-Stücke nach Oakworth schaffen, und die Männer, die man mir geschickt hat, sind so verdammt...« Ihre Stimme wurde plötzlich zu einem heiseren Halbflüstern – »verdammt ungeschickt. Einfach furchtbar. Tolpatschig, ich weiß nicht was... Die haben schon eine der Stangen von *Atem IV* abgerissen; ich hab' versucht, das Mistding wieder anzuschweißen *und* sie gleichzeitig zu beaufsichtigen, damit sie nicht noch was kaputtmachen. Ich weiß nicht, *wo* die solche Leute herkriegen.«

Sie setzte ihre Schimpftirade noch ein paar Minuten lang fort. Als Rosalind dann endlich einen Augenblick lang schwieg, warf Carole zaghaft ein: »Soll ich dich lieber später noch mal anrufen?«

»Oh, ich weiß nicht, Carole. Ich werde lange in Oakie sein. Ich sag dir was, ich werde dich anrufen.«

»Oh.« Eine Spur Enttäuschung schlich sich in ihre Stimme. Auf Rosalinds Rückruf zu warten bedeutete gewöhnlich eine kleine Ewigkeit.

»Geht's dir gut, Liebling?«

»Ja, es geht schon. Ich habe bloß, weißt du...«

Ein tiefes Seufzen ertönte im Hörer. »Komm schon. Sag es mir.«

»Ich habe Steven von Beverley erzählt.«

Es entstand eine lange Pause. »Was, alles?«

»Ja«, sagte Carole leise.

Es trat eine noch längere Pause ein, und Carole konnte spüren, wie die ihr vertrauten Wellen aus verärgertem Mißfallen und Ungeduld durch die Leitung aus Haworth pulsierten. »Und?« sagte Rosalind schließlich in einem Ton, der vermuten ließ, daß sie die Antwort schon kannte.

»Er ist rausgegangen in die Scheune. Ich hab' ihn seitdem nicht mehr gesehen… Dann hatte ich heute morgen diesen Traum – oder zumindest glaube ich, daß es ein Traum war, aber ich bin mir nicht sicher, ob es wirklich nur ein Traum war oder ob ich mich tatsächlich an etwas erinnert habe. Ich bin so durcheinander, Ros. Ich weiß nicht, was ich tun soll…«

»Du klingst ganz schön fertig, Mädchen.«

»O Gott, Ros –«

»Hör mal, es tut mir wirklich leid. Ich würde wirklich gern weiter zuhören, aber – *Halten Sie das gerade!* – Gott, was für ein Kretin. Ich würde wirklich gerne, aber ich kann jetzt nicht. Warum treffen wir uns nicht morgen in Oakworth zum Mittagessen?«

»Tja, ich denke…«

»Gegen halb zwölf? Du kommst zum Bahnhof, und wir fahren irgendwo hin.«

»Okay.«

»Mal weit weg von dem Ganzen, ja?«

»Mm…«

»Also, ich muß jetzt auflegen. Bis dann.«

Die Verbindung brach ab, und Carole stand allein da und lauschte dem Tuten aus dem Hörer.

Carole saß zurückgelehnt in einem Zugabteil, das sie für sich allein hatte, hielt die Augen halb geschlossen und ließ ihren Kopf von der Bewegung des Zugs sanft hin und her rollen. Das Rattern der Räder sowie das Schnaufen und Zischen der Dampfmaschine beruhigten sie. Einem Impuls folgend hatte sie den Zug genommen. Nachdem sie durch Keighley gefahren und am Eisenbahnmuseum vorbeigekommen war, war sie aus einer Laune heraus auf den Parkplatz gefahren und hatte den Morris dort abgestellt. Zum Glück fuhr der nächste Zug, kurz nachdem sie auf dem Bahnsteig angekommen war.

Sie war die Worth-Valley-Strecke nicht mehr gefahren, seit sie als Kind hier Urlaub gemacht hatte, was ihr jetzt so unwirklich vorkam wie ein Traum. *So unwirklich wie ein Traum*; dieser Satz hallte noch in ihr nach. Alle Erinnerungen aus der Zeit vor Beverley hatten die gleiche nebulöse Qualität wie die Träume, an die sie sich erinnerte; das Bewußtsein und das Unterbewußtsein vermischten sich, und die Grenzen verschwammen. Erst jetzt erkannte sie, was für ihre Freunde und ihre Familie von Anfang an klar gewesen sein mußte. Ihren Job aufzugeben und nach Yorkshire zu ziehen, hatte sie beharrlich vor sich selbst – und jedem, der sie danach fragte – als ihren eigenen Wunsch verteidigt, um so der Hektik der Großstadt zu entkommen und sich selbst zu verwirklichen; und wenn die Leute weiter nachgebohrt hatten, hatte sie zugegeben, daß sie auch vor ihrer Schuld davonlaufen wollte. All das hatte (zumindest für sie) einen sehr simplen Grund: den Wunsch, sich in ihre Kindheit zurückzuziehen. Nicht in die verworrenen Gefühle vor und während der Pubertät, sondern in die angenehme Zeit davor, als es noch keine Schule gab, keine Hausaufgaben, keinen Druck, keine Einschränkungen; ein abgeschiedenes Eiland in der Vergangenheit, auf dem es nur ruhige, ländliche Mahlzeiten gab und Ausflüge, an deren Ende Geschenke verteilt wurden; lange Spaziergänge über das Moor und das geliebte Spiel *Sturmhöhe*. Auf seltsame Weise war dieses Spiel der Mittelpunkt des Ganzen: der angenehme Kitzel von körperlicher Erregung, ohne zu deren Erfüllung oder auch nur in Versuchung zu kommen; sogar ohne das Wissen, daß es eigentlich um die Erfüllung ging, und ohne Nachwirkungen wie Bitterkeit, Verlegenheit, Enttäuschung oder gegenseitige Beschuldigungen. Berechnung, Verantwortung und Schuld lösten sich auf in einem endlosen, ausgedehnten Morgen.

Carole lächelte schwach, als sie sich an die berauschende Intensität der damaligen Gefühle erinnerte. Nicht nur das unvermeidliche Erwachsenwerden hatte sie entstellt, sie waren außerdem von einem Krebs befallen, der still und leise in ihnen wucherte, der sich bereits damals in ihrem und Kierans Spiel manifestiert hatte. Vor ein paar Jahren hatte Carole an einem eintägigen Seminar in Bradford teilgenommen, in dem es um Semiotik und Erotik in den Romanen der Brontë-Schwestern ging. Eine der Referentinnen – eine junge Professorin aus Durham – hatte die Theorie vertreten, daß der Findling Heathcliff in Wirklichkeit ein unehelicher Sohn von Earnshaw gewesen wäre, und damit Catherines Halbbruder. Carole hatte eine Gänsehaut bekommen, als sie an ihr Kinderspiel mit Kieran dachte, ihrem Cousin ersten Grades. Die Professorin hatte danach all die verschleierten erotischen Hinweise in dem Roman aufgezählt, ihre Hintergründe erklärt und schließlich dem Mythos den Todesstoß erteilt: Sie wies nach, daß Heathcliff mit Catherines Körper Nekrophilie betrieben hatte. An diesem Punkt war Carole außer sich aus dem Hörsaal gestürzt und hatte dadurch einen spöttischen Kommentar der Professorin über Leute mit reichlich sensibler Veranlagung provoziert, bevor die Tür hinter ihr ins Schloß fiel.

Quietschende Bremsen und eine Dampfwolke: Carole blickte aus dem Fenster und erspähte hinter einer Schienenkurve die aufragenden Bahnhofsgebäude von Oakworth. Während der Zug langsamer wurde und am Bahnsteig einfuhr, mußte sie einen Moment lang überlegen, weswegen sie eigentlich hergekommen war. Erst als sie das kleine blaue Poster entdeckte, das an der Informationstafel des Bahnhofs hing, fiel ihr Ros wieder ein.

SCHLÄFER

Eine Ausstellung von Gemälden und Skulpturen regionaler Künstler

Arbeiten von

SU ANNA

ROSALIND BARTON

JIM FRIED

NOËL KOVACIK

GLORIA SCOTT

Bahnhof, Oakworth
26. Mai – 8. Juni 1997

Carole schlenderte vom Bahnsteig in die kleine Schalterhalle. Die meisten der übrigen Fahrgäste waren eilig verschwunden; abgesehen von ihr und einem Pärchen in mittleren Jahren, welches stehengeblieben war, um die ausgestellten Kunstwerke zu betrachten, war der Ort verlassen. Sie sah in der Wartehalle nach, aber keine Spur von Ros. Sie ging unentschlossen herum und schaute sich die Ausstellungsstücke an. Das Erscheinungsbild der Skulpturen reichte von pastoral bis pseudo-industriell, ihre Größe variierte von einem kleinen, polierten Exponat, das wie ein verdrehtes Ei auf einem weißen Sockel stand, bis hin zu einem Objekt, das sich bis zur Decke erstreckte und aussah wie eine Rakete aus rostigem Wellblech, die jemand unter Drogeneinfluß geschaffen hatte. Auf der kleinen weißen Karte neben ihr an der Wand stand: ›PENETRATION VI. ROSALIND BARTON. STAHLBLECH UND MESSINGDRAHT. 1993‹. Weiter hinten an der Wand hing eine etwa 1,50 mal 1,20 Meter große Leinwand, deren gesamter weißer Untergrund mit kleinen, farbigen Ellipsen bedeckt war, die eng beieinander, in ordentlichen, gleichmäßigen Reihen angeordnet waren. Jede der perfekt geformten Ellipsen war in einem anderen Pastellton gehalten, und ihre Längsachsen waren in leichter Abweichung an denen ihrer Nachbarn ausgerichtet, so daß die ganze Leinwand gleichzeitig statisch und bewegt wirkte. Auf der Karte daneben stand: ›HOFFNUNG. JIM FRIED. ACRYL. 1996‹.

»Hier siehst du den Triumph der Form über den Inhalt«, sagte eine Stimme direkt hinter ihrer Schulter.

Carole zuckte zusammen und fuhr herum. »Herrgott noch mal, Ros. Du hast mich zu Tode erschreckt.«

Rosalind grinste. »'tschuldigung. Ich hab' draußen auf dem Parkplatz auf dich gewartet.«

»Oh. Ich bin mit dem Zug gekommen.«

»Das dachte ich mir dann.« Sie trat neben Carole und nickte in Richtung Leinwand. »Furchtbar, was?« flüsterte sie hörbar.

Carole betrachtete das Gemälde erneut. »Ich fand es schön«, sagte sie.

Rosalind blickte sie von der Seite an. »Schön. Hmm, ja, es ist schön. Die Tatsache, daß es eine solche Schönheit ausstrahlt, ist wahrscheinlich der Grund dafür, daß man es schon so oft gesehen hat. Gott, sogar Damien Hirst hat so ein Bild gemalt, und Bridget Riley kam schon vor Jahrzehnten damit an. Und *ihre* Sachen waren besser. Ich meine, das ist alles schön und gut, aber was soll es *bedeuten*?«

Carole zuckte mit den Schultern, als ob sie die Verantwortung für ihre eigene Meinung abtreten würde. »Tja, vermutlich verstehe ich nicht viel von Kunst«, sagte sie.

»Aber du weißt, was dir gefällt. Na ja, du hast ja wohl das Recht darauf... Egal, komm mit, ich führe dich durch die Ausstellung.«

Carole hörte dem Schwall von Kommentaren nur mit halbem Ohr zu, während sie von Werk zu Werk durch den Raum schlenderten, hinein in die Schalterhalle und wieder hinaus auf den Bahnsteig, wo ebenfalls einige Skulpturen aufgestellt waren, die für die Innenräume zu groß waren. Rosalinds Wortschwall bestand größtenteils aus scharfer Kritik, während sie mit übermäßigem Lob sehr sparsam umging. Als sie aus dem Bahnhofsgebäude auf den Parkplatz traten, fühlte sich Carole orientierungslos und überwältigt und wußte nicht mehr, was eigentlich von Bedeutung war; sollte sie mehr ihrem Bauch vertrauen oder eher auf Bedeutung und Beispielhaftigkeit achten, jene inhaltlich-moralischen Werte, die Rosalind bei jeder Arbeit ansetzte. Es war ihr nicht zum erstenmal im Lauf ihrer Freundschaft aufgefallen, daß ihr eigenes ästhetisches Empfinden völlig im Gegensatz zu dem stand, was Ros aus offensichtlich moralischer Notwendigkeit heraus bewundern mußte.

Rosalind konnte über nichts anderes reden als über die Ausstellung, so daß sie in ihrem Renault 4 bereits den kleinen Ort Oakworth hinter sich gelassen hatten, bevor Carole eine Möglichkeit fand, das Gespräch in eine andere Richtung zu lenken.

»Es ist lieb von dir, daß du dir Zeit für mich nimmst«, sagte sie unvermittelt. »Du bist momentan so beschäftigt, daß ich mich ganz unwohl dabei fühle, dich mit meinen persönlichen Problemen runterzuziehen.«

»Unsinn, Mädchen. Erzähl mir einfach, was los ist. Du hast dich am Telefon nicht sehr verständlich ausgedrückt.«

»Bist du sicher, daß du die ganze Geschichte hören willst?«

»Ich hab' alle Gedanken an Kunst aus meinem Gehirn verbannt und bin aufnahmebereit. Sprich einfach mit mir, Alte.«

Carole holte tief Luft. »Also, es fing alles Samstag nacht an …«

»Möchtest du wirklich nichts essen?« fragte Rosalind, als der Barmann ihr eine riesige Bauernplatte servierte.

Carole wandte sich ab und schüttelte nachdrücklich den Kopf. »Ich kann nicht«, sagte sie.

»Du wirst noch verhungern«, sagte Rosalind streng. »Du siehst schon reichlich blaß um die Nase aus.« Sie drehte den riesigen Teller. »Hier, iß wenigstens den Salat. Du weißt, daß ich das Zeug nicht ausstehen kann. Komm schon, iß ihn für mich.«

Carole pickte sich eine Gurkenscheibe und einen Ring rote Paprika heraus, die beide bereits ziemlich vertrocknet aussahen und sich an den Rändern leicht einrollten, dann knabberte sie widerwillig daran herum. »Warum hab' ich es ihm bloß erzählt, Ros?« jammerte sie.

Ros zuckte mit den Schultern. »Was weiß ich? Warum hast du es getan?«

»Ich glaube, es war so eine Art Test. Ich dachte: wenn er mich immer noch liebt, nachdem er das weiß, dann ... ich weiß auch nicht, dann wäre ich gerettet oder so was. Geläutert... man hätte mir vergeben.« Sie nahm sich ein Stück Tomate, auf dem ein wenig Kresse lag. »Hinterher hat er gar nichts gesagt. Er konnte mir nicht einmal ins Gesicht sehen. Er ist einfach aufgestanden und zur Tür rausgegangen.«

Rosalind brach ein warmes Brötchen in zwei Hälften und begann, es mit Butter zu bestreichen. »Na ja, da muß ich ihn in Schutz nehmen; das war eine geballte Ladung, die er da abgekriegt hat. Ich weiß noch, als du mir die Geschichte erzählt hast. Ich brauchte ein paar Tage, um sie zu verdauen.«

»Bei ihm war es anders, Ros. Er hält mich für schlecht, ich weiß es. Und wie könnte ich es ihm vorwerfen? Es *war* alles meine Schuld.«

»Fang nicht wieder damit an, sonst hast du einen weiteren Streit am Hals.«

»Aber das war es. Ich meine, *du* sprichst mich doch ebenfalls schuldig, oder etwa nicht?«

»Nein, verdammt, das tu ich nicht. Hör zu, Carole, was ich am Samstag gesagt habe, war... ach, du weißt doch, wie das bei einem Streit ist; man erreicht einen Punkt, wo man so sauer ist, daß man dem anderen bloß noch einen Tritt in die empfindlichste Stelle verpassen will. Ich finde, dich trifft überhaupt keine Schuld.«

»Tja, Steven ist da aber anderer Meinung... Weißt du, an wen mich das erinnert hat? An Ian. An die Art, wie er aufgestanden und rausgegangen ist, genauso war das, als ich ihn zum letzten Mal gesehen habe. Er stand einfach auf und ging hinaus, ohne noch irgendwas zu sagen oder mich anzusehen. *Er* hat mir die Schuld gegeben, und er hatte recht. Sie haben beide recht.«

Rosalind seufzte. »Hast du Steven seitdem wiedergesehen oder mit ihm geredet?«

»Nein. Er hat die Scheune seitdem nicht mehr verlassen. Ich habe ihm gestern etwas zu Essen vor die Tür gestellt, aber als ich ihm heute morgen das Frühstück rausbrachte, hatte er es nicht angerührt. Ich weiß, daß er da drin ist, weil ich letzte Nacht Licht in der Scheune gesehen habe. Ich kann mich aber nicht dazu durchringen, hinzugehen und mit ihm zu reden.«

»Gib ihm ein paar Tage Zeit. Falls er wirklich zu dir steht, wird er zu dir zurückkommen.«

»Falls, Ros, *falls*. Ich bin nicht so sicher. Ich wünschte, ich hätte es ihm nie erzählt.«

»Carole, früher oder später mußte es herauskommen. Wenn er dich jetzt verachtet, ist das nicht deine Schuld. Es würde nur sein wahres Gesicht zeigen.«

»Nein, das stimmt nicht!« schrie Carole. Die Leute am Nebentisch blickten von ihren Tellern auf und starrten sie an. Carole errötete und fuhr heiser flüsternd fort. »Das stimmt nicht, weil *ich* die Schuld trage. Wenn ich eine echte Freundin gewesen wäre, hätte ich Beverley an diesem Abend im Kino getroffen, und sie wäre noch am Leben.«

»Woher willst du das denn wissen? Ihr hätte trotzdem etwas zustoßen können.« Rosalind sah Carole in die Augen, dann häufte sie weiter Käsekrümel auf ihr Brötchen. »Ich habe jedenfalls meine Zweifel an diesem Gerede über *echte Freundinnen*. Du hast mir von Beverley erzählt, und ich will ja nicht gehässig sein, aber so wie du die Situation schilderst, klingt alles ein bißchen zu schön, um wahr zu sein.«

»Was meinst du damit?«

»Na ja, ich stehe Leuten, die so außergewöhnlich nett sind,

immer kritisch gegenüber. Leute, die so heilig wirken, daß man meint, sie müßten Rosenwasser pinkeln. Ich meine, ich zweifele nicht an deiner Menschenkenntnis, aber … na ja, im Endeffekt zweifle ich wohl doch daran …«

Carole schaute sie fragend an. »Was willst du damit sagen? Daß es *ihr* Fehler war, daß sie umgebracht wurde?«

»Natürlich nicht. Sei doch nicht albern. Ich sage bloß …« Rosalind legte das Messer hin und schob den Teller zur Seite, als ob sie mehr Platz brauchte. »Ich sage bloß folgendes: Denk doch mal einen Moment lang logisch darüber nach. Um nichts in der Welt hätte jemand wissen können, was Beverley in dieser Nacht zustoßen würde, oder?«

»Aber –«

»Antworte einfach mit ja oder nein.«

»Tja, nein …«

»Gut. Das ist ein Anfang. Wenn man voraussetzt, daß du es nicht wissen konntest, kannst du auch nicht für ihren Tod verantwortlich sein. *Du* hast sie nicht getötet, und du wußtest auch nicht, daß sie getötet werden *würde*. Stimmt's?«

»Stimmt.«

»Also, dann entfällt damit wohl jeder *vernünftige* Grund dafür, daß du für ihren Tod verantwortlich bist. Stimmt's?«

»Wenn du es sagst.«

»Ich sage es, weil es wahr ist. So, nachdem wir das geklärt haben, bleibt deine fixe Idee, du hättest ihre Freundschaft verraten, als du dich dafür entschieden hast, mit Ian nach Wien zu fliegen, obwohl du schon mit ihr im Kino verabredet warst. In Wirklichkeit benutzt du aber ihren Tod, um dich *dafür* zu bestrafen. Und kannst du dich daran erinnern, *warum* du dich an diesem Abend mit ihr verabredet hast?«

»Natürlich. Du kennst die Geschichte mittlerweile gut genug. Ich wollte mein unmögliches Verhalten ihr und Ian gegenüber wiedergutmachen. Ich bin ziemlich gemein zu ihr gewesen.«

»Du warst gemein zu ihr. Und ich sage dir, daß mir dieser Teil deiner Beschreibung noch nie so ganz behagt hat. Irgend etwas daran stimmt nicht.«

»Was meinst du?«

Rosalind überlegte, legte ihre Fingerkuppen aneinander und stützte ihr Kinn darauf. »Du bist früher nach Hause gekommen, stimmt's?«

»Ja.«

»Sag mal, wie lange bist du insgesamt Krankenschwester gewesen?«

Carole zuckte mit den Schultern. »Ungefähr fünf Jahre, wenn du das Studium miteinbeziehst.«

»Und wie oft hast du in diesen fünf Jahren deine Schicht *später* beendet?«

»Später? Weiß ich nicht. Vielleicht ein paar Tage pro Woche. Vielleicht an drei oder vier Tagen, wenn man ein paar Minuten länger bleiben mit einbezieht. Manchmal war es auch bis zu einer Stunde, wenn es ein wirklich harter Tag war. Wieso?«

»Und wie oft hast du früher Schluß gemacht?«

»Du hörst dich langsam wie ein Staatsanwalt an«, sagte Carole und lächelte unbeholfen. »Okay... na schön, das war einmal... und, äh, noch einmal, als ich krank wurde, und, äh, ja, einmal als ich meinen Umzug machte.«

Rosalind nickte. »Dreimal in fünf Jahren. Und trotzdem war Ian da und hat angeblich auf dich gewartet, obwohl er sicher sein konnte, daß du erst in einer halben Stunde nach Hause kommen würdest. Eher noch später.«

Carole schüttelte verwirrt den Kopf. »Er hatte Konzertkarten für diesen Abend besorgt und wollte sichergehen, mich zu erwischen.«

»Er wollte sichergehen, dich zu erwischen. Bist du immer gleich wieder ausgegangen, nachdem du zu Hause angekommen warst?«

»Eigentlich nicht.«

»Eigentlich nicht?«

»Also, nein. Normalerweise hab' ich mich erstmal eine halbe Stunde hingelegt, danach hab' ich geduscht.«

Rosalind nickte. »Hmmm ... hast du diese Konzertkarten jemals *gesehen*?«

»Nein. Na ja, wie denn auch? Ich bin ja rausgestürzt.«

Rosalind klopfte bedeutungsvoll mit ihrer Hand auf den Tisch. »Ge*nau*. *Du* dachtest, da sei was im Busch.«

»Ros, ich konnte nicht klar denken. Ich war blind vor Eifersucht. Solche Gefühle sind nicht rational.«

»Nein«, gab Rosalind zu, »aber deine Reaktion wurde vielleicht durch etwas Unterschwelliges in der ganzen Atmosphäre hervorgerufen.«

»Etwas *Unterschwelliges*? Himmel, Ros, das hätte schon etwas sehr Unterschwelliges sein müssen – ich hab' sie doch nicht zusammen im Bett erwischt! Ian hat Zeitung gelesen und Beverley war in der Küche. Alles war vollkommen harmlos.«

»In diesem Moment vielleicht, aber nimm doch mal sämtliche Tatsachen zusammen: Du kommst früher nach Hause und findest Ian bereits dort vor, obwohl er weiß, daß du frühestens in einer halben Stunde kommen würdest. Es ist außerdem ein Tag, an dem Beverley zu Hause ist, weil sie Nachtschicht hat. Und jetzt kommt der springende Punkt: Es sah alles völlig harmlos aus, als du hereinkamst, aber *wie lange war Ian schon da*? Das weißt du nicht, oder? Wie hättest du es auch wissen können? Wahrscheinlich hast du nicht mal drüber nachgedacht. Nachdem du dich wieder beruhigt hattest, hast du wie selbstverständlich angenommen, daß er erst kurz vor dir eingetroffen war.«

Carole starrte sie an und schnappte nach Luft. Ihr Mund öffnete sich, aber sie brachte keinen Ton heraus. Nach mehreren Anläufen gelang ihr ein »Aber ... aber –«

»Laß mich dich noch eins fragen«, unterbrach Rosalind. »Beverley hatte Nachtschicht. Was hätte sie normalerweise um diese Uhrzeit gemacht?«

»Ich weiß nicht. Sie wäre wohl gerade aufgestanden. Hätte gefrühstückt.«

»Okay, korrigier mich, falls ich unrecht habe, aber in diesem Moment war sie auf und schon angezogen. Sah sie so *aus*, als ob sie gerade erst aufgestanden wäre?«

»Ich weiß es nicht mehr ... Nein, ich glaube nicht.«

Rosalind lehnte sich auf ihrem Stuhl zurück. »Sie war schon seit Stunden auf, oder? Also, sag mir: was für ein Grund könnte eine vielbeschäftigte Unfallkrankenschwester, die eine harte Nacht hinter sich und eine weitere vor sich hat, dazu bewegen, auf den Beinen zu sein, obwohl sie wertvollen Schlaf kriegen könnte?«

Carole schüttelte den Kopf. »Ich weiß es nicht, es ergibt keinen Sinn! Du bringst mich ganz durcheinander. Sie *können* nichts miteinander gehabt haben. Das hätte ich gemerkt.«

»Du *hast* es doch gemerkt, oder vermutet. Carole, du vergötterst immer andere Leute und stellst dein eigenes Licht unter den Scheffel. Sieh den Tatsachen ins Gesicht: Beverley *war kein* Engel; sie war auch nur ein Mensch wie wir alle. Du hast sie nicht mehr und nicht weniger verraten oder betrogen als sie dich.«

Wie benommen fuhr Carole nach Hause. Ihre Gedanken purzelten durcheinander wie Tiere, die in einem Sack um ihr Leben kämpften; sie war unruhig, fühlte sich gleichzeitig völlig entrückt, war desorientiert und wußte nicht, wie sie die Sache zu Ende bringen sollte, geschweige denn, was sie eigentlich damit erreichen wollte. Als der Zug in Keighley angekommen war und sie schließlich wieder in ihrem Auto saß, war ihr Kopf so betäubt und benebelt, daß sie kaum verarbeiten konnte, was Ros zu ihr gesagt hatte. Es ergab keinen Sinn: Sie selbst *mußte* doch die Schuld tragen, denn was hätte sie sonst in den letzten vier Jahren getan? Nichts ergab einen Sinn; es gab keine Tatsachen mehr, auf die man bauen konnte. So schmerzhaft es auch gewesen sein mochte, zumindest war das Wissen um ihre Verantwortung für

Beverleys Tod ein düsteres Mahnmal ihrer Schwäche, ihrer Selbstsucht und ihres Verrats gewesen. Zumindest war ihr dadurch stets bewußt gewesen, wie die Dinge in dieser unabwendbaren Verstrickung aus Verrat, Schuldhaftigkeit und Reue standen. Und Stevens Bestimmung wäre es gewesen, Teil der ganzen Situation zu sein; jener Mechanismus, der ihr Absolution erteilen sollte. Doch dieser Mechanismus war vor ihren Augen einfach so und auf unerklärliche Weise in Stücke zerfallen. Er hätte sie eigentlich von Schuld freisprechen sollen: Sie hätte ihm ihr schreckliches Geheimnis erzählt, er hätte den Mantel der Schuld von ihren Schultern genommen, und in seinen Fingern wäre er schließlich zu Staub zerfallen. Er hätte sie in seine Arme nehmen, und... sie mußte die Tränen der Trauer wegwischen, die ihr die Sicht auf die Straße nahmen... Vielleicht hatte sie es zu früh probiert; vielleicht hätte sie so lange warten sollen, bis er wieder ganz genesen wäre? ... Hatte sie ihre Erlösung womöglich noch nicht verdient?

Als sie zu Hause angekommen war und den Wagen im Stall geparkt hatte, war sie immer noch so verwirrt und bestürzt, daß ihr jetzt erst klar wurde, daß sie vergessen hatte, Ros von ihrem Traum zu erzählen. Aber wenigstens darüber war sie sich jetzt völlig im klaren, dachte sie, als sie die Stalltüren schloß. So deutlich die Vision von Stevens Gesicht auch gewesen war, Carole war überzeugt davon, daß ihre Einbildung ihr einen Streich gespielt hatte. Es war alles ganz logisch (wozu hatte sie denn schließlich Traumanalyse studiert), wen sonst hätte sie in einer Beschwörung von Beverleys Beerdigung in ihrem Traum sehen sollen als Steven – der Mensch, der wichtiger als alles andere in ihrem Leben geworden war, der Mensch, dem sie ihr tiefstes Geheimnis offenbart hatte, bevor er dazu bereit gewesen war, und der sie deshalb jetzt für schlecht hielt.

Das Scheunentor war fest verschlossen. Carole ging über den Hof und klopfte zögernd gegen das Holz. »Steven?« rief sie nervös. Es kam keine Antwort, also öffnete sie das Tor ein paar Zentimeter weit und blinzelte hinein. Drinnen war es dunkel, und von ihm war nichts zu sehen. Sie machte das Tor ganz auf und trat hinein. Sein Bett war ordentlich gemacht, und die Sturmlaterne stand wieder auf der Kiste am Fußende. So war das also: in seiner Weltanschauung war Carole noch tiefer gesunken als die Heuschrecken. Eher würde er das schleichende Entsetzen in deren Nähe ertragen, als gemeinsam mit ihr unter einem Dach zu wohnen.

Hinter ihr quietschten die Scharniere, sie zuckte zusammen und drehte sich um. Steven stand in der Tür.

»Ich ...«, stammelte sie. »Ich bin bloß ... Warst du aus?«

»Bloß draußen«, sagte er, »auf dem Feld. Ich habe den Wagen gehört.«

»Oh ... ich war ...«

Er trat ein und ging an ihr vorbei, ohne ihr in die Augen zu sehen. Er nahm eine topographische Karte der Gegend aus seiner Tasche und warf sie auf den Tisch, dann setzte er sich auf seine Bettkante.

»Carole, ich hab' –«

»Steven –«

Beide hielten peinlich berührt inne. Carole bedeutete ihm, daß er zuerst sprechen sollte.

»Ich habe nachgedacht«, sagte er und schaute sie immer noch nicht an. »Ich glaube, es ist an der Zeit, daß ich weiterziehe.«

Sie war fassungslos. »Daß du *weiterziehst*?«

»Es ist wohl das Beste. Es klappt einfach nicht.«

Diese Bemerkung klang derart untertrieben, daß sie beinahe schon wieder komisch war. »*Es klappt einfach nicht*?« wiederholte sie ungläubig. »Wieso rückst du nicht einfach raus damit und sagst es? Du –«

»Carole, hör zu. Seit ich hier aufgekreuzt bin, habe ich nichts als Schwierigkeiten bereitet. Sieh nur, was ich aus dir und Ros gemacht habe. Ihr geht aufeinander los.«

»Nein«, sagte sie. »Du verstehst das falsch. Jetzt ist alles wieder in Ordnung zwischen mir und Ros. Wir sind wieder Freundinnen.«

»Und wieso der ganze Zirkus?« beharrte er. »Weil du sauer auf mich warst. Solange ich hierbleibe, werde ich bloß –«

»Du Scheißkerl«, stieß sie hervor, als ihre Bestürzung und ihre Angst schließlich in Wut umschlugen. »Du lausiger, feiger *Scheißkerl!«* Sie holte aus und schlug ihm ins Gesicht.

»Ca-!«

»Du Feigling!« schrie sie und schlug wild auf ihn ein, während er sich kaum dagegen wehrte. »Mistkerl – mieser – Feigling! Du kannst mir ja nicht mal die Wahrheit ins Gesicht sagen – Los, mach schon – nenn mir den wahren Grund! Tu mir wenigstens den einen Gefallen. Du kannst meinen Anblick einfach nicht ertragen!« Steven packte sie an den Handgelenken, doch sie kämpfte und fluchte weiter durch Tränen der Wut hindurch. Plötzlich riß sie sich los und stürzte sich auf ihn. Er war nicht schnell genug, um ihr auszuweichen, und hob schützend die Arme, doch anstelle des erwarteten Angriffs warf sie ihm die Arme um den Hals. »*Bitte*«, schluchzte sie und zog ihn verzweifelt an sich. »Bitte – geh – nicht ...«

»Carole, ich muß.«

»*Bitte*! Ich ertrage es nicht, wenn du mich haßt.«

»Ich hasse dich nicht.«

»Du denkst, ich habe sie umgebracht. Du hältst mich für schlecht.«

»Carole ...« Er befreite sich aus ihrer Umarmung und hielt sie von sich fern. »Ich glaube nicht ... ich glaube nicht, daß du etwas Falsches getan hast.«

Sie starrte ihn mit roten, geschwollenen Augen an. »Warum *dann*?« fragte sie in flehendem Ton.

Er ließ ihre Arme los und starrte schweigend auf seine Hände, den Boden, dann auf seine Füße. Carole wartete auf eine Antwort, doch es kam keine. Als sie die Spannung schließlich nicht mehr länger aushielt, drehte sie sich um; sie floh und knallte das schwere Tor mit solcher Wucht hinter sich zu, daß er die Erschütterung am Boden unter seinen Füßen spüren konnte. Ein paar Sekunden später knallte auch die Haustür, dann war alles still.

Noch eine schlaflose Nacht; noch ein angespannter, verschwitzter Tanz mit der Decke, immer wieder hin und her über die heißen Kissen. Mehrmals stieg sie aus dem Bett und trat ans Fenster. Er war noch nicht fort; die ganze Nacht über fiel Licht durch die Ritzen des Scheunentors. Worauf wartete er? Warum konnte er nicht einfach verschwinden, wenn er sie so sehr haßte?

Es dauerte eine Weile, bis ihr die Wahrheit dämmerte... Gegen fünf Uhr morgens, als sie völlig übernächtigt war und ihr Körper sich nach Schlaf sehnte und ihr Kopf schmerzte, hatte sie eine Erleuchtung. Vielleicht nicht wirklich eine Erleuchtung, aber doch eine plötzliche, klare Einsicht. Es war bloß eine kleine Bemerkung gewesen, die Ros wie nebenbei gemacht hatte, als sie an jenem Nachmittag zusammen nach Oakworth zurückgefahren waren. Mit einem Unterton spöttischer Verzweiflung hatte sie gesagt: »Wie, um alles in der Welt, sind zwei dermaßen verkorkste Menschen eigentlich aneinandergeraten?« Carole hatte die Bemerkung in diesem Moment kaum registriert, aber jetzt sprang sie mit der ernüchternden Klarheit eines Beckenschlags in ihr Bewußtsein. Sie wiederholte sie leise für sich, starrte trübe mit schmerzenden Augen auf die heller werdenden Vorhänge, während ihr Herz raste und ihre Haut zunehmend abkühlte.

Austausch

MICHAEL VERLIESS DIE Herrentoilette, durchquerte den Duschraum des C-Decks und stellte sich einen Moment lang unten an die Treppe, suchte Halt an der Reling und stemmte sich mit gespreizten Beinen gegen das schwankende Auf und Ab des Schiffs. Die neue Brille bereitete ihm immer noch etwas Schwierigkeiten, und während der letzten acht Stunden hatte es ihn fast verrückt gemacht, daß ihn der Schnurrbart in seinen Nasenlöchern kitzelte. Nachdem er sich orientiert hatte, stieg er die Stufen zum B-Deck hinauf. Dabei baumelten die beiden prallgefüllten Plastiktüten an seinen Händen durch die Schiffsbewegung wie Pendel hin und her, stießen hart an seine Beine und knallten gegen das Metallgeländer.

Er hatte eine ideale Nacht für seine Überfahrt gewählt: Ein starker Wind peitschte über das Wasser und wühlte die See auf, und tosende Wellen schlugen gegen den Rumpf, der sich rhythmisch hob und senkte, während sich die Fähre durch den Kanal kämpfte. Er mochte das Meer so, holte tief Luft, als er die verglaste Tür zu dem dunklen Deck öffnete und in den Wind und die peitschende Gischt trat. Er ging schwankend über das Deck nach achtern, vorbei an den schwach erleuchteten, langgezogenen Milchglasscheiben der Bar, und lief im Zickzack, als das sich aufbäumende Deck ihn beihnahe an den rostigen Rettungsboot-Kran schleuderte.

Als er das dritte Rettungsboot passiert hatte, erblickte er

schließlich Alan (für Michael war es hilfreich, ihn sich als Alan vorzustellen), der wie verabredet in der Ecke zwischen der Seitenreling und der Treppe, die zum Sonnendeck hinaufführte, zusammengekauert auf ihn wartete. Michael zögerte einen Moment, dann trat er in den Schein des Flutlichts, in dem die Gischt funkelte.

»Nimm's mal nicht so schwer, mein Sohn«, sagte Michael. »Vielleicht kommt's ja gar nicht so weit.«

Der Junge blickte zu ihm hoch, und sein verzweifelter Gesichtsausdruck ging langsam in einen irritierten über. Michael hatte ihn vom hinteren Ende der Schalterhalle aus entdeckt; ein dürrer Jugendlicher – dem Aussehen nach etwa sechzehn oder siebzehn –, der in der Ecke beim Europcar-Schalter mit einem abgewetzten gelben Seesack unter den Knien auf dem Boden saß. Durch dicke Brillengläser beobachtete er unglücklich eine Familie, die sich am Kiosk gegenüber Cola kaufte. Als er nun zu ihm hochschaute, konnte Michael sehen, daß sein schmales, blasses Gesicht Flecken und Striemen hatte und seine Augen geschwollen waren, so, als hätte er geweint. »Ist doch ohnehin schon längst zu spät«, sagte er mürrisch.

Michael lächelte verständnisvoll. *Einen Versuch wert*, dachte er und hockte sich hin. »Was ist zu spät?« fragte er.

Der Junge schaute auf den Boden. »Hab' mein verdammtes Portemonnaie verloren«, murmelte er. Er fuhr sich mit seinen knochigen Fingern durch die wirren Haare. »Keine Ahnung, was ich jetzt machen soll. Ich kann nicht weg von hier, kann weder nach Hause noch sonstwohin.«

»Wohin willst du?«

»Frankreich.«

Michael lächelte. »Ja, das hab' ich mir schon gedacht«, sagte er, »aber in welchen Hafen?«

Der Junge runzelte die Stirn. »Cairn oder Corn, oder so was, haben die gesagt.«

»Du meinst Caen«, sagte Michael. »Wer hat das gesagt?«

»Meine Kumpel. Wir wollten uns da treffen in ... Caen, sagen Sie? Ja, in Caen.«

»Was ist mit deinem Portemonnaie passiert?«

»Weiß nicht.« Seine Augen verengten sich, als er sagte »Ich glaub', dieser Scheiß-Lastwagenfahrer hat mich beklaut... Mieses Arschloch ... Fahrkarte, Kohle, alles weg.«

»Also bist du jetzt ganz allein?«

Der Junge nickte, dann beäugte er Michael mißtrauisch. »Was geht Sie das eigentlich an?« wollte er wissen. »Wer sind Sie?«

Michael grinste ihn an und klopfte ihm auf die Schulter. »Betrachte mich einfach als den Nikolaus, mein Sohn«, sagte er. »Ich glaube, dies könnte deine Glücksnacht werden.« Er kramte in seiner Hosentasche und zog eine Handvoll loses Kleingeld heraus. »Geh und hol uns mal 'nen Kaffee«, sagte er, streckte ihm zwei Pfundmünzen entgegen und nickte in Richtung Kiosk. »Und dann reden wir.«

Der Junge starrte auf das Geld, nahm es jedoch nicht an. »Sind sie ein Arschficker oder so was?« fragte er und schaute Michael böse an. »Ich bin nicht käuflich, Mann, also verpissen Sie sich.«

Er wollte aufstehen, aber Michael hielt ihn mit einem festen Griff am Arm zurück. »Nein, ich bin nicht scharf auf deinen Arsch, mein Sohn, ich bin –«

»Und nennen Sie mich nicht Sohn, ich bin nicht ihr blöder Sohn«, knurrte der Junge, während er sich befreite.

»Schau mal«, zischte Michael und versuchte, die Situation unter Kontrolle zu bekommen, »ich bin nicht schwul, und ich bin auch nicht hinter irgendwas her. Ich dachte bloß, ich könnte dir aus der Patsche helfen, und du tust mir dafür einen kleinen Gefallen... Was sagst du dazu?« Der Junge sah ihn verstockt an. »Hol uns einfach mal einen Kaffee, okay? Ich trinke ihn mit Milch, ohne Zucker.«

Der Junge zögerte, dann nahm er widerwillig die Münzen. Er warf sich den Seesack über die Schulter und ging zum Kiosk hinüber. Ein paar Minuten später kehrte er mit zwei Styroporbechern zurück.

»Da«, sagte er zu Michael, gab ihm einen Becher und steckte heimlich das Wechselgeld ein.

Michael pustete erst vorsichtig, dann schlürfte er die dampfende bräunliche Flüssigkeit, während der Junge sich auf den Boden setzte und größtmöglichen Abstand zu Michael hielt, ohne dabei die Verbindung abreißen zu lassen, die durch diese Transaktion zwischen ihnen geknüpft worden war. »Also, was wollen Sie?« fragte er betont gleichgültig.

Michael sah ihn eine Weile an, wägte die Situation ab und untersuchte sie auf mögliche Hindernisse für die Umsetzung seines Plans. Zufrieden griff er in seine Rucksacktasche und zog zwei glänzende Papierumschläge heraus. »Das ist mein Ticket für das Schiff um halb elf«, sagte er, schlug die Lasche des einen Umschlags nach hinten und schaute auf den Namen: M.SPRING. »Und das hier«, fügte er hinzu und hielt den anderen Umschlag hoch, »ist deins, wenn du's haben willst.«

Der Junge wandte seinen Blick nicht von Michaels Augen, beugte sich vor und nahm das Ticket. »Wer ist A. Gorvin?« fragte er, nachdem er den Namen darauf entziffert hatte.

Michael seufzte. »Mein Kumpel Alan«, sagte er. »Er ist nicht gekommen. Wir sollten zusammen einen Auftrag ausführen – ein Ferienhaus in der Normandie renovieren – aber seine Frau hat ihm übel mitgespielt. Du weißt ja, wie Frauen sein können. Wir wollten uns hier treffen, und ich hab' ihm ein Ticket gekauft und alles... Ich wollte mir gerade mein Geld dafür zurückholen, als ich dich gesehen habe. Hallo, dachte ich mir, es gibt immer jemanden, der noch größere Probleme hat als du selbst.«

Der Junge spielte zurückhaltend mit dem Ticket in seiner Hand. Michael konnte sehen, daß er kurz davor war, einzuwilligen, doch ein kleiner Restzweifel verdüsterte immer noch sein

Gesicht. »Aber warum wollen Sie es mir geben?« fragte er. »Was springt für Sie dabei raus?«

Michael zuckte mit den Schultern. »Die Freude daran, etwas Gutes zu tun?« schlug er vor. Der Junge blickte noch zweifelnder drein, also fuhr er fort: »Schau mal, wenn ich das Ticket jetzt wieder zurückbringe, zieht man mir zehn Pfund Verwaltungsgebühr ab, aber wenn du es benutzt und mir später den Abschnitt zurückgibst, wenn wir an Bord sind, kann ich es hinterher von meinem Boß zurückfordern. Ich werde sagen, Alan sei verduftet, als wir in Frankreich eingetroffen sind. Damit wäre allen gedient.«

»Außer Ihrem Boß«, sagte der Junge, blickte jetzt entspannter und lächelte sogar ein bißchen. »Was ist, wenn er nicht zahlt?«

»Oh, das wird er.«

Der Junge grinste. »Was für ein Blödmann. Na gut, Mann, ich nehm's.«

»Na prima«, sagte Michael. »Ich muß los. Treffen wir uns doch... äh, warte mal... ich muß erst noch Geld wechseln, dann will ich zum Duty-Free-Shop, bevor sie da Schlange stehen. Danach hau ich mich vielleicht noch ein bißchen aufs Ohr. Treffen wir uns doch kurz bevor wir in Caen ankommen... sagen wir um fünf Uhr morgens, Backbord, in der Nähe des Hecks. Hast du das verstanden?«

Der Junge runzelte die Stirn und wiederholte, »fünf Uhr morgens, Backbord...«

»In der Nähe des Hecks.«

»Alles klar. Das ist hinten, oder?«

»So ist es.«

»Und Backbord ist die linke Seite, stimmt's?«

»Ja. Bis später.« Er stand auf, dann zögerte er noch mal kurz. »O ja, das hätte ich fast vergessen. Wenn sie dir deine Bordkarte geben, setz Alans Namen und diese Adresse ein, okay?« Er zückte ein Stück Papier und reichte es ihm.

Nachdem sie sich getrennt hatten, verfolgte Michael den Jungen diskret, um sich zu vergewissern, daß er an Bord ging. Er folgte ihm aus der Schalterhalle zu den Toiletten, dann zu einem Café, wo er sich vom Wechselgeld des Kaffees ein Mars kaufte, und weiter zur Schlange, in der man sich anstellen mußte, um an Bord zu gelangen. Michael stand etwa zwanzig oder dreißig Leute weiter hinten in der Schlange, nahm seine Bordkarte von der uniformierten Angestellten entgegen und betrat die überdachte Gangway. Er hielt die schmale Karte vorsichtig an ihren Rändern, als handelte es sich um einen Streifen Fotonegative, und sah sie fragend an.

»'tschuldigung«, sagte er, beugte sich vor und sprach zwei junge Rucksacktouristinnen an, die genau vor ihm standen. Er zeigte ihnen die Karte. »Wofür ist die?«

Sie schauten einander an. »Das ist 'ne Bordkarte«, sagte die junge Frau, die direkt neben ihm stand. Sie hatte dunkle Haare, die sehr kurz geschnitten und oben kraus waren, und trug einen Nasenstecker. (*Lesbe*, dachte er.) Er sah sie begriffsstutzig an, daher fügte sie hinzu: »Damit man weiß, wer an Bord ist, falls wir – na ja, Sie wissen schon – hinter Zeebrügge sinken.«

»Oh, ich verstehe«, sagte er schwerfällig und blickte wieder völlig perplex auf die Karte.

Die beiden Frauen sahen einander an, dann erklärte die zweite, »Sie schreiben Ihren Namen und Ihre Adresse darauf ... Da –«, sie zeigte es ihm, »– wo ›Name und Adresse‹ steht.«

»Oh«, murmelte er. Aus den Augenwinkeln konnte er sehen, wie sie miteinander flüsterten. »Äh«, stotterte er, » dürfte ich Sie wohl bitten, das für mich zu erledigen ...?«

Die Lesbe sah ihn skeptisch an, aber die andere, die blond und attraktiv war, nahm ihm die Karte mit einem verständnisvollen Lächeln aus der Hand. »Wie heißen Sie?« fragte sie.

»Michael Spring«, sagte er. »Ich bin nicht sehr gebildet, wissen Sie«, sagte er linkisch zu der Lesbe, während die Blonde seinen Namen auf die Karte schrieb. Sie nickte wohlwollend, ihr goldener Nasenstecker funkelte.

»Adresse?« fragte die Blonde.

Michael druckste herum und schaute auf den Boden. »Äh, kein fester Wohnsitz, eigentlich«, sagte er. Sie sah ihn mitleidig an. »Nun, Sie könnten die Herberge der Heilsarmee in Battersea eintragen. Da hab' ich zuletzt gewohnt.« Sie fuhr fort, die Karte auszufüllen, und gab sie ihm dann zurück. »Danke«, sagte er und hielt sie wieder vorsichtig an den Rändern, ohne einen Blick darauf zu werfen.

Die Frauen lächelten, wandten sich ab und gestikulierten. *Was für ein Palaver*, dachte er. Doch es hatte sich durchaus gelohnt; die Blonde war wirklich ganz hübsch und hatte einen schönen, strammen Hintern – genüßlich schaute er auf ihre beiden Hinterbacken, die in der engen Jeans unter dem Rucksack hervorlugten, und seine Augen folgten der Naht nach unten, wo sie plötzlich eine Kurve machte und in die festen Schenkel überging. Die Lesbe mochte wohl auch ein ganz appetitlicher Pfirsich sein, befand er, wenn sie sich die Haare wachsen ließe und diesen Nasenstecker rausnähme … Dann verwarf er diese Gedanken. Sollte Michael wirklich so denken? Vielleicht war es das Beste, Charaktereigenschaften gar nicht erst zu entwickeln – vor allem nicht solche –, ohne sie vorher ernsthaft abgewägt zu haben. Andererseits schien ein wenig schlüpfrige Frauenfeindlichkeit irgendwie passend.

Am oberen Ende der Gangway gab er seine ausgefüllte Karte einer zweiten Mitarbeiterin und betrat den Rumpf der Fähre. Zuerst ging er zur Wechselstube und tauschte zweihundert Pfund in Francs. Dann ging er zum Duty-Free-Shop, in dem die Flaschen in den verchromten Regalen bereits klapperten, weil das Schiff durch den Wellengang im Hafen auf und ab schwankte. Der Shop war voller Leute, die alle die ersten sein wollten. Er gab seine restlichen Sterling für einen Karton Guinness und eine Flasche Bells aus, dann trug er den schweren Karton auf seiner Schulter nach draußen und suchte sich eine ruhige Ecke.

Kevin stand an der Reling und rauchte eine Zigarette, die er von einem Betrunkenen an der Bar geschnorrt hatte, und beobachtete, wie das dunkle Wasser tief unter ihm vorbeizog. Er fragte sich, wo er Bargeld herkriegen könnte, sobald er auf der anderen Seite des Kanals angekommen sein würde. Selbst wenn er Dave und Wayne treffen würde – und diesbezüglich überfielen ihn langsam ängstliche Zweifel –, konnte es noch eine ganze Weile dauern. Sie hatten ihm eine Adresse in Caen gegeben, wo er sie finden könnte, aber er hatte sich in der Bar mit einigen Motorradfahrern unterhalten, die gesagt hatten, daß die Fähre in einem Ort namens Weestham oder so andocken würde, und der war meilenweit von Caen entfernt. Er hatte sie gefragt, ob sie ihn mitnehmen würden, aber sie hatten gesagt, daß sie bereits mit ihrer Campingausrüstung überladen seien.

Außerdem hatte er Hunger: seit dem Mars in der Schalterhalle von Portsmouth hatte er nichts mehr gegessen. Ihm war vor Hunger schon ganz übel, und obwohl er nicht wirklich seekrank war, verstärkte das Schwanken der Fähre sein Unwohlsein. Er hatte versucht, andere Passagiere um Geld anzubetteln, aber das hatte er aufgeben müssen, als sich einer von ihnen beim Steward beschwerte, der ihn daraufhin ernsthaft verwarnt hatte.

Kevin rauchte die Zigarette bis auf den Filter herunter und schnippte dann den Stummel über Bord. Er drehte sich rechtzeitig um und sah den Kerl, der ihm das Ticket gegeben hatte, wie er schwankend übers Deck auf ihn zukam. »Wird auch langsam Zeit«, sagte Kevin gereizt, dessen Worte ganz undeutlich klangen, da sein Kinn und seine Lippen vor Kälte bereits ganz taub waren. »Ich frier' mir hier die Eier ab.«

Michael lächelte. »Tut mir leid. Hast du den Abschnitt?« fragte er, hielt sich an der Reling fest und steckte die freie Hand in seine Manteltasche.

»Ja. Sekunde mal.« Er drehte sich um und beugte sich vor, um seinen Seesack zu öffnen, in dem er die verbliebene Hälfte des Tickets aufbewahrte.

Michaels Hand kam wieder zum Vorschein, und sein Körper drehte sich mit erhobenem Arm. Etwas Schwarzes sauste nach unten. Der Aufprall erzeugte ein schweres Knirschen, das sich im heulenden Wind verlor.

Michael arbeitete schnell. Nachdem er den schlaffen, leichtgewichtigen, schwach atmenden Körper des namenlosen Jungen in den Schatten eines nahegelegenen Bootskrans gezogen hatte, brauchte er nur noch wenige Minuten um zu tun, was er tun mußte. Er zog ein Paar Handschuhe an, öffnete den Reißverschluß der dünnen Bomberjacke des Jungen, steckte ihm sein rotes Fußballtrikot tief in den Bund seiner Jeans und zog den Gürtel fest. Dann öffnete er eine Tragetasche und nahm sechs ungeöffnete Guinness-Dosen heraus, stopfte sie nacheinander in den V-Ausschnitt des Trikots und arrangierte sie um die Hüfte des Jungen. Als sie gut verteilt waren und er sich vergewissert hatte, daß sie dort ordentlich verstaut waren, machte er die Jacke wieder zu und steckte je eine schwere Dose in jede ihrer tiefen Taschen. Er nahm den Ticketabschnitt aus dem Seesack, schob die beiden letzten vollen Dosen unter die Lasche und machte ihn wieder zu. Alles in allem zehn Dosen – das sollte wohl reichen. In der Tüte befanden sich jetzt lediglich noch zwei leere Dosen und die halbe Flasche Whisky. Er legte die Dosen aufs Deck, öffnete die Whiskyflasche und legte sie daneben, wobei er zur Seite rutschte, um der scharf riechenden Flüssigkeit auszuweichen, die aus der Flasche herausschwappte und sich in einer Pfütze auf dem schwankenden Deck ausbreitete. Ansonsten war die Tragetasche vollgestopft mit einem aufgerollten Pullover, Socken und Unterhosen, zu denen er seine Brieftasche, seinen Ticketabschnitt und seinen Paß legte. Die Tasche schob er in die Ecke gegen das Schott, zögerte kurz und nahm dann den Abschnitt wieder heraus, wischte ihn sorgfältig an seinem Hosenbein ab, zog sich einen Handschuh aus und drückte seine bloßen Finger mehrmals auf das glänzende Papier. Zufrieden steckte er es wieder in die Tragetasche zurück.

Die letzte Aufgabe war die schwierigste. Nachdem er ein letztes Mal kontrolliert hatte, daß man ihn durch nichts identifizieren könnte (es gab nur den einen Paß, den er eingesteckt hatte), befestigte er den Seesack des Jungen an dessen Schultern und hob ihn dann – mit einem raschen Blick zurück übers Deck – mit einer Hand auf, schob seinen Arm zwischen seine Schenkel und wuchtete ihn mühevoll auf seine Schulter. Schwankend und nach vorne gebeugt taumelte er über das schwankende Deck, prallte grunzend gegen die Reling und warf die schlaffe Last seitlich über Bord. Er sah, wie der unglückliche, massige Körper fiel und sich mit verdrehten Gliedmaßen vom Schiffsrumpf entfernte. Ein plötzlicher Windstoß packte ihn und warf ihn zurück. Er schlug dumpf an den steilen Rumpf, prallte ab und fiel mit einem lauten Platscher in die tosende Gischt. Das Geräusch wurde vom Rauschen des Kielwassers verschluckt, während der Körper mit dem Seesack unter der schaumig-schwarzen Oberfläche versank.

Als Michael sich umdrehte, stieß er mit der Schuhspitze gegen etwas. Er schaute hinunter, bückte sich und hob es auf; es war ein dicker Wollsocken, in dem die letzte volle Guinness-Dose steckte, die nun eingedrückt war und leckte. Er schleuderte ihn in die dunkle, windige Nacht hinaus, dann schlenderte er langsam übers Deck zum nächsten Rettungsring.

Detective Sergeant Comber eilte den Flur entlang. An dessen Ende bog er nach rechts ab und riß die Tür zur Einsatzzentrale auf. Hier war allerhand los: drei uniformierte Polizisten häuften Kisten und Akten von einem Wagen auf den großen Tisch in der Mitte, wo sechs Kriminalbeamte sie auspackten und ihren Inhalt in systematischer Anordnung verteilten. Ein weiterer Beamter heftete Fotos an eine große Pinnwand. Distriktinspektor Spearman überwachte das Auspacken. Er blickte auf, als Comber hereinplatzte.

»Was rausgekriegt?« fragte er.

Comber machte ein angewidertes Gesicht. »Sie machen wohl Witze. Wissen wir schon, wen wir kriegen?«

Spearman unterdrückte ein Grinsen. »Keinen Geringeren als *Detective Chief Superintendent* Kenneth Hazlitt«, sagte er.

Comber senkte – mit einem Blick zu den uniformierten Beamten – seine Stimme: »Ach du Scheiße! Ich dachte, Sie hätten gesagt, wir kriegen Frazer.«

»Das hätten wir auch, aber er wurde nach Newcastle beordert, für den Gordon-Barrow-Fall.«

»Aber *Hazlitt*...«

»Wir hatten keine Wahl, Graham. Der *Chef* hat Lang als zweite Wahl angefordert, aber was hätte er tun können? Es mußte alles so schnell gehen.«

»Aber –«

»Hören Sie, heulen Sie mir deswegen jetzt nichts vor. Wir haben auch so schon verdammt noch mal genug am Hals.«

Die Tür ging erneut auf, und ein großer, leichenblasser Mann trat ein. Er hatte dunkle, tiefliegende Augen, einen großen Unterkiefer, und es umgab ihn eine würdevolle Aura, die bei denen, die ihn oder seinen Ruf nicht kannten, spontanen Respekt aufkommen ließ. Bei der Kripo sagte man, er habe genausoviel Ähnlichkeit mit einem Bluthund wie mit einem Kriminalbeamten.

»Tag, Sir«, sagte Spearman. »Ich glaube, Sie haben Detective Sergeant Comber noch nicht kennengelernt. Er hat sich von Anfang an mit dem Fall des Unsichtbaren befaßt; er hat sich am intensivsten damit beschäftigt.«

Superintendent Hazlitt lächelte Comber verschlagen an, wobei er dessen Gesicht fixierte, als ob er ein Ziel anvisierte. »Graham«, sagte er. »Hab' ich recht?«

»Ja, Sir.«

»Dachte ich mir«, sagte Hazlitt selbstgefällig. »Ein guter Anfang; Namen und Gesichter, meine Herren, Namen und Gesichter. Die Grundlage einer jeden guten Ermittlung.«

Comber und Spearman sahen einander an. »Ja, Sir«, pflichtete Spearman bei und zog, als Hazlitt nicht hinsah, vor Comber eine Grimasse. »Vielleicht könnten wir hier drüben anfangen, Sir. Ich erzähle Ihnen, was wir bisher ermittelt haben, damit können wir dann weiterarbeiten.«

Spearman führte Hazlitt in die hintere Ecke des Raumes, wo ein Flip-Chart aufgestellt worden war. Auf dem obersten Blatt Papier war eine chronologische Abfolge der bisherigen Erkenntnisse aufgezeichnet worden. »Gestern abend; am siebenundzwanzigsten«, begann Spearman und las von der Schautafel ab. »Zweiundzwanzig Uhr dreiundfünfzig: DS Comber und ich klingeln an Chefinspektor Gorvins Wohnungstür. Keine Antwort, daher gewaltsames Eindringen. Hausdurchsuchung durchgeführt. Beweise gefunden, die sich in ... äh, Kiste 421A befinden... Dreiundzwanzig Uhr achtundvierzig: Alarm an alle Häfen und Flughäfen ausgegeben... Um null Uhr einundfünfzig: man entdeckt, daß ein A. Gorvin an Bord der Kanalfähre *Esprit de Cotentin* gegangen ist, achtzehn Minuten bevor der Alarm ausgelöst wurde.«

»Knapp verfehlt«, seufzte Hazlitt.

»Genau, Sir. Um null Uhr fünfundfünfzig Benachrichtigung der französischen Polizei in Ou... Oost...«

»Ouistreham«, sagte Hazlitt.

»Ouistreham. In der Zwischenzeit ist die Nachricht auch an den Kapitän der *Esprit de Cotentin* weitergegeben worden, zusammen mit der Bitte an die Fährgesellschaft, alle Bordkarten, die Passagierliste und die entwerteten Tickets sicherzustellen. Personenbeschreibung und Foto wurden an die französische Polizei gefaxt.«

Hazlitt runzelte die Stirn.

»Sie sagen mir jetzt aber nicht, daß die ihn nicht erwischt haben?«

»Nicht direkt... Fünf Uhr dreizehn: Der Mann-über-Bord-Alarm der Fähre ertönt. Der Kapitän läßt ein Rettungsboot zu

Wasser und läßt es seine Runden drehen, bis ein Boot der französischen Küstenwache um fünf Uhr einundvierzig eintrifft, dann setzt er den Kurs auf den Hafen fort... Um sechs Uhr dreißig dockt die Fähre in Ouistreham an. Die französische Polizei führt bei allen Fahrzeugen und Fußgängern, die das Schiff verlassen, eine Durchsuchung mit Paßkontrolle durch. Ohne Ergebnis. Die einzigen Passagiere von der Liste, die sich nicht ausweisen können, sind ein Pärchen namens Smith, eine Gruppe Schulkinder, und ein fehlender *Alan Gorvin*... Sieben Uhr vierzig: Die Fähre ist leer und wird durchsucht. Der Schiffssteward findet *das* hier hinter der Verankerung eines Rettungsboots an Deck.« Spearman führte den Superintendenten zum Tisch und öffnete eine große Kiste, in der eine Reihe von Plastiktüten voller Beweisstücke lagen. »Das ist alles heute morgen mit dem Flugzeug gebracht worden. Eine Tragetasche mit Kleidungsstücken – genug, um sich einmal ganz umzuziehen –, ein Ticketabschnitt und ein Paß, beides auf den Namen Alan Gorvin ausgestellt. Außerdem mehrere Dosen Guinness und eine kleine Flasche Whisky, allesamt leer, gefunden neben der Tasche. Der Kapitän teilte uns außerdem mit, daß man die Sachen ganz in der Nähe des Rettungsrings gefunden hat, bei dem der Alarm ausgelöst wurde.«

»Also«, sagte Hazlitt, nahm die in Plastik gehüllte Whiskyflasche in die Hand und blickte angewidert auf das Etikett. »Erscheint mir ganz einfach. Gorvin betrinkt sich, von Gewissensbissen geplagt, bis zur Besinnungslosigkeit und begeht Selbstmord.«

»Es könnte auch ein Unfall gewesen sein«, gab Spearman zu bedenken. »Das Meer war sehr stürmisch. Er hätte betrunken über Bord fallen können.«

Sergeant Comber, der hinter ihnen stand, räusperte sich. »Es gibt da bloß ein Problem, Sir. Ich habe mich mit der französischen Küstenwache in Verbindung gesetzt: Bisher ist der Körper immer noch nicht aufgetaucht.«

Hazlitt sah Spearman an. »Ist mit dem überhaupt so schnell zu rechnen?«

»Schwer zu sagen, Sir. Hängt davon ab, was er anhatte, ob er gesunken ist oder herumtreibt, wie die Gezeiten und die Strömungen waren, etcetera etcetera...« Er bedeutete mit einer Handbewegung, wie zahllos die Möglichkeiten waren.

»Es ist möglich, daß er das Ganze nur vorgetäuscht hat«, sagte Comber.

»Vorgetäuscht?« sagte Hazlitt. »Ein Mann in seiner Verfassung? Das bezweifle ich, Sergeant.« Er verschränkte seine Arme und blickte über die zahlreichen, in Plastik verpackten Gegenstände, die auf dem Tisch ausgebreitet lagen. »Was für ein Vermächtnis, nicht wahr? Ich habe mal mit Alan gearbeitet. Wußten Sie das? Hmm. Er war *Detective Sergeant*, als ich *Detective Chief Inspector* in der Poole Street war. Er schnappte eine Menge Diebe, darin war er einer der Besten. Aber er war nicht mehr der Alte, nachdem er zu der Spezialeinheit versetzt wurde. Irgendwie seltsam, immer ein bißchen der Geheimnisvolle. Aber trotzdem hätte ich niemals geglaubt, daß er... na ja, zu dem, was er getan hat, in der Lage wäre. Nicht, ohne die Beweise mit meinen eigenen Augen gesehen zu haben...« Er warf einen Blick auf seine Uhr. »Hören Sie, ich muß jetzt wirklich los, meine Herren. Pressekonferenz wegen der Suche, Sie wissen schon. Also, wer von Ihnen möchte mitkommen und mir soufflieren?«

»Kommen Sie rein«, sagte Spearman. »Machen Sie die Tür zu, und setzen Sie sich.«

Comber setzte sich vor den Tisch, auf den er eine dicke Mappe knallte. »Da steht alles drin«, sagte er.

»Was haben Sie?« Spearman öffnete die Mappe.

»Nicht viel. Eine Aussage des Kapitäns, in der er weitere Details über sein Vorgehen nach dem Notruf schildert. Der Punkt ist interessant: Sie konnten nicht herausfinden, wer den Alarm ausgelöst hat. Sie haben über die Lautsprecheranlage durchgesagt, die Person möge sich melden, aber keiner hat darauf reagiert. Könnte ein Hinweis sein … Außerdem gibt es eine Aussage von einer Mrs. Dawson. Sie war zu der Zeit in ihrer Kabine und behauptet, sie hätte ein lautes, dumpfes Geräusch gehört. Daraufhin sei etwas an ihrem Bullauge vorbeigeflogen, kurz bevor der Alarm ausgelöst wurde.«

Spearman nickte. »Also ist er über Bord gegangen.«

Comber schürzte die Lippen. »Tja, irgend jemand auf jeden Fall. Oder irgend etwas.«

Spearman setzte sich zurück und seufzte. »Dann halten Sie immer noch an der Theorie fest, daß er es vorgetäuscht haben könnte? Haben Sie irgendwelche Beweise?«

»Nun, ich habe alle Beweisstücke, die an Deck gefunden worden sind, auf Fingerabdrücke hin untersuchen lassen.«

»Und?«

»Gorvins Abdrücke waren überall. *Aber*« – er beugte sich aufgeregt vor – »sie *waren nicht auf seiner Bordkarte.*«

Spearman runzelte die Stirn. »Das ist alles? Scheiße, Graham, ich war in Frankreich im Urlaub. Diese Dinger werden von vielen Leuten angefaßt. Der Kerl, der sie Ihnen gibt, der Kerl, der sie Ihnen wieder abnimmt, was weiß ich, wer noch. Seine Abdrücke könnten verwischt worden sein.«

»Ja, vielleicht, aber wir könnten die Abdrücke dieser Leute entfernen. Rausfinden, ob noch andere, verdeckte Abdrücke drauf sind.«

Spearman schüttelte heftig den Kopf. »Das ist zuwenig, Graham. Sehen Sie's doch ein – Gorvin ist tot und endlich aus dem Weg geräumt.«

»Das glaube ich erst, wenn ich seine Leiche sehe. Früher oder später wird *irgendein* Körper an Land gespült werden, und ich wette, es wird nicht seiner sein.«

Spearman seufzte. »Ich warne Sie, Graham – vergessen Sie's einfach.«

Comber sah ihn mit zusammengekniffenen Augen an. »Dahinter steckt Hazlitt, oder?«

»Hören Sie, ich kenne Sie schon lange, also erspare ich Ihnen den ganzen Mist. Hazlitt will, daß dieser Fall rasch aufgeklärt wird, und er ist nicht der einzige. Es geht nicht nur um die Chance, den Fall des Unsichtbaren abzuschließen, es steht außerdem auf dem Spiel, daß sich der ganze Polizeiapparat blamiert. Um Ihnen die Wahrheit zu sagen, Hazlitt ist äußerst zufrieden. Das erspart ihm eine Menge Zeit und allen anderen ein peinliches Verfahren. Auf diese Weise ist alles in ein paar Tagen vorbei, und in der nächsten Woche kann sich die Presse wieder damit befassen, welcher Parlamentsabgeordnete mit wessen Sekretärin bumst.«

»Also lassen wir diesen kranken Ficker laufen, bloß um einigen hirntoten Vorgesetzten ein paar Peinlichkeiten zu ersparen.«

»Wenn er eines nicht war, dann ein Ficker«, grinste Spearman. »...'tschuldigung. Etwas geschmacklos.«

»Machen Sie mir doch nichts vor, Sir. Da versucht doch einer, was zu vertuschen.«

»Nein, Graham, das stimmt nicht.« Spearman stand auf und ging um den Tisch. »Also, seien Sie realistisch«, sagte er und setzte sich auf die Tischkante. »Gorvin ist weg, und jeder noch so kleine Beweis, den wir haben, sagt uns, daß er tot ist. Alle sind glücklich. Ich will damit sagen, daß wir schon genug ausgelastet sind, auch ohne Zeit und Kräfte auf eine Geisterjagd zu verschwenden. Der Fall ist *abgeschlossen*. Verstanden?«

Comber sah mit durchdringendem Blick zu ihm auf, nickte dann aber widerwillig. »Wenn Sie es sagen, Sir.«

»Gut. Es gibt noch jede Menge Bösewichte da draußen, denen Sie sich widmen können. Ich schlage vor, Sie machen sich gleich auf die Suche.«

15

JUDY KREPPS ÜBERPRÜFTE die letzte Seite der Liste der diesjährigen Neuanschaffungen im Bereich Fachzeitschriften und blickte über den Informationstresen. Am anderen Ende des Raumes lungerte eine Frau zwischen dem Kopierer und der Doppeltür, die zur Leihbücherei führte, herum. Zum drittenmal hatte Judy innerhalb der letzten fünf Minuten hochgeblickt, und jedesmal war die Frau noch dagewesen und hatte scheinbar geistesabwesend die Anschläge studiert, die am schwarzen Brett hingen und auf örtliche Schauspielgruppen, Abendschulkurse, Museen in Bradford und Leeds, den Skulpturenpark von Yorkshire, Mittagskonzerte und eine Vielzahl von Selbsthilfe- und Therapiegruppen hinwiesen. Judy beobachtete sie interessiert. Am schwarzen Brett trafen sich die Leute mit ihren Partnern, Kindern, Eltern oder wer gerade sonst noch so herumstöberte und sich Bücher aussuchte; hier stellten sich auch Menschen vor dem Regen unter, so daß sich hier praktisch zu jeder Tageszeit ein oder zwei Leute fanden. Aber diese Frau hatte Judys Neugier geweckt: an ihrer Erscheinung gab es nichts Ungewöhnliches – sie war Ende Dreißig, trug ihr dunkles Haar zu einem schulterlangen Bob frisiert, hatte praktische Kleidung an, eine dicke Schultertasche und einen zusammengerollten Regenschirm, den sie unruhig von einer Hand zur anderen wechselte – doch ihr Verhalten war ausgesprochen beunruhigend, beinah verdächtig. Ab und zu warf sie kurze, nervöse Blicke auf Passanten, auf die Regale mit den Lexika und den Adreßbüchern oder auf Judy selbst. Ihre Mimik wirkte angespannt und sogar ein wenig angewidert, sie machte einen derart deprimierten und verzweifelten Eindruck, daß Judy eine Reihe möglicher Szenarien durch den Kopf gingen (geprügelte Ehefrau, alleinstehende Mutter am Ende ihrer Kräfte, das Opfer sexueller Belästigungen vielleicht), als sich ihre Blicke trafen. Jetzt mußte die Frau eine Entscheidung treffen und entweder zum Tresen vortreten oder davonlaufen. Sie zögerte einen Moment, dann ging sie auf die Theke zu.

Judy stand auf, setzte ein freundliches, jedoch unentschiedenes Lächeln auf und ging in Gedanken die Wegbeschreibung zur Beratungsstelle für Frauen in Not im dritten Stock durch. »Kann ich Ihnen helfen?« fragte sie.

Die Frau schob den Trageriemen ihrer Tasche zurecht und machte auf Judy irgendwie den Eindruck, als müßte sie sich zum Sprechen zwingen. »Haben Sie auch Zeitungen hier?« fragte sie.

Judy war einen Moment lang verblüfft, da ihre Mutmaßungen sich als falsch erwiesen hatten, und mußte den verwirrten Ausdruck, der sich auf ihrem Gesicht abzuzeichnen drohte, unterdrücken. Gleichzeitig mußte sie sich davor bewahren, erstaunt nachzufragen. »Ja«, sagte sie, räusperte sich und beugte sich vor, um den Gang zwischen den Bücherregalen hindurch zu zeigen. »Da unten, am Ende rechts. Zeitungen und Magazine.«

»Danke«, murmelte die Frau undeutlich.

Judy beobachtete, wie sie den Flur entlangging, dann setzte sie sich wieder hin und widmete sich ihren Akten und Formblättern. Ein paar Minuten später spürte sie einen Schatten über sich und blickte auf. Die Frau war zurückgekommen.

»Entschuldigung«, sagte sie. »Es tut mir leid. Ich meinte alte Zeitungen. Heben Sie die alten auf?«

Judy lächelte. »Oh, ich verstehe. Kommt darauf an, was Sie unter alt verstehen. Wir haben die *Times* und die *Yorkshire Post* auf Mikrofilm. Wonach suchen Sie denn?«

Die Frau runzelte die Stirn und schürzte die Lippen. »Die *Times* wird wohl reichen. Von vor drei oder vier Jahren etwa?«

»Das ist gar kein Problem. Haben Sie schon mal ein Lesegerät für Mikrofilme benutzt?« Die Frau sah sie ausdruckslos an. »Ich werd's Ihnen zeigen«, sagte Judy, stand auf und kam hinter ihrem Tisch hervor. Sie führte die Frau in den Lesesaal der Bücherei und dann bis zum Ende hindurch, wo sich ein durch eine Glaswand abgetrennter Raum befand, in dem die Mikrofiche- und Mikrofilmlesegeräte auf Tischen entlang der Wände standen. Sie zeigte ihr, in welchen Regalen sich die Zeitungsfilme befanden und wie man sie in das Lesegerät einlegte, dann ließ sie die Frau allein und kehrte an ihren Tisch zurück.

Es war ein ruhiger Tag, und Judy konnte fast eine Stunde lang ohne Unterbrechung arbeiten. Sie sah auf ihre Uhr (nur noch fünfzehn Minuten bis zur Mittagspause), als dieselbe Frau wieder kam und – falls das überhaupt möglich war – noch angespannter aussah als vorher. Ihr Gesicht war bleich, und sie blickte wild um sich. Ohne Judy auch nur eines Blickes zu würdigen, eilte sie durch das Foyer, stürzte durch den Haupteingang und war verschwunden, während hinter ihr die Tür in den Angeln heftig hin und her schwang.

Judy starrte einen Moment auf die Tür, dann grinste sie kopfschüttelnd vor sich hin und machte sich wieder an die Arbeit.

Erst später an diesem Nachmittag, als sie bereits aus ihrer Mittagspause zurückgekehrt war, kam Judy an dem Mikro-Leseraum vorbei und bemerkte, daß die Frau ihren Regenschirm am Boden unter einem Stuhl vergessen hatte. Außerdem hatte sie das Lesegerät angelassen, dessen Ventilator in dem leeren Raum laut surrte. Neben der Maschine lagen mehrere Rollen Film, einige davon in ihren braunen Pappkartons, einige waren lose verstreut und begannen sich abzurollen. Ein Film steckte noch auf der Spule, und die letzte Seite, die die Frau sich angesehen hatte, leuchtete noch auf dem großen, unscharfen Bildschirm. Neugierig zog Judy den Stuhl heran und setzte sich hin. Der Ausschnitt war auf ein Viertel einer Doppelseite vergrößert worden, auf der Teile von drei verschiedenen Artikeln standen; ein Teil war die Fortsetzung der Titelseite über eine Morduntersuchung in London, eine Schlagzeile befaßte sich mit dem Protest der Anwohner gegen ein geplantes Windkraftwerk in North Yorkshire und die obere Hälfte des letzten Artikels behandelte das Niveau der Schulabschlußprüfungen. Sie betrachtete den leeren Karton neben dem Gerät, auf dem stand: ›TIMES: JAN-MÄR 94‹. Bißchen spät, sich wegen des Windkraftwerks so aufzuregen, dachte sie. Sie kurbelte zur Titelseite zurück, um sich den Rest der Mordgeschichte anzusehen. Er stand ganz oben auf der Seite, unter der Schlagzeile, an die sich Judy nun wieder erinnerte: ›Der Unsichtbare: Kripobeamter auf Mörderjagd war Killer‹, stand da. Sie las den Artikel mit einer Mischung aus zeitgeschichtlichem Interesse und Bestürzung, bevor sie die Filmrollen wegpackte und die Maschine abschaltete. Dann nahm sie den Regenschirm und brachte ihn zur Fundstelle hinauf.

Carole hatte bereits die ganze Haupteinkaufsstraße hinter sich gelassen und befand sich nun mitten auf dem Marktplatz, als sie merkte, daß es regnete. Es goß in Strömen, das Wasser trommelte auf die Markisen der Läden, rann seitlich in Bächen herunter und platschte auf das Kopfsteinpflaster. Ihr Mantel war an den Schultern dunkel von der Nässe, und ihr Pony klebte in unregelmäßigen, tropfenden Locken auf ihrer Stirn, aber sie merkte von all dem fast nichts. Ihr kam es so vor, als sei sie tief unten in dunklem Wasser, wo sie sich mit bleiernen Füßen vorwärts bewegte, und alle sie umgebenden Geräusche klangen gedämpft und von weit her, losgelöst von ihr; ihre verwirrten Gedanken folgten ihrem Körper wie ein ängstliches Kind.

Plötzlich fühlte sie den starken Drang, sich irgendwo hinzusetzen; wenn es sein mußte auch ruhig auf die nassen, glänzenden Stufen des Kriegerdenkmals oder gleich hier auf den schmutzigen Bordstein. Durch den Dunst, der sie umgab, wurde das

Schild einer Teestube am Markt sichtbar. Sie betrachtete es einen Moment, dann trat sie darauf zu, wobei sie sich vorsichtig über das unebene Kopfsteinpflaster bewegte.

In der geschäftigen und vom Klappern der Tassen erfüllten Atmosphäre verstärkte sich ihr Schwindelgefühl. Zum Glück war gleich neben der Tür ein freier Tisch, an den sie sich rasch setzte, bevor ihre Knie nachgeben würden. Eine dürre Kellnerin unter zwanzig erschien in einem kurzen schwarzen Rock mit weißer Schürze, nahm ihre gestammelte Bestellung entgegen und verschwand wieder. Carole starrte düster auf das, was die vorherigen Gäste zurückgelassen hatten: das zerkrümelte Ende eines Hefebrötchens, daneben ein Klecks roter Marmelade auf dem Teller, eine Teetasse mit Bodensatz und eine zerknüllte Papierserviette, die in einer Cappuccinotasse steckte, an deren Rand noch bräunlicher Milchschaum klebte. Während sie all dies betrachtete, überschattete die Übelkeit alle ihre anderen Gefühle.

Sie schaffte es gerade noch auf die Toilette, stieß eine Kabinentür auf und beugte sich vor, während sie sich in einem Schwall erbrach. Sie stützte ihre Hände auf den Wasserbehälter, Schweiß perlte ihr von der Stirn und vermischte sich mit dem tropfenden Regenwasser, dann leerte sich ihr Magen in zwei krampfartigen, schmerzhaften Stößen. Als sich der Krampf gelöst hatte, wischte sie ihr Gesicht mit Toilettenpapier ab. Dann spülte sie es herunter und ging zum Waschbecken, um sich zu erfrischen. Als sie ihre Hände unter dem angenehm warmen Wasser wusch, starrte sie in den Spiegel, zunächst ohne etwas wahrzunehmen. Nach einer Weile wurden die Konturen ihres Gesichts schärfer, wie auf der Oberfläche eines sich langsam beruhigenden Sees. Zwar wußte sie, daß das Bild, das sie sah, ihr eigenes Gesicht war, aber mit den nassen Haaren, den verhärmten Zügen und den hohlen Augen konnte sie sich kaum wiedererkennen. Wie konnte das ihr Gesicht sein, dasselbe Gesicht, das sie letzte Woche hatte oder gestern, oder an diesem Morgen, als sie noch eine andere Person gewesen war, bevor sie über die Bühne gestolpert war und die kunstvoll errichtete Szenerie um sich herum zerstört hatte. *Kripobeamter auf Mörderjagd war Killer,* flüsterte ihr das Gesicht im Spiegel zu und wiederholte die Worte immer wieder: *Kripobeamter auf Mörderjagd war Killer*... Ihre Haut prickelte dort, wo seine Finger sie berührt hatten: an ihrem Hals, ihren Brüsten, zwischen ihren Schenkeln – hundert blutbefleckte Zärtlichkeiten. Sie hob die Vorderseite ihres Pullovers hoch und besah sich ihren Bauch und ihre Brüste, als ob sie schleimige Schneckenspuren der Verderbnis auf ihrer Haut erwartete... Ihr wurde erneut übel, und sie mußte wieder aufs Klo eilen, wo sie sich noch einmal erbrach.

Als sie sich soweit wieder gefangen hatte, um in die Teestube zurückkehren zu können, fand sie einen abgeräumten und sauberen Tisch vor und anstelle des schmutzigen Geschirrs ihrer Vorgänger eine saubere, leere Tasse und ein Chromkännchen mit Kaffee, an dessen Bestellung sie sich gar nicht mehr erinnern konnte. Sie schenkte sich mechanisch eine Tasse ein, goß Milch dazu und löffelte Zucker in die braune Flüssigkeit, als ihr einfiel, daß sie seit Jahren ihren Kaffee schwarz trank. Sie rührte dennoch um. Als sie in den ockerfarbenen Strudel in der Tasse blickte, drehte sich wie in einem alten Film die Titelseite der Zeitung daraus hervor und blieb vor ihren Augen stehen: *Kripobeamter auf Mörderjagd war Killer.* Sie konnte das Layout der Seite ganz deutlich vor sich sehen, und obwohl die Textkolumnen nur grau und unförmig hervortraten, konnte sie die Schlagzeile und vor allem das Foto erkennen.

Er hatte sich sehr verändert. Es war ein schlechtes Foto. Es zeigte ihn im Halbprofil beim Einsteigen in einen Wagen, und seine Gesichtszüge waren durch das grobe Raster des Zeitungsdrucks sowie durch die mangelnde Qualität des Mikrofilms und die schlechte Bildschirmauflösung des Lesegeräts ganz verschwommen und undeutlich – doch er war immer noch zu erkennen gewesen. Trotz der schlechten Qualität und all der Veränderungen, die ihn für einen flüchtigen Bekannten fast unkenntlich machen würden (sein Gesicht war fülliger und glattrasiert gewesen), hatte sie ihn sofort erkannt, da ihr jede auch noch so kleine Furche seines Gesichts vertraut war. An den Namen, der unter dem Bild gestanden hatte – *Detective Chief Inspector* Alan Gorvin –, konnte sie sich nur vage erinnern. Für sie war er einfach nur Steven.

16

DU HÄLTST MICH *für schlecht...* Sie nimmt die ganze Last auf sich. Gott, dachte er, wenn sie nur wüßte. Wenn sie nur wüßte, wie sehr sie sich irrt.

Steven saß auf dem Hügel oberhalb der Farm im Gras und blickte über den Horizont. Kurz zuvor hatte er noch aufrecht gestanden, dann überkam ihn ein fast betäubendes Schwindelgefühl, und er mußte sich ins Gras setzen. Er hatte seit zwei Tagen fast nichts gegessen. Allein bei dem Gedanken an Essen war ihm bereits der Appetit vergangen, aber an diesem Morgen war er aufgewacht und hatte plötzlich Heißhunger verspürt, als ob sein Körper die Launen seines Verstandes nicht länger hinnehmen wollte. Er war zum Haus gegangen, aber Carole war weggefahren und hatte die Türen verschlossen. Er war so hungrig gewesen, daß er beinah das Stroh seines Bettes gekaut oder sogar die Heuschreckennahrung probiert hätte, die im hinteren Teil des Stalls in Säcken lagerte. Schließlich hatte er ein paar halbreife Karotten aus dem Küchengarten ausgegraben und gegessen und dabei auf der bestellten schwarzen Erde gehockt. Die Karotten waren klein und blaß und voller Erde gewesen, doch er hatte sie abgewischt und gegessen, wobei der restliche Dreck zwischen seinen Zähnen geknirscht hatte. Danach hatte er sich etwas besser gefühlt und war den Hügel hinaufgestiegen, um die Landschaft zu erkunden und seinen Aufbruch zu planen.

Es war schwieriger geworden seit dem letzten Mal, als er vor all diesen Monaten auf dem Steinhaufen gestanden hatte. Er hatte nicht nur keine klare Vorstellung davon, wo er hingehen sollte, er besaß auch überhaupt kein Geld mehr (die Handvoll Scheine, die er mitgebracht hatte, hatte er Carole gegeben, um ein paar neue Kleidungsstücke für ihn zu kaufen), aber damit nicht genug: nun war das vage Schuldgefühl, daß er damals verspürt hatte, zu einer verzweifelten Sehnsucht hierzubleiben herangewachsen, zu einer überwältigenden Liebe zu Carole, zu einem intensiven Gefühl, wie er es sich bis jetzt nicht hatte träumen lassen. Und genau diese Zuneigung war der Grund dafür, daß er beim jetzigen Stand der Dinge gehen *mußte*. Wäre Carole irgendeine andere ihm bekannte Frau gewesen – egal wie oberflächlich oder wie intim –, wäre er sicher imstande gewesen, zu bleiben und zu versuchen, es durchzustehen und unter seiner Maske zu leben, bis sie herausfand, wer er war (was ein Ding der Unmöglichkeit war). Aber mit Carole war es aussichtslos. Er konnte sie nicht einmal ansehen.

Dann traf er, wie an jenem zurückliegenden Nachmittag, dieselbe plötzliche Entscheidung: rasch von hier zu verschwinden und seine Flucht zu improvisieren; jetzt direkt, bevor Carole zurückkam. Während er im Gras gesessen hatte, war sein Schwindelgefühl einem kräftigen Adrenalinstoß gewichen. Er stand auf und ging den Hügel hinunter, sprang über das Tor in den Küchengarten und ging zur Scheune.

Als er das Scheunentor öffnen wollte, hörte er überdeutlich ein bekanntes Geräusch: das abnehmende, rauhe Knattern des Morris-Motors, wenn der Wagen abbremste, um zum Hof einzubiegen.

Er zog an dem Tor, das sich knarzend öffnete. Als er hineinhuschte, brachte seine Panik plötzlich die Übelkeit und das Schwindelgefühl zurück, und er wurde beinahe ohnmächtig. Er schwankte unsicher auf seinen Beinen und stützte sich an der Wand ab. Einige Augenblicke später war er wieder klarer, aber noch schwach und orientierungslos. Er hörte das Auto über den Hof rollen und quietschend bremsen – Pause – Türknallen – Pause – die Haustür öffnete sich – all das vernahm er trotz des rauschenden Blutes in seinen Ohren.

Es war aussichtslos. Er hätte zwar verschwinden können, ohne gesehen zu werden, aber in dieser Verfassung wäre er kaum weiter als ein paar Meilen gekommen: Er brauchte etwas zu essen. Er riß sich zusammen, verließ die Scheune und ging zum Haus. Die Haustür stand noch offen. Er trat hindurch und rief: »Carole?« Pause, dann kam ihre Stimme undeutlich aus dem Wohnzimmer: »Hier drinnen ...« Er ging den Flur entlang, sein Herz schlug wie wild, sein Hals und die Kopfhaut waren schweißgebadet vor Übelkeit und dunkler Vorahnung. Er betrat das Wohnzimmer und blieb abrupt stehen.

In einem kurzen Anflug von Delirium dachte er zuerst, er sähe ein Paar Augen: zwei hohle, engstehende, tiefliegende Augen, die in seine eigenen starrten und nur wenige Zentimeter vor ihm schwebten. Gesichtslose Augen, die auf zwei langen, glatten Stielen in seine Richtung zeigten. Weit, weit dahinter lag Caroles Gesicht, deren dunkle Augen genauso hohl und kalt waren; darunter waren die Knöchel ihrer Hand, mit der sie den Kolben umklammerte, weiß, ein Finger ruhte auf dem Abzug. Er versuchte zu sprechen, aber seine Stimme versagte. Sein erster Gedanke, der ihn beinahe zum Lachen brachte und gleichzeitig schlucken ließ, war, welch verzweifelte Anstrengungen sie unternommen hatte, um ihn hierzubehalten. Durch den Nebel konnte er sehen, wie sich ihre Lippen bewegten, aber zwischen dieser Bewegung und dem dazu passenden Geräusch schien es in seinem Gehirn eine Verzögerung zu geben. Danach erst kam die Stimme hinzu: »In einer Minute«, sagte sie heiser, und ihre Stimme versagte. Sie schluckte und setzte erneut an: »In einer Minute werde ich die Polizei rufen. Zuerst will ich zwei Dinge wissen: Wie hast du mich gefunden, und was willst du von mir?«

Die Läufe vor seinen Augen hypnotisierten ihn, er öffnete

seinen Mund, um etwas zu sagen, doch er hatte nicht die Kraft, um sich klar auszudrücken: »*Wawavlagl...*« Er verstummte und probierte es erneut. Diesmal konnten seine Lippen die Worte formen, doch er brachte keinen Ton heraus. »Was?« flüsterte er.

Ihr bleiches Gesicht nahm wieder etwas Farbe an. »Ich werde es dich noch einmal fragen, du Scheißkerl. Wie hast du mich gefunden, und was willst du von mir?«

»Ich weiß nicht, was du meinst«, röchelte er.

Die schwarzen Augen verschwanden, es erschien eine braune Masse, als der Gewehrkolben herumschwang und seine Schläfe traf. Er taumelte und sank auf die Knie, während die Schrotflinte wieder ruhig auf sein Gesicht zielte.

»Ich sagte, ich werde dich nur einmal fragen«, sagte Carole. »Jetzt antworte mir gefälligst.«

Er schaute zu ihr hoch: ihr zorngerötetes Gesicht bewegte sich unstet hin und her, wurde im Rhythmus des Pulsierens in seinem Schädel abwechselnd scharf und unscharf und verschwand schließlich in der aufsteigenden Dunkelheit. Sein Körper schwankte, seine Muskeln gaben nach, und er fiel vornüber auf den Teppich.

Beim zweiten Klingeln nahm Gail den Hörer ab und klemmte ihn sich zwischen Schulter und Ohr. »Polizeibeamtin Higgins«, sagte sie und zog ein paar Akten aus dem Stapel auf ihrem Tisch.

Es war die Dame von der Telefonzentrale. »Ich hab' eine Frau aus Yorkshire in der Leitung«, sagte sie, »sie möchte mit jemandem von der Kriminalpolizei sprechen.«

»Yorkshire? Weswegen?«

»Das wollte sie nicht sagen. Sie sagt, sie hätte bereits mit genügend Telefonzentralen gesprochen und will jetzt endlich einen richtigen Kriminalbeamten.«

»Okay, stell sie durch.« Es piepste und schnarrte, dann klickte es. »Polizeibeamtin Higgins«, wiederholte sie.

»Hallo«, sagte eine Frauenstimme, »ich möchte mit jemandem über den ›Unsichtbaren‹ sprechen.«

Gail runzelte die Stirn. »Den Unsichtbaren?«

»Die Mordfälle. Die Krankenschwestern.«

»Oh, ich verstehe. Der Fall wurde vor einigen Jahren abgeschlossen. Haben Sie neue Informationen?«

»Ja. Kann ich mit jemandem darüber sprechen?«

»Tja, ich fürchte, die zuständigen Beamten sind entweder pensioniert oder nicht mehr in dieser Abteilung.« Sie sah sich suchend im Büro um. »Können Sie einen Moment dranbleiben...?« Sie hielt die Sprechmuschel zu und rief quer durch den Raum: »Sarge, haben Sie nicht den Fall mit dem Unsichtbaren bearbeitet?«

Er sah auf. »Was, Gorvin? Ja, hab' ich.«

»Ich hab' eine Frau dran, die mit Ihnen sprechen will. Ich stelle sie durch.«

Er nickte und nahm seinen Hörer ab. »Detective Sergeant Comber«, sagte er, »was kann ich für Sie tun?«

»Ich habe ein paar Informationen«, sagte die Frau, »über den Unsichtbaren.«

»Okay«, sagte er und öffnete sein Notizbuch. »Bitte geben Sie mir Ihren Namen, und ich notiere mir dann Ihre Angaben.«

Gail beobachtete sein Gesicht. »Irgendwas Nützliches?« fragte sie, nachdem Comber aufgelegt hatte.

»Weiß nicht«, sagte er und prüfte seine Notizen. »Eine Bibliothekarin. Hörte sich reichlich übergeschnappt an, aber es könnte was dran sein. Sie behauptet, sie hätte eine Frau gesehen, die sich wegen alter Zeitungsberichte über den Fall merkwürdig verhalten hätte.«

»*Merkwürdig* verhalten?«

»Irgendwie panisch offenbar. Jetzt hat sie sich den ganzen Tag darüber Sorgen gemacht und schließlich beschlossen, uns anzurufen.«

»Kannte sie diese Frau?«

»Nein. Aber sie sagte, sie hätte sie schon mal in der Bibliothek gesehen.«

»Wollen Sie etwas unternehmen?«

Comber schüttelte den Kopf. »Da kann ich wohl nicht viel machen, oder? Ich werde es an die örtliche Kripo weiterleiten, denke ich, und erstmal abwarten.« Er warf das Notizbuch auf seinen Tisch und stand auf. »Ich geh' jedenfalls in die Kantine. Möchten Sie einen Kaffee?«

»Gern.« Sie nahm ihre Jacke und ihre Handtasche. »Glauben Sie, daß die Frau spinnt?« fragte sie, als sie die Treppe hinaufgingen.

Er zuckte mit den Schultern. »Weiß nicht. Bei jedem anderen Fall würde ich sagen ja, aber nicht bei diesem.« Er blieb auf der obersten Stufe stehen und wandte sich Gail zu. »Wissen Sie, ich habe *nie* geglaubt, daß Gorvin tot ist. Es wurde nie eine Leiche gefunden, aber der Distriktinspektor und der Superintendent und all die anderen haben den Fall einfach abgeschlossen.« Er grinste. »Himmel, die werden wie Idioten dastehen, wenn dieser windige Scheißkerl jetzt wirklich wieder auftaucht.«

Carole stand über dem zusammengerollten, puppenähnlichen Körper, der mit dem Gesicht nach unten zu ihren Füßen lag, und ließ die Schrotflinte mit der Mündung über seinem Kopf lose hängen.

Einen Moment lang hatte sie gedacht, daß er tot sei, als er seine Augen nach oben verdreht hatte und vornüber gekippt war. Fast hatte sie es sogar gehofft. Sein Zusammenbruch hatte sie überrascht; ihr war nicht klar gewesen, daß sie so fest zugeschlagen hatte. Der brodelnde Haß in ihr war stärker geworden als ihre Selbstkontrolle und hatte sie gezwungen, um sich zu schlagen – das Gewehr umzudrehen und seinen Kopf zu Brei zu schlagen, was ihr im Endeffekt doch nicht gelungen war. Es waren immer noch *sein* Gesicht, *seine* Augen, die sie ansahen, und sie hatte ihn eigentlich bloß leicht über dem Ohr angetippt;

nicht fest genug, als daß es ihn umwerfen würde, geschweige denn töten. Zumindest hatte sie nicht den Eindruck gehabt. Warum er zusammengebrochen war, konnte sie sich nicht erklären. Vielleicht war es der Schock darüber, daß sie ihn schließlich doch entlarvt hatte.

Steven … nein, *nicht* Steven. Sie versuchte, sich an den Namen zu erinnern, den sie in dem Zeitungsbericht gelesen hatte: *Alan. Alan Gorvin.* Ihr Mund formte leise die Silben, aber sie paßten nicht zu dem Mann zu ihren Füßen. Statt dessen versuchte sie es mit *der Unsichtbare*, und wiederholte es immer wieder. *Der Unsichtbare, der Unsichtbare, der Unsichtbare … Gorvin … Alan … Al-lan …* Nichts davon klang richtig: alles wirkte hohl, bedeutungslos, regelrecht absurd. Schließlich versuchte sie es wieder mit *Steven*: *Ste-ven*, und sofort verspürte sie einen Stich in der Brust und sah kurzzeitig ein Gesicht vor ihrem geistigen Auge aufflackern. Sie schob alle Gefühle beiseite und probierte es erneut mit *Alan*. Diesmal spürte sie eine leichte Verwandtschaft, nicht mehr als einen dünnen, leisen, dumpfen Ton, wie von einem gedämpften Klöppel in einer kleinen Glocke. Sie probierte es noch einmal: *Alan*, sagte sie diesmal laut, *Alan Gorvin … Mörder … der Unsichtbare …*, sie wiederholte es wie ein Mantra, bis der Zorn und der Haß, der in dem Moment, als sie ihn mit dem Gewehrkolben getroffen hatte, fast verschwunden war, wieder aufflammte. Die Verwirrung, die sie gestern noch empfunden hatte, war verschwunden; sie hatte die Lage ganz richtig eingeschätzt, und deren Sinn. Sie hatte sich bloß darin geirrt, wie sich die Situation klären würde: Er war nicht hier, um sie durch Buße zu erlösen, sondern durch Vergeltung. So wie sie es sich zurechtlegte, verzichtete sie schließlich auf ihre Rolle als schuldige Verräterin und wurde statt dessen zu Beverleys Racheengel.

Sie konnte sehen, wo ihn der Schlag getroffen hatte. Sie schob seine Haare mit der Mündung ihres Gewehrs zurück. Ihr Gefühl hatte sie nicht getäuscht: Es war nicht mal ein Abdruck zu sehen … Aber sie könnte für einen Einschuß sorgen; leicht den

Abzug betätigen, nur ein Schuß, ein explosives *Bumm*, und alles wäre vorüber ... Ihr Finger legte sich auf den Abzug und zog ihn gegen die Feder zurück – eine unendlich sanfte Bewegung –, bis sie den Gegendruck spürte. Nur ein winziger Druck, ein Millimeter fehlte; weniger Muskelanstrengung, als wenn man eine lose Wimper wegschnippte ...

Sie ließ den Abzug los und drehte die Gewehrmündung zur Seite, weg von seinem Kopf. Was würde es bringen, ihn zu erschießen, wo sie noch keine Antworten auf ihre Fragen hatte? Vielleicht genügte auch etwas weniger Endgültiges, um die brennende Wut abzubauen; vielleicht ein oder zwei richtig gute Tritte in seine Rippen. Sie konnte sich das dumpfe, befriedigende Geräusch vorstellen, wenn ihr Schuh seinen Körper träfe. Versuchsweise nahm sie mit ihrem Fuß Maß und testete die Entfernung. Als sie ihm in die Seite stupste, stöhnte er. »Halt's Maul«, murmelte sie, als der Klang seiner Stimme wieder diesen kleinen, verwirrenden Stich in der Brust verursachte. Sie holte mit dem Bein aus und legte ihr volles Gewicht in den Tritt. Er stöhnte erneut, während er sich bewegte. »Halt's Maul!« schrie sie, und ihre Augen füllten sich mit Tränen.

Sie trat zu. Ihr Fuß traf mit einem dumpfen, schweren *Wump* in seine Seite, woraufhin er keuchend die Luft ausstieß. Es klang wie eine Mischung aus Stöhnen und Husten, und sie spürte, wie ein Gefühl von Triumph von ihr Besitz ergriff. Sie trat erneut zu. Er stöhnte und rollte sich auf die Seite, klammerte sich an die Sofalehne und versuchte auf die Knie zu kommen. »Carole«, winselte er. »Halt's MAUL!« schrie sie. Wieso mußte er reden? Seine Stimme verwirrte sie und befleckte das reine Feuer ihrer Wut. Sie packte das Gewehr an den Läufen und schwang es wie eine Keule über ihrem Kopf, trat einen Halbschritt zurück, um den Abstand zu korrigieren, damit das volle Gewicht des Schlags seinen Kopf zerschmettern würde. Mit dem Rücken gegen das Sofa gelehnt, sah er zu ihr auf. Sein Gesicht war regungslos und resigniert, als ob er sie aufforderte, geradezu *einlud*, es zu tun. Ihr Blick kämpfte sich durch einen Tränenschleier, dann packte sie entschlossen das Gewehr und schlug zu. Es gab ein surrendes Geräusch, als das Gewehr durch die Luft schnitt. Er schloß seine Augen und erwartete das Vergessen. Es gab ein heftiges, lautes, dumpfes Geräusch, und sein Kopf wurde zur Seite geschleudert.

Als er die Augen wieder öffnete, kniete Carole mit hängendem Kopf auf dem Boden, hatte ihr Gesicht hinter den Händen verborgen und schluchzte erbärmlich. Die Schrotflinte lag quer über seinen Beinen, und das Kissen, in das sie getroffen hatte, lag dicht neben seinem Kopf.

»Ich kann es nicht tun«, weinte sie dumpf unter ihren Händen, und ihre Stimme überschlug sich schluchzend. »Ich kann es einfach nicht tun.«

Er schob das Gewehr zur Seite. »Carole«, keuchte er, streckte ihr seinen Arm entgegen und wimmerte, so sehr schmerzten seine Rippen. »*Carole...*« Er berührte ihren Arm mit seinen Fingerspitzen.

»*Rühr mich nicht an*!« schrie sie, schlug seinen Arm weg und starrte ihn wütend an. »Wag es nicht, mich anzurühren, du Scheißkerl...« Sie kam auf die Füße und wich vor ihm zurück. »Du mieser, hinterhältiger Mörder. *Warum*? Sag mir, warum!«

Er starrte sie an, dann das Gewehr, das jetzt neben ihm auf dem Boden lag.

Sie bemerkte seinen Blick. »Willst du es haben?« flüsterte sie. »Ist es das? Ich kann dich nicht töten, aber du könntest mich töten, oder etwa nicht? Na dann, los doch – tu es! Deswegen bist du doch hergekommen – warum hast du so lange gewartet, hm? Mach schon, erschieß mich doch!« Sie nahm das Gewehr und drückte es ihm in die Hände. »Mach schon! Ich halte es nicht mehr aus – mach's einfach. So wie du's mit Beverley getan hast. Na, worauf wartest du?« Er sah sie angsterfüllt an, und sie lachte verächtlich. »Oh, du magst keine Gewehre? Hättest du lieber ein Messer?«

Ihr ganzer Körper zitterte, als sie es ihm ins Gesicht schrie. Er konnte es nicht mehr ertragen und schob sie zur Seite. Dann nahm er das Gewehr und schleuderte es quer durchs Zimmer. Es knallte gegen die Wand, und beide Läufe gingen mit einem lauten, erschütternden BA-BUMM los.

Es herrschte Totenstille, als sich ihr Gehör von den lauten Schüssen erholte. Ihre Blicke trafen sich durch die aufziehende Rauchwolke. Er wandte seinen Kopf nach links. Ein riesiges, ausgefranstes Loch klaffte in der Seite des Sofas, nur dreißig Zentimeter von seiner Schulter entfernt. Er starrte auf den schwelenden Krater in der Polsterung, dann wieder auf Carole. Sie war kreidebleich. »Alles in Ordnung?« fragte sie mit dünner Stimme.

Er nickte. Es wurde wieder still. Steven suchte nach Worten, hatte aber gleichzeitig Angst, das verlegene Schweigen zu durchbrechen und sie damit wieder in Rage zu versetzen. »Ich bin nicht er«, flüsterte er schließlich. »Ich hab' Beverley das nicht angetan.«

Das höhnische Lächeln kehrte in ihr Gesicht zurück. »Ich habe mir schon genug Lügen von dir angehört. Ich werde nie verstehen, wie ich so blöd sein konnte, an dich zu glauben.«

»Ich schwöre«, sagte er rasch »ich schwöre, ich war es nicht. Ich weiß, für wen du mich hältst, aber ich war es nicht.«

»Ich warne dich, Ste – Ich warne dich – lüg mich nicht an, verdammt.«

»Das tue ich nicht…«

»Doch, das tust du!« schrie sie. »Du bist gar nicht Steven Goldcliff. Das bist du nie gewesen! Du bist *Alan Gorvin.* Du –«

»Ich weiß«, sagte er. »Ich gebe es zu. Aber ich habe Beverley nicht getötet. Ich habe keine von ihnen getötet! Ich bin reingelegt worden.« Er warf sich vor ihr auf die Knie und flehte sie an: »Du mußt mir glauben, Carole. Bitte hör mich an… Ich war es nicht, ich bin nicht der Unsichtbare. Der Gossenstreuner ist der Unsichtbare.«

»Der *was?*« sagte sie. Jetzt redete dieser hinterhältige Typ auch noch wirres Zeug.

»Der Gossenstreuner. Er nennt sich selbst den Gossenstreuner. *Er* ist der Unsichtbare. Er hat mich reingelegt und ist seitdem hinter mir her. Er läßt mich einfach nicht in Ruhe; wo ich auch hingehe, findet er mich. Warum, zum Teufel, glaubst du, bin ich die letzten drei Jahre auf der Flucht gewesen?«

»*Warum?*« wiederholte sie empört. »*Warum*? Weil du ein Mörder bist! Die Polizei ist hinter dir her! Und ich hoffe, sie wird dich kastrieren.«

Er schüttelte ungeduldig den Kopf. »Hörst du denn keine Nachrichten?« Er machte eine Pause. »Nein, das tust du nicht, oder?... Hör mich an: die Polizei ist überzeugt davon, daß Alan Gorvin *tot* ist. Geh auf irgendeine x-beliebige Polizeiwache in England und frag nach dem Unsichtbaren, und man wird dir sagen: der Fall ist abgeschlossen. Der Hauptverdächtige ist vor drei Jahren im Ärmelkanal ums Leben gekommen.«

Sie wollte antworten, doch dann zögerte sie. Es stimmte: alle hatten es ihr erzählt – ihr Vater, ihre Mutter, ihr Bruder, Rosalind –, alle hatten gesagt, er sei tot und verschwunden. Diese Information hatte ihr damals helfen sollen, sich wieder besser zu fühlen, hatte ihr das Gefühl vermitteln sollen, es sei alles endgültig ausgestanden, aber das hatte nicht funktioniert. Obendrein stimmte diese Meldung offenbar nicht.

»Na und?« fragte sie, obwohl ihre jüngsten Erkenntnisse über den Sachverhalt bereits ins Wanken geraten waren. »Sie halten dich für tot. Was beweist das?«

»Es *beweist*«, sagte er und versuchte ruhig zu bleiben »es beweist, daß ... daß ich nicht vor der Polizei davonlaufe. Jemand ist da draußen, Carole, und er hat mich auf Schritt und Tritt verfolgt. Egal wohin ich gehe, um ein neues Leben anzufangen – nach ein paar Monaten taucht er wieder auf.«

»Aber wer *ist* er?« wollte sie wissen. »Vorausgesetzt du sagst die Wahrheit, was ich bezweifle.«

»Ich weiß es nicht«, sagte er unglücklich. »Er ist der Unsichtbare – ich *weiß* nicht, wer er ist. Vor allem weiß ich nicht, warum er *mir* das angetan hat.«

Sie sah ihm in die Augen. »Du bist ein Lügner«, sagte sie. »Du hast mich, seit du hier angekommen bist, belogen. Und damit nicht genug – du hast mir immer noch nicht gesagt, warum du hierher gekommen bist und wie du mich gefunden hast.«

Er schüttelte den Kopf. »Das weiß ich auch nicht.«

»*Was*? Sag mir jetzt bloß nicht, daß es ein Zufall war ... das glaube ich dir nicht.«

»Doch, es ist *wahr*! Ich schwöre dir, bis neulich nacht hatte ich keine Ahnung, wer du bist. Selbst als du Beverley das erstemal erwähnt hast, hab' ich es nicht gleich kapiert. Warum, glaubst du, hab' ich wohl so reagiert, als ich es schließlich begriff?«

»*Ich* weiß es nicht!« schrie sie. »Vielleicht hast du ... vielleicht... Ich weiß es nicht. Ich kann nicht klar denken. Du *mußt* einfach lügen.«

»Nein, Carole. Die einzige Lüge, die ich dir seit unserem Kennenlernen aufgetischt habe, war mein Gedächtnisschwund, und der kam selbst mir nach einer Weile real vor. Himmel, sogar die Dinge, die ich dir aus meiner Kindheit erzählt habe, alles, was ich in dem Notizbuch aufgeschrieben habe, das alles entspricht der Wahrheit. Herrgott noch mal, ich war mal Polizist, Carole – und ich habe in meinem ganzen Leben noch nie jemanden so wenig belogen wie dich!«

Sie konnte sich ein kurzes, zuckendes Lächeln nicht verkneifen. Verärgert setzte sie einen grollenden Blick auf, aber er hatte das Lächeln bereits bemerkt.

»Hör mal«, sagte er. »Seit ich vor diesem ... diesem *Psychopathen* davonlaufe, habe ich dreimal versucht, mir ein neues Leben mit einer neuen Identität aufzubauen.« Er gestikulierte wild herum. »Dies ist die vierte. Jedesmal habe ich eine hundertprozentige Lüge gelebt: falscher Name, falsche Geschichte, gefälschte Papiere, wenn ich sie kriegen konnte, und eine erfundene Persönlichkeit. Mir war gar nicht klar, daß ich soviel Talent dazu hatte, bis ich es ausprobierte. Gott, ich war sogar ein ganzes Jahr lang *Franzose*. Wo ich auch war, ich war stets eine wandelnde Lüge. Nur hier nicht. Und willst du wissen, wieso? Wegen dir. Als ich dich zum ersten Mal gesehen hatte – Himmel, noch davor, als ich nur deine Stimme hören konnte, ... gelang es mir einfach nicht mehr, ich konnte einfach nicht mehr lügen. Ich konnte dir aber auch nicht die Wahrheit erzählen, also spielte ich eine amnesische Version meiner selbst. Aber das ist ja gerade der Punkt: Es war *ich*. Jedenfalls insofern ich nach all der Zeit noch an mich selbst herankam. Weiß Gott, ich *wollte* vergessen. Und ich habe mir meinen falschen Namen nicht mal selbst ausgesucht – das hast *du* getan. Ich weiß überhaupt nicht, wer dieser Steven Goldcliff sein soll. Ich habe die Jacke im Laden eines Sozialwerks in Birmingham gekauft. Ich wußte nicht mal, daß da ein Name *drinstand*. Und alles andere war wirklich ich. Du weißt mehr über meine Kindheit als alle, die ich jemals getroffen habe, inklusive meiner Eltern.«

Carole stand auf und nahm das Gewehr. Sie knickte den Lauf und entfernte die beiden leeren Patronenhülsen. Steven beobachtete ängstlich, wie sie zwei neue aus dem Schrank nahm und sie einlegte.

»Was hast du vor?« fragte er nervös.

»Ich werde die Polizei anrufen«, sagte sie, ließ den Lauf wieder zuschnappen und richtete das Gewehr auf ihn. Sie schaute auf ihn hinunter, in seine ängstlichen Augen, und ihre Macht über ihn ermutigte sie. »Wenn wir fertig sind«, fügte sie hinzu, »zuerst wirst du mir alles erzählen. Und ich meine *alles*. Von Anfang an.«

»Das werde ich«, sagte er »alles, was du willst.«

»*Dann* werde ich entscheiden, ob ich dir glaube oder nicht.«

Er nickte. »Darf ich dich zuerst um etwas bitten?«

»Was?«

»Kann ich was zu essen haben? Ich werde ohnmächtig, wenn ich nicht bald etwas esse.«

Carole geleitete ihn wachsam in die Küche. Im stetigen Anblick des Doppellaufs schnitt er für beide Brot ab, bestrich die Scheiben mit Butter und stapelte sie zusammen mit etwas Käse und einem Glas Honig auf zwei Teller. Carole beobachtete ihn genau und achtete darauf, daß sämtliches Besteck, das er anrührte, wieder so lag, daß sie es im Blick hatte. Dann brachte er, immer noch mit dem Gewehr im Rücken, die Teller ins Wohnzimmer.

Sie setzten sich einander gegenüber – er auf das zerschossene Sofa, sie in den Armsessel – und redeten und aßen. Oder besser gesagt, er redete und aß, biß gierig abwechselnd in die Butterbrote und in den Käse, wobei er oft ziemlich nuschelte, wenn er versuchte, gleichzeitig zu essen und zu sprechen. Carole hörte einfach nur zu, hatte das Gewehr auf den Knien und ihre Hand am Kolben liegen und rührte die Brote nicht an. Ab und zu unterbrach sie ihn mit Zwischenfragen, wollte einige Details ausführlicher hören oder ließ ihn Lücken in der Erzählung schließen oder zurückgehen und Teile wiederholen. Nachdem er eine Stunde lang stockend und unzusammenhängend erzählt hatte, kam er langsam in Fahrt und seine Schilderung wurde flüssiger, als ihm jede verdrängte Einzelheit aus den letzten drei Jahren wieder einfiel.

Er erzählte ihr, wie Alan Gorvin zu Michael Spring wurde, der sich dann in Michel Viveau verwandelte, aus dem wiederum Paul Chapel und am Ende Nigel Inkpen wurde; er erzählte ihr von Cressida und ihren Zwillingen, von Christine und von Tessa; er beschrieb Le Temple und sein Haus in dem französischen Dorf, Southampton und Morris-Minor-Restaurierungen, erzählte vom Caldicot Level und der Pornovideo-Industrie; und er erzählte ihr von dem Gossenstreuner. Er beschrieb all die kryptischen Zeichen und Nachrichten seines Verfolgers und zitierte all die Briefe beinah wortwörtlich, erinnerte sich deutlich an ihren spöttischen, ironischen und oft unterschwellig bedrohlichen Text. Er ging die lange Galerie seiner Feinde durch, die er in seinem Leben gehabt hatte – einschließlich einiger cleverer und hinterhältiger Personen, die er während seiner Zeit in der Spezialeinheit kennengelernt hatte –, doch sie alle schienen denkbar ungeeignet, als Verdächtige für die wahre Identität des Gossenstreuners. Schließlich berichtete er ihr von seinem entschlossenen Versuch, seine Vergangenheit im Schlamm und Sand von Severn Estuary zu begraben und beschrieb seine Flucht aus Wales. Er erzählte von seiner Ankunft in Birmingham, von dem fehlgeschlagenen Versuch, Arbeit zu finden, und von seinem Abstieg zum Bettler in den Straßen der Stadt, wo er verzweifelt versuchte, seine schwindenden Bargeldreserven aufzufrischen. Und er erinnerte sich an den Moment zurück, in dem er dachte, daß schließlich alles vorüber sei: Am Ende eines langen Tages hatte er vor einem Schaufenster im Bullring-Einkaufszentrum gekauert und auf den Wald aus vorbeieilenden Beinen gestarrt, als ein kleines Blatt Papier aus der Hand eines Passanten geflattert und auf der spartanischen Ansammlung von Münzen gelandet war, die auf dem Stoffetzen zu seinen Füßen lag. Er hob es auf. Es stand etwas darauf geschrieben. *Wir sind in dieselbe Grube gefallen. Wer soll uns jetzt noch retten, wohin sollen wir fliehen, wenn wir von wachsamen Augen und den Klauen der Toten umgeben sind …?* Es war vorbei. Er floh noch in derselben Nacht ohne Orientierung oder einen Plan, schlug sich durch den Norden des Landes, schlief in Hauseingängen und Gräben, lief bei Tag und trampte nach Möglichkeit, suchte sich seine Nahrung in den Abfalleimern der Stadt zusammen und in den Wäldern und Feldern auf dem Land; wenn die Ausbeute ihn nicht satt machte, griff er zu seinen letzten Geldreserven, bis er am Ende in jener regnerischen Nacht mit letzter verzweifelter Anstrengung einen einsamen Weg zu einer Farm und ein Bett zwischen Staub und Stroh erreichte.

Als er seine Geschichte beendet hatte, waren seine Augen leer, sein Mund war wie ausgetrocknet und seine Sinne wie betäubt. Er hatte stundenlang geredet: als er begonnen hatte, war die Sonne kurz vor ihrem Untergang gewesen und die Abenddämmerung zu tiefer Dunkelheit geworden; jetzt ging das Schwarz hinter dem Fenster bereits wieder in Grau über, und die Farben der Morgendämmerung kehrten langsam in die Welt zurück.

Carole hatte sich nicht bewegt, außer daß sie die Schrotflinte neben ihre Füße auf den Boden gelegt hatte. Es war ihr zunehmend absurd vorgekommen, die Waffe im Anschlag zu halten. Sie lauschte aufmerksam jedem Wort, und je mehr sie erfuhr, desto klarer wurde ihr, daß er die Wahrheit sagte. Niemand konnte unter solchen Umständen eine derartige Geschichte erfinden. Obendrein verstand sie, wer er in Wirklichkeit war: Während er sprach, manifestierten sich Namen und Personen in ihm – Alan, Michael, Michel, Paul, Nigel –, in seinem Körper, seinem Gesicht und seiner Sprache erwachten sie zum Leben, während sich zwischendurch Steven selbst immer wieder und vertraut zu Wort meldete ... Steven... Sie verstand und spürte die gemeinsame Identität von Steven und Alan, aber für sie war er immer noch Steven, und das würde er auch immer bleiben. Außerdem erkannte sie die Wahrheit, die aus seinem Innersten sprach; die Wahrheit über seine Unschuld und die Hetzjagd auf ihn; und daß der Steven, den sie kannte und liebte, gar nicht fähig war zu töten.

Ein paar Minuten lang herrschte Stille, während Carole seine Worte verarbeitete und immer weiter in die neuen Wahrheiten eintauchte. Stevens Blick kehrte langsam aus der Tiefe seiner Erinnerungen in die Gegenwart zurück, und er sah sie an.

Ohne den Blick von ihm abzuwenden, erhob sie sich aus dem Stuhl und ging zu ihm hinüber. Sie beugte sich zu ihm hinunter, schloß ihre Augen und gab ihm, gleich einer Segnung, einen Kuß auf die Stirn, einen Kuß, der in einer einzigen, zärtlichen Berührung Vergebung, Liebe und Reue vermittelte. Er öffnete sich ihr, und sie warf sich ihm in die Arme.

Sie waren zu ausgelaugt, um noch weiter zu sprechen, zu ausgedörrt, um zu weinen, zu erschöpft, um sich zu lieben, daher hielten sie einander bloß fest in den Armen, als ob sie sich an das Leben selbst klammerten – schmiegten sich eng aneinander und ließen keinen Raum zwischen sich.

Nach einer Weile spürte Steven, wie sich Caroles Körper neben seinem bewegte und sie dabei leise stöhnte.

»Unbequem?« fragte er und lockerte seinen Griff, damit Carole sich freier bewegen konnte.

»Nein, schon gut«, hauchte sie und kuschelte sich wieder an ihn. Sie schwieg eine Weile, dann sagte sie: »Steven?«

»Mm?«

»Eins versteh' ich immer noch nicht so ganz.«

»Das wollte ich auch gerade sagen.«

Sie sah ihn an. »Was?«

»Etwas, das ich noch nicht ganz verstehe. Was wolltest du sagen?«

Sie lächelte. »Frag du mich zuerst.«

»Okay. Wie hast du erraten, wer ich bin? Ich meine, wir sind uns doch nie wirklich begegnet, oder?«

»Nein. Ich wurde von einem Sergeant verhört. Nein, ich hatte diesen Traum. Diesen wirklich lebensnahen Traum, fast wie eine Vision. Ich habe geträumt, dich auf Beverleys Beerdigung gesehen zu haben.«

Er runzelte die Stirn. »Oh. Oh, ich verstehe.«

»Du warst da, oder? Das hab' ich mir doch nicht eingebildet?«

»Nein. Du hast recht, ich war da.«

»Mit zwei deiner Kollegen.«

»Mm«, brummte er. »Was wolltest du mich fragen?«

»Na ja«, sagte sie. »Was ich nicht so ganz kapiere, ist der vorgetäuschte Selbstmord. Oder Unfall oder was immer es war.«

Er zögerte und hoffte, daß sie das kurze Stocken in seiner Atmung und den ein wenig schneller werdenden Herzschlag nicht bemerken würde. »Was ist damit?«

»Ich verstehe das mit dem falschen Paß und der Verkleidung und den zwei Tickets, aber die mußten doch wissen, daß nur eine Person an Bord gegangen war, weil du doch tatsächlich nur ein Ticket *benutzen* konntest, und man bekommt nur eine Bordkarte.«

Steven antwortete nicht sofort. Alles, was er ihr erzählt hatte, war die Wahrheit gewesen, mit dieser einen Ausnahme. Aber was würde es bringen, ihr das jetzt einzugestehen? Gar nichts. Es konnte lediglich neuerlichen Schaden anrichten, denn wie hätte jemand glauben können, daß ein Mann, der *dazu* fähig war, nicht auch andere teuflische Taten vollbringen konnte?

»Es war nicht einfach«, sagte er. »Soweit ich mich erinnere, hab' ich beide Tickets beim Eingang abgegeben und gesagt, daß mein Kumpel auf die Toilette gegangen sei. Man händigte mir beide Bordkarten aus. Eine davon gab ich ab und ließ die andere dem Kontrolleur vor die Füße fallen. Auf diese Weise konnte sie später dort gefunden werden. Man sollte später denken, sie sei einfach runtergefallen.«

»Oh«, sagte sie. »Ich verstehe. War das nicht ein schrecklich großes Risiko? Was wäre gewesen, wenn sich der Kontrolleur an dich erinnert hätte?«

»Es ging nicht anders. Und er hat sich nicht an mich erinnert. Ich hab' in der Zeitung gelesen, daß Alan Gorvin tot und der Fall damit abgeschlossen sei.«

Schließlich war Carole zufrieden. Alle Zweifel waren beseitigt, und sie lehnte sich zurück und schloß ihre Augen. Als das fahle Licht der Dämmerung hereinfiel und das gelbliche Licht der elektrischen Lampe verdrängte, verlangsamten sich die Herzschläge der beiden, ihre Atmung wurde gleichmäßiger und sie schliefen beruhigt ein.

Der Unsichtbare

EIN SCHWARZER ROVER schoß die dunkle Straße entlang, hielt am Bürgersteig an und parkte im orangefarbenen Lichtkegel einer der wenigen intakten Laternen, in deren Schein Nieselregen glitzerte. Alan überquerte rasch die Straße und klopfte an die Scheibe des Rovers. Das Fenster fuhr surrend herunter, und er beugte sich vor und schlug den Kragen seiner Jacke zum Schutz gegen den prickelnden Nieselregen hoch.

»'n Abend, Sir«, sagte er, »habe Sie gar nicht hier erwartet.«

»Ich komme nur kurz vorbei«, sagte Superintendent Frazer. »Ist alles bereit?«

Alan nickte. »Ja. Vier Autos sind in der Gegend postiert, acht Beamte in Zivil, plus meine Leute. Wir sind bereit.«

Frazer schüttelte den Kopf. »Na, ich hoffe bloß, daß Sie etwas erreichen, um all diese Überstunden zu rechtfertigen. Und ich bin immer noch nicht so glücklich darüber, daß Sie die Neue einsetzen.«

»Man wird sich gut um sie kümmern, Sir. Sie ist jedenfalls das beste Double, das wir haben. Sie gleicht Kirsty Marsden bis aufs Haar.«

»Hmm. Glauben Sie, daß er kommen wird? Ich meine, das Wetter ...«

»Wenn, dann heute nacht. All die anderen Morde sind am einundzwanzigsten des Monats zwischen zehn und zwölf geschehen. Wir werden unser Bestes tun.«

Frazer seufzte. »Nun, Alan, es ist ihr Fall. Ich hoffe bloß, daß der Kerl nicht so schlau ist, wie er denkt. Viel Glück dann.«

»Danke, Sir.«

Das Fenster fuhr wieder hoch, und der Rover entfernte sich. Alan drehte sich um und rannte zu seinem eigenen Wagen zurück, der auf der anderen Straßenseite geparkt war. Er setzte sich auf den Beifahrersitz und knallte die Tür zu. »Scheiße«, murmelte er, »Mistwetter.«

»Kommt mir so vor, als ob der Regen nachläßt«, bemerkte DS Comber. »Was wollte Frazer?«

»Bloß rumschnüffeln.«

Alan warf einen Blick auf seine Uhr und drehte sich nach hinten um. Auf dem Rücksitz saß Distriktinspektor Spearman mit der jungen Polizistin, die sich freiwillig für die Operation gemeldet hatte. Sie schien sich in dem kurzen Rock und der Lederjacke, die man für sie besorgt hatte, unwohl zu fühlen; fehl am Platz, wie ein kleines Mädchen in den Sachen ihrer Mutter. Aber sie sah Kirsty Marsden wirklich erstaunlich ähnlich: groß und schlank, mit langen dunklen Haaren und einem umwerfend schönen Gesicht.

»Okay«, sagte Alan. »Wir gehen ... in drei Minuten. Sind Sie sicher, daß sie es tun wollen, Chrissie?« Sie nickte. »Sie wissen, daß Sie aus der Sache jederzeit aussteigen können«, fügte er hinzu.

»Nein, Sir«, sagte sie überzeugt, »ich bin bereit.«

»Sehr gut, Mädchen. Wie liegt Ihr Kabel? Bequem?«

»Ja, Sir.« Sie legte eine Hand an ihr Ohr und klopfte mit der anderen auf ihre Brust.

»Gut. Also, Sie wissen, wie es läuft: Sie werden ständig mit uns in Verbindung sein, und einer von uns oder einer der anderen Beamten wird sich mit einem Abstand von zehn Sekunden hinter Ihnen befinden, für den Fall, daß Sie in Schwierigkeiten geraten.« Er warf erneut einen Blick auf die Uhr. »Okay, los geht's.«

Chrissie stieg aus dem Wagen und ging langsam den Bürgersteig entlang.

»Hübsches Mädchen«, sagte Sergeant Comber und sah ihr hinterher. »Ich würde ihr nachstellen, wenn ich er wäre.«

»Hmm«, murmelte Alan und konzentrierte sich darauf, die Frequenz am Empfänger einzustellen, drückte einige Knöpfe und beobachtete dabei die flackernden LCD-Ziffern.

Comber legte seine Hände aufs Lenkrad, streckte sich stöhnend und schob seine Hüften nach vorne. »Ehrlich«, sagte er. »Hätte nichts dagegen, wenn sie aufsitzen und ein paar Meilen auf meinem Gesicht galoppieren würde.«

Er und Spearman lachten. Alan sah ihn an und wollte etwas sagen, als der Empfänger knackte. »Klingt wenig verlockend, Sarge«, ertönte Chrissies Stimme aus dem Lautsprecher. »Mit Ihrem Gesicht kommt höchstens mein Stiefel in Berührung.«

Alan grinste. »Tja, das Funkgerät funktioniert... Chrissie, Sie können ruhig ein bißchen schneller gehen, meine Liebe. Sie befinden sich doch auf dem Heimweg und nicht etwa auf Kundenfang.«

»Tut mir leid, Sir.«

Alan wandte sich an Spearman. »Okay, Glyn, seien Sie bereit, wenn sie zu der Ecke kommt... Und ... los!«

Spearman stieg aus und folgte Chrissies Spuren. Als er die Straßenecke erreichte, ließ Comber den Motor an, setzte den Wagen in Bewegung und fuhr langsam an den parkenden Autos vorbei.

»Herein!« rief Alan. Seine Bürotür ging auf und DS Comber trat ein. »Oh, hallo, Graham. Na?«

Comber setzte sich an den Schreibtisch. »Sie ist oben und geht noch mal die Karteifotos durch.«

Alan seufzte und warf seinen Stift auf den Schreibtisch. »Zeitverschwendung«, sagte er, »das sind irgendwelche Typen. Von denen war keiner in ihrer Nähe... Nicht gerade die erfolgreichste Operation in der Kriminalgeschichte, was?«

Comber lächelte selbstgefällig. »Oh, das würde ich nicht sagen, Sir. Wir haben das hier bekommen.« Er nahm eine Plastiktüte, in der sich ein einzelnes Stück Papier befand, aus seiner Tasche und reichte sie über den Schreibtisch. »Es ist von ihm, Sir.«

Alan starrte es an. »Wo zum Teufel kommt das denn jetzt her?«

»Es war in ihrer Jackentasche – ihrer *Innen*tasche. Sie hat es erst gefunden, nachdem sie letzte Nacht zu Hause angekommen war.«

»*Was?*«

Comber zuckte mit den Schultern und blickte immer noch selbstzufrieden drein. »Ich weiß, und niemand ist ihr nahe gekommen.« Er beobachtete, wie Alan das Papier umdrehte und es sich durch die durchsichtige Plastikhülle hindurch ansah. »Was halten Sie davon?«

Alan las den Text, der mit blauer Tinte in schiefen Großbuchstaben geschrieben worden war:

NETTER VERSUCH, GENTLEMEN, ABER OHNE FINESSE. DIESES MÄDCHEN IST EINE FÄLSCHUNG: SEHR ANSPRECHEND, IM GRUNDE EIN RECHT VERFÜHRERISCHER KÖDER, ABER LEIDER EINE BODENLOSE FÄLSCHUNG. ICH FÜHLE MICH ZIEMLICH BELEIDIGT.

»Lassen Sie diese Handschrift untersuchen«, befahl er.

»Schon geschehen«, sagte Comber. »Wurde von einem Rechtshänder mit der linken Hand geschrieben. Genau wie die anderen Nachrichten. Nichts Neues.«

Alan musterte die Schriftzüge nachdenklich. »Gar nicht schlecht dafür, oder?«

»Es ist nicht so schwer wie man denkt, Sir.« Comber legte eine Pause ein. »Ich möchte nicht respektlos erscheinen, Sir, aber könnten Sie hier nicht möglicherweise auf dem Holzweg sein?«

Alan schaute hoch. »Was meinen Sie?«

»Nun, kein Mann ist ihr nahe gekommen. Die Nachricht wurde *in* ihrer Jacke gefunden. Das bedeutet, daß sie dort reingesteckt worden ist, *bevor* sie sie angezogen hat.«

»Was? Ja, da könnte was dran sein... Woher stammt die Jacke?«

»Aus dem Lager. Er war *hier*, Sir. Er war irgendwann auf *unserer* Wache. Damit nicht genug, er wußte von der Operation von Anfang an – wer dabei war, wer der Lockvogel war, was sie anziehen würde, alles.«

Alan starrte ihn an. »Was genau wollen Sie damit sagen?«

Combers Selbstzufriedenheit fiel in sich zusammen. Jetzt sah er geradezu ängstlich aus. »Sir«, sagte er leise. »Ich glaube, es könnte jemand aus unseren eigenen Reihen sein.«

Nachdem der Sergeant gegangen war, saß Alan eine Weile, den Kopf in die Hände gestützt, an seinem Schreibtisch. *Jemand aus unseren Reihen? Aus diesem Gebäude?* Bei dem Gedanken lief ihm ein Schauer über den Rücken. Er starrte auf das Stück Papier. Comber hatte recht; selbst wenn es keiner von hier war, mußte es doch jemand sein, der freien Zugang hatte. Natürlich, deswegen hatten die Zeitungen auch diesen abenteuerlichen Namen erfunden: Er hatte ja seine Fähigkeit bewiesen, überall hinzukommen, ohne gesehen zu werden oder die geringste Spur zu hinterlassen. Abgesehen von den grotesken, greulichen Dingen, die er absichtlich hinterließ und die keinerlei Hinweis auf seine Identität gaben, natürlich.

Nur eine einzige Person behauptete, den Unsichtbaren gesehen zu haben. Ein Wachmann namens Albert Rowe hatte in der Nacht, als Beverley Cunnigham umgebracht worden war, vor einer Ladenfront in der Bond Street patrouilliert. Albert stand kurz vor der Pensionierung, und sein Augenlicht war nicht mehr das beste, doch er schwor, daß er in einer Seitenstraße in der Nähe eines Ladens einen Mann gesehen hatte, an der Stelle, wo man später die Gesichtshaut der ermordeten Frau gefunden hatte. Als Albert von Spearman und Comber dazu befragt wurde, behauptete er, daß er für einen Moment lang im Licht einer Straßenlaterne das Gesicht des Mannes gesehen hatte. Es war der erste Mord des Unsichtbaren gewesen, und Alan hatte sofort die Initiative ergriffen und Gilbert Dacey verhaftet. Es war bekannt, daß Dacey in der Gegend lebte, seit man ihn vor kurzem nach einer sechzehnjährigen Gefängnisstrafe wegen einiger Sexualdelikte entlassen hatte. Er hatte zwar keines seiner Opfer getötet, doch er hatte ihre Köpfe und Körper auf die gleiche Weise wie der Unsichtbare geschoren. Bei der rasch organisierten Gegenüberstellung zur Identifizierung hatte ein Mann gefehlt, und so war Alan eingesprungen. Hinter dem Venezianischen Spiegel herrschte aufgeregte Spannung, als Albert zögerte und abwechselnd zwischen Dacey und einem Gasinstallateur namens Wayne hin und her blickte. Dann schüttelte er den Kopf und ging weiter. Plötzlich hielt er an und deutete auf jemanden. *Der ist es*! sagte er aufgeregt. *Nummer eins – der ist es!* Nummer eins war Alan. Man bedankte sich – in Anbetracht der Umstände recht höflich – bei Albert und schickte ihn wieder nach Hause. Danach hatten noch andere Menschen behauptet, den Täter, der zu trauriger Berühmtheit gelangt war, gesehen zu haben, aber alle hatten grundverschiedene Beschreibungen abgegeben. Während sie den Fall weiterbearbeiteten, ließ die Stimmung im Untersuchungsteam deutlich nach.

Niedergeschlagen stand Alan auf und ging in die Einsatzzentrale hinunter. An einer Wand hing eine große Anschlagtafel; in der Mitte hing ein Stadtplan von London, in dem farbige Nadeln steckten: Gelb für die Fundorte der Opfer, Grün für die Orte, wo der Verdächtige angeblich gesichtet worden war, Rot für die Tatorte, und so weiter. Rote Fäden führten von den roten Nadeln zu einem Mosaik aus Fotos, jeweils eine Gruppe für jedes Opfer.

Es gab drei davon: Beverley Cunningham, die erste, vor neun Monaten; Angie Diffield, vor sechs Monaten; und Kirsty Marsden, die letzte, vor etwas über acht Wochen. Alle waren Krankenschwestern, sie arbeiteten in verschiedenen Krankenhäusern, aber alle in den Unfallstationen. Sie hatten nichts weiter gemeinsam als eine vage Ähnlichkeit, was die Statur (groß und schlank), die Gesichtszüge (fein und attraktiv) und die Frisuren (glänzendes, langes glattes Haar) anbetraf. Alle möglichen Verbindungen zueinander, aus Vergangenheit und Gegenwart – Liebhaber, Patienten, Mitarbeiter, Familien, Lebenswandel und -umstände, Krankengeschichten, sogar die Makler, die ihnen die Wohnungen vermittelt hatten, Autohändler und Fahrlehrer –, waren sorgfältig untersucht worden. Die Verbrechen, denen sie zum Opfer gefallen waren, unterschieden sich in wenigen Details. Alle waren nackt gewesen. Keine vergewaltigt. Keine Anzeichen von einem Kampf, also waren sie vermutlich von jemandem getötet worden, den sie kannten oder dem sie glaubten vertrauen zu können. Alle waren nach ihrem Tod auf perverse Weise verstümmelt worden. Ihr Haar war abrasiert und vom Tatort entfernt worden. Körperteile waren abgeschält worden: Beverleys Gesicht, Angies Brüste und ihr Gesäß, Kirstys Genitalien und ihre Schenkel. Und bei jeder Leiche hatte man eine andere lakonisch verfaßte Nachricht gefunden.

Alan sah sich die Fotos genau an. Jede Gruppe enthielt ein Bild des jeweiligen Opfers zu Lebzeiten. Bei den Bildern von Angie und Kirsty handelte es sich um scharfe, feinkörnige Farbfotos, die beim Abschluß ihrer Krankenschwesterausbildung aufgenommen worden waren: sie hatten unverdorbene Gesichtszüge und trugen gestärkte Uniformen; ihr Lächeln war stolz und selbstbewußt. Dagegen sah Beverleys Foto aus, als sei es auf einer Party aufgenommen worden: im Hintergrund konnte man eine Wohnung erkennen; ihr Gesicht wirkte entspannt, sie grinste und ihre Pupillen waren vom Blitzlicht gerötet. Jedes dieser Bilder befand sich in der Mitte einer scheußlichen Montage aus Tatortfotos: nackte, bleiche Haut voller Schmutzstreifen und braunschwarz geronnenem Blut. Die Bilder aus den vorschriftsmäßig unterschiedlichen Blickwinkeln machten diese leblose Zusammenstellung von Bäuchen, Brüsten, Schultern, Rücken und Gliedmaßen zu einer verwirrenden, zusammenhanglosen Fleischmasse. Die Fotos standen in krassem Widerspruch zu den lebensfrohen Porträts aus der Zeit vor ihrem Tod.

Die Einzelheiten dieser Mordserie warfen viele Fragen auf. Wie war er vorgegangen? Zunächst hatte es den Anschein gehabt, als handelte es sich um jemanden, den die Frauen kannten und dem sie vertrauten, aber die Untersuchungen hatten ergeben, daß sie keinen gemeinsamen Bekannten hatten. Wie hatte er also diese Frauen – so allein und verletzlich, wie sie waren – dazu bringen können, ihm soweit zu vertrauen, daß sie ihn arglos und offenbar freiwillig bis an den Ort ihres Todes begleiteten? Und daraus ergab sich eine andere Besonderheit: seine Vorgehensweise bei den Verbrechen unterschied sich so radikal von allem, was Alan je über Verhaltensmuster bei Mördern gelernt hatte; die Opfer waren lautlos, blitzschnell und schmerzlos umgebracht worden, ohne einen offensichtlichen Schock. Danach waren ihre leblosen Körper mit derart kaltblütiger Brutalität verstümmelt worden, daß nur unermeßlicher Haß und tiefste Verachtung das Motiv dafür sein konnten.

Oder steckte doch etwas anderes dahinter? Jeder, der über einen gesunden Menschenverstand verfügte, würde sicherlich zu diesem Schluß kommen, doch als er genauer hinsah und mit Widerwillen versuchte, sich in die Denkweise dieses Mannes hineinzuversetzen, kam es Alan so vor, als ob diese Greueltaten mit der Sorgfalt und dem Geschick eines Menschen, der etwas von seinem Handwerk versteht, durchgeführt worden waren. Er suchte nach Parallelen: Er fand sie weniger bei Präparatoren oder Chirurgen, schon eher bei einem Vivisektionisten. Ja, das war es: die genaue Betrachtung zeigte ihm jetzt deutlich, daß die Verstümmelung in all ihrer Grausamkeit für diesen Mann überhaupt nicht von Bedeutung war. Es war so, als würde man den Fuchsjäger mit dem Sezierer im Labor verglechen: Der eine fand sein Vergnügen in der gnadenlosen Jagd und der kaltblütigen Gewalt des Tötens, wogegen der andere seinen Reiz im abgebrühten, wissenschaftlichen Spürsinn, unter völliger Mißachtung der Wärme und des Lebens eines Organismus fand.

Aber wieso? Welches Ziel verfolgte dieser Mensch mit seiner sorgfältigen Vorgehensweise? Alan untersuchte verzweifelt jedes Porträt und prüfte fragend die Augen der Opfer: *Wer hat euch das angetan? Wer bringt so etwas fertig?* Im neunzehnten Jahrhundert hatte es eine Theorie gegeben, nach der die mikroskopische Untersuchung der Netzhäute eines Mordopfers das eingebrannte Bild des zuletzt Gesehenen hervorbringen würde – erwartungsgemäß das Gesicht des Mörders. Vielleicht konnte die Untersuchung des Gesichts eines Opfers vor seinem Tode darüber Aufschluß geben, wer oder was für ein Mensch sie töten und verstümmeln wollte… Er bremste sich gerade noch rechtzeitig: Warum, zum Teufel, dachte er so? Die Wahrheit war, daß ihn Combers Idee, der Unsichtbare könne vielleicht ein Polizist aus ihren eigenen Reihen sein, zutiefst erschüttert hatte. Haltloses Philosophieren und wilde, mystische Phantasien würden ihn nicht weiterbringen. Was er brauchte war Schlaf; eine Nacht durchschlafen, dann hätte er am Morgen wieder einen klaren Kopf. Er riß sich davon los, verzweifelt auf die Fotos zu starren, verließ die Einsatzzentrale und ging hinaus auf den Parkplatz.

Drei Tage nach der fehlgeschlagen Operation zur Ergreifung des Täters ging Distriktinspektor Spearman im Flur auf den hinteren Ausgang der Wache zu, als er ein leises *Pssst!* aus der Tür zur Herrenumkleide vernahm. Er blieb stehen und sah sich um. »Sir«, zischte DS Comber. »Hier rein, schnell!«

Spearman schaute in beide Richtungen des Flurs und folgte

dann seiner Aufforderung. »Was ist los?« fragte er. »Ich wollte gerade nach Hause gehen.«

Comber schloß die Tür und lehnte sich von innen dagegen. Sein Gesicht war grau und seine Augen angsterfüllt. »Ich hab' ihn«, flüsterte er.

»Wen?«

»Den Unsichtbaren.«

Spearman starrte ihn ungläubig an. »*Was*?«

»Ich hab' ihn«, wiederholte Comber.

»Sie haben ihn? Wovon reden Sie denn da? Wenn das ein Witz ist, Graham ...«

»Ich hatte recht! Ich hab' Ihnen doch gesagt, daß ich dachte, es wäre einer von uns. Ein Bulle. *Ich weiß jetzt, wer es ist*!«

»Und, *wer* ist es?«

»Sie werden es nicht glauben, aber ich glaube, es ist Gorvin.«

Spearman starrte ihn an. »*Detective Chief Inspector* Gorvin?«

»Ja.«

»*Alan* Gorvin?«

»Ja.«

Plötzlich lachte Spearman. »Sie Spaßvogel. Sie machen *tatsächlich* Witze.«

»Nein, ich ...«

»Entschuldigung, Graham, leben wir hier auf demselben Planeten? Herrgott noch mal, lassen Sie das bloß niemand anderen hören, wenn Sie an Ihrem –«

»Sehen Sie sich das an.« Comber zog den Zettel aus seiner Tasche, der bei Chrissie gefunden worden war. »Das ist der Schlüssel. Durch diese Notiz hat er sich verraten. Ich war gestern abend in seinem Büro, um mir von ihm die Nachricht geben zu lassen. Er war nicht da, und ich fand *das hier* auf dem Tisch.« Er holte ein weiteres Blatt Papier hervor und hielt es neben die Nachricht in der Plastikhülle. »Sehen Sie doch: es ist dieselbe Handschrift!«

Spearman untersuchte die beiden Schriftstücke. Sie hatten tatsächlich eine erstaunliche Ähnlichkeit miteinander. »Na und?« warf er zweifelnd ein. »Das reicht wohl nicht ganz, um jemanden als Mörder zu belasten, oder?«

»Es kommt noch besser. Mir ist folgendes eingefallen: erinnern Sie sich an die Gegenüberstellung? Vielleicht ist das Augenlicht des alten Albert Rowe doch nicht so schlecht, wie wir dachten. Und das ist noch nicht alles. Ich meine, ich habe zuerst das gleiche gedacht wie Sie: Ich habe ein paar Tage darüber gebrütet, weil ich es einfach nicht glauben konnte. Dann hab' ich mir heute morgen Gorvins alte Dienstpläne der letzten neun Monate hervorgeholt. Jeder Mord wurde verübt, als er entweder frei hatte oder allein unterwegs war!«

»Naa«, sagte Spearman und wedelte mit dem Papier wie mit einem Fächer. »Das kauf' ich Ihnen nicht ab. Warum sollte er sich selbst mit so einem Schriftstück belasten?«

Comber zuckte mit den Schultern. »Fragen Sie mich nicht. Er hat vielleicht damit rumexperimentiert, mit links zu schreiben oder so was. Jedenfalls passen die Handschriften auf beiden Zetteln zusammen, das können Sie nicht leugnen. Vielleicht will er erwischt werden – manchmal wollen diese Irren das.«

Spearman sah sich die Blätter erneut an. »Wo ist er jetzt?«

»Fehlt. Sie wissen doch, er hat sich gestern morgen krank gemeldet – na ja, und heute ist er auch nicht erschienen.«

»Scheiße ... Okay, wir werden eine Weile daran arbeiten.« Er packte Comber am Arm. »Graham, wir müssen verdammt vorsichtig damit sein. Ich meine, hier ist echtes Fingerspitzengefühl gefragt, verstehen Sie, was ich meine? Na schön, überlegen Sie sich folgendes: Wem vertrauen Sie bei der Kriminalpolizei auf Leben und Tod? Am besten jemand, der verschwiegen ist und der nicht an diesem Fall arbeitet ...«

Comber grübelte kurz. »Jack Allan, denke ich«, sagte er schließlich.

»Na schön – schnappen Sie sich Jack und erzählen sie ihm, was Sie mir erzählt haben, und sorgen Sie dafür, daß er ein bißchen herumschnüffelt. Er soll zusehen, ob er was über Gorvins Aufenthaltsorte an den in Frage kommenden Tagen herausfinden kann, und mir dann direkt darüber berichten. Und er soll es so machen, daß niemand Verdacht schöpft. Haben Sie das verstanden? In einer Stunde treffen wir uns auf dem Parkplatz.«

»Er ist zu Hause«, sagte Comber und nahm den Vorschlaghammer aus dem Kofferraum des Wagens. »Der blaue Carlton da und der alte Bristol daneben – die gehören beide ihm.«

»Na, dann hoffen wir mal, daß er bereit ist, Besuch zu empfangen«, sagte Spearman, drehte sich um und ging über den schmalen Weg auf den Apartmentblock zu.

»Sir«, sagte Comber zögernd.

Spearman drehte sich wieder um. »Was?«

»Sie denken doch auch, daß wir mit unseren Vermutungen richtig liegen, oder? Wir gehen doch nicht etwa zu weit?«

Spearman kam zu ihm zurück. »Zu weit? Das war schließlich Ihre Idee.«

»Ja, schon, ich weiß. Aber ich bin mir nicht hundert Prozent sicher. Ich meine diese Geschichte, daß er immer frei hatte; es geschah immer nachts – da *hatte* er doch wohl meistens frei, oder? Vielleicht hat es doch nichts zu bedeuten.«

»Na-na. Jack hat mir alles darüber berichtet. Angie wurde getötet, während wir die Walton Road observiert haben. In den meisten Nächten war Gorvin auch diesem Posten zugeteilt, nicht aber in jener Nacht. Nein, ich glaube, wir haben da tatsächlich eine Spur. Mir ist außerdem noch etwas eingefallen: Erinnern Sie sich an die Nachricht, die wir bei der ersten Leiche gefunden haben?«

»›Mein Name ist Beverley‹, meinen Sie?«

»Ja. Und wissen Sie auch noch, daß wir Gorvins Daumenabdruck darauf gefunden haben? Damals hat dem keiner von uns Beachtung geschenkt, nicht wahr? Wir haben angenommen, daß er sie vermutlich am Tatort angefaßt hatte, obwohl die Spurensicherung schwor, daß es nicht möglich gewesen wäre. Ich meine, an so etwas darf man doch gar nicht denken, oder? Der für den Fall zuständige *Detective Chief Inspector*?«

Comber nickte und spähte zu dem Gebäude hinüber. »Ich weiß. Es ist bloß ... keine Ahnung. Ich fühl' mich nicht wohl in meiner Haut.«

Spearman legte ihm eine Hand auf die Schulter und gab sich zuversichtlich, obwohl er selbst gewisse Zweifel hegte und sich ziemlich unwohl fühlte. »Kriegen Sie jetzt bloß keine kalten Füße, Graham. Also, wir werden ganz behutsam vorgehen. Sie behalten ihn im Auge, und ich übernehme das Reden. Ich werde ganz freundlich sein und ihn fragen, ob wir uns ein wenig umsehen dürfen. Ich werde ihm sagen, daß *wir* ihn nicht für den Täter halten, sondern bloß der Sache nachgehen müssen. Er wird das sicher verstehen. Falls nicht, das heißt wenn er unangenehm wird, werden wir ihn festnehmen und vom Durchsuchungsbefehl Gebrauch machen müssen.«

Comber seufzte. »Okay... Verdammt, ich hoffe, wir haben recht, sonst sind unsere Karrieren im Eimer. Er wird unsere Eier auf einem silbernen Tablett servieren.«

Als sie an der Tür zu Alans Apartment klopften, tat sich nichts. Sie fragten bei den Nachbarn nach, aber niemand hatte ihn in den letzten Tagen gesehen. Sie beschlossen, behutsam vorzugehen und warteten eine halbe Stunde, bevor sie es wieder versuchten. Als noch immer keine Antwort kam, biß Comber die Zähne zusammen, holte weit mit dem Vorschlaghammer aus und schlug das Schloß mit zwei gezielten Schlägen auf.

»Sir?« rief Spearman, als er in die Wohnung eintrat. »Alan? Jemand zu Hause?« Er machte das Licht an. »Okay, Graham, Sie nehmen sich die Küche und das Wohnzimmer vor. Ich kümmere mich um den Rest.«

Comber ging ins Wohnzimmer und machte das Licht an. Er fand einige Hinweise darauf, daß sich hier seit mindestens ein oder zwei Tagen niemand mehr aufgehalten hatte. Die Überreste einer halb gegessenen chinesischen *takeaway*-Mahlzeit vergammelten auf dem Tisch und rochen bereits verdorben, und auf dem Sofa lag eine drei Tage alte Ausgabe des *Telegraph*. Als Comber sie entdeckt hatte, schrie Spearman auf.

»Graham! Hierher!«

Er fand Spearman, wie er auf der Schwelle zum Schlafzimmer stand. Er hatte gerade das Licht angemacht und war, die Hand noch auf dem Schalter, an Ort und Stelle erstarrt. Comber blickte ihm über die Schulter; sein Blick wurde starr und ging dann in ungläubiges Staunen über. Er schob sich an Spearman vorbei und trat in das Zimmer.

»Jesus«, flüstere er. »Oh, Jesus Christus ...«

Hinter sich hörte er Spearmans Mobiltelefon piepsen. »Hallo, Mrs. Frazer. Hier ist Distriktinspektor Spearman. Ich hätte gerne den Superintendenten gesprochen, bitte ... Ja, es ist dringend.«

Alan betrat das Gebäude und schleppte sich die Treppe zu seiner Wohnung hinauf. Er war deprimiert, gedankenverloren und fühlte sich äußerst unzufrieden. Als er die Wohnung betrat, merkte er gar nicht, daß das Licht im Flur brannte. Ebenso das Licht im Wohnzimmer. Er wunderte sich zwar, kümmerte sich aber nicht weiter darum. Er stellte seine Tüte auf den Tisch und begann sie auszupacken: eine Alupackung, auf deren Deckel eine 29 gekrakelt worden war, Hühnchen Chow mein; ein Styroporbecher mit leuchtend roter, süßsaurer Soße; eine braune, fettige Papiertüte mit Schweinefleischbällchen und zwei weitere Alubehälter, einer mit der Aufschrift 61, Currynudeln, und einer mit gebratenem Reis. Viel zuviel, um es alleine zu schaffen, aber er konnte ja die Reste in die Mikrowelle stecken und am nächsten Tag essen.

Er aß direkt aus den Packungen, mit einer Gabel und einem

Löffel, welche er am Morgen fürs Frühstück herausgenommen, aber nicht benutzt hatte. Während er aß, dachte er nach. Oder besser, er versuchte nachzudenken. Er versuchte, an irgend etwas anderes als an den Fall zu denken. Er schaltete den Fernseher ein und setzte sich an den Tisch, hielt mit einer Hand die Fernbedienung, mit der anderen seine Gabel und schaltete durch die Kanäle, während er lustlos in seinem Essen herumstocherte. Alles, was er sah, erinnerte ihn an den Fall: die Nachrichten (eine Geschichte über einen Jungen, der aus seinem Elternhaus in Wiltshire entführt worden war); eine Polizeiserie auf ITV (in der es um einen Serienmörder ging); eine Oper auf BBC2 (das flüchtige Bild einer Frau im Chor, die große Ähnlichkeit mit Kirsty Marsden hatte); eine Dokumentation über wilde Tiere auf Channel 4 (in der Hyänen den Körper eines nicht zu identifizierenden Tieres zerfleischten).

Alan spürte, wie eine tiefe Verwirrung allmählich von ihm Besitz ergriff. Sein Gefühlszustand hatte sich seit Beginn der Untersuchungen auf eine Art und Weise verändert, wie er es schon bei anderen Beamten beobachtet hatte, bei sich selbst jedoch nie für möglich gehalten hätte: Er wurde langsam besessen. Besessen von den Opfern, besessen von seinen eigenen frustrierenden Versuchen, den Mörder zu entlarven, besessen von den Verstümmlungen, die man den Körpern beigebracht hatte. Warum vergewaltigte dieser Mann seine Opfer nicht, wie die meisten von derartigen Tätern es taten? Warum schälte er deren Haut, warum das Rasieren? Vor seinem inneren Auge erschien die Fotomontage an der Wand der Einsatzzentrale, und er erinnerte sich an die Tatorte; so schrecklich die Motive der Fotos auch sein mochten, die Bilder hatten doch etwas Aseptisches, klinisch Sauberes, ja Beruhigendes an sich, das die Wirklichkeit der kalten, feuchten Luft und des nassen Bodens überdeckte sowie den Nieselregen auf der toten, nackten Haut ... und den Geruch: diese Mischung aus nasser Erde und Smog, die sich mit dem anschwellenden Gestank von verwesendem Fleisch vermischte.

Eine gewisse Ordnung, nach der der Täter vorging, und das strahlende Hochglanzpapier mochten einen Anteil an dieser Wirkung gehabt haben.

Einen Moment lang schwebte Alans Löffel über dem Chow mein, dann steckte er ihn in das Gewirr aus Nudeln, Sojasprossen und grauem Hühnchen und schob das Essen beiseite. Er mußte aufhören, so zu denken; seine Aufgabe war, den Fall zu lösen, und nicht, morbide Gedanken über Bilder von Toten zu wälzen. Nur den Fall lösen... Außerdem gerieten die Dinge in der Abteilung langsam außer Kontrolle. Combers Theorie zum Beispiel, es könnte jemand von ihnen gewesen sein, erschien ihm einfach zu abwegig. Obwohl es tatsächlich einen konkreten Anhaltspunkt dafür gab: wie sonst hätte die Nachricht in die Tasche der Polizistin gelangen können? Aber nein, das alles paßte nicht zusammen. Die Expertenanalysen bezüglich der bisher gefundenen Nachrichten stimmten darin überein, daß der Verfasser einen gewissen Bildungsgrad, vielleicht auch nur einen Sinn für Literatur, oder sogar beides, besitzen mußte. Die Beschreibung paßte auf keinen der Beamten aus ihrer derzeitigen Mannschaft (zumindest nicht auf diejenigen, die er kannte), außer vielleicht (ein bißchen) auf ihn selbst oder (deutlicher) auf Superintendent Frazer. Natürlich gab es da noch Chrissie, die neue Polizistin. Sie hatte eine Universitätsausbildung, aber... Er stockte, sein Kiefer klappte herunter – die Nachricht in ihrer Tasche, keine Vergewaltigung der Opfer... Der Gedanke tanzte einen Moment lang wild durch seinen Kopf, dann fiel er in sich zusammen. Jetzt fing er auch noch an zu spinnen... Nein, entschied er, und kehrte zu seinem ursprünglichen Gedankengang zurück, keiner der Beamten, die ihm in den Sinn kamen, wäre zu einem solchen Verbrechen fähig. Einige von ihnen hatten zwar sadistische Neigungen – er selbst war tatsächlich nicht gerade für zurückhaltende Höflichkeit bei seiner Verhörtechnik bekannt –, aber keiner von ihnen war ein Killer.

Die ständige, unverminderte Anspannung bereitete ihm Kopfschmerzen. Zwischen seinen Schulterblättern verhärteten sich die Muskeln zu einem dicken Strang, der über seinen Nacken bis zum Rand seines Schädels hinaufreichte und stechende Schmerzen in seinen Kopf jagte. Er öffnete seine Aktentasche und suchte nach einem Päckchen Aspirin, das er immer dort aufbewahrte. Er konnte es nicht finden, statt dessen fand er aber ein dickes gebundenes Buch zwischen einigen Mappen und ein paar Umschlägen. Er nahm es heraus und sah es sich an: Es hatte einen unbeschriebenen grünen Deckel, und auf seiner Titelseite prangte ein Stempel der Universität von London. Merkwürdig; er konnte sich gar nicht erinnern, jemals in der Londoner Universitätsbibliothek gewesen zu sein, geschweige denn dort irgendwelche Bücher ausgeliehen zu haben. Er sah sich das Deckblatt an: *Handbuch der klinischen Psychopathologie*, herausgegeben von Ezra Schatz. Gegen Ende des Buches war eine Seite mit einer gelben Post-It-Notiz markiert, und zwei Absätze unter der Überschrift ›Multiple Persönlichkeit‹ waren angestrichen.

...Der zweifellos am verläßlichsten dokumentierte (und dennoch umstrittene) Fall dieses Syndroms ist der von Donald Cicciani, dem sogenannten ›Boonton Wolf‹ (Weisbaum *u.a.* 1979; Schwartz 1981). 1975 wurde Cicciani, ein 41-jähriger Maurer aus Mountain Lakes, New Jersey, verhaftet und der Vergewaltigung sowie des Mordes an fünf heranwachsenden Jungen aus der Gegend von Boonton/Lake Hiawatha/Parsippany beschuldigt. Die Beweise, die ihn mit den Verbrechen in Zusammenhang brachten, waren erdrückend: Seine Fingerabdrücke waren identisch mit denen an den Tatorten; sein Aussehen paßte auf die Beschreibung des einzigen überlebenden Opfers; Kleidungsstücke sowie Gegenstände aus dem Besitz der Opfer wurden in einer Truhe im Keller seines Hauses gefunden; außerdem konnte er keine Alibis für irgendeinen der fraglichen Zeitpunkte vorweisen. Trotz allem stritt Cicciani beharrlich jede Kenntnis dieser Verbrechen ab, als er vom

Morris County Sherriff's Department und später vom FBI verhört wurde, sogar unter Verabreichung von Thiopental. Als ein Lügendetektortest keine Ungereimtheiten bei seinen Aussagen aufdecken konnte (zum Beispiel zeichnete der Polygraph keinerlei Reaktion auf die Fotos der Opfer auf), griffen die Beamten der Bundesbehörde zur Hypnose, die ein erstaunliches Ergebnis zutage förderte: eine zweite Persönlichkeit namens Lorenzo tauchte plötzlich auf. ›Lorenzo‹ übernahm bereitwillig die Verantwortung für die Morde und beschrieb bis ins kleinste Detail, wie er sie durchgeführt hatte. Nach dem Verhör konnte sich Donald weder an die Hypnose noch an Lorenzo erinnern und beteuerte weiter seine Unschuld.

Die Pathogenese multipler Persönlichkeit (die man treffender Selektive Psychogene Amnesie oder SPA – siehe Krantz 1986 – nennen sollte), ist unklar, könnte aber auf einen Grad an LTS hinweisen, der die selektive Unterdrückung unangenehmer Erinnerungen ermöglicht, eine Störung, die bei vielen Kriegsveteranen und anderen Menschen, die schwerwiegenden psychischen Traumata ausgesetzt waren (Stoval *u.a.* 1982), beobachtet wurde. Diese Störung wirft sowohl eine ethische als auch eine rechtliche Frage auf: Darf Donald Cicciani für die Verbrechen, die Lorenzo verübt hat, verantwortlich gemacht werden? Die Richter bejahten dies und weigerten sich, den psychiatrischen Bericht als Beweis oder auch nur als strafmildernd anzuerkennen. Cicciani wurde in allen Anklagepunkten schuldig gesprochen und später hingerichtet…

Alan legte das Buch hin und war noch irritierter als vorher. Er stand vom Tisch auf und ging ins Badezimmer, um weiter nach Aspirin zu suchen. Aber auch dort fand er keine Tabletten, also ging er ins Schlafzimmer, um in der Schublade seines Nachttischs nachzusehen.

Seltsamerweise brannte auch hier das Licht. Es war ihm zuvor gar nicht aufgefallen. Aus Gewohnheit hatte er den Schalter betätigt, als er das Zimmer betrat, und es damit verdunkelt. Einen Moment lang wunderte er sich, dann schnalzte er mit der Zunge und machte das Licht wieder an. Ein paar weitere Sekunden lang glaubte er zu träumen. Er hatte schon früher paradoxe Träume wie diesen hier gehabt; sie spielten immer an vertrauten Orten – in seiner Wohnung, dem Haus seiner Eltern, auf der Wache, seiner alten Schule –, aber das war überhaupt nicht mit dem zu vergleichen, was er gerade sah. Das Vertraute hatte sich verwandelt, kam ihm aber dennoch weiterhin vertraut vor. Das Bett stand noch am selben Platz und war noch immer halb zugedeckt von der dicken, verknitterten Daunendecke, unter der er an diesem Morgen hervorgekrochen war, aber das war auch schon alles: Der Rest strahlte eine unglaubliche Fremdartigkeit aus; eine bizarre, irreale, schreckliche Fremdartigkeit...

Er ging völlig ungläubig im Zimmer herum. Der Schrank, der Wäschekorb und die Kommode waren zusammen in eine Ecke neben das Bett gerückt worden. Die übrigen drei Wände, die nun nicht mehr von Möbeln verdeckt wurden, waren in ein enormes Triptychon aus Foto-Collagen verwandelt worden: eine auf obszöne Art weiterentwickelte Version der Montage, die er früher am Abend in der Einsatzzentrale betrachtet hatte. Die Hälfte einer jeden Wand war einem der Opfer des Unsichtbaren gewidmet: Beverley, Angie und Kirsty. Genau wie in der Einsatzzentrale war die Foto-Collage von jeder Frau kreisförmig angeordnet; Fotos, die nach ihrem Tode entstanden waren, umringten Bilder, auf denen das Opfer noch lebte. Dennoch gab es Unterschiede. Der erste Unterschied war, daß die Aufnahmen zu Lebzeiten und offensichtlich ohne das Wissen der Fotografierten entstanden waren: im Profil gegen einen verschwommenen Hintergrund voller Passanten auf einer belebten Straße; beim Verlassen eines Hauses; an einem Tisch vor einem Pub sitzend. Der zweite Unterschied war, daß jede Collage mit Bildern durchsetzt war, die offensichtlich aus Pornomagazinen stammten: zerschnittene weibliche und männliche Körper, abgetrennte Gliedmaßen, die wie Puzzle-Teile an der Wand hingen. Den dritten Unterschied bildeten die Kästchen. Vor etwa einem Jahr hatte Alan auf einer Auktion sechs antike Kästchen aus poliertem Mahagoni mit leuchtenden Messingscharnieren und -schlössern erstanden. Er hatte noch keine Verwendung für sie gefunden, also hatten sie seitdem hinten im Schrank gestanden. Jetzt waren sie wie sechs kleine Altäre, zwei vor jeder Wand, aufgebaut und mit buntem Stoff drapiert worden. Auf drei Altären unterhalb der Collagen lagen Gegenstände: drei lange, dicke, mit einer Schnur zusammengebundene Haarzöpfe – glänzendes Maisgelb, dunkles Kastanienbraun und Aschblond – sowie drei kleine Porzellanschüsseln, in denen sich etwas befand, das aussah wie kleine Rattennester aus dunklen, flauschigen Daunen. Der vierte Unterschied versetzte Alans völlig konfuses Gehirn in rasende Panik: an einem freien Teil in der Mitte der Wand war über einem leeren Altar eine neue Collage begonnen worden; ein kleines Arrangement aus Schwarz-Weiß-Fotos wartete noch auf die brutalen Farbfotos von der verstümmelten Leiche. Und hier hatte sich das Muster verändert: das zu erwartende Opfer war wieder groß und schlank und trug eine Krankenhausuniform, aber diesmal handelte es sich um einen Mann. Drei Frauen, ein Mann, und zwei leere Stellen über den verbleibenden Altären.

Plötzlich, als hätte man einen Schalter betätigt, fügte sich alles mit teuflischer, überraschender Logik zusammen: die Nachrichten, Chrissies Jacke, der Schreibversuch mit der linken Hand, der dem Original so ähnlich gewesen war, die Gegenüberstellung, der Daumenabdruck; kristallklar lösten sich die Details aus dem Wirrwarr seiner Gedanken.

Er drehte sich um und floh aus dem Zimmer. Er ging ins Bad und hockte sich vor die Toilette, weil er dachte, daß er sich übergeben müßte, doch es kam nichts heraus. Die Säure kroch bis zu seiner Zunge hinauf und drang in jeden Spalt seines Mundes ein, aber da er sich nicht erbrechen konnte, ging er in die Küche und trank etwas Leitungswasser. Nachzudenken schien ihm unmöglich: sein Verstand war völlig abgestumpft, er nahm lediglich den Geschmack von Galle in seinem Mund wahr. Das Wasser half nicht dagegen, also ging er zum Kühlschrank, um etwas Stärkeres zu suchen. Er öffnete die Tür und sah hinein. Wie gewöhnlich befand sich nur sehr wenig darin; ein Karton Orangensaft, ein halber Liter Milch, etwas Käse, und ... seltsam, *daran* konnte er sich gar nicht erinnern. Plötzlich schoß ihm ein Bild des heimischen Kühlschranks in den Kopf, aus der Zeit, als er noch ein Kind war. Jeden Dienstag hatte es ohne jede Ausnahme Würstchen und Kartoffelbrei gegeben, und seine Mutter hatte immer mehr Würstchen gebraten, als gegessen werden konnten. Die übrigen blieben bis zum nächsten Tag immer kalt und blaß auf einem Porzellanteller im Kühlschrank, umhüllt von hart gewordenem weißem Fett. Er haßte kalte Würstchen, was hatte also dieses hier zu suchen? Es war klein und dick, ein wenig plump und blaßbraun, das Ende deutete runzelig und faltig wie ein kleines Blumenkohlröschen direkt auf ihn. Instinktiv faßte er mit seinen Fingern hin, als er schließlich erkannte, was es war.

Er knallte die Kühlschranktür zu und wich zurück, fing an zu zittern und wurde weiß. *Ohjesushimmelneinneinneinohgottohgottohgott* ... Er rannte zurück ins Badezimmer. Diesmal drehte sich sein Magen um, und er erbrach sich ausgiebig ins Klo.

... Okay, versuch's damit. Jemand will dich reinlegen; jemand hat das alles hierher gebracht; jemand, der *dich* damit drankriegen will; jemand, der unglaublich sauer ist auf dich. Klingt einleuchtend ... Na ja, okay, vielleicht hast *du* es selbst getan. Ohne dich daran zu erinnern? Aus irgendeiner Bewußtseinsstörung heraus? Glaubst du wirklich, daß das passieren kann? Okay, okay, noch mal von vorn: jemand will dich reinlegen ...

Er saß auf dem Sofa und starrte durchs Zimmer auf die verkümmerte Sansevieria, die er immer zu gießen vergaß. Er fühlte sich erstaunlich ruhig und abgestumpft, als ob ein Teil von ihm nichts mit dem wilden Zwiegespräch zu tun hätte, das in seinem

Kopf ablief, und bloß darauf hoffte, ein Ergebnis zu erzielen, bevor er am Ende noch wahnsinnig wurde…

Die Entscheidung fiel. Vierundzwanzig Stunden später befand er sich im Hinterzimmer eines Pubs in Lewisham. Hier kannte ihn keiner, und er hatte Gerüchte gehört, daß das Lokal eine Anlaufstelle für Agenten der IRA war, die nach London kamen. Nach langen, mißtrauischen Verhandlungen wurde ihm ein Mann namens Sean vorgestellt, der sagte, daß er ihm helfen könnte. Alan hatte an diesem Morgen sein gesamtes Geld von seinen Konten abgehoben, und zwei Drittel davon waren genug für einen Zehn-Jahres-Paß, der noch fünf Jahre gültig war.

Vierundzwanzig Stunden danach verließ er England, wie er dachte, zum allerletzten Mal.

An diesem Morgen fand man um sechs Uhr den nackten, rasierten, verstümmelten Körper von Robbie Daniels zwischen den Gleisen im Tunnel der U-Bahnstation Piccadilly. Der Polizeipathologe, der die Leiche untersuchte, schätzte, daß sie dort zwischen vierundzwanzig und achtundvierzig Stunden gelegen hatte. Obwohl der junge Mann auf die gleiche Weise getötet und verstümmelt worden war, zweifelte die Polizei daran, daß die Tat in direktem Zusammenhang mit dem Unsichtbaren stand, von der Möglichkeit eines Nachahmungstäters abgesehen. Erst am folgenden Tag, als Inspektor Spearman, Sergeant Comber und einige Tatortspezialisten sorgfältig Alan Gorvins Wohnung durchsuchten und die Fotos sowie den abgeschnittenen Penis entdeckten, wurde er zuverlässig mit der Tat in Verbindung gebracht. Zu dieser Zeit war Alan Gorvin natürlich schon tot und trieb durch die Dunkelheit unter den Wellen des Ärmelkanals, und die beiden freien Stellen des riesigen Triptychons wurden nie ausgefüllt.

Über ein Jahr lebte er in Angst vor sich selbst und glaubte, daß irgendwo in seinem Kopf sein eigener Lorenzo hauste, ein Wesen, über das er keine Kontrolle hatte. Regelmäßig überflog er die Seiten der *Charente Libre* und suchte nach örtlichen Verbrechen, die er verübt haben könnte. Seine Selbstverdächtigungen machten sich auch nach außen hin bemerkbar: Er mied die Gesellschaft von Menschen und war unfreundlich und feindlich gegenüber allen, denen er nicht aus dem Weg gehen konnte. Nachdem die ersten Monate seines Exils vergangen waren, wurde er allmählich wieder ruhiger und nahm seine neue Identität mit einer Leichtigkeit an, die ihn selbst erstaunte. Das Jahr, das er als Tischlerlehrling zwischen einem abgebrochenen Universitätsstudium und dem Beitritt zur Polizei verbracht hatte, bildete den Grundstein für seinen neuen Beruf, und das Französisch, das er sich zwischen Schule und College angeeignet hatte, erleichterte ihm die Übergangszeit. Dennoch behielt er die Schweigsamkeit bei, die er sich aus Selbstschutz angeeignet hatte, und bei gesellschaftlichen Anlässen hielt er sich zurück. Erst als ihn die erste kryptische Nachricht des Gossenstreuners erreichte, wurden ihm die Zusammenhänge klar, und endlich konnte er sicher sein, daß der Killer nicht in ihm lebte. Endlich hatte er die Freiheit davonzulaufen. Was er dennoch nicht verstand, und auch lange nicht verstehen sollte, war, daß es für ein Wesen mehr als einen Weg gab, im Kopf eines anderen zu leben.

TEIL III

Mutato Nomine

17

DRAUSSEN FIEL IMMER noch Regen. Sie konnte ihn im Gras flüstern und prasseln hören und sah, wie er in Bächen von den Felsen herunterrann. Ein paar Tropfen kitzelten durch die Strumpfhose hindurch ihre Füße, die aus dem Eingang ihres Unterschlupfs in die kühle, feuchte Luft ragten. Köstlich, entzückend lag sein Gewicht auf ihr, drückte sie nach unten gegen die staubige Oberfläche des Felsens; und in ihrem Inneren trug sie eine noch schwerere Last, die Last der Liebe, so schwer, daß sie kaum atmen konnte. Sie streichelte ihn, bedeckte seine Waden mit ihren Fußsohlen und wiegte seinen Kopf in den Händen. Sie hob ihn hoch, nahm seinen Kopf von ihrer Schulter, ein Gesicht von Elfenbeinhänden gerahmt, leuchtend goldene Vorhänge fielen herunter und strichen über ihr Gesicht. Sie lächelte hinauf, aber ein anderes Paar bekannter Augen lächelte zurück: Beverleys. Beverleys Augen schlossen sich, und sie wurde schwerer, immer schwerer. Nun lächelte sie nicht mehr; sie wurde erdrückt. Sie fühlte, wie ihre Knochen zerbrachen, die Schulterblätter zerbarsten, die Rippen krachten, und das Rückgrat scheuerte auf dem Fels. Sie schloß die tränengefüllten Augen und öffnete ihren Mund, um zu schreien – und erwachte. Ihre Augen öffneten sich plötzlich, dann schlossen sie sich langsam wieder. Stevens Gewicht lag auf ihr, sein Kopf ruhte auf ihrer Schulter. Sie saßen noch immer auf dem Sofa, auf dem sie bei Tagesanbruch eingeschlafen waren. Carole hatte ihre Augen gerade lange genug geöffnet, um zu sehen, daß das Tageslicht immer noch hell durch das Wohnzimmerfenster fiel. Sie konnten also wohl kaum mehr als ein paar Stunden geschlafen haben. Sie seufzte, schmiegte sich an ihn und legte ihre Wange auf sein Haar, wie auf ein weiches Kissen. Er stöhnte, und sie lächelte. »Wach?« murmelte sie schläfrig. Es kam keine Antwort. Sein Gewicht auf ihr schien immer schwerer zu werden, und ihr Körper war so verspannt, daß sie ihn nicht länger abstützen konnte, also stupste sie ihn vorsichtig mit der Schulter. Wieder keine Reaktion, darum stupste sie ihn noch einmal etwas fester an. »*Steven*«, maulte sie erschöpft. »*Zu schwer. Laß das. Rutsch rüber*...« Sie öffnete die Augen...

– und da war er: ganz verschwommen sah sie ihn im Sessel sitzen, direkt gegenüber. Sie schloß die Augen wieder. Irgend etwas stimmte da nicht. Augen wieder auf, verklebt und schlaftrunken. Augen reiben... Er saß immer noch da, schaute sie aus dem Sessel heraus an, und doch spürte sie seinen Körper wie leblos auf sich, hier auf dem Sofa. Sie lächelte in sich hinein; sie träumte und gab sich dem seltenen Gefühl hin, den Traum bewußt zu erleben. Sie kannte das Gefühl, doch es war immer wieder ein ungewöhnliches Erlebnis, zu wissen, daß ein Traum, noch während er geträumt wird, ein Traum ist. Sie fragte sich, was wohl als nächstes geschehen würde. Wichtig war ihr nur, daß der Steven, der ihr gegenüber saß, sich nicht wieder in Beverley verwandelte. Das könnte sie nicht ertragen. Sie schloß die Augen nochmals und öffnete sie erneut, doch der zweite Steven war immer noch da. Er lächelte sie an. Aaaah, das war die Quelle ihres Traums: Dieser Steven sah etwas anders aus. Er war gut gekleidet und fülliger im Gesicht, eher wie der Steven von damals auf dem Foto in der Zeitung. Erneut lächelte er sie an, und diesmal lächelte sie zurück. Wie war doch gleich sein Name? Damals war er nicht Steven gewesen; er war ... wer?

»Guten Morgen«, sagte der Mann freundlich.

Beim Klang seiner Stimme zerplatzte der phantastische Zauber. Die Gegenstände im Zimmer stürmten auf sie ein und waren viel zu klar für einen Traum. Das *war* Steven, der ihr im Sessel gegenüber saß. Hier war doch etwas faul. Sie spannte ihren Körper an und versuchte, sich aufzurichten, aber das Gewicht auf ihr war zu schwer. *Wessen Gewicht*? In diesem Moment verlangsamte sich alles um sie herum; sie blickte zu dem Steven, der ihr gegenüber saß und spürte einen Stich, dann drehte sie ihren Körper langsam wieder herum und blickte auf den Mann, der halb auf ihr lag, hob seinen Kopf an, betrachtete seine geschlossenen Augen, seinen geöffneten Mund – *Steven* – sie verspürte wieder diesen Stich, ihre Augen wurden weit, und sie blickte durch das Zimmer auf den Steven im Sessel, und auf die Gewehrläufe, die auf seinen Knien lagen, und wieder hinauf zu seinem Gesicht. Er lächelte sie immer noch an. Es *mußte* ein Traum sein: Einzelheiten aus der letzten Nacht stiegen in ihr auf; sie hatte ihn einen Mörder genannt, hatte ihn mit dem Gewehr in Schach gehalten; er hatte alle Vorwürfe entkräftet, so daß wieder einmal sie die einzig Schuldige war, und jetzt saß *er* da und richtete über *sie*. Sie versuchte sich zu erinnern, *warum* er unschuldig war. Der Steven, der ihr gegenüber saß und so aussah wie auf dem alten Foto, öffnete seinen Mund wie in Zeitlupe, um etwas zu sagen. *Da* fiel es ihr wieder ein. Ein rauschendes Geräusch schwoll in ihren Ohren an, als seine Stimme ertönte und sie zurück in die Gegenwart holte:

»Guten Morgen«, wiederholte er. »Die Tür war offen, daher bin ich…« Er zuckte mit den Schultern.

Sie starrte ihn entsetzt an und fühlte sich mit einem Schlag völlig klar, als ihr bewußt wurde, wer er war. »O Gott«, flüsterte sie. Ihre Hand packte Stevens Schulter und schüttelte ihn. »Er ist es, Steven, er ist es. O Gott, er ist es!« Aber Steven wollte einfach nicht aufwachen. Sie schüttelte ihn wild mit all ihrer Kraft und schob sein Gewicht von sich herunter. Er rutschte ab, und die Lehne fing ihn auf, seine Augen blieben jedoch geschlossen, sein Mund stand weiterhin offen. »*Steven*!« schrie sie.

»Ruhig Blut«, sagte der Fremde.

»*Steven*! Wach auf!« Sie schüttelte ihn erneut, obwohl sie wußte, daß es keinen Zweck hatte, obwohl sie wußte, daß er tot war. »*STEVEN!*«

»Seien Sie still«, sagte der Fremde diesmal lauter und strenger.

Krank vor Entsetzen starrte sie ihn und das Gewehr auf seinem Schoß an.

»Gut«, sagte er. »So ist es besser. Jetzt können wir vielleicht –«

»Was haben Sie mit ihm gemacht? Sie…« Sie stand auf und wollte ihn angreifen, doch das Gewehr schwang herum, zielte auf sie, und sie erstarrte.

»Es geht ihm gut«, sagte der Mann. »Er schläft bloß. Ich konnte kein Risiko eingehen, verstehen Sie?« Er hielt eine kleine Spritze hoch, die er wie eine Zigarette zwischen seinen Fingern hielt.

Carole starrte ihn an, während sie aufgebracht überlegte, wie lange sie wohl bis zur Tür brauchen würde, ob sie sie erreichen könnte, bevor er die Zeit hatte, das Gewehr anzulegen und einen Schuß abzufeuern; ob sie rechtzeitig den Wagen oder die Suzuki erreichen könnte…

»Ich hätte da eine Frage«, sagte er ruhig. »Sie haben gerade gesagt ›Er ist es‹ … *Wen* genau haben Sie gemeint?«

»Ihn«, flüsterte sie schwach mit gequälter und hohler Stimme, während ihr Oberkörper aufs Sofa zurücksackte.

»Ja«, sagte er. »Das bin ich. Ein ›er‹, offensichtlich, aber an welchen besonderen ›ihn‹ hatten Sie denn gedacht?«

Sie suchte in ihrem Gedächtnis nach … etwas Seltsamem, etwas… »Gossenstreuner«, murmelte sie. »Der Gossenstreuner, der Unsichtbare.« Ihre Stimme wurde wieder fester: »Sie sind der –«

»Nein«, sagte er, und das Lächeln war plötzlich aus seinem Gesicht verschwunden. Er sah ihr mit einem beinahe ängstlichen Blick in die Augen, der ihr eigenes Entsetzen in Verwirrung verwandelte. »Nein, ich bin nicht der… ich bin nicht er. Sie haben das alles falsch verstanden.« Er zeigte auf Steven. »Was glauben Sie denn, wer *das* ist?«

Sie fragte sich, ob sie wohl doch noch träumte, und blickte verwirrt auf Stevens Gesicht, als wolle sie es überprüfen. »Das ist Steven«, sagte sie. »Wieso sehen Sie so aus wie er? Wie können Sie –«

»Steven?« unterbrach er sie.

»Alan, meine ich. Sein wirklicher Name ist Alan: Sie wissen genau, wer er ist. Und ich weiß, wer Sie sind. Was wollen Sie von uns?«

Die Bestürzung im Gesicht des Mannes war entwaffnend. »Was ich *will*? Von Ihnen will ich gar nichts, ich will bloß *ihn*.« Er beugte sich in seinem Sessel vor. »Hören Sie ... Carole, nicht wahr? Hören Sie, Carole, ich weiß nicht, was er Ihnen erzählt hat, aber er ist nicht Alan Gorvin.« Er legte eine Pause ein und schüttelte den Kopf. »Es tut mir leid, sehen Sie, das habe ich so nicht erwartet.« Er sah ihr in die Augen und deutete mit dem Finger auf sich selbst. »*Ich* bin Alan Gorvin«, sagte er leise.

Carole starrte ihn lange an, während die Stille nur durch das gedämpfte Ticken der Uhr auf dem Kamin unterbrochen wurde. Später konnte sie nicht mehr nachvollziehen, wie sie zu dieser spontanen Erkenntnis und dieser vollkommenen Einsicht gelangt war, aber in diesem Moment wußte sie, daß es stimmte. So sehr sie auch dagegen ankämpfte, drang die unerbittliche Wahrheit doch in ihren Verstand.

Er erwiderte ihren Blick mit einem Ausdruck, den sie so ähnlich bereits in Stevens Gesicht gesehen hatte. Aber das hier war echt: eine ruhige – keine fassungslose – Bestürzung; fast Enttäuschung über diese letzte unfaire Karte, die sein Leben ihm ausgeteilt hatte; so vieles hatte er durchgemacht, und dann wurde sein Name, seine ganze Identität ausgerechnet von dem Mann beansprucht, der ihn so unerbittlich verfolgt hatte. Vielleicht war es das, vielleicht war es auch sein Gesicht: Es ließ sich nicht leugnen, daß es dem aus dem Zeitungsausschnitt viel ähnlicher sah; dem wahren Gesicht. Was es auch war, sie glaubte ihm; sofort und ganz und gar. Doch der Schluß, zu dem sie so gelangte, war nicht ganz unkompliziert: Es mußte *zwei* Alan Gorvins geben, die beide verfolgt wurden, die beide unschuldig waren, und irgendwo da draußen befand sich ihr Peiniger. Erneut fühlte sie sich, als glitte sie in ein Traumstadium ab, und sah nochmals hinüber zu ›ihrem‹ Steven. Er war immer noch derselbe Steven, immer noch der Steven, den sie geliebt hatte und der ihr am Herzen lag…

Der Fremde, der sich selbst Alan nannte – nein, der Alan *war* –, sprach jetzt wieder zu ihr, seine Stimme schien aus weiter Ferne zu kommen. »Ich weiß, was Sie jetzt denken«, sagte er.

»Was?« hörte sie sich fragen, während ihr Blick weiter auf Steven ruhte.

»Sie denken, wenn *ich* Alan bin, wer ist dann *er*…«

Carole schüttelte langsam den Kopf, obwohl es stimmte, daß ein Teil von ihr daran dachte, sich nicht mal mehr fragte, sondern einfach Bescheid wußte, und dasselbe Gefühl des Entsetzens, das sie gestern noch in der Bibliothek verspürt hatte, stieg erneut in ihr auf… Gott, gestern erst? In dieser kurzen Zeit war Steven beschuldigt, auf die Probe gestellt und freigesprochen worden. Sie hatte ihm vergeben, und nun saß er schon wieder auf der Anklagebank. Dieselben Verbrechen wurden ihm noch einmal zur Last gelegt, zusammen mit einem neuen Vergehen: die Identität und die Geschichte eines anderen Mannes, ja dessen ganzes Leben gestohlen zu haben. Sie hatte das seltsame Gefühl, all seine Worte und all die lebhaften Bilder darin zu sehen, spürte, wie all seine gestohlenen Geschichten sich unter der Oberfläche sammelten und aus ihm herausplatzten, ein paar unentschlossene Augenblicke lang über seiner entleerten Seele schwebten, dann entschlossen durch den Raum wirbelten und in den Körper ihres rechtmäßigen Besitzers eindrangen.

»Er hätte sich nicht träumen lassen, daß es dazu kommt«,

sagte Alan. »Nicht in seinen kühnsten Phantasien. Nach allem, was er mir angetan hat. Er hat mein Leben zerstört, hat mich fast in den Wahnsinn getrieben, fast in den Tod hinein. Das hätte er sich bestimmt nicht ausgemalt. Er hielt sich für immun. Ich glaube sogar, er dachte, daß er unsterblich sei, aber ich habe ihn schließlich erwischt, und jetzt habe ich ihn endlich.«

»Nein«, flüsterte Carole. »Nein, das stimmt nicht. Er ist nicht der, für den Sie ihn halten. Er ist *mein Steven*. Ich hätte es gemerkt, ich hätte es herausgefunden. Das ist nicht fair! Sie können nicht einfach hierher kommen und uns das antun!«

»Sie haben es doch herausgefunden, Carole. Oder etwa nicht?«

Sie mußte fairerweise nicken, und in ihren müden Augen sammelten sich Tränen. »Ja«, sagte sie schwach, »aber ich hatte mich geirrt!«

Er schüttelte den Kopf. »Sie hatten recht. Sie *wissen*, daß Sie recht hatten... Bloß aus Interesse, Carole, *wie* nahe sind Sie der Wahrheit gekommen?«

Sie zögerte. »Mir ist eingefallen, daß ich ihn gesehen habe... ich meine, daß ich Sie gesehen habe. Oder ihn. Ich erinnerte mich an sein Gesicht bei der Beerdigung.«

»Beerdigung?«

»Beverleys... Danach hat er zugegeben, Alan Gorvin zu sein.«

Er seufzte. »Und er hat Ihnen erzählt, daß man Alan all diese Morde in die Schuhe geschoben hat. Was ja auch stimmte, bloß daß er nicht Alan Gorvin war. Wenn er es gewesen wäre, hätte er gewußt, daß Alan Gorvin nicht bei Beverley Cunninghams Beisetzung gewesen war. Ich hatte an diesem Tag auf der Wache zu tun. Ich habe zwei meiner Beamten hingeschickt. Sie müssen sich aus einem anderen Grund an mich erinnert haben. Ich war ein paarmal im Fernsehen – vielleicht haben Sie mich da gesehen.« Er verstummte und sah ihr ruhig ins Gesicht. »Sie sind doch Carole Perceval, nicht wahr? Das dachte ich mir. Wir sind uns zwar nie persönlich begegnet, aber ich habe Sie einmal gesehen, und ich habe Ihre Aussage gelesen. Wissen Sie, ich glaube, das war die einzige Sache, die ihm ein schlechtes Gewissen bereitet hat: die Tatsache, daß Sie sich an seiner Stelle für Beverleys Tod schuldig fühlten. O ja, sein Wissen ist unglaublich: Er kannte jedes Detail über Sie. Ich vermute, es war dieser letzte Rest Menschlichkeit in ihm, der ihn dazu anhielt, nach Ihnen zu suchen, nachdem ich ihn schließlich gebrochen hatte.«

»Nach mir zu *suchen*?« fragte sie, und eine Gänsehaut überkam sie.

»Natürlich. Glauben Sie denn, es war alles Zufall?«

Carole blickte erneut auf Steven hinunter. »Was meinen Sie mit *gebrochen*?«

Alan stand auf. Als er Caroles ängstlichen Blick wahrnahm, legte er die Schrotflinte auf den Sessel und streckte seine Hände zu einer freundlichen Geste aus. »Es ist alles in Ordnung«, beruhigte er sie. »Jetzt sind Sie in Sicherheit. Aber ich denke, wir sollten Vorsorge für ihn treffen. Er wird nicht ewig schlafen, und ich habe keine weitere Dosis mitgebracht. Wenn er aufwacht und mich hier findet, werden Sie sein wahres Gesicht zu sehen bekommen.«

Carole wich vor Steven zurück, als erwartete sie, daß er jeden Moment aufwachen und sich in ein wildes Monster verwandeln würde. »Was werden Sie mit ihm tun?«

»Ich werde ihn irgendwo einschließen, und Sie alarmieren in der Zwischenzeit die Polizei.« Er nahm Stevens leblosen Arm und zog ihn hoch. »Ich habe verdammt lange auf diesen Moment gewartet«, brummte er, bückte sich und warf sich den ohnmächtigen Körper über die Schulter. »Wo sind Ihre Schlüssel? Ich werde ihn rausbringen.«

Carole nahm ihren Schlüsselbund vom Kaminsims und drückte ihn Alan in die freie Hand. Er brummte noch mal und verlagerte Stevens Gewicht in eine für ihn schmerzfreie Stellung, dann taumelte er unsicher zur Vordertür.

Sobald er verschwunden war, rannte sie zum Telefon und

wählte die 999. Während sie nach jedem Wählen ungeduldig darauf wartete, daß sich die Wählscheibe zurückdrehte, verfluchte sie sich dafür, aus reiner Sentimentalität dieses alte Modell nicht durch ein Tastentelefon ersetzt zu haben. Endlich hörte sie das Freizeichen. »Welchen Service wünschen Sie?« fragte eine Frauenstimme. »Polizei«, stieß Carole atemlos hervor. Es gab eine Pause, dann wiederholte die Stimme diesmal etwas lauter: »Welchen Service wünschen Sie?« »Polizei!« schrie sie. »Ist da jemand?« fragte die Stimme dann mürrischer. »JA!« schnauzte sie. »Oh, nicht *jetzt*, um Himmels willen!« Dieser Fluch richtete sich an das Telefon selbst. Die Sprechmuschel hatte in letzter Zeit immer wieder versagt. »Warum ausgerechnet jetzt, du Scheißding?« fluchte sie. Die Warnung der Vermittlungsdame, daß vorgetäuschte Notrufe ein strafbares Vergehen seien, verhallte ungehört, da Carole inzwischen außer sich vor Wut mit dem Hörer auf den Tisch schlug: *rumps-rumps-rumps.* »Hallo?« sagte sie und hielt ihn wieder ans Ohr, doch die Leitung war tot – aufgelegt. Sie knallte den Hörer zurück auf die Gabel und starrte wild im Zimmer umher, bis ihr Blick schließlich auf das Schrotgewehr fiel. Sie hob es auf und umklammerte es fest, fühlte sich dadurch jedoch auch nicht sicherer, da sie bereits die schmerzliche Erfahrung gemacht hatte, daß es ihr nur dann etwas brachte, wenn sie es auch benutzte; sie wollte sich aber auf keinen Fall wieder in eine so unsichere Lage begeben, bis sie nicht absolut und endgültig sicher war, wer nun wer und was nun was war. Andererseits durfte sie sich auch nicht auf die falsche Seite schlagen. Sie knickte den Lauf und nahm die beiden Patronen heraus, schob sie in ihre Tasche, rutschte dann auf dem Boden herum und suchte nach den leeren Hülsen des gestrigen Unfalls. Sie fand sie unter der Anrichte und stopfte sie in den Lauf. Als sie den Lauf wieder schließen wollte, zögerte sie; die kleinen Dellen, die beim Abschuß in der Mitte des Hülsenbodens entstanden waren, waren viel zu offensichtlich. Falls sich herausstellte, daß er sie tatsächlich angelogen hatte, sollte er sich aber überlegen fühlen, da sie annahm, er sei am gefährlichsten, wenn er sich für angreifbar hielt. Sie nahm die leeren Hülsen wieder heraus und warf sie fort, nahm dann zwei frische Patronen aus dem Gewehrschrank und versteckte die restlichen hinter einem Stapel Teller in der Anrichte. Hastig öffnete sie mit einer Schere die Enden der orangefarbenen Plastikhülsen und kippte den Filz und die Schrotkugeln in den Mülleimer. Zum Schluß schob sie die Patronen in die Gewehrläufe, ließ das Gewehr zuschnappen und legte es auf den Sessel zurück. Er war immer noch nicht zurück, also rannte sie in die Küche. In der Besteckschublade fand sie ein geschärftes, spitzes Gemüsemesser mit starkem Plastikgriff und einer zehn Zentimeter langen Klinge. Da es ziemlich unbequem im Gürtel ihrer Jeans stecken würde, rannte sie zurück ins Wohnzimmer und wühlte so lange in der Tischschublade, bis sie eine Rolle Klebestreifen fand. Sie rollte den weiten Ärmel ihres Pullovers hoch und befestigte das Messer mit zwei Streifen, mit dem Griff nach unten, an ihrem Unterarm so, daß sich die Spitze nicht in ihrem Ärmel verfangen konnte, falls sie es schnell herausziehen müßte. Unter dem heruntergerollten Ärmel war das Messer nicht zu sehen. Sie war gerade zurückgelaufen und hatte sich auf das Sofa fallen lassen, wo sie versuchte, ruhiger zu atmen, als sie hörte, wie die Hintertür aufging.

Er lächelte ihr von der Tür her zu. »Haben die gesagt, wie lange sie brauchen werden?« fragte er.

»Was? Oh, äh ...« Einen Moment lang spielte sie mit der Idee zu lügen: *Oh, etwa zwanzig Minuten ...* « »Nein«, sagte sie. »Das Telefon ist kaputt.«

»Kaputt?« Er nahm den Hörer ab und wählte, doch auch er konnte die Polizei nicht erreichen. »Komisch«, sagte er, »glauben Sie, daß er daran rumgepfuscht hat?«

»Weiß ich nicht.« Daran hatte sie noch gar nicht gedacht. »Was haben Sie mit ihm gemacht?« fragte sie.

Er kam zum Sessel zurück. Carole hielt die Luft an, als er zum Gewehr griff, und atmete erst wieder, als er es auf den Boden legte und sich hinsetzte. »Hab' ihn eingeschlossen«, sagte er. »Jetzt sind wir erstmal sicher.«

Sie sah ihn mit zweifelndem Blick an. »Sind Sie wirklich Alan Gorvin?« fragte sie.

Ihr Mißtrauen schien ihn eher traurig zu stimmen als zu beleidigen, und sie fühlte sich bestätigt. »Ja«, sagte er leise. »Sie haben bestimmt Bilder von mir gesehen. Man kann uns im Grunde ganz leicht unterscheiden. Wir sehen uns nicht annähernd so ähnlich wie andere eineiige Zwillinge. Aber er hatte auch eine viel härtere Kindheit als ich. So was hinterläßt seine Spuren. Bis vor ein paar Monaten wußte ich noch nicht einmal, daß ich einen Zwillingsbruder *habe*. Danach erst wurde mir so einiges klar. Zum Beispiel die Tatsache, daß ich bei einer Gegenüberstellung als der Unsichtbare identifiziert wurde. Hat er Ihnen das erzählt, als er gerade damit beschäftigt war, mein Leben zu stehlen?« Er blickte sie traurig an. »Er hat Sie ganz schön drangekriegt, was? Sie glauben mir immer noch nicht so recht. Ich mach' Ihnen keinen Vorwurf – ich meine, er muß wirklich überzeugend sein. Er hat unglaubliche Talente.« Er unterbrach seinen Redefluß und lachte kurz auf. »Sie haben mich ganz schön überrascht, wissen Sie, weil Sie dachten, ich sei er. Bevor Sie aufwachten, hab' ich mich gefragt, ob Sie wohl seine Verbündete sind.«

»Seine *Verbündete*?« sagte Carole.

»Seine *Verbündete* – was für ein melodramatischer Ausdruck. Aber es wäre doch möglich, oder? Bedenken Sie, Ian Brady hatte seine Myra, Fred West seine Rosemary. Es ist nichts Neues, daß diese Monster weibliche Komplizen haben.«

»Aber das waren ... sie waren –«

»Psychopathen?« sagte er. »Was glauben Sie denn, was *er* ist? Etwa Donald Duck?« Er starrte sie verwundert an, dann fuhr er mit ruhigerem Ton fort: »In dem Moment, in dem Sie Ihre Augen geöffnet hatten, wußte ich, daß ich mich geirrt hatte. Niemand kann solche Angst spielen – nicht so spontan. Ich glaube nicht, daß ich Ihren Gesichtsausdruck jemals vergessen werde. Jetzt weiß ich, wie es ist, wenn ich angestarrt und dabei wirklich für einen Mörder gehalten werde. Das werde ich sicher nie vergessen. Ich glaube nicht, daß er das jemals erlebt hat – keine der Personen, die er getötet hat, hatte auch nur die leiseste Ahnung, daß er ihnen etwas Böses antun wollte. Gott, wenn ich doch nur ein Zehntel seiner Überzeugungskraft besäße.« Er beugte sich vor und sah sie ernst an. »Ich verstehe schon«, sagte er, »ehrlich, das tue ich. Er hat sie in seinen Bann gezogen, und Sie können es nicht so recht glauben. Dabei sind Sie noch nicht einmal leichtgläubig, stimmt's? Aber Sie müssen sich vor Augen halten, wie der Verstand eines Psychopathen arbeitet. Bei den wenigsten von ihnen sind Warnzeichen zu erkennen, verstehen Sie – deswegen kommt man ihnen so schwer auf die Schliche, weil sie sich nicht wie andere Mörder benehmen. Keiner verdächtigt sie, und sie hinterlassen keine Spuren. Glauben Sie mir, ich weiß es. Vor dem Unsichtbaren hab' ich mit ein paar anderen Mordfällen zu tun gehabt, und die waren meistens recht simpel. Neunundneunzig Komma neun Prozent der echten Mörder sind überhaupt nicht mit den Mördern aus den Polizeiserien im Fernsehen zu vergleichen. Wissen Sie, die meisten, die einen Mord begehen, stehen dabei unter dem Einfluß extremer Gefühlszustände – Wut, Haß, oder nackte Angst. Sie können nicht klar denken, also begehen sie eine abscheuliche Tat, und wenn sie merken, was sie getan haben, brechen sie in Panik aus. Sie hinterlassen überall brauchbare Beweise. Sogar Mörder, die ihre Tat gut durchdenken, schaffen es nicht, alles zu vertuschen. Es ist nicht so wie bei Inspektor Morse im Fernsehen – ich bin niemals tagelang herumgehastet und habe versucht, das Rätsel zu lösen –, ein Mord, der nicht innerhalb von achtundvierzig Stunden aufgeklärt wird, wird in der Regel nie aufgeklärt.«

Während er das Thema weiter ausführte, verwandelte sich sein Wesen wie selbstverständlich in das eines Polizeibeamten, als ob sein wahres Ich nach langer Zeit der Dunkelheit an die Oberfläche zurückkehren würde. »Zwei Ausnahmen gibt es«, sagte er, »zwei Typen von Mördern, die diesem Muster nicht entsprechen: Psychopathen und Profis. Meiner Meinung nach sind Profikiller auch nichts anderes als Psychopathen mit einer Form der Psychopathie, die für kommerzielle Zwecke einsetzbar ist. Der Unterschied zwischen dem Psychopathen und einem gewöhnlichen Mörder ist, daß für den Psychopathen keine Regeln gelten. Irgend etwas fehlt – ich weiß nicht, was es ist: das Bewußtsein oder so ... das Gefühl, etwas moralisch Verwerfliches zu tun. Vielleicht glaubt er sogar, etwas Gutes zu tun; daß es besser für das Opfer ist, tot zu sein, oder daß die Welt ohne diesen Menschen besser ist. Er weiß natürlich, daß die *Gesellschaft* denkt, daß er etwas Falsches tut, und daß er bestraft wird, falls man ihm auf die Schliche kommt, deshalb verwischt er seine Spuren. Als Polizisten stellt uns das vor zwei Probleme – erstens: das Fehlen von irritierenden Emotionen bedeutet, daß die Planung der Tat und das Verwischen der Spuren sehr effizient durchgeführt werden; zweitens: das fehlende Bewußtsein, einen moralischen Code zu brechen, bedingt, daß es kein Schuldgefühl gibt, was wiederum bedingt, daß einem kein sonderbares Verhalten auffällt, an dem man erkennen kann, was so jemand vorhat.«

Er legte eine Pause ein und sah Carole an. »Ich weiß, was Sie denken«, sagte er. »Nachdem Sie erkannt hatten, wer er ist, und obwohl Sie wußten, was er getan hatte, konnten Sie es nicht wirklich glauben. Nicht dieser ... wie nennt er sich? Steven. Nicht Ihr Steven; er kann doch kein Mörder sein. Das hätten Sie doch gemerkt, oder? Genau deswegen kommen diese *Wahnsinnigen* ja so lange davon. Keiner in ihrem Umfeld verdächtigt sie. Natürlich gibt es einige, die gewisse Warnsignale aussenden. Sie *erscheinen* uns seltsam oder böse, weil ihnen vielleicht etwa die Fähigkeit abgeht, mit der Außenwelt Umgang zu pflegen. Solche Menschen enden als Einzelgänger. Aber der andere Typ – wie *er*, mein *Bruder*, um Himmels willen – ist am gefährlichsten, weil er die Gesellschaft als Tarnung benutzt. Solche Täter werden nur geschnappt, wenn sie irgendwann einen Fehler machen. Irgendwann machen sie alle einen Fehler. Auch Kevin. Nur deshalb habe ich ihn geschnappt.«

»Kevin?« sagte Carole. Sie war von der unerwarteten Wendung der Ereignisse so paralysiert und bestürzt, daß der Name bloß von ihr abprallte, ohne mit Steven in Verbindung getreten zu sein.

»Sein Name ist Kevin. Nicht sehr aufregend, nicht wahr? Nicht annähernd so beeindruckend wie *der Unsichtbare*, oder *der Gossenstreuner*. Er wurde am 18. August 1959 geboren, in 16 Omdurman Road, Bethnal Green, etwa zweieinhalb Minuten bevor ich herauskam und mich zu ihm gesellte. Kevin und Alan, zwei so ordentlich strampelnde Jungs, wie Mr. und Mrs. Gorvin sich nur wünschen konnten. Und ich wußte bis vor wenigen Monaten nicht mal von seiner Existenz. Die ganze Geschichte kenne ich immer noch nicht.« Er starrte auf seine Hände, pulte mit den kurzen Fingernägeln der einen an der Nagelhaut der anderen. »Ich fürchte, ich habe es im Endeffekt aus ihm herausgeprügelt. In meinen fünfzehn Jahren als Polizist habe ich so etwas noch nie getan, aber er hat mich regelrecht dazu getrieben. Ich habe bloß einige wenige Bruchstücke aus ihm herausgekriegt, bevor er wieder entwischte. Ich bin nicht annähernd so clever wie er; es war äußerst schwierig, ihn hier draußen aufzuspüren.«

»Was ist passiert?« fragte Carole. »Wieso wußten Sie nichts voneinander?«

»*Er* wußte es. Er hat irgendwie von mir erfahren, keine Ahnung, wann. Er wurde in ein Heim gegeben, als wir etwa drei Jahre alt waren. Ich weiß immer noch nicht, wieso. Unsere Eltern schienen alle Spuren seiner Existenz verwischt zu haben, denn ich habe nie etwas vermutet. Was mich betrifft, so habe ich vermutlich meine Erinnerungen an ihn verdrängt. Ich frage mich bloß, was so schrecklich war, daß sie ihn auf diese Weise loswerden mußten – so schrecklich, daß ich es verdrängte. Vermutlich kann er einem irgendwie leid tun. Stellen Sie sich vor, was das einem Kind antun kann – stellen Sie sich vor, Sie finden heraus, daß Sie adoptiert wurden, und nicht nur das, sondern daß Ihre Eltern Ihren Zwillingsbruder *behalten* haben. Man fragt sich, *wieso*? Das *kann* man sich gar nicht vorstellen, oder? Es muß wie eine Atombombe sein, die in Ihrem Schädel hochgeht – die Ablehnung, das Trauma, der Ortswechsel, die Eifersucht. Himmel, da ist es doch kein Wunder, daß er es auf mich abgesehen hat. Bei den Menschen, die er umgebracht hat, haben wir in die völlig falsche Richtung ermittelt – es ging nicht um *sie*, es war gegen *mich* gerichtet, sollte mich mit hineinziehen, um mir irgendwie die Qualen und die Schande zuteil werden zu lassen, die ihm widerfahren waren – um es mir hundertfach heimzuzahlen.«

Carole starrte ins Nichts und nickte schwach. »Glauben Sie, daß er… mit mir… ich meine…«

Alan blickte sie mitfühlend an. »Ob er vorhatte, Sie zu töten, meinen Sie?« Er schürzte die Lippen und schüttelte den Kopf. »Ich weiß es nicht, das weiß ich wirklich nicht. Er muß Sie aus irgendeinem Grunde aufgesucht haben, aber ich weiß nicht, ob es deshalb war. Er war völlig am Ende, als ich ihn zuletzt gesehen habe. Ich weiß nicht, wozu er danach in der Lage gewesen wäre. Vielleicht plante er eine zweite Phase, in der er sich die engsten Freunde seiner übrigen Opfer vornehmen wollte. Oder vielleicht hat sich sein Gewissen gemeldet und wollte sich entschuldigen.«

»Ent*schul*digen?«

»Sie wissen schon, was ich meine – sich läutern, beichten, Buße tun, wie immer Sie es nennen wollen.«

»Nein«, sagte Carole vehement. »Nein, er hat seine Identität verborgen, bis ich es selbst herausfand. Aber er hat auch keine Anzeichen von Feindseligkeit gezeigt… Na ja, außer vielleicht am Anfang.«

»Ich weiß nicht«, sagte Alan. »Ich habe mich gefragt – und das ist bloß eine Vermutung, ja – aber beim Anblick von Ihnen beiden hatte ich den Eindruck, daß etwas recht Intimes zwischen Ihnen vorging. Stimmt das?«

Sie errötete leicht. »Nun ja …«

»Vielleicht war es … na ja, stellen Sie sich das Leben vor, das er geführt hat, all die Erlebnisse, die ihn dazu getrieben haben, diese obszönen Dinge zu tun. Und am Ende, als er es am wenigsten erwartet, trifft er den einzigen Menschen in seinem Leben, der ihm wahre Liebe anbietet. Vielleicht haben Sie die letzten Reste menschlicher Gefühle in ihm geweckt, die vergraben unter seinem großen Trauma und seinem Haß überlebt haben.«

Carole nickte langsam und widerwillig. »Vielleicht«, sagte sie und blickte Alan direkt in die Augen.

Er verstand die Bedeutung ihres Blicks und schüttelte heftig den Kopf. »O nein, Carole, er ist immer noch derselbe. Denken Sie daran, was er getan hat – denken Sie daran, was er Beverley angetan hat. Sie haben ihn nicht verändert. Wenn wir nichts unternehmen, wird er immer weiter töten. Und sobald er begreift, daß ich hier bin, und daß Sie mich gesehen haben, werden Sie nicht mehr sicher sein. Er wird sich enttarnt vorkommen, vielleicht sogar hintergangen. Es ist vorbei, Carole. Ich bin vor dem Mistkerl lange genug davongelaufen. Hier ist die Geschichte zu Ende. Wir werden ihn ausliefern.«

»Nein«, sagte sie. Er starrte sie an. »Nein«, wiederholte sie, »noch nicht. Ich verstehe es noch nicht. Ich will wissen, was wirklich passiert ist. Ich will wissen, was Sie gemeint haben, als Sie sagten, Sie hätten ihn *gebrochen.*«

18

»ICH HAB'S RAUSGEKRIEGT!« sagte Comber triumphierend, hockte sich auf die Kante von Polizeibeamtin Higgins' Schreibtisch und knallte ihr einen Computerausdruck hin.

»*Was* rausgekriegt?« fragte sie und warf einen flüchtigen Blick auf den Packen Papier. »Ich hab' eine Menge zu tun, Sarge.«

»Gorvin«, sagte er. »Ich habe ihn!« Er schob ihr das Papier zu. »Los, lesen Sie das.«

Seufzend überflog sie den Ausdruck. »Kriminalpolizei Newport«, murmelte sie. »17. Oktober 1996, ... Krankenschwester.« Sie hörte zu lesen auf und schaute zu ihm auf, dann las sie den Bericht noch einmal gründlich. »Die Vorgehensweise unterscheidet sich ein wenig, oder?« stellte sie fest, als sie zum zweiten Mal fertig war.

»Aber immer noch ähnlich genug. Verstehen Sie denn nicht? Das ist erst acht Monate her! Ich wußte, daß er sich nicht für ewig verstecken würde – er mußte einfach früher oder später wieder töten. Und jetzt ist er in Yorkshire aufgetaucht.«

»Sarge, es könnte ein Nachahmer sein. Ich meine, es gibt kleine, aber deutliche Unterschiede.«

»Er ist dort nicht zu Hause, Gail. Er hat dort nicht denselben Zugang zu einschlägigen Quellen wie hier.«

»Hmm. Es gibt da aber noch das winzige Problem, daß er tot ist, nicht wahr?«

Comber lächelte. »Ich bin jeden Bericht durchgegangen, den

ich in die Finger kriegen konnte. Haben Sie je von einem Ort namens Ile d'Ouessant gehört? ... Das dachte ich mir. Es ist eine kleine Insel vor der Spitze der Bretagne. Vor etwa zwei Jahren zogen ein paar Fischer etwas in ihrem Netz heraus, und das war absolut kein Schellfisch. Es war so verwest, daß es im Grunde nur noch durch die Kleidungsstücke zusammengehalten wurde. Die Pathologen glaubten, daß es über ein Jahr lang im Wasser gelegen hatte. Beschwert mit Guinness-Dosen. Ist das zu glauben – ordinäre Guinness-Dosen! Die französische Polizei konnte nichts damit anfangen, daher reichten sie den Fall an die britischen Behörden weiter. Am Ende paßte der Fund auf fünf vermißte Personen.«

»Und Gorvin war einer von ihnen?«

»Nein, natürlich nicht – dann hätten wir doch davon erfahren. Oh, überprüft haben die ihn schon, aber er paßte nicht zu den Ergebnissen der gerichtsmedizinischen Untersuchung.« Er rümpfte die Nase. »Die Blödmänner haben gar nicht kapiert, daß gerade das der *Knackpunkt* war.« Er holte ein weiteres Stück Papier aus seiner Tasche und reichte es Gail. »Das ist die Liste der fünf möglichen Personen. Sehen Sie sich Nummer drei an. Kevin McKenzie, damals achtzehn Jahre alt. Wurde um den fünfundzwanzigsten Februar 1994 herum als vermißt gemeldet. Wollte sich mit Freunden in Frankreich treffen, ist aber nie dort eingetroffen.« Er tippte auf das Stück Papier. »Das ist unser Fisch, Gail.«

»Warum wurde das zu der Zeit nicht durchgegeben?«

Er zuckte mit den Schultern. »Sie wissen ja nicht, wie es in dieser Woche zugegangen ist. Die da oben wollten den Fall abschließen, also gaben wir uns mit dem, was wir hatten, zufrieden und schlossen ihn ab. Aber jetzt, Himmel – ist das genug, um den Fall wieder aufzurollen!« Er schnappte sich die Papiere und erhob sich. »Ich treffe mich mit Reynolds. Wir sollten ab morgen bereit sein, Nachforschungen anzustellen.« Er schlug aufgeregt mit der Hand auf die Tischplatte. »Ich habe den Scheißkerl, Gail! Endlich hab' ich ihn!«

Alan saß schweigend im Sessel, zupfte an einem verschlissenen Stück der Armlehne und drehte den fransigen Rand um seine Finger. Nach ein paar Minuten wurde es ihm bewußt, und er hörte auf damit, strich den Stoff mit seinen Fingern glatt und schielte verlegen zu Carole. Die hatte sein gedankenverlorenes Tun gar nicht wahrgenommen, sondern starrte weiter in Erwartung seiner Erklärung in seine Richtung.

»Als ich Wales verließ«, sagte er, »an dem Tag, als ich aufbrach, bin ich beinahe umgekommen. Hat er Ihnen das erzählt?«

»Ja. Sie wären beinahe ertrunken.«

Alan nickte. »Das stimmt, ich wäre beinahe ertrunken. Das hat er ganz richtig erzählt. Aber ich wette, er hat Ihnen nicht erzählt, daß ich an diesem Tag beinah *zweimal* umgekommen wäre. Das zweitemal war es seine Schuld, obwohl ihm das zu der Zeit wahrscheinlich gar nicht klar war ... Ist es Ihnen nicht merkwürdig vorgekommen, daß ich so lange im Wasser um mein Leben gekämpft hatte und hinterher einfach fröhlich losgezogen bin?«

»Darüber hab' ich noch nicht nachgedacht.«

»Nein. Tja, Sie haben vermutlich das Küstenvorland von Severn Levels noch nie an einem kalten Tag erlebt. Als ich zurück ans Ufer geschwommen war, war ich so unterkühlt und entkräftet, daß ich kaum den Deich hinaufkriechen konnte. Als ich es schließlich doch geschafft hatte, mußte ich noch fast eine Meile zu der Stelle am Kanal zurücklegen, an der ich meine Kleidung und mein Geld gelassen hatte. Als ich dort ankam, waren die Sachen verschwunden. *Er* hatte sie mitgenommen. Er hatte mich die ganze Zeit beobachtet. Sobald ich über die Mauer geklettert war, hat er meine Tasche genommen und ist damit abgehauen. Da stand ich also, klatschnaß, eiskalt, erschöpft. Ich war dem Tod ziemlich nah. Ein Bauer hat mich ein paar Stunden später gefunden, ohnmächtig am Rand eines Grabens. Um es kurz zu machen: er ließ mich ein paar Nächte bei sich schlafen, und ich bekam ein paar frische Kleidungsstücke, hatte aber immer noch kein Geld. Ich ... also, als er und seine Frau mal unterwegs waren, habe ich das Bargeld aus dem Haus gestohlen und bin abgehauen. Ich landete in Bristol und nahm einen Zug nach Birmingham. Ich endete als –«

»Bettler«, unterbrach Carole, »ich weiß. Er hat es mir erzählt.«

»Das glaube ich gern. Wissen Sie, wie man sich fühlt, wenn einem einfach die Identität gestohlen wird?«

»Vielleicht ging es ihm genauso mit Ihnen«, sagte Carole, und es war eher eine Feststellung als eine Vermutung. »Vielleicht hat er Sie deshalb verfolgt.«

»Vielleicht. Ja, wahrscheinlich sogar. Wissen Sie, was wirklich ärgerlich ist? Ich gehe jede Wette ein, daß er meine Geschichte viel besser erzählt hat, als ich es je könnte. Viel überzeugender. Das ist das Geheimnis, meinen Sie nicht? Eine Geschichte gut erzählen zu können. Das war mit das erste, was ich als Bulle gelernt habe. Ich habe gesehen, wie echte Verbrecher davonkamen, nur weil sie ihre Geschichte gut erzählen konnten – nicht die bloßen Tatsachen, sondern die Art, *wie* die Typen sie erzählt haben –, und ich habe gesehen, wie Männer, die ich für unschuldig hielt, einfach eingesperrt wurden, weil sie schlechte Geschichtenerzähler waren und sich schließlich selbst belasteten. Dazu reicht oft schon ein fehlendes Alibi oder ein Alibi, das zu peinlich ist, um es anzugeben, bis sie einen festgenagelt haben und man sich bereits zu sehr in Widersprüche verstrickt hat. So was hinterläßt einen schlechten Eindruck bei den Geschworenen. Hat man dann noch einen cleveren Staatsanwalt zur Seite, so ist es am Ende so, als würde man auf Fische in einem Faß schießen. Finde den gefühlsmäßig schwachen Punkt, die Lücke in der Geschichte, und du hast deinen Mann.«

»Deinen *unschuldigen* Mann«, sagte Carole.

Alan zuckte mit den Schultern. »Manchmal. Wie bei mir. Deshalb mußte ich verschwinden, als all diese Beweise auftauchten. Ich konnte mich nicht stellen, weil ich kein guter Geschichtenerzähler bin. Umgekehrt hätte Kevin sich bestimmt rausreden können. Ich meine, er hat *Sie* dazu gebracht, ihm zu glauben, oder? Und Sie sind ihm vermutlich näher gekommen als sonst irgend jemand. Wenn er *das* geschafft hat…«

»Wie haben Sie ihn geschnappt?« fragte sie. Sie hatte kein Verlangen danach, auf dem verwesenden Leichnam ihrer Beziehung zu Steven herumzuhacken. Oder Kevin. Steven – Alan – Kevin – Michael – Paul – Nigel – das Karussell der Vornamen drehte sich rasend, und sie hatte Mühe zu verfolgen, welcher davon zu welchem der fast identischen Zwillingsgesichter gehörte. Sie bemerkte seinen sonderbaren Blick.

»Ist etwas nicht in Ordnung?« fragte er und schaute auf ihren linken Arm.

Erschreckt erkannte sie, daß sie, während seiner Rede, an dem Messer unter ihrem Ärmel gespielt hatte. Blitzschnell tarnte sie die Bewegung als Kratzen. »Bloß ein Insektenstich«, sagte sie. »Stört mich schon seit Tagen. Was sagten Sie gerade? Wo Sie ihn geschnappt haben?«

Einen Augenblick noch sah er sie fragend an. »Warum schmieren Sie nicht was drauf? Lassen Sie mich mal sehen…«

»Nein, lassen Sie. Es ist schon gut. Erzählen Sie mir einfach, was passiert ist.«

Er setzte sich wieder in den Sessel zurück, während er immer noch skeptisch auf ihren Arm sah. »Okay. Wo war ich stehengeblieben?«

»Birmingham. Als Bettler.«

»Ja«, seufzte er, »ich war noch nie in meinem Leben so heruntergekommen. Es war die einzige Zeit, in der ich je am eigenen Leib erfahren habe, was es heißt, sich richtig schmutzig zu fühlen, richtig verachtet zu werden, sich wirklich zu schämen. Es war, als ob die Menschen durch mich hindurch sahen, meine Existenz auslöschten. Wenn man für einen psychopathischen Killer gehalten wird, haben die Leute wenigstens Angst vor einem, sie respektieren einen irgendwie. Ich meine, sogar die Angst und der

Haß der Leute ist besser als das Gefühl, ein Stück Dreck zu sein. In was für einer Gesellschaft leben wir bloß, in der ein Bettler verachtenswerter ist als ein Mörder?«

»Ich glaube nicht, daß das so ist.«

»Nein? Na, dann gehen Sie doch einfach mal los und probieren es aus. Suchen Sie sich einen Ladeneingang, setzen Sie sich dort hin und stellen Sie fest, was die Menschen dann noch von Ihnen halten. Die hassen Sie nicht persönlich, die hassen bloß Ihren Anblick. Die wünschen sich bloß, daß es Sie nicht gäbe. Und das Schlimmste ist, daß Sie ihnen manchmal recht geben müssen, in den Nächten, wenn die Obdachlosenasyle voll sind, und es regnet, und die Alkoholiker sich versammelt haben und übereinander herfallen, während Sie versuchen zu schlafen; aber es geht nicht, weil Sie sich die Eier abfrieren und vor Angst in die Hosen scheißen, daß *Sie* der nächste sein könnten.« Er verstummte, während er seine Gedanken sammelte. Seine Wangen glühten, und er atmete schnell. »Als diese Notiz herunterflatterte«, fuhr er fort, nachdem er sich wieder beruhigt hatte, »als er mir diese Nachricht hinwarf, war das der letzte Strohhalm. Ich ging ihm nach. Ich konnte ihn in der Menge verschwinden *sehen*. Es war das zweite Mal, daß ich so dicht an ihm dran war, und diesmal kam er mir nicht davon. Ich behielt ihn den ganzen Weg über vom Bullring-Einkaufszentrum bis auf die Straße hinaus im Auge. Ich wurde ein paarmal fast überfahren, aber ich lief einfach weiter, und die ganze Zeit konnte ich ihn vor mir sehen, manchmal weiter weg, manchmal näher. Ich wußte, daß ich ihn hatte, als wir aus dem Stadtzentrum draußen waren und es keine Leute mehr gab, zwischen denen er sich verstecken konnte. Er fing an zu rennen. Schließlich holte ich ihn bei einer verlassenen Fabrik am Ufer eines Kanals ein, und genau da hab' ich zum erstenmal sein Gesicht gesehen. Ich wurde fast ohnmächtig vor Schreck... Ich prügelte mich mit ihm, gleich dort auf dem schmutzigen Boden, rollte in Öllachen und im Dreck herum. Er hat mich beinah umgebracht. Er saß auf mir und würgte mich, aber irgendwie konnte ich ihn überwältigen. Ich fesselte ihn an einen Pfosten und ließ ihn dort fünf Tage lang allein. Ich habe noch nie jemanden in meinem Leben gequält, aber bei Gott, *ihn* hab' ich damals gequält. Ich hungerte ihn aus und rationierte sein Wasser auf einen Spritzer aus einem nassen Lumpen alle sechs Stunden. Am Ende des vierten Tages war er gebrochen. Da gestand er, was er mir alles angetan hatte und warum er es getan hatte. Ich hätte noch mehr aus ihm rauskriegen können, aber als ich am fünften Abend mit etwas zu essen zurückkam, war er verschwunden. Doch ich hatte den Ausdruck in seinem Gesicht gesehen. Er war geschlagen. Gebrochen, wie ich schon sagte. Verstehen Sie, seine ganze Macht über mich schöpfte er aus meiner Angst und seiner Anonymität. Als wir uns aber Auge in Auge gegenüberstanden und er sah, daß ich keine Angst mehr vor ihm hatte, war er erledigt. Jetzt war er *meine* Beute. Ich habe Monate gebraucht, um ihn erneut aufzuspüren, aber jetzt ist es endgültig vorbei.«

Als er am Ende seiner Geschichte angelangt war, machte sich ein unangenehmes Schweigen im Zimmer breit.

»Vorbei«, wiederholte Carole abwesend.

Alan beugte sich vor und sah ihr prüfend ins Gesicht. »Kann ich Ihnen vertrauen, Carole?« fragte er flehentlich.

Sein Blick war derart intensiv, daß sie das Gefühl hatte, er wolle direkt in ihrer Seele stöbern, um den kleinsten Hauch einer Lüge zu entdecken, wie einen Blutstropfen auf einem weißen Laken. »Ja«, flüsterte sie, »ja, natürlich können Sie das.«

»Und Sie vertrauen mir?«

Sie zögerte, und er erwartete gespannt ihre Antwort. »Ja«, sagte sie wieder, »ja, ich glaube schon... Nein, ich weiß es.«

Er lächelte. »Braves Mädchen. Ich möchte, daß Sie folgendes tun –« Er schaute auf. »Was war das? Ich hab' etwas gehört.« Er stand energisch auf, ging leise zum Fenster und spähte vorsichtig hinaus. »Carole«, flüsterte er, kam zurück und packte sie am Arm. »Wir müssen los!«

»Was ist denn? Ich habe nichts gehört.« Er hatte sie auf die

Füße gezogen und drängte sie zur Tür. »Wo haben Sie ihn eingesperrt?« fragte sie.

»Keine Zeit«, sagte er nachdrücklich. Er nahm sie bei den Händen. »Gehen Sie nach oben. Gibt es ein Schloß an Ihrer Schlafzimmertür? ... Gut. Schließen Sie sich ein, und öffnen Sie auf gar keinen Fall die Tür. Jetzt wo ich hier bin, sind Sie nicht mehr sicher, bis ich die Angelegenheit mit ihm geregelt habe. Bitte, Carole, ich muß das alleine machen. Bald werden Sie in Sicherheit sein. Ich werde ihm nichts antun. *Gehen* Sie jetzt!«

Carole stürzte aus dem Zimmer. Alan lauschte ihren Schritten auf der Treppe. Als er hörte, wie sich die Schlafzimmertür schloß, ging er zum Fuß der Treppe und horchte noch einen Moment, dann ging er in die Küche. Er durchsuchte in Windeseile, aber ganz leise, die Schubladen, bis er ein mittelgroßes Schnitzmesser mit einer rasiermesserscharfen Klinge gefunden hatte, dann schlich er zur Hintertür und trat hinaus auf den Hof.

Durch den Spiegel

TIEF ... TIEFER ... AM TIEFSTEN ...

Ein ganz normales Haus in einer ganz normalen Straße. Die Abenddämmerung bricht herein, und im Haus Nummer 22 in der Cleevis Terrace herrscht Ruhe. Die späte Sonne, die durch die halb geschlossenen Vorhänge dringt, fällt in stille, leblose Zimmer. Das Haus, das um diese Tageszeit mit dem Lärm und der ungeduldigen Erwartung des bevorstehenden Abendessens erfüllt sein sollte, macht den Eindruck, als seien alle Geräusche und Bewegungen aus ihm wie aus einem Ei herausgeblasen worden. Hier wurde ein Experiment begonnen, und sein Begründer muß es erst noch zum Abschluß bringen.

Mrs. Jean Goodmanson, die zweiunddreißigjährige Adoptivmutter eines niedlichen Kindes und – bis vor wenigen Monaten – die ergebene und geplagte Ehefrau eines erstaunlich unsoliden Ehemanns, ist Gegenstand dieses Experiments. In der Nachbarschaft weiß man, daß sie oft seltsame Geräusche verursacht, doch an diesem ausklingenden Nachmittag ist sie so regungslos und leise wie die Steine, der Mörtel, die Tapeten und die Farben, aus denen ihr kleines, spartanisch möbliertes Haus besteht. Wenn wir uns das Ergebnis des Experiments betrachten, finden wir Jean im Flur. Oder zumindest teilweise im Flur – und teilweise unten auf der Treppe, die sie nicht mehr ganz heruntersteigen konnte. Ihr nackter linker Fuß, dessen Zehennägel vom

Sonntagsausflug nach Southend noch rosa lackiert sind, steckt zwischen der dritten und vierten Stange des Geländers, deren weiß glänzendes Holz tiefe, blutentleerte Furchen in der Haut über ihrem Knöchel hinterläßt. Das Knie ihres rechten Beins, das verrenkt an der Wand liegt, ist abgewinkelt, die Wade ruht auf der dritten Stufe auf dem schmalen, ausgetretenen rosa Nylonläufer. Durch die Schräglage sind ihr Rock und der zitronengelbe Flanell-Bademantel, den sie an diesem Morgen übergestreift hatte, bis zur Hüfte hinaufgerutscht und entblößen (was ihr die Schamröte ins Gesicht treiben würde, wenn sie es denn wahrnehmen könnte) ihre gestrige Unterwäsche, die besudelt ist vom plötzlichen, unkontrollierten Austritt ihrer Körperflüssigkeiten in den ersten, noch unsicheren Momenten des Experiments. Ihre Hände liegen leblos an der Seite ihres Rumpfes, eine zeigt nach oben, die andere nach unten, die ansonsten sehr gepflegten Fingernägel sind rissig und abgebrochen, was eine Verbindung herstellt zu den Kratzspuren und Schrammen in der Tapete weiter oben an der Treppe. Ihre frühmorgendlich strähnigen Haare winden sich wie Tintenfischtentakel um ihren Kopf, der zur Seite gedreht ist, eine dünne Blutspur verläuft entlang der Konturen ihrer weißen Wange, weit geöffnete, haselnußbraune Augen starren unbeweglich und blind über den Flurteppich und durch die offene Tür in das sich langsam verfinsternde Vorderzimmer.

Und dort, klein und beinah so regungslos, beinah so leise wie seine Mutter, hockt Kevin zusammengekauert am Boden, eingehüllt in die weiche rote Wolle seines *Ladybird*-Bademantels. Die Plattenspielerschublade der Musiktruhe vor ihm ist geöffnet, und auf dem Plattenteller dreht sich eine LP, in deren letzter Rille die Nadel scheinbar für ewig festhängt. Kevins Körper beugt sich vor, sein Kopf neigt sich dem glanzlosen Messinggeflecht vor dem Lautsprecher entgegen, und er lauscht aufmerksam dem beständig, zischenden *sssssssssssssssssssss-tch-sssssssssssssssssssss-tch*. Sein *Schneewittchen und die sieben Zwerge Mal- und*

Puzzle-Buch sowie das makellose Exemplar von *Thomas der Tanklastzug* liegen unbeachtet neben ihm auf dem Teppich, während er sich auf die knisternde Musiktruhe konzentriert. Sein Experiment kommt zum Ergebnis, zumindest hofft er darauf – obwohl er gar nicht mehr so recht weiß, warum er es überhaupt begonnen hat oder welchem Zweck es diente. Dennoch hat er Spaß dabei, also was soll's? Es ist die Lieblingsplatte seiner Mutter – aus der Serie *Musik für Genießer,* mit dem Titel *Klavierromanze* –, und Kevin hat sie ganz bewußt ausgewählt. Er hat eine Theorie entwickelt (die kam ihm in den Sinn, als er auf den Stufen saß und den zerschmetterten, verdrehten Körper seiner Mutter studierte), daß in der zischenden, auslaufenden Rille ihrer Lieblings-LP ihre Letzte Botschaft an ihn zu finden sei. Jetzt, wo ihre Seele in eine höhere Sphäre aufgestiegen ist, muß sie Zugang zu einem Wissen haben, von dem er kaum träumen kann: Ihre Botschaft wird die Antwort darauf vermitteln; jenes Schlüsselwissen, das ihm die ganze Welt der Dinge, die er nicht versteht, erschließt. Das, so glaubt er, muß der ultimative Sinn des Experiments sein … Aber noch kommt nichts: Er glaubt dort drinnen flüsternde Stimmen zu hören, doch kann er noch keine Worte unterscheiden. Er greift nach oben und dreht an dem rechten Bakelitknopf die Lautstärke voll auf: SSSSSSSSSSSSSSSSSSSSS-TCH-SSSSSSSSSSSSSSSSSSSSS-TCH … Jetzt kann er etwas hören, undeutlich und verschwommen.

TOCK-TOCK-TOCK!

Das plötzliche Klopfen an der Tür hätte jedes andere Kind zusammenzucken lassen, nicht aber Kevin. Er ist so tief in die Erforschung des knackenden, reinen Geräusches aus der großen Musiktruhe versunken, daß er es kaum wahrnimmt. Es ist das dritte Mal an diesem Nachmittag, daß der Türklopfer einen derartigen Krach macht. Der Briefschlitz öffnet sich quietschend. »Jean?« sagt eine Frauenstimme. »Jean? Ist jemand zu Hause?« Es folgt eine Pause, dann schließt sich die Klappe wieder, gefolgt von einem Durcheinander aus gedämpften, hektischen Stimmen.

Kevin sieht nicht mal hoch; sein Blick ruht immer noch starr auf dem zischenden Messinggeflecht.

Das Haus Nummer 21 in der Cleevis Terrace ist mit dem Nachbarhaus größtenteils identisch: dieselbe Anordnung der Zimmer, dieselbe Treppe, dasselbe Holzgeländer. Der Teppich auf den Stufen, über den jetzt seine Hausschuhe trotten, ist eher kastanienbraun als fuchsienrosa, und die Tapete, an der seine ausgestreckten Finger entlangstreifen, ist anstelle der blaßblauen Vergißmeinnicht mit hellgelben Rosen bedruckt; aber sonst ist es gleich. Sogar die gleichen flüsternden Geisterstimmen der Vorbesitzer, die in dem Gebäude eingemauert sind, scheint es hier zu geben: vergessene, namenlose Generationen plappern pausenlos über ihre banalen, privaten Tragödien. Als Kevin sich dem Fuß der Treppe nähert, macht das Geistergeflüster den murmelnden Stimmen aus dem Vorderzimmer Platz.

»– der Junge tut mir leid«, sagt eine schrille, näselnde Frauenstimme, als Kevin sein Ohr an die geschlossene Tür hält. »Stellt euch vor, den ganzen Tag war er zusammen mit ...« Sie bricht hilflos ab. »Kein Wunder, daß er ein bißchen verdreht wirkt.« Kevin erkennt die Stimme von Doreen, der blond gefärbten pausbäckigen Frau, die an diesem Morgen am Arm seines ihm entfremdeten Vaters erschienen ist. Auf ihr Drängen hin werden die beiden die Nacht in einem Bed & Breakfast in der Gordon Road verbringen, weil sie ›diesen Ort‹ nicht mehr betreten will, wie sie das frühere Zuhause ihres Liebhabers nennt. »Blödsinn«, antwortet die barsche Stimme von Kevins Vater, »der war schon immer so. Ich wollte diesen kleinen Schmarotzer sowieso nicht haben. Jean hat darauf bestanden.« »Gott sei ihrer armen Seele gnädig«, wirft der tiefe, rollende Alt von Mrs. Septimus, der breithüftigen Matriarchin von Nummer 21, dazwischen. Es entsteht eine lange Pause, während der nur das behutsame Geklapper der besten Porzellantassen auf den dazugehörigen Untertassen zu hören ist. »Ich nehme an, daß Sie den Jungen nach der

Beerdigung mitnehmen«, sagt Mrs. Septimus. »Ich werde dafür sorgen, daß seine Sachen gewaschen und gepackt sind.« Auf diese Mutmaßung hin folgt eine Stille voller Verlegenheit, Scham und Abneigung, die Kevin sogar durch die dicke Holztür spüren kann. Es werden ein paar Worte gemurmelt (die Stimme seines Vaters), die er nicht verstehen kann und gegen die Doreen ein paarmal kurz aufbegehrt. An einer Stelle kreischt sie im Widerspruch zu ihrer vorherigen Besorgnis: »*Mich* würde es gar nicht überraschen, wenn er ihr das angetan hätte.« Es folgt eine weitere quälende Stille. »Vielleicht nehmen ihn seine Mutter und sein Vater wieder zurück«, sagt Mrs. Septimus irritierenderweise. Kevin wundert sich; wie können sie das, jetzt wo die eine für immer von ihnen gegangen und der andere auch schon so gut wie weg ist? Es wird weiter getuschelt und immer wieder fällt das unheilvolle Wort *Fürsorgeamt*. Es kommt ihm bekannt vor: er hat dieses Wort auf einem Blatt Papier gelesen, das er ganz hinten in einer Schreibtischschublade seiner Eltern gefunden hat. Er hat keinen blassen Schimmer von seiner Bedeutung. Sein Name – Kevin Anthony Goodmanson – stand auch auf dem Blatt, direkt über dem unbekannten Wort *vorenthalten*, in jenem Kästchen, das für *Name und Adresse(n) der Eltern* vorgesehen ist. Wieso haben seine Eltern ihre Namen dieser rätselhaften Sache namens *Fürsorgeamt* ›vorenthalten‹ (er hat das Wort in seinem Wörterbuch nachgeschlagen). Haben sie sich vor jemandem versteckt? Wenn ja, wieso haben sie dann *seinen* Namen angegeben? »Könnten Sie ihn denn nicht wenigstens für eine Übergangszeit nehmen?« fragt Mrs. Septimus. »Ich habe mich immer sehr gerne um ihn gekümmert, aber in meinem Alter bin ich nicht mehr so beweglich.« »Wir sind Ihnen ja auch für alles sehr dankbar«, wirft Kevins Vater hastig ein. »Aber wir können ihn nicht nehmen.« Es klingt eher gereizt als bedauernd; eher nach *wollen nicht* als nach *können nicht*. »George und ich werden heiraten«, verkündet Doreen stolz und triumphierend. »Wir wollten warten, bis die Scheidung durch ist, aber, na ja, wir dachten, wir könnten genausogut jetzt schon den ewigen Bund eingehen.« Wieder Stille. »Ich verstehe«, sagt Mrs. Septimus. Kevin sieht ihren verkniffenen Mund geradezu vor sich, als sie das sagt. »Wir wollen wahrscheinlich eigene Kinder haben«, sagt sein Vater, »wie ich schon sagte, es war immer Jean, die ihn haben wollte, nicht ich.«

Kevin hat genug gehört. Er dreht sich um und geht die Treppe hinauf. Es kommt ihm nicht in den Sinn, sein Experiment zu bereuen (obwohl er die erhoffte Botschaft gar nicht erhalten hat), doch er begreift langsam, was ihm widerfahren wird.

»Alan! Jetzt *komm* endlich.« Pauline Gorvin zieht an der Hand ihres Sohns. Sie ist müde und unwirsch; es ist Heiligabend, und sie mußte ihm bereits durch alle vier Stockwerke bei Hamley's hinterherlaufen (sie und ihre nun schmale Geldbörse hätten Woolworth bevorzugt) und sich durch die kreischende, kichernde Menschenmenge quetschen, während er jedes *Dinky*- und *Corgi*-Auto, jeden *Keil-Kraft*-Flugzeugbausatz und jedes *Action-Man*-Kostüm aus den Regalen zerrte. Jetzt haben sie gerade mal fünfzig Meter auf der Regent Street zurückgelegt und schon trödelt er herum. »Komm *weiter*!« keift sie und zieht wieder an seiner Hand. Endlich löst er sich, gleich einem Gummisauger, von einer Fensterscheibe und folgt seiner Mutter, blickt immer wieder neugierig über seine Schulter zurück und rempelt wiederholt gegen die Beine der Leute und die Einkaufstaschen seiner Mutter.

Er ist abgelenkt; so abgelenkt, daß er die aufregenden Spielsachen in der starken Papiertüte, die an seinem Ellbogen baumelt, völlig vergessen hat. Er hat gerade ein außergewöhnliches Erlebnis gehabt: Sie haben soeben in einem Fußgängerstau gesteckt, eingekeilt zwischen zahlreichen Schaufensterbummlern und einer Schlange Menschen, die am Bürgersteig auf den Bus wartete. Er hatte sein Spiegelbild im Fenster eines Cafés betrachtet, als er plötzlich den seltsamen Eindruck hatte, *zwei* Spiegelungen seines Gesichts zu sehen, leicht versetzt übereinanderliegend. Mehr noch, die hintere der beiden Spiegelungen schien seinen Bewegungen nicht zu folgen. Er blinzelte, und die erste Spiegelung blinzelte zurück, aber die zweite Spiegelung starrte ihn bloß ausdruckslos an. Er nickte und zog eine Grimasse, die erste Spiegelung äffte ihn nach, aber die zweite neigte ihren Kopf zur Seite und runzelte die Stirn. Er versuchte gerade herauszubekommen, wie ein solcher Effekt wohl zustande kam, als seine Mutter ihn mit der verzweifelten Kraft eines Herkules wegzog.

Die gesamte Regent Street entlang dreht er sich um und blickt suchend hinter sich, doch das geheimnisvolle Fenster des Cafés ist hinter den zahlreichen Fußgängern nicht mehr zu sehen. Schließlich steigen sie die Stufen zur U-Bahnstation Oxford Circus hinunter. Neben dem Einkauf bei Hamley's ist die U-Bahnfahrt immer der spannendste Teil eines Ausflugs in den Westteil der Stadt, und schon nach kurzer Zeit werden seine Gedanken an die seltsame Doppelspiegelung von dem aufregenden Schwindelgefühl auf gewaltigen Rolltreppen und dem Rattern und Summen der Züge in den hallenden Tunneln vertrieben.

»Willst du jetzt was bestellen oder nicht, Kleiner?«

Kevin hört die Stimme des Kellners nicht. Er hat gerade ein außergewöhnliches Erlebnis gehabt, als hätte er in einen Trickspiegel gesehen, und noch immer starrt er auf die Stelle, an der er soeben noch das Gesicht des anderen Jungen erblickt hat.

»Also?« fragt der Kellner nachdrücklich. Kevins Augen lösen sich widerwillig vom Fenster und richten sich mit kaltem Blick auf den Kellner, der ihn wiederum mit zusammengekniffenen Augen fixiert. Plötzlich beugt er sich vor und flüstert ihm verärgert zu: »Verschwinde. Wir brauchen so was wie dich nicht bei uns. Los, raus hier!« Bevor Kevin aufsteht, starrt er ihn einen

Moment unbewegt an und vermittelt so dem Kellner das ungute Gefühl, als würde er sein Gesicht für eine spätere Begegnung speichern. Er hat sich noch nie von einem neunjährigen Jungen bedroht gefühlt, und er ist erleichtert, als der Junge geht.

Wie im Delirium taumelt Kevin zum Piccadilly. Er weiß nur zu gut, was die Vision bedeutet hat: Er hat sich selbst gesehen, wie er gewesen sein könnte, wenn sein Leben anders verlaufen wäre. Er bezweifelt nicht, daß das Gesicht des Jungen echt war: Seit man ihn aus der Cleevis Terrace weggebracht hat, hat sich nie jemand die Mühe gemacht, seine Herkunft und die Umstände seiner Trennung von den Eltern vor ihm zu verbergen. Weder die Angestellten in seinem ersten Heim, noch Mrs. Murchie, die alte Vettel aus Aberdeen, zu der er zunächst für ein Jahr in Pflege gegeben wurde (seine ständigen Nachforschungen über Todesprophezeiungen ließen seinen Aufenthalt dort jedoch schon bald unzumutbar werden), noch die Erzieher in seinem zweiten Heim (das erste weigerte sich, ihn wieder aufzunehmen); niemand hatte versucht, vor ihm geheimzuhalten, daß er von zwei Familien abgelehnt worden war. Somit gehört er zu einer besonderen Kategorie im Vergleich zu den anderen Heimkindern, von denen keines mehr als einmal von einem Ehepaar (zumindest nicht von einem seriösen) zurückgewiesen worden war. Er weiß genug, um zu erahnen, daß der Junge, den er gerade gesehen hat, nicht bloß Einbildung oder ein zufälliger Doppelgänger war. Er weiß, daß der andere Junge morgen früh in einem Haus aufwachen wird, das voller Weihnachtsschmuck, Wärme, Geschenke, Truthahn und Kuchen ist, während Kevin sich mit seinem Eisenbett in einem kaum geheizten Raum begnügen muß und mit den Druckstellen der fummelnden Hände auf seinem Körper sowie dem bitteren Nachgeschmack, den seine Gaunereien in seinem Mund hinterlassen haben.

Heute hat er zwar kein gutes Geschäft gemacht. Trotzdem begibt er sich auf den Weg zur Bahnhofshalle des Piccadilly Circus und lehnt sich mit dem Rücken gegen eine Säule, beobachtet mit geschultem Blick die vorbeigehenden Pendler, sucht sich die Nervösen, die Kranken, die Besorgten und diejenigen heraus, die vielleicht in der Stimmung sind, sich noch etwas zu gönnen, bevor der Zirkus seine Zelte für die Weihnachtsferien abbaut. Es war Tom, der ihm diese Art und Weise, seinen Lebensunterhalt zu bestreiten, beigebracht hatte. Er hatte Tom kennengelernt, als er zum zweitenmal ins Heim zurückkam. Sie hatten sich ein Zimmer geteilt, und Tom erzählte ihm von dem Geld, das sich hier unten verdienen ließ. Er brachte Kevin alles Wissenswerte und die Techniken bei, die man zur Beobachtung und Verführung benötigt. Er brachte ihm bei, wie man Leute in die Falle lockt, wieviel man für welchen Dienst verlangen kann, und wo die Grenze zwischen bedrohter Sicherheit und tödlicher Gefahr liegt. Kevin stieg ohne Zögern in das Geschäft ein und war fasziniert von der schmutzigen Vulgarität der hastigen, atemlosen Liaisons, die sich in den Toilettenräumen der U-Bahnstation abspielten. Er empfindet nicht das unterschwellige Schamgefühl und den Selbstekel, den Tom mit aggressivem Trotz ehrlich zum Ausdruck bringt: Im Gegenteil, er findet, daß er in eine der tiefsten und dreckigsten Gossen gestolpert ist, und ist froh darüber, daß ihm das so früh im Leben widerfahren ist. Er vermutet außerdem, daß dies bloß ein Vorspiel ist; daß seine Gosse in einen echten Abwasserkanal führt. Er weiß, daß er wachsam bleiben muß, daß er bereit sein muß, sich loszumachen, bevor ihn der Strom mit sich reißt, damit es ihm nicht zu sehr schadet. Er will die Dinge in diesem Abwasserkanal kennenlernen, aber lieber aus kontrollierter Nähe heraus als hilflos treibend wie eine Flunder.

Er ist so in seine Gedanken vertieft, daß er nicht ahnt, daß die Gosse sich unter ihm auftun und ihn in den tiefsten Trakt des Abwasserkanals spülen wird. Das ist die härteste Lektion, die er jemals schlucken wird: daß der Abwasserkanal nicht beschildert ist.

»Es wird kein bißchen besser, stimmt's?« Pauline beobachtet ängstlich, wie Dr. Gerard die lange, klaffende Wunde auf Alans glatter, rosa Wange abtastet. Lila verfärbt und voller Eiterbläschen verläuft sie von seinem Augenwinkel bis zu seiner Oberlippe. Sie sieht schmerzhaft aus, aber Alan zuckt unter der Berührung des Doktors kaum merklich zusammen. Er drückt seinen Stoffhasen, dessen rosa Wollarm weich auf seinem liegt, an seine Brust, während sein Kopf zur Seite hängt. Kevin nannte ihn stets Totes Häschen, und an seinem Hals ist die blaue Naht sichtbar, die entstand, als Pauline den Kopf wieder annähen mußte, nachdem Kevin mit der Küchenschere in einer Notoperation einen Luftröhrenschnitt durchgeführt hatte.

Der Doktor schließt seine Untersuchung ab und wühlt in seiner Tasche. »Es ist nur eine kleine Infektion«, sagt er. »Ich werde ihm Penizillin verschreiben. Das müßte helfen.«

Nachdem der Doktor gegangen ist, kommt Pauline zurück ins Wohnzimmer. Alan sitzt auf dem Sofa, wo sie ihn zurückgelassen hat, und hält noch immer seinen Hasen fest. »Tut es weh, Liebling?« fragt sie, kniet sich vor ihn hin und schaut sich seine Wunde an. Er hört gar nicht hin; er sieht an ihr vorbei. Plötzlich gerät sein Gesicht in Aufregung. »Kebbin!« stößt er hervor und deutet mit seinem dicklichen Finger hinter sie. Seine Mutter dreht sich bestürzt um, doch es ist niemand da. »*Kebbin!*« ruft er erneut. Sie sucht nach der Ursache seiner Angst. Schließlich bemerkt sie, daß sie sich beide im dunklen Fernsehbildschirm spiegeln; ihr Hinterteil ist verzerrt und wirkt rundlich auf dem konvexen Schirm, Alans kleiner Körper hinter ihrer Schulter dagegen wie ein winziger Punkt. Sie seufzt. »Es ist niemand da, Liebling. Das ist bloß eine Spiegelung, siehst du? Schau mal, Mami winkt. Siehst du's?« Er nickt, und sie streichelt sein Haar. »Kebbin?« sagt er. »Kevin ist fort, mein Herzchen.« Sie küßt ihn auf den Kopf. »Er ist fort, weit fort.«

Sie hat beinahe recht. Kevin ist fort, aber es wird einige Zeit dauern, bis keine Spur mehr von ihm übrig ist. In den nächsten Monaten wird Alan eine zwanghafte Angst vor Spiegeln entwickeln. Wann immer er sein Spiegelbild sieht, wird er entsetzt erstarren, und man wird ihm geduldig zureden müssen. Das wird irgendwann schließlich vergehen, besonders, nachdem die Familie aus dem Haus in Bethnal Green in ein neues nach Lewisham gezogen sein wird, und Alan wird alles, was Kevin betrifft, vergessen; die Angst vor ihm wird verschwinden wie die Narbe auf seinem älter werdenden Gesicht. In wenigen Jahren wird er sich nicht einmal daran erinnern, daß Kevin existiert hat. Selbst wenn sein Name fällt (was gelegentlich zufällig geschehen wird), wird das keinerlei Erinnerung mehr hervorrufen.

Sergeant Alfred Butterman ist schon lange bei der Polizei; während der Bombenangriffe war er Streifenpolizist und hat damals ein paar schreckliche Dinge gesehen, und auch nach jener Zeit hin und wieder, aber so etwas ist selbst ihm noch nie begegnet. Er ist fast so schockiert wie der neunzehnjährige Polizeibeamte Frazer, der seinen Job erst seit neun Monaten macht. Sie waren gerade auf Streife am Piccadilly, als ein Mann schreiend aus dem U-Bahnhof raste, beinahe mit ihnen zusammenstieß und sie stammelnd um Hilfe anflehte. Sie folgten ihm die Stufen hinunter in den Bahnhof und durch die Halle hindurch zur Herrentoilette, wo sie mit dem Anblick konfrontiert wurden, von dem sie sich jetzt immer noch nicht gelöst haben. Sie stehen dicht hinter der Tür auf den wenigen Kacheln, die nicht von dem dicken Blutfilm überzogen sind, während sich eine Lache um den Körper ausbreitet, der halb aus der nächsten Toilettenkabine unter der verschlossenen Tür hindurch hervorragt, wo er feststeckt, während sein weißes Gesicht an die Decke starrt.

Alfred reckt seinen Hals und begutachtet das Gesicht. »Ich

kenne ihn«, sagt er. »Gerry Cotterell. Den hab' ich ein paarmal festgenommen wegen grober Belästigung eines Minderjährigen. Es kam aber nie zu einer Anklage.« Er guckt zu Frazer. »Sollen wir uns das mal genauer ansehen?« Frazer richtet seine aufgerissenen Augen auf den Sergeant, sein Gesicht ist beinah so weiß wie das der ausgebluteten Leiche. »Schon gut, mein Sohn, überlaß das mir.« Um die untere Hälfte des männlichen Körpers zu sehen, muß Alfred durch die rutschige Blutlache gehen, die wie zähes Öl unter seinen Stiefeln klebt, und auf den Toilettensitz in der nächsten Kabine klettern. »Ist er erstochen worden, Sarge?« fragt Frazer, als Alfreds behelmter Kopf über der Trennwand erscheint und in die Nachbarkabine sieht. Es dauert etwas, bis Alfred antworten kann, so entsetzt ist er über das, was er sieht. Die Hose des Mannes ist heruntergezogen und um dessen Knöchel gewickelt und ... »Nein«, sagt er schwach. »Nein, mein Sohn, ich glaube nicht, daß er erstochen wurde. Nicht ganz.« Etwas wackelig auf den Beinen steigt er herunter und gesellt sich zu Frazer an die Tür. »Du bleibst hier«, sagt er. »Laß niemanden rein. Ich muß los und die Wache alarmieren.«

In der feuchten Dunkelheit tief im Inneren des nördlichen Tunnels der Bakerloo-Linie kauert sich Kevin an die staubigen Steine der Wand, während ein Zug kreischend vorbeirattert. Die Lichter der Wagen flackern auf seinem Gesicht, und über den Schienen blitzt es blau auf. Er weiß es nicht, aber die Stelle, die er sich ausgesucht hat, um sich hinzuhocken und zu sammeln, liegt tief unter der Regent Street; tatsächlich genau unter der Stelle, an der sein Spiegelbild auf dem Bürgersteig gestanden und ihn durch die Glasscheibe des Cafés angestarrt hat. Was er ebenfalls nicht weiß, ist, warum er getan hat, was er gerade getan hat; er hatte lediglich diesen unkontrollierbaren Drang verspürt, seine Kiefer so weit zu schließen, daß seine Zähne aufeinandertrafen und das fremde Blut wie heißes Leitungswasser über sein Gesicht und seine Brust spritzte. Weder hatte er die wilden Schläge auf seinem

Kopf gespürt, noch die Schreie gehört. Das nächste, was er bewußt wahrgenommen hatte, war, daß er die verlassene Plattform entlanglief und den weichen Klumpen Fleisch in dem Moment ausspuckte, in dem er auf die Gleise hinuntersprang und blindlings in den stickigen Tunnel rannte.

Die Beulen an seinem Kopf beginnen nun zu pulsieren, und das Blut auf seiner Haut gerinnt und verklebt seine Augenlider. Er spuckt sich in die Hände und wischt das Blut notdürftig ab, dann steht er auf und geht weiter, tiefer und immer tiefer in den Untergrund hinein.

Eigentlich will er nur für kurze Zeit untertauchen, tatsächlich aber werden drei Jahre vergehen, bis Kevin wieder Tageslicht sieht. Er wird im Untergrund leben, die tiefsten Tunnel ergründen, durch Kanäle kriechen, wie einst Sméagol zwischen Ratten, Ruß, den Dämpfen und der Dunkelheit leben, sich nur nachts an die Oberfläche wagen, um nach Nahrung und Wasser zu suchen. Seine Augen werden sich an die Lichtverhältnisse im schwachen Schein der Wartungslampen und im Schimmer aus den Ritzen der großen Belüftungsschächte anpassen, und seine Ohren werden die kleinste Vibration in der Luft, an den Steinen und im Stahl wahrnehmen, aus denen seine Welt besteht. Er wird Geschick dafür entwickeln, unbemerkt an extrem schwer zugängliche Orte zu gelangen, sowohl im Untergrund als auch nachts an der Oberfläche, und er wird sich zu Leuten gesellen, von deren Existenz auch er noch nichts weiß. Nach drei Jahren wird er seine erste Begegnung mit dem blendenden Tageslicht wie eine zweite Geburt erleben, und er wird lesen, was ihm unter die Finger kommt, sich weiterbilden und die Dinge, die er gelernt hat, den neuen Gegebenheiten anpassen und sie nutzbar machen. In all den Tagen und Nächten in der Dunkelheit wird er das Gesicht des Jungen nicht vergessen, der ihn durch die Scheibe angeblickt hat; er bewahrt sich dieses Bild, und eines fernen Tages wird er einen Weg finden, durch den Spiegel zu treten.

19

ER TEILTE DAS Schilf und beugte sich über die bewegte Wasseroberfläche. Als sie sich wieder beruhigt hatte, erschien dort sein Spiegelbild, umgeben von einem Heiligenschein aus blauem Himmel und silbrig-seidigen Wolken. Unter der Oberfläche bewegte sich etwas. Er sah genauer hin und bemerkte überrascht, daß eine zweite Spiegelung unter der ersten lag: eine weitere Spiegelung seines Gesichts, tiefer unten im Wasser. Gebannt betrachtet er es durch das flache, kristallklare Naß hindurch. Die untere Reflexion stieg langsam an die Oberfläche, wurde zunehmend klar, bis sie, kleine Wellen verursachend, durch die obere Spiegelung trat und auf dem Wasser trieb, während die Tropfen von ihr abperlten. Das Gesicht lächelte ihn an, und während er es wie angewurzelt anstarrte, kam eine Hand aus dem Wasser. Die jadegrüne Glasscherbe in ihren Fingern blitzte kurz im Sonnenlicht auf, wurde dann wieder dunkel und schnellte plötzlich auf seine Wange zu, wo sie einen blutenden Riß vom Auge bis zur Oberlippe hinterließ. Er keuchte, als ihm das Blut in den Mund rann und von seinem Kinn ins Wasser tropfte. Er kippte vornüber, platschte und strampelte zuerst wild herum, dann lag er ruhig da und ließ das Wasser mit dem Blut in seinem Mund zusammenlaufen. Alles wurde schwarz und stumm, dann hörte er Schritte durch das Schilf eilen und spürte, wie er am Kragen gepackt und hochzogen wurde…

– ein Stimmengewirr, als er im weichen Gras auf dem Rücken lag, eine Stimme hob sich melodisch: *Monsieur Vi-veauuu*... hallte es wie aus einer tiefen Höhle. »Ich glaube, er ist tot«, sagte eine andere Stimme, die viel näher schien. »Unsinn, er schläft bloß, das arme Lämmchen«, sagte die erste. »Sieh nur, jetzt wacht er auf...« Er öffnete seine Augen und erkannte im Gegenlicht der Sonne zu beiden Seiten verschwommene Gesichter wie Silhouetten. »Wir dachten schon, wir hätten Sie verloren«, sagte Cressida. »Sie hätten nicht so nah ans Wasser gehen sollen, Monsieur, Sie dummer.« Sie streichelte sein Gesicht mit ihren kühlen Fingerspitzen und summte und säuselte sanft in sein Ohr. »Ich bleibe dabei, er ist tot«, sagte die andere Stimme, »laß mich mal nachsehen.« Er spürte weitere Finger, die seine Brust und seinen Hals streichelten. »Ich kann keinen Puls finden.« »*Ich* weiß, wie er wieder zu sich kommt«, sagte eine dritte Stimme (er konnte ihr keinen Namen zuordnen, doch er sah im Geist das Bild einer Waschmaschine und eines Satinbademantels vor sich). »Das gefällt ihm. Das hab' ich immer gemacht; es funktioniert immer.« Er versuchte, die Gesichter zu identifizieren, doch er konnte nur Cressidas Gesicht deutlich erkennen, das von ihrer breiten Hutkrempe gegen das Sonnenlicht abgeschirmt wurde. Jetzt berührten ihn lauter Hände: sein Gesicht, seinen Hals, seine Brust, seine Lenden, seine Beine, alle streichelten ihn zärtlich. Er stöhnte verzückt. Cressida summte, und Tessa (Tessa! So hieß sie) und Christine fielen mit ein, ihre Stimmen summten unterschiedliche Lieder, während ihre Finger über seinen ganzen Körper fuhren und sein Gesicht streichelten...

– »Was zum Teufel ist hier los, Steven?« Er riß die Augen auf und starrte in Caroles wütendes Gesicht über ihm. »Jetzt reicht's«, sagte sie, »ich muß dich jetzt erschießen.« Während die forschenden Hände ihn unten hielten, mußte er hilflos und entsetzt beobachten, wie die Schrotflinte auf sein Gesicht angelegt wurde. Es gab eine blendende, rauchende Stichflamme, als sein Kopf explodierte...

– und er keuchend und schweißgebadet aufwachte. Das Licht in seinen Augen war hell und blendete. Der Boden unter seinem schmerzenden Rücken war steinhart, und er konnte noch immer die streichelnden Finger auf seinem Gesicht spüren und die summenden Stimmen hören, während er versuchte, zwischen Traum und Wirklichkeit zu unterscheiden. Er schwankte einen Moment unsicher …

– und schrie auf, stieß einen heiseren, gutturalen Schrei aus, der tief aus seinem Bauch kam. Die faserige Maske hob sich von seinem Gesicht, löste sich in der Luft in ihre Einzelteile auf und schwärmte in einer bedrohlichen Wolke um seinen Kopf. Er setzte sich auf und schrie erneut, wirbelte und strampelte panisch mit Armen und Beinen und verscheuchte den dichten Heuschreckenschwarm hinauf in Richtung Decke. Er zitterte am ganzen Leib und verbarg sein Gesicht in den Händen, aber die hartnäckigen Insekten hingen weiterhin an seinen Fingern. Er schüttelte sie ab, doch es erschienen neue, einige krabbelten über seine Haut, andere klammerten sich mit bebenden Beinchen an ihn, während der dichte, kreisende Schwarm ihn attackierte. Je mehr er sich wehrte, desto dichter und größer wurde der Schwarm, wuchs zu einem Wirbelsturm heran, während sich immer mehr Insekten aus dem dicken, wogenden Teppich am Boden lösten. Sie prallten an ihm ab, landeten wieder auf ihm, krabbelten in seine Ärmel und Hosenbeine hinein, verfingen sich in seinen Haaren und krochen ihm den Nacken hinunter. Seine Schreie verkamen zu verzweifelten, hyperventilierenden Schluchzern, während er hysterisch um sich schlug.

Später fragte er sich, ob er in diesem gräßlichen Wirbelsturm wohl völlig den Verstand verloren hätte, wenn nicht für einen kurzen Moment die Sicht auf das Glasgehäuse am Ende des Raumes frei gewesen wäre. Während er immer noch auf die Heuschrecken eindrosch, ging er gleichzeitig in die Hocke, rannte dann los und spürte, wie seine Füße die kleinen, röhrenförmigen

Chitinpanzer am Boden zermalmten. Mit einem Ruck riß er die Glastür auf, huschte hindurch und knallte sie hinter sich wieder zu. Er versuchte, die Holztür nach draußen zu öffnen, doch sie war fest verschlossen. Er rüttelte wie wild an ihr, stemmte immer wieder seine Schulter dagegen, während ihm Tränen der Verzweiflung über das Gesicht rannen, doch die Tür bewegte sich keinen Millimeter. Auf seinem Körper krabbelten immer noch jede Menge Heuschrecken herum, die er in den abgetrennten Raum mitgebracht hatte, also sprang er verzweifelt herum, wischte sie von seiner Kleidung und schüttelte sie sich aus den Haaren. Betäubt fielen sie auf den Boden, wo er wild auf ihnen herumtrampelte, sie zerstampfte, bis sie unter seinen Füßen zu dünnem Brei geworden waren und er endlich das schaurige Gefühl ihrer krabbelnden Berührungen los war.

Er hockte sich hin und bedeckte sein Gesicht mit den Händen. Erst nachdem seine Panik endlich abgeklungen war und die schmerzhafte, schwindelerregende Hyperventilation nachgelassen hatte, begann er sich zu fragen, wie er hier hereingekommen war. Das konnte ihm Carole doch nicht angetan haben? Wie hätte sie ihn transportieren können, ohne ihn dabei aufzuwekken? War er vielleicht selbst in einem schlafwandlerischen Delirium hier hineingegangen? Aber noch viel wichtiger war jetzt die Frage, wie er wieder herauskommen würde; egal, wie er hier reingekommen war, jemand hatte ihn *eingesperrt.* Er erhob sich und versuchte es noch einmal erfolglos an der Tür. Dann gab er auf. Er sah sich in der Glaskammer um und suchte nach irgend etwas, das ihm als Werkzeug dienen könnte. Am Boden neben dem Futtereimer fand er den Schraubenzieher, den Carole benutzt hatte, um die Zeitschaltuhr zu reparieren; jetzt mußte er nur noch nach Schrauben an der Tür suchen. Doch er kam nicht weiter; die Tür hatte keine freiliegenden Scharniere oder Schlösser. Der einzig mögliche Ausweg schienen die beiden Lüftungsklappen zu sein, die jeweils etwa sechzig Quadratzentimeter groß und in Brusthöhe in die Wand eingelassen waren. Es mußte doch möglich sein, die engen Stahlgeflechte daran zu entfernen und hindurchzukriechen. Das einzige Problem war, daß sich beide an der hinteren Wand des anderen Raumes befanden; er würde sich also nochmals durch die Heuschrecken kämpfen müssen, um dorthin zu gelangen.

Er konnte es sich nicht leisten, lange über seinen Ekel nachzudenken; es war schrecklich heiß hier drin, und die Luft in dem kleinen Raum würde nicht ewig reichen. Er hatte nur die eine Hoffnung, es irgendwie zu schaffen, die Heuschrecken aus seinem Weg zu verscheuchen ... Er nahm eine Handvoll Futter aus dem Eimer, faßte sich ein Herz und öffnete die Glastür. Er warf das Futter in die nächstliegende Ecke des Raums – gegenüber von den Lüftungsklappen – und schloß die Tür rasch wieder. Nachdem sich die Heuschrecken in der Nähe auf das Futter gestürzt hatten, durchfuhr die übrigen eine Art Flutwelle. Das Summen schwoll an, und die Massen begannen zu schwärmen. Er nahm den Eimer hoch und entleerte den gesamten Inhalt in die Ecke. Während er durch die Scheibe hindurchsah, kribbelte seine Haut und seine Kehle zog sich angeekelt zusammen, als sich die Heuschrecken auf den Futterberg stürzten, wild herumsurrten und sich in der Ecke des Raumes zu einer riesigen wallenden Wolke vereinigten. Das war seine Chance. Er riß die Tür auf und rannte auf die andere Seite. In der Luft summten noch immer Insekten, aber längst nicht mehr so viele wie zuvor. Am meisten widerte ihn an, wenn die flatternden Tiere sein Gesicht berührten, also verbarg er es hinter seinen Händen und zog die Schultern ein. Jeder seiner Muskeln war angespannt und zuckte zusammen, wenn herumirrende Heuschrecken von allen Seiten mit ihm zusammenstießen. Während er hektisch mit dem Schraubenzieher herumfummelte, spürte er erneut Panik in sich aufsteigen, aber schließlich hatte er alle Schrauben gelöst und konnte das Stahlgeflecht heraushebeln. Dahinter befand sich ein quadratisches Loch in dem doppelten Mauerwerk sowie ein weiteres Geflecht an der Außenseite. Mit verzweifelter Kraftanstrengung schlug er mit beiden Fäusten gleichzeitig gegen das Gitter; es verbog sich und flog beim zweiten Stoß heraus. Mit den Füßen stieß er sich mühsam an der Wand ab, zwängte sich durch das enge Loch, blieb einen Augenblick hängen, bevor er hindurchrutschte und auf die Wiese hinter der Scheune fiel.

Dort verharrte er einen Moment lang auf dem Rücken liegend, hielt die Augen geschlossen und genoß die kühle, frische Luft um sich herum. Etwas kitzelte seine Wange, und er wischte es weg; als er die Augen öffnete, erkannte er, daß ihm einige der Heuschrecken durch den offenen Lüftungsschacht hinaus gefolgt waren. Er sprang auf, wollte das Gitter wieder einsetzen, aber es war völlig verbogen und die Schrauben aus den Gewinden gerissen. In der Hecke fand er eine zusammengefaltete schwarze Plastikplane und stopfte sie statt dessen in die Öffnung.

Jetzt konnte er versuchen herauszufinden, was vor sich gegangen war. Er hatte allerlei Vermutungen, die sich zumeist um Carole drehten, die ihn wohl niedergeschlagen und in das Heuschreckenhaus geschleppt haben mußte. Aber warum? Hatte sie ihre Meinung über seine Geschichte geändert? Hatte sie ihm vielleicht überhaupt nie geglaubt? Die Polizei konnte jeden Moment eintreffen.

Er schlich um die Ecke des Gebäudes herum und spähte über den Hof. Keine Polizeiwagen, und der Morris Minor parkte noch dort vor dem Haus, wo sie ihn am Vortag abgestellt hatte. Mit Blick auf die Fenster schlich er vorsichtig über den Hof zum Haus und lehnte sich gegen die Wand, wobei er den Kopf unterhalb der Fensterhöhe hielt. Behutsam arbeitete er sich vorwärts und äugte nacheinander durch jedes Fenster. Es war niemand in der Küche und auch nicht im Eßzimmer. Er hielt den Atem an, streckte sich und warf einen Blick durch die untere Ecke des Wohnzimmerfensters, dann duckte er sich rasch wieder. Hier drin waren zwei Leute: Carole, die im Halbprofil zu ihm saß, hatte er sofort erkannt. Doch der Mann, der ihr gegenüber saß, war schwieriger zu identifizieren, obwohl er ihm bekannt vorkam. Dann fiel es ihm wie Schuppen von den Augen: Es war der Mann, der auf dem Friedhof von Haworth gesessen hatte. Der Hut fehlte, aber es war ganz bestimmt derselbe Mann. Steven warf einen weiteren vorsichtigen Blick hinein und versuchte, sein Gesicht zu erkennen. Er redete auf Carole ein und bewegte gelegentlich den Kopf beim Sprechen; plötzlich drehte er sein Gesicht beinah vollständig ins Licht...

Steven sackte jäh in sich zusammen und duckte sich fest gegen die Wand, sein Herz raste. Dann sprang er blitzschnell auf und rannte über den Hof zur Scheune. Eine Lawine löste sich in seinem Gehirn; gefrorener Schnee, der sich über die Jahre verdichtet hatte, rutschte plötzlich ab, zermalmte alles auf seinem Weg und hinterließ nur reine, offensichtliche Wahrheit im gleißenden Sonnenlicht. Aus seiner tiefsten, dunkelsten, verborgensten Erinnerung heraus begann er langsam zu verstehen, ausgehend vom Anblick dieses Gesichts durch das widerspiegelnde Glas. Er erinnerte sich an die ungeduldige Stimme seiner Mutter und an ein vertrautes Gesicht, das ihn aus der Tiefe einer spiegelnden Glasscheibe anschaute.

Er ging in die Scheune und schloß hinter sich das Tor. Plötzlich lag alles klar und deutlich vor ihm: *Was* man ihm angetan hatte, *wie* es zustande gekommen war, und – vor allem – *wieso*. Und er wußte auch, was er zu tun hatte. Er ging zu seinem Strohbett, nahm das Bettzeug herunter und warf Decken, Laken und Kissen auf einen Haufen zu Boden. Dann griff er ins Stroh hinein, wühlte darin herum, zerrte daran und verstreute einige Büschel, bis er die Tabakdose fand. Mit zitternden Fingern setzte er sich hin und öffnete sie. Darin befanden sich drei zusammengerollte Wachstücher. Er nahm das erste heraus und rollte es auseinander, und der glänzende Inhalt fiel in seine Hand: zwei zehn Zentimeter lange Stahlröhrchen, die maschinell gearbeitet und durchbohrt waren, sowie zwei Stahlstäbe. Zusammengeschraubt ergaben die beiden Teile ein einzelnes Rohr von fast achtzehn Zentimetern Länge, seitlich daran schraubte man die Stäbe in die

Löcher und erhielt so ein Kreuz mit unterschiedlich langen Enden. Die beiden anderen Päckchen waren kleiner. In einem Tuch befand sich ein flacher gegossener Stahlblock, der nur wenig größer war als ein Feuerzeug und sich auf die Unterseite des Rohrs stecken ließ, sowie eine Stahlkappe, die wie ein großer Fingerhut aussah und an der zwei kurze, dicke, starke Gummizüge befestigt waren. Er hakte die Enden der Gummis auf die Stäbe an den Seiten und wickelte das dritte Tuch auseinander. Darin befanden sich drei kleine, gedrungene, polierte 38er-Kugeln. Er steckte eine davon in die hintere Öffnung des Rohrs, spannte das Gummi wie bei einer Armbrust, legte die Kappe darüber und ließ sie langsam und vorsichtig in Stellung gleiten. Die beiden übrigen Kugeln steckte er in seine Hosentasche und stand auf, die Waffe in Armeslänge von sich haltend. Es war eine perfekt gearbeitete *Zip-Gun,* und man mußte vorsichtig damit umgehen; der Schlagbolzen in der Kappe lag direkt auf der Kugel; ein plötzlicher Ruck konnte sie auslösen.

Er ging vorsichtig zum Tor und öffnete es: nur einen Spaltbreit, gerade genug, um das Haus und den Hof überblicken zu können; aber dort waren keine Lebenszeichen zu entdecken. Er versuchte, die Lage nüchtern zu analysieren. Er hatte nur einen kurzen Blick hineingeworfen, aber es hatte den Eindruck gemacht, als würde Carole diesen Mann (Steven suchte nach einem Namen, doch er konnte keinen finden) für vertrauenswürdig halten, was wohl bedeutete, daß sie ihn für sein wahres Ich hielt; Alan Gorvin ... Wahrscheinlich. Wenn das der Fall war, war sie vermutlich in Sicherheit, solange sie ihm weiterhin glaubte und er sich nicht aufregte; solange sie keine Zweifel äußerte oder – noch schlimmer – ihn provozierte. Steven spielte diese Überlegung ein paar Minuten lang mit einer gewissen Zuversicht durch, bevor ihm klar wurde, wie sehr er sich irrte; dies war der Unsichtbare, und Steven wußte wohl besser als alle anderen, daß seine Opfer ihm stets in dem Moment erlagen, in dem er ihr absolutes Vertrauen gewonnen hatte. Falls Carole wirklich glaubte, daß dieser Mann Alan Gorvin war, und ihm ihr Vertrauen bekundet hatte, war sie in höchster Lebensgefahr.

Als er das begriff und gerade zum Haus gehen wollte, entdeckte er Caroles Gesicht im Fenster des Gästeschlafzimmers; dem Zimmer mit der abschließbaren Tür. Er wartete geradezu darauf, ein zweites Gesicht hinter ihr zu erblicken, als er hörte, wie sich die Hintertür öffnete und der Besucher um die Ecke des Hauses kam und quer über den Hof auf das Heuschreckenhaus zuging. Carole sah vom Fenster aus zu und versuchte zu erkennen, was vor sich ging, doch aus diesem Winkel waren nur eine Ecke des Hofs und ein Teil der Scheune sichtbar. Als der Mann am Scheunentor vorbeiging, sah Steven etwas Metallisches in seiner rechten Hand aufblitzen, bevor er aus seinem Sichtfeld verschwand. Man hörte Schlüssel klappern und die Tür zum Heuschreckenhaus aufgehen. Steven trat ins Tageslicht. Er blickte zum Fenster hinauf und sah, wie Carole erschrocken ihre Hand vor den Mund legte. Im gleichen Moment stürzte der Mann wieder aus dem Heuschreckenhaus heraus. Steven legte die Waffe an und erfreute sich einen kurzen, grimmigen Moment lang an der Tatsache, daß der Mann so bestürzt war, daß er beinahe vorbeigerannt wäre, als er die Gestalt wahrnahm, die ruhig neben dem Scheunentor stand und den glänzenden Lauf auf seinen Körper richtete. Mit Mühe kam er auf dem rutschigen Boden zum Stehen und hob sein Küchenmesser in sinnlosem Widerstand.

Der ängstliche Ausdruck verschwand jedoch rasch wieder und wich einem entspannten und zuversichtlichen Gesichtsausdruck. »Na, na, na«, sagte er lächelnd, stellte sich gerade hin und blickte ruhig auf die Waffe, die auf ihn gerichtet war und die mit ihrer seltsamen Konstruktion aus Stangen und gespannten Gummibändern aussah wie eine mutierte Armbrust. »Wie außergewöhnlich, eine *Zip-Gun*. So was hab' ich ja seit über zwanzig Jahren nicht mehr gesehen.« Er trat einen Schritt vor. »Darf ich mal sehen?«

»Bleib, wo du bist«, knurrte Steven, »glaub ja nicht, daß ich dir nicht dein verdammtes Gehirn rauspuste, du Scheißkerl.« Die Stimme des Mannes hatte ihn verunsichert wie die bizarre Mischung aus Vertrautem und Fremdem, wenn man zum erstenmal eine Tonbandaufnahme seiner eigenen Stimme hört.

Der Mann hielt in seiner Bewegung inne und strahlte weiterhin Gutmütigkeit aus. »Natürlich«, sagte er, »wie anmaßend von mir.«

»Und weg mit dem Messer – nein, nicht fallenlassen, wirf es weg. Da rüber.« Er deutete mit der Waffe zur Seite. »Gut. Jetzt leg die Hände auf den Kopf und knie dich hin.«

»Du meine Güte, wird das eine Hinrichtung?«

»Halt's Maul und tu es!«

Der Mann schüttelte mitleidig den Kopf. »Weißt du, du solltest dich in Situationen wie dieser hier wirklich nach allen Seiten hin absichern«, sagte er und blickte links an Steven vorbei.

»Was?« fragte Steven, ohne den Blick von seinem Ziel abzuwenden.

»Ich sagte –«

»Runter mit der Waffe, Steven«, sagte Carole.

Er wandte seinen Kopf nach links und blickte zum zweitenmal in zwei Tagen in die schwankenden Läufe der Schrotflinte. Der Mann – sein Bruder, dachte er widerwillig (*wie war bloß sein Name?*) – hob seine Augenbrauen. »Die Lage wird zunehmend interessant«, sagte er. »Nur gut, daß ich nicht auch eine Waffe habe, um das Dreieck zu schließen: wir könnten uns ewig in Schach halten.«

»Hör auf, Alan«, unterbrach ihn Carole gereizt.

»*Alan*?« rief Steven, und versuchte, trotz seiner Entrüstung die Hand ruhig zu halten. »Um Himmels willen, Carole, er ist nicht –«

»Sei bloß STILL!« schrie sie wütend. »Halt einfach dein Maul! Ich habe genug Lügen von dir zu hören bekommen, du Scheißkerl. Ich will nicht noch mehr hören, okay?« Sie holte tief Luft (aus dem Augenwinkel sah Steven, wie sich die Gewehrläufe leicht hoben und senkten) und brachte ihre Stimme unter Kontrolle. »Es ist vorbei, Kevin«, sagte sie fest, »sieh es ein, du kannst nicht ewig davonlaufen. Es ist endgültig vorbei.«

Kevin… Ja, das war es! *Kevin… ist fort, mein Herzchen weit fort…* Er erinnerte sich an einen Spiegel, eine Gartenschaukel, die über ihm hin und her schwang, und an einen fürchterlichen Schmerz unter seinem Auge… »Kevin«, murmelte er, »Kevin…«

Als der Name in seinen Gehirnwindungen verhallt war, war ihm klar, was er zu tun hatte; die Zeit schien zu kriechen, und mehrere Dinge geschahen im gleichen Moment: sein Griff um die Waffe wurde fester, die Muskeln seines linken Unterarms spannten sich und zogen die Schußkappe zurück, während er auf den Kopf seines Bruders zielte – der Mann hob mit bestürzten Augen seine Arme vors Gesicht, und sein Körper neigte sich zur Seite, als wollte er sich bücken – zu seiner linken Seite spürte Steven, wie Carole das Gewehr fester umklammerte und die Läufe von seinem Kopf auf seinen Körper gerichtet wurden – er ließ die Schußkappe los, und in dem Bruchteil zwischen dem Loslassen und der Detonation spuckten die beiden Gewehrläufe grelle Funken und Rauch aus, das Donnern des Schusses übertönte das leise Krachen der *Zip-Gun* – die Wucht der Schüsse rammte ihm voll in die Seite seines Körpers, und er spürte, wie ihm der Boden unter den Füßen weggerissen wurde, als es ihn zur Seite schleuderte – und während er flog, sah er seine Kugel wie eine geisterhafte Linie am Kopf seines Feindes vorbeifliegen –, nach kurzem Fall schlug er auf dem matschigen Boden auf und rollte auf den Rükken. Er sah ganz deutlich Kevins Blick auf sich ruhen, dessen Gesichtsausdruck langsam von Bestürzung in ungezügelte Freude überging. Dann, während das Leben aus ihm herausfloß, sah er, wie Carole die Schrotflinte in ihren Händen umdrehte – Kevin, der immer noch auf Steven heruntersah, war sich der Waffe offenbar gar nicht bewußt, als ihr schwerer Kolben in einem Bogen auf ihn herunterfuhr und mit solcher Wucht gegen seine

Schläfe prallte, daß es ihn, genau wie vorher Steven, von den Füßen riß und er zu Boden stürzte.

Das war das letzte, was er wahrnahm. Mit stechenden Schmerzen in der Seite seiner Brust und seines Bauchs schloß Steven die Augen und gab seinen Lebenskampf auf.

20

ALS DER ZWEITE Körper schließlich regungslos dalag, hatte Carole die Schrotflinte bereits wieder umgedreht und den Lauf geöffnet. Sie holte zwei frische Patronen aus ihrer Tasche und lud sie. Beide Männer lagen einfach da; zusammengerollt und verdreht und mit Schlamm beschmiert. Sie näherte sich bis auf einen Sicherheitsabstand und blickte auf die beiden hinunter. Sie trat Steven gegen die Fußsohlen. »Steven«, sagte sie laut. Es kam keine Antwort, daher trat sie ihn erneut. »Steven!« Diesmal stöhnte er leise und bewegte sich. »Wach auf«, befahl sie.

»Ich sterbe«, keuchte er und betastete mit letzter Kraft seine Seite. Seine Jacke und sein Pullover waren geschwärzt und durchlöchert, die freigelegte Haut schimmerte bläulich.

»Spinn nicht rum«, sagte sie knapp, »du bist bloß ein bißchen versengt. Steh auf.« Sie beobachtete, wie er sich auf einen Arm stützte, vor Schmerz zusammenzuckte und seine Seite hielt, als ob er damit rechnete, daß jeden Moment seine Innereien aus ihm herausquellen könnten. Verwirrt blickte er zu ihr auf. »Das waren bloß Platzpatronen«, sagte sie. »Du bist ein bißchen verbrannt und völlig erschöpft, das ist alles. Übrigens«, fügte sie hinzu und fuchtelte mit der Schrotflinte in der Luft herum, »ich habe sie nachgeladen, und diesmal sind es *keine* Platzpatronen. Jetzt wirst du ihn sehr, sehr vorsichtig und sehr langsam aufheben und tragen.«

Er musterte den verkrümmt daliegenden Körper und war

wirklich beeindruckt; diesmal hatte sie offensichtlich alles gegeben. Sein Bruder hatte seitlich am Kopf eine feuchte und leicht blutige Schramme, in der Haare klebten, dazu einen hellroten Fleck von der Schläfe bis zur Wange, aus dem bald eine prächtige, regenbogenfarbene Beule werden würde. Steven schaute zu ihr hoch. »Ihn *tragen?*« sagte er. »Ich glaube nicht mal, daß ich alleine stehen kann ...«

»Sei still, und pack ihn dir«, befahl sie ungeduldig und schwenkte nachdrücklich das Gewehr herum. Er gehorchte. Mühsam begab er sich auf die Knie und biß die Zähne zusammen, als ihm der Schmerz in die Seite schoß; dann lud er sich den Körper auf die Schultern.

»Lebt er noch?« fragte sie, eher neugierig als besorgt.

»Ja«, sagte Steven. »Er atmet. Wo soll ich ihn hinbringen? Laß es bloß nicht so weit weg sein, verdammt noch mal.«

»Hier rein«, sagte sie und zeigte auf die Scheune. Sie machte beide Torhälften weit auf und folgte ihm in sicherem Abstand. Als er taumelnd die Mitte des Raumes erreicht hatte, befahl sie ihm stehenzubleiben. »Leg ihn da hin ... Gut, und jetzt fessele ihn – da drüben hängt eine Schnur.« Sie sah zu, wie er mehrere Meter einer blauen Nylonschnur von einem rostigen Haken an der Wand nahm. »Binde seine Füße zusammen, und fessele dann seine Hände auf dem Rücken ... Wenn du fertig bist, lehnst du ihn an diesen Strohballen. Ich will, daß er aufrecht sitzt.«

Während er die Knoten festzurrte, schielte Steven zu ihr hoch und lächelte. »O Gott, Carole, noch vor einer Minute dachte ich da draußen wirklich, er hätte dich um den Finger gewickelt.« Er setzte den bewußtlosen Mann aufrecht hin und lehnte ihn wie befohlen an einen Strohballen, dann trat er zurück. »Ich hab's doch gleich gesagt. Du hättest Schauspielerin werden sollen.«

Sie erwiderte kühl seinen Blick. Sie konnte selbst kaum glauben, wie ruhig und kalt sie war.

»Jetzt du«, sagte sie tonlos.

»Was?«

»Zuerst die Füße, und ich will richtige Knoten sehen. Fest.«

»Ich verstehe dich nicht«, stammelte er. »*Er* ist es. Carole – er ist der –«

»Halt bloß die Klappe! Ich will kein Wort mehr von dir hören, außer wenn ich dich frage. Fang an.«

Das Blut schoß ihm ins Gesicht, und er schüttelte trotzig den Kopf. »Auf gar keinen Fall! Ich habe nichts getan!« Er behielt das Gewehr im Auge. »Was wirst du tun? Mich erschießen?« fragte er sarkastisch.

Unter den gegebenen Umständen war das allerdings kein guter Verständigungsversuch. Carole legte das Gewehr an und zielte auf seinen Kopf. »Forder mich nicht heraus«, drohte sie und staunte selbst über die schiere Verachtung in ihrer Stimme. »Wie würdest du es nennen? Totschlag? Notwehr? Ich würde wahrscheinlich noch nicht mal verhaftet werden.« Sie las die Unsicherheit aus seinen Augen, während er versuchte, den Ernst der Lage einzuschätzen: Erneut stand sie ganz alleine da. Diesmal war der Abstand zwischen ihnen zu groß, als daß sie ihn mit dem Kolben niederschlagen konnte, und außerdem wäre er auf so einen Angriff sicher vorbereitet; sie würde entweder schießen oder aufgeben müssen. Die Atmosphäre in der Scheune war spannungsgeladen, und sie starrten einander in die Augen. Nach mehreren gespannten, nervenzehrenden Sekunden schwankte Steven unschlüssig und setzte sich dann mißmutig hin. Carole begann wieder zu atmen, als sie zusah, wie er seine Knöchel aneinander fesselte. »Noch fester«, sagte sie, »gut. Jetzt leg dich mit dem Gesicht auf den Boden, und verschränk die Hände hinterm Rücken.«

Als sie seine Handgelenke fesselte, versuchte er nicht, sich zu widersetzen: Er war körperlich und seelisch geschlagen. Als sie fertig war, setzte er sich auf und schwang seinen Körper unbeholfen herum, so daß auch er an einem Strohballen lehnte. »Und jetzt?« fragte er.

Sie zog einen dritten Ballen heran und setzte sich drauf, dann musterte sie ihre beiden Gefangenen wie eine Richterin. »Jetzt warten wir«, sagte sie.

»Worauf?«

»Darauf, daß er aufwacht. Und du hältst den Mund, oder du wirst geknebelt.«

Er starrte sie entrüstet an, sagte aber nichts. Und so warteten sie ...

... und warteten. Stundenlang saßen sie schweigend da. Einmal stand Carole auf und untersuchte den ohnmächtigen Mann auf Symptome eines Komas, aber es schien ihm gut zu gehen. Die Seite seines Kopfes sah jedoch scheußlich aus: Das Blut verkrustete allmählich, und die Haut an der getroffenen Stelle verfärbte sich dunkellila, mit einer Spur gelb und indigoblau. Als Carole seine Verletzung zum erstenmal aus der Nähe betrachtete, spürte sie eine seltsam morbide Erregung, eine leichte Euphorie ob ihrer Kraft und der Gewalttätigkeit, die sie sich niemals zugetraut hätte. Während sie ihn untersuchte, kam ihr der Gedanke, daß er sich vielleicht bloß ohnmächtig stellte, daher kniff sie ihn mit den Fingernägeln fest in einige empfindliche Stellen – ins Ohrläppchen, unterhalb der Augen, in die weiche Haut an seinem Hals –, aber er zeigte keinerlei Reaktion; nicht mal das geringste Zucken. Vielleicht war es doch keine so gute Idee gewesen, ihn so fest zu schlagen; andererseits war sie nicht allzu erfahren darin, jemanden niederzuschlagen, und hatte keine andere Wahl gehabt, als bis zum Äußersten zu gehen.

Sie setzte sich wieder hin, und die beiden warteten weiter; so ermüdend das Warten auch sein mochte, war Carole trotzdem der Überzeugung, daß darin die einzige Möglichkeit bestand, herauszufinden, welcher der beiden schuldig war. Sie mußte beide gleichzeitig ins Kreuzverhör nehmen, weil sie auf diese Weise gezwungen waren, die Wahrheit zu sagen, und Carole so ihre Persönlichkeiten leichter durchschauen konnte.

Als der Nachmittag langsam zum Abend wurde, überkam Steven bleierne Müdigkeit. Seine Augen fielen ihm immer wieder zu, und sein Kopf kippte zur Seite, bis sein Kinn schließlich auf seine Brust sackte und er anfing, leise zu schnarchen, während die Sonne ihre letzte Wärme durch das Scheunentor schickte. Carole spürte ebenfalls, wie ihr langsam das Bewußtsein schwand. Beim Anblick der schlafenden Gestalten, zu dem das leise Schnarchen von Steven und die angenehme Wärme der einsetzenden Abenddämmerung kamen, wurde sie immer schläfriger. Wiederholt mußte sie ihren Kopf zurückreißen und sich schütteln, um nicht selbst einzuschlafen.

Schließlich entschied sie, daß sie den Fesseln vertrauen konnte, ließ ihre Gefangenen in der Scheune zurück und begab sich auf der Suche nach etwas Anregendem ins Haus. Als erstes fand sie ihre Zigaretten auf dem Wohnzimmerboden, wo sie sie zurückgelassen hatte. Sie zündete sich eine an, schloß die Augen und erbebte, als der Rauch ihre Lungen füllte; den ganzen Tag hatte sie noch keine Zigarette geraucht, und der Entzug hatte ihr erhöhten Speichelfluß und schmerzende Wangen beschert. Nachdem sie die Zigarette zur Hälfte geraucht hatte, machte sie sich eine große Kanne extra starken Kaffee.

Steven wachte plötzlich auf, und seine Halswirbel knackten, als sein Kopf hochschreckte. Er hatte geträumt, daß er sich wieder im Schlamm der Levels befand, nur daß er diesmal gefesselt und dem Salzwasser hilflos ausgeliefert war, das immer weiter anstieg und prickelnd in seinen Mund schwappte…

Draußen war es inzwischen fast dunkel geworden, eine leichte Brise wehte zum Scheunentor herein. Carole war fort und er erschrak im ersten Moment, doch als er bemerkte, daß sein Mitgefangener immer noch gefesselt neben ihm saß und auch endlich aufgewacht war, entspannte er sich wieder. Steven beobachtete ihn schweigend: Mit glasigen Augen starrte er auf das offene Tor, sein Gesicht war ausdruckslos, und er rührte sich nicht. Stevens Kopf war voller Gedanken, die er loswerden wollte: Fragen,

Flüche, Forderungen, Einwände – und ein tiefer, schwarzer Brunnen der Erinnerung, den er kaum ergründen konnte. Beinah vierzig Lebensjahre lang waren sie getrennt gewesen, doch die Qualen, die zu durchleben man normalerweise ein ganzes Jahrhundert brauchen würde, schmiedeten sie aneinander. Sich gegenseitig bedingende Qualen, überlegte Steven, doch das Maß an Rachsucht und Abscheu, das zu diesem Mordfeldzug und dieser Hetzjagd geführt hatte, konnte er unmöglich nachvollziehen.

Nach einer Weile brachte er lediglich ein »Wo ist sie hingegangen?« hervor, doch es kam keine Antwort; nicht mal ein kleines Zucken, das ihm zu verstehen gegeben hätte, daß seine Frage angekommen war, also machte er noch einen Versuch: »Wo ist Carole hingegangen?« Diesmal wurde die Frage mit einem winzigen Schulterzucken beantwortet. Steven betrachtete das Profil des anderen Mannes. »Warum, Kevin?« flüsterte er. »Warum hast du mir das angetan? Ich weiß, daß du mich haßt, aber ich trage doch nicht die Schuld an deinem Schicksal? Und all die anderen Menschen – die Krankenschwestern – was haben sie dir getan? Warum bist du nicht einfach gekommen und hast *mich* geholt, wenn ich es doch war, den du zerstören wolltest?«

Kevin antwortete nicht. Sein Blick löste sich vom Tor und ruhte dann auf seinem Bruder: anstelle des gehässigen Gesichtsausdrucks, den Steven erwartet hatte, liefen Kevin Tränen über die Wangen, und seine Lippen formten ein schwaches, verbittertes Lächeln. »Armer alter Alan«, murmelte er, und Steven spürte einen Stich, als er zum erstenmal seit Jahren mit seinem richtigen Namen angesprochen wurde. »Du bist und bleibst ein einfältiger und beschränkter Dummkopf. Wie könnte jemand dich mit deiner großäugigen Gutgläubigkeit hassen? Ich bin enttäuscht, lieber Bruder – ich dachte, ich hätte mich klar genug ausgedrückt. Hast du meine Briefe denn nicht gelesen? Glaubst du wirklich, ich hätte mir aus billigen Rachegefühlen heraus all diese Mühe gemacht? Jetzt habt ihr beide mit eurem elendiglichen Mißtrauen alles kaputt gemacht. Hast du denn immer noch keine Ahnung, wer ich bin – *was* ich bin?«

Kevins Lächeln wuchs zu einem breiten, irren Grinsen, und zu Stevens Entsetzen stand er auf und hob seine Arme, wobei die losen Schnüre zu Boden fielen. Dann kniete er sich neben Steven und hielt ihm einen gebogenen, glänzenden Gegenstand vor die Augen. Steven öffnete den Mund zu einem Schrei, doch bevor er auch nur Luft holen konnte, wurde ihm ein großes Tuch in den Mund gestopft. In stummer Panik starrte er auf das offene Rasiermesser. Kevin lachte. »Was für eine Frau«, sagte er, »ich glaube nicht, daß sie mir immer noch vertrauen wird, was meinst du? Aber ich glaube, sogar du wärst schlau genug gewesen, mich wenigstens zu durchsuchen.« Er fuhr mit dem Daumen sanft über die Schneide. »Die anderen waren alle genauso blöd wie sie, weißt du, mit ihren kleinen, niedlichen Namen – *Beverley, Angie, Kirsty, Robbie*, und ihren erbärmlichen, vertrauensvollen, kleinen Herzen. Ich meine, würdest *du* glauben, daß ich Polizist bin? Würde irgend jemand mit gesundem Menschenverstand das glauben? *Sie* haben es alle geglaubt. Wer sollte sie also vermissen, abgesehen von ein paar ebenso schwachsinnigen Trotteln? Die Welt ist nicht schlechter dran ohne sie, nicht wahr?« Er legte das Rasiermesser flach an Stevens Hals. »Du hattest schon einmal Ärger mit so einer, nicht wahr?« Er lächelte und drückte etwas fester zu, bis Steven spürte, wie die Klinge seine Haut ritzte. Kevin lachte über seine hervorquellenden, angsterfüllten Augen. »Du hast nie verstanden, warum ich Krankenschwestern ausgesucht habe, stimmt's? Oh, ich muß zugeben, daß der schätzenswerte Sergeant Comber mir am Ende auf die Schliche gekommen ist. Sein lahmes Hirn muß sich ganz schön angestrengt haben, um schließlich auf Cindy McCutcheon zu stoßen ... Ja, ich weiß, es ist lange her, aber es sollte eine Lehre gewesen sein. Man stelle sich vor, ein glückliches Paar – der aufstrebende junge Polizist und seine hübsche Krankenschwester. Es hatte so vielversprechend angefangen, und dann hat sie dir wegen dieses kleinen Radiologen den Laufpaß gegeben. Ich weiß gar nicht, warum du damals nichts dagegen unternommen hast... Oh, keine Sorge – ich habe dieses kleine Versäumnis für dich nachgeholt. Erinnerst du dich an ihren kleinen gelben Datsun? Mit deinen Samenflecken auf dem Rücksitz? Tja, ein kleiner Schnitt hier, ein kleiner Ratsch da ... soweit ich weiß, kommt sie mittlerweile mit ihrer Prothese ganz gut klar, aber daß sie nur noch drei Viertel ihres Gesichts hat, bereitet ihr immer noch ein bißchen Probleme...« Er runzelte die Stirn. »Na, na, Alan, es gibt keinen Grund, mich so anzuglotzen. Du solltest mir dankbar sein. Loyalität, Bruder, ist eine Sache, die man gar nicht hoch genug schätzen kann. Oh, ich bin sicher, daß deine Samenflecken nicht die einzigen auf dem billigen Polster waren. Sie war dir nicht treu – und genausowenig wird die da es sein.« Er nickte in Richtung des Hauses und schüttelte den Kopf. »Nicht bis zuletzt. Nicht wenn es wirklich drauf ankommt.«

Er strich das Rasiermesser langsam und behutsam über Stevens Hals, dann zog er es plötzlich zurück und klappte die Klinge in den Griff. »Ich muß dich jetzt verlassen«, sagte er freundlich, »wir werden uns wiedersehen, also mach dir nichts draus, ja?« Er stand auf, drehte sich mit einem letzten, liebenswürdigen Lächeln zu Steven um und verschwand durch das Tor.

Carole füllte den Kaffee in die Thermoskanne und schraubte den Deckel zu, goß den Rest in einen Becher und probierte ihn schlürfend. Er war noch zu heiß, also zündete sie sich ihre dritte Zigarette an, trat zum Küchenfenster und blickte über den dunkler werdenden Hof. Wenn sie den Hals verdrehte und ihre Wange an die Scheibe preßte, konnte sie von hier aus gerade noch das Scheunentor sehen.

Wieso um alles in der Welt war die ganze Sache so kompliziert? Wenn man sie noch vor ein paar Tagen gefragt hätte, hätte sie nicht den geringsten Zweifel an ihrer Fähigkeit gehabt, einen Mann von einem Monster zu unterscheiden; da gab es doch wohl

Merkmale, die jeder intelligente Mensch erkennen konnte. Sie erinnerte sich, wieso Frodo in *Der Herr der Ringe* wußte, daß Streicher der echte Aragorn war, denn wäre er ein Späher von Sauron gewesen, würde er ›anständiger aussehen, aber gemeiner denken‹. Wenn es doch nur so einfach wäre. Als sie gestern noch sicher war, daß Steven ein Mörder war, hatte sich ihre Zuneigung zu ihm dagegen aufgelehnt und sie dazu gebracht, seiner Geschichte Glauben zu schenken. Dann war wie aus dem Nichts dieser neue, gänzlich unerwartete Teil der Geschichte aufgetaucht. Und der Mann, der behauptete, der echte Alan Gorvin zu sein, wirkte auf jeden Fall echter: Er sah dem Mann auf dem Zeitungsfoto ähnlicher; wenn er redete, überzeugte er in der Rolle des Polizisten mehr als Steven, und die Version der Geschichte, die er bot – ungeschliffener und voll betroffener Ehrlichkeit über moralisch zweifelhafte Taten –, wirkte glaubhafter. Trotzdem hatte sie das Gefühl, daß mit dem Mann etwas nicht stimmte, aber das konnte wiederum daran liegen, daß ihre sentimentalen Gefühle gegenüber Steven ihre analytischen Fähigkeiten beeinträchtigten. Dieser Mann zeigte keine erkennbaren, ausgesprochen unheimlichen Charakterzüge, er hatte kein unheilvolles Glitzern in den Augen, keine Spur von kalter Grausamkeit lag in seiner Stimme und nichts sonderlich Bedrohliches in seiner Art. Eine Sache, die er gesagt hatte, war zweifellos bewiesen: Wenn man beide nebeneinander vor sich hatte, wurde einem klar, daß selbst der gefährlichste Psychopath keinerlei Hinweise oder Warnsignale auf seinen Zustand aussendete. Sie hatte versucht, sich einen einfachen salomonischen Akt zu überlegen, der den Lügner rasch entlarven würde, etwa, ein Messer zu nehmen und sich vor ihnen die Pulsadern aufzuschneiden (was ihr in diesem Moment auf hinterlistige Weise vielversprechend erschien), um ihre Reaktionen zu beobachten: das wahre Monster könnte sich zu erkennen geben, indem es erregt wirkte, oder auch kühl und gleichgültig, während sie vor den beiden ausblutete …

Ihre Gedanken wurden von einem leisen Klopfgeräusch aus

dem Flur unterbrochen. Sie wandte sich vom Fenster ab und lauschte. Einen Moment lang war es still, dann vernahm sie einen weiteren leisen Schlag. Sie packte die Schrotflinte und schlich vorsichtig in den Flur. Die Vordertür war offen, schwang in der aufkommenden Brise langsam hin und her und schlug mit der Klinke gegen die Wand. Carole betrachtete sie einen Moment mißtrauisch und schloß sie dann mit einem kräftigen Stoß.

Steven kämpfte gegen seine Fesseln an, bis seine Handgelenke und Knöchel brannten und heißer Schmerz durch seine verdrehten Glieder schoß. Er versuchte, den Knebel auszuspucken, doch der war viel zu fest in seinen Mund gestopft. Schließlich warf er sich mit verzweifelter Anstrengung auf den Bauch und robbte langsam und unter Schmerzen über den Boden, stieß sich mit Füßen und Beinen ab und schlängelte seinen Körper zentimeterweise dem offenen Tor entgegen, stöhnte und heulte zwischendurch auf, während seine Nerven Alarm schlugen, als er mit seiner empfindlichen, aufgeschürften Haut über den rauhen Boden rutschte. Gierig schnappte er nach Luft, wobei die Ränder des Lappens immer tiefer in seinen Hals drangen, so daß er heftig würgen mußte.

Plötzlich stockte ihm der Atem, und seine Augen weiteten sich vor Schreck: Soeben hatte er die Haustür zuschlagen hören. Er lauschte angestrengt, und aus der Stille waren gleichmäßige Schritte über den Hof zu hören, die auf ihn zukamen. Er warf sich auf die Seite und rollte sich mehrmals herum, bis er sich weit genug von der Tür entfernt hatte und im schwarzen Schatten der Wand lag. Die Schritte kamen näher, ein schwankendes Laternenlicht fiel in das höhlenartige Dunkel der Scheune und ließ die Schatten tanzen. Der Schein wurde größer, und eine Gestalt trat durch das Tor, die er im Licht der Laterne als Silhouette wahrnahm.

Erleichtert erkannte er Carole. In einem Arm hielt sie die Schrotflinte, unter den anderen hatte sie eine Flasche geklemmt, und der Ring der Laterne war über ihr Handgelenk gestreift. Sie blieb stehen und starrte auf die Strohballen, bei denen die beiden Männer sein sollten. »*Mm-hmm-mnff-hnn*!« winselte er und erstickte fast an dem speicheldurchtränkten Knäuel. Carole erschrak, wirbelte herum und traf ihn mit ihrem Blick. »*Mm-mmmm*!« flehte er.

Sie hielt die Laterne hoch, bis sie sein Gesicht erkennen konnte. »O nein«, stammelte sie. »O Scheiße … die *Tür*!« Sie ließ die Laterne und die Flasche fallen, packte das Gewehr mit beiden Händen und rannte zurück auf den Hof.

Die Laterne erlosch mit einem letzten Flackern, und in der Scheune wurde es wieder dunkel. »*HNNN-NNH!*« schrie er, während sich ihre Schritte entfernten. »*TCHMM-BMMN!*«

Mühsam kniete er sich hin, kam dann unsicher schwankend auf die Füße und hüpfte zum Eingang. Als er dort ankam, war Carole nicht mehr zu sehen. Nacheinander ging das Licht hinter den Fenstern des Hauses an, er hörte Türen knallen und Carole herumschreien. Er hüpfte, so schnell er konnte, auf den Hof hinaus, doch es war schwer, auf dem matschigen Boden das Gleichgewicht zu halten; beim dritten Sprung rutschte er aus und schlug der Länge nach hin. Dort lag er, bestürzt, erschöpft und heftig würgend, und beobachtete weiter hilflos das Spiel der Lichter im Haus. Schon bald waren alle Fenster erleuchtet, und gelegentlich sah er ihren Schatten dahinter vorbeiflitzen, als sie von Zimmer zu Zimmer rannte. Schließlich legte sich eine gespenstische Stille über das Haus. Mehrere Minuten lang wartete er nervös, spitzte die Ohren und starrte angestrengt auf die Fenster. Als er sich soeben erneut auf die Füße hocharbeiten wollte, bewegte sich an der hinteren Ecke des Hauses ein Schatten und Caroles Gestalt kam auf ihn zu, diesmal ohne Schrotflinte. Eine Taschenlampe flammte in ihrer Hand auf, und ihr Lichtstrahl schwenkte mehrmals über den Hof, bevor er ihn traf.

»Da bist du«, sagte sie und hockte sich neben ihn. Sie hob sein

Kinn an und zog ihm das nasse Knäuel aus dem Mund. »Geht's dir gut?«

Er würgte und schnappte nach Luft. »*Bin-*«, stieß er hervor. »*Bin-de-mich-los*...«

»Was?« sagte sie. »Oh, ja, natürlich.« Sie drehte ihn auf die Seite und begann, die festen Knoten zu lösen.

»Wo ist er?« keuchte er, setzte sich hin und massierte seine befreiten Handgelenke.

»Weg«, sagte sie, löste auch die Knoten an seinen Knöcheln und warf die Schnur zur Seite.

Er starrte sie an. »Was meinst du mit *weg*?«

»Ich meine weg«, sagte sie, stand auf und streckte ihm eine Hand entgegen. »Verschwunden, fort, abgehauen ... *weg*. Komm schon, ich bringe dich lieber rein.«

Er blieb, wo er war, und sah skeptisch zu ihr auf. »Du weißt jetzt, wer von uns wer ist, oder?« fragte er.

Sie seufzte und nickte. »Er hat dir was dagelassen«, sagte sie und nahm seine Hand. »Komm schon, Alan.«

21

ROSALIND NAHM DAS Tablett und brachte ihr Abendessen ins Wohnzimmer. Corn Flakes mit heißer Milch und Zucker; ihr Lieblingsabendessen, extra zubereitet für *Camille Claudel*, einen ihrer Lieblingsfilme, der heute im Spätprogramm angekündigt war. Sie setzte sich mit ihrer Schüssel aufs Sofa und schaltete den Fernseher ein. Perfektes Timing; gerade war die Werbung vorbei. Statt des Films gab es jedoch erst noch ein paar Fahndungsaufrufe der Polizei. Als die Titelmusik der Sendung mit ihrer kitschigen Syntheziser-Fanfare ertönte, stellte Rosalind ihre Corn Flakes zur Seite und las im Programm des *Guardian* nach. »Ihr überzieht ja, ihr Arschlöcher«, murmelte sie, »kann das nicht bis morgen warten?« Sie nahm die Schüssel wieder und fischte irritiert in den aufgeweichten Getreideflocken herum, während im Fernsehen über einige Verbrechen berichtet wurde, die in der Region verübt worden waren: ein Überfall auf ein Warenhaus in Bradford, eine Reihe von Pensionären aus der Gegend um Oxenhope waren um ihre Ersparnisse gebracht worden. Zeichnungen des dafür verantwortlichen Gaunerpärchens wurden eingeblendet. »Na, die würde wohl selbst *ich* erkennen, wenn die vor mir stünden«, höhnte sie. »Wie viele mutierte *Aliens* gibt es in Oxenhope?« Und um wieviel einfacher wäre wohl die Polizeiarbeit, wenn die Verbrecher wirklich wie die Phantombilder der Polizeizeichner aussähen, dachte sie: *Ja, Officer, ich habe den Mann gesehen. Es war etwas Irres in seinem Blick, er hatte keine Ohren, und sein Kinn war so spitz wie der Felsen von Gordale Scar. Oh, und sein Kopf war breiter als hoch.* Nach diesen beiden Beiträgen flimmerte das undeutliche Video eines Kreditkartenbetrugs in einer Bank in Leeds über den Bildschirm. Danach folgte zum Abschluß die Rubrik: *Haben Sie diesen Mann gesehen?* Gezeigt wurden zwei Paßbilder, die vor einem leuchtend orangefarbenen Hintergrund aufgenommen worden waren. Jetzt war Rosalind völlig genervt (ihre Corn Flakes würden wohl nicht mal bis zum Vorspann von *Camille Claudel* reichen) und sah sich die Fotos nur flüchtig an. Erst als sie die Worte *extrem gefährlich* aufschnappte, sah sie genauer hin. *Man sollte sich ihm unter keinen Umständen nähern,* sagte die Stimme. *Falls Sie irgendwelche Informationen haben, rufen Sie bitte diese Nummer an...* Rosalind starrte auf den Bildschirm, ihr vollgehäufter Löffel blieb auf dem Weg zu ihrem geöffneten Mund stehen, begann zu zittern, und warme Milch tropfte auf ihr Hemd. »O Scheiße«, flüsterte sie, »o Scheiße o Scheiße o Jesus ach du Riesenscheiße...« *Ich hab' ihm von Beverley erzählt... Er konnte mir nicht einmal ins Gesicht sehen... Er hält mich für schlecht...*

»Komm schon«, sagte Rosalind ungeduldig, während sie dem Klingelgeräusch im Hörer lauschte. »Komm schooon, geh doch ran, Carole, Herrgott noch mal...« Es klingelte weiter, aber keiner nahm ab. Sie knallte den Hörer auf, nahm ihn direkt wieder ab und wählte erneut, *tap-tap-tap...* »Polizei!« brüllte sie, noch bevor die Vermittlung etwas sagen konnte. »Bitte, geben Sie mir die Polizei!«

Carole sank in den Sessel, rieb sich die Stirn und schüttelte den Kopf. »Ich kann nicht glauben, daß ich so blöd war«, murmelte sie. »Ich *wußte,* ich hätte zur Polizei gehen sollen. Gestern, direkt von der Bibliothek aus.« Sie lehnte sich zurück und sah Alan an.

»Oh, ich weiß nicht, vielleicht auch nicht«, überlegte sie laut. »Vermutlich hätten sie dich dann mitgenommen, oder?«

Er nickte. »Ja, wahrscheinlich hätten sie das. Den falschen Mann.«

»Den falschen Mann«, wiederholte sie geistesabwesend.

Er las zum wiederholten Male den Brief. Im Gegensatz zu den anderen Nachrichten, die er im Laufe der Jahre erhalten hatte, war dieses kurze Schreiben nicht ordentlich auf teures Briefpapier geschrieben, sondern hastig auf einen abgerissenen Zettel gekritzelt worden.

Lieber Steven,
Du weißt, daß ich stets die Namen respektiere, die Du Dir aussuchst. Doch lassen wir das Gerede. Ich muß Dich jetzt verlassen, deshalb darf ich keine Zeit verschwenden, in der ich einige Entfernung zwischen uns bringen kann. Ich will jedoch nicht den Eindruck hinterlassen, daß ich Dich, wie Du denkst, hasse oder mich an Dir rächen will. Du bist mein Zwilling und in jeder Hinsicht mein Double. Ich habe das alles nicht aus Haß getan, sondern aus Liebe. Ich bin sicher, Du wirst das mit der Zeit verstehen. Wir sind unzertrennlich, Bruder, Du und ich. Ihr beide glaubt vielleicht, daß ihr eins seid, doch in Wirklichkeit sind nur wir beide so eng miteinander verbunden. Wenn ich schon nicht Dein Vertrauen haben kann, werde ich das Zweitbeste nehmen.
Wie auch immer, die Zeit läuft mir davon,
deshalb verlasse ich Dich jetzt.
In Liebe (glaub mir)
~~*Goss*~~ *(was soll das Versteckspiel jetzt noch?) – Kevin*

»Wo hast du das gefunden?« fragte er.

»Da oben«, sagte sie und deutete mit dem Kopf zum Kaminsims.

»Und du bist ganz sicher, daß er weg ist?«

Sie zuckte mit den Schultern. »Ich habe überall nachgesehen – in sämtlichen Schränken, unter den Betten, hinter den Vorhängen. Keine Spur von ihm.«

»Was ist mit dem Dachboden?«

»Nichts.«

»Und im Keller?«

Sie schüttelte den Kopf. »Es gibt keinen Keller.« Sie blickte auf den Zettel in seiner Hand. »Was, glaubst du, bedeutet dieser letzte Teil?«

Er überflog es noch mal. »Welcher Teil?«

»Der Teil von wegen das Zweitbeste nach Vertrauen.«

Er zuckte mit den Schultern. »Nun ja, Vertrauen ist wichtig für ihn – er kann nur töten, wenn seine Opfer ihm vertrauen.«

»Und was ist das Zweitbeste?«

Alan las die Zeile einige Male, konnte deren Sinn jedoch nicht entschlüsseln... Irgend etwas daran kam ihm aber bekannt vor – hatte da nicht etwas über Vertrauen in einem der Briefe des Gossenstreuners gestanden? *...das Zweitbeste nach Vertrauen...* »Ich weiß es nicht«, redete er sich raus, da er sich nicht an die Worte erinnern konnte.

Carole runzelte die Stirn. »Was könnte das Zweitbeste nach Vertrauen sein?«

»Ich weiß es nicht«, wiederholte er kopfschüttelnd. Er seufzte und setzte sich auf die Armlehne ihres Sessels. Er wollte ihre Haare streicheln, aber zu seiner Überraschung zuckte sie zusammen und wich vor ihm zurück. »Jetzt ist alles gut«, sagte er sanft. »*Ich* bin es.«

Sie sah mit einer Mischung aus Irritation und Argwohn zu ihm hoch. »Nein, das stimmt nicht«, sagte sie, »das bist nicht *du*.«

Er lachte. »Natürlich bin ich es. Ich bin noch der gleiche.«

Sie stand auf und ging weg von ihm. »Nein«, sagte sie, »nein, bist du nicht; du bist nicht mehr *Steven*.«

Er wurde ernst. »Aber ja doch... ich *bin* immer noch Steven...

Alan, Steven, zwischen ihnen besteht kein Unterschied: Sie sind beide dieselbe Person.«

»Und sind sie dieselbe Person wie Kevin? *Er* scheint das zu denken.« Sie deutete mit einer Hand auf die Notiz.

»Es ist mir egal, was er denkt! Er ist wahnsinnig, Carole, er kann nicht klar denken … ich dachte, du liebst mich.«

»Das tue ich … ich meine, ich hab' es getan … ich weiß nicht.« Sie rieb sich die Augen. »Ich weiß nicht mehr, was ich fühle. Als ich dich geliebt habe, warst du Steven, nicht Alan. Es spielt keine Rolle, ob du denkst, daß ihr dieselbe Person seid; für *mich* bist du nun jemand anderes.« Sie kauerte sich niedergeschlagen aufs Sofa. »Egal, kann das nicht warten? Ich kann jetzt nicht mehr denken. Es war nicht gerade der einfachste Tag meines Lebens.«

Alan nickte und verstummte. Er nahm den Schürhaken und stocherte lustlos in der losen Asche im Kamin herum. Es war ein warmer Tag gewesen, doch als die Anspannung jetzt nachließ, merkte er, daß er fror. Er zitterte und spielte träge mit dem Gedanken, ein Feuer anzufachen.

»Was ist ihm zugestoßen?« fragte Carole.

»Wie bitte?«

»Kevin«, sagte sie. »Wieso wurdet ihr getrennt?«

Alan legte den Schürhaken zur Seite und seufzte. »Heute erst kam mir die Erinnerung zurück«, sagte er. »Bis heute konnte ich mich nicht einmal mehr an seine Existenz erinnern, aber als ich ihn gesehen habe, kam alles wieder hoch.« Er setzte sich bequemer hin. »Als wir drei Jahre alt waren, hat unsere Mutter ihn im Garten dabei erwischt, wie er versucht hat, mir mit einer Glasscherbe das Gesicht zu zerschneiden.« Er berührte seine Wange, und sein Finger folgte der Linie vom Auge bis zur Lippe. »Von hier bis hier. Man kann die Narbe noch sehen, wenn ich braun bin. Meine Mutter hat mir stets erzählt, ich wäre in meinem Kinderwagen von einem Schäferhund angegriffen worden.«

Carole starrte ihn entsetzt an. »Wieso?« fragte sie.

Er zuckte mit den Schultern. »Er war fort, vermute ich, und

meine Familie versuchte, sich selbst davon zu überzeugen, daß er nie existiert hat.«

»Nein«, sagte sie, »ich meine, wieso hat er dir das angetan?«

»Oh. Braucht so jemand wie er einen Grund dafür? Ich glaube, Mum und Dad sind damals regelrecht durchgedreht. Ich weiß noch, daß ich schrie, und überall war Blut, und Mum wurde fast hysterisch, aber Kevin stand bloß lächelnd da. Er hat auch gelächelt, als er mir das Gesicht zerschnitt. Er war nicht zornig oder so was, er hat ganz ruhig gelächelt, als ob er irgendein Spiel spielte. Ich glaube, er hat auch noch andere Sachen angestellt, aber entweder war ich nicht dabei, oder ich habe es verdrängt. Er wurde in ein Heim gegeben und das ist das letzte, was wir je von ihm gehört haben.«

»Jesus«, murmelte Carole, »deine armen Eltern. Stell dir vor, du müßtest dein eigenes Kind weggeben... Warte mal 'ne Minute«, sagte sie grübelnd. »Als das alles anfing – du weißt schon, mit deinem Bild in den Zeitungen und so –, hätten deine Eltern da nicht erraten können, wer dahintersteckte? Wieso haben die denn nichts unternommen?«

»Tot«, sagte Alan düster, »sie sind alle tot. Mum und Dad starben, als unser Haus am Weihnachtsabend 1977 abbrannte. Mein älterer Bruder Tim war damals zu Besuch dagewesen mit seiner Frau und seinem kleinen Mädchen. Sie starben alle.«

Carole legte betroffen eine Hand vor ihren Mund. »O Gott, das tut mir so leid...«

»Ich hätte eigentlich auch da sein sollen, aber ich war in Lüttich eingeschneit.«

»Was hast du denn in Lüttich gemacht?« fragte sie. Seit sich sein Gedächtnisschwund als erlogen herausgestellt hatte und man nach den Ereignissen der letzten zwanzig Jahre seines Lebens nur zu fragen brauchte, war sie geradezu erschüttert über das Ausmaß seiner Gefühllosigkeit, die ihn von ihr unterschied.

»Ich hab' auf einer Baustelle gearbeitet«, sagte er. »Ich hab' nicht mal erfahren, was passiert war, bis ich im Januar zurückkam... Weißt du, ich hab' mich oft gefragt, ob das der eigentliche Grund für mich war, zur Polizei zu gehen – ein unterschwelliges Bedürfnis, wieder zu einer Gruppe zu gehören, jetzt, wo ich keine Familie mehr hatte.«

Carole nickte nachdenklich und geriet dann plötzlich in Erregung. »Warte mal. Dieses Feuer – du glaubst doch nicht...« Sie zögerte: nein, das war zu schrecklich...

Alan sah sie ruhig an. »Kevin? Es würde mich nicht überraschen.«

Sie schauderte. »Weißt du was?« sagte sie. »Mir kommt da gerade noch etwas – es war also *doch* Zufall, daß du hierher gekommen bist, meine ich.«

Er schwieg lange. »Es sind noch viel seltsamere Dinge als das passiert«, antwortete er schließlich. »Ich kannte mal einen Typen namens Ken Hereford. Er war seinerzeit ziemlich berüchtigt. Ich habe ihn 1988 verhaftet, weil er eine Reihe illegaler Spielclubs im East End betrieb. Früher, in den Sechzigern, als Ken noch ein junger Kerl war, kam er einmal mit fünfzig Pfund in der Tasche ins Casino in Monte Carlo. Er ging zum nächstbesten Roulette und setzte alles auf die schwarze Sechs. Sie kam. Statt aufzuhören, ließ er alles – Einsatz und Gewinn – auf demselben Feld. Ob du's glaubst oder nicht, sie kam erneut. Und weil er sich da schon für unbesiegbar hielt, ließ er noch mal alles auf dem Feld. Laut Zeitungsberichten konnten annähernd fünfzig Leute bezeugen, daß die Kugel auch ein drittes Mal in der schwarzen Sechs hängenblieb, und als Ken das Casino verließ, war er Millionär. Er benutzte seinen Gewinn dazu, sein neues Unternehmen zu finanzieren, aber selber spielte er nie wieder. Er glaubte, er hätte in dieser einen Nacht alles Spielglück seines Lebens aufgebraucht.« Alan legte eine Pause ein und schaute Carole an. »Wenn du versuchen würdest, die Wahrscheinlichkeit auszurechnen, die dagegen sprach, daß dreimal hintereinander die Kugel an derselben Stelle hängenbleibt, würdest du die Zahl nicht auf eine Seite bringen. Im Vergleich dazu scheint es, na ja, beinah unvermeidlich gewesen zu sein, daß wir uns begegnet sind.« Er beugte sich vor und spielte wieder mit der Asche im Kamin. »Mir ist kalt. Sollen wir ein Feuer machen?«

»Ja, gern. Laß mich ein paar Kohlen reinholen.« Sie stand auf und griff sich den Kübel, dann sah sie ihn verzagt an. »Begleitest du mich?«

»Klar.« Er nahm seine *Zip-Gun* vom Regal und legte eine Kugel ein. »Rein psychologisch«, sagte er, als er ihren ängstlichen Blick bemerkte.

»Du gehst doch nicht davon aus, daß er zurückkommt, oder?«

Er schüttelte den Kopf. »Ich habe aufgehört zu spekulieren, wie sein Verstand funktioniert. Aber ich glaube, den kriegen wir wohl eine ganze Weile nicht mehr zu sehen. Jetzt, wo seine Maske gefallen ist, ist er an seiner empfindlichsten Stelle geschwächt. Vertrauen, erinnerst du dich? – Ihm fehlt unser Vertrauen. Wir sind vor ihm sicher.«

Carole nickte zaghaft. »Mmm«, murmelte sie, öffnete die Tür und ging in den Flur hinaus. »Ich wünschte bloß, wir wüßten, was... Was riecht denn hier so?« wunderte sie sich plötzlich, blieb stehen und schnupperte. Dann weiteten sich ihre Augen vor Schreck. »Öl!« keuchte sie und eilte zur Küchentür, und als sie sie aufriß, schlug ihnen der stickig-ätzende Geruch von Heizöl entgegen, so daß beide würgen mußten. Das Neonlicht ging flackernd an und offenbarte einen dunklen Ölfilm am Boden. Er bedeckte bereits die Fliesen und schob sich langsam unter der Tür hindurch. »Scheiße!« schrie Carole und schlitterte zum Herd rüber. Das Rohr an der Rückseite des Ofens war geborsten, und das Öl tropfte ohne Unterlaß auf den Boden. »Ich kann es nicht abstellen!« heulte sie. »Das Rohr ist gebrochen!«

»Gibt's einen Haupthahn?«

»Ja, er ist –« Sie verstummte und beide starrten sich an, als sie ein tiefes, rumpelndes Geräusch hörten, das genau von der Außenseite der Steinmauer zu kommen schien.

»Was war *das* denn?« fragte er. Das Geräusch ertönte erneut, offenbar aus der Richtung des Wohnzimmers. »Versuch ihn zu reparieren«, flüsterte er, »ich werde mal nachsehen.« Er schlich in den Flur hinaus und weiter zur Wohnzimmertür, öffnete sie mit der Mündung seiner Waffe und trat ein.

... Das Zweitbeste nach Vertrauen ...

Beißender Rauch erfüllte den Raum. Um den Kamin war auf dem Teppich eine Feuerstelle errichtet worden. Zerbrochene Ziegelsteine, von Asche überzogen, umringten sie in einem großen Halbkreis. Sobald er die Situation analysiert hatte, begriff er:

Unwissenheit. Unwissenheit ist das Zweitbeste nach Vertrauen.

Die Flüsterstimme, die ihn aus dem entlegensten Winkel seines Schädels gewarnt hatte, seit er die Nachricht zum erstenmal gelesen hatte, wuchs zu einem betäubenden Schrei an: *Er ist hier! Er ist hier! Er ist hier!*

»ER IST HIER!« schrie er, doch hatte er kaum die Zeit, die Worte auszusprechen, als er hinter sich eine plötzliche Bewegung verspürte und herumwirbelte, so daß sein Schrei in einem kläglichen Japser endete. Die Wohnzimmertür schlug zu, und eine Gestalt trat hinter ihr hervor. Alan konnte einen kurzen Blick auf ein wildes, rußgeschwärztes Gesicht erhaschen, bevor er etwas kleines Metallisches durch die Luft auf sich zukommen sah. Er riß den linken Arm hoch und taumelte zurück, als das Rasiermesser, welches auf seinen Hals gezielt hatte, den Stoff seiner Jacke und den Pullover durchtrennte und tief in das Fleisch seines Unterarms schnitt. Als er zurückstolperte und gegen das Bücherregal rumpelte, zielte er mit der *Zip-Gun* und spannte die Gummibänder, doch die Gestalt war bereits halb zur Tür hinaus in Richtung Küche geeilt. Er feuerte ab, es blitzte und knallte, die Kugel krachte über Kevins fliehende Schulter hinweg ins Treppengeländer, wo ein Splitterregen niederging. »CAROLE!« brüllte er, quälte sich in die Senkrechte und hielt sich dabei den blutenden Arm. »CAROLE! ER IST ES!«

Es blieb keine Zeit, die Waffe neu zu laden, also ließ er sie fallen und schnappte sich den Schürhaken von der Feuerstelle. Als er den Flur erreichte, hörte er Caroles Schrei; ein kurzes, hohes Japsen und dann plötzliche Stille. Er stürmte zur offenen Küchentür, aber als er auf die Schwelle trat, rutschten seine Füße auf dem Öl aus, und er fiel mit rudernden Armen zu Boden. Während er stürzte, verschwamm die Szene vor seinen Augen: Kevin stand über ihm, das blutverschmierte Rasiermesser in der rechten Hand; Carole lehnte mit entsetztem Blick und geöffnetem Mund rücklings am Küchentisch und hielt sich beide Hände vors Gesicht. Alan versuchte aufzustehen, aber Kevin machte einen Schritt zurück und trat auf sein Bein, verlor dadurch selbst das Gleichgewicht, fiel hintenüber und schlug mit einem *Rumps* auf den Flurteppich auf. Das Rasiermesser flog aus seiner Hand und knallte gegen die Fußleiste. Alan starrte ihn verwundert an; auf Kevins Hemd breitete sich ein dunkler, feucht-roter Fleck aus, und aus dessen Mitte ragte der schwarze Plastikgriff eines Messers, an dem noch ein Rest Klebestreifen hing, während die Klinge knapp unter den Rippen tief in seinen Bauch gerammt war. Während Alan und Carole erschrocken und atemlos zusahen, hielt er sich den Bauch und kam langsam wieder auf die Beine, wobei er sich am Flurtisch hochzog. Dann sah er den beiden direkt in die Augen, packte den Griff des Messers und zog es heraus. Einen Moment lang stand er keuchend da, dann ließ er das Messer auf den Boden fallen.

»Gut«, raunte er heiser, »sehr, sehr gut, aber so leicht bin ich nicht zu entmutigen.« Er setzte ein dünnes, boshaftes Lächeln auf und ließ sie nicht aus den Augen.

Es war dieses Lächeln, das den Damm in Alan brechen ließ und die Sturzflut aus rachsüchtigem Haß entfesselte. Er ergriff den Schürhaken und sprang auf. Er täuschte nach links, und als Kevin schützend die Arme vor seinen Kopf hob, schwang er den Haken nach unten und schlug ihm die Stahlstange gegen die Schienbeine. Kevin keuchte und klammerte sich an den Tisch, als seine gebrochenen Beine unter ihm nachgaben. Alan holte mit dem Schürhaken erneut aus, schlug heftig auf seine eingezogenen Schultern, warf Kevin so endgültig von den Beinen und schickte ihn zu Boden. Dann schlug er in Rage und ohne zu überlegen weiter auf den sich krümmenden, zuckenden Körper ein.

»*Nein!*« schrie Carole. »*NEIN! Hör auf, hör auf!*« Sie sprang ihm auf den Rücken, zog an seinem Arm und versuchte, ihm den Schürhaken zu entreißen. »*Hör auf! Laß ihn, du bringst ihn ja um!*«

»*Gut so*!« schrie er. Er holte wieder mit dem Schürhaken aus und setzte zu einem weiteren Schlag an, aber Carole gelang es, sein Handgelenk zu packen und ihn mit aller Kraft wegzuziehen.

»Das kannst du nicht machen!« schrie sie, als er sie mit vor Wut funkelnden Augen ansah.

»Das kann ich nicht machen?« schrie er in ihr Gesicht. »Hast du vergessen, was dieser Dreckskerl alles getan hat? Vergiß ruhig, was er mir angetan hat, denk einfach daran, was er mit Beverley angestellt hat. Hast du das etwa schon vergessen? Hast du? *Du* hast nie die Fotos gesehen, was er –«

»*Sei still*!« schrie sie zurück und zog an seinem Pullover. »Das kannst du nicht *tun*! Er ist doch schon halbtot. Wenn du ihn tötest, bist du auch nicht besser als er!«

Alan wich von ihr zurück und lehnte sich mit hochrotem Gesicht gegen die Wand, sein heiseres Atmen vermischte sich mit Kevins verzweifeltem, gurgelndem Keuchen.

»Das ist er auch nicht«, flüsterte Kevin und hustete unter Schmerzen. Sie starrten auf ihn herunter. Alans gepflegter Doppelgänger, der an diesem Morgen wie aus dem Nichts erschienen war, war nun ein verkrümmtes, gebrochenes Wrack. Sein Körper war mit Wunden übersät, aus denen Blut herauslief und sich mit den schwarzen Rußflecken auf seiner Kleidung und seiner Haut vermischte. Der Messerstich in seinem Bauch blutete heftig, und die komplette Vorderseite seines Hemdes war tiefrot. »Ist er nicht«, nuschelte er mühsam mit seiner heiseren Stimme. »Nicht besser als ... ich ... Mörder ... genauso.«

Carole schaute Alan an. »Was sagt er da?«

»Kevin«, sagte Kevin. »Frag ihn ... nach ... Kevin.«

»Was soll das heißen?« fragte Carole, aber Alan antwortete nicht: Er starrte auf seinen Bruder, und sein hochrotes Gesicht wurde gespenstisch weiß.

»Mein Namensvetter«, flüsterte Kevin und sah hinauf zu Alan. »War das Absicht? Nein, ich glaube nicht, daß du dir so was ... ausdenken könntest, oder...« Er rollte mit den Augen und suchte Caroles Gesicht. »Was glauben Sie, wie er ... seinen eigenen Tod... so erfolgreich... vorgetäuscht hat? *Jemand* mußte für ihn einspringen.« Seine Augen wanderten mühsam zu Alan zurück. »Wie ... wie alt, würdest du sagen? Siebzehn? Vielleicht jünger... ich frage mich ... ob... ihn... jemand vermißt... Hast du dich gut dabei gefühlt ... als er ... über Bord ging?«

»*Alan*«, beharrte Carole verzweifelt. »Was *meint* er damit?«

»Ich hatte keine andere Wahl«, sagte Alan zu Kevin. »*Du* hast mich in diese Lage gebracht, du Scheißkerl. *Du* hast eine Wahl gehabt – du hättest das alles nicht tun müssen. Wie viele, Kevin? Wie viele waren es *vor* alldem?«

Carole zog an seinem Ärmel, der naß vom Blut aus der Rasiermesserwunde war. »*Steven*«, sagte sie. »*Sag's* mir!«

Er wandte sich ihr zu. »Ich bin nicht Steven«, sagte er, »du hattest recht, ich bin nicht Steven.«

»Ich ver*stehe* das nicht«, sagte sie flehentlich, obwohl sie es im Grunde doch tat. »Sag mir, was hier los ist«, beharrte sie, wenngleich sie sich vor der Wahrheit fürchtete.

»Ich hatte keine Wahl, Carole, ich mußte es tun. Ich war nicht ich selbst, ich war nicht bei Verstand, es war –«

»Du hast jemanden getötet...«

»Nein! Ich meine, ja. Ich –«

»So hast du dich also gedeckt...« Sie wich zurück in Richtung Wohnzimmertür. »Du hast mich angelogen...«

»Ich konnte dir *darüber* ja wohl kaum die Wahrheit erzählen, oder...?« Plötzlich sah er wieder auf den Boden. »Wo ist er?«

keuchte er. Auf dem Teppich, wo Kevin gelegen hatte, war ein Blutfleck, doch er selbst war fort.

»Nicht weit weg«, krächzte eine Stimme hinter ihnen.

Alan wirbelte herum. Während er und Carole miteinander beschäftigt gewesen waren, war Kevin durch den Flur gekrochen und saß nun, mit dem Rücken an den Rahmen der Küchentür gelehnt, im Ölfilm. Alan stand wie gelähmt da und starrte auf Kevin herunter, der ihm mit einer öligen, blutigen Hand das Rasiermesser reichte. »Nimm es«, sagte er und schob es in Alans Hand, »du weißt, wie ... leicht es ist.« Er blickte zu Carole. »Sie ist nichts für dich ... Wir sind eine Seele, ein Bruder ... Töte sie!« Alan starrte das offene Rasiermesser in seiner Hand an. »Mach schon«, drängte Kevin, »ich *weiß*, daß du's kannst.«

Alan sah zu Carole, die ihn anstierte und dabei immer wieder nervös auf die offene Klinge schielte.

»Tu es«, sagte Kevin, »und wir können endlich zusammensein.« Es ertönte ein hohles Klappern, als er eine Schachtel Streichhölzer aus seiner Tasche hervorkramte. »Du hast die Wahl«, sagte er und legte den Kopf eines Streichholzes an die Reibfläche. »Brennen oder Bruderschaft, mein Bruder ... mir ist das ... alles gleich ... Töte sie, oder ... töte ... uns alle.«

Mit leerem, totem Blick sah Alan zwischen Kevin, dem Rasiermesser und Caroles Gesicht hin und her, dann hielt er die Klinge einen Moment lang nach oben, drehte sich um und schleuderte sie gegen Kevins Kopf. Der Griff prallte an seiner Wange ab und schlitterte anschließend kreiselnd über den Boden.

Kevin schüttelte traurig den Kopf. In seinen Augen sammelten sich Tränen. »Warum nicht?« keuchte er. »Ich wollte immer bloß ... in dir sein«, flüsterte er, »das war alles, was ich mir je gewünscht habe ... Und ich *werde* es bekommen ... Woanders, vielleicht ...«

Bevor Alan etwas dagegen tun konnte, kratzte der Streichholzkopf über die Reibfläche und alles vor ihm – Kevin, Carole,

Wände, Boden und Treppe – alles verschwand hinter einer blendenden, lodernden Feuerwand.

»Komm schon«, zischte Rosalind mit zusammengebissenen Zähnen, als der Motor ihres Renaults beim Anlassen herumstotterte. »Komm *jetzt…«* Beim vierten Versuch sprang er endlich an: sie legte den Gang ein und beschleunigte den Hügel hinunter in Richtung Keighley Road.

Sie hatte der Polizei die Adresse und eine Wegbeschreibung zur Farm durchgegeben und die Anordnung erhalten, sie solle bleiben, wo sie war, aber nachdem sie einige Minuten nervös auf und ab gegangen war und dabei ihre Fingernägel zerbissen hatte, hatte sie die Anspannung nicht länger ertragen. Jetzt, als sie spät in der Nacht die dunklen Landstraßen entlangraste, überlegte sie hektisch, wie sie Carole da herausholen konnte, ohne Stevens Verdacht zu erregen, und murmelte auf den letzten Kilometern Stoßgebete vor sich hin, daß ihr nichts passiert sein möge. Ihre Gebete wurden noch intensiver und verzweifelter, als sie dem Moor entgegenfuhr und in der Ferne den orangefarbenen Feuerschein erblickte.

Die Luft in der Küche war öldampfgeschwängert, und als der schwarze Film auf dem Boden Feuer fing, sprengte die Explosion die Küchenfenster aus dem Rahmen und riß die Hintertür aus den Angeln. Carole hatte auf der Schwelle zum Wohnzimmer gestanden und war von der Explosion abgeschirmt gewesen, aber Steven wurde hochgeschleudert und quer durch den Flur geworfen, an dessen Ende sein Körper gegen die Eingangstür prallte und am Boden zusammensackte. Als der Feuerball implodierte und zu einer lodernden, grollenden Flamme wurde, durch die hindurch man das laute Klirren der berstenden Glasscheiben hören konnte, raste Carole aus dem Wohnzimmer und rannte zu ihm.

»Steven!« rief sie und fiel vor ihm auf die Knie. Sie schob ihre

Hand unter seinen Nacken und hob seinen rußgeschwärzten Kopf. »Steven!« schluchzte sie. »Sag doch was… *bitte*…«

Er stöhnte und öffnete die Augen. Carole zog ihn auf die Füße, streichelte sein Gesicht und schluchzte erleichtert. Der Flur füllte sich mit dickem schwarzen Rauch, und sein anderes Ende war gänzlich hinter der Flammenwand verschwunden, die über die Wände an die Decke kroch und lodernd auf die beiden zukam.

»Raus hier!« rief er hustend durch den Qualm.

Sie versuchte verzweifelt, die Tür zu öffnen, aber der Knopf ließ sich nicht drehen. »Sie ist abgeschlossen!« schrie sie mit ungläubigem Entsetzen. »Wir sitzen in der Falle!«

»Komm mit!« Er packte ihr Handgelenk, zog sich den Kragen seines Pullis übers Gesicht und zerrte sie in den Flur hinein auf das Feuer zu. Die Flammen züngelten um den Türrahmen des Wohnzimmers, zitterten auf dem gestrichenen Holz und schickten dichten Rauch durch die Öffnung. Er hielt Caroles Handgelenk fest, riß sich zusammen, stürzte durch den Flammenvorhang in das Zimmer und zog sie hinter sich her. »Schlag das Fenster ein!« befahl er und ließ sie los.

Sie zerrte die Stereoanlage aus dem Regal, wobei Bücher und Topfpflanzen von dem hervorkommenden Kabelgewirr krachend zu Boden gerissen wurden. Sie zielte und schleuderte die Anlage durch die untere Scheibe, dann riß sie die Vorhänge herunter und wickelte sie hastig über die spitzen Glasscherben, die noch aus dem unteren Teil des Rahmens ragten. Sie hatte ein Bein über den Rahmen geschwungen und wollte sich gerade durch die Fensteröffnung hinauszwängen, als sie bemerkte, daß er nicht mehr hinter ihr war. Mit brennenden, tränenden Augen suchte sie ihn in dem dunklen Rauch. »Steven?« rief sie durch die lodernden Flammen und spürte Panik in sich aufsteigen. »Wo bist du?«

Sie wollte schon umkehren und ihn suchen, als er doch aus dem Rauch auftauchte. »Hier«, krächzte er. »Alles klar – geh weiter.«

Sie duckte sich unter dem Rahmen durch und glitt ins Freie, wo sie rasch auf allen Vieren weiterkrabbelte, als er hinter ihr zu Boden sackte. »Was hast du denn noch da drin gemacht?« fragte sie, als er sie eingeholt hatte.

Er legte sich auf die Seite und hustete fürchterlich. »Das hier«, keuchte er und hielt seine *Zip-Gun* hoch.

»Wofür, zum Teufel, brauchst du die denn? Du hättest da drin *sterben* können!«

Er zuckte mit den Schultern, während er immer noch unter Schmerzen hustete und schnaufte. Dann kramte er seine letzte Kugel aus der Hosentasche hervor und lud nach. Er wußte selbst nicht, warum er das tat, außer daß diese Flüsterstimme wieder in seinem Kopf war. Er bemerkte, daß Carole ihn beobachtete. »Es ist noch nicht vorbei«, sagte er.

»Er ist tot, Steven. Er ist erledigt und weit fort.«

»*Ganz weit fort...*«, wiederholte er geistesabwesend, dann schüttelte er den Kopf. »Nein, daß der Scheißkerl tot ist, glaube ich erst, wenn ich seine Leiche gesehen habe.« Er blickte sie scharf an. »Und nenn mich nicht mehr Steven. Wie kannst du mich jetzt noch Steven nennen, nach allem, was du weißt?« Sie erwiderte schweigend seinen Blick, und zum erstenmal, seit er sie kennengelernt hatte, hatte er das Gefühl, daß sie ihn ganz und gar durchschaute; sein Geist lag völlig offen vor ihr. Er wich ihrem Blick aus und berührte ihren Arm. »Los jetzt«, sagte er, »ich muß dich hier wegbringen. Hast du deine Autoschlüssel?«

Sie kramte in ihren Taschen und zog einen Lederanhänger mit einem einzigen kleinen Schlüssel hervor. Sie half ihm auf die Beine, dann gingen sie langsam ums Haus herum zur Vorderseite und stützten sich dabei gegenseitig. Das Feuer hatte sich nun bis an die Vorderfront und in den oberen Räumen ausgebreitet; sämtliche Fensterscheiben waren zerbrochen, die Flammen schlugen aus den Löchern und leckten an den Rahmen. Der kleine Morris stand jedoch weit genug von der Vordertür weg und war nicht in Gefahr. Sein roter Lack schimmerte und spiegelte das zitternde Feuer wider. Carole kletterte auf den Fahrersitz und drehte den Schlüssel in der Zündung. Der Motor sprang an, und die Scheinwerfer sendeten weißes Licht über den rotglühenden Hof. Sie lehnte sich hinüber und öffnete die Beifahrertür, doch Alan stieg nicht ein; er stand einfach da, hatte die Schultern hochgezogen und lehnte an der Motorhaube. Sie stieg wieder aus. »*Steig ein*!« schrie sie. »Mach schon, *schnell*!«

Er hob den Blick und sah sie traurig an, dann schüttelte er den Kopf. »Ich kann nicht«, sagte er. »Ich muß hierbleiben.«

»Was redest du denn da? Steig einfach *ein*, Herrgott noch mal!«

»Nein, Carole. Es ist besser so, glaub mir. Fahr zu Ros oder zu deinen Eltern, *irgendwo*hin. Er ist immer noch hier. Ich kann ihn spüren. Du mußt von hier verschwinden.«

Sie starrte ihn an. »Nein!« beharrte sie. »Wenn du bleibst, bleibe ich auch. Wenn ich fahre, fährst du mit mir. Ich hab' das nicht ernst gemeint, was ich da drinnen gesagt habe. Es ist mir *egal*, was du getan hast, ich liebe dich immer noch – jetzt steig in den verdammten Wagen, um Himmels willen!« Er schien zu überlegen, während sie ihm die Hände entgegenstreckte. »Warte mal,« sagte sie, »ich muß erst noch was holen.«

Sie drehte sich um und rannte zur Scheune. Gleich hinter der Tür, neben der erloschenen Lampe und der zerbrochenen, ausgelaufenen Flasche, lag das kleine blaue Notizbuch im Staub. Sie hatte es zuvor in der Hoffnung mit herausgebracht, die beiden Männer damit auf die Probe stellen zu können. Wenn sie nun eine einzige Sache von hier mitnehmen wollte, war es dieses Büchlein. Sie hob es auf und rannte zurück auf den Hof. Er stand an der offenen Wagentür und blickte bestürzt zu ihr; während des Rennens wedelte sie mit dem Buch in der Luft. »Steig ein!« schrie sie. »Wir fahren!« In diesem Moment sah sie etwas; nur mit einem flüchtigen Blick aus den Augenwinkeln wurde sie einer plötzlichen kleinen Bewegung am Rande des Scheinwerferlichts gewahr – und da war sie: eine schwarze Figur, die gebeugt und mit zerfetzter Kleidung an einer Ecke des Hauses lauerte. Als Carole den Kopf drehte, sah sie, wie die Gestalt etwas in die Luft hob. Zuerst hielt sie es für einen Stock, aber dann erkannte sie die Schrotflinte. Ihr Fuß stemmte sich mit aller Gewalt in den Boden, und sie kam rutschend zum Stehen, während sie mit den Augen der Schußlinie zu Stevens Körper folgte. Sein Blick war noch verwirrter als zuvor. Sie öffnete den Mund und schrie: »*STEVEN!*« In diesem Moment schien er zu spüren, was vor sich ging, drehte sich blitzschnell um und zielte mit seiner *Zip-Gun* auf die Gestalt im Lichtschimmer. Im selben Moment drehte sich die Schrotflinte wie eine Kompaßnadel und suchte wie magnetisiert nach der Herkunft des Schreis. Die *Zip-Gun* und das Gewehr spien gleichzeitig Feuer. Sie sah Kevins Kopf zur Seite fliegen, die Rückseite seines Schädels explodierte, und kleine Stückchen stoben in das weiße Licht des Scheinwerfers; dann schien alles um sie herum zu verschwimmen und wegzurutschen, als eine massive Ladung wie ein heranrasender Laster in ihre Brust einschlug. Die orangefarbenen Flammen, die um ihr Haus herumtanzten, froren für den Bruchteil einer Sekunde ein, rutschten dann zur Seite, und sie spürte, wie sie vom Boden abhob und in die Luft schwebte, hochflog, dem Nachthimmel entgegenglitt, immer höher hinauf, in der Erwartung, den Scheitelpunkt ihrer Flugbahn zu überwinden und wieder hinunterzugleiten, um am Ende mit einem übermächtigen knochenzerschmetternden Krachen auf der Erde zu landen. Aber das geschah nicht. Als sie immer weiter und höher hinaufflog, verblaßten langsam die Sterne und der Himmel schloß sich über ihr, schwarz und still und tot…

…Aus der Schwärze heraus erhaschte sie einen Blick auf Stevens, der zu ihr herunterblickte. Tränen standen in seinen Augen, und er schien sie anzubrüllen, aber sie konnte ihn nicht hören. Dann wurde seine Gestalt schwarz, und sie glaubte das Gesicht von Ros zu sehen, die ebenfalls mit Tränen in den Augen zu ihr herunterblickte, und auch sie sprach Worte, die sie nicht hören konnte. *Ich hatte recht*, versuchte sie zu sagen, *recht mit meiner Meinung über ihn*, doch anstelle der Worte durchfuhr ein krampfartiger Schmerz ihren Körper und eine heiße, saure Flüssigkeit schoß in ihren Mund. Sie schloß die Augen, und der Schmerz flaute ein wenig ab. Ihre Hand spürte eine kühle, vertraute Berührung, und in dem Moment, in dem die zarte Haut über die ihre strich, verschwand der Schmerz, und ein leuchtender, blendender Schein aus maisgelbem Licht umgab sie und hüllte sie in wohlige Wärme. Sie griff nach der Hand, machte einen Schritt nach vorne und flog ins Licht.

»Ja«, sagte eine sanfte Stimme in ihrem Ohr, »ich bin zurück.«

Danach

DAS LEBEN GING weiter. Natürlich war da ein Krankenhaus; ein Flur im Inneren des Gebäudes, weit weg vom Pulsschlag des wiederhergestellten Lebens, und von diesem Flur ging ein winziges Zimmer ab, in dem sich nichts weiter befand als ein kleiner Schwarz-Weiß-Videomonitor an der Wand, und auf diesem Monitor flimmerte ein heimtückisch bekanntes Bild…

»Könnten Sie bitte auf den Monitor sehen, Miss Barton…«

Rosalind hielt ihren Blick abgewendet. Sie hatte bereits einen Blick darauf geworfen. Ihre Arme waren fest vor der Brust verschränkt, die Finger der einen Hand lagen über ihrer Nase und ihrem Mund.

»Bitte» wiederholte der Polizeibeamte.

»Wieso?« fragte sie. »Ich habe meine Aussage doch gemacht.«

»Ich weiß, aber wir brauchen eine offizielle Identifizierung. Ich verstehe ja, daß es schmerzhaft für Sie ist, aber könnten Sie bitte hinsehen?«

Widerwillig richtete sie ihren Blick auf das Gesicht, das leicht schräg im Halbprofil auf dem Bildschirm zu erkennen war. Man hatte bestmögliche Arbeit geleistet, um es zu säubern, doch die Zerstörungen durch Brandwunden und Blutergüsse und weiß Gott was sonst noch waren in aller Scheußlichkeit sichtbar.

»Sehr gut«, sagte der Sergeant ermutigend, »können Sie ihn

als den Mann identifizieren, den Sie als Steven Goldcliff kannten?«

Sie nickte. »Ja, das ist er.«

»Vielen Dank.« Der Sergeant nickte dem Wachmann zu, der den Monitor ausschaltete. Er führte Rosalind auf den Flur hinaus. »Mal sehen, ob wir Ihnen eine Tasse Tee organisieren können«, sagte er freundlich.

Sie hörte ihn nicht: sie blickte den Flur entlang. Ein ergrautes, Paar stand in einiger Entfernung und redete mit einem anderen Polizisten. »Wer ist das?« fragte sie.

Während sie sprach, blickten die beiden plötzlich in ihre Richtung, als ob sie sie gehört hätten, obwohl sie dafür viel zu weit entfernt standen.

»Mr. und Mrs. Perceval«, sagte er leise, »sie sind hier, um ihre Tochter zu identifizieren. Ich dachte, sie wären längst wieder weg.«

Rosalinds Verstand setzte einen Moment aus. »Perceval?« fragte sie. »Caroles Eltern? Gott, natürlich. Ich habe sie gar nicht erkannt... Sie sehen so *alt* aus.« Die beiden sahen sie immer noch an. »Ich glaube, sie geben mir die Schuld«, flüsterte sie.

Der Sergeant nahm ihren Arm. »Nein, das tun sie nicht«, sagte er, »sie stehen bloß unter Schock. Kommen Sie jetzt.«

»Es war nicht meine Schuld«, stammelte sie und ließ sich wegführen. »Ich hab' ihn nie gemocht. Ich habe versucht, sie zu warnen, aber sie hat nicht auf mich gehört.«

»Ich weiß.«

Als er sie durch die Schwingtür in einen anderen Flur führte, konnte sie ihren Blick immer noch nicht von Mr. und Mrs. Perceval abwenden; die beiden folgten ihr so lange mit den Augen, bis die Tür zufiel und das Band für immer durchtrennte.

Immer weiter fort, dem Horizont entgegen …

Er hatte diese Überfahrt schon einmal gemacht. Aber diesmal war sie ereignislos gewesen. Anschließend stand der Mann mit dem rasierten Kopf und dem nach innen gekehrten Blick eine Weile am Kai und betrachtete den roten, massigen Rumpf der Fähre, kniff seine Augen gegen das grelle Sonnenlicht zusammen und suchte die Reling ab. Er bemerkte einen Mann, der zu ihm heruntersah, und ein schwaches, geisterhaftes Lächeln überzog langsam sein Gesicht. Er hielt dem Blick einen Augenblick stand, schulterte dann seinen Rucksack, drehte sich um und mischte sich unter die Fußgänger, die zu den Schranken gingen.

Als die Menge hindurchströmte und sich langsam in Richtung Ouistreham auflöste, tauchte sein blanker Schädel gelegentlich zwischen den fernen Köpfen auf, wurde dann immer kleiner, bis er schließlich völlig verschwand, als ob er nie existiert hätte.

PIPER

Karin Fossum
Fremde Blicke

Roman. Aus dem Norwegischen von Gabriele Haefs.
348 Seiten. Geb.

Die Tannen stechen wie Lanzen in den Himmel, und der schwarze Weiher liegt still, eingebettet in die Hügel der grünen Fjordlandschaft, als Hauptkommissar Konrad Sejer die junge Annie Holland findet. Annie ist ermordet worden, und niemand in dem kleinen Dorf Horgen kann sich erklären, weshalb. Denn Annie galt als liebenswert und äußerst hilfsbereit. Doch als der wortkarge Sejer mit Beharrlichkeit und sehr feinem Ohr für die Mißtöne in der Gemeinschaft Annies letzte Wochen rekonstruiert, offenbart sich eine andere Seite der jungen Frau, eine tieftraurige, wankelmütige und launische Annie Holland. Und dann stößt Sejer auf einen weiteren tragischen Todesfall, der nur wenige Monate zurückliegt.

»Von Seite zu Seite wird der Leser in Atem gehalten. Karin Fossum gelingt es meisterhaft, durch eine geschickt konstruierte Handlung extreme Spannung zu erzeugen.«
Hamburger Abendblatt

Anne Holt/Berit Reiss-Andersen

Im Zeichen des Löwen

Roman. Aus dem Norwegischen von Gabriele Haefs.
416 Seiten. Geb.

Birgitte Volter war am Ziel. Der Glaube an ihre innere Kraft hatte sie nie verlassen, und so war die kürzliche Berufung zur norwegischen Premierministerin beinah eine unausweichliche Folge ihrer Bemühungen. Doch nun liegt Birgitte Volter erschossen in ihrem Büro. Und niemand kann sich ihren Tod erklären. Es fehlt ein Motiv, und auch die Indizien sprechen eine höchst unklare Sprache. Hauptkommissarin Hanne Wilhelmsen steht vor einem Rätsel, zumal auch die Tatwaffe spurlos verschwunden ist. Einen der wenigen Anhaltspunkte bietet Benjamin Grinde, der letzte, der die Premierministerin lebend gesehen haben soll. Grinde ist Richter am Obersten Gericht und, wie sich herausstellt, ein Freund Birgitte Volters aus Kindertagen. Doch bevor Grinde wertvolle Hinweise liefern kann, nimmt er sich das Leben. Hat es möglicherweise etwas gegeben, das die beiden bis in den Tod miteinander verbunden hat?

PIPER

Anne Holt
Das einzige Kind

Roman. Aus dem Norwegischen von Gabriele Haefs.
294 Seiten. Geb.

Anne Holt ist eine Berühmtheit in Norwegen. Als gelernte Anwältin avancierte sie für kurze Zeit von der erfolgreichen Schriftstellerin zur Justizministerin des Landes. Ihrer charismatischen Heldin Hanne Wilhelmsen aber bleibt sie weiterhin treu. In dem psychologisch feingewebten Roman »Das einzige Kind« ist Hanne auf der Suche nach dem sensiblen Olav, der seine strenge Heimleiterin ermordet haben soll …

»Olav ist zwölf Jahre alt, chronisch hungrig, unglaublich fett und sehr unglücklich. Er ist ›das einzige Kind‹ seiner geliebten und gequälten Mutter, die ihn fürchtet. So landet er schließlich im Kinderheim ›Frühlingssonne‹. Dort führt Agnes Vestavik zwar ein strenges Regiment, überblickt aber nicht die Situation. Folglich stirbt sie, mit einem Messer im Rücken. Gleichzeitig verschwindet Olav. Und Hauptkommissarin Wilhelmsen weigert sich verzweifelt, ein zwölfjähriges Kind des Mordes zu verdächtigen. Sehr spröde erzählt sie ihre dunkle und spannende Story. Bespielt den Plot nach allen Regeln der Schreibkunst, eine präzise, düstere Romancienne mit kriminellen Neigungen. Ihr drittes Buch ist schon eine schöne Geschichte. Ihre schönste bis jetzt.«
Hamburger Abendblatt

PIPER

Daniel Silva

Der Maler

Roman. Aus dem Amerikanischen von Wulf Berger.
488 Seiten. Geb.

Long Island, New York: Nach einer unbeschreiblichen Explosion am Himmel schwimmen nur noch vereinzelte Wrackteile einer Boeing 747 vor der Küste im Wasser. An der Unglücksstelle findet sich ein entscheidender Hinweis: eine Leiche mit einer ungewöhnlichen Schußverletzung im Gesicht. Amsterdam: Die attraktive Astrid arbeitet in einem kleinen, unauffälligen Buchladen und hat ihre dunkle Vergangenheit längst hinter sich gelassen. Doch nun ist ihr alter Freund Jean-Paul wieder aufgetaucht. Sein Markenzeichen sind drei Schüsse ins Gesicht seiner Opfer. Er bietet Astrid eine letzte große Zusammenarbeit an … Langley, Virginia: Michael Osbourne, erfahrener CIA-Agent und Terrorismusexperte, erhält den Auftrag, die Hintergründe des eiskalt ausgeführten Anschlags zu klären. Und er glaubt, der Handschrift des Attentäters schon einmal begegnet zu sein …

PIPER

Jan Guillou

Über jeden Verdacht erhaben

Ein Coq-Rouge-Thriller. Aus dem Schwedischen von Hans-Joachim Maass. 575 Seiten. Geb.

Die Jagd war erfolgreich. Und standesgemäß richten die Hamiltons ein Fest auf dem prunkvollen Familiensitz Schloß Vrångaholm aus. Doch die Feierlichkeiten finden ein jähes Ende – Estelle Gräfin Hamilton wird von zwei Unbekannten kaltblütig erschossen. Als Coq Rouge, der soeben zum Chef der Sicherheitspolizei ernannt wurde, vom gewaltsamen Tod seiner Mutter erfährt, bleibt ihm kaum Zeit für Trauer, denn auch im nordschwedischen Umeå sieht er sich mit zwei grausigen Morden konfrontiert. Ausgeführt mit eiskalter Präzision und großem artistischen Geschick, geben sie den Ermittlern ein schier unlösbares Rätsel auf: Während das Täterprofil sehr bald klar ist, finden sich keinerlei Hinweise auf ein Motiv oder einen möglichen Verdächtigen. Die Mordserie reißt nicht ab, und einzig Coq Rouge scheint den Schlüssel zu allen Fällen in Händen zu halten.

PIPER

Susanne Mischke
Die Eisheilige

Roman. 290 Seiten. Geb.

Nach dem großen Erfolg von »Mordskind« legt Susanne Mischke ihren neuen Roman vor – bitterböse und mit einer feinen Prise Humor.
Sophie Kamprath hat viele Talente. Ihre Kleiderkreationen verwandeln selbst ihre farblosen Nachbarinnen in wahre Schönheiten. Und seit kürzlich auch noch dieser ungehobelte Maler genau im richtigen Moment vom Gerüst gefallen ist, steht Sophie sogar in dem Ruf, ihren Mitmenschen den Tod wünschen zu können. Kein Wunder, daß sie sich in der schwatzhaften Nachbarschaft mit einemmal allergrößter Popularität erfreut. Nur der kauzige Rudolf ist von der neuesten Gabe seiner Frau nicht sonderlich angetan. Denn zum einen hätte er Sophie am liebsten nur für sich allein. Und zum anderen ist er sich neuerdings seines Lebens nicht mehr ganz so sicher …
Susanne Mischke hat mit ihrer Sophie Kamprath eine Frau geschaffen, die mit verblüffender Phantasie und viel Eigensinn durchs Leben geht. »Die Eisheilige« ist ein äußerst kurzweiliges Lesevergnügen voller Witz, Bosheit und augenzwinkerndem Hintersinn.